KB240784

111인 화가들이 손끝 정성으로 그린, 작은 편지봉투 위의 大作

나의 육필 까세集

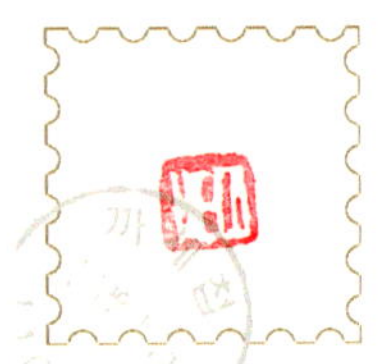

111인 화가들이 손끝 정성으로 그린, 작은 편지봉투 위의 大作

나의 육필 까세集

초판 1쇄 인쇄 | 2005. 9. 1
초판 1쇄 발행 | 2005. 9. 5

엮은이 | 김성환
펴낸이 | 손상목
펴낸곳 | 도서출판 인디북

기 획 | 안승철
편 집 | 신선균 조혜민
디자인 | 디자인텔
마케팅 | 최영태 박현수
관 리 | 김봉환 남주연

등록일자 | 2000. 6. 22
등록번호 | 제 10-1993호
주 소 | 서울시 마포구 현석동 105-56 3층
전 화 | 02)3273-6895 팩 스 | 02)3273-6897
홈페이지 | www.indebook.com

ISBN 89-5856-068-1   03810

ⓒ김성환, 2005

* 잘못 만들어진 책은 구입처나 본사에서 교환해 드립니다.

111인 화가들이 손끝 정성으로 그린, 작은 편지봉투 위의 大作

나의 육필 까세集

김성환 엮음

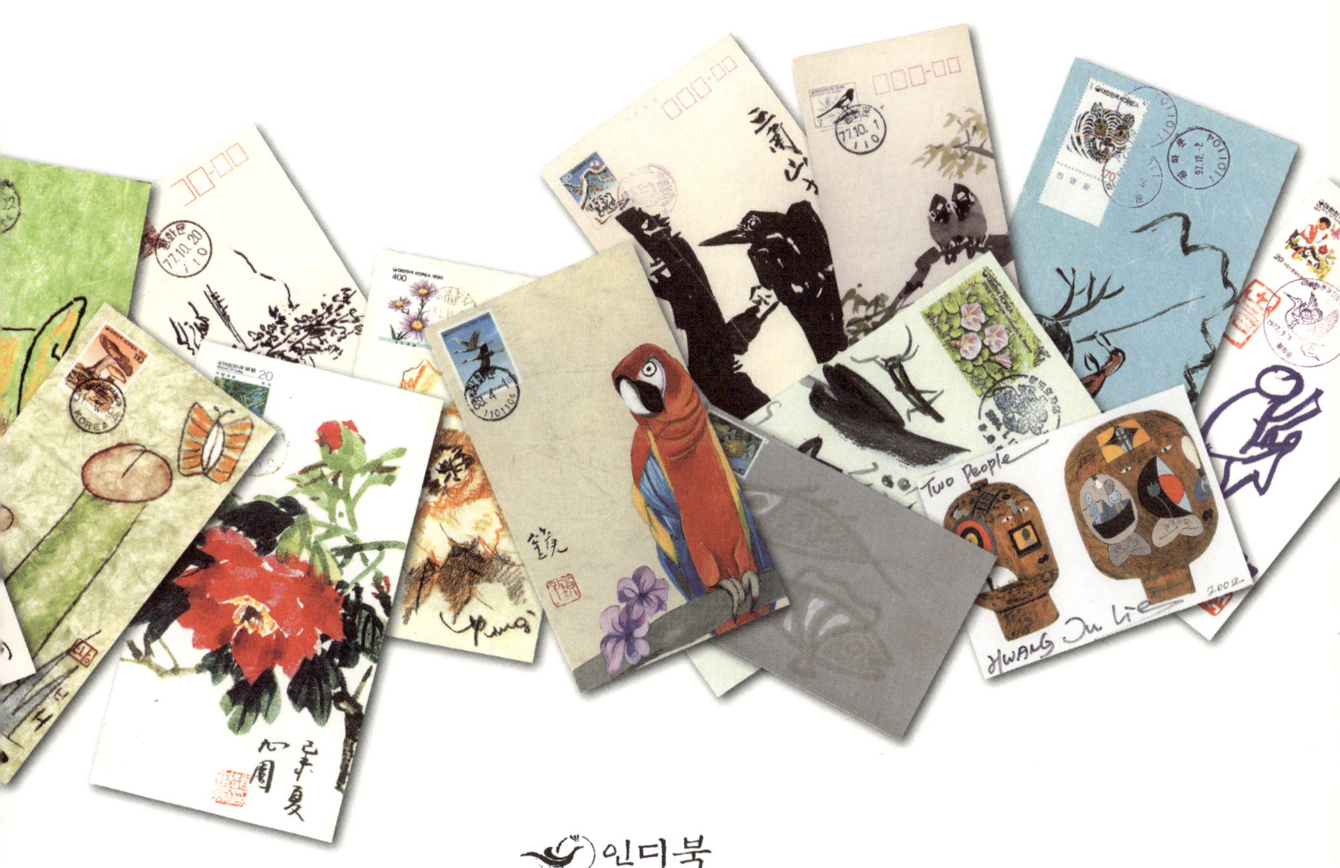

인디북

일러두기

1. 화가들의 순서는 편집구성에 따른 것이며 작고 작가는 ■색으로 현존 작가는 ■색으로 구분하였습니다.
2. 화가들의 프로필은 각종 협회 및 개인 홈페이지, 인물정보 사이트에 의한 것이며, 지면 관계상 모든 이력을 싣지 못한 점 양해 바랍니다.

작고 작가

金敦滿 | 金基昇 | 金基昶 | 金相沃 | 金瑞鳳 | 金榮注 | 金元龍 | 金貞淑 | 金昌洛 | 南寬 | 文信 | 朴古石 | 朴泳善 | 朴暎星 | 卞鍾夏 | 禹慶熙 | 元錫淵 | 李象範 | 李容煥 | 李友慶 | 李逸寧 | 李鍾武 | 李恒星 | 任直淳 | 張遇聖 | 張旭鎭 | 趙重顯 | 重光 | 崔榮林 | 프란체스카 | 河麟斗 | 許楗 | 洪種鳴 | 黃昌培

현존 작가

姜敬求 | 姜錫珍 | 姜遇文 | 姜亨九 | 康煥燮 | 郭薰 | 具滋勝 | 權純亨 | 權玉淵 | 金德龍 | 金東洙 | 金秉騏 | 金鳳台 | 金善斗 | 金榮裁 | 金永哲 | 金榮泰 | 金膺顯 | 金鍾夏 | 金昌烈 | 金泰 | 金學洙 | 金漢 | 金亨球 | 金興洙 | 盧桄 | 盧載昇 | 文學晉 | 閔庚甲 | 閔福鎭 | 閔利植 | 朴洸眞 | 朴基台 | 朴大成 | 昔度倫 | 宋秀南 | 宋榮邦 | 宋龍 | 沈竹子 | 安載厚 | 吳承雨 | 吳龍吉 | 尹明老 | 尹仲植 | 李大源 | 李斗植 | 李滿益 | 李石柱 | 李良元 | 李億榮 | 李曰鍾 | 李正信 | 李鍾祥 | 李俊 | 李忠根 | 李泰吉 | 李蕙先 | 林頌羲 | 張利錫 | 田礌鎭 | 田相秀 | 全爀林 | 鄭健謨 | 鄭文卿 | 鄭永男 | 鄭晫永 | 趙平彙 | 千鏡子 | 崔景漢 | 崔洛京 | 河喆鏡 | 河泰瑨 | 韓雲晟 | 洪石蒼 | 黃用燁 | 黃瑜燁 | 黃珠里

(가나다순)

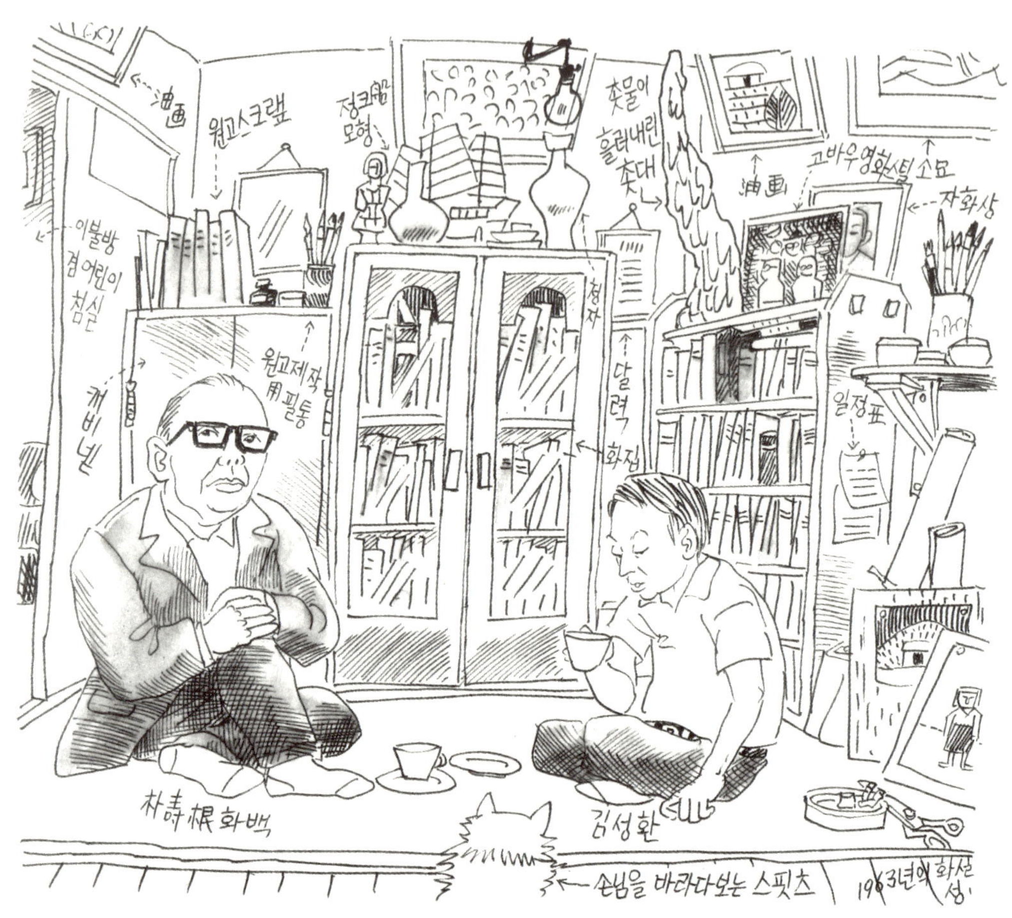

우표수집가들의 수집품목 중에는 초일봉피 수집이란 게 있다. 새 우표가 탄생하는 날, 즉 우체국에서 새 우표를 판매 개시하는 날 편지봉투에 그 우표를 붙이고 그 날짜 일부인(소인)을 찍어서 모으는 것을 말한다. 이걸 초일봉피라고 부르며 다시 그 우표에 연관된 그림을 봉투 한 모퉁이에 그려 넣는 걸 우표 까세라 부른다.

CACHET란 프랑스어로 20세기 이전까지 유럽에서 편지를 보낼 때 봉투를 접고 그 접은 곳에 풀 대신 밀랍蜜蠟·파라핀류를 떨어뜨리고 자신이나 자신의 집안 문장이 새겨진 반지도장用를 찍어서 봉인封印해 버리는 것을 까세라 불러왔다. 그것이 요즘은 우표 수집가들 사이에선 우표와 연관된 그림을 봉투에 그린 것을 뜻하게 되었다. 대개는 우표상에서 대량으로 인쇄를 해서 수집가들에게 팔고 있다. 이걸 초일봉피 까세라 부른다. 나는 이왕에 초일봉피 까세를 모은다면 가장 어려운 방법으로 그 우표에 연관된 그림을 봉투에다 직접 화가들에게서 그려 받아 모으면 어떨까?라는 착안을 했다.

그 이유는 이렇다. 1960년대 초부터 나는 우표 수집을 시작했었다. 그 중엔 초일봉피 수집도 있었는데 그 당시 절친한 화가로는 박고석朴古石 화백과 박수근朴壽根 화백이 계셨다. 박고석 화백은 내가 정릉에 살고 있을 무렵 마침 같은 정릉에 사셨었고, 박 화백과 명동明洞 '모나리자' 다방에 앉아 있다가 돈암동 종점까지 전차를 타고 와서는 한적한 아리랑 고개를 넘어가 정릉 입구에 있는 오두막 선술집에서 국산 위스키를 마시며 그림 얘기에 꽃을 피우다 헤어지곤 했었다. 또 얼마 후에 내가 청량리 전농동에 살다가 다시 길 건너편이 되는 청량리 회기동으로 이사를 가자 곧 박수근 화백이 전농동에 이사를 오셔서 가까운 거리라 자주 왕래하게 되었었다. 전화가 귀하던 시대라서 예고도 없이 박 화백이 우리집을 방문하시곤 했다. 때로는 미국에 있는 한 미국인 부인이 박 화백 작품의 열렬한 팬이어서 가끔 구입해 가곤 했었는데 그 부인이 보낸 편지를 들고 오셔서 내 아내가 사전을 찾아보며 번역을 해 드리곤 했고 다시 답장의 기초도 써 보곤 했었다. 당시에 나는 유화로 개인전을 두 번이나 갖곤 했었다. 그림 매매란 꿈에도 상상 못 하던 그런 때였다. 이때 박 화백과의 대화에서 내 전시회에 찬조 출품 얘기가 나오기까지 했었다. 나보다 10여 세나 위가 되시지만 꼭 초등학생처럼 순진한 성품의 작가신데다가 본인 자신을 전혀 대가로 생각해 보신 적이 없는 겸손한 분이기에 이런 얘기까지 나왔던 것이다. 그런데 조그마한 문제가 있으니 그건 당시의 내 작품은 2호에서 3호 크기가 대부분이었고 박 화백 작품은 대체로 5호 이상의 크기였다. 그러니 전시회 주인공의 작품이 소품인데 찬조작품이 대작이 된다면 그 전시 효과가 서로 상쇄될 수도 있지 않느냐?란 얘기를 누가 하더라는 말씀이셨다. 나 역시 생각해 보니 일리가 있는 것같이 느껴져 다음번 전시회 때의 내 작품은 좀 더 크게 그려 보고 박 화백 작품은 소품도 제작해 보셔서 그때에 찬조 출품을 해 주시기로 합의가 되었던 것이다. 그러다 나는 불면증에 걸려 지방에 내려가 몇 달을 쉬었고 상경上京하자 1964년 초부터 회사에 정식사원으로 출근을 하게 되었다. 아침 일찍 버스로 출근해서 늦게 퇴근을 하다 보니 자연스레 박 화백과의 거리가 멀어지게 되었다. 그러다 보니 박 화백과의 친분관계의 증표(?) 같은 것은 내 전시회 때에 방명록에 쓰여진 사인 말고는 아무것도 없었다. 그리고 얼마 후에 박 화백이 작고하시고 또 얼마 후엔 전설 속의 화가가 되셨고 난 만화가로서의 이름이 더욱 알려지게 되었다. 이런 연유로 박 화백의 봉피 까세는 받질 못했던 것이다. 60년대 후반부터 까세 수집을 착안했기 때문이다.

　6·25 동란 당시 국방부 미술대 시절 종군화가단의 화가들과는 일년 이상 침식을 함께 했으나 이대로 세월이 흘러가면 한때의 노老화백들과의 친분관계를 나타내는 어떠한 증표도 남아 있을 것 같지 않았다. 그래서 60년대 초에 우표 수집을 하게 되면서 초일봉피 위에 직접 노화백들의 육필肉筆 까세를 한두 점씩 받아 두면 상당히 재미난 수집품이 될 것 같아, 우표의 초일봉피를 만들어 두었다가 화가 분들과 만나게 될 때마다 부탁을 드려

그려 받아 모아두게 된 것이다.

그리고 가장 어렵게 모은 수집품이 가장 오랜 사랑을 받는다는 이치를 이 수집으로 알게 되었다. 화가에게 그림을 맡기고 때로는 운 좋게 쉽게 받는 경우도 있었지만 때로는 몇 달이 지나서 회수되는 경우도 있었다. 수집이란 목표를 위해선 때로는 자존심을 버려야 할 때도 있었다. 그러나 울적할 때나 어려운 일을 당할 때마다 이 수집품을 펼치고 들여다보고 있노라면 한결 시름이 사라지는 것이었다. 이 책을 보면서 나의 이런 기분과 조금이라도 공감하는 분이 있다면 나는 그걸로 커다란 위안을 받을 수 있을 것이다.

예술의 궁극적인 목적이 어떤 감동을 주거나 어떤 위안을 주는 데 있는 것이라면 그 작품이 반드시 커야 할 이유는 없다.

오케스트라만이 감동을 주는 건 아니다. 피아노 한 대나 바이올린 한 대로도 커다란 감동을 받을 수 있다. 엽서 한 장이나 편지봉투 한 장에 그려진 한 폭의 그림 속에도 우주만물의 삼라만상과 아름다움을 담을 수 있고 얼마든지 감동을 줄 수 있다.

이러기를 40년이 지나고 보니 어느덧 약 150명의 화가로부터 육필 까세를 그려 받았고 이미 작고한 분도 40명에 이른다. 종군화가단 시절에 나는 20대 초반이었고 당시의 화가들은 나보다 10세에서부터 20세가량 연세가 드신 분들이었기에 이렇듯 작고한 분이 많아진 것이다. 거저 받은 경우도 있지만 내 만화의 원화原畵에 낙관이나 사인을 해 드리기도 했고 동양화풍의 그림을 그려 드리기도 했었다. 또 작고한 화가들의 육필 까세는 우표전문 월간지 《우표》에 작가에 대한 회고담과 곁들여 실리곤 했었다. 이러한 프로필 겸 회고담도 벌써 30여 편에 이른다. 40여 년의 세월이 지나다 보니 주소를 모르는 것은 물론 연락처도 알 길이 없는 분들이 많았

다. 그래서 이 책을 내는 편집 과정에서 원작자에게 사전 양해를 못 드린
분들도 계셨다. 이 책을 보시고 본인의 그림이 게재된 것을 아시면 출판사
로 연락을 주시면 감사하겠다.

　작은 봉투, 조악한 종이〔紙〕위에 역작力作을 그려 주신 여러 화백님들께
다시 한 번 심심한 사의를 표합니다.

김성환

차 례

金瑞鳳 김서봉

서양화가. 평북 철산 출생. 서울대학교 미술대학 졸업. 현대미술협회 창립에 참가하였으며, 추상미술운동을 전개하기도 하였다. 현대미술협회를 탈퇴한 후에는 앙가쥬망에 가담하였으며, 한국신미술회 회원이었다. 또한 서예가로서도 일가를 이루어 동방연서회 이사장으로도 활동했었다. 평안북도 문화상 예술 부문(1990), 대한민국문화예술상(1991), 은관문화훈장(2004) 등을 수상하였다.

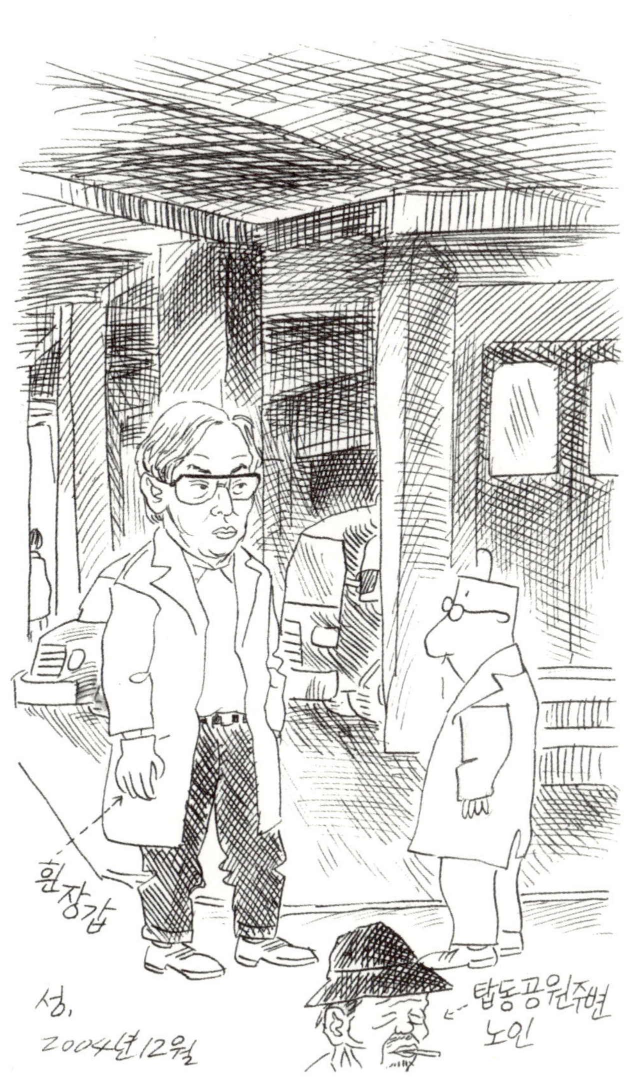

김서봉 화백과는 10년 전부터 서예가 김응현金膺顯 선생 작업실에서 만나 알게 되었고 인사동에서 여러 차례 식사를 하는 등 거래가 있었다. 언제나 날씬한 체격에 꼿꼿한 자세여서 예술가라기보다 교수 같은 인상이 드는 화백이었다. 자세뿐만 아니라 사고방식이나 행동도 화가에게서 흔히 느낄 수 있는 자유분방형이랄까? 꾸밈새 없는 형태가 아닌 그야말로 넥타이를 한 정장 타입의 신사였다. 근래 통 못 만나다가 작년 어느 따뜻한 겨울날 낙원동 악기상가 골목길에서 우연히 만나 근황을 물었더니 병원에 쭉 입원을 했었다고 하시는 거였다. 나 역시 늙어 가는 나이인 고로 궁금해서 어디가 아프셨냐고 물었더니 "장암 수술을 받았는데 이젠 거의 완쾌해 가고 있지요."라는 것이었다. '암'이란 소리에 가슴이 철렁 내려앉았지만 곧 완쾌해 가는 중이라 해서 일단 안심을 했었다. 혈색도 좋아 보이기에 조만간 연락을 해서 오랜만에 식사라도 할까 하고 있다가 차일피일 시간이 흘러 석 달가량 지난 2005년 3월 21일자 신문을 보다 화백의 별세 소식을 접하게 되었던 것이다.

아마도 우리가 헤어진 지 한두 달 후 다시 입원을 하셨던 것 같다. 유명을 달리한 분의 소식을 들을 때마다 아쉬움이 남고 허망한 감회가 깊이 들지만 김 화백의 경우도 예외가 아니었다. 김 화백은 15대 한국미술협회 이사장을 지냈고 1957년엔 김창열, 하인두 화백과 함께 현대미술가협회를 만들고 추상화 활동에 전념하다 1970년 중반부터 다시 사실적 자연주의로 전환한 분이었다. 또한 동덕여대 예대학장과 국제조형예술협회 아태지역 회장까지 지낸 분으로 앞으로의 활약이 기대되던 분이었다. 내 육필 까세봉피화는 김 화백이 사실주의에서 다시 추상화 계열을 모색 중일 때 그린 작품이다.

朴暎星 박영성

서양화가. 충남 태안 출생. 서울대학교 미술대학 회화과를 졸업하고 국전을 통해 작품을 발표해 왔다. 다섯 차례의 개인전을 가졌으며, 한국신미술회 회원, 한국수채화창작가협회 회원으로 강한 원색의 대비로 향토적인 기물들을 소재로 한 정물을 많이 발표하였다. 1966년에 경기도 문화상을, 1974년에는 제23회 국전에서 대통령상을 수상하였다.

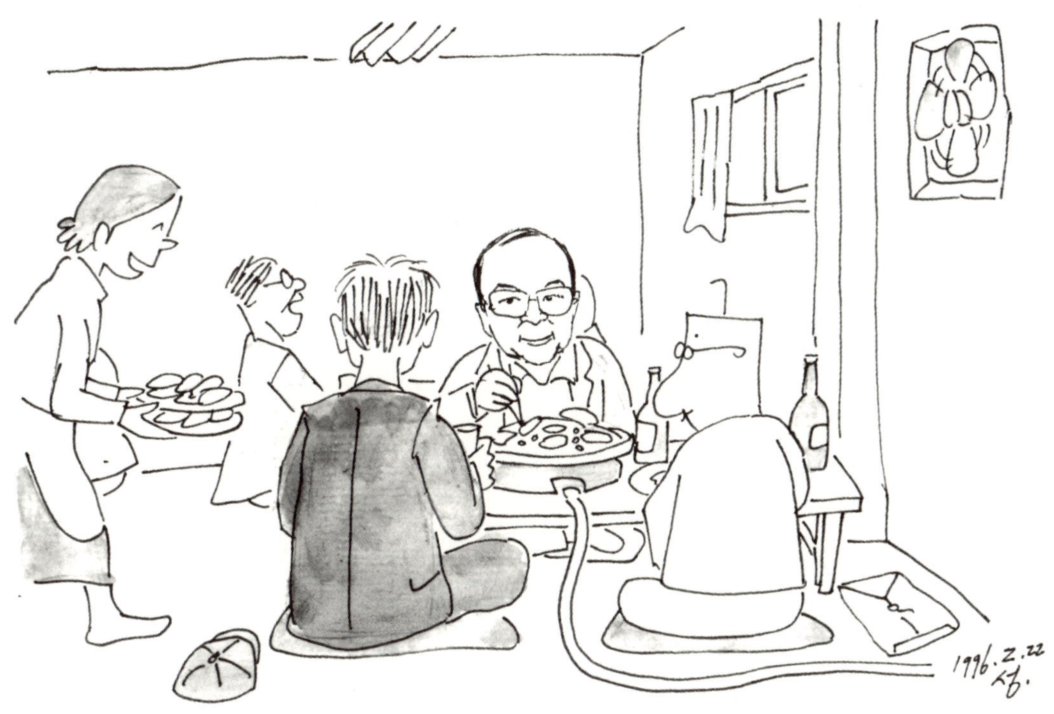

"수채화로 유명한 서양화가 박영성 씨가 2월 20일 오후 9시 30분 서울 여의도 성모병원에서 타계했다. 향년 68세. 충남 태안이 고향인 고인은 서울대 회화과를 졸업했으며 67년 이후 국전에서 여섯 차례의 특선 끝에 대통령상을 수상한 뒤 국전 추천작가, 초대작가를 역임했다.

인하대 교수로 후진을 양성해 온 박 씨는 현대미술의 다양한 그룹전에 참여하여 입지를 다지는 한편 한국 수채화계를 이끌어 온 화단의 중진이

다. 발인은 23일 상오 8시 40분, 장지는 경기도 용인 천주교 공원묘
지……."란 기사가 각 신문마다 실렸었다. 불과 몇 달 전까지도 다른 화가
들의 전시회 초대일 때 만나곤 했었는데 병색이라곤 전혀 찾아볼 길이 없
이 건강해 보이던 화백이었던지라 부음訃音 소식을 듣고 적지 않아 당혹했
었다. 병명이 심근경색증 즉, 심장마비였다고 하니 나도 모르게 내 손을
심장에 갖다 대 보게 되었다. 그러잖아도 졸고 있을 때나 자다 깼을 때 심
장의 고동이 돌연 커지기도 하고 때로는 잠시 멎었다가 가는 것이……, 무
슨 이상이 있지 않나 했던 것이 친지 화가가 심장마비로 별세했다고 하니
초미의(?) 관심사가 아닐 수 없었다. 몇 해 전이던가 원로 윤중식 화백의
자녀 결혼식 때 참석했던 화가들은 윤 화백이 개별적으로 초대해서 저녁
을 할 때에 박 화백과 동석을 했던 기억이 되살아난다. '낙동강'이란 소금
불고기집이라 기억된다. 박 화백은 그 외모와도 같이 둥글둥글 순박한 화
가로 허식이 없고 남에게 부담을 안 주는 그런 화가였다. 대체로 창작하는
분들은 개성이 강해서 신경이 예민한 분들이 많은 편인데 군계일학(?) 격
이라고나 할까? 호인이었던 분인데 이젠 어떤 모임에서도 못 보게 되었구
나! 생각하니 서글픔이 불현듯 스치고 지나갔다.

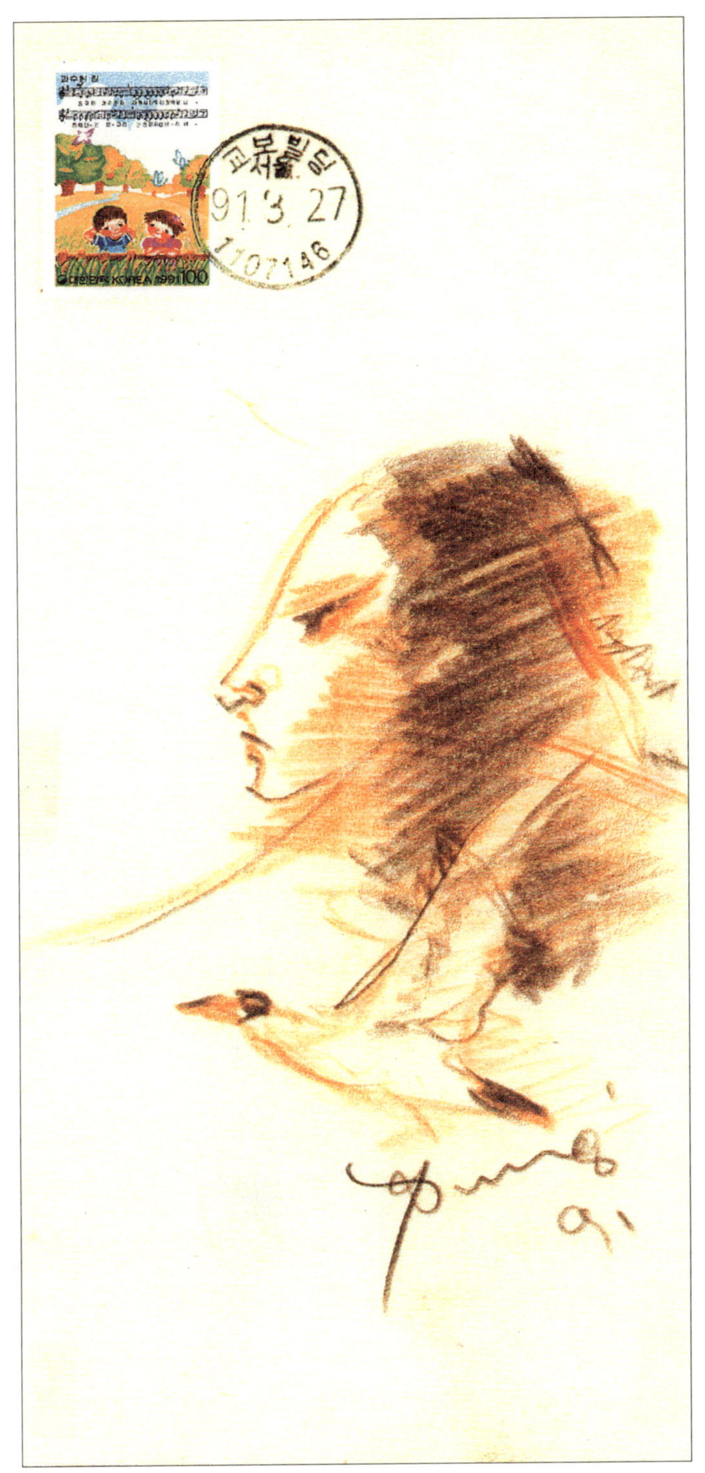

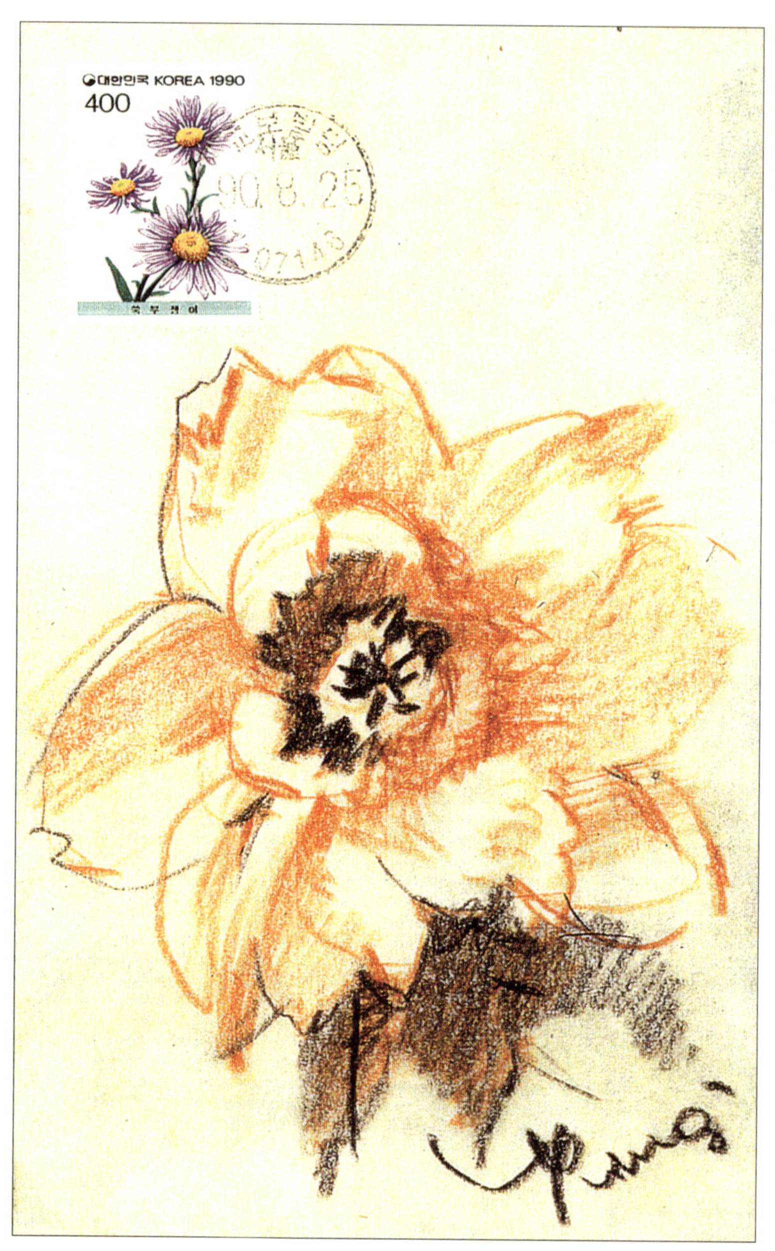

대한민국 KOREA 1990
400

趙平彙 조평휘

한국화가. 황해 연안 출생. 홍익대학교 미술학부 회화과를 졸업하고 신수회전(1963~2000)을 시작으로 아시아 현대미술전 (1976, 1988), 개인전 7회, 현대미술 초대전(1983~1991), 신묵회전(1984~1989), 동방수묵화대전(1987) 등 많은 활동을 해 왔다. 국민훈장 동백장을 수여받았으며 현재 한국미술협회 고문이자 목원대학교 미술대학 명예교수로 있다.

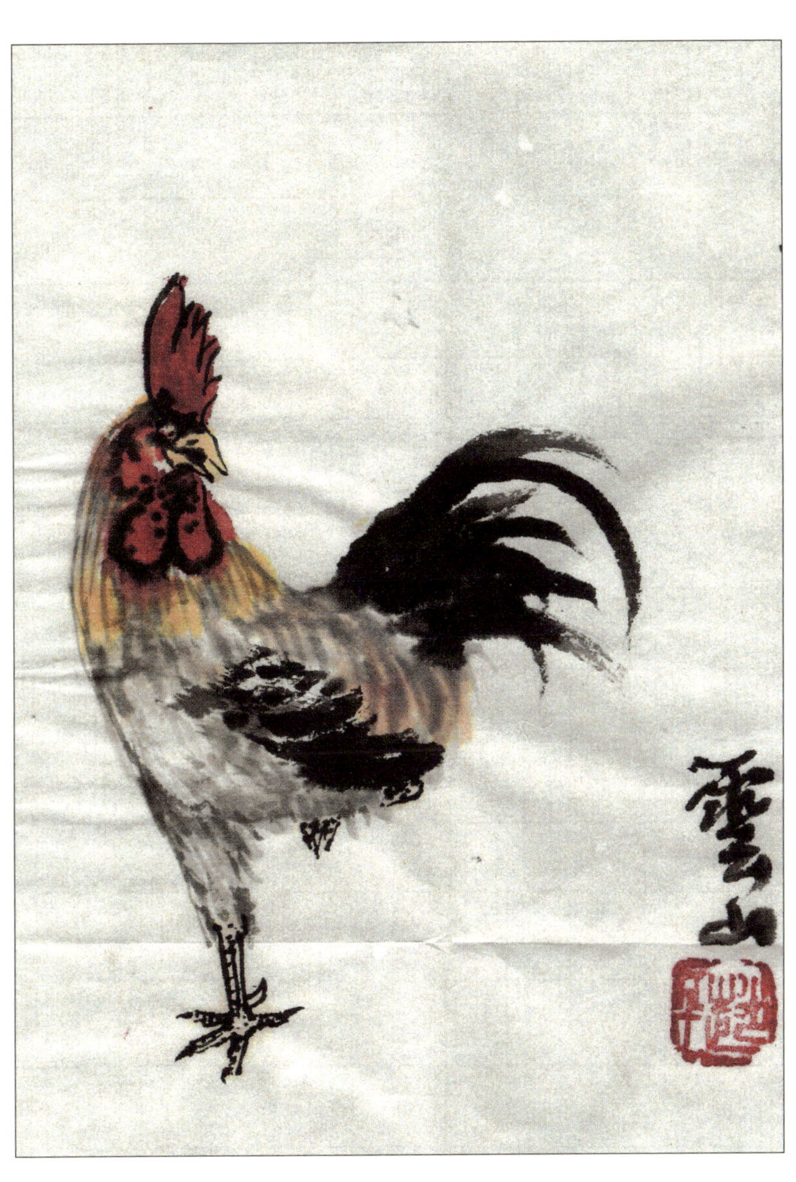

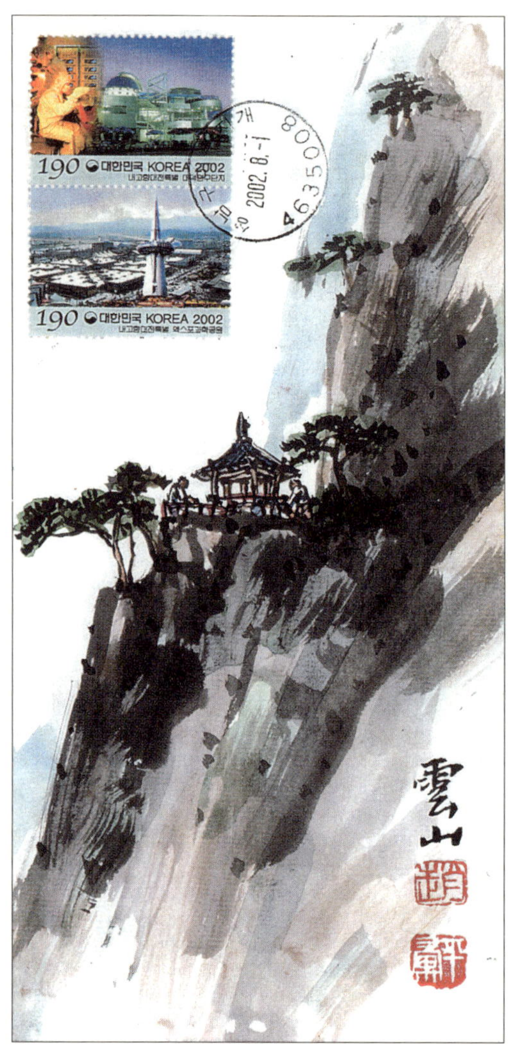

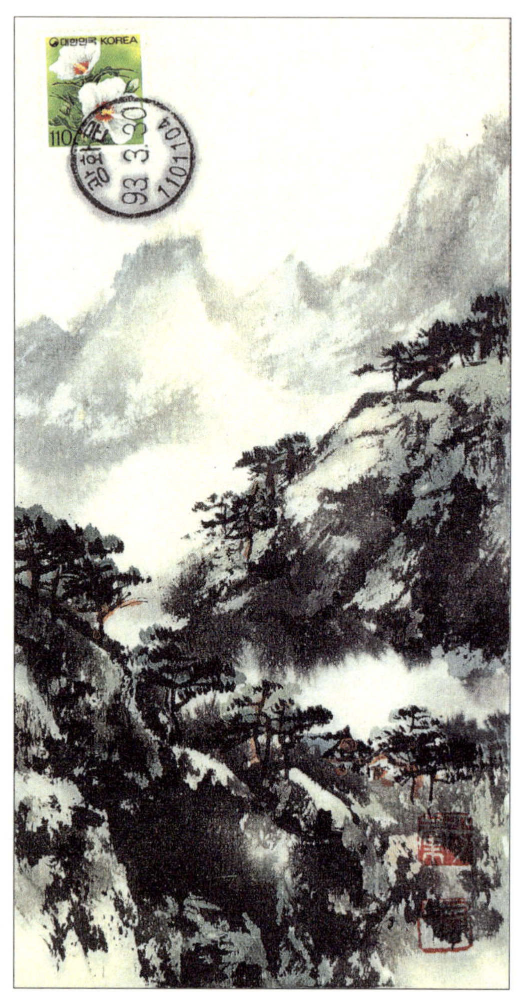

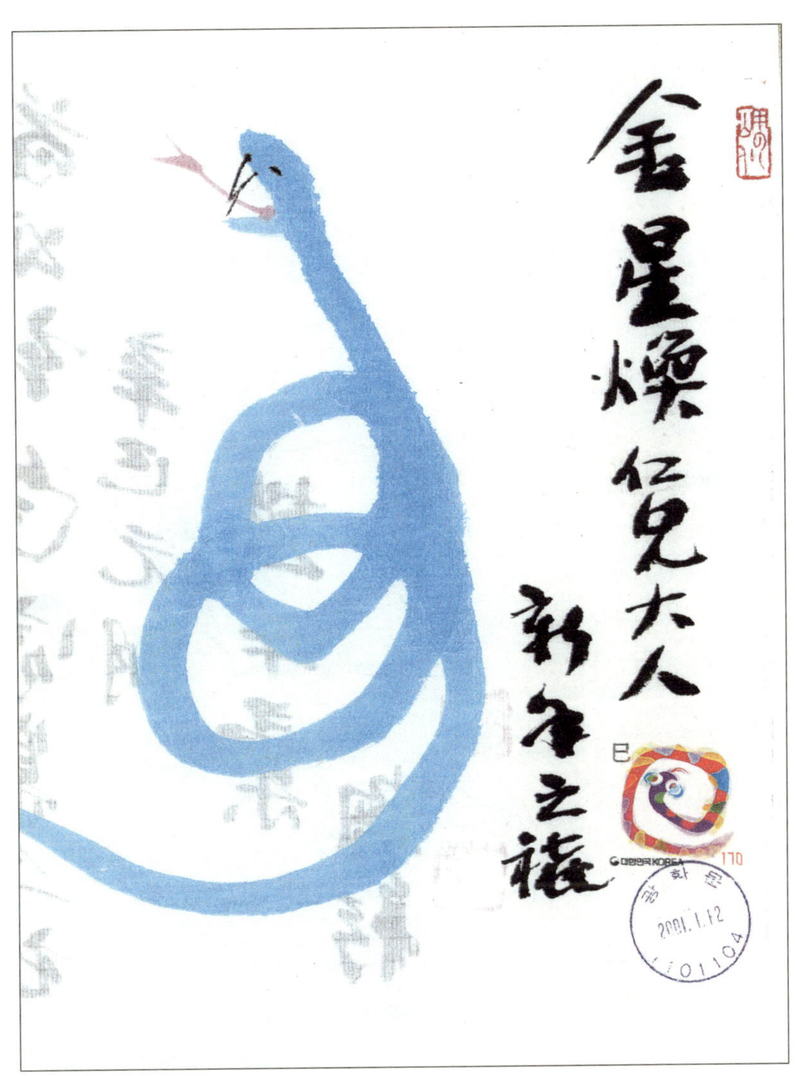

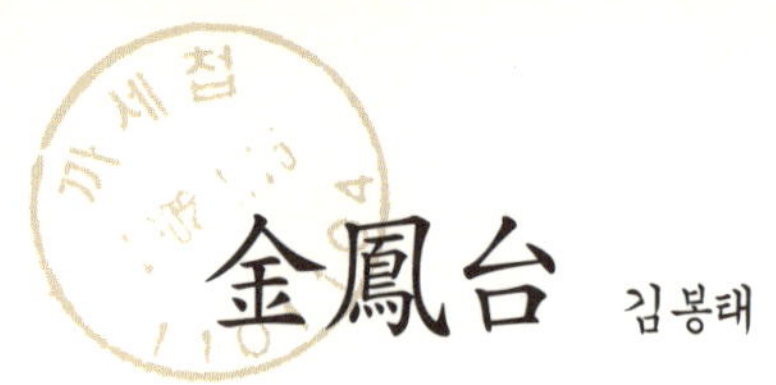

金鳳台 김봉태

판화가. 부산 출생. 서울대학교 미술대학을 졸업하고 1960년 미술협회 회원으로 활동을 시작하였다. 1960년대 초에 미국으로 건너가 판화가로서의 새로운 기반을 굳혔다. 파리 비엔날레, 보스턴 판화 초대전, 영국 판화 비엔날레, 서울 국제판화 비엔날레, 1968년 백악관 전시 초대전, 1975년 제3회 국제판화 공모전 등 각종 판화전에 출품하였다. 현재 남가주 한인미술가협회 회장직을 맡고 있다.

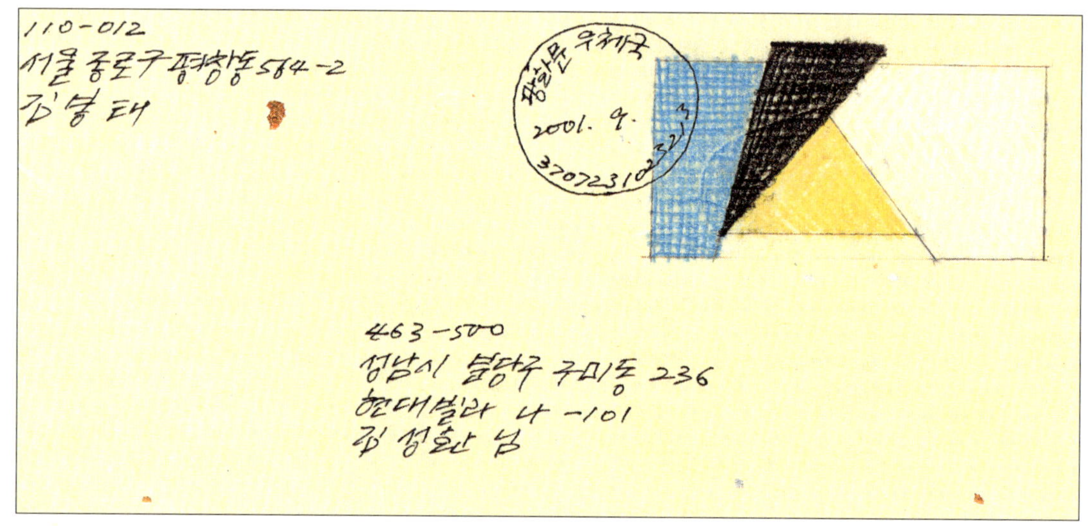

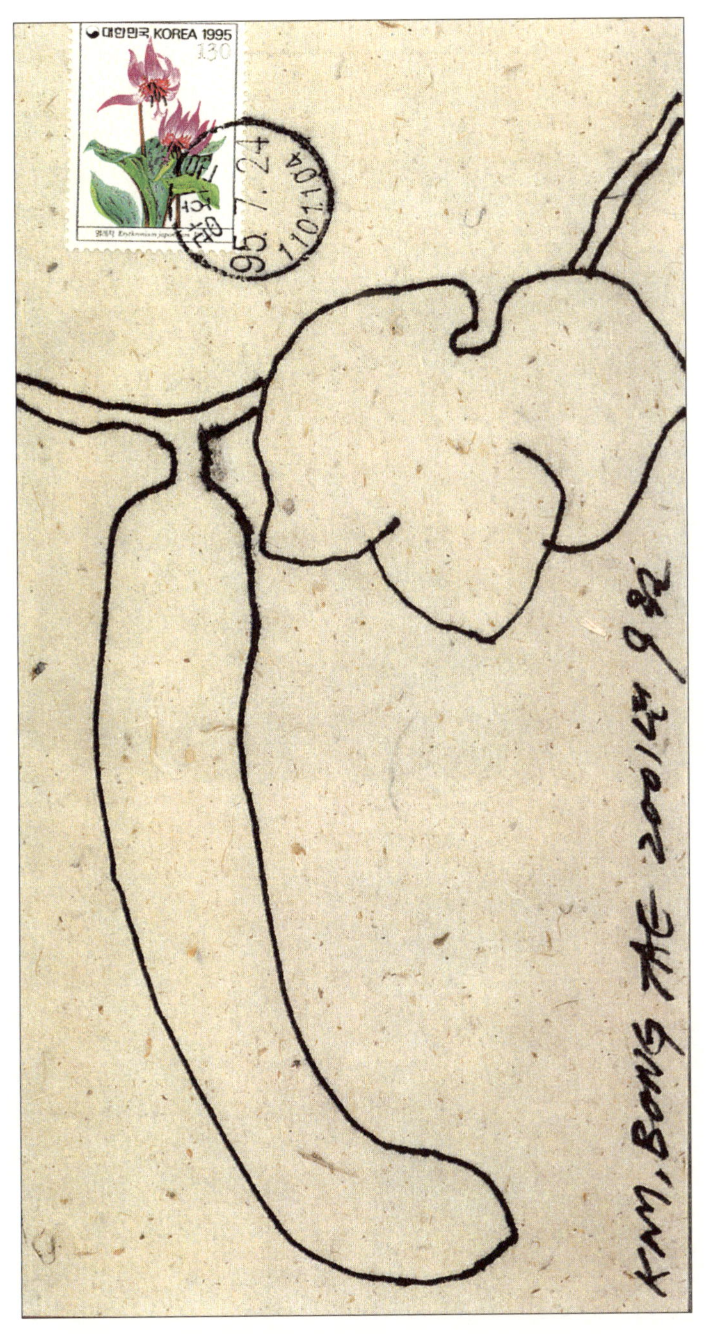
KOREA 1995
KAM, BONG TAE

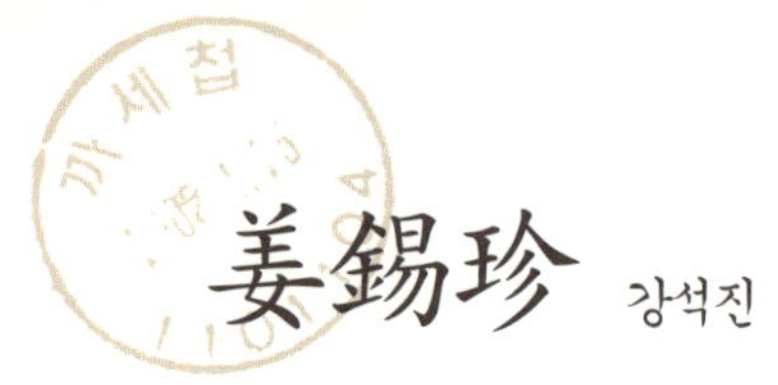

姜錫珍 강석진

서양화가. 경북 상주 출생. 30여 년 전 미국 뉴욕 거리를 걷다 우연히 보게 된 한 길거리 화가의 그림에 감명을 받은 뒤 한국에 돌아와 고 박덕순 화백, 박기태 화백 등에게 풍경화, 인물화 등을 배우며 독특한 화풍을 구축하기 시작했다. 프랑스 쇼몽 초대전을 비롯, 중국, 러시아, 일본, 이탈리아 등 국내외에서 20여 차례 전시회를 가졌으며 세 차례 개인전을 열었다. 한국미술협회, 신미술회, 한국풍경화회 회원이며, 현 CEO 컨설팅 그룹 회장이다.

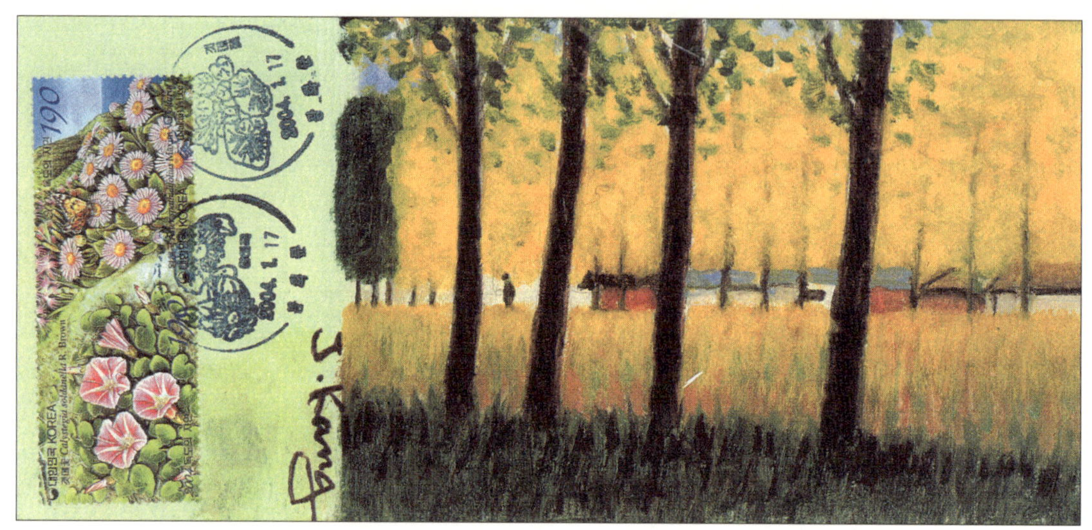

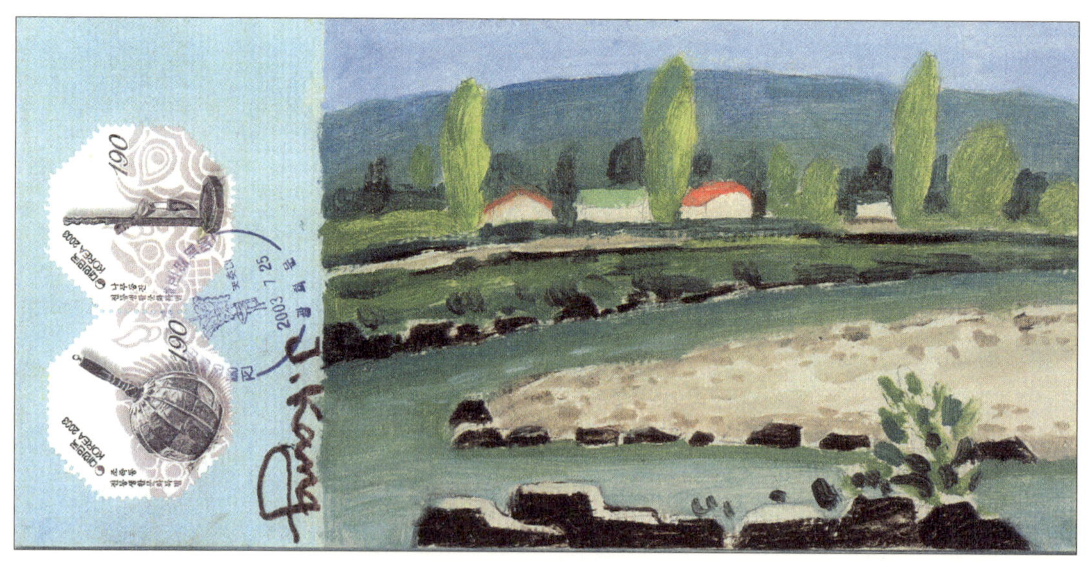

黃昌培 황창배

한국화가. 서울 출생. 서울대학교에서 회화를 전공했다. 서울, 부산, 밀라노, 보스턴 등 국내외에서 9회에 걸쳐 개인전을 가졌으며, 1977년 국전 문화공보부장관상, 1978년 국전 대통령상, 1987년 선미술상, 2001년 미술세계 대상작가 대상 등을 수상하였다.

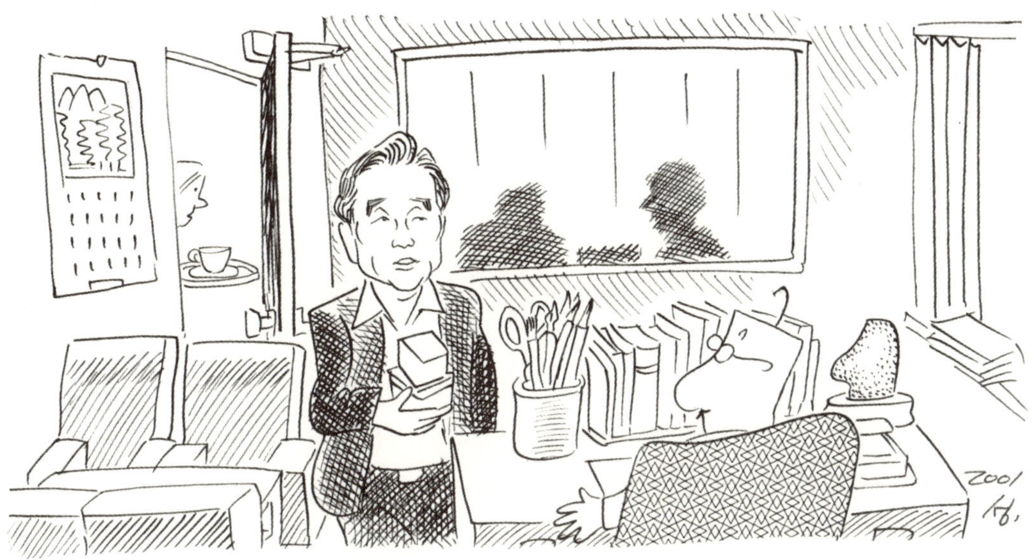

　　내가 《문화일보》에 출근을 할 때였다. 하루는 옆방에 있는 A화백의 방에 그의 미대 동창 황 화백이 놀러와 있어서 내 방에 초대해 차를 마시며 봉투화畵를 부탁했었다. 그때 나는 전서체로 쓴 한시漢詩를 그림 속에 넣기 위해 이리저리 연구를 하고 있었는데 의문 나는 점이 있어서 황 화백에게 의견을 물어보았더니 의외로 전서와 전각에 대해 조예가 깊었다. 그러다 한두 달이 지나서 내 방에 불쑥 나타난 황 화백은 그가 직접 새긴 '장춘長春'과 '수壽' 자 속의 두인頭印 두 가지와 중국산 고급 인육印肉을 선사하는 것이었다. 또 그때 받은 봉투화의 화면엔 큼직하게 4328의 숫자가 들어 있었는데 이건 단기 연호인 듯 다른 봉투에도 예외 없이 들어가 있었다. 다른 화가들의 경우 화면과 연도 표시는 별도로 나누어져 표현돼 있는데 이

봉투화 속의 화면엔 숫자 자체가 화면을 구성하고 있을 뿐 아니라 짜임새 있는 조화를 이루고 있었다. 난 고바우 원화原畵 등을 내주곤 했는데 이 봉투화는 소품이긴 하나 한 점 한 점 액자에 넣어서 벽에 걸고 감상할 수도 있고 화첩畵帖 속에 정리해서 마치 옛 사진 앨범을 보듯 감상하는 맛이란 아마 남들은 잘 모를 것이다. 그러고 나서 몇 해가 지난 오늘 아침 조간朝刊을 보니 '중진 한국화가 황창배 씨 별세別世'라는 기사가 나와 있어서 가슴을 찡하게 하는 것이었다. 이미 일년 전에 암 수술을 받았다는 소문을 들어왔기에 놀라진 않았으나 아까운 작가作家 귀재鬼才가 이렇듯 요절하다니 하는 아쉬움과 그리움이 마음속 깊이 파묻히는 것이었다. 또 기사엔 "끝없는 전통 파괴와 실험정신으로 화단의 테러리스트로까지 불렸던 황 씨는 전통과 격식에 얽매여 있는 한국화의 고정관념을 깨뜨리며 거침없는 자세로 새로운 영역을 개척, 젊은 화가들의 우상으로 떠올랐었다. 1978년 국전 대통령상을 받기도 한 그는 화선지와 먹을 고집하지 않고 캔버스에 먹, 아크릴 등을 쓰면서 추상화시키기도 했다. 1991년 전업작가를 선언하며 이화여대 교수직을 사임하고 시골에 내려가 화실을 만들고 작품에 전념해왔었다."라고 매듭을 짓고 있다. 흔히 창작하는 작가들에겐 신경질적이거나 고고해 보이는 성품을 지닌 사람들이 많은데 황 씨는 길에서 흔히 볼 수 있는 평범하고도 겸손한 그런 소탈한 작가였다. 말하자면 그의 작품에 나타나 있듯 강렬한 개성은 성품 자체엔 나타나 보이질 않아 어느 누구라도 친밀감을 느끼게 하는 그런 작가였던 것이다.

그의 나이 53세. 역시 천재나 귀재란 단명하는 것일까?

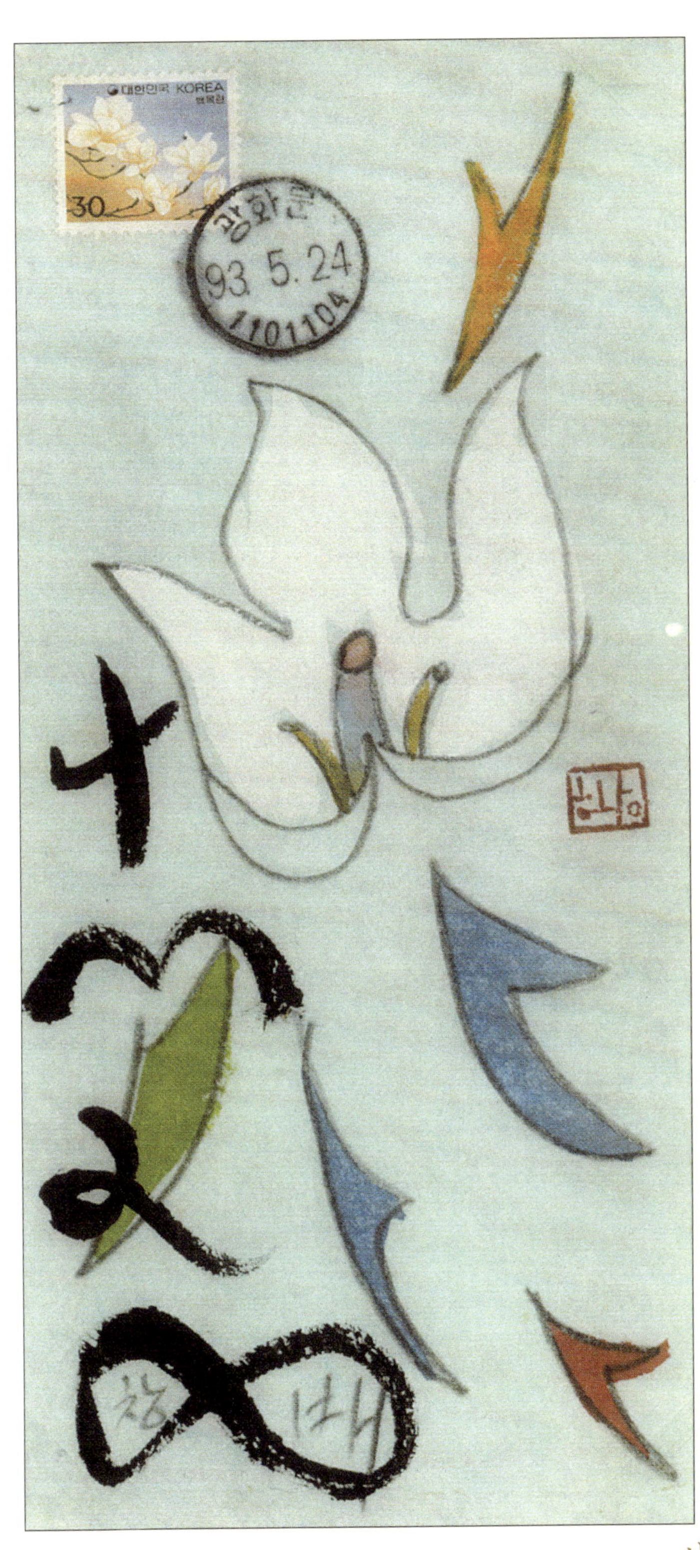

대한민국 KOREA
30
93 5. 24.
1101104

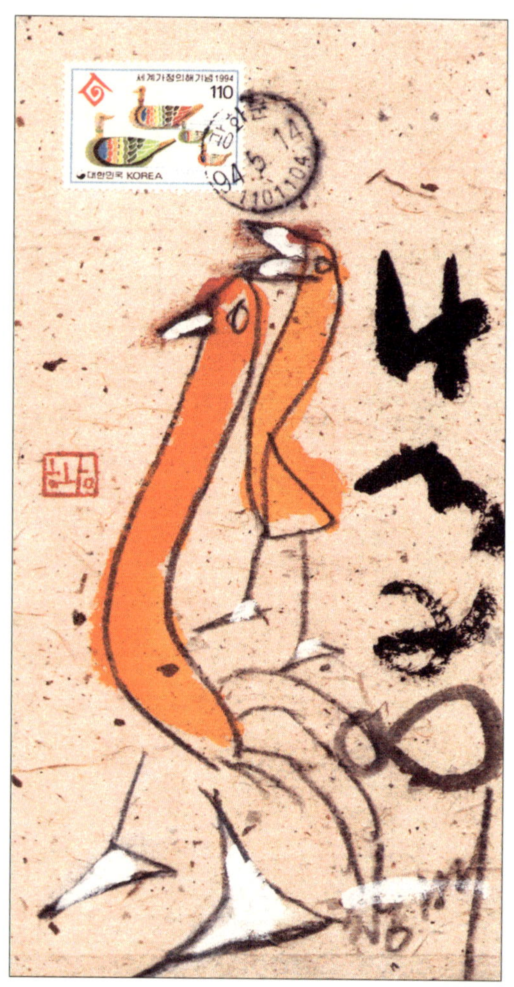

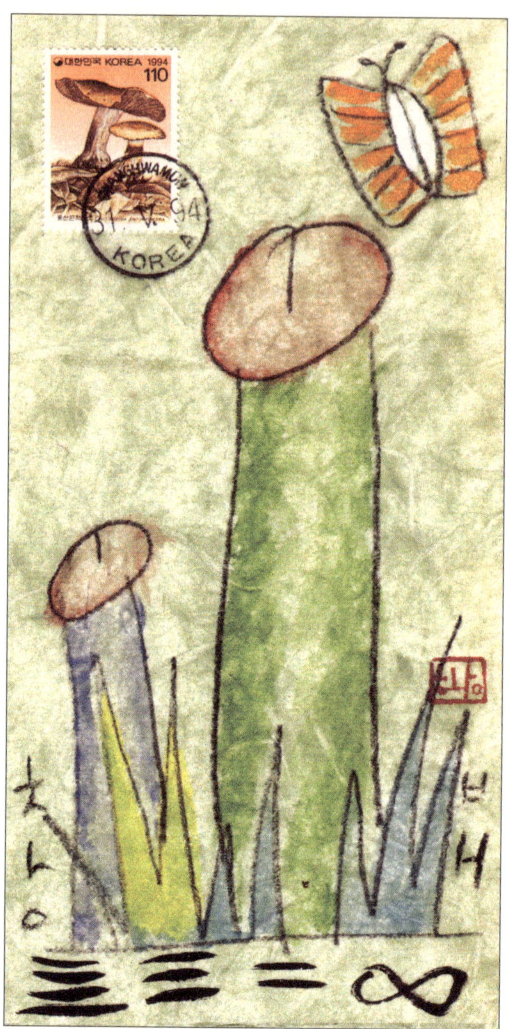

全爀林 전혁림

서양화가. 경남 통영 출생. 부산 미술전(1938)에 입선하면서 본격적으로 화가의 길을 걷기 시작하였다. 통영문화협회 창립 (1948) 동인으로 참여했으며, '도자기 연구 — 도자기 채색화의 가능성에 대한 연구 및 실험제작'(1956~1962)을 시도했다. 1949년 제1회 국전에 입선한 후, 1953년 제2회 국전에서 문교부장관상, 대한민국 문화훈장(1994), 일맥문화상(2000) 등을 수상했다. 1987년 화집 『전혁림』을 출간하기도 했으며, 1988년에는 인도, 이집트, 그리스 등으로 해외미술기행을 떠나기도 했다.

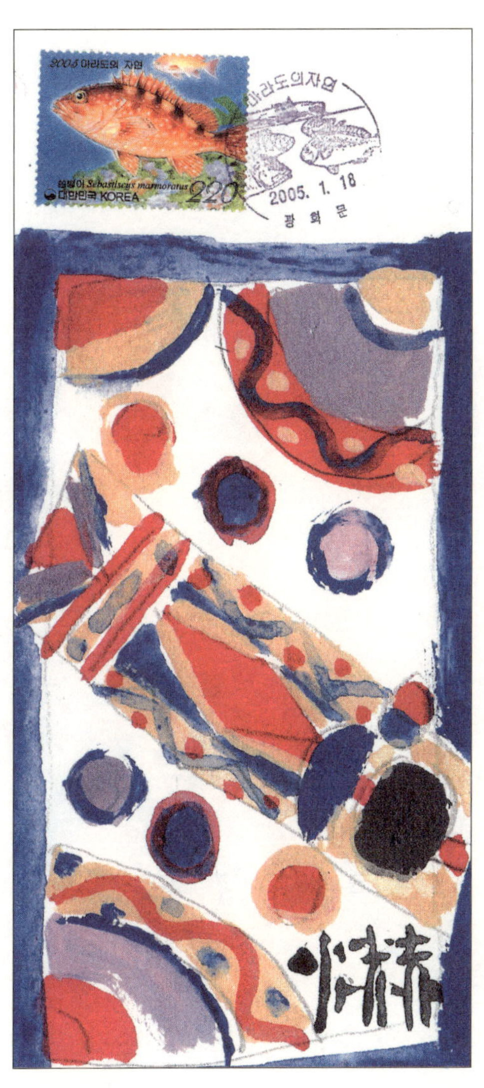

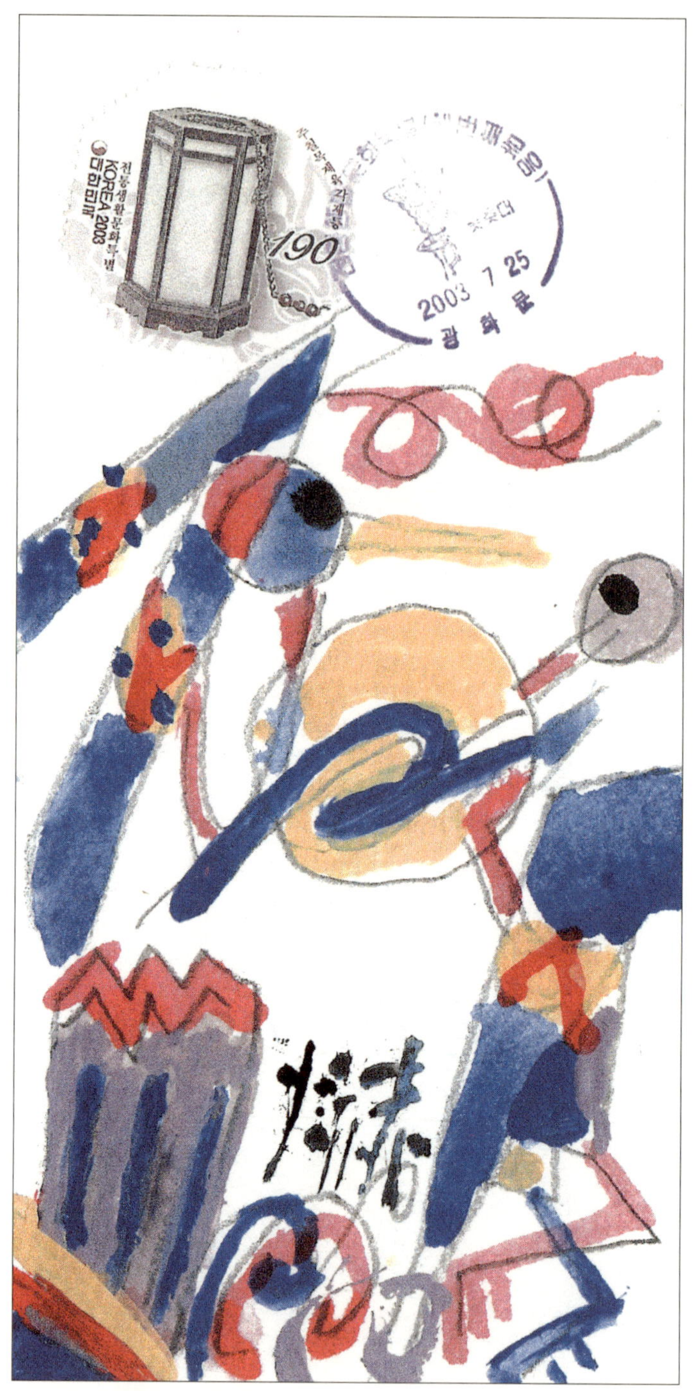

林頌義 임송희

한국화가. 충북 증평 출생. 서울대학교 미술대학 동양화과를 졸업하고 특히 산수화로 인정을 받아 심전(心田) 안중식(安中植), 심산(心山) 노수현(盧壽鉉), 심경(心耕) 박세원(朴世元)에 이어 심정(心井)이란 호를 박세원 선생께서 내려주셨다. 1964년 묵림회전 출품에 이어 한국화회 창립회원으로 1965년부터 현재까지 34회 출품하였고 회장직을 역임하였으며, 개인전을 4회 가졌다. 제1회 겸재미술상을 수상하였고, 대한민국미술대전 운영위원 및 심사위원을 비롯하여 동아미술대전 심사위원 등을 역임하였다. 현재 덕성여대 예술대학 동양화과 교수 및 학장으로 재직하고 있으며 한국미술협회 고문이다.

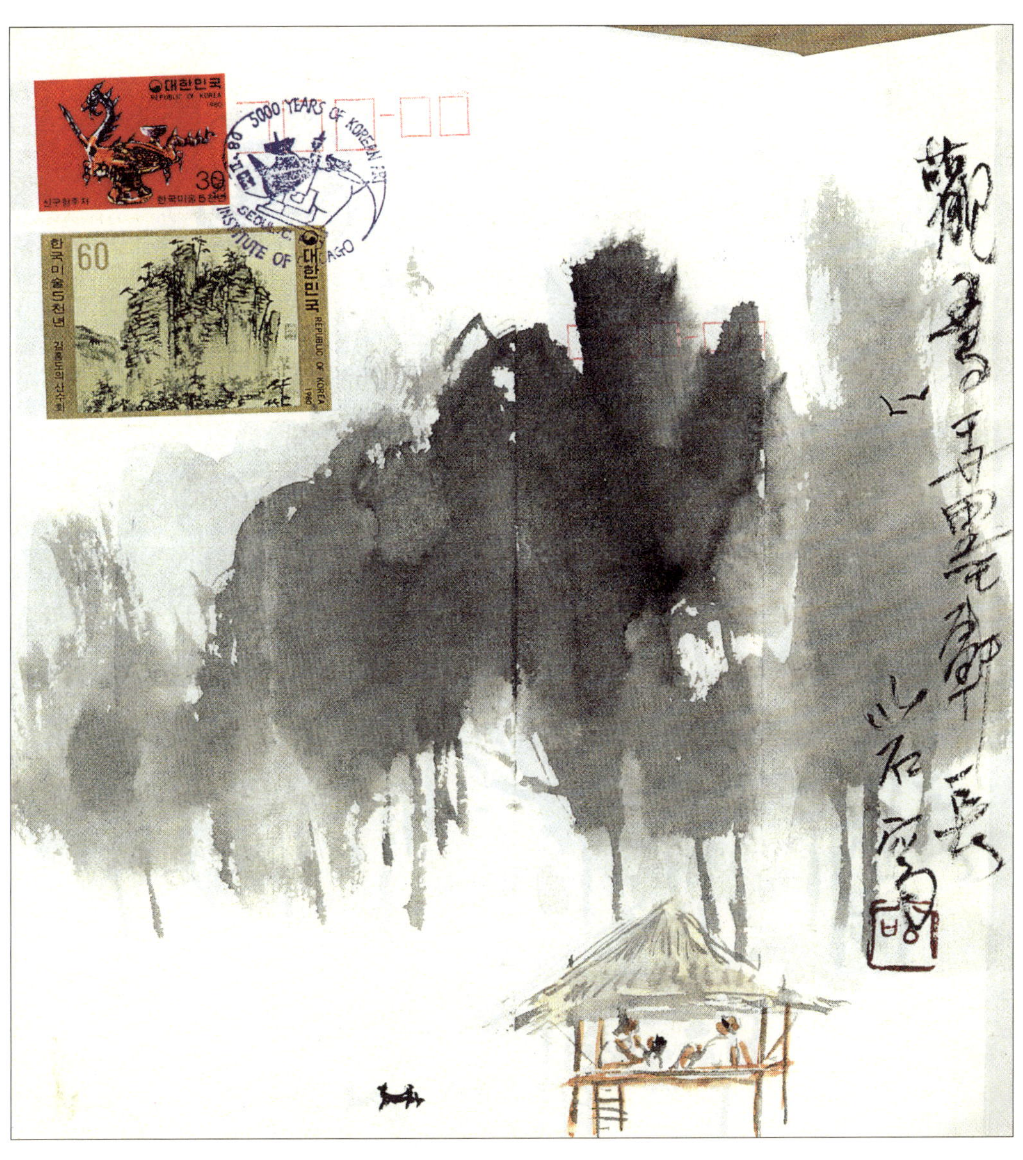

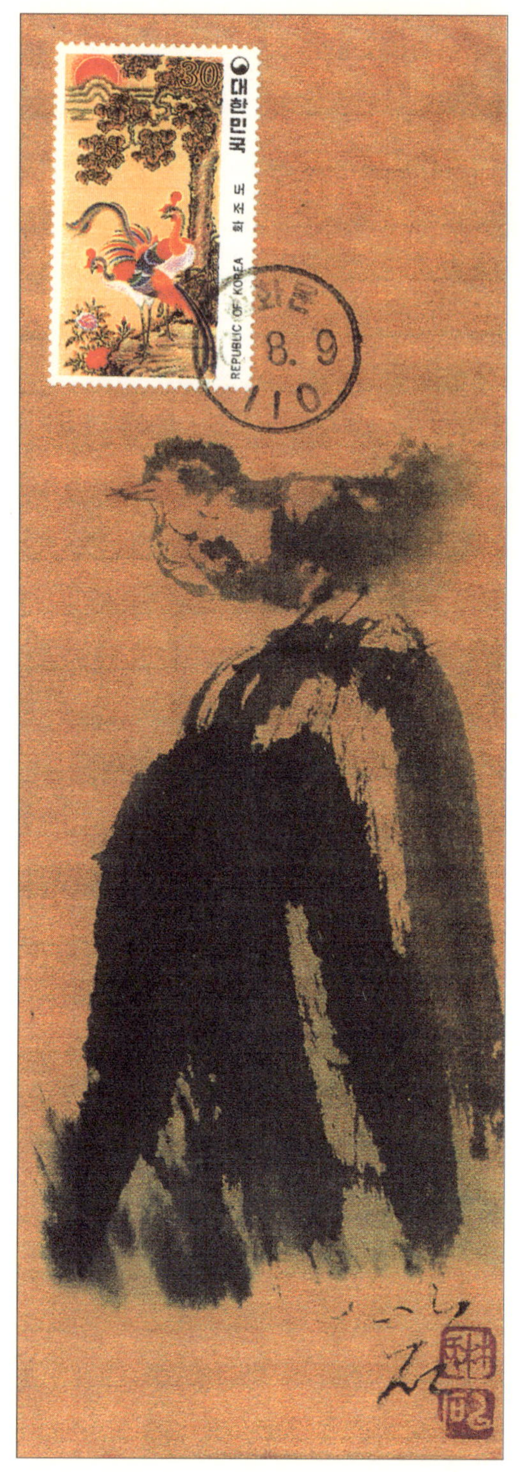

30
대한민국
화조
REPUBLIC OF KOREA
8. 9
110

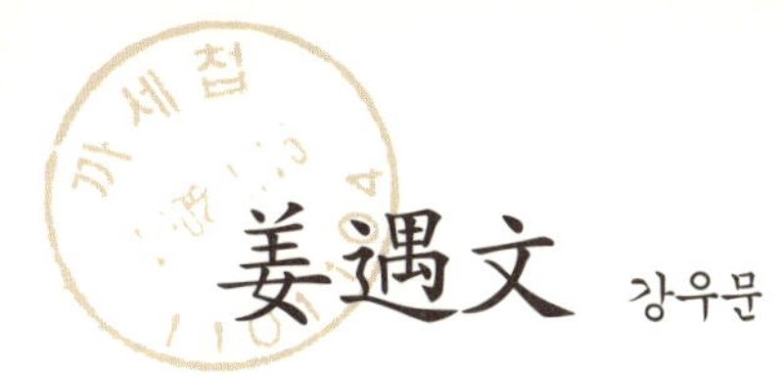

姜遇文 강우문

서양화가. 대구 출생. 국전을 통하여 작품 활동을 해 왔으며, 국전 초대작가 및 1960~63년 창작미술협회 회원, 1965~68년 구상회 창립 회원, 1970년 이상회 회원, 1974년 목우회 회원이었으며, 1967년 경상북도 문화상 미술 부문 수상, 1975년 국전 제24회 추천작가상을 수상했다. 해외 활동으로는 1975~76년 동경 태평양 미술전 초대 출품, 1977년 구미 미술계 연구 시찰 여행 등이 있다. 영남공업전문학교 응용미술과 과장, 경북대학교 미술대학 교수를 역임하였다.

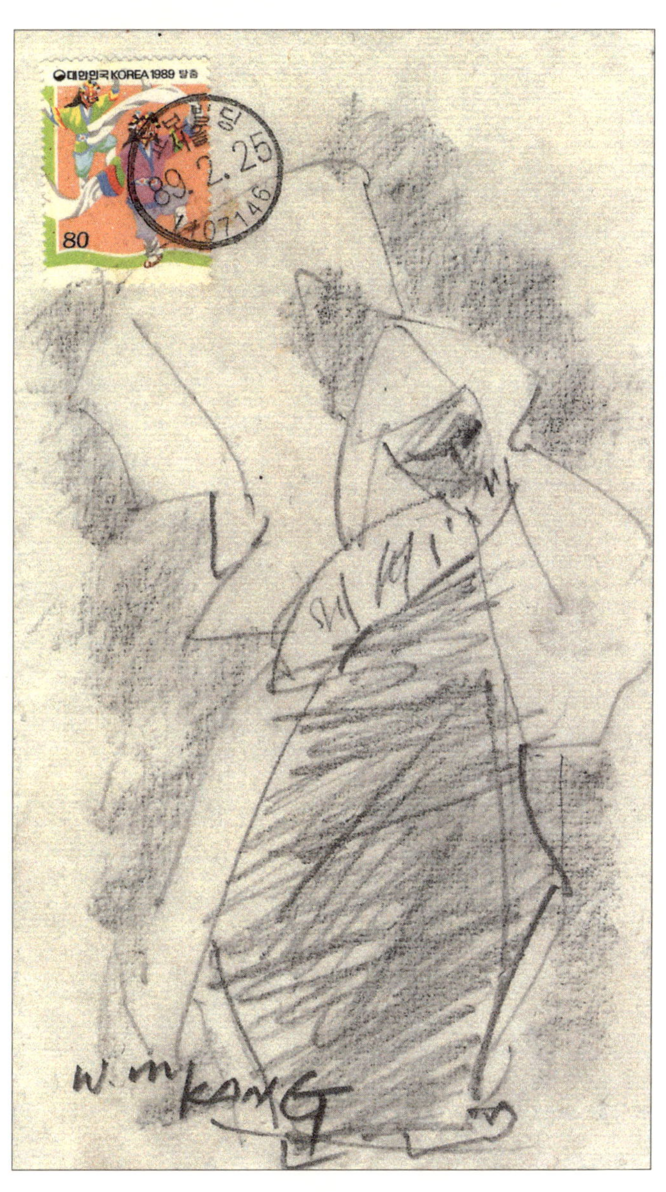

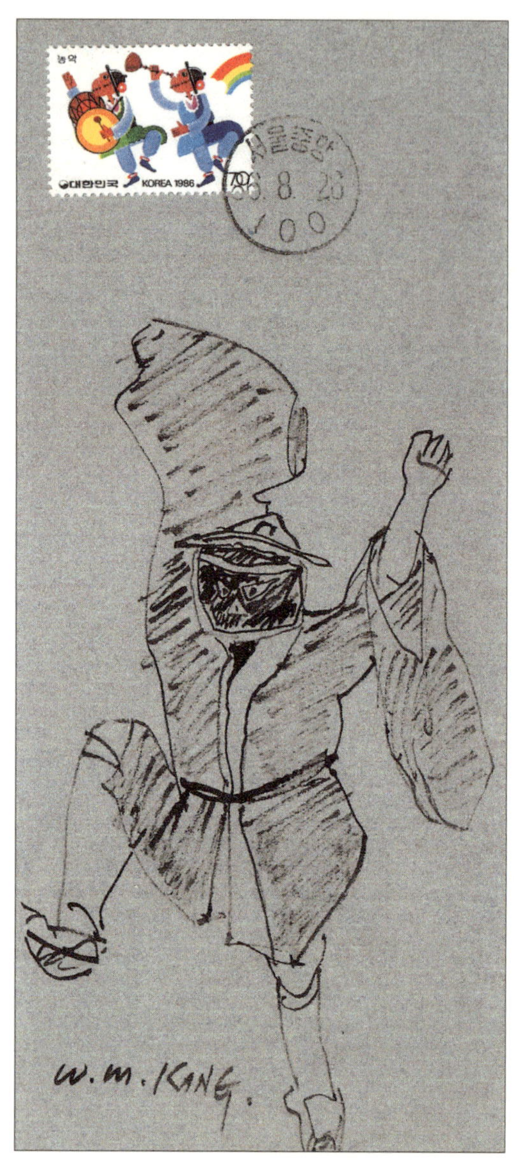

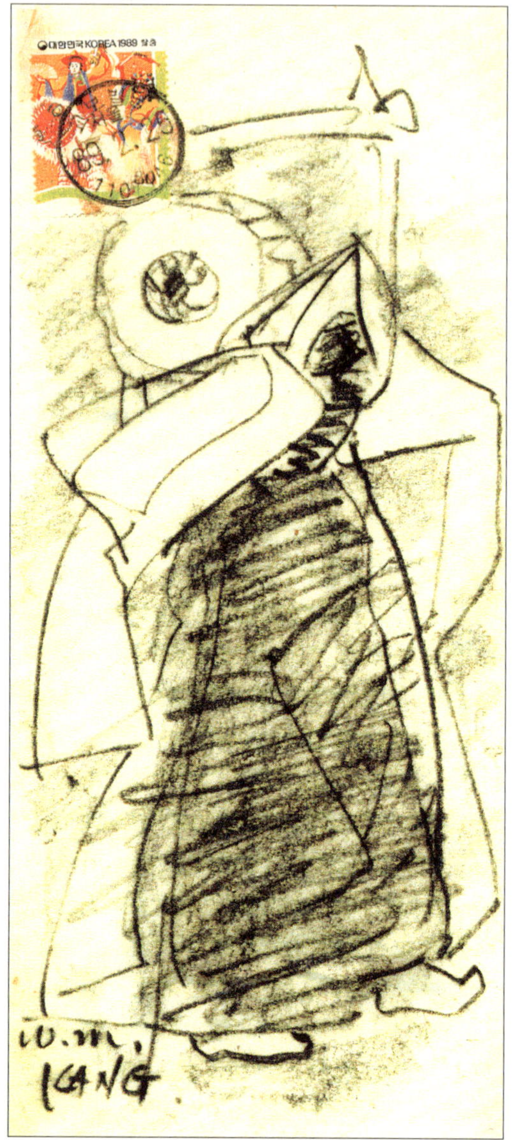

黃瑜燁 황유엽

서양화가. 평남 대동군 출생. 일본 다마가와 미술학교를 졸업. 선전으로 데뷔하였으며, 국전을 통하여 작품을 발표해 왔다. 창작미협 창립에도 참가하였으며, 구상전 회원으로 활동하고 있다. 해외 활동으로는 1966년 말레이시아 초대전, 1976년 동경 아시아 현대작가전 등에 출품하였다. 1976년에 미술교육 공로상을 수상하였으며, 중앙대학교 예술대학 교수로 후진을 양성하기도 했다.

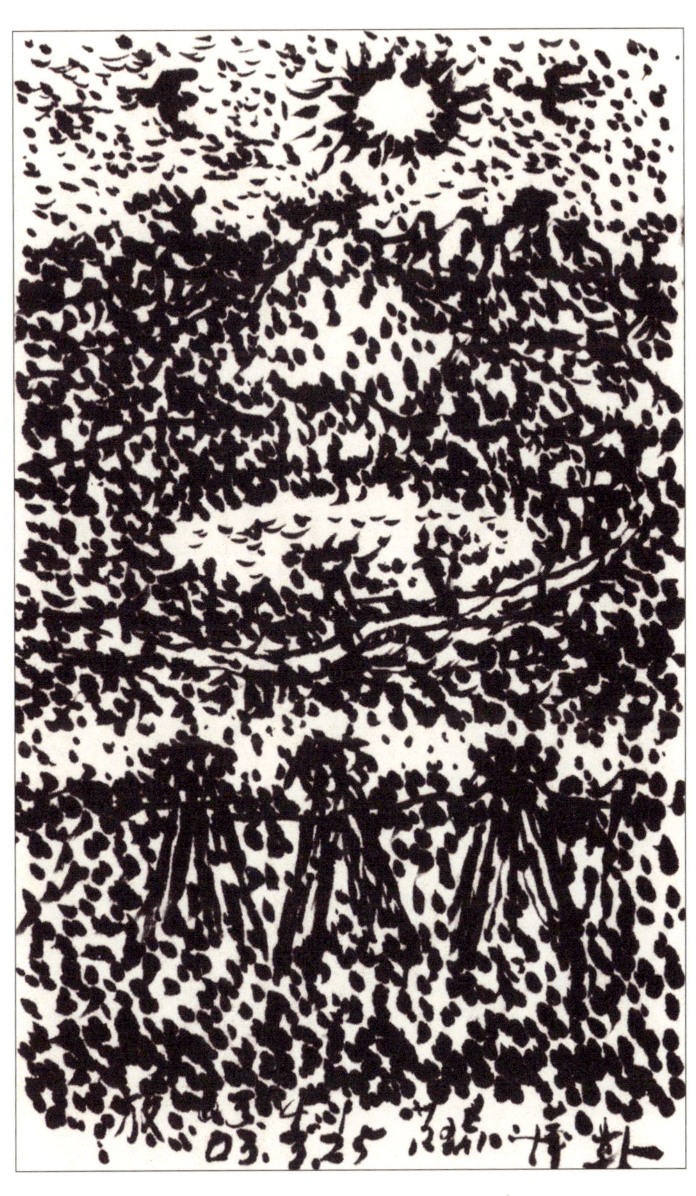

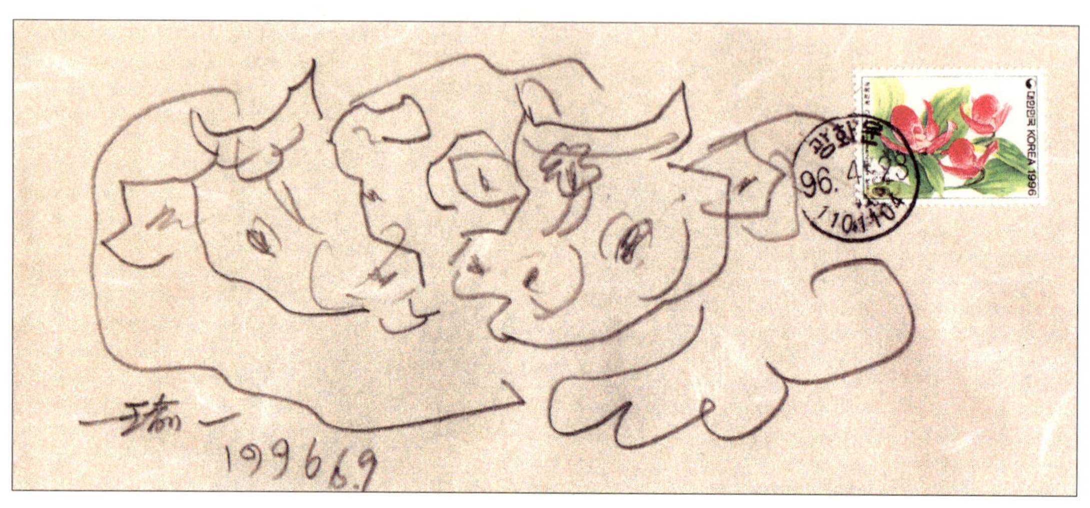
199669

李鍾武 이종무

서양화가. 충남 아산 출생. 일본 동방미술학원을 졸업하고 국전을 통해 작품을 발표하였다. 오랫동안 홍익대학교에 재직하였으며, 국전 초대작가 및 심사위원, 예총 부회장, 미술협회 이사장 등을 역임하였다. 국전에 연 4회 특선, 대한민국 예술원상, 대한민국 문화훈장(모란장) 등을 수상하였다.

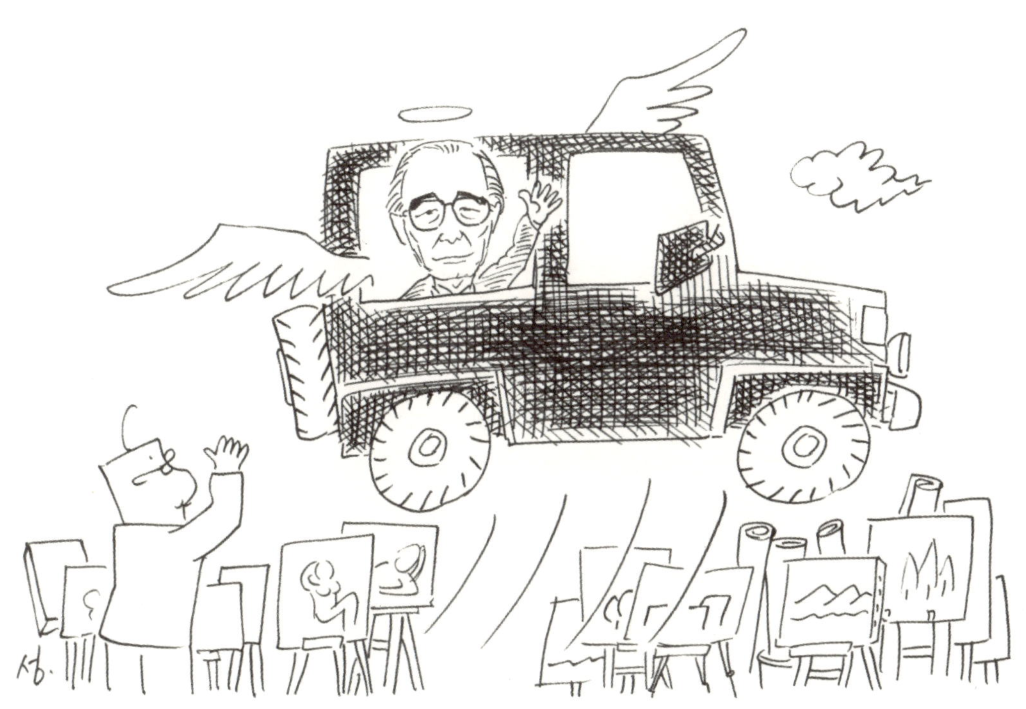

'원로 서양화가 이종무 화백이 5월 26일 오후 8시 40분경 충남 아산시 송악면 자택 앞에서 교통사고로 별세했다. 향년 87세.' 란 기사가 조간에 나 있었다. 전화 통화는 몇 해 만에 한두 번씩 했었지만 직접 뵌 지는 십 년이 넘는다. 사람들은 비슷한 처지에 놓이거나 비슷한 취미를 가졌을 때 보다도 비슷한 생각을 가졌을 때 더 한층 친밀감을 갖게 마련이다. 80년대 당시 집사람이 몇 번쨴가 차를 바꾸게 될 때에 '교통사고 불안증' 같은 것 에 사로잡혀 있던 나는 강력히(?) 권고해서 코란도 지프 9인승을 샀었다. 오토매틱이 아니어서 운전하는 데는 상당한 노동력(?)이 들었지만 우선

차끼리 부딪쳤을 때 안전도가 높고 하수구 같은 데에 바퀴가 빠져도 자체 능력으로 빠져나올 수 있고, 전시회 준비차 그림 액자를 운반할 때에도 편리했기 때문이다. 이런 내 생각과 거의 비슷한 생각을 했던 분이 이 화백이었다. 우연한 막걸리 술자리에서 바로 옆에 앉은 이 화백과 차 얘기가 나왔을 때 나와 같은 아이디어로 같은 종류의 차를 사신 걸 알고 의기가 상통했었다. 아닌 게 아니라 남의 차가 와서 부딪쳤을 경우에 남의 차만 손상되지 지프는 멀쩡했었으니 이쪽만 운전을 얌전히 하면 별 탈이 없는 그런 차였다. 뿐만 아니라 80년대에 나의 집이 사당동에 있을 때 이 화백의 댁과 화실은 구반포에 있어서 의논할 일이 있을 때 만나러 가기도 쉬웠다. 마침 우리 딸이 미대 입학 문제 때문에 상의하고자 이 화백의 집을 찾아가 식사도 하곤 했었다. 이때에 육필 까세 한 점을 그려 받기도 했다. 수성사인펜으로 그리고 나서 수채화 물감으로 담백하게 악센트를 집어넣은 단순명료한 가작이었다. 이 화백과 그림 얘기를 하면서 그림을 김치로 비유해서 "어떤 작품은 배추에 소금만 뿌려 놓은 겉절이 작품이 있고 어떤 건 거기다 실고추만 추가시킨 것 또는 마늘이 더 가미된 작품이 있는가 하면, 밤, 대추, 배까지 넣은 아기자기한 맛이 나는 작품이 있다."라고 얘기를 하자 이 화백은 박장대소를 하시고 자신의 작품은 어느 부류에 속하느냐고 물어보곤 하시던 일이 엊그제 같은데 벌써 20년이란 세월이 흘렀다. 아산이 고향이신 이 화백은 서양화 1세대 작가로 일본 유학을 하고 귀국 후 홍익대 미대 교수, 한국미협 이사장, 예술원 회원, 국전 심사위원을 역임, 문화훈장과 대한민국 문화예술상을 받는 등 화려한 경력을 지니셨으나 매스컴을 잘 안 타는 분이셔서 그런지 대중적으로 널리 알려진 분은 아니었다. 내년에 맞은 미수米壽(88세)를 기념해서 전시회 준비차 서울과 아산을 왕래하시다 변을 당하셨으니 참으로 안타까운 노릇이 아닐 수 없다. 다만 고향인 송악면 외암리에 선생의 아호를 딴 '당림미술관'이 건립돼 있으니 화백의 유작은 그곳에서 일목요연하게 감상할 수 있어서 다행이라 아니할 수 없다.

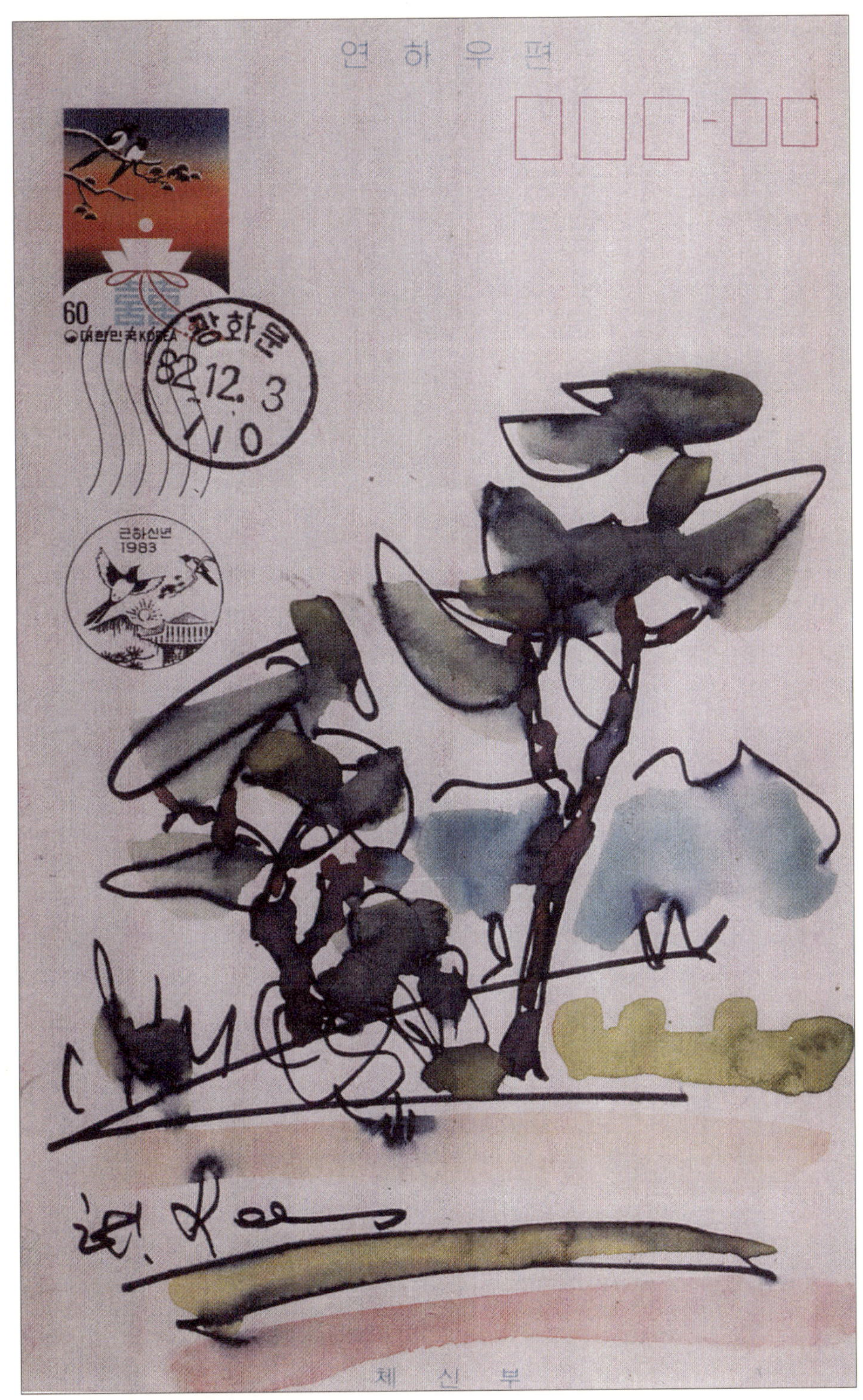

연 하 우 편
□□□-□□
60
대한민국 KOREA
광화문 82.12.3 110
근하신년 1983
체 신 부

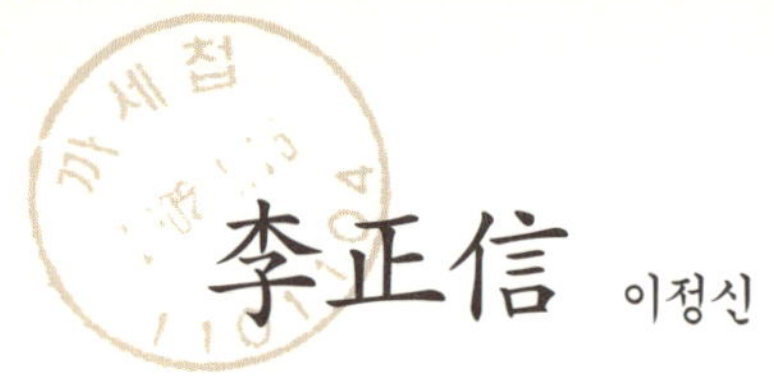

李正信 이정신

한국화가. 서울 출생. 홍익대학교 회화과 및 한양대학교 언론정보대학원을 졸업하였다. 한국화가로는 처음으로 1981년 로마, 1987년 영국 고밴트가든 '로열 오페라하우스'와 1989년 보스턴 MIT 뮤지엄 초대 개인전을 개최하였다. 그외에도 프랑스, 네덜란드, 불가리아, 독일, 일본 등 국제문화교류전에 주력하였으며, 17번의 개인전과 200여 회의 단체전에 참가하였다. 1980년 동아미술제 동아미술상을 수상하였으며, 국립현대미술관 서울미술대전 초대작가, 동아미술제 심사위원, 한국미술대전 운영위원, (사)한국전업미술가협회 부이사장과 동아일보사 문화사업부장을 역임한 바 있다. 현재 홍익대학교 미술교육원과 경희대학교에서 강의하며 한국미술협회 미술저작권특별위원회 부위원장으로 있다.

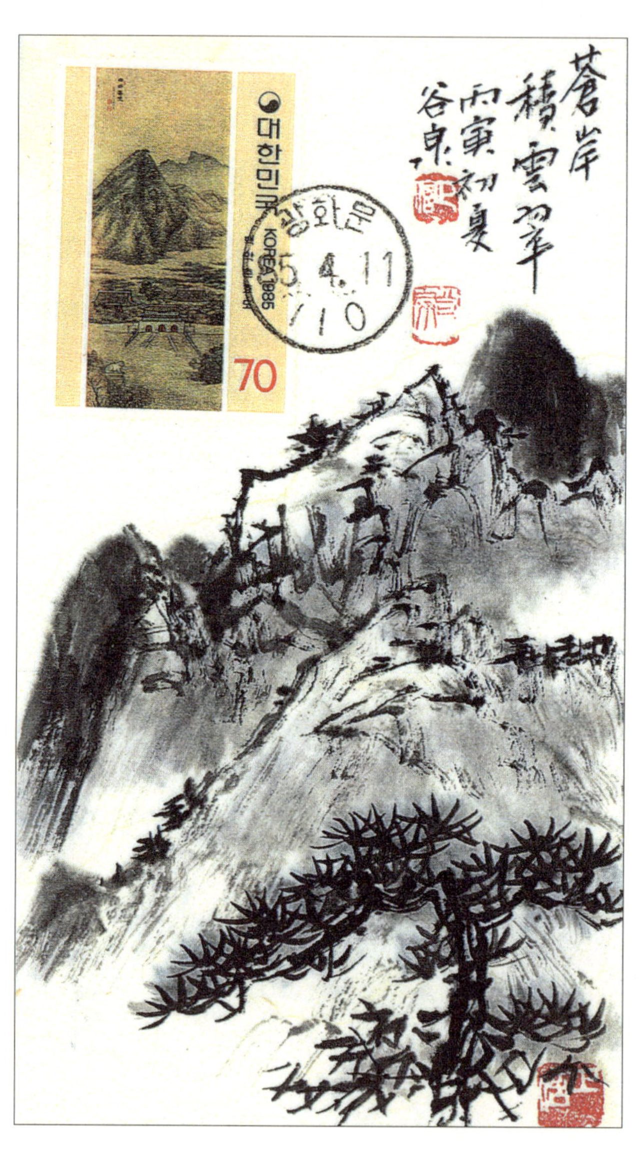

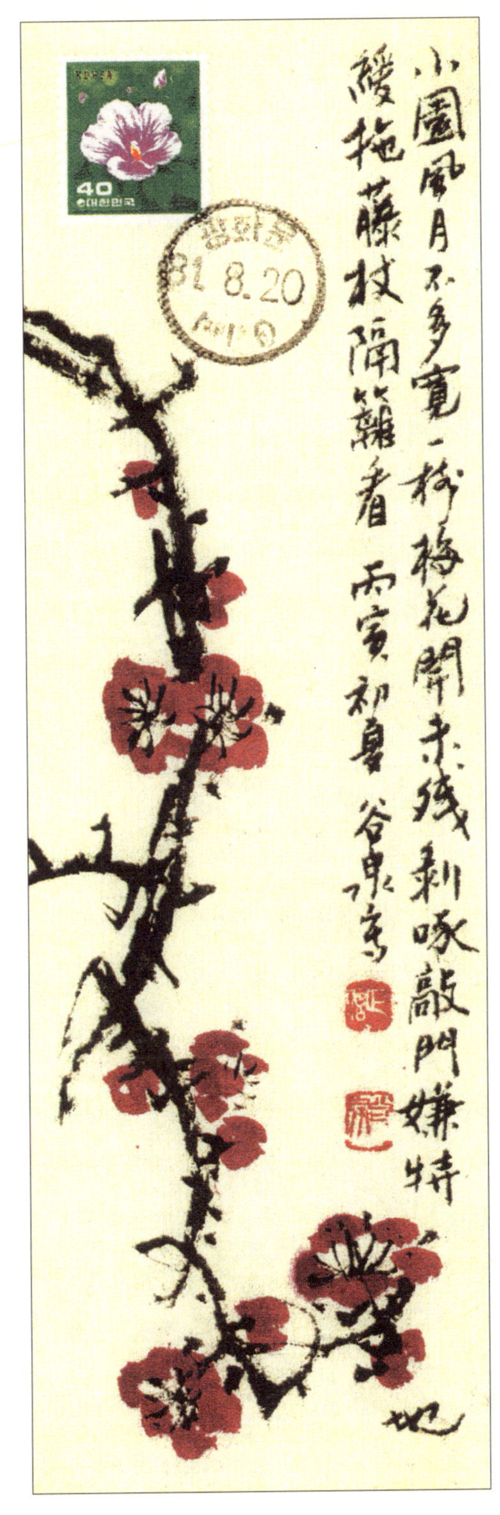

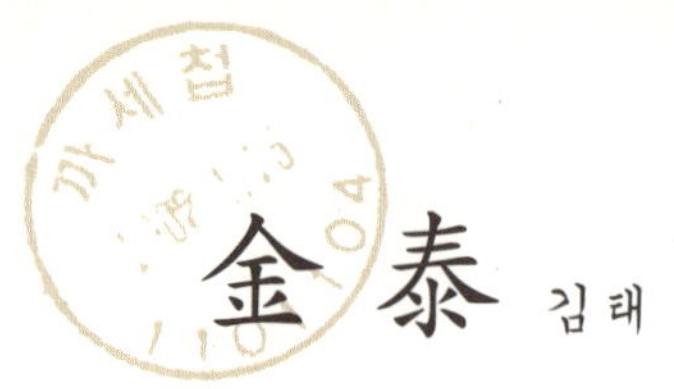

金 泰 김 태

서양화가. 경기 파주 출생. 서울대학교 미술대학 회화과 및 동 대학원을 졸업하고 한국미술협회 회원으로 한국 가톨릭 미술협회
전, 앙가쥬망 서양화전에 출품하였다. 해외 활동으로는 1974년 제10회 아시아 미술 교류전 초대 출품, 1975년 유럽·미국 미술
계 및 미술대학을 시찰하였으며, 현재 서울대학교 미술대학 교수로 후진 양성에 노력하고 있다.

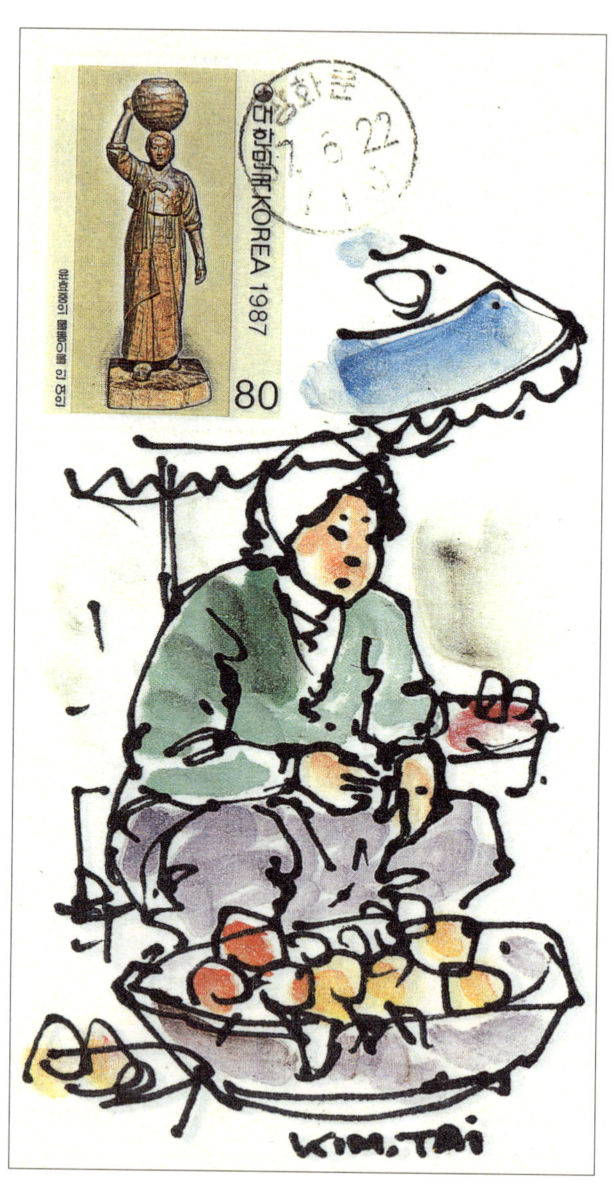

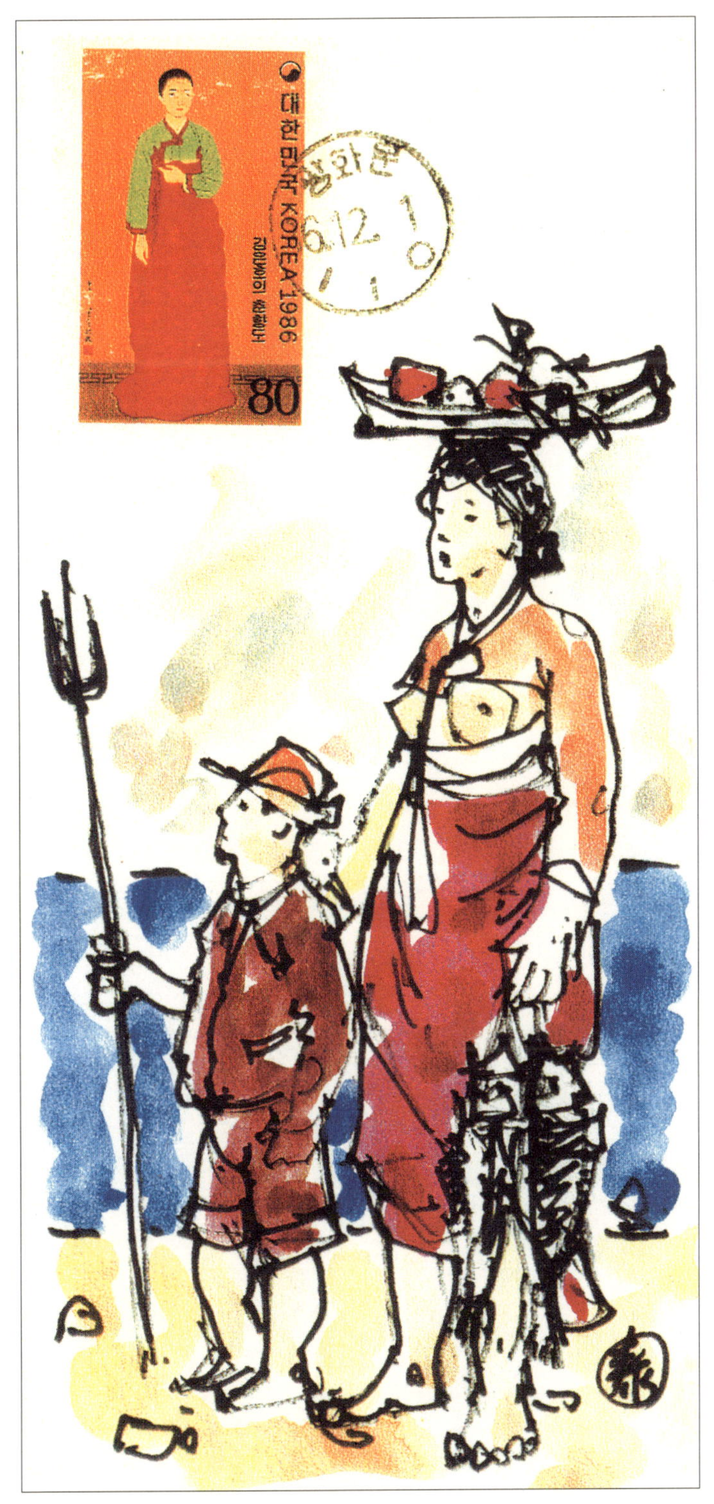

대한민국 KOREA 1986
김만형 의 화황노
80

權純亨 권순형

공예가. 강원 강릉 출생. 서울대학교 응용미술과를 졸업하고 1961년 대한민국 미술전람회 추천작가로 선임되었다. 가톨릭 미술전, 중·일 국제도예전, 현대미술 초대전 등에 출품했으며, 대한민국 공예대전 운영위원장, 서울 현대도예 비엔날레 대회장, 서울 올림픽 문화축전 추진위원 등을 역임하였다. 국민훈장 목련장, 대한민국 예술원상, 은관문화훈장 등을 수상한 바 있다.

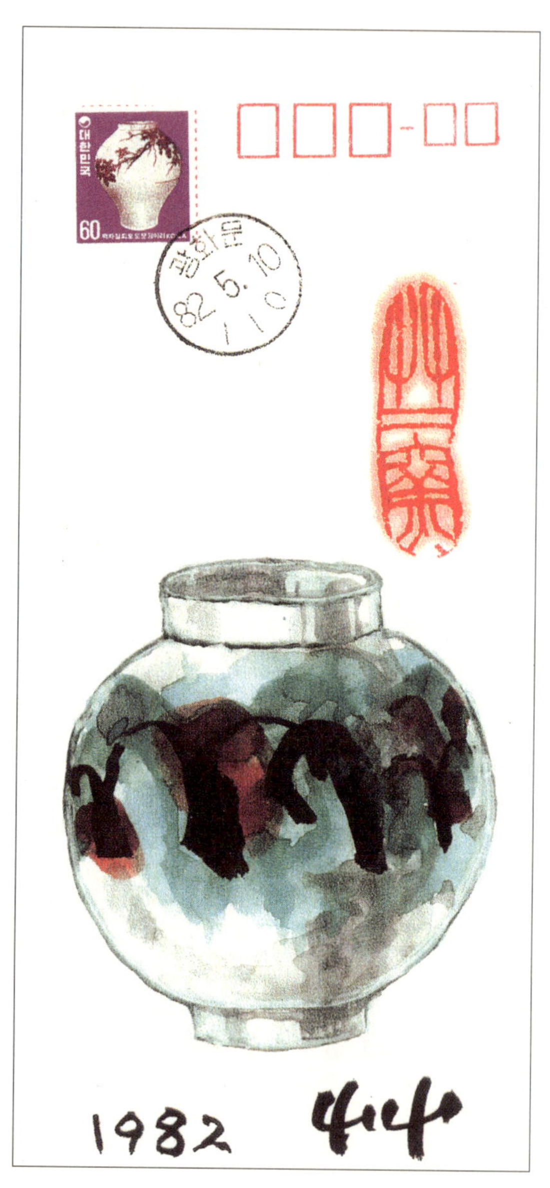

48

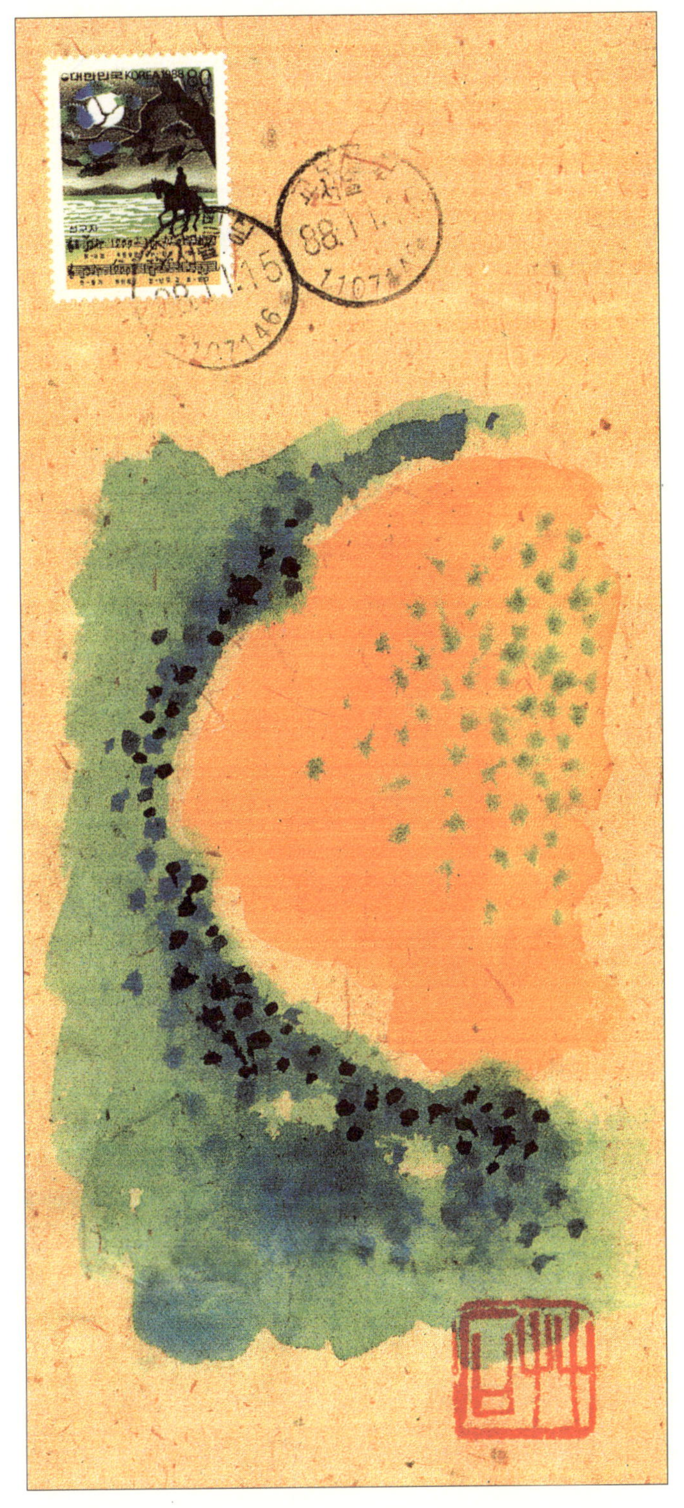

任直淳 임직순

서양화가. 충북 괴산 출생. 일본미술학교 유화과를 졸업하고 국전을 통하여 작품을 발표하였다. 한국수채화협회 창립 회원, 목우회 창립 회원으로 활동하였으며, 1973년 세계 여러 나라의 미술계 시찰 및 일본과 프랑스 파리에서 수차례 개인전을 가지기도 하였다. 1956년 제5회 국전 문교부장관상, 1957년 제6회 국전 대통령상, 1968년 제12회 전라남도 문화상, 1986년 제18회 대한민국 문화예술상 등을 수상하였다.

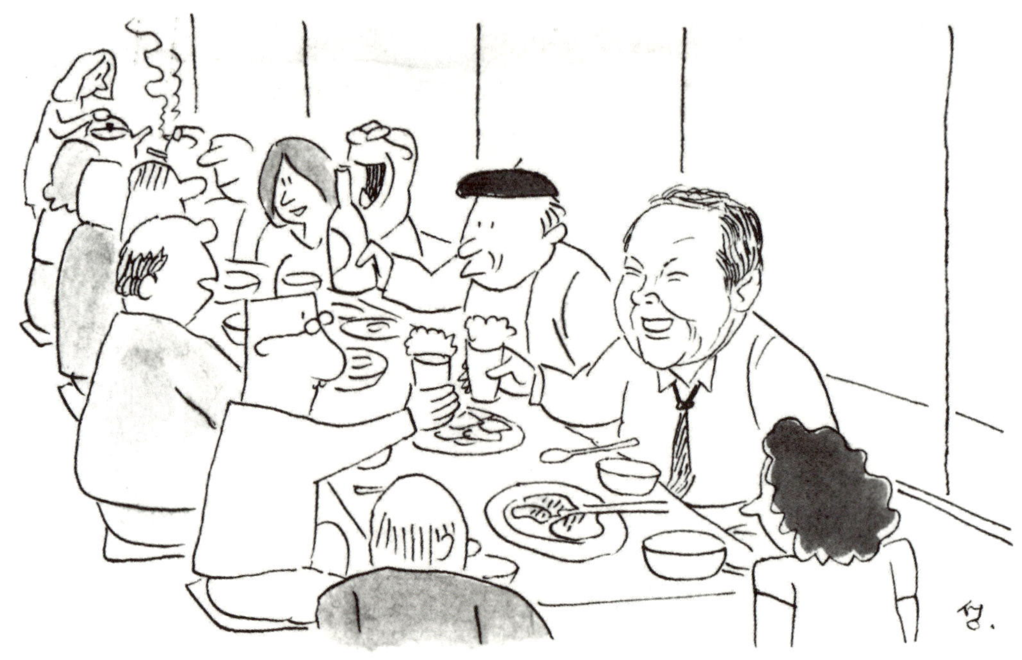

일요일 아침에 신문을 받아 보고 깜짝 놀랐다. 원로 임직순 화백이 별세했다는 기사가 나 있었기 때문이다. 건강이 좋지 않아 투병 중이란 소식은 간혹 들었지만 약 7년가량 만나 뵌 적이 없어서 자세한 내용은 알 길이 없었던 터였다. 구상계열의 화가들은 대부분 임 화백의 작품을 좋아했었다. 왜냐하면 야수파적인 색채의 조화에 역점을 둔 작가로 임 화백의 작품같이 회화의 조건을 갖춘 제작을 해 온 화가는 그리 많지 않았기 때문이다.

지면에 나온 기사의 내용은 이런 것이었다.

"원로 서양화가 임직순 화백이 7월 27일 오전 6시 30분 서울 개포동 성당에서 별세했다. 향년 75세. 일본미술학교에서 수학한 고인은 국전 대통령상 등을 수상했고 색채감각에 바탕을 둔 화풍으로 우리나라의 대표적인 색채화가로 명성을 쌓았으며 국전 초대작가와 심사위원, 조선대 교수를 역임했으며 서울시 문화상, 보관문화훈장을 받은 바 있다. 88년 이후 심근경색 등으로 투병생활을 해 왔었다. 운운." 이중섭 씨나 박수근 씨 같은 전설은 별로 없는 분으로 비교적 화가로서 평탄한 작품 활동을 해 온 분이지만 그 작품의 질은 상당한 무게를 지녔고 인품 또한 소탈해서 임 화백을 향한 험구는 좀처럼 들을 수가 없었다.

임 화백은 80년대 중반기에 장호원에 있는 복숭아 과수원과 사슴목장이 있는 조촐한 땅과 관리인 집을 사서 이것을 수리해서 화실로 쓰고 있었다. 그곳에 놀러 오라고 하시기에 언젠가 코란도 패밀리 지프를 몰아 찾아가 뵌 적이 있었는데 그때는 입구를 못 찾아 헤매기도 했지만 공기 좋고 우거진 나무 숲 속엔 사슴 몇 마리도 산책(?)을 하고 있었고 화실 옆엔 샘물이 흘러나와 청정한 멋이 깃든 그런 곳이었다. 이 화실에서 임 화백과 나는 나폴레옹 코냑을 따고 크래커를 씹으며 시간 가는 줄 모르고 그림 얘기를 하고 돌아온 적이 있었다.

그 당시에 주신 〈부산항〉의 소묘 한 점은 나의 침실 벽에 소중히 걸려 있어 당시를 회상케 하고 있다.

여기에 소개하는 까세는 연하장 봉투에 그린 〈소녀상〉으로 '중곡동 화실에서' 란 사인이 들어가 있는 수채화이다.

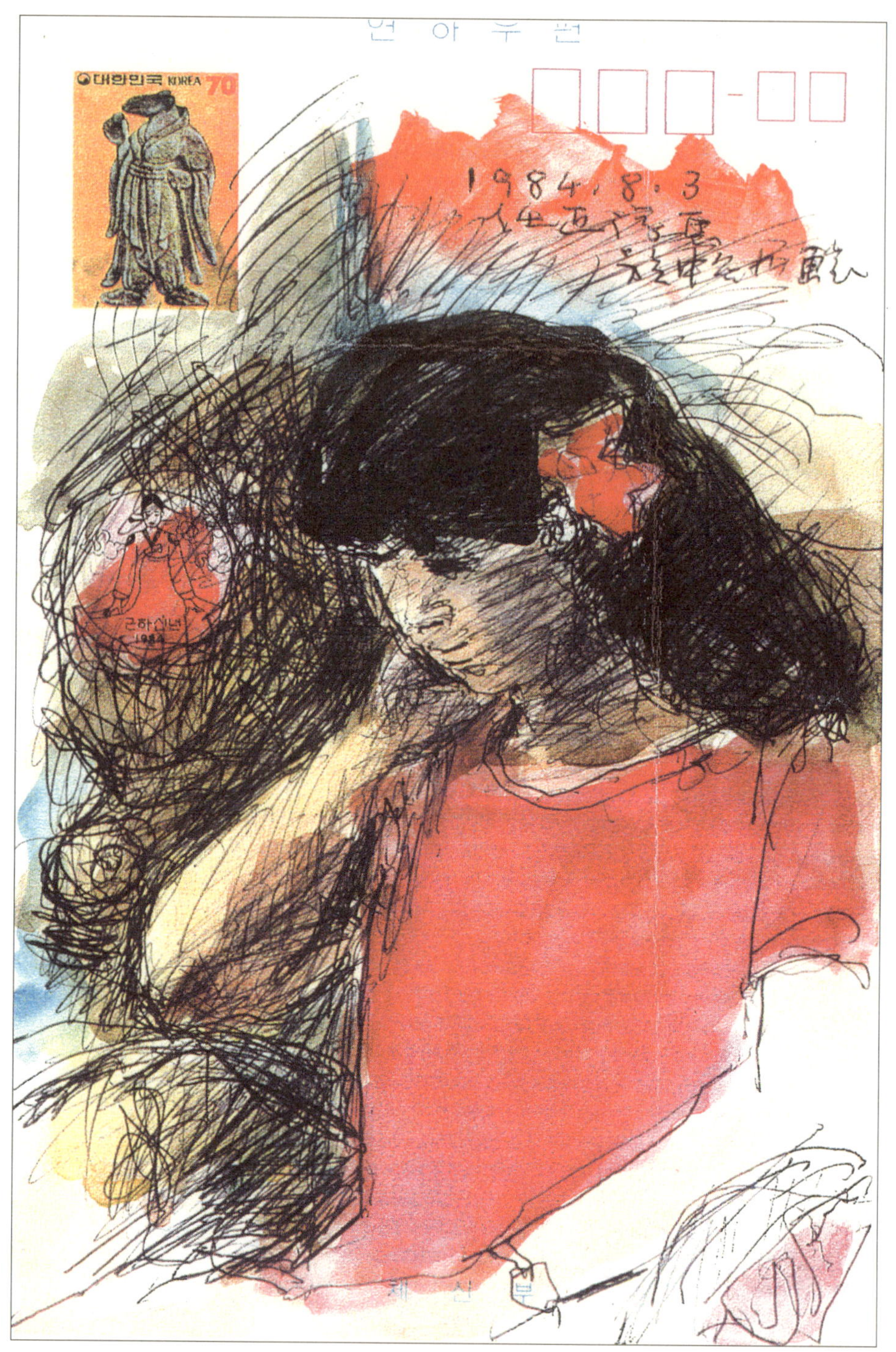

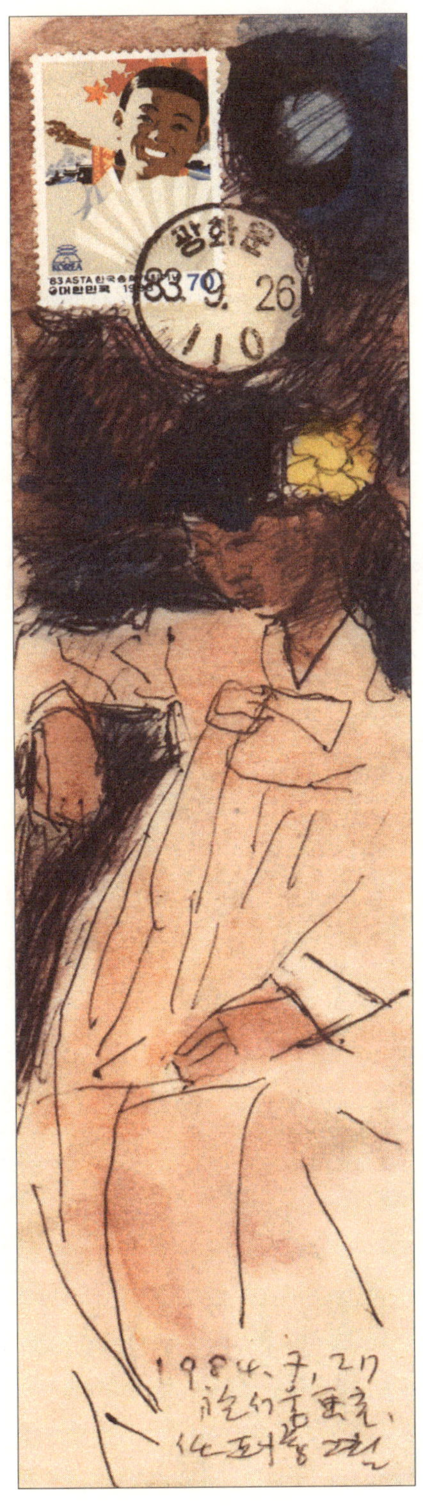

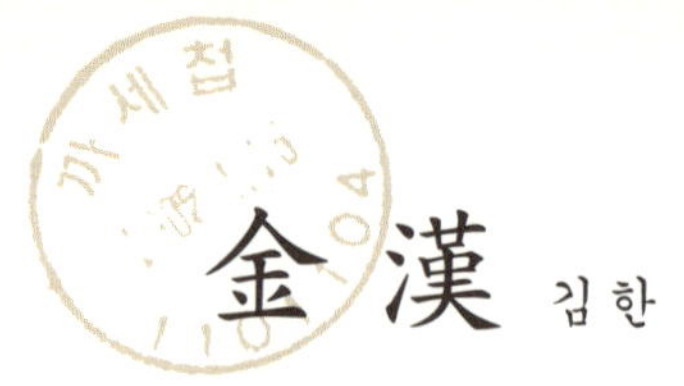

金 漢 김한

서양화가. 함북 성진 출생. 1979년 아시아 현대미술전을 시작으로 국립현대미술관 건립기금 조성전(1981), 일본국제미술협회전(1981), IPU 총회 및 국회 개원 35주년 기념전(1983), 90년대를 대표하는 중견 5인전(1987), IAA 서울 기념 초대전(1992) 등 여러 단체전에 출품하였으며 현재까지 총 7회의 개인전을 가졌다. 제6, 10~12회 국전에 입선하였으며, 1996년 제5회 신인예술상전 입선, 1981년 유럽 국제미술전 스페인 동상 및 1995년 제7회 이중섭 미술상을 수상하였다.

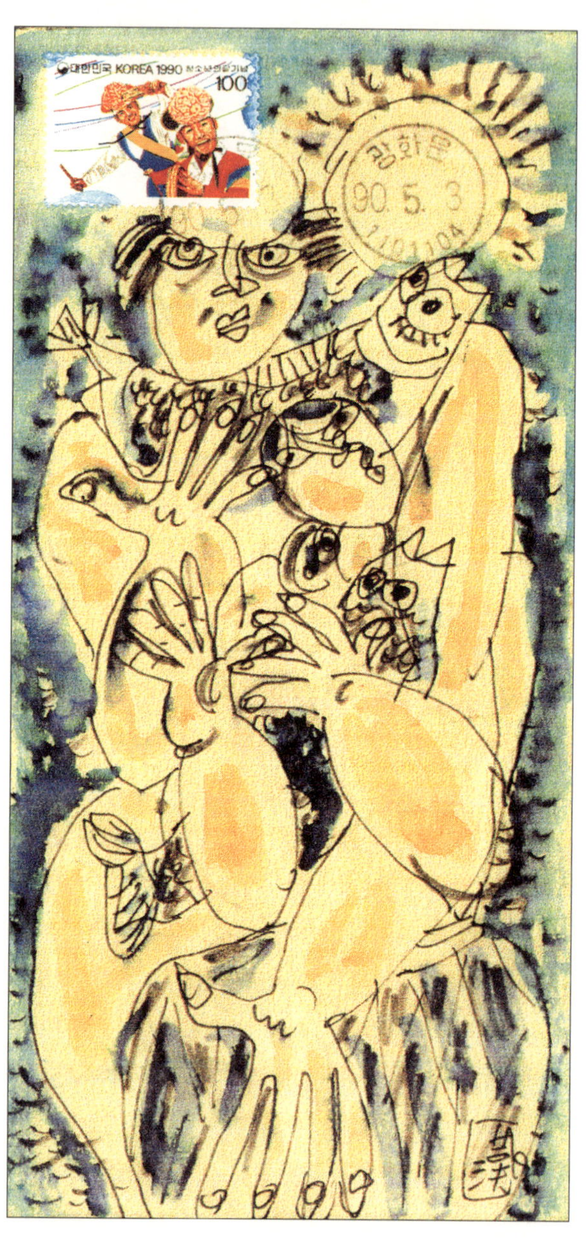

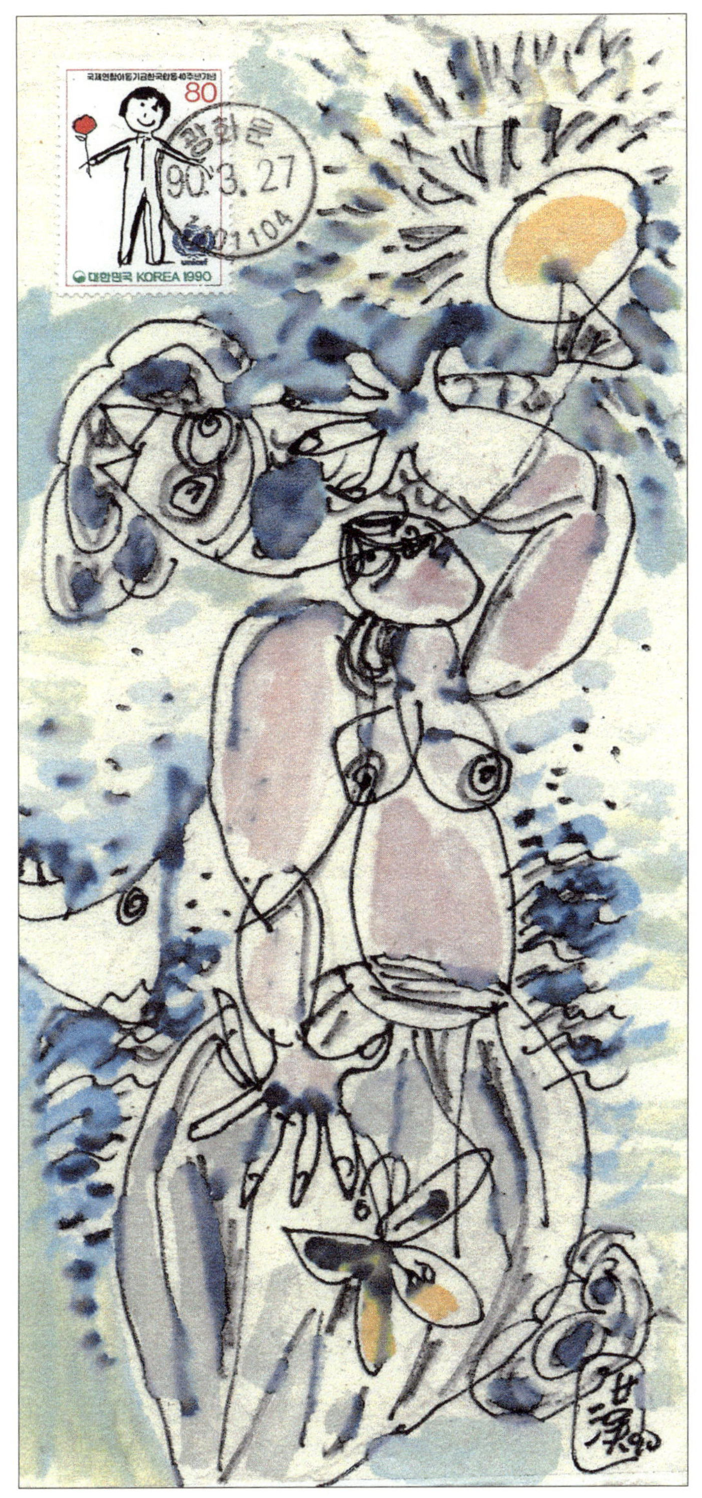

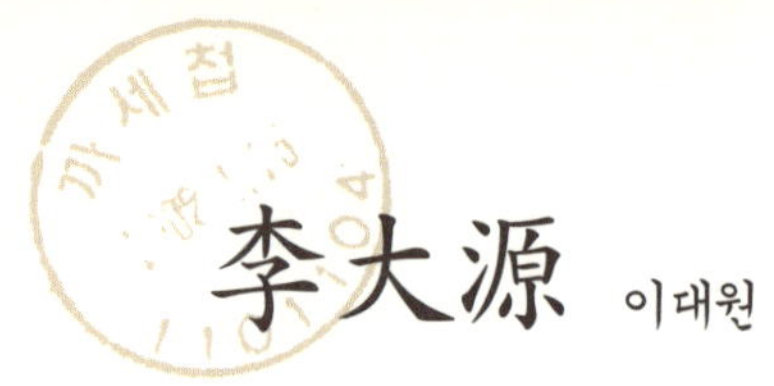

李大源 이대원

서양화가. 경기 문산 출생. 1945년 경성제국대학 법학과를 졸업. 재학 시절 선전에 출품하여 입선함으로써 법학도 출신 화가의 길을 걷게 된다. 국전에 여러 차례 출품하였으며 신상회 등의 그룹을 통해 활동해 왔고, 홍익대학교 미술대학 학장 및 대학원장, 한국박물관회 회장, 대한민국 예술원 회장 등을 역임하였다. 국내에서 20여 회에 걸쳐 개인전을 가졌으며, 대한민국 문화예술상, 금관문화훈장 등을 수상했다.

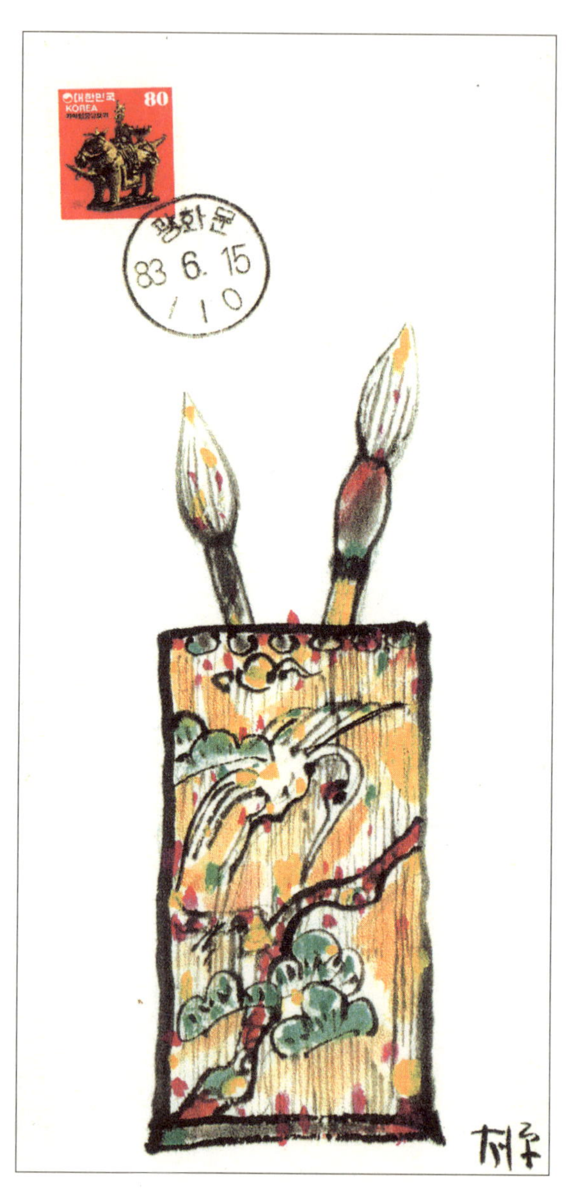

金敎滿 김교만

디자이너. 충남 공주 출생. 1956년 서울대학교 미술대학 응용미술과를 졸업하고, 영국 세인트마틴스 미술대학에서 그래픽디자인을 전공했다. 한국 산업디자인전 초대작가 및 심사위원, 국전 초대작가, 서울올림픽대회 환경장식 전문위원 등을 역임하고 서울시 문화상, 동탑 산업훈장, 한국 산업디자인전 대회장상 등을 수상하였다.

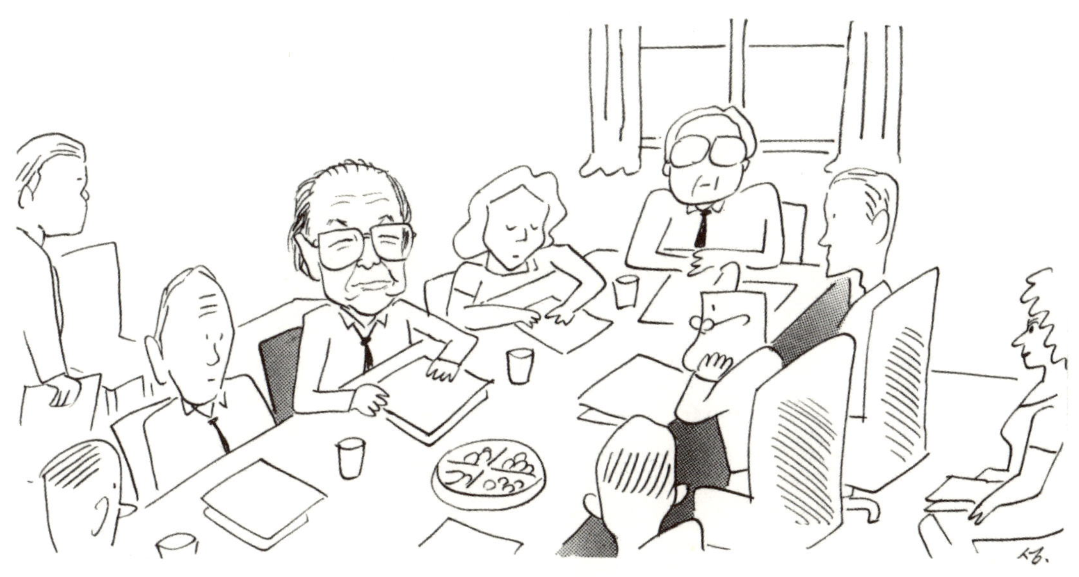

제주도에서 열렸던 '세미나'에서 돌아와 신문을 보고 깜짝 놀랐다. 김교만 교수의 부음 소식이 신문에 나 있었기 때문이다. '그분이 벌써 돌아가실 연세는 아닌데.' 의아해하며 기사를 읽어 내려갔다.

"김교만 서울대 미대 산업디자인과 명예교수가 6월 21일 새벽 서울 강남성모병원에서 향년 70세로 별세했다. 국내 디자인계의 대부로 불리는 김 교수는 오랫동안 서울대 미대에서 교편을 잡았으며 96년 '한국을 대표하는 산업디자이너 100인' 중 1위로 선정됐고 94년 '한국문화의 해' 공식 휘장과 '88년 서울올림픽 포스터'를 제작했으며 서울 일러스트레이터협의회 회장을 역임했다. 특히 7월 10일 뉴욕에서 개인전을 앞두고 별세해서 세인을 안타깝게 하고 있다."란 내용의 기사였다.

작년 10월경에 길에서 만나 뵈었을 때엔 아주 건강해 보이던 분이었고 그후에 건강이 나쁘시단 소식은 들은 적이 없었는데 놀라지 않을 수 없었다. '한창 원숙한 작업을 하실 연세인데.' 하고 누구라도 아쉬워했을 것 같다. 또 김 교수는 정보통신부 '우표심의위원'으로 10여 년 전부터 필자와 함께 일년에 몇 번이건 우표 발행에 관한 심의를 해 오셨던 터였다. 게다가 84년도에 나온 '한국의 풍속 특별' 4종 연쇄를 비롯, 86년도의 '민속 시리즈 3집' 5종 연쇄도 직접 디자인하셨다. 84년도에 '결혼식 행렬 우표'가 나왔을 때 즉각(?) 초일봉피를 만들어 두었다가 육필 까세를 부탁드렸는데 귀찮아하시는 기색이 전혀 없이 즉시 쾌락, 얼마 후에 그려서 돌려주셨다.

서울대 출신 화가들의 얘기에 따르면 성함은 '교만'이지만 결코 성격은 교만하지 않고 겸손한 분이란 소리들을 하는 걸 들었는데, 역시 외모로나 성품으로나 퍽이나 부드러운 분이셨다. 지금도 세종로 뒷길에서 김 교수와 불쑥 마주칠 것 같은 환상을 느낄 때가 종종 있다. "요즘 어떠슈?" 하며 손을 뻗을 것 같은 그의 모습과 목소리까지 생생히 귀에 남아 있다.

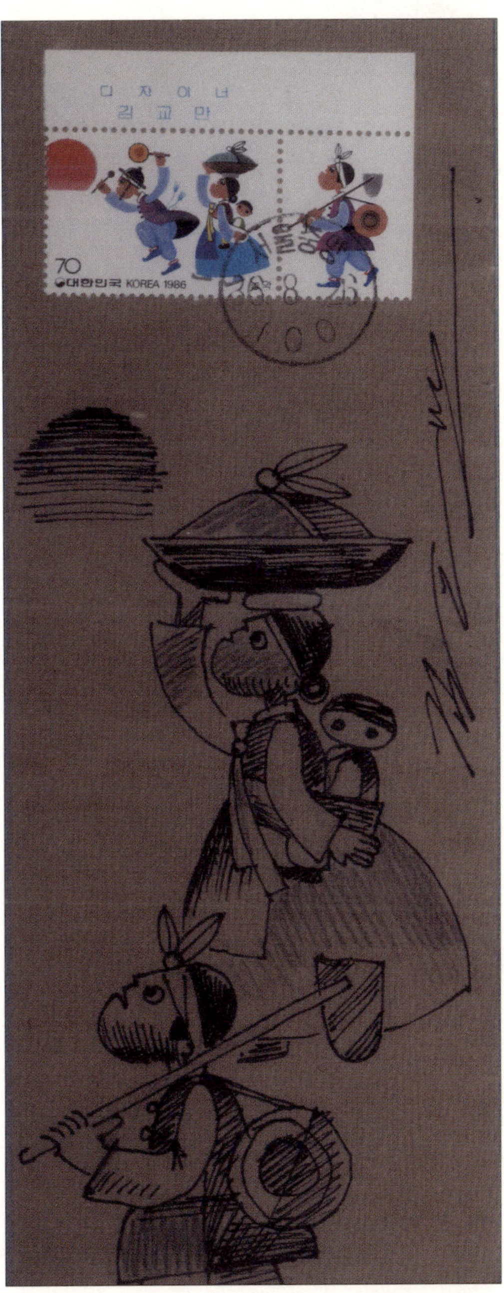

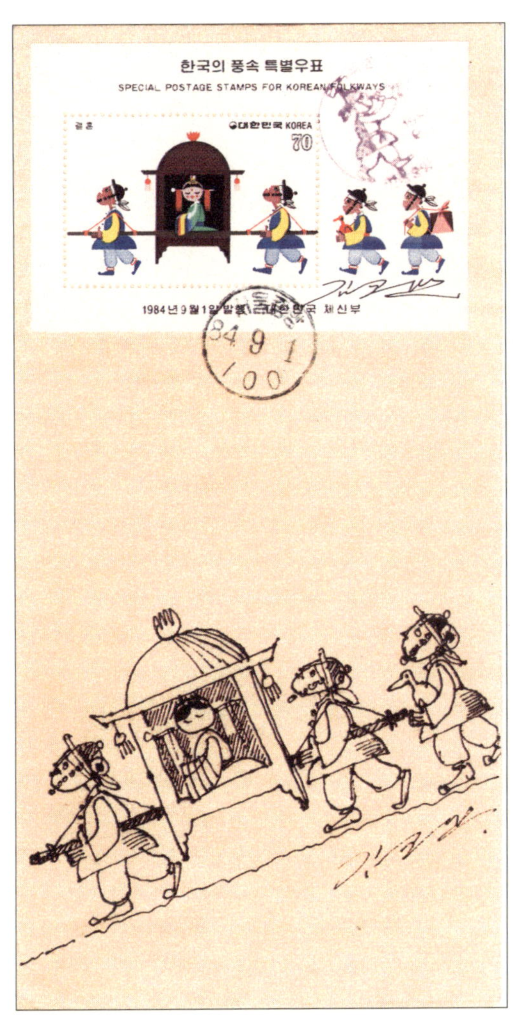
한국의 풍속 특별우표
SPECIAL POSTAGE STAMPS FOR KOREAN FOLKWAYS

金學洙 김학수

동양화가. 호 혜촌. 평남 평양 출생. 처음에는 고향인 평양에서 수암 김유탁에게 지도를 받다가 유명한 이당 김은호와 소정 변관식에게 사사하였다. 1967년 한국풍속화 개인전을 시작으로 1972년에는 워싱턴을 비롯 미국 5대 도시에서 순회 개인전을 가졌다. 국전 8회 입선, 신인예술상, 국제 싸롱, 동아일보, 10걸상 등을 수상하였으며, 현재 대한민국 사진전람회 초대작가, 사진작가협회 자문위원으로 활동 중이다.

張遇聖 장우성

동양화가. 호 월전. 경기 여주 출생. 육고 한서학원을 나왔으며, 김은호의 낙청헌화숙에서 사사받았다. 선전, 미협전에 출품하였고, 광복 후 서울대학교 미술대학 동양화과 교수로 재직하였으며, 국전 심사위원을 역임하였다. 수차례의 국내외 개인전을 통해 왕성한 활동을 하였으며, 많은 수상 경력을 가지고 있다. 또 서세옥, 장운상 등의 제자를 배출하기도 하였다. 1963년 도미하여 동양예술학교를 설립해서 활동하다가 귀국하여 먹을 사용한 남화풍의 기품 있는 명작을 많이 남겼다.

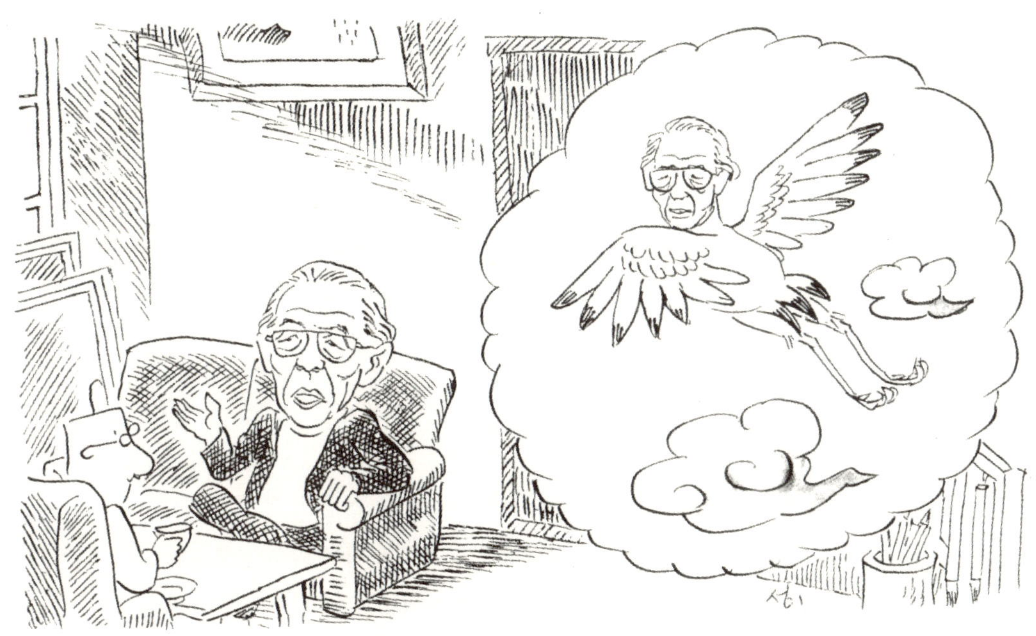

내가 월전 장우성 화백과 처음 대면하게 된 것은 1983년 한여름이었다.
그 당시 월전 화백은 교보빌딩의 중간 층쯤에 화실을 갖고 계셨다.

화백께서 그림 외에도 서예에 뛰어나다는 얘길 듣고 한 점은 그림을,
한 점은 글을 받기 위해서 갔다. 학처럼 곧고 맑으며 깐깐한 성품을 지닌
분으로 알려져 있어서 좀 까다로운 분인가 했더니 의외로 부드러운 인상
을 주는 분이셨다. 당시 어느 잡지에 '일정시대 때 친일행적의 화가군' 이
란 기사가 실린 데 대한 이야기를 꺼내면서 당시의 상황을 모르는 이들의
곡해에서 비롯되었다며 문제점 등을 얘기하시는데, 중학생 시절까지 일정
시대를 겪은 필자로서 충분히 수긍이 가는 것이었지만, 그 잡지사에 대한

피해 화가들의 대응방법이 과연 효과적이었나 하는 점에 의문이 가는 것이었다. 그러다 몇 해 전에 비명으로 사망한 어느 고관이 생존시 뇌물로 치부한 돈으로 그의 가족도 모르게 사채놀이를 했는데 채무자들의 이름과 연락처와 금액을 혼자만 기록해 두었다가 장본인이 불의의 참사를 당하는 판에 그 거금을 꾸어 간 거상巨商들이 빚을 갚을 데가 없어져 상당한 덕을 보았다는 비화를 들려주시는 거였다. 그래서 외국 속담에도 있듯이 '악전惡錢은 몸에 붙어 있질 않는다.' 란 얘기가 생각나 웃음이 나오기도 했다. 그후 많은 세월이 흘렀고 종로구 팔판동에 월전미술관이 세워졌다는 얘기를 듣고도 누군가가 그곳을 방문할 때에 동행하고자 마음먹고 있다가 차일피일 시간만 지나갔었다.

그러다 지난 3월 1일자 신문에 화백이 93세로 타계하셨다는 소식을 접하게 되었던 것이다. 선생은 어릴 적부터 달을 좋아해서 부친께서 아호를 '월전' 이라 지어 주셨다는 일화가 있듯이 달과 학과 백로와 꽃과 파도를 해맑은 정신으로 계속 그리신 분으로 우리나라 문인화文人畵의 기초를 세운 분이셨다. 그림 그리는 데도 그 기법에 앞서서 마음을 깨끗하게 가다듬고 인위적이 아닌 무위사상으로 그려야 한다는 선생의 지론을 몸소 실천에 옮긴 화가였다. 그래서 작품마다 정갈하면서도 똑같은 유형의 그림이 거의 없다. 인기 작가들 중엔 수집가의 취향에 맞추어 엇비슷한 형태의 그림을 수없이 많이 그린 이도 있는데 반해 월전의 경우는 이른바 인기에 영합한 작품이 거의 없다. 매화 한 그루건 달이건 난초건 괴석怪石이건 간에 시적詩的이면서 서書와 화畵가 적막한 정신세계 속에 함께 어우러진 선禪의 경지에 도달한 문인화의 최고봉이었다. 이당 김은호의 문하를 거쳐 1932년 '선 · 전鮮 · 展' 에서 데뷔, 1941년엔 〈푸른 전복戰服〉으로 조선총독상, 창덕궁상을 수상했고 광복 후엔 서울대 미대 교수로 오랫동안 재직(1946~1961)하면서 오늘날의 동양화단의 거장들을 수없이 많이 육성하기도 하셨다. 그래서 빈소의 영정을 바라보고 있으면 선생이 학이 되어서 유명의 세계로 훨훨 날아가는 듯한 환상을 느끼게도 되는 것이다.

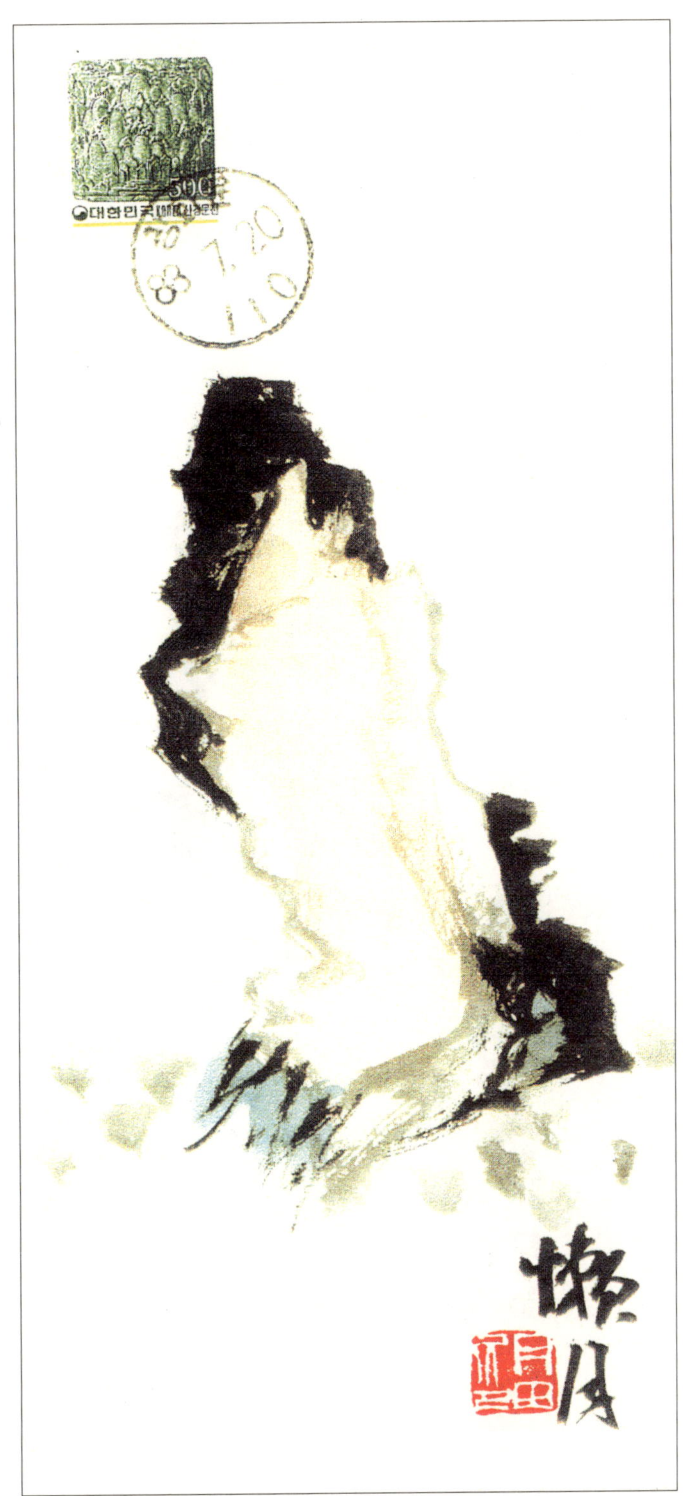

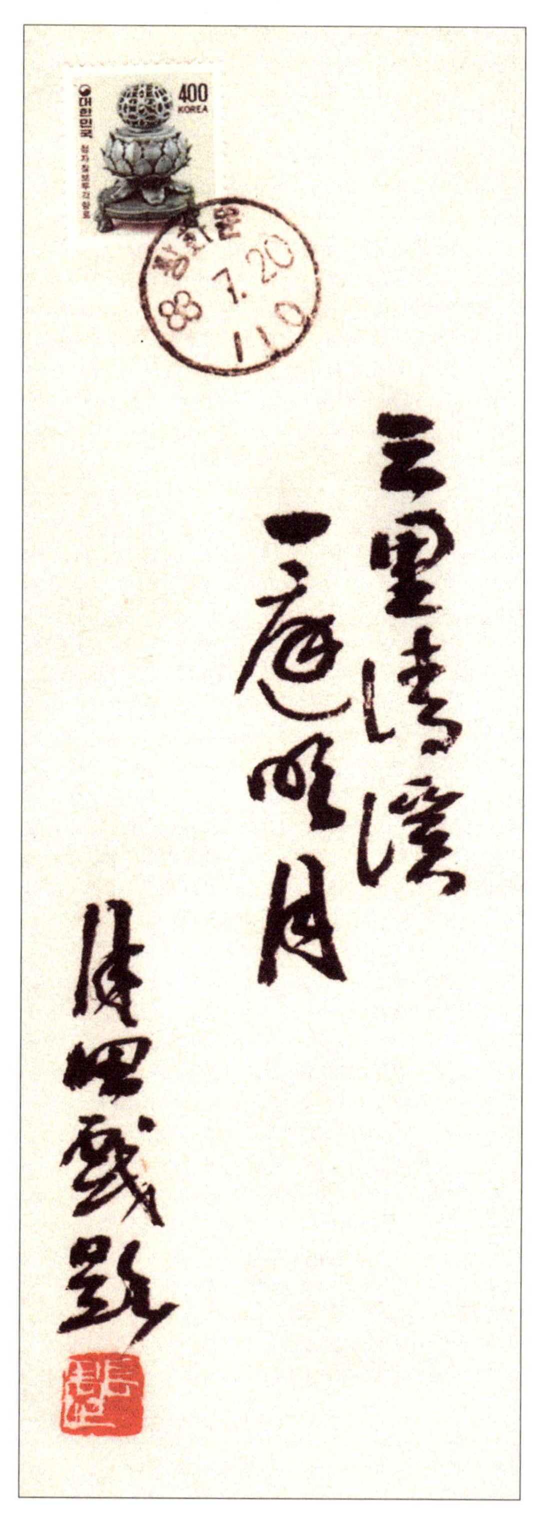

李滿益 이만익

서양화가. 황해 해주 출생. 서울대 미대 졸업. 1973~1974년 프랑스 아카데미 괴쯔(GOETZ)를 연수했다. 앙가쥬망 동인전을 시
작으로 총 29회의 개인전 및 많은 단체전에 참여했다. 1988년 제24회 서울올림픽 미술감독 및 1988년 제8회 서울 장애자올림
픽 미술감독을 역임했다. 제2, 9, 13, 14회 국전 입선, 제8, 15~17회 국전 특선 등의 영예를 안았고, 1974년에는 제187회 르싸
롱전 은상을, 1993년에는 제5회 이중섭 미술상을 수상했다.

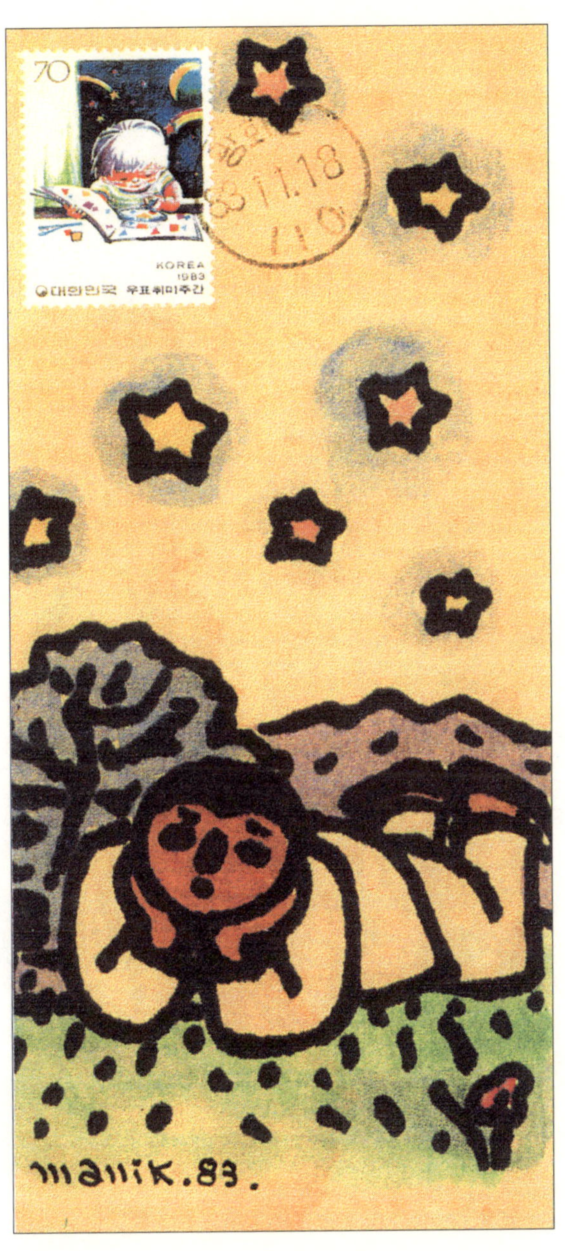

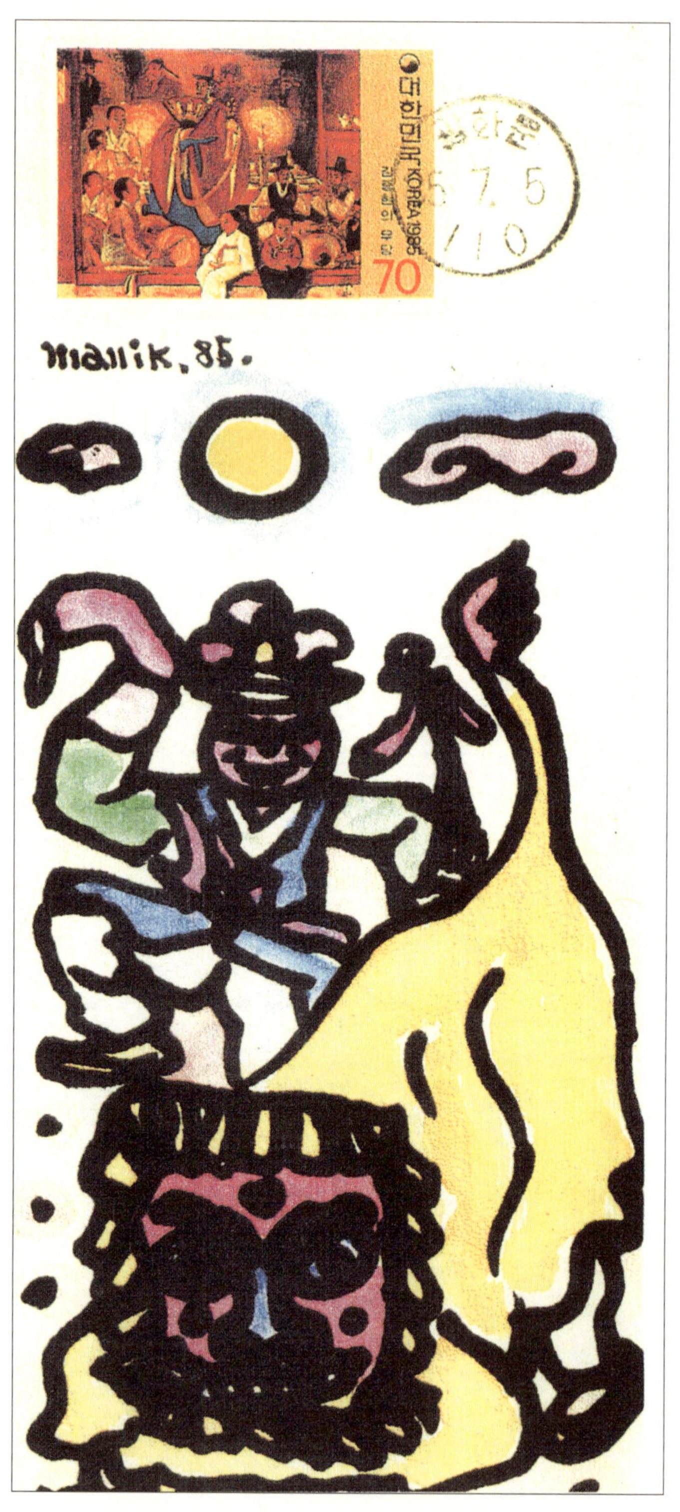

대한민국 KOREA 1985
70
malik, 85.

까세첩

河麟斗 하인두

서양화가. 경남 창녕 출생. 서울대학교 미술대학 회화과 졸업. 현대미술협회 창립 회원으로 부인 유민자와 부부전을 비롯하여 수
차례 개인전을 가졌고, 인도 트리엔날레, 프랑스 칸 메르 회화 페스티벌 등에 출품하였다. 미술협회 상임이사로 1976년 국제조형
회 한국 대표로 참석하였고, 1985년 파리 · 한국 현대미술전에도 참석한 바 있다.

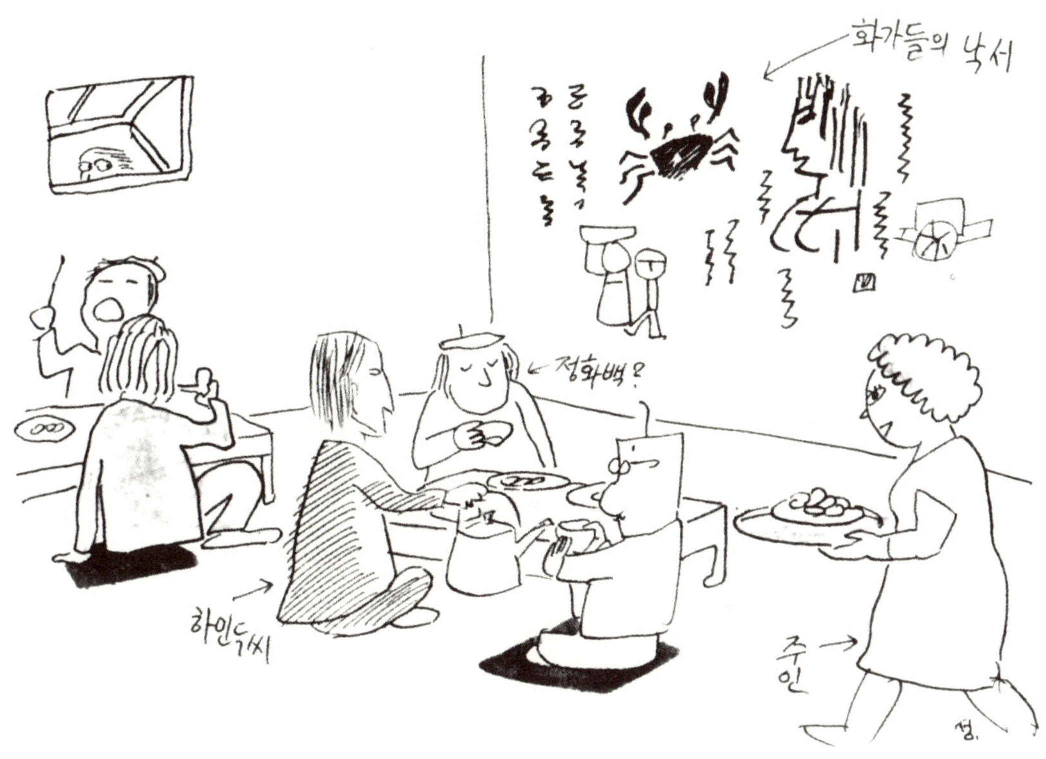

환도 직후에 정릉에 살고 있을 때엔 박고석朴古石 화백과 명동 모나리자
다방에서 나와 전차를 두 번 갈아타고 돈암동에 내리면 훤히 아리랑 고개
가 보였다. 이 고개를 화백과 함께 넘어서면 다리가 있고 그 다리 근처에
오두막 주막집이 있어서 박 화백을 모시고 국산양주(그 당시는 아주 질이 좋
지 않아 후유증이 있었다.)를 마시며 그림 얘기에 꽃을 피우곤 했었다.

나 자신은 미대를 다니지 않았지만 6 · 25 동란 중에 국방부 종군화가단
이란 대가들의 집단 속에서 일년 이상을 함께 침식을 했으므로 환도 후에

도 미대에 진학하지 않고 또 나이 차이도 많았지만 주로 화가들과 교분이 많은 편이었다.

그때에 박 화백 댁에 전설 속(?)의 화가 이중섭 씨가 기거하고 있었는데 그 당시에 이미 정신이상 증세를 보이고 있어서 그 댁에 놀러가게 되지는 않았었다. 그리고 4·19 후에 전농동에 살다가 같은 청량리에 있는 회기동으로 이사를 했는데 때마침 박수근朴壽根 화백이 회기동으로 이사를 와서 우리집에 자주 놀러 오시곤 했다. 알다시피 그 당시만 해도 화가들에게 더할 나위 없이 불행한 시기여서 온통 생활은 메말라 있었다. 그나마 나는 《동아일보》에 연재만화를 담당하고 있어서 생활은 되고 있었지만 다른 화가들의 참상은 말할 수 없는 정도의 그런 시기였던 것이다.

그런데 이중섭·박수근 화백은 이미 고인이 되었고 그후에 미술붐이 일어나 화랑가에서 두 분의 그림 시세는 엽서 한 장 크기가 1천만 원을 호가하게끔 되어 버렸다. 자신들이 작고한 후에 이처럼 그림값이 금값이 된 것을 알면 저세상에서 그 양반들은 어떤 표정을 짓고 있을까 그런 생각이 들기도 하는데 그 친했던 박수근 화백의 유화는 물론 데생조각 하나 내게는 없다.

그래서 아는 친지 화가들에게서 그림 소품을 데생이건 유화건 간에 한두 점씩 모으기로 작심(?)을 하고 생각해 낸 것이 '육필 까세'의 모음이었다. 내 치졸한 소품과 교환도 하고 답례(?)로 고바우만화의 원화에 낙관을 찍어 드리기도 해서 모으기 시작한 지 20년이 지나자, 그 작가 수는 70여 명이요, 육필 까세는 어느덧 200점에 육박(?)하고 있다.

국제우표전에서 대금상을 받은 내 수집품 〈구한국시대 우정사〉의 출품작 내용을 소상히 알고 있는 K사장은 이 〈현대작가 육필 까세집〉을 보고 "이 댁에 들어와 훔쳐가고 싶은 것이 있다면 바로 이것이군요."라며 감탄(?)을 하기도 했다. 말하자면 세월이 지나다 보니 어느덧 육필 까세를 그려 주신 그 대가들은 한 분, 두 분 돌아가시더니 요즘은 내 나이와 동연배인 작가도 유명을 달리하기도 한다. 그중의 한 분으로 하인두 화백이 있다.

10여 년 전에 인사동에 있는 사천집이란 대폿집에서 처음 인사를 나누

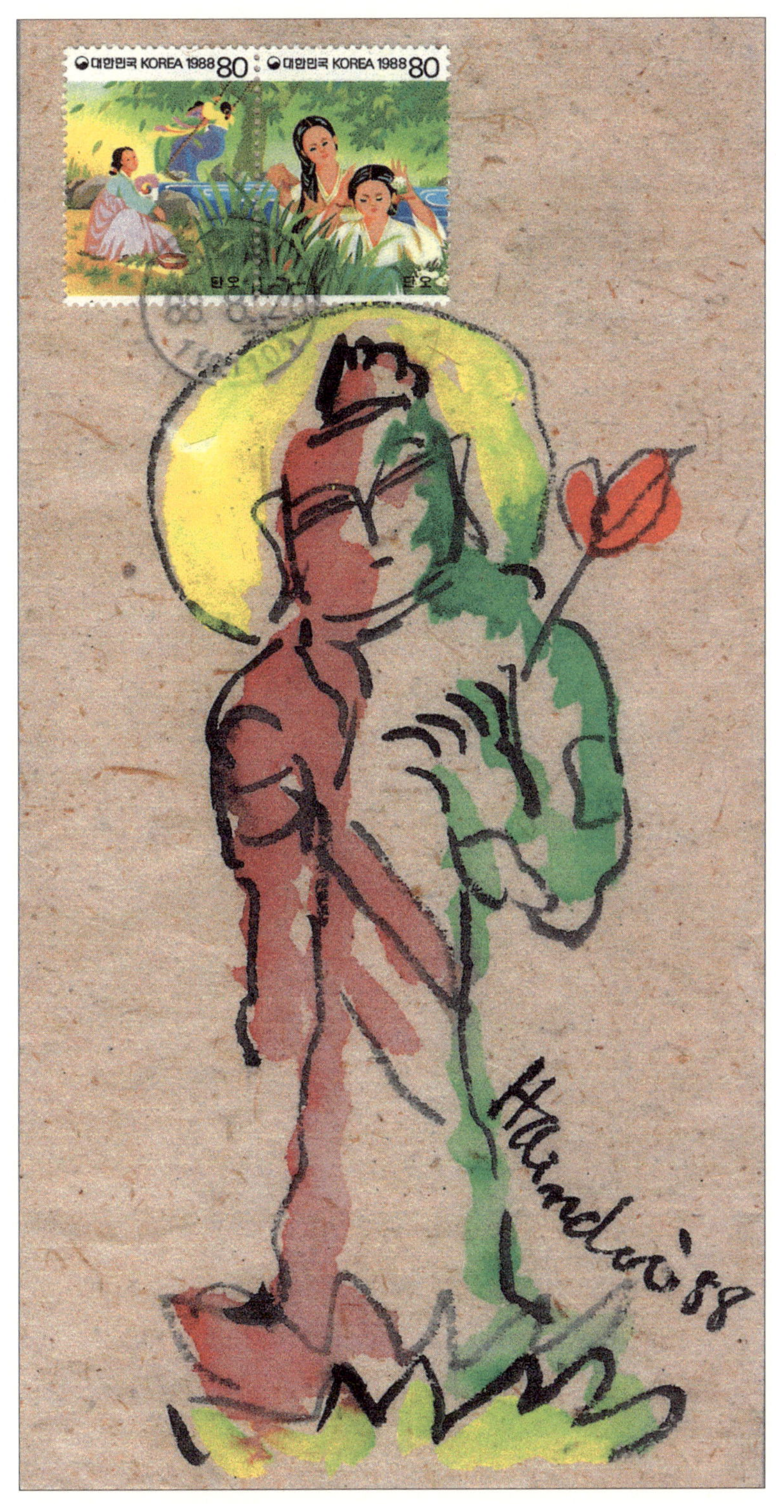

었는데 콧날이 오뚝 서고 눈초리가 날카로워 보이는 화가 분이었다. 점차 숙취가 돼서 노래 부르기 대회가 열려 나도 한 곡조 부르지 않으면 못 빠져나올 궁지에 빠져 결국 일본노래를 한 곡조 부르고 나왔었다. 그후에 다른 사람들의 개인전 파티장 같은 데서 종종 만나곤 했는데 몇 해 전부터는 부쩍 수척해 있었다. 다른 이에게서 들으니 직장암으로 수술을 받았다는 것이었다. 그리고 또 일년쯤 지나서는 밝은 낯빛의 그를 저녁 때 만나 '신원'이란 화식집에서 정종을 함께 마시며 건강상태를 물으니 쾌유되었다는 반가운 소식을 전해 주며 다시 강의시간에 나간다는 것이었다. 이때에 아마 그에게 육필 까세를 부탁했던 것 같다.

그런데 받아 보니 '음악시리즈'의 반달우표엔 초췌해진 자화상이 그려져 있었고 '5차 민속시리즈' 우표는 인물상이 들어 있으니 인물을 그려 달라고 했었는데 거기엔 연꽃을 든 부처님이 그려진 것이 아닌가? 본시 하화백은 추상화가였으므로 굳이 구상화로 그림을 그리지 않아도 됐을 것인데…… 하며 미안한 감이 들기도 했는데 그 이듬해에 다시 병세가 악화, 이 차 수술, 삼 차 수술을 했고 결국은 작년 말(1989년) 청량리 위생병원의 영안실에 누워 있는 그의 시신을 찾아가 보게 되었던 것이다.

그런데 그의 까세를 보고 있노라면 초췌해진 자화상과 불상은 이미 그가 자신의 죽음을 예감하고 있었지 않았나(?) 하는 예감이 든다. 아마도 동료에게 걱정을 시키기가 싫어서 애써서 쾌유되었다고 했던 것 같아 이 까세를 대할 때마다 가슴이 무거워진다.

— 90년도 초기 때의 회고록

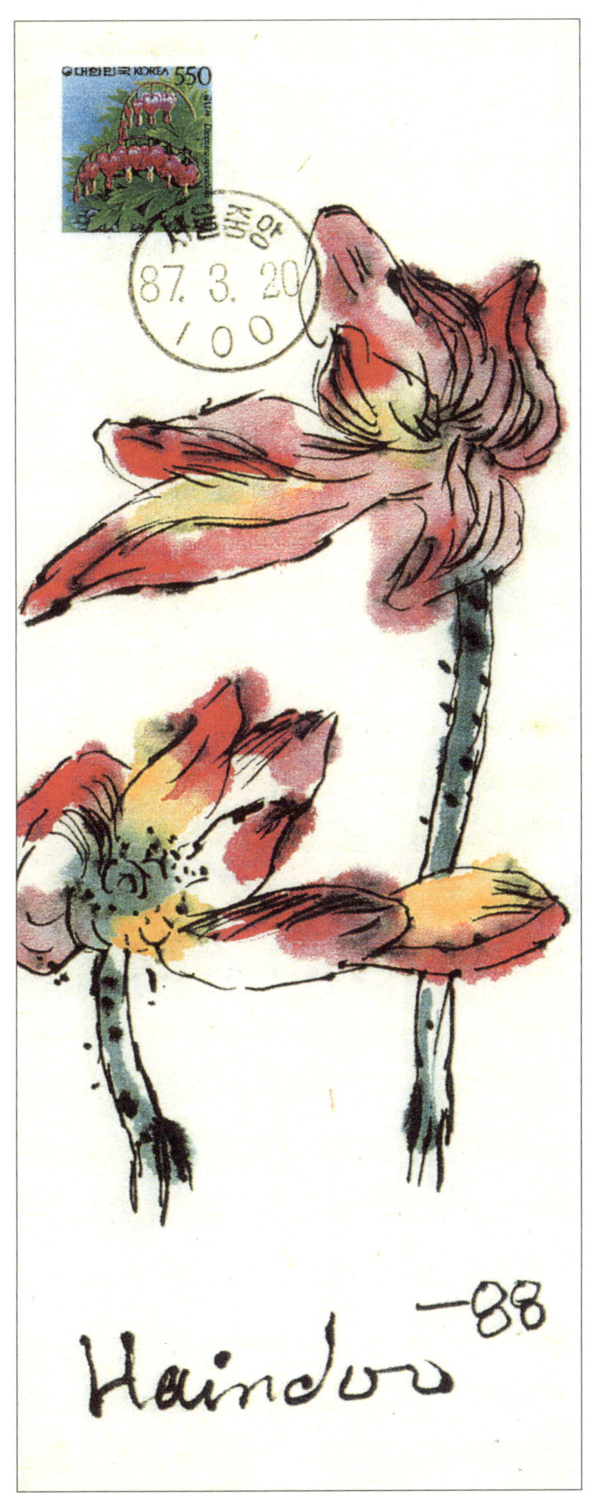

대한민국 KOREA 550
87. 3. 20
100
Haindoo -88

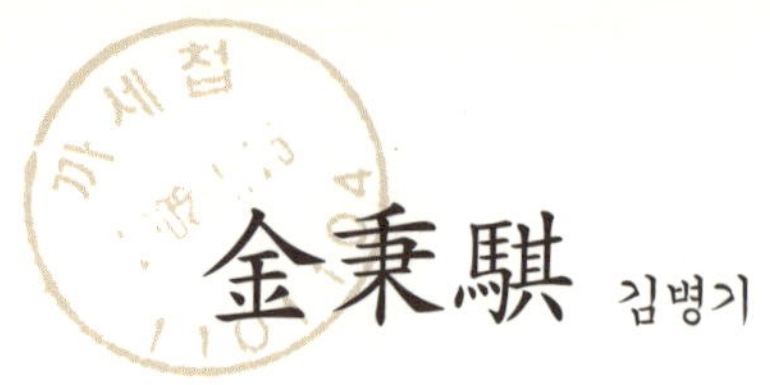

金秉騏 김병기

서양화가. 평남 평양 출생. 일본문화학원을 나와 한때 문예지를 통해 새로운 미술사를 소개하는 글을 기고하는 등 미술 비평 분야에서 활동하였다. 광복 이후 기성세대 작가로서는 비교적 일찍이 추상 작업을 시도했으며, 1965년 상파울루 비엔날레에 한국 대표로 나가 지금껏 미국에서 작품 활동을 지속하고 있다. 보스턴, 파리, 동경 등지에서 수차례에 걸쳐 개인전 및 단체전을 가졌으며, 한국미술협회 이사, 국방부 종군화가단 부단장 등을 역임했다.

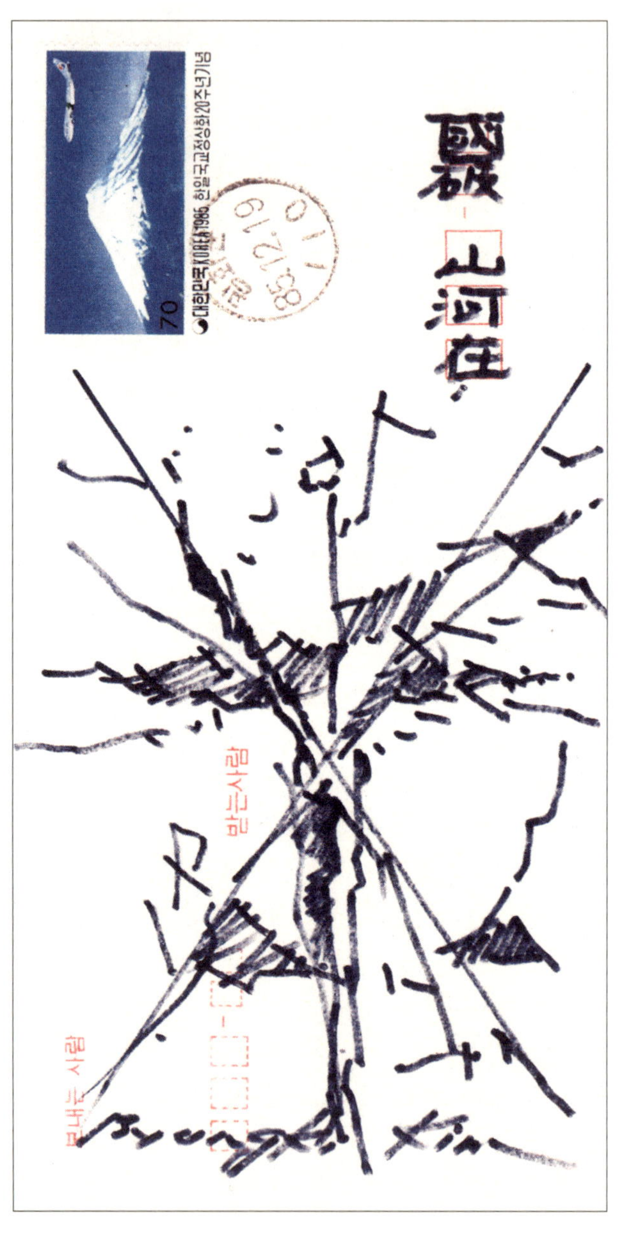

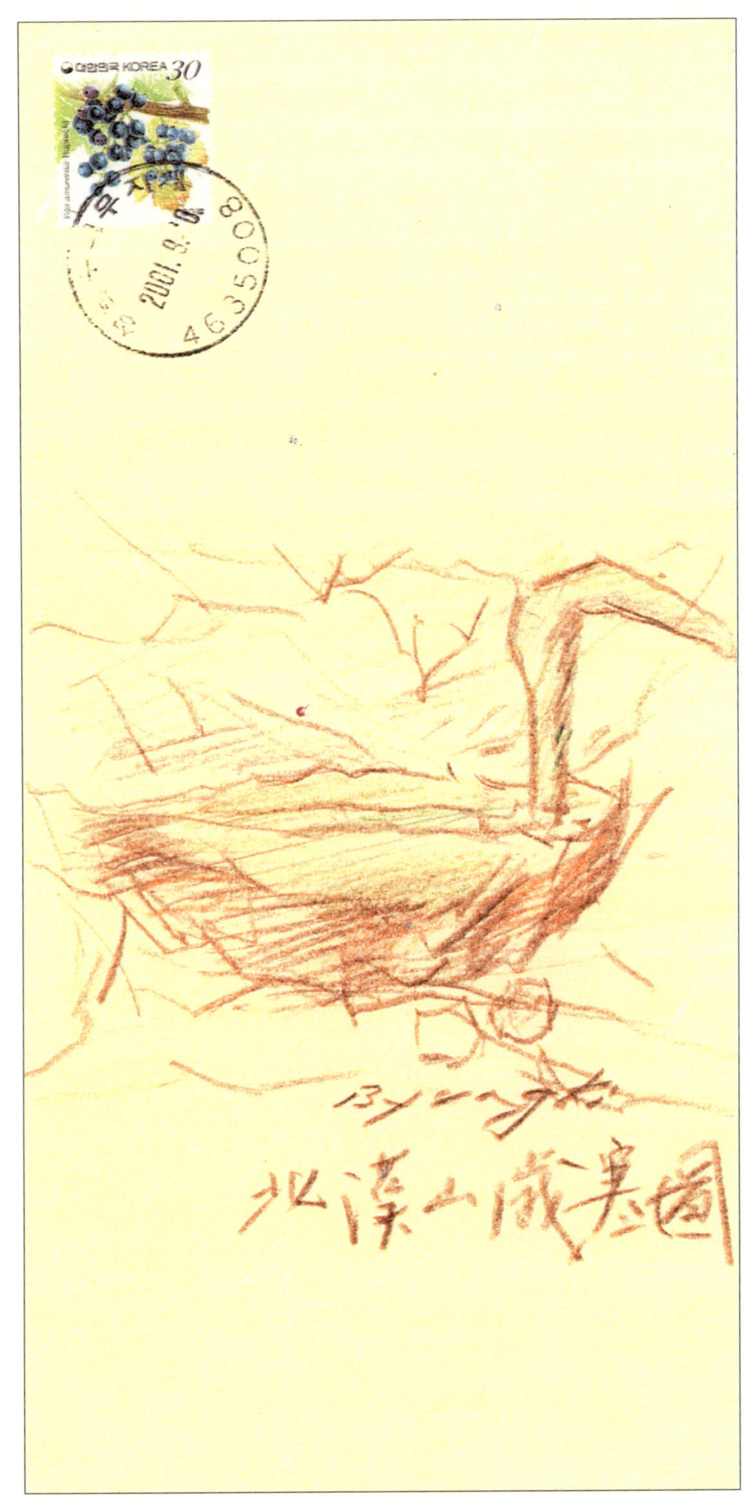

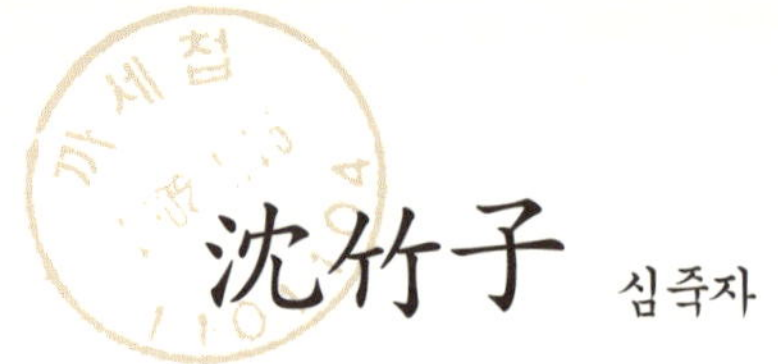

沈竹子 심죽자

서양화가. 서울 출생. 서울대학교 미술대학 회화과를 졸업하고 앙가쥬망전, 여류화가회전 등에 출품하였다. 1974년 제10회 동경 아시아 미술협회전, 1975년 제10회 인도 국제 여류화가전 등에 출품하였으며, 부군 이용환과 수차에 걸쳐 부부전을 가진 바 있다. 1974년 예술원상 및 1975년 제1회 정월 여류 미술상 등을 수상하였다.

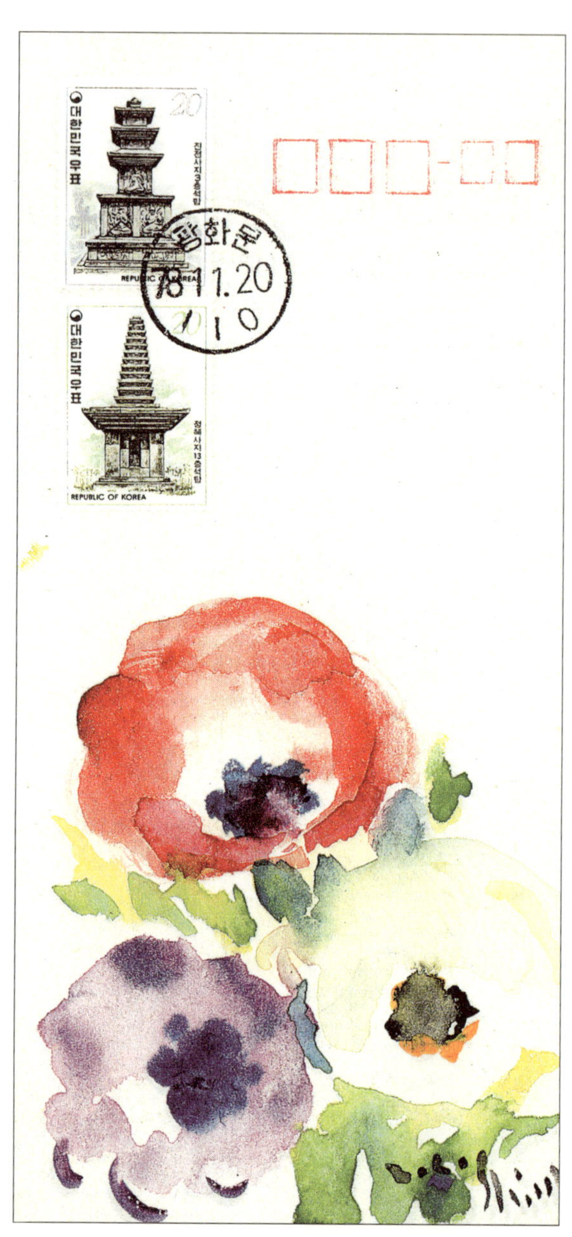

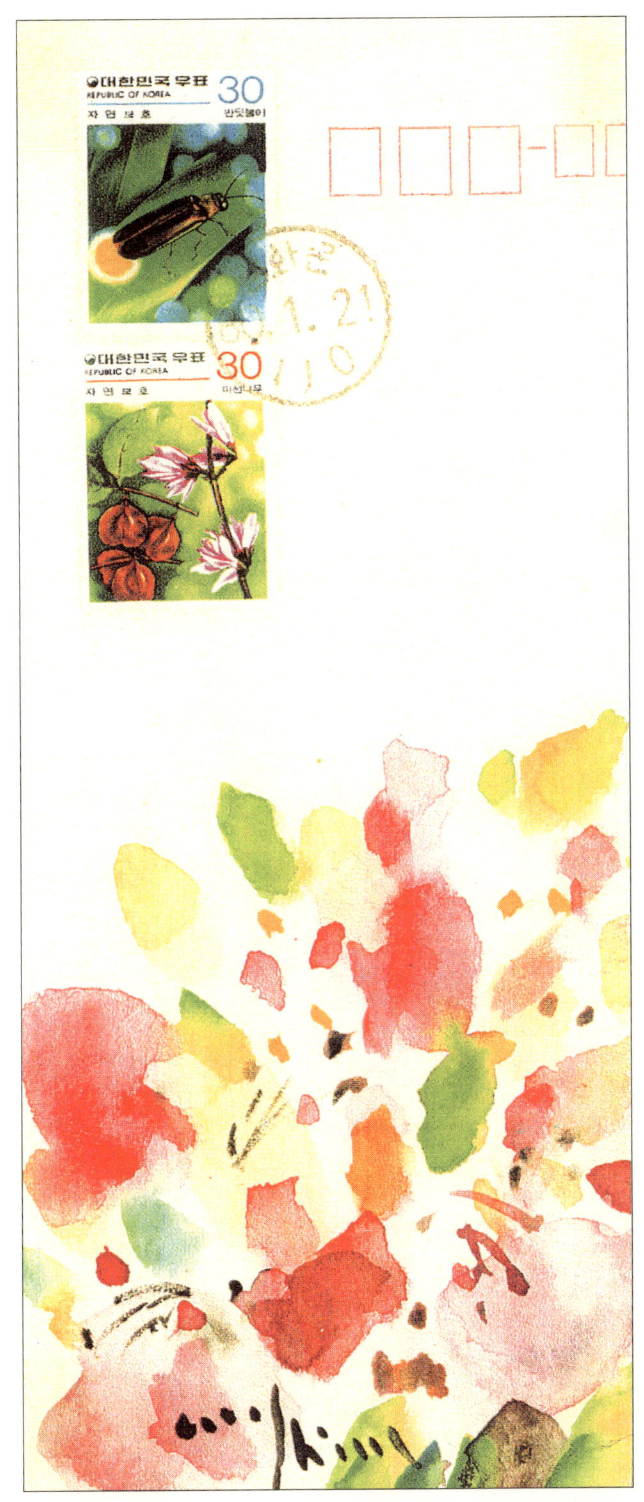

尹仲植 윤중식

서양화가. 평남 평양 출생. 일본 동경제국미술학교 서양화과를 졸업하고, 1940년 일본 국화회에 출품하였으며, 광복 이후 국전을 통해 발표해 왔다. 1953년 국전에서 특선을 하였으며, 1954년 화신 화랑에서 제1회 개인전을 가졌다. 1955년 제6회 대한미협전에서 문교부장관상을 수상했으며, 국전 추천작가 및 초대작가, 심사위원을 역임하였다. 서라벌예술대학과 홍익대학교에서 교수로 재직한 바도 있다.

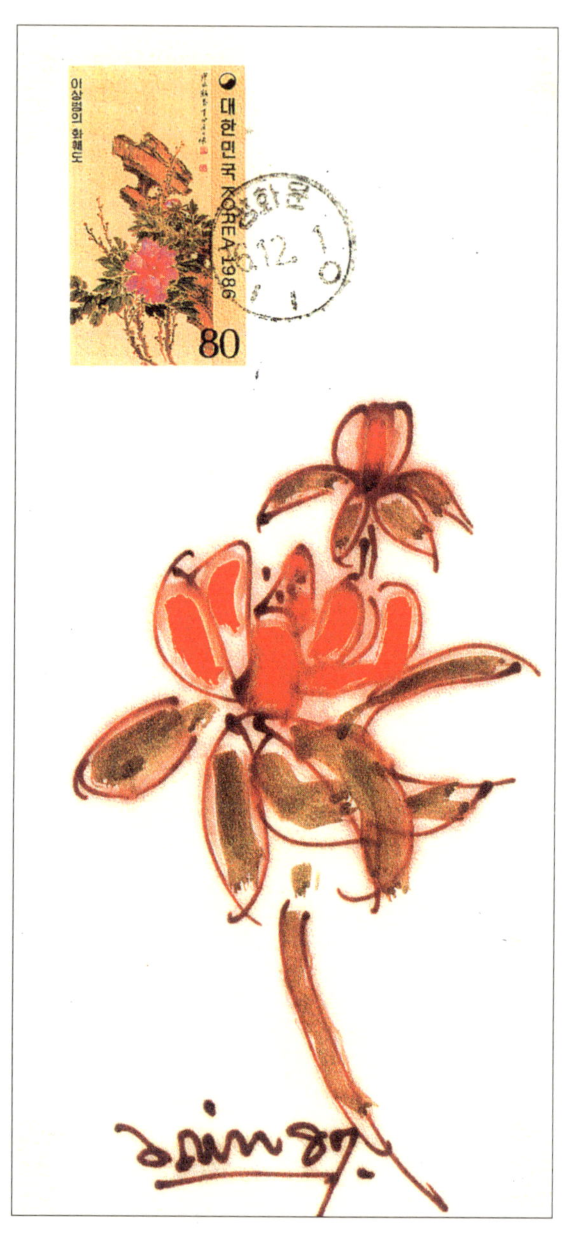

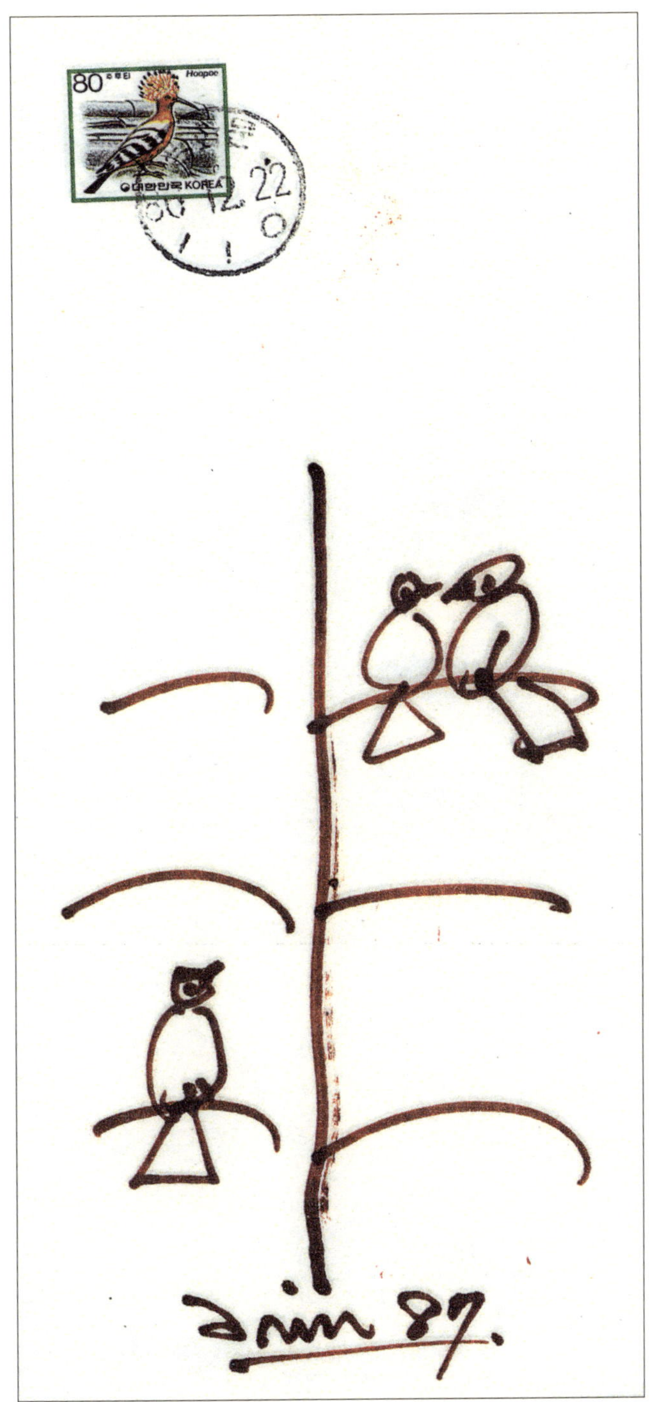

李恒星 이항성

서양화가 · 판화가. 1919년 서울 출생. 1937년 판화와 유화 작품활동을 시작하여, 1958~1960년 미국 신시내티미술관의 제5, 6, 7회 비엔날레에 출품하였다. 1975년 이래 20여 년 동안 파리에서 활동하면서 '평화의 작가'라는 칭호를 얻었다. 1960년 국제미술교육협회 한국위원회 위원장, 1965년 한국판화회 회장, 1991년 파리국제예술위원회 회장 등을 지냈다. 1960~1979년 미국 · 일본 · 독일 · 프랑스 · 타이완 등지에서 개인전을 가졌으며, 1986년 한국 · 프랑스 수교 100주년 기념시화집을 제작하였다. 1992년에는 한국의 국제연합(UN) 가입 1주년을 기념해 대형 유화 〈평화 · 명상의 염(念)〉을 미국 뉴욕의 UNICEF(국제연합아동기금) 빌딩에 기증하기도 하였다.

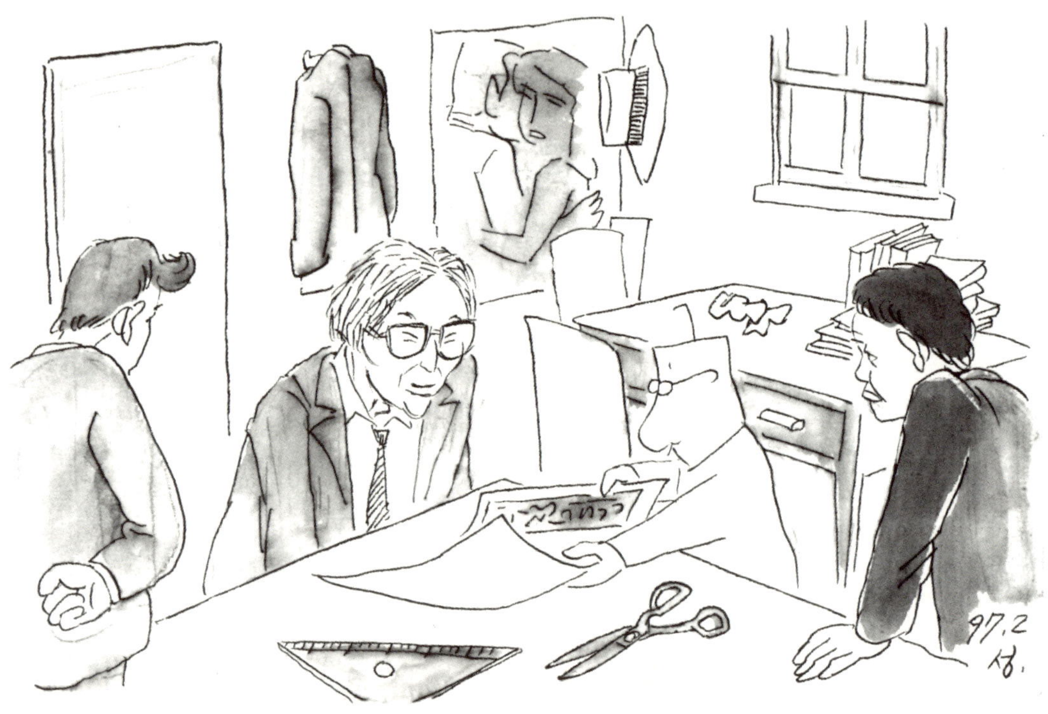

'원로화가 이항성 씨 간암으로 향년 78세에 타계他界'란 기사가 지난 2월 12일자 각 신문지상에 실렸었고 또한 후속 기사로 '이 화백은 50년대 앵포르멜(비정형추상) 운동과 최초의 미술잡지 《신미술》의 발행 등, 초중고교의 미술교과서 저술과 더불어 현대화단에 개척자 역할을 한 분'이라고 실려 있었다.

　실제로 이 화백은 중년기에 접어들면서 판화版畵에 몰두하여 프랑스, 독

일, 이탈리아, 미국 등지에서 수없이 많은 단체전에 출품했음은 물론 개인
전을 열었으며, 한국판화가협회 회장직을 역임하기도 했었다. 그런데 이
화백에 대한 나의 이미지로는 '이 사장님' 쪽이 더 큰 비중을 차지하고 있
다. 왜냐하면 환도 직후에 이 화백은 을지로 6가 쪽에 문화교육 출판사란
옵셋 인쇄공장과 출판사를 '이규성李奎星'이란 이름으로 경영하고 계셨었
다. 1954년 이 출판사에서 내 두 번째 만화집 『캐리커처』(230페이지 정
도)를 냈던 적이 있다. 당시에도 이 사장님께서는 이러한 시사만화집 출판
의 필요성을 인정하되 판매에 대해선 신경 쓰질 않으셨다. 그래서 대담하
게 '김성환 제2만화집金星煥 第二漫畵集 캐리커처'란 제목으로 단행본을 엮
어 내놓았는데 그 내용은 당시의 국회의원으로 활약 중이던 조봉암, 신익
희, 임영신, 지청천, 이갑성 의원들을 그려 놓았던 것이다. 그러나 이 책은
보기 좋게 판매에 실패했었다. 책 제목이 너무나 어려웠고 표지 그림까지
만화가 아닌 스케치풍으로 거리의 노점상을 그려 넣었으니 청소년들은 외
면을 해 버렸고 장년층은 그때까지도 만화는 어린이들의 전유물로 인식하
고 있을 때이니 팔릴 리가 만무하였다. 그러나 책이 잘 팔리지 않았다는
말은 단 한 번도 하신 적이 없이 판매 부진에 대한 아무런 내색도 아니 하
셨다. 그 이듬해 이러한 만화집이 씨앗이 되어 《동아일보》지상에 연재만
화 '고바우영감'이 등장하게 되었던 것이다.

　이렇게 생각해 보면 이 화백께서는 시사만화 발전의 공로자이시기도
하다. 만약에 내가 만협회장이라면 이 화백에게 공로패나 감사패라도 드
리고 싶은 마음이 드는 것이 내 솔직한 심정이기도 하다.

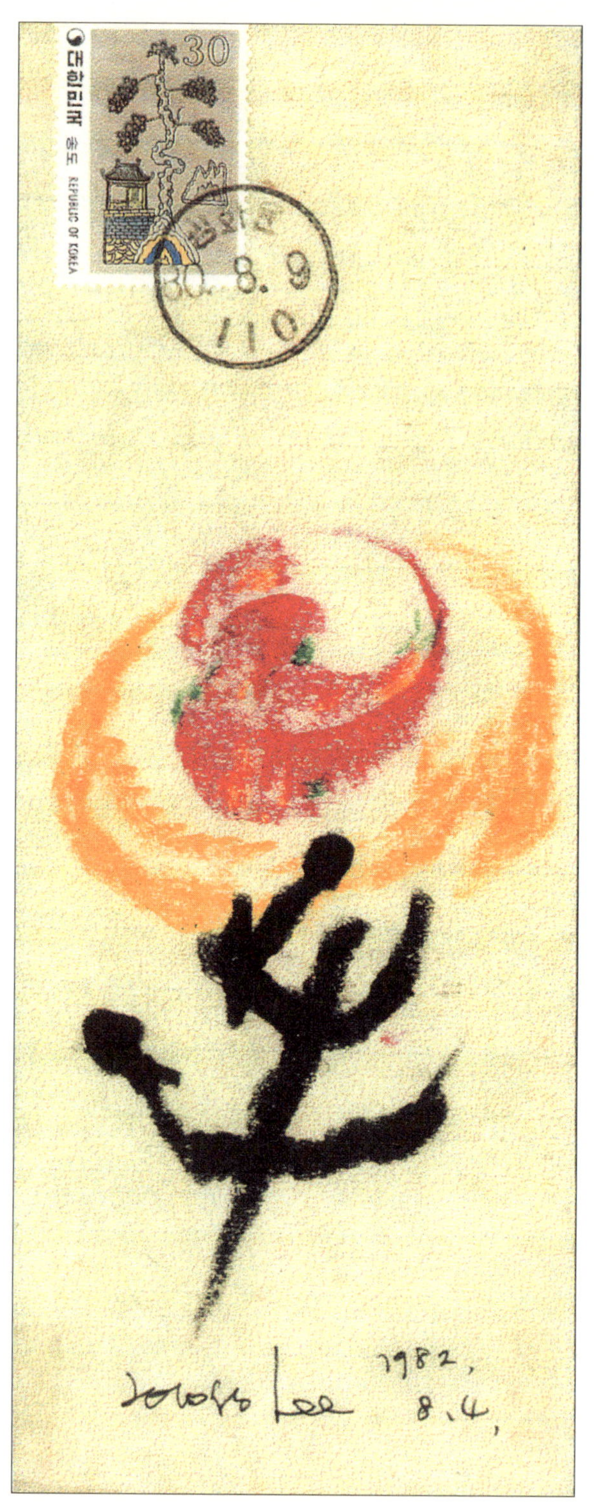
30
대한민국 송도 REPUBLIC OF KOREA
80. 8. 9
011
1982,
8.4,

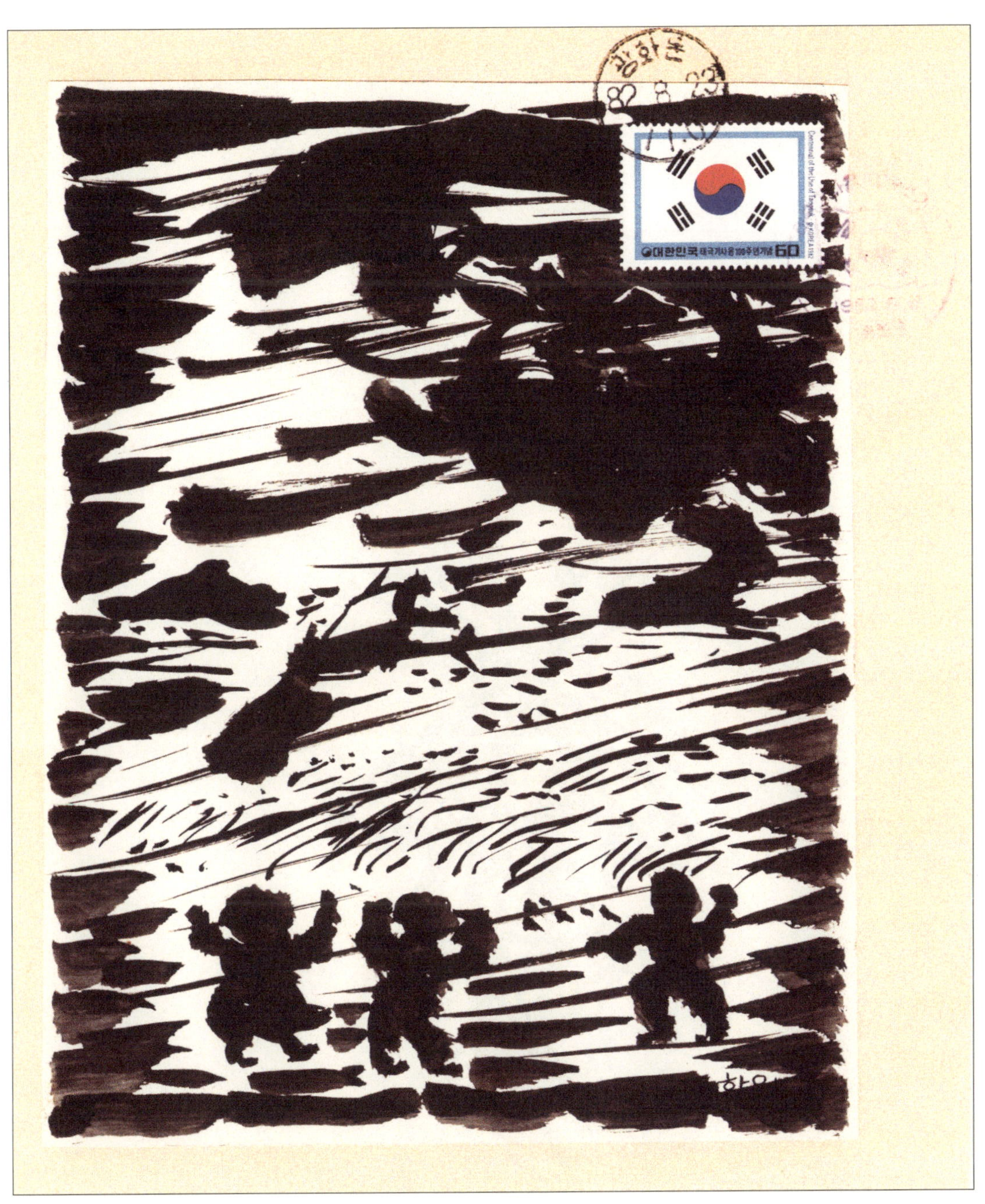

黃用燁 황용엽

서양화가. 호 우산. 평남 대동군 출생. 홍익대학교 미술대학 서양화과를 졸업하고 현대작가 초대전, 제9회 동경 국제전 등에 출품
하였다. 1965년 제1회 개인전을 가진 후 1973년부터는 매년 한 차례씩 〈인간〉 연작을 발표할 만큼 작품 활동에 노력하고 있다.
수차례 개인전과 그룹전에서 활동하였으며, 붓을 든 지 40년 만에 제1회 이중섭 미술상을 수상하였다.

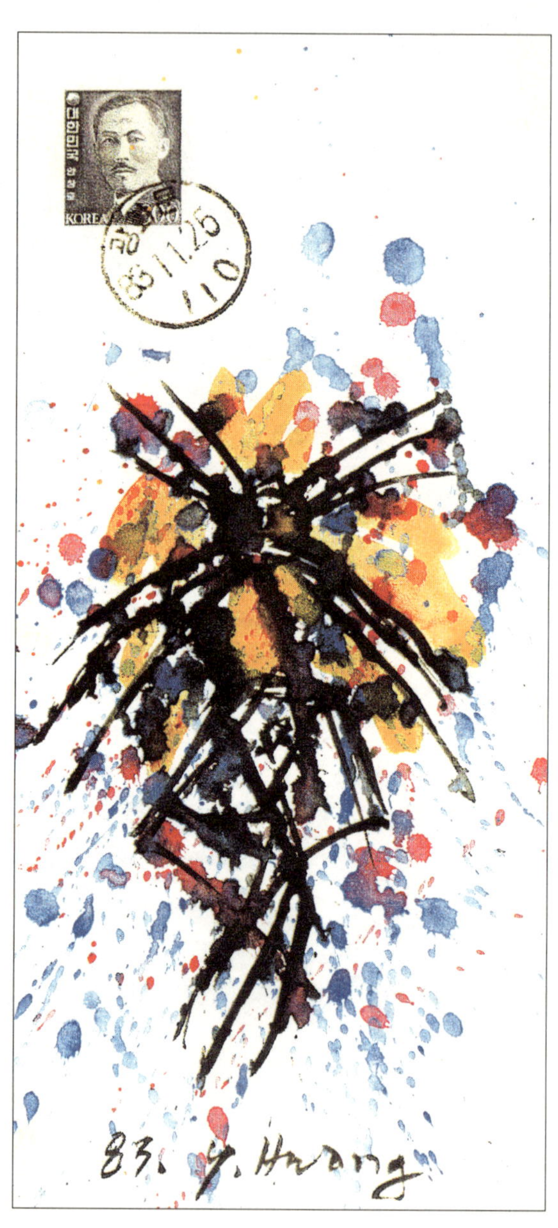

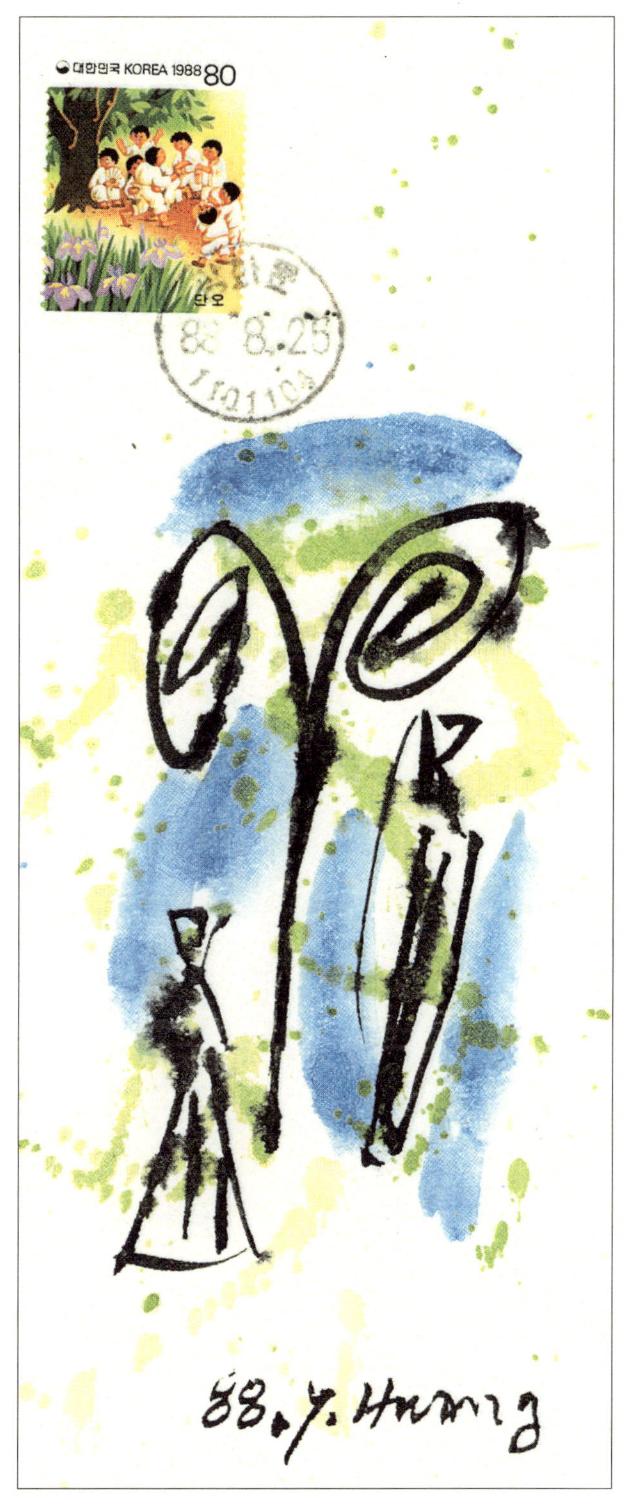

대한민국 KOREA 1988 80
단오
88. Y. Hwang

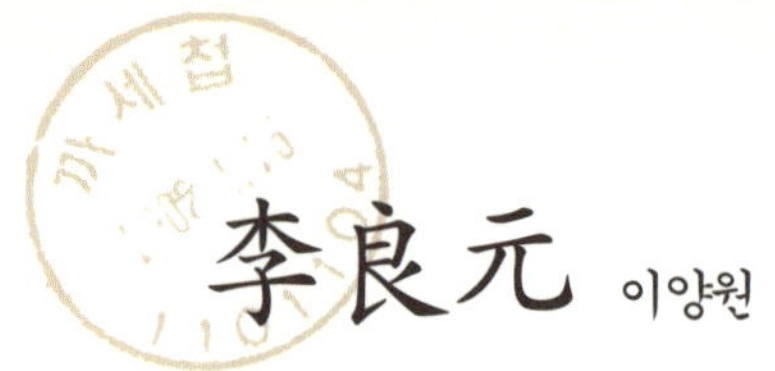

李良元 이양원

한국화가. 황해 봉산 출생. 서울대학교 미술대학을 졸업하고 1986년 독립기념관 벽화를 제작했다. 현대미술 초대전 및 베를린에서의 〈동방의 빛〉전, 광주 비엔날레 특별전 등을 비롯하여 국내외에서 수차례 전시회를 가졌다. 대한민국 미술대전 심사위원을 역임했으며 한국미술협회 동양화 분과 위원장 및 동덕여대 교수로 재직했었다. 1965년 신인예술상 수석상을, 1978년 국전 문공부장관상을 수상한 바 있다.

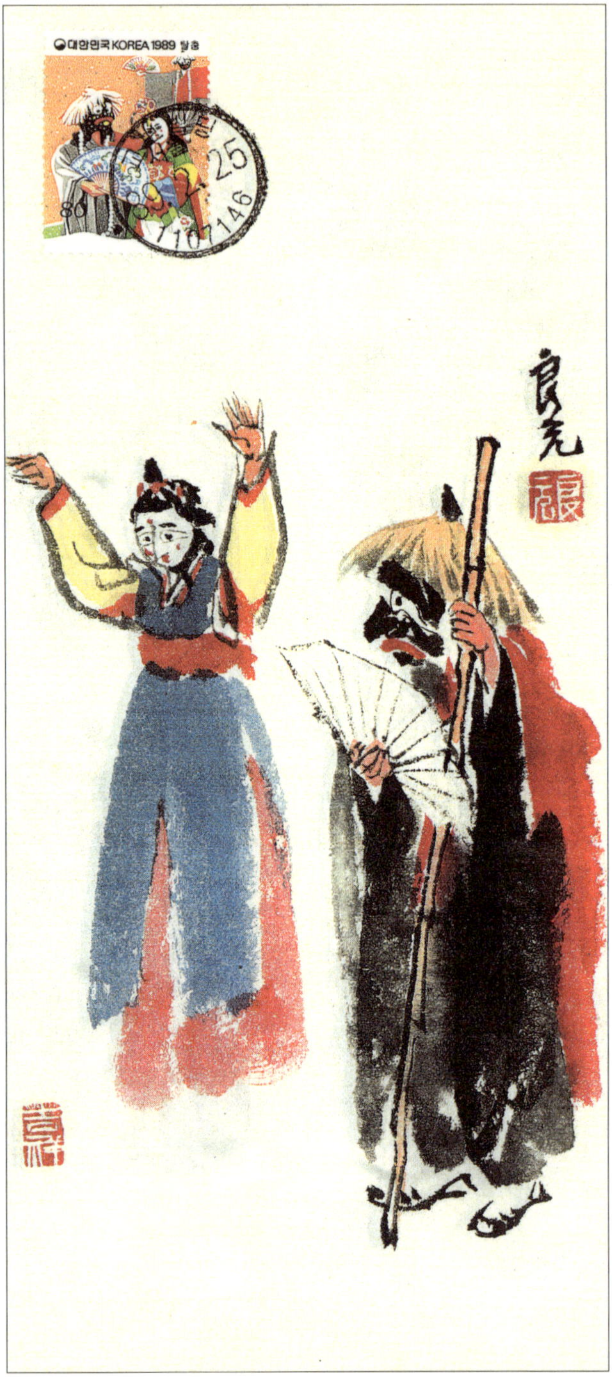

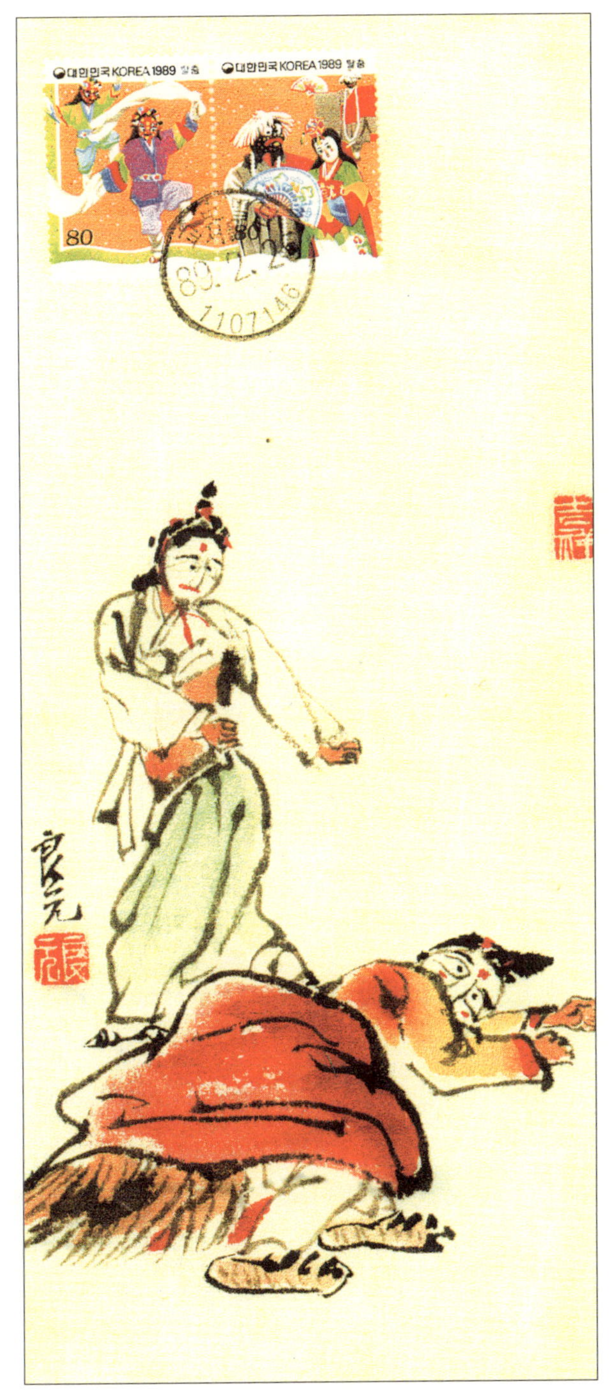

朴泳善 박영선

서양화가. 평남 평양 출생. 1936년 일본 가와바타미술학교 졸업. 1938년부터 1943년까지 조선미술전람회에 연 5회 특선하고 2회 수상하였다. 또 그 무렵 일본문전(日本文展)에서도 3회 입선하였으며, 1947년까지 다섯 차례 개인전을 열었다. 그뒤 이화여자대학교·홍익대학교 교수로 있다가 1955년 프랑스로 건너가, 1959년까지 파리 아카데미 그랑 쇼미에르에서 수학하면서 파리 국제미술전람회에 출품하였다. 1960년부터 서라벌예술대학·중앙대학교 교수 등으로 재직하였으며, 1972년 국전 심사위원장으로 선임되고, 1978년 대한민국예술원 회원이 되었다. 3·1문화상, 예술원상 등을 수상하였다.

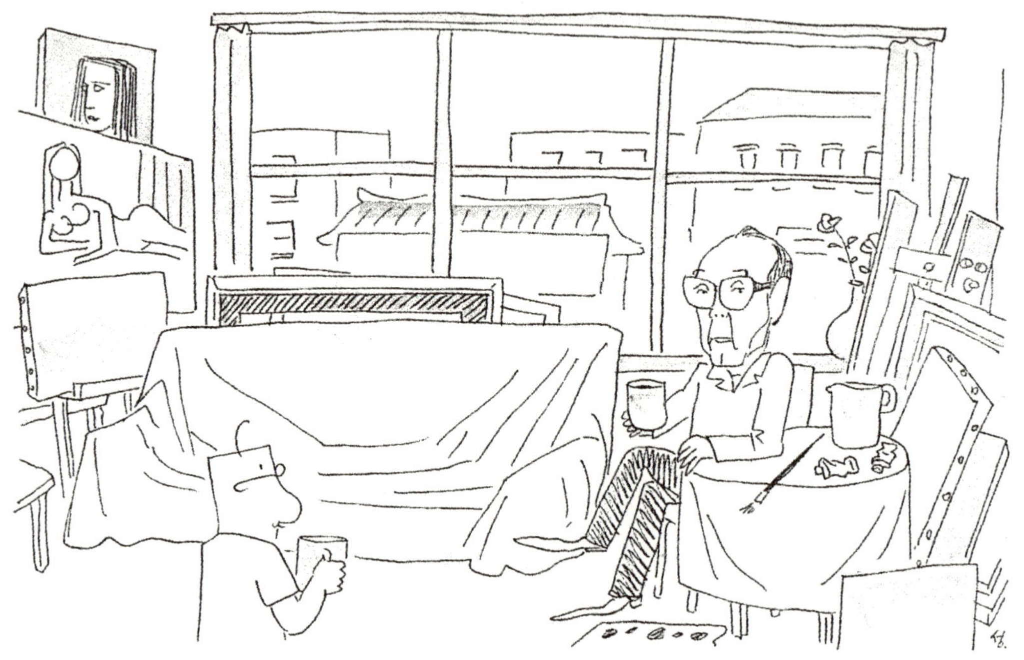

박영선 화백이 6월 15일 영동 세브란스병원에서 84세를 일기로 별세하셨다. 평양 출생으로 1938년에 선전鮮展에서 특선을 해 미술계의 주목을 받기도 했으며, 6·25사변 때는 종군화가단의 일원으로 필자와 함께 고생을 하신 적이 있다.

환도 후에는 문인, 화가, 묵객들이 몰리던 '모나리자'란 다방에서 만났었다. 화백은 을지로 입구에 화실을 차렸으니 들러 보라고 했었다.

한편 제2만화집 『캐리커처』를 한 권 구할 수 없느냐고 자주 묻기도 하셨었다. 실은 그 책 속에는 한국의 유명인사가 70명가량 수록되어 있었는

데 박 화백도 그 속에 들어 있었기 때문이었다. 거기 실린 분들에게 다 드
릴 수는 없었으나 박 화백에겐 한 권 구해 드렸더니 여간 반가워하는 게
아니었다.

　을지로 입구의 화실은 이층으로 '채광이 잘 되어 이 방을 구하셨나 보
군…….' 하고 속으로 생각하면서 널찍한 소파를 보고선 화백이 즐겨 그
리는 소재인 누드화의 모델이 여기 엎디거나 드러눕거나 했겠지란 생각을
하곤 했었다.

　창밖엔 오래전에 불타 없어진 원각사란 극장 건물이 내려다보였다. 그
아틀리에에서 화백께서 직접 끓여 주신 커피를 마시며 피난 때의 어려웠
던 얘기를 주고받곤 했던 기억이 지금도 생생하다.

　그리고 다시 몇 해 후에 한국은행 뒷길 쪽에 있었던 미국 공보원 건물
에서 화백의 개인전이 있어서 들렀더니 마침 카메라를 가진 사람이 있어
사진이나 한 장 찍자고 해서 베란다에 나가 사진을 찍었는데 그 사진은 내
앨범 속에 아직도 간직되어 있다. 박 화백은 남관 화백과 함께 50년대부터
서양화단의 거목이셨는데 말년에는 개인전이나 회고전을 별로 하지 않아
서 그런지 대중적으로 널리 알려지지 않으신 분이다.

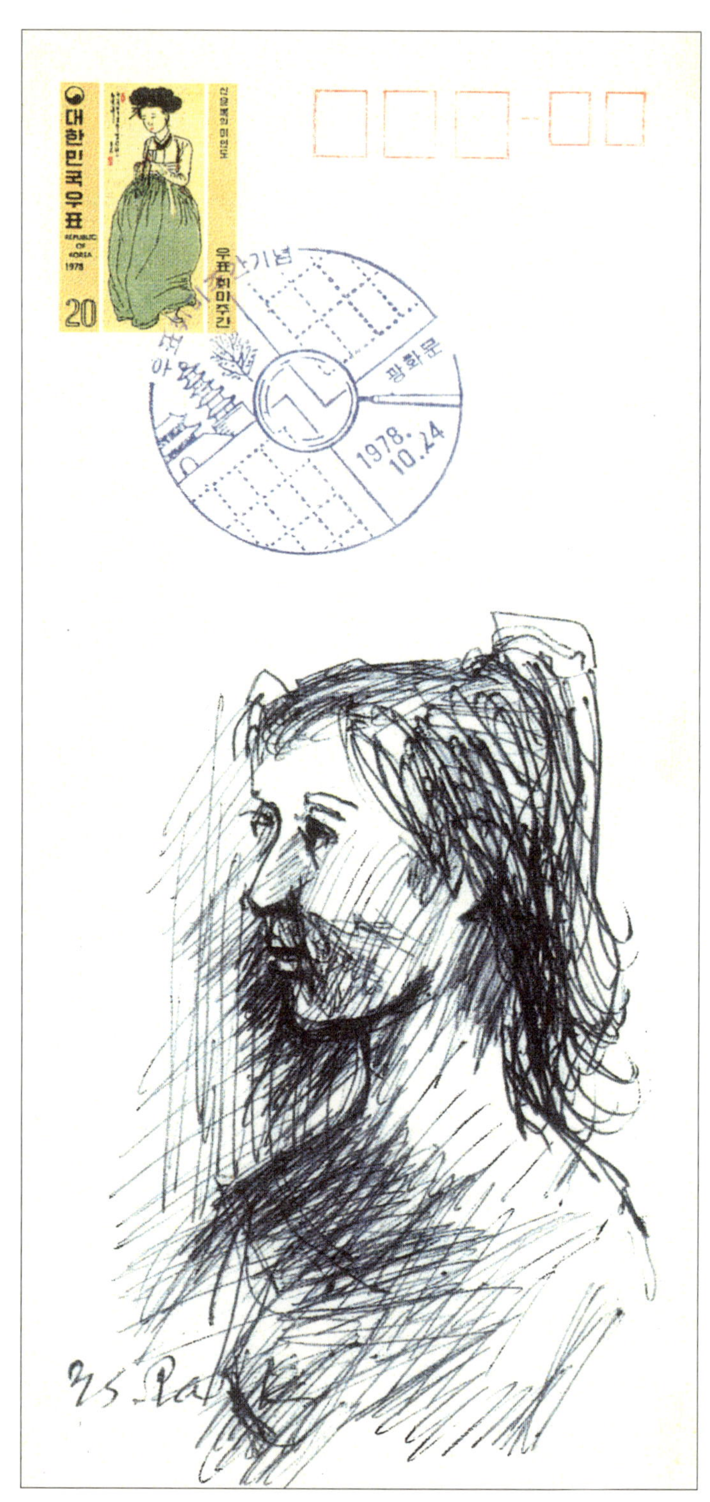

韓雲晟 한운성

서양화가·판화가. 서울 출생. 서울대학교 미술대학 및 동 대학원 졸업, 미국 템플대학, 타일러 미술대학원을 수료. 뉴욕 세계청년작가전, 영국 국제판화 비엔날레, 상파울루 비엔날레, 칸 국제회화제, 밀저즈빌 주립대학 초대전 등 국제전에 출품하였고, 국전과 한국미술대상전, 국립현대미술관 개관 기념, 서울미술대전 등 국내전을 통하여 작품을 발표했으며, 서울과 미국에서 여러 차례 개인전을 가졌다. 제2회 동아미술제 대상을 수상하였으며, 현재 서울대학교 미술대학 교수로 재직 중이다.

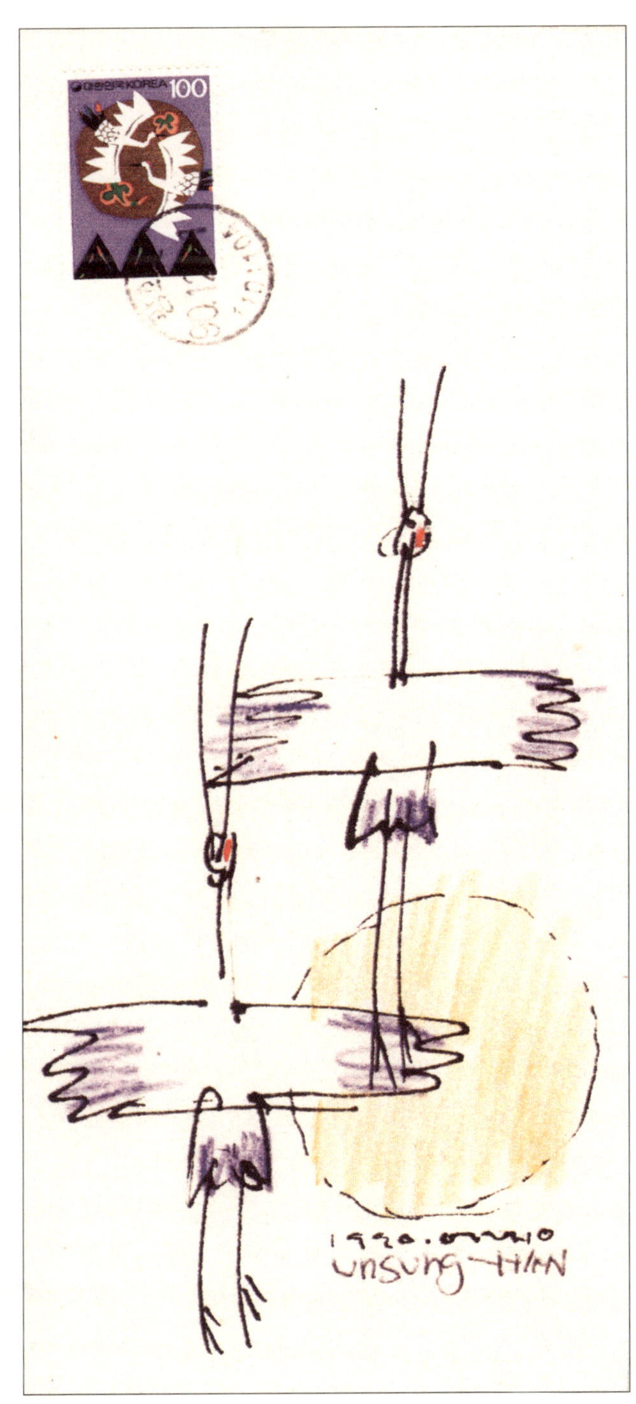

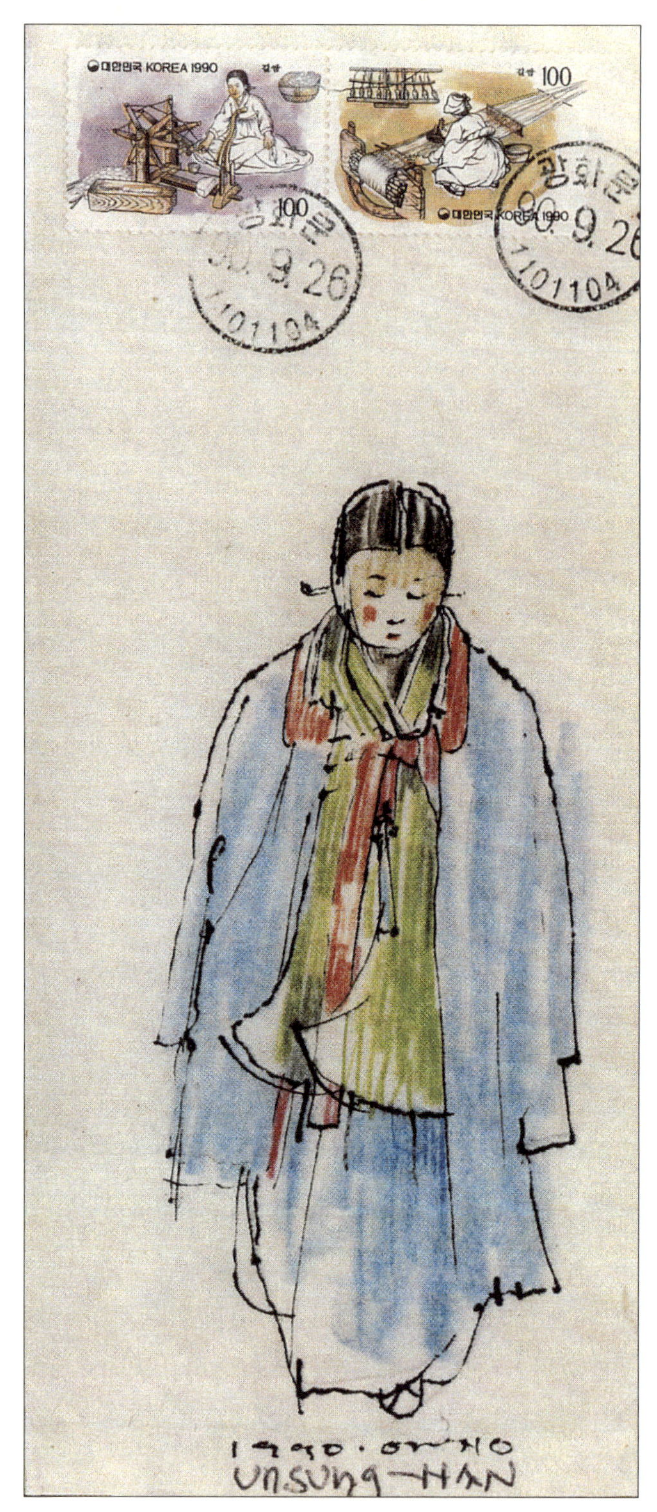
1990. 01 No
Unsung-HAN

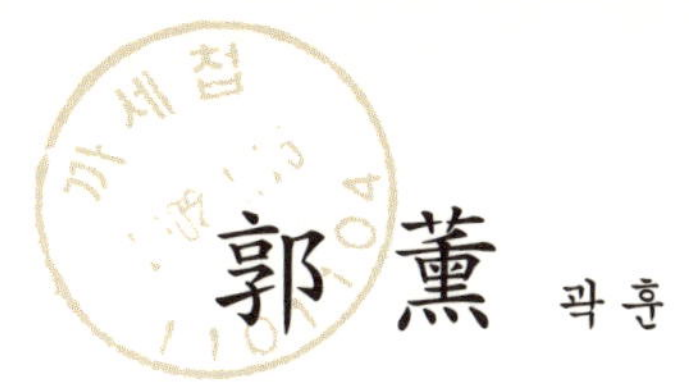

郭 薰 곽 훈

서양화가. 대구 출생. 서울대를 졸업한 후, 1975년 도미하여 캘리포니아 주립대학에서 대학원 과정을 마쳤다. 1981년 L.A 시립 반스달미술관의 신인전에서 에릭 시걸·레디 존딜과 함께 발탁된 이래 미국의 웍스, 이아네티·란조니, 아넥스, 칼·보스틴 갤러리, 호주의 맥 콰리갤러리 등의 유수한 화랑에서 여러 차례 초대전을 가진 바 있으며, 바젤 아트페어(1987), L.A 아트페어(1990), 시카고 아트 엑스포(1991) 등 각종 국제미술전에서 한국작가의 우수성과 역량을 과시하여 미국화단에서 이미 그 실력을 인정받아 왔다.

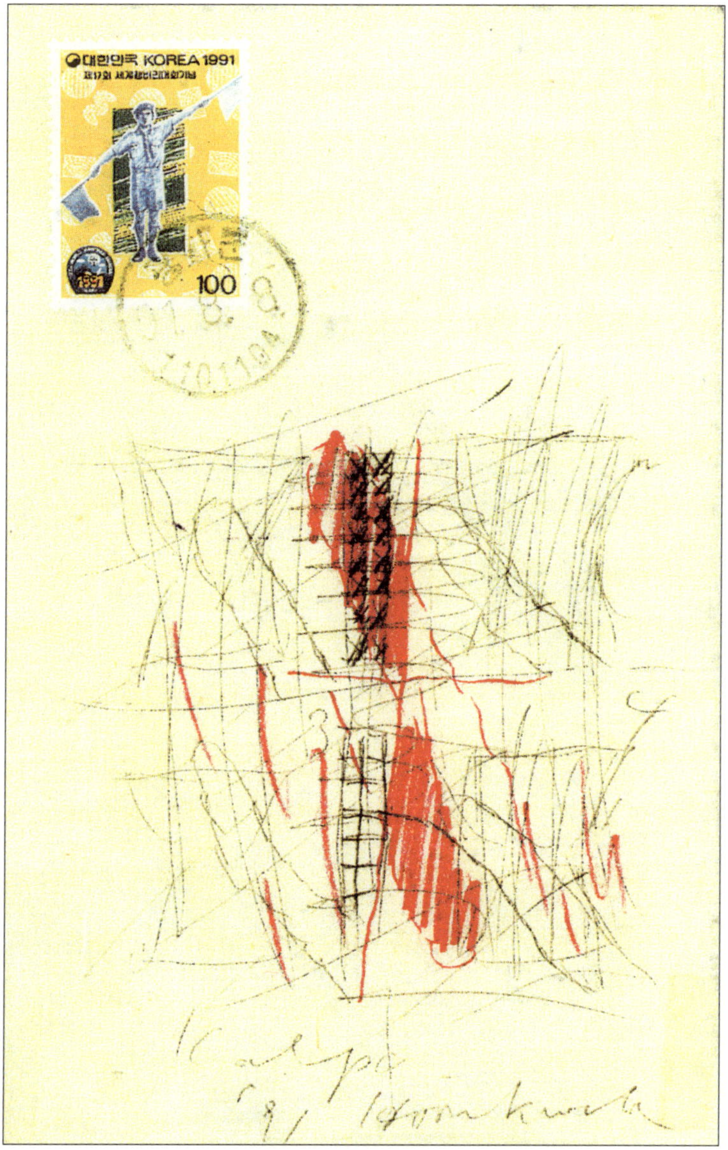

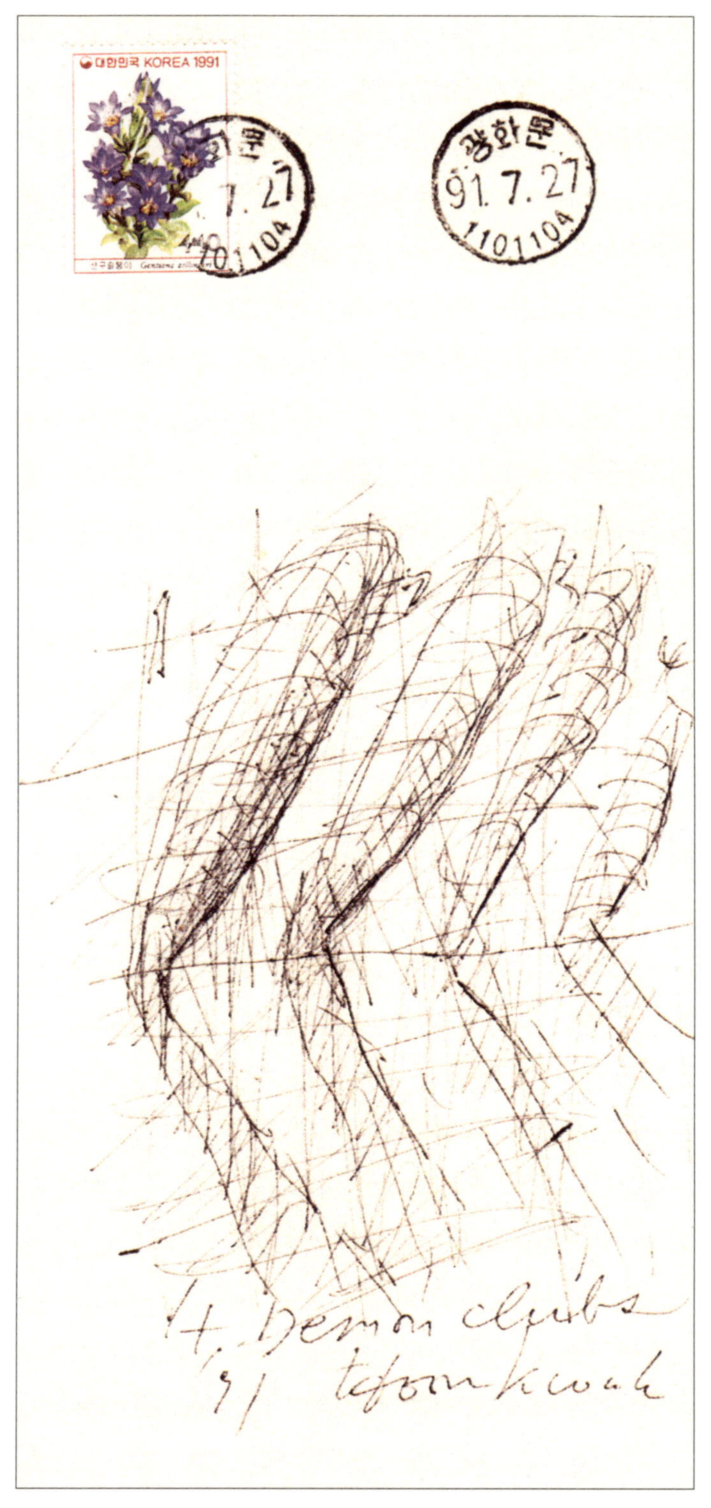

4. Demon clubs
'9/ tchon kwah

金元龍 김원룡

고고학자 · 미술사학자. 평북 태천 출생. 호 삼불(三佛) · 삼불암주(三佛庵主). 8 · 15 광복 이후 불모 상태의 한국 고고학을 이끌었으며, 한국미술사 연구에도 업적을 남겼다. 1945년 경성제국대학 법문학부 사학과를 졸업하고, 국립박물관에 취직하여 고고학과 미술사 연구를 시작하였다. 1957년 미국 뉴욕대학에서 신라토기 연구로 박사학위를 받았다. 서울대학 재직 중 국립박물관장, 서울대학 박물관장, 국사편찬위원회 위원, 문화재위원장 등을 역임하였으며, 서울시문화상, 문화포상, 인촌상, 자랑스런 서울대학인상, 제3회 후쿠오카 아시아문화상 등을 수상하였다. 이어 은관문화훈장이 추서되고 호암상을 수여받았다.

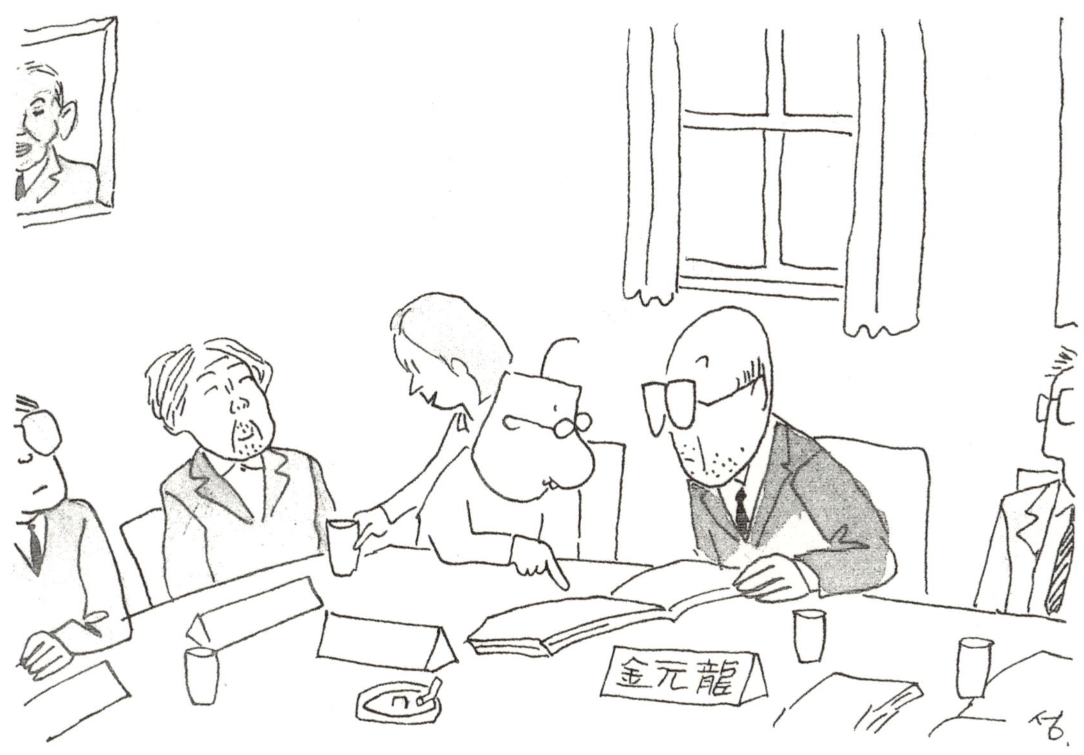

고고미술학계의 거봉이요, 71년도엔 무령왕릉 발굴로 이름을 떨친 삼불 김원룡 박사는 서울대학원장과 국립중앙박물관장을 지낸 석학으로 널리 알려진 분이지만 늘 붓글씨로 유서를 미리 써 두는 습관으로도 유명하다.

그런 김 박사가 작년 11월 14일에 조용히 타계하셨다. 왜 조용히란 말을 썼느냐 하면 박사는 폐암 선고를 받고는 곧장 모든 공직에 사표를 내고 남모르게 투병생활을 하시다가 별세를 했기 때문이다.

김 박사는 생전에 어머님과 부인과 자신을 세 부처님이라고 부른 데 연유해서 후학들이 삼불(세 부처)이라고 부르게 되었다고 한다. 흔히 범속한 사람이 스스로를 부처라고 부르면 오만한 자세로 곡해받을 수도 있으나 김 박사에 대해선 전혀 이런 시각으로 보는 이가 없었으니 이런 점에서 바로 김 박사의 인격과 인품 됨됨의 일단을 엿볼 수 있다.

그런 김 박사가 두세 번에 걸쳐 문인화전文人畵展을 연 적이 있는데 그 소박한 선과 구도, 화풍의 품격을 보고 모든 화가들은 경탄을 했었다. 심지어 우리 화단의 원로 몇 분도 김 박사의 그림을 구입하거나 교환하신 분들도 있다. 그런 김 박사가 우표 수집계와도 깊은 연관이 있는 분이라고는 아마 수집가들도 잘 모를 것이다. 허나 김 박사는 체신부 우표 심의위원으로 오랫동안 우표 심의와 우표 응모작의 심사 등으로 체신부에 출입을 하셨고 필자와 나란히 자리를 같이 하곤 했었다. 그 당시에 김 박사에게 봉피까세를 부탁 드려서 받은 것을 여기에 소개한다.

이 두 점의 봉피이다. 필자도 사인을 한 고바우 원화를 드린 바 있지만 원화의 가치성을 아시는 분이므로 속으로 흐뭇했었다. 바로 몇 달 전에도 어느 전시장에서 만나 뵙고 차를 같이 한 기억이 생생한데 바로 그 당시에 이미 폐암 선고를 받으신 후인지 아닌지는 이제 와서 전혀 알 길이 없다. 다만 그때에도 담담한 표정으로 수심 걱정이라곤 전혀 없는 안경 속의 눈이 지금도 선하다. 최소한 10년 정도라도 더 사셨다면 더욱 깊이 있는 저서를 후학들과 문학계에 남겨 놓으셨을 텐데…….

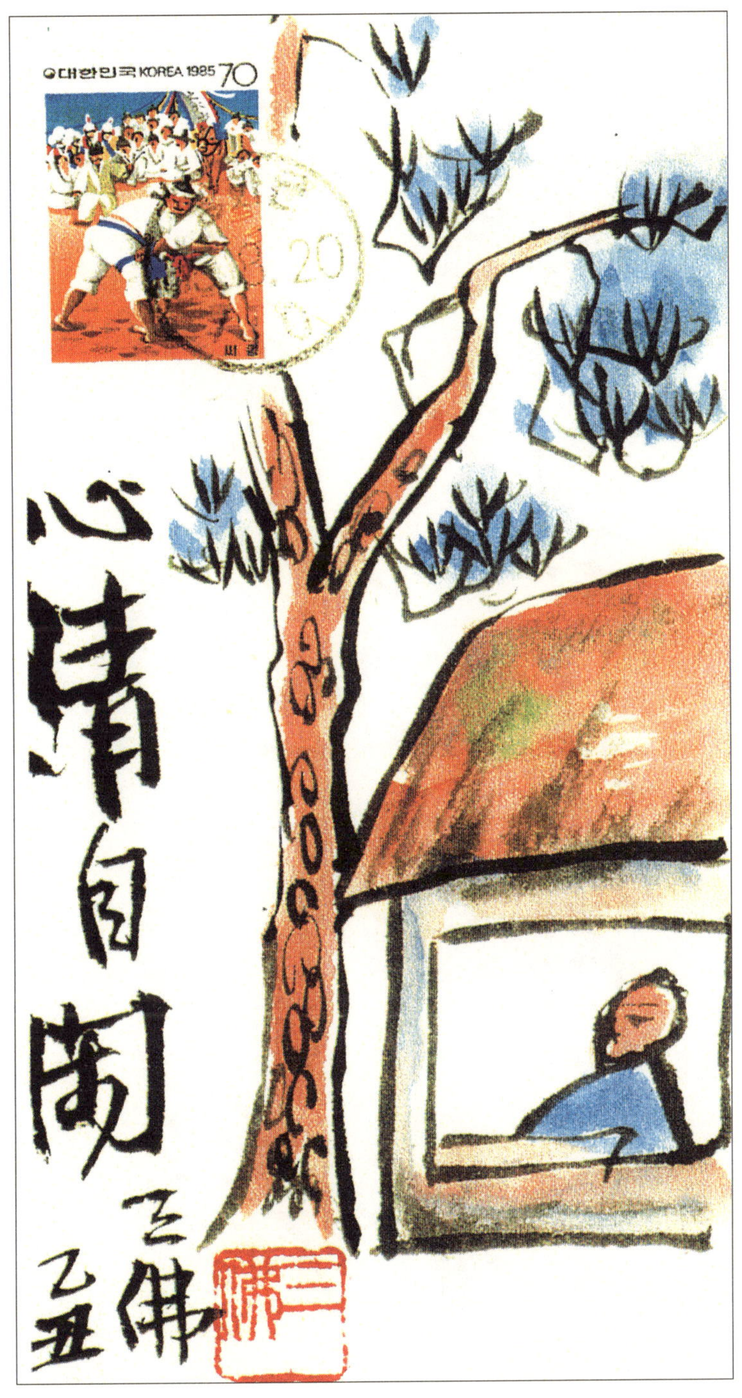
대한민국 KOREA 1985 70
心情閑
乙
丑
佛

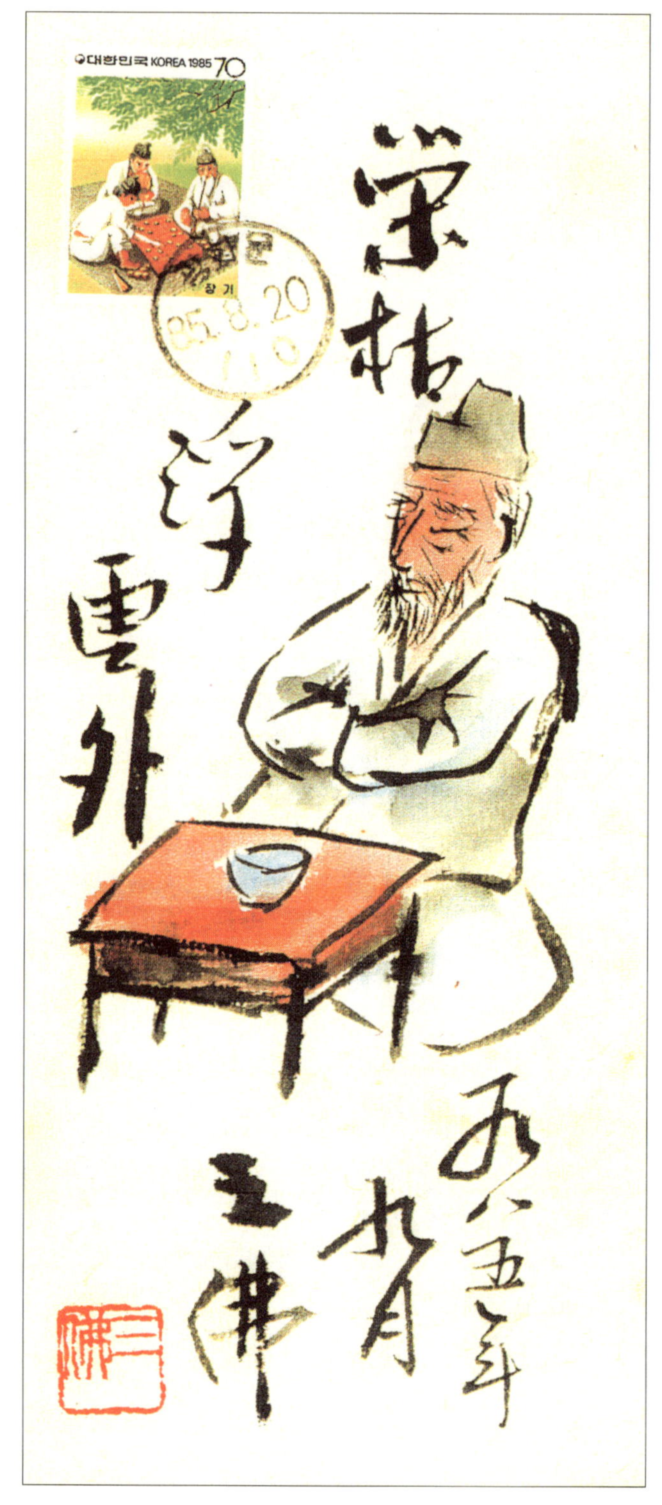
대한민국 KOREA 1985 70
장기
85. 8. 20

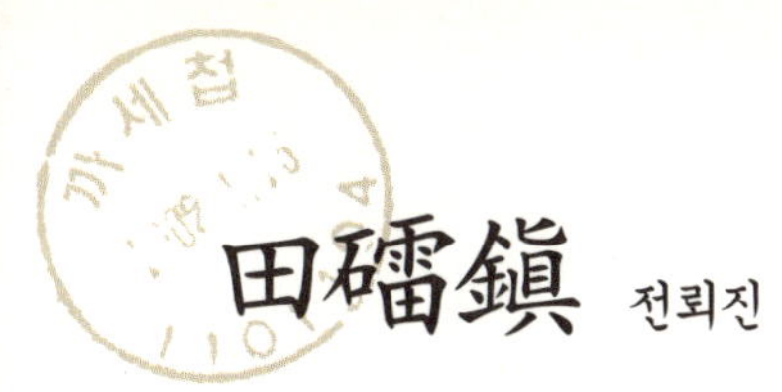

田礌鎮 전뢰진

조각가. 서울 출생. 서울대학교 미술대학 도안과를 중퇴하고 1953년 홍익대학교 미술대학 조소과로 옮겼다. 개인전 8회를 비롯, 필리핀 국제미술전, 동경올림픽 축하미술전, 싱가포르 국제조각전 등 국내외 수많은 단체전에 출품하였다. 국전 추천작가 및 심사위원을 역임했으며, 아시아올림픽 경기대회 기념 미술대전 심사위원, 사단법인 목우회 이사장 등을 지냈다. 현재 홍익대학교 명예교수로 재직 중이다.

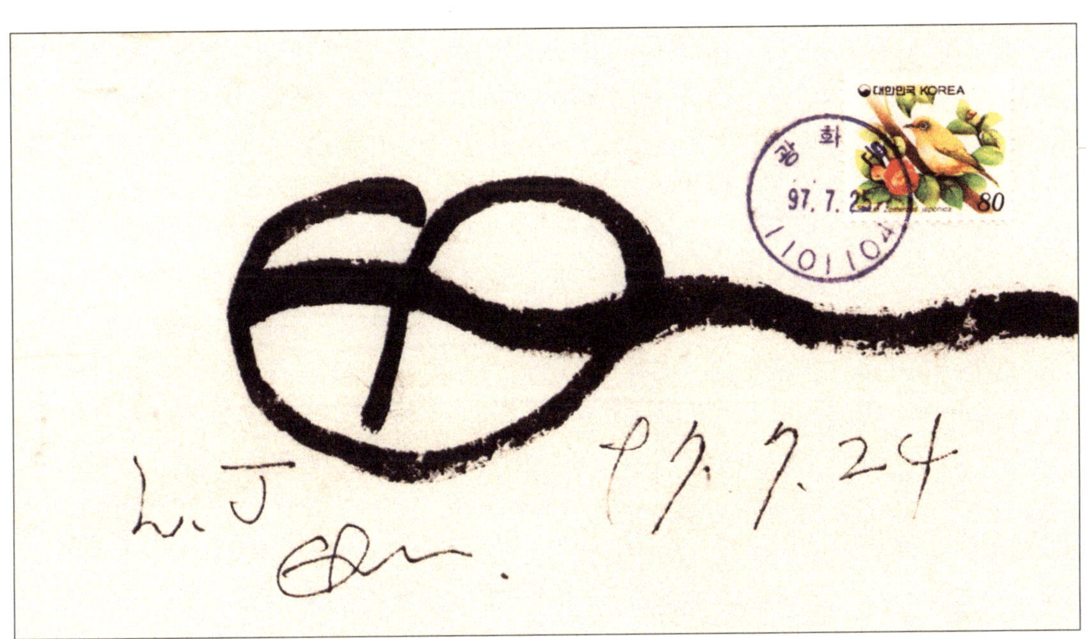

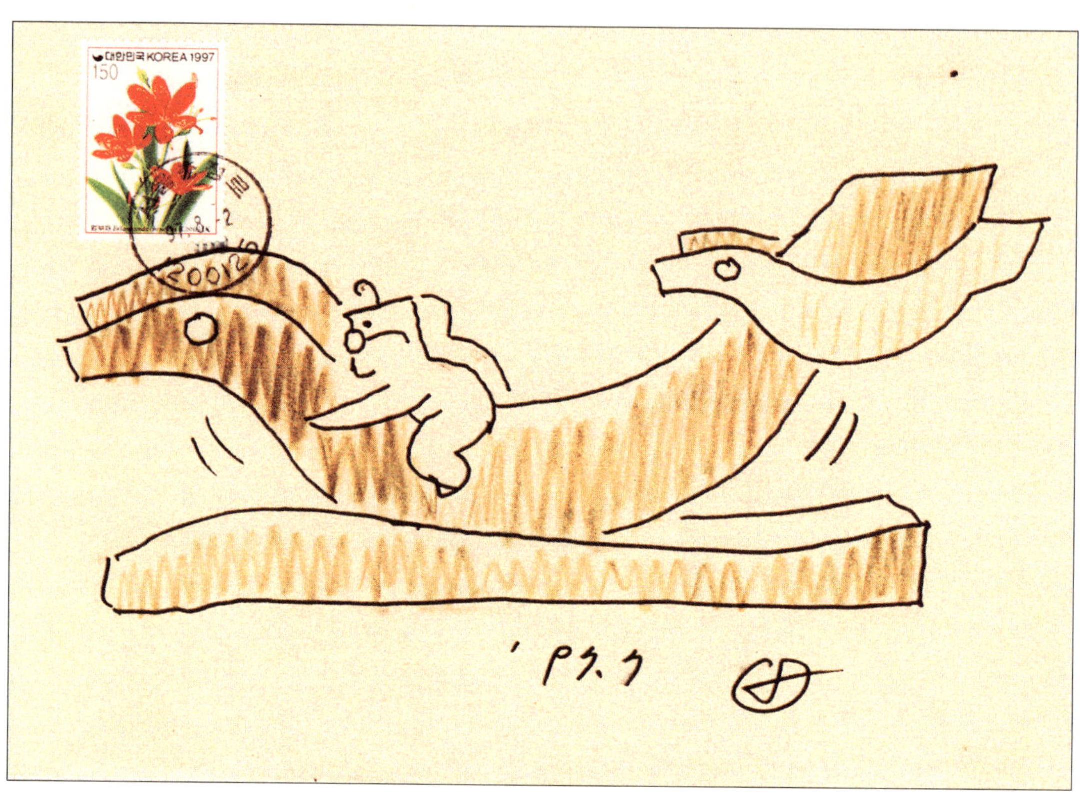

閔福鎭 민복진

조각가. 경기 양주 출생. 홍익대학교 미술학부를 졸업하고 한때 모교의 조교로 재직하면서 후배 양성에 노력하였다. 1962~63년 신상회 간사, 1964~71년 목우회 이사를 역임하였다. 1953년 제2회 국전에 '무제'를 출품한 뒤 조각가의 길을 걷게 되었다. 프랑스, 이탈리아, 미국, 중국 등에서 40여 회의 해외전 참가를 포함하여 약 400회의 국내외 전시회에 출품하였으며, 1979년에는 프랑스 르살롱 그랑팔레전에서 금상을 수상하여 한국조각의 진면목을 보여 주었다. 홍익조각회 회장 및 각종 미술단체의 요직을 두루 역임한 바 있다.

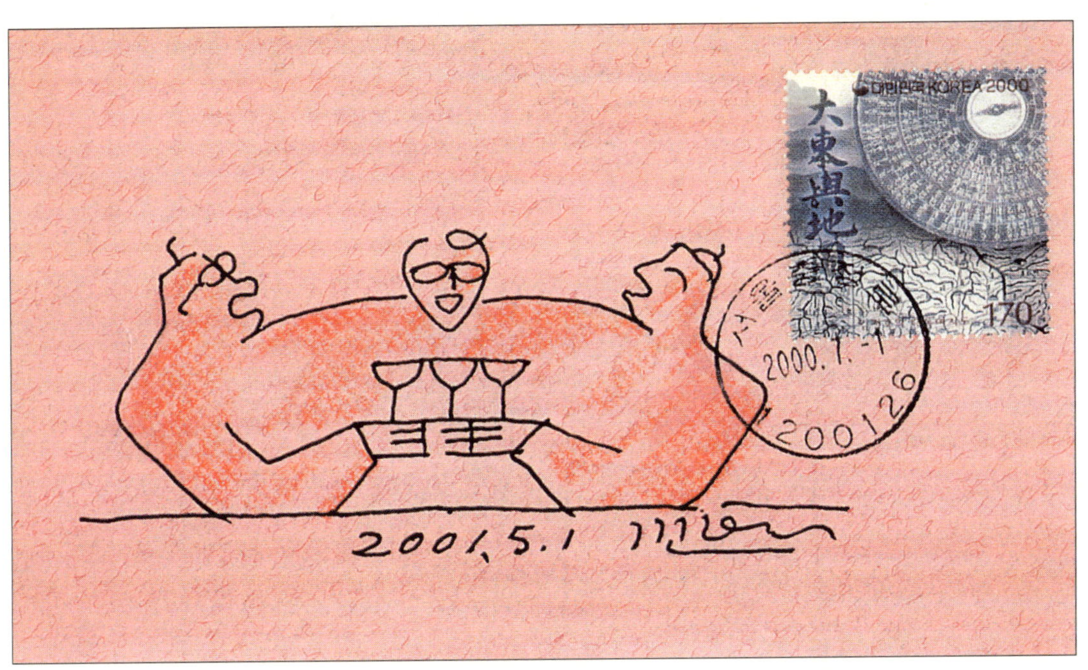

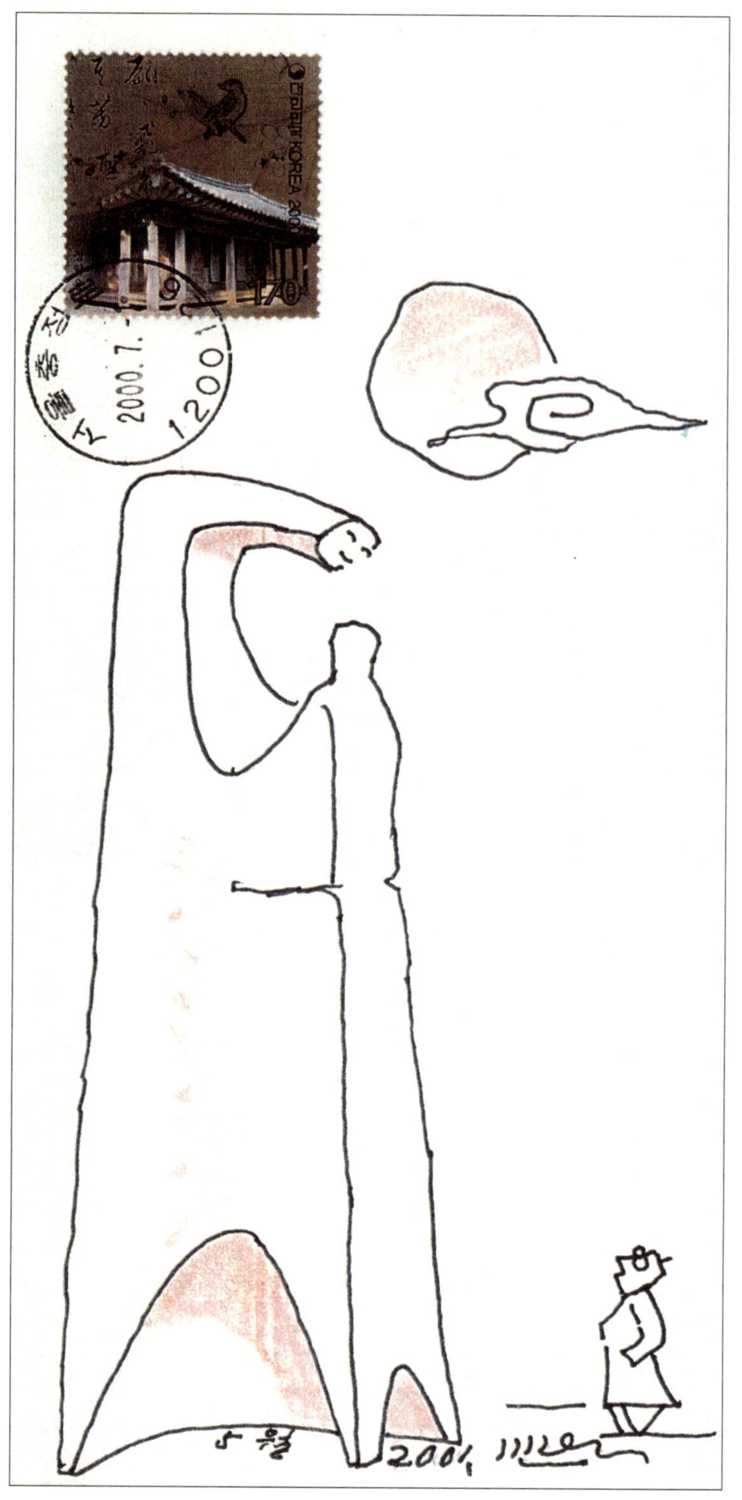

鄭晫永 정탁영

동양화가. 호 백계. 강원 횡성 출생. 서울대학교 미술대학 동양화과를 졸업, 묵림회 회원이 되었다. 현대작가 초대전, 일본 도쿄 비엔날레, 상파울루 비엔날레 등에 출품했으며, 추계예술대학교를 거쳐 서울대학교 미술대학 교수 등을 역임했다.

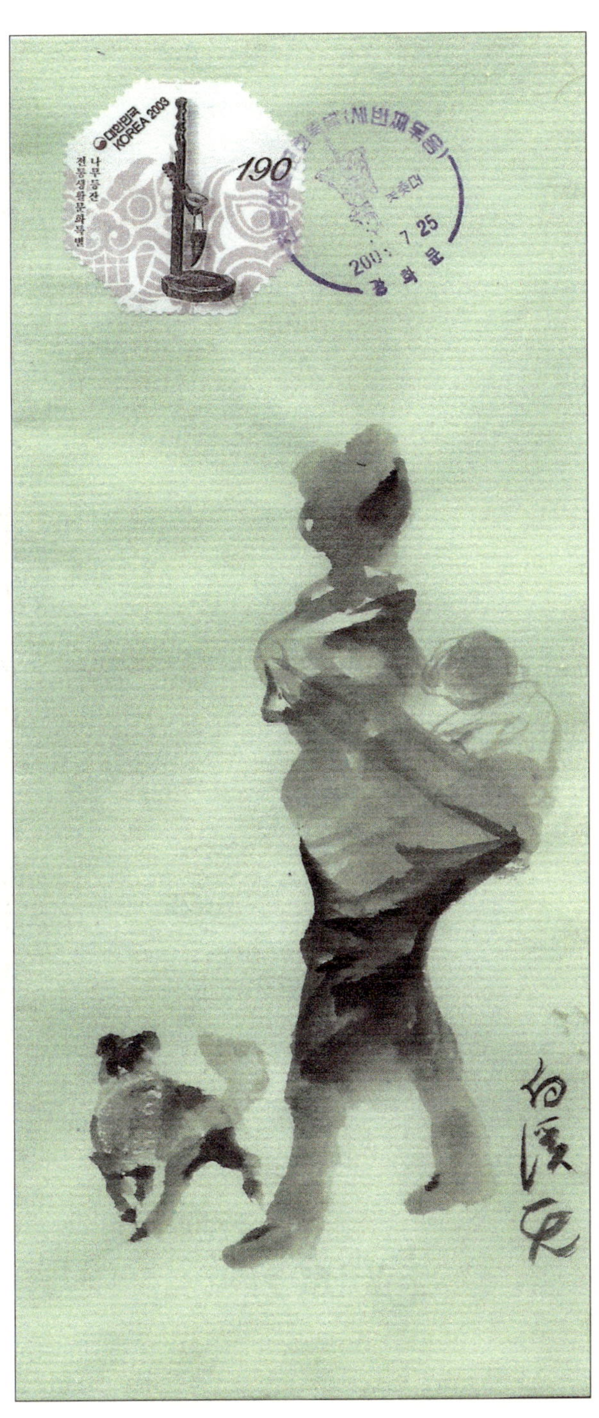

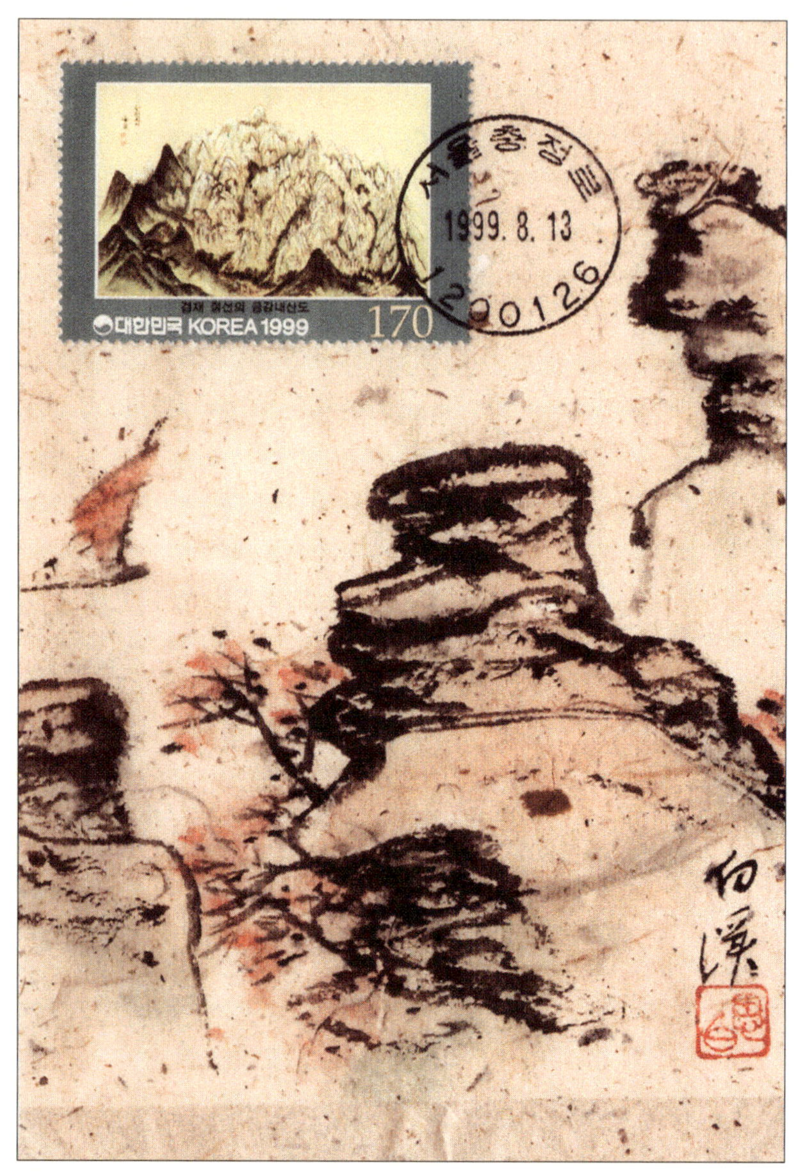

겸재 정선의 금강내산도
대한민국 KOREA 1999
170
1999. 8. 13

許 楗 _{허 건}

한국화가. 호 남농(南農). 전남 진도 출생. 1927년 목포상업전수학원을 수료하였다. 1930년 조선미술전람회에 첫 출품하여 입선하고, 1944년 동 미술전람회에서 특선을 하였다. 1951년에 대한민국미술전람회 추천작가가 되었고 1960년 동 미술전람회 심사위원으로 위촉되었으며, 1976년 남농상(南農賞)을 제정하고, 동년 대한민국 문예예술상을 수상하였다. 또 1982년에는 대한민국 은관문화훈장을 수상하고, 1983년에 대한민국예술원 원로회원에 피선되었다.

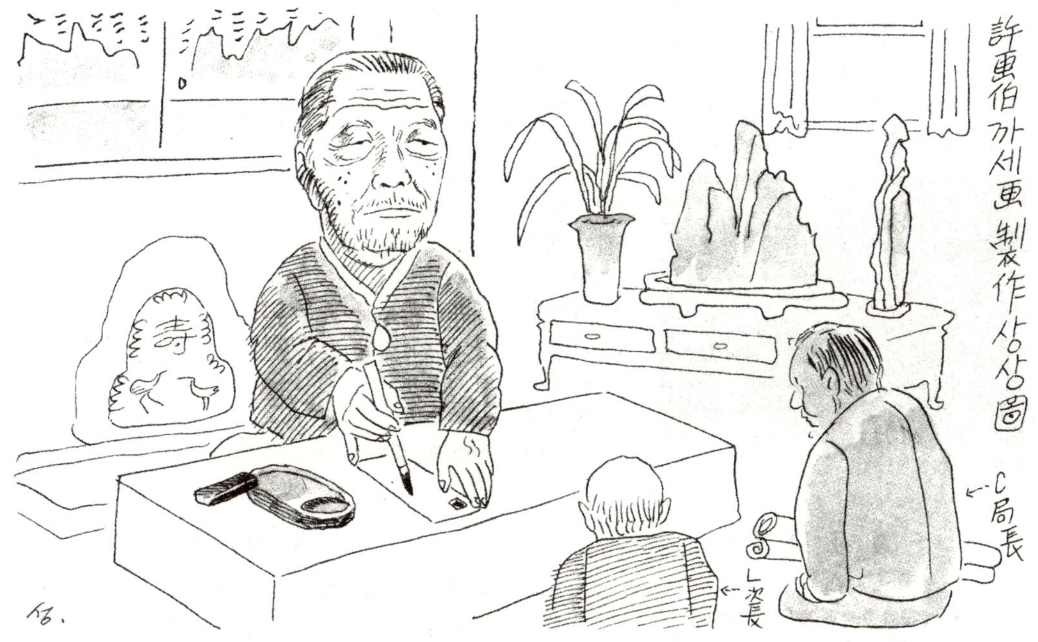

남농 허건 선생은 허소치 선생의 후예로 우리나라 남종화南宗畵의 맥을 대대로 이어온 한국화단의 거목이셨다.

그런데 나는 남농 선생과는 아무런 면식이 없었다. 그러나 노대가의 육필 까세를 내 까세첩에 꼭 끼워 두어야 까세첩 전체의 체계를 갖추는 데 있어서나 가치성과 역사성 형성에 불가결한 것으로 생각되어 늘 기회가 오기를 기다리고 있었다.

그러던 중 공교롭게도 허건 화백은 건강이 점점 나빠져서 고향인 목포에서 칩거생활을 하느라 꼼짝을 안 하신다는 소식만 들려오곤 할 때였다.

내 친지인 D일보의 C국장이 마침 가보로 내려오고 있는 허소치의 묵화 여덟 점이 있는데 여기엔 소치의 낙관이 안 찍혀 있어서 이것을 남농에게 보이고 진품 여부의 감정을 받은 후 진품일 때에는 그 무낙관인 작품 한 귀퉁이에 "이 작품은 내가 보기에 소치 작품임에 틀림이 없다."라는 글귀를 써넣고 남농의 낙관을 받고자 해서 남도로 찾아간다는 얘기를 하는 것이었다. 이는 남농 까세를 받을 수 있는 최초요, 최후의 기회가 아닐 수 없었다. 그래서 남농 화백 앞으로 간단한 사연의 서신을 쓰고 별도의 봉투에 적지만 서화료를 넣어서 C국장 편에 위탁을 해 보냈었다.

대엿새가 지나서 C국장을 만났는데 어쩐지 표정이 어두워 보이는 것이었다. 그래서 '육필 까세를 못 받아 온 게로구나.' 하고 추측을 했었는데 실은 그게 아니라 C국장이 목표로 했던 감정서와 거기에 따르는 낙관은 찍어 받지 못했고 반면에 봉필 까세화는 받아 왔다는 것이다. 그래서 나는 반색을 했으나 많은 시간과 여비를 들여 남도까지 내려갔다가 목적을 이루지 못하고 돌아온 C국장에 대해선 미안한 감을 금할 수가 없었다.

자신의 여비를 들여서 내려갔다가 친구의 일만 성취시킨 셈이 되었으니 나로선 어찌할 바(?)를 모르고 미안할 수밖에 없었다.

이 까세는 85년도에 나온 의제 허백련 화백의 〈농경도〉가 들어간 미술우표로 그 위에 묵향 짙은 남농의 대나무 그림이 힘차게 뻗어 있으니, 그 정취가 자못 깊다 아니할 수 없다. 또 한 점은 백두산 천지에 무궁화가 만발해 있는 '광복 40주년' 기념우표 봉투로 이 위엔 향취가 풍기는 난초가 그려져 있다. 그러고 나서 일년 남짓 지난 후에 남농 화백은 유명을 달리하셨다.

현재 진도에 남농 화실이, 목포에 남농이 생전에 수집하신 수석박물관이 있어서 남농을 기리는 뭇 손님들의 발길을 멈추게 하고 있다.

육필 까세를 수집하는 데 있어서 서화료를 정식(?)으로 지불한 것은 불과 몇 개 안 되는데 이 까세가 그 몇 개 안 되는 것 중 하나인 셈이다.

만약에 그때 그 기회를 잡지 못했으면 남농 까세는 이 지상地上엔 영원히 있을 수 없는 것이 될 뻔한 셈이다.

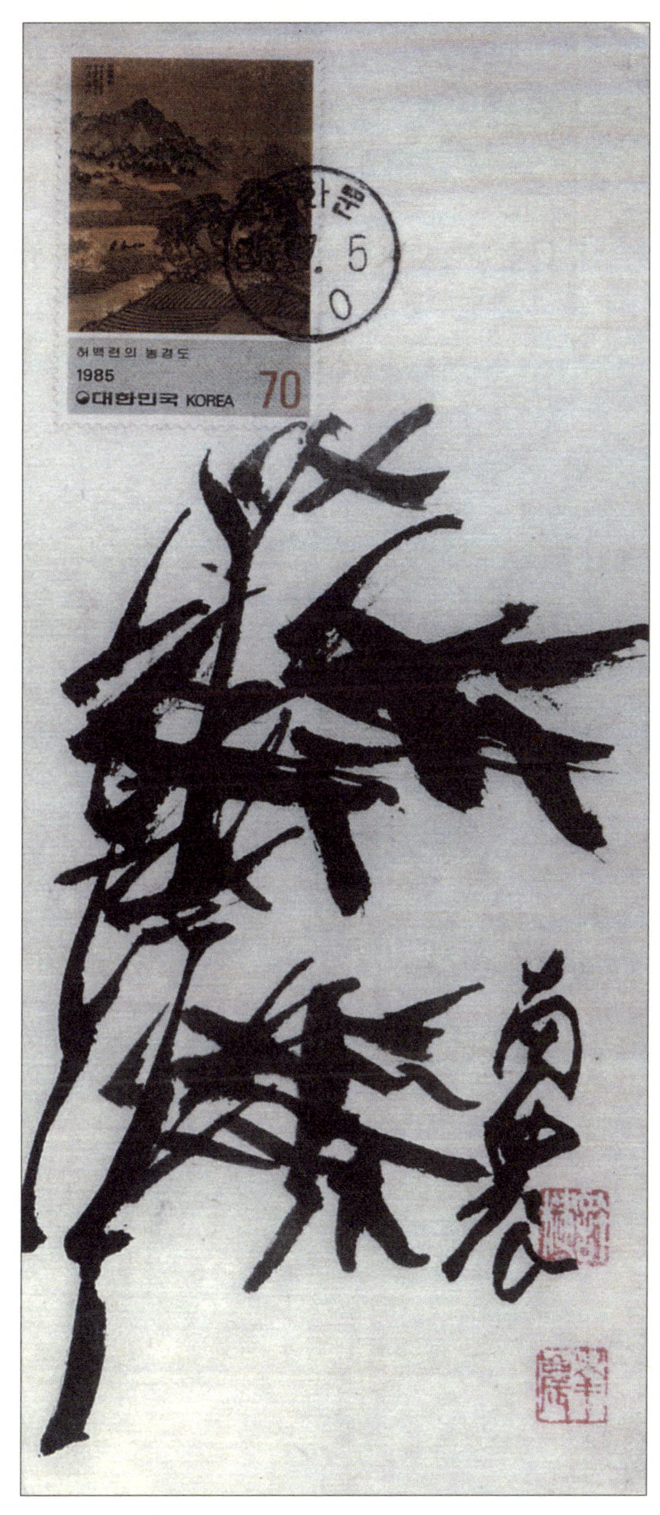

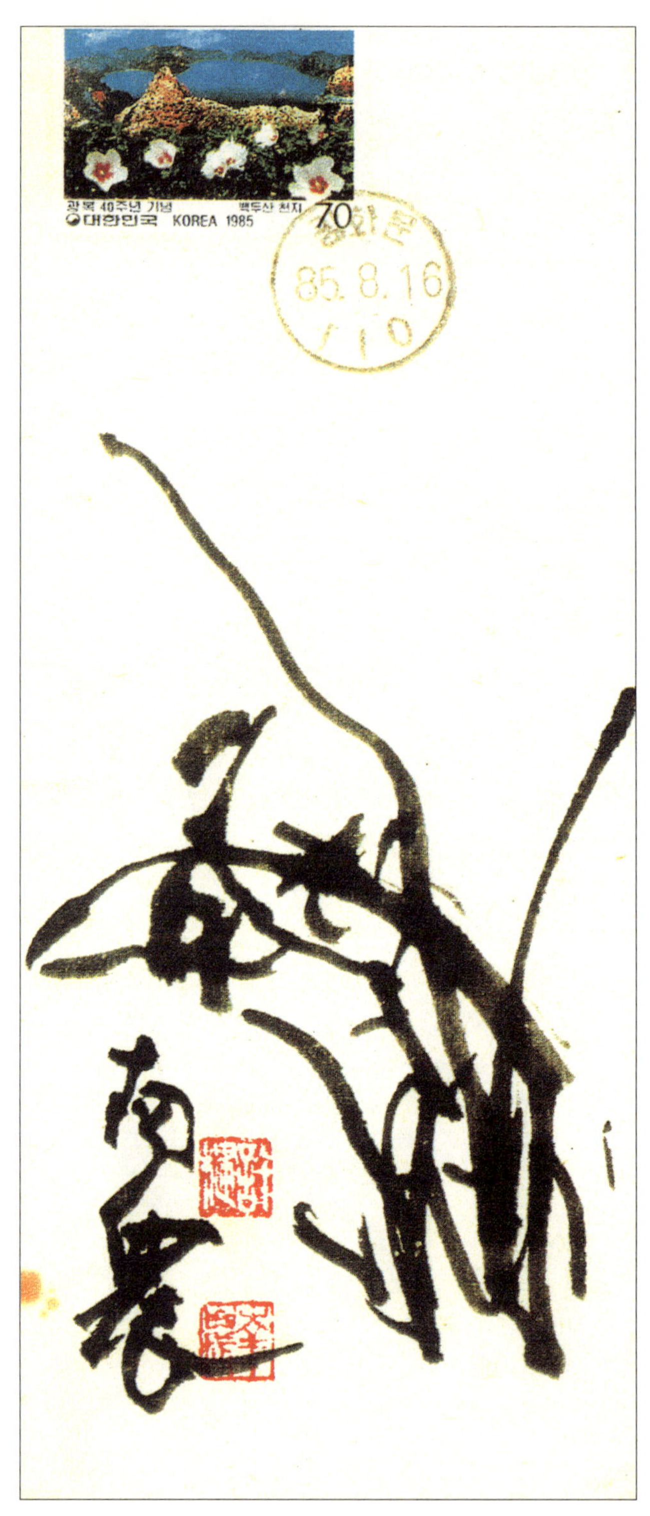

광복 40주년 기념   백두산 천지
대한민국 KOREA 1985
70
85. 8. 16

河泰瑨 하태진

한국화가. 충남 온양 출생. 1963년 홍익대학교를 졸업했다. 대학 재학시 청전 이상범, 운보 김기창, 천경자 등에게서 지도를 받았으며, 졸업 후 한영중·고에서 교편을 잡았다. 20회의 개인전을 열었고, 300여 회의 국제전과 국내 전시에 참가했으며, 홍익대 미술교육원장과 한국미술협회 이사, 신묵회 회장 등을 역임했다.

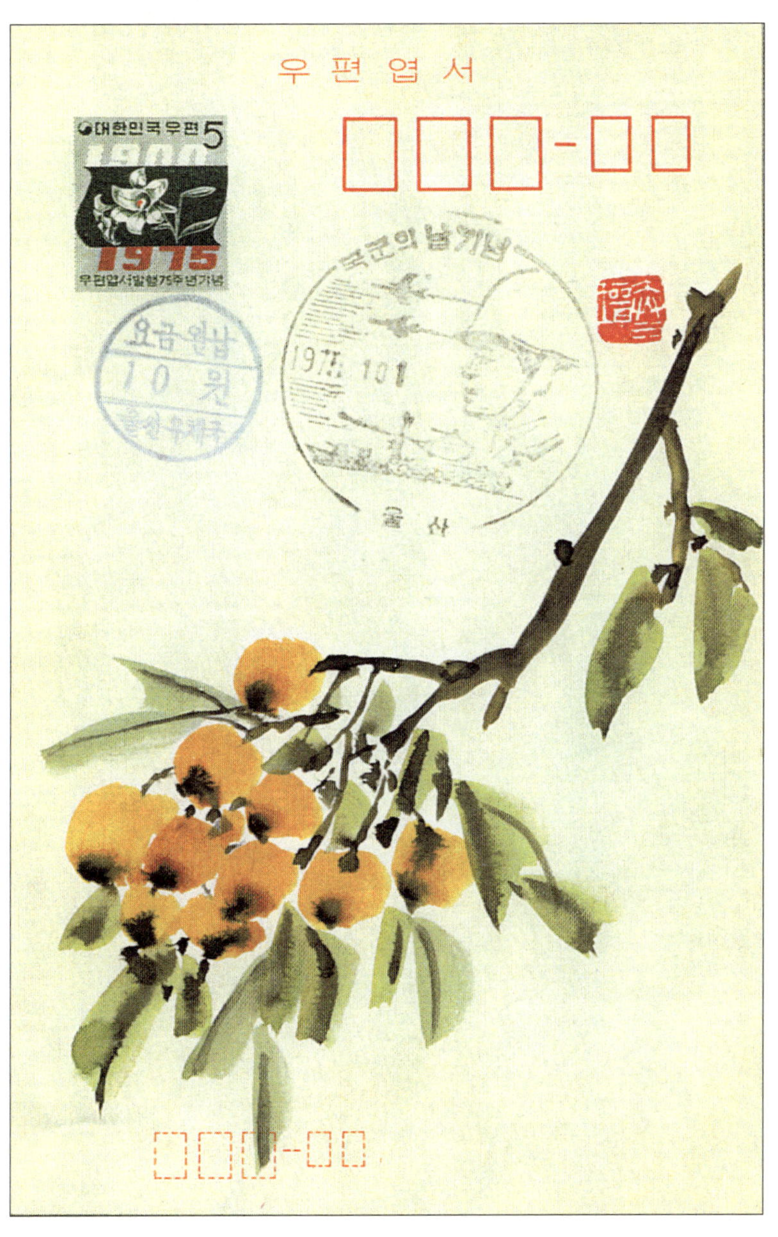

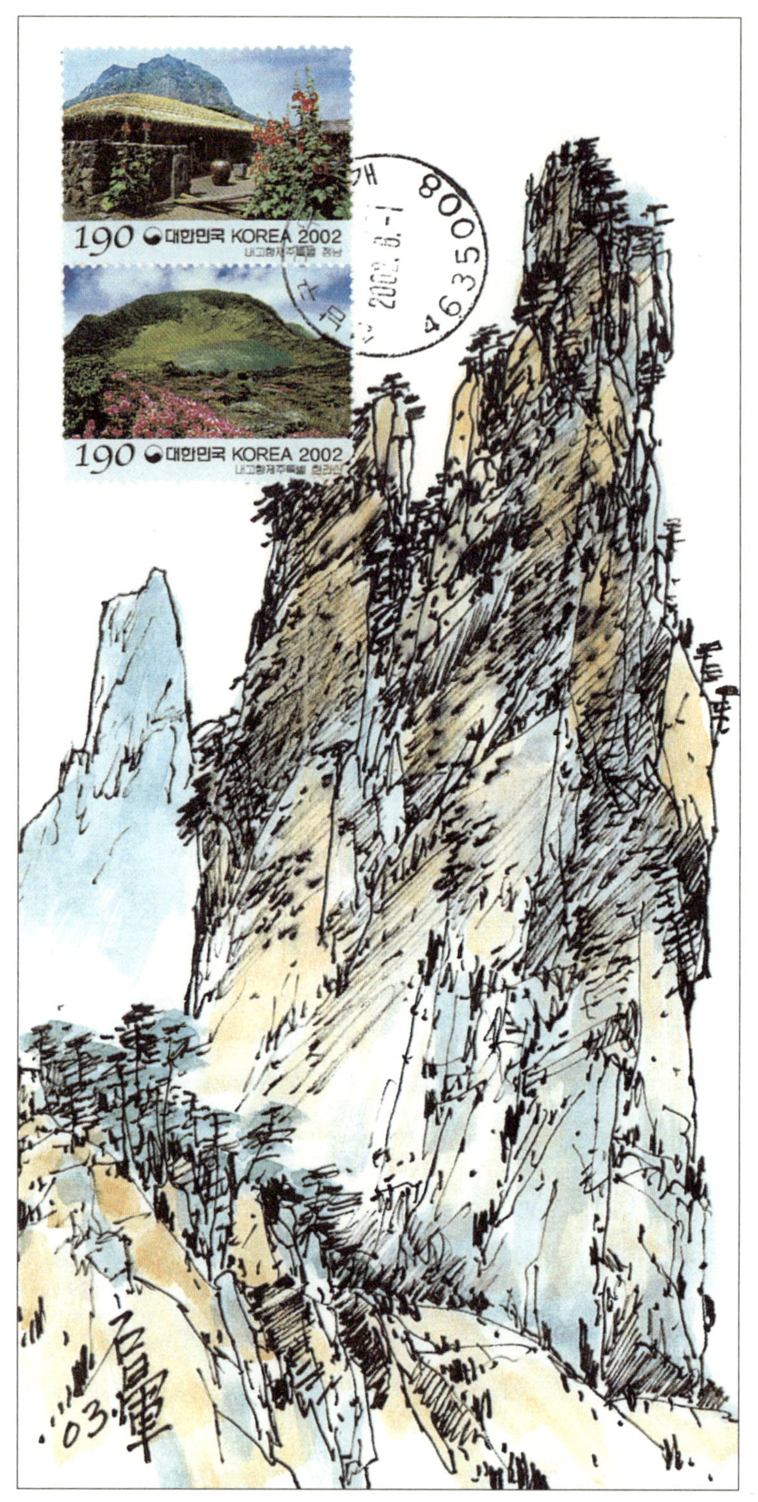

190 대한민국 KOREA 2002
190 대한민국 KOREA 2002
'03

金永哲 김영철

한국화가. 충남 온양 출생. 1967년 개인전을 시작으로 지금까지 총 14회의 개인전을 가졌으며, 한국현대미술대전(1976), 동양화가의 눈으로 본 한국의 자연전(1979), 한국 문인화연구회전(1981~82), 제4회 국제예술분과 교류전(1988) 등 다양한 전시회에서 활동하고 있다.

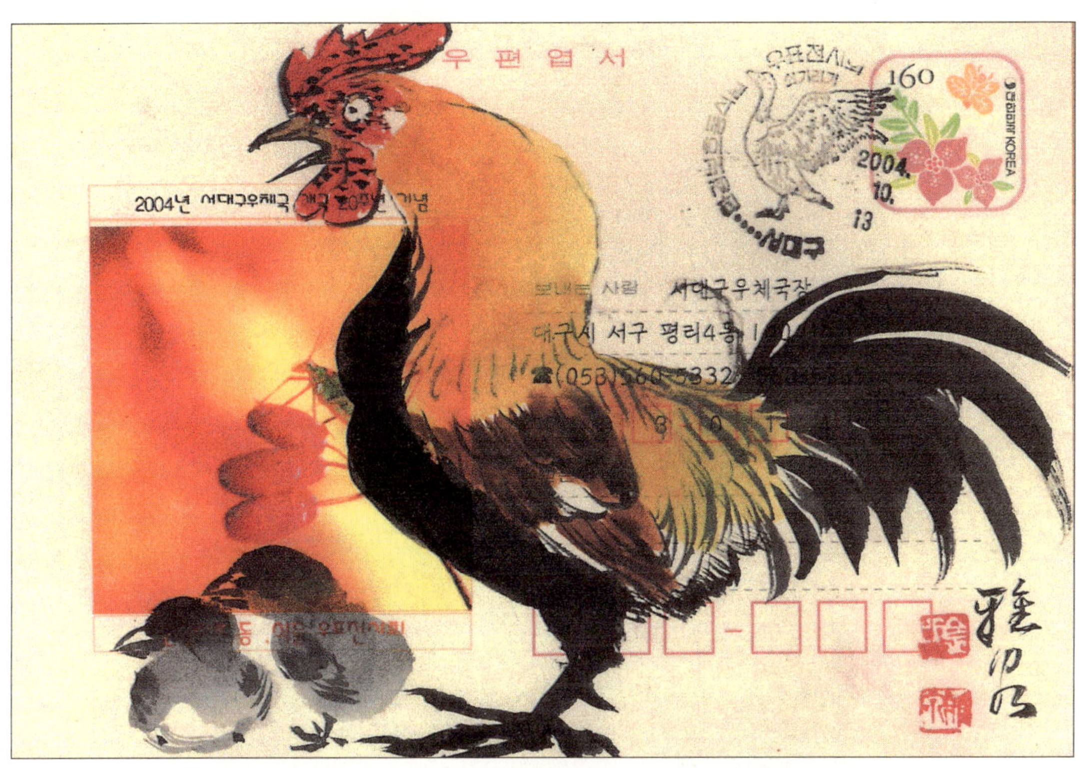

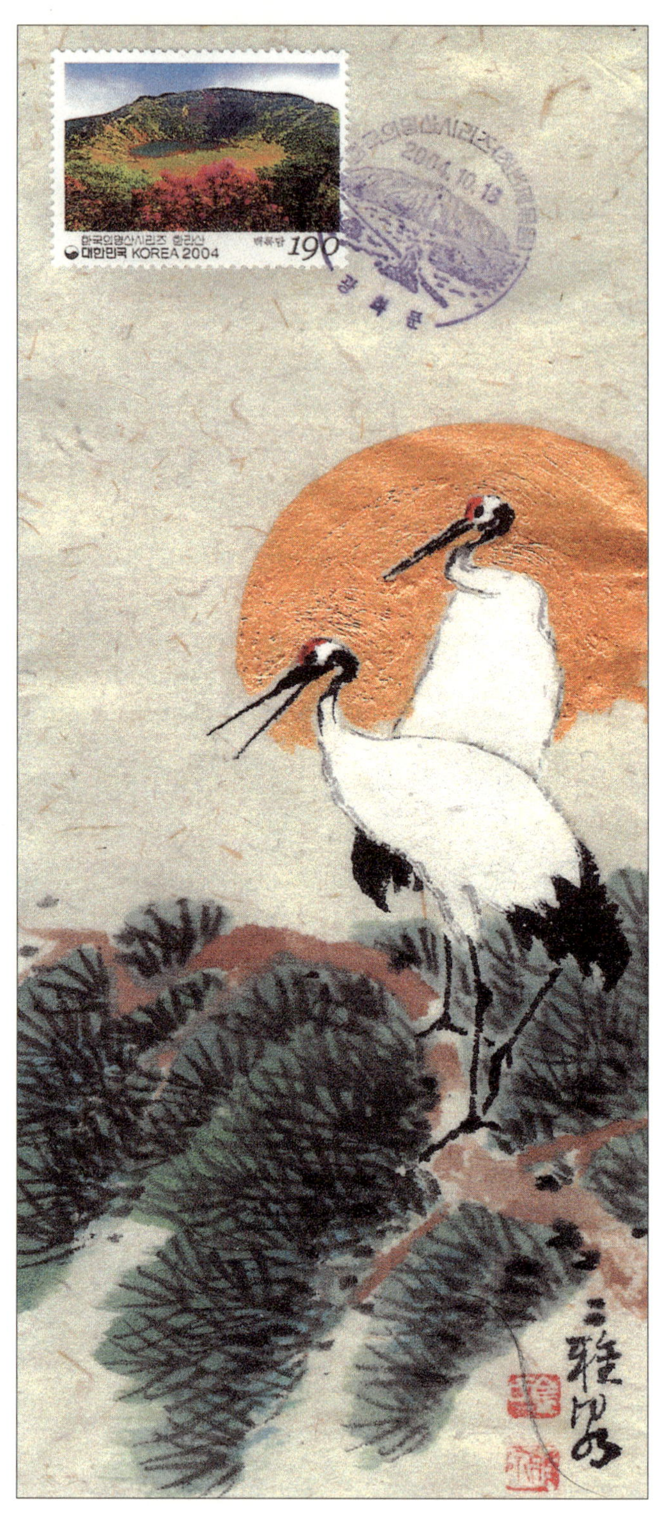

한국의명산시리즈 한라산
대한민국 KOREA 2004
백록담
190
2004. 10. 13

洪石蒼 홍석창

동양화가. 강원 영월 출생. 홍익대학교 미술대학 회화과를 졸업하고 동방연서회에서 서예를 수학하였으며, 국전을 통하여 작품을 발표하였다. 자유 중국 문화대 예술대학원에서 유학하였으며, 문인화 계통의 작품을 발표해 오고 있다. 신수회 회원으로 있다가 시공회를 창립하여 활약하고 있다. 1979년 한국의 자연전, 1981년 한국미술 1981전, 중앙미술대전 초대전, 동·서양화 100인전 등에서 활발한 활동을 하였으며, 1975년 한국미협전에서 최고상, 1994년 Cagne 국제회화전 특별상, 2004년 대한민국 문화예술상을 수상하였다. 현재 홍익대학교 미술대학에서 후진 양성에 노력하고 있다.

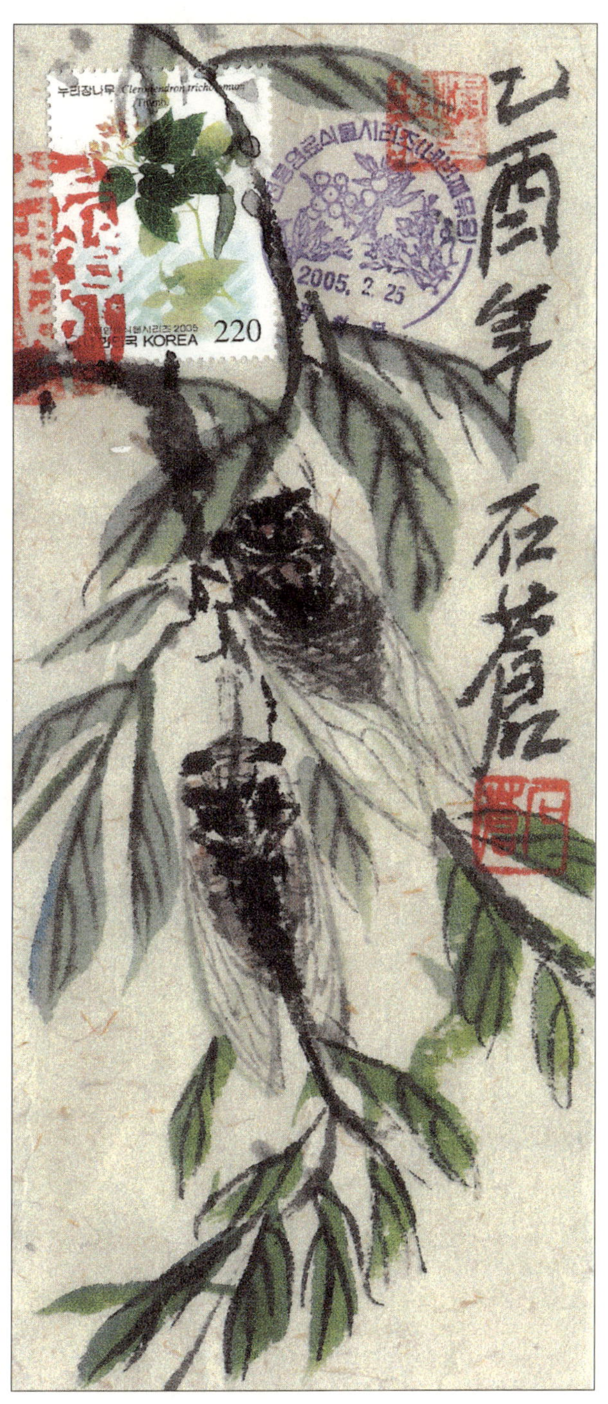

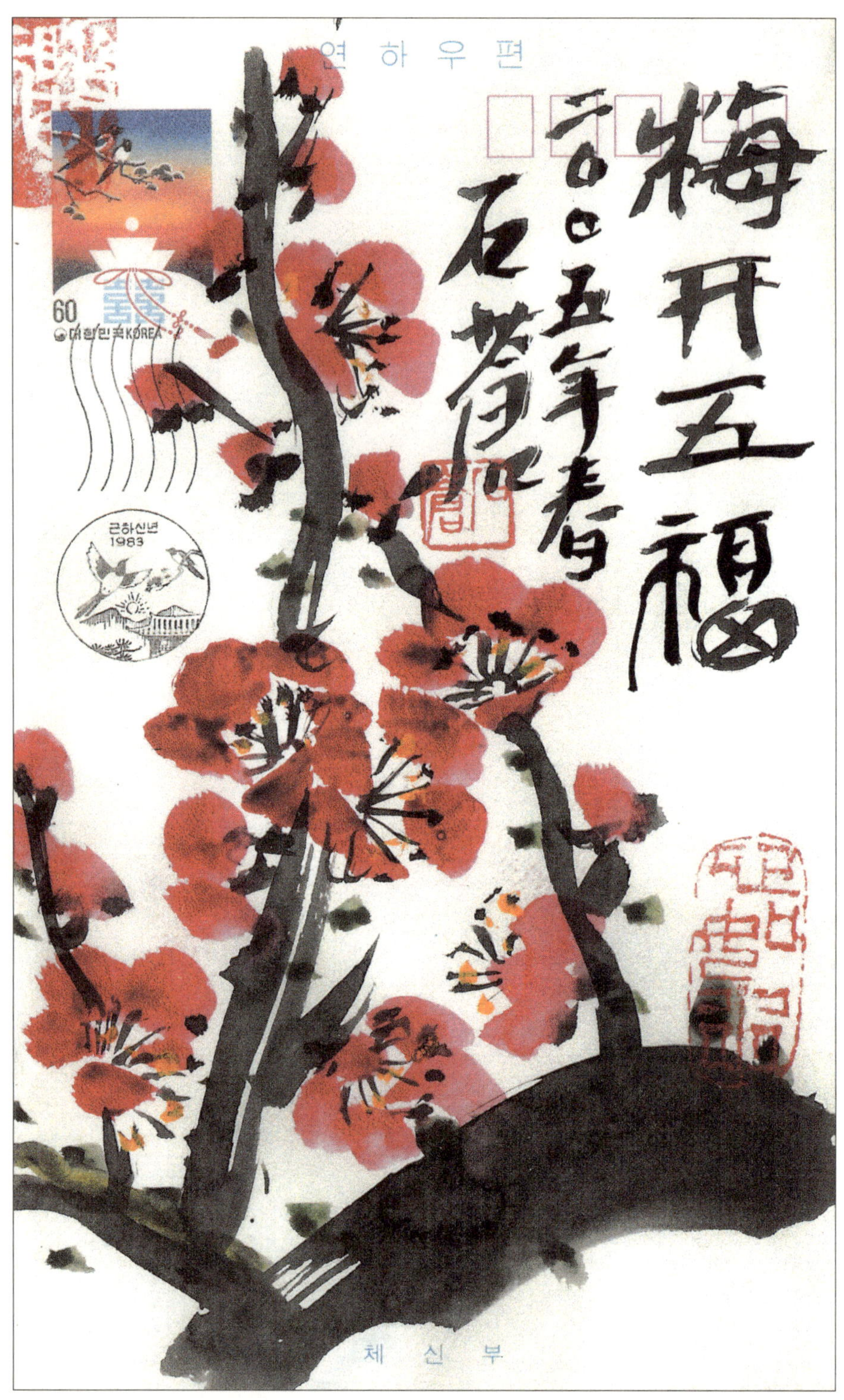
연 하 우 편
梅開五福
石菴
60
대한민국 KOREA
근하신년
1983
체 신 부

金貞淑 김정숙

조각가. 서울 출생. 홍익대학교 미술대학 조소과를 졸업한 뒤 도미하여 미시시피 대학원에서 레오 스테팟에게서 사사하고 미국 오하이오 주 클리블랜드 인스티튜트에서 산업 도안과 공예를 연구하고 귀국하였다. 세 차례의 개인전을 가졌으며, 국전 초대작가, 심사위원, 조각분과 심사위원장 등을 역임하고 상파울루 비엔날레전에 한국 대표로 다녀왔다. 5월 문예상, 국전 초대작가상 등을 수상하고, 대한민국 국민훈장 석류장을 수훈, 한국 여류조각가회 명예회장, 홍대 미대 명예교수를 역임하였다.

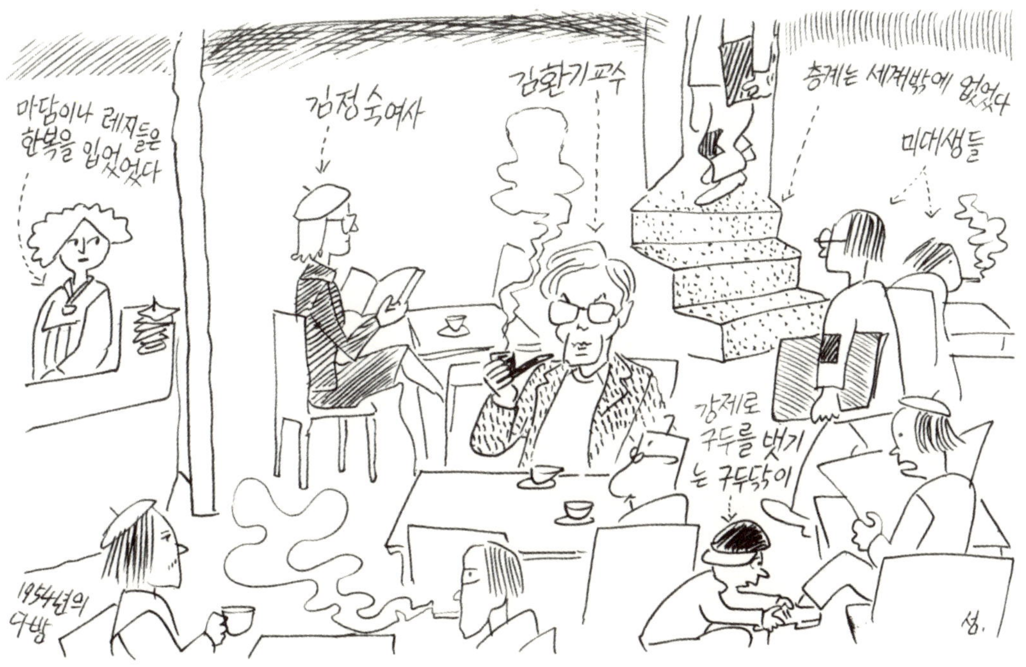

"원로 여류조각가 김정숙 씨가 지난 2월 19일 저녁 8시 연세대학교 세브란스병원에서 숙환으로 별세했다.

향년 74세인 김 씨는 홍익대 조각과 교수와 국전 심사위원, 여류조각가 회장 등을 역임했으며 신사임당상, 국민훈장 석류장, 국전 초대작가상 등을 수상했다.

발인은 23일 오전 7시 세브란스병원 영안실이며 장지는 일산 기독공원묘지. 유족으로는 부군 김은우金恩雨(전 이대 교수) 씨와 장남 김인회金仁會 (연세대 교수) 씨, 장녀 김혜영(동국대 교수) 씨, 차남 김철희 씨 등 2남 1녀가 있다……."

위와 같은 기사가 2월 20일자 《동아일보》 사회란에 나왔다. 김 여사의 작고 소식을 듣고 그날 밤 10시에 영안실에 닿아서 부군 김은우 교수에게 인사를 드리고 방명록에 사인을 하고 보니 내가 두 번째 문상객이 되었다.

돌이켜 보면 53년도에 홍익대학 미술대학이 종로 뒷골목 우미관 바로 옆 창고 같은 곳에 있을 때였다.

내 책에 서문을 써 주신 김환기 교수를 만나 홍대 바로 앞 지하 다방(아주 지하는 아니고 반 정도가 지하였다.)에서 차를 마시다 보니 옆 좌석에 베레모를 쓴 숙녀 한 분이 김 교수를 보고 인사하는데 교수로서는 젊어 보이고 (당시의 교수들은 모두 40, 50대 초반이었다.), 학생으로서는 연세가 들어 보이는 그런 분이 다소곳이 다른 자리에 앉기에 누구시냐고 했더니 대학원 학생이라는 것이었다. 그분이 바로 김 여사였다. 그러고도 10년은 지나서야 인사를 하게 되었고 김은우 교수와도 알게 되었었다.

내 그림 전시회 때는 꼬박꼬박 들르셨는데 바로 작년 초여름에 있었던 내 개인전 때도 두 분이 나란히 참석하시곤 했었다.

김 여사의 조각은 인물 중심이었으나 후반기부터는 추상조각으로 바뀌기 시작, 현대화랑 초대전 때에는 '비상飛翔 시리즈'를 제작 발표해서 내외 화단의 주목을 받곤 했었다.

비상은 곧 새와 연관되는 것이기에 86년 말에 나온 5종 연쇄 '새 시리즈' 생각이 나서 '새' 우표 한 장과 88년도에 나온 '남극과학기지' 우표(이 속에도 펭귄이 나와 있기에) 한 장과 합해서 봉피를 만들었으니 이 경우는 초일봉피는 아니 되는 셈이다. 김 여사의 '비상'을 담아 보고자 급조(?)된 봉피가 되기 때문이다.

이것을 몇 통(망쳐서 버리게 될 수도 있으니까) 갖고 있다가 마침 어느 단체전 오프닝 파티에서 만나 '비상'의 소묘를 해 달라고 부탁 드렸었다. 김 여사는 쾌히 승낙을 하고 한달가량 뒤에 전화가 와서 또 다른 전시회 파티에서 만나 봉투를 받게 되었던 것이다.

조각품의 '비상'에선 얼른 새의 의미가 떠오르는 것은 아니었으나 소묘를 보면 금세 새의 모습을 연상케 된다. 제일 아래단 것만 보면 나뭇잎새

같기도 한데 위로 올라갈수록 새같이 보인다. 사인은 영문도, 한글도 좋다
고 부탁했었는데 두 가지로 써넣은 것이 되었다.

요즘 노인들 연세로 본다면 74세 때인, 아직도 한참 제작을 할 수 있는
연세인데 폐암이 퍽이나 진전된 다음에야 발견되어 작고하시기 불과 한달
전에 입원을 했다는 김은우 교수의 얘기를 들을 수 있었다.

그러고 보면 여기에 나온 '비상도'는 마치 영혼이 되어 무한한 허공으
로 날아 승천을 하는 김 화백의 영혼같이 느껴진다.

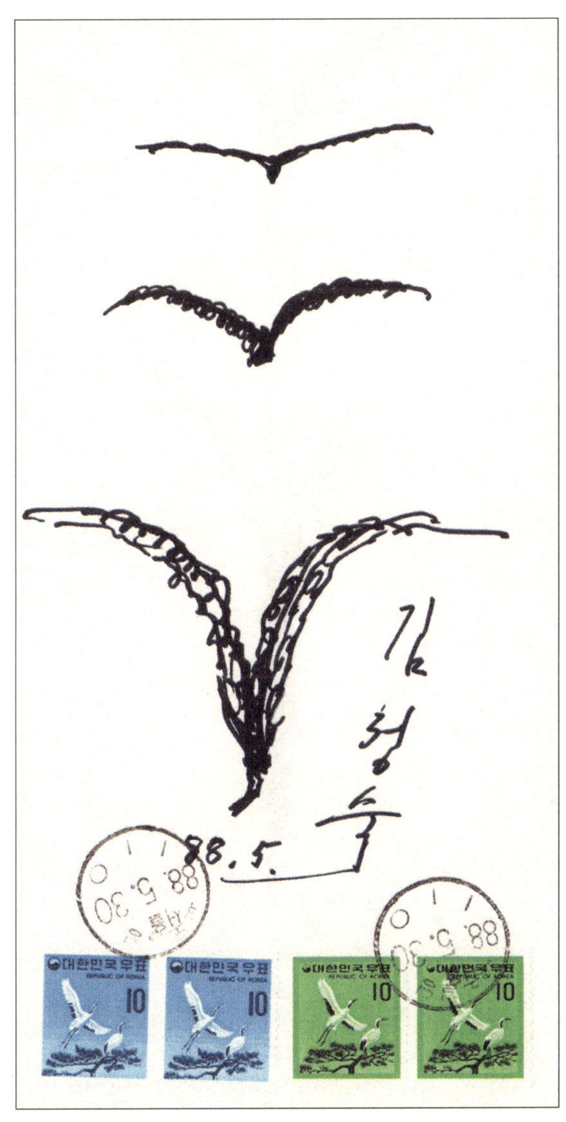

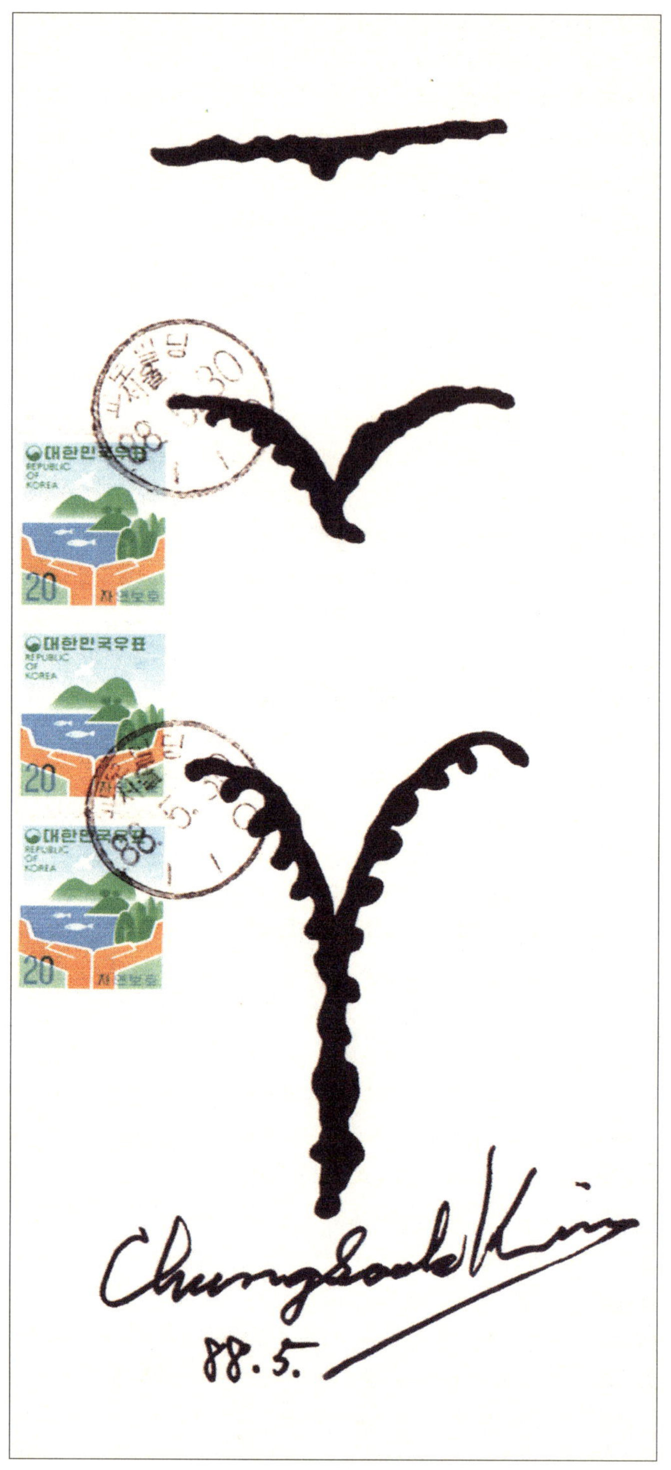

Chungseoule Kim
88. 5.

金昌烈 김창열

서양화가. 서울 출생. 서울대학교 미술
대학 회화과를 졸업하고 1966년부터
1968년까지 뉴욕 학생예술동맹에서
수학했다. 1963년 이래 세계적으로 유
명한 화랑과 미술관에서 40여 회의 개
인전을 가졌으며 뉴 스탬플리 화랑, 토
론토 무스 화랑, 도쿄 화랑, 서울의 현
대 화랑 등에서 정기적으로 전시회를
가졌다.

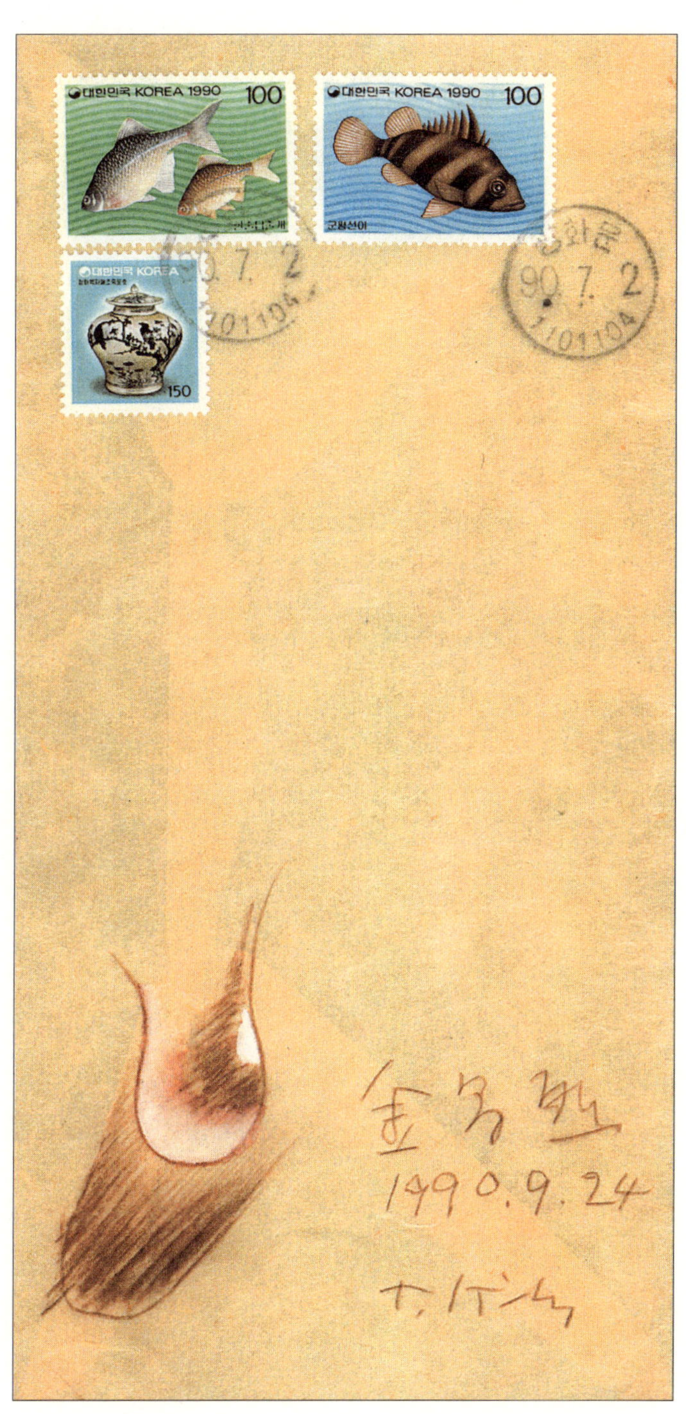

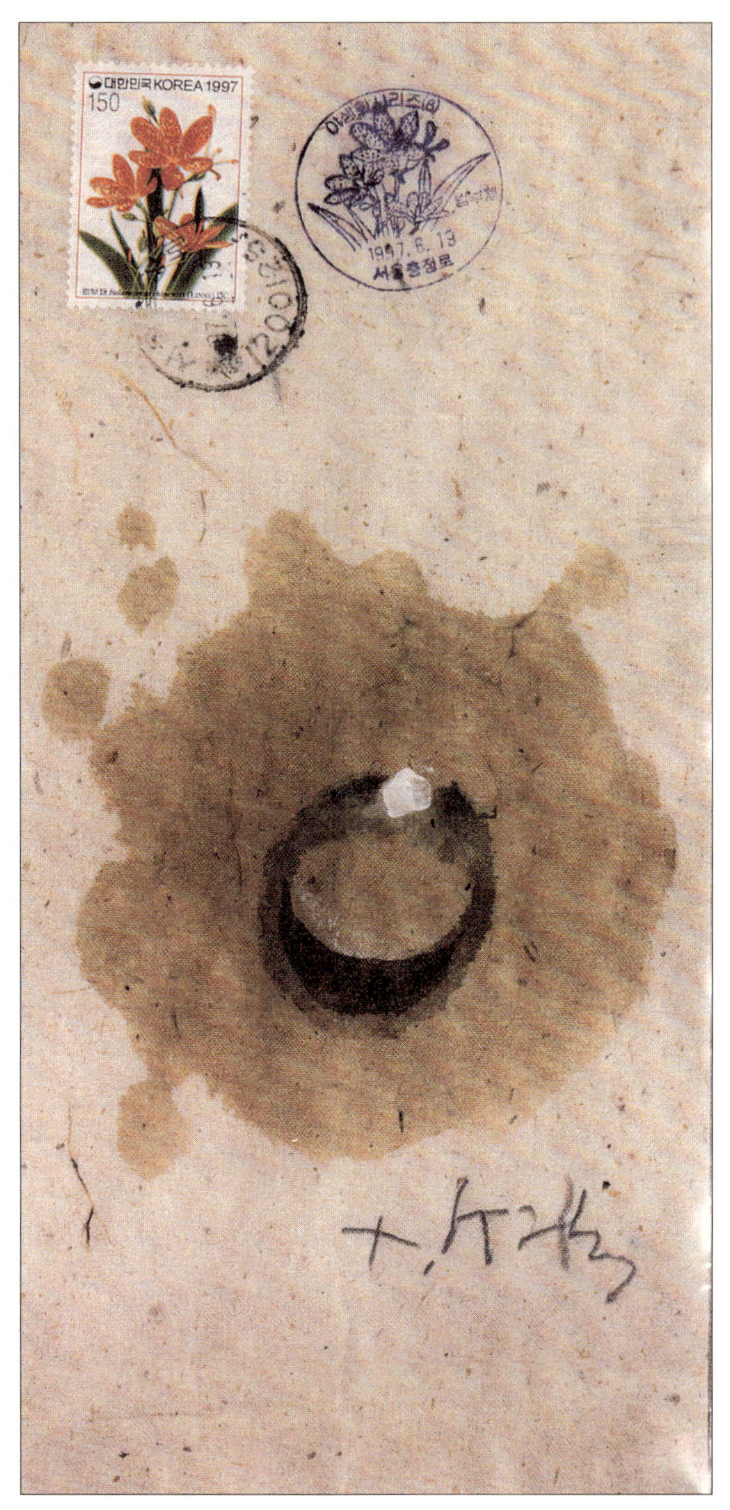

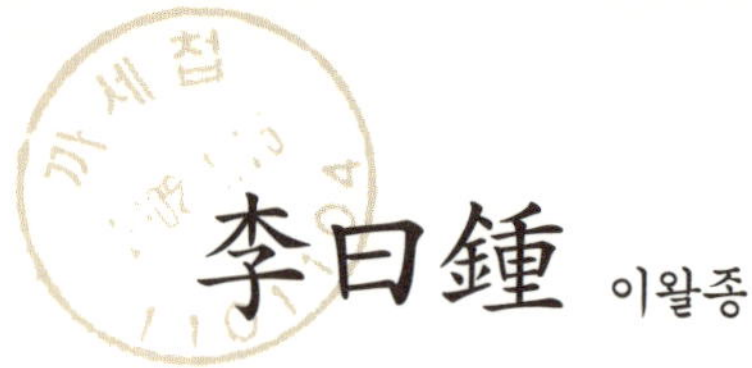

李日鍾 이왈종

한국화가. 경기 화성 출생. 중앙대 회화과 및 건국대 교육대학원 졸업. 국내에서 10회의 개인전을 가졌으며, 아시아 현대미술전 (1975, 82), 한국의 자연전(1979), 국제 수묵화 명가 정선전(1988), 서울 현대한국화전(1991) 등 다수의 그룹전에 참가했다. 국전 문화공보부장관상(1974), 제2회 미술기자상(1983), 한국미술작가상(1991), 월전미술상(2001) 등을 수상했으며 현재 전업작가로 활동 중이다.

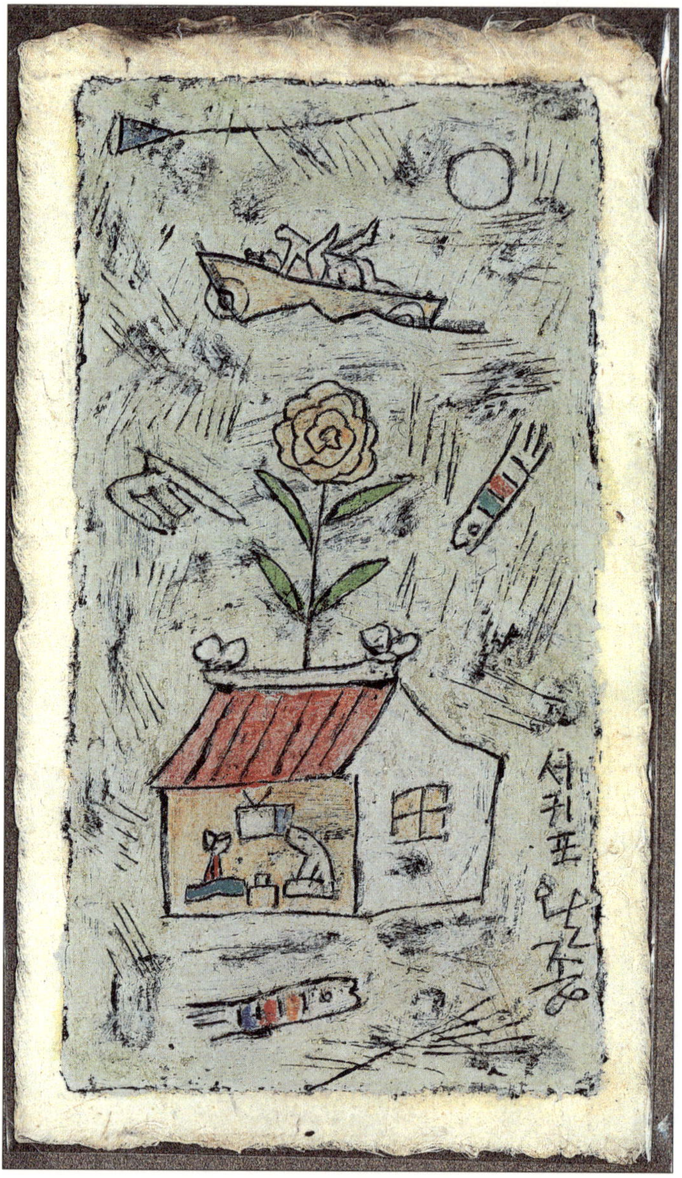

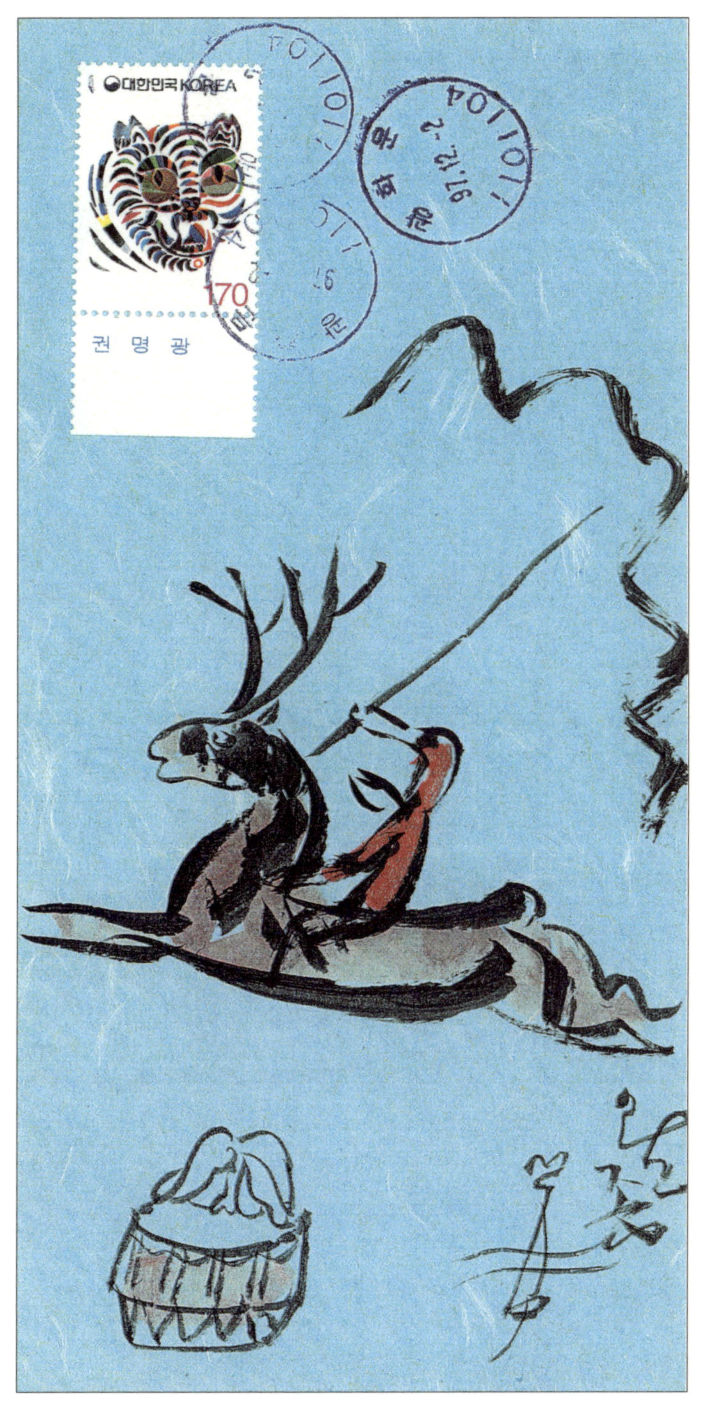

대한민국 KOREA
170
권명광

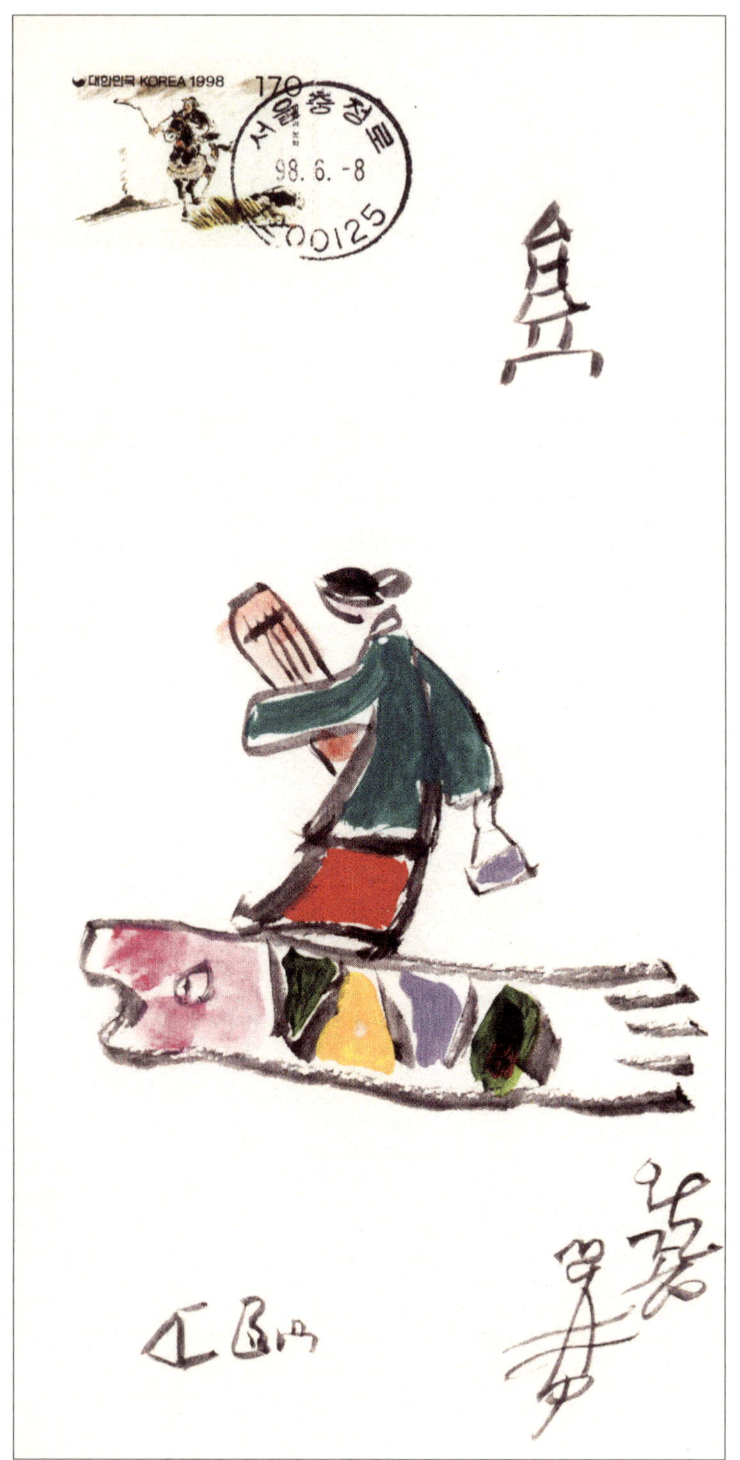

權玉淵 권옥연

서양화가. 함남 함흥 출생. 일본에서 제국미술학교를 졸업했다. 1957년에 프랑스로 가서 연구, 파리 살롱 드 뜨느 출품, 1959년 파리 리알리떼누벨 초대 출품, 1960년 일본 교화랑에서 개인전 개최, 1961~1965년 상파울루 비엔날레 초대 출품, 1970년 일본엑스포 70세계 작가전 출품, 1973년 미 국무성 초청 미국 문화계 시찰 등 해외 활동을 하였다. 1953년 제5회 대한미협전에서 문교부장관상을, 1986년 대한민국 예술원상을, 1990년 대한민국 보관문화훈장을 수상하였으며, 이어 1994년에 3·1문화상과 2004년 제10회 마니프 서울 국제아트페어에서 대상의 영예를 안았다.

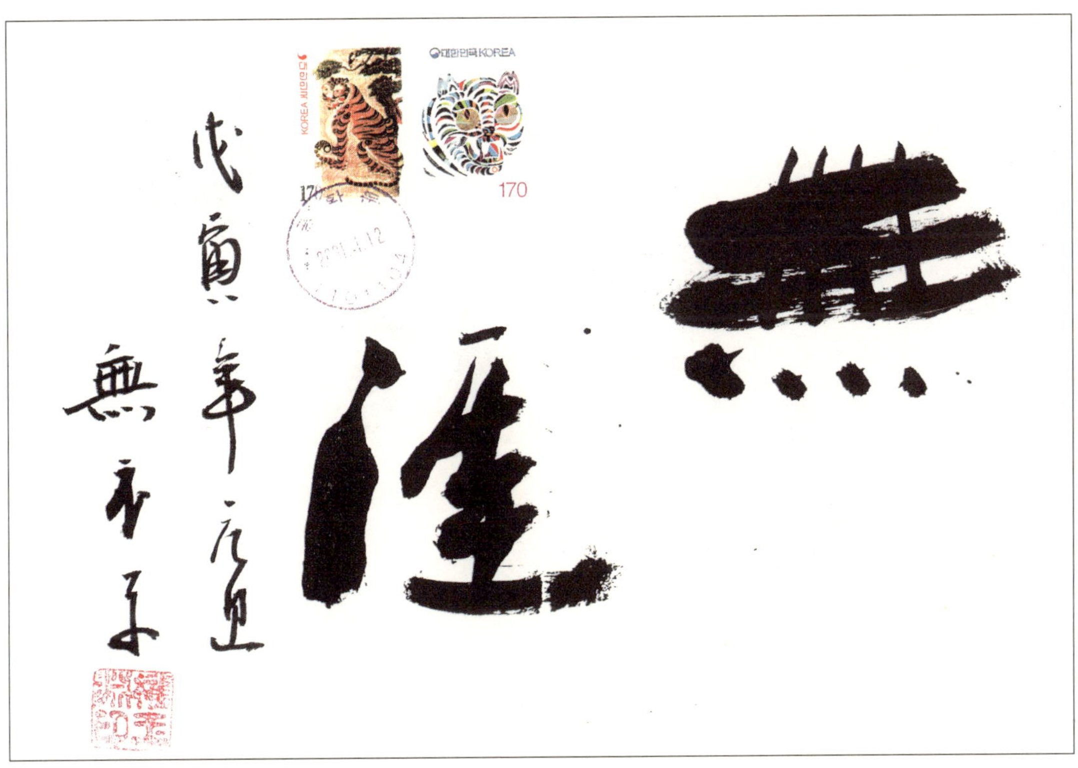

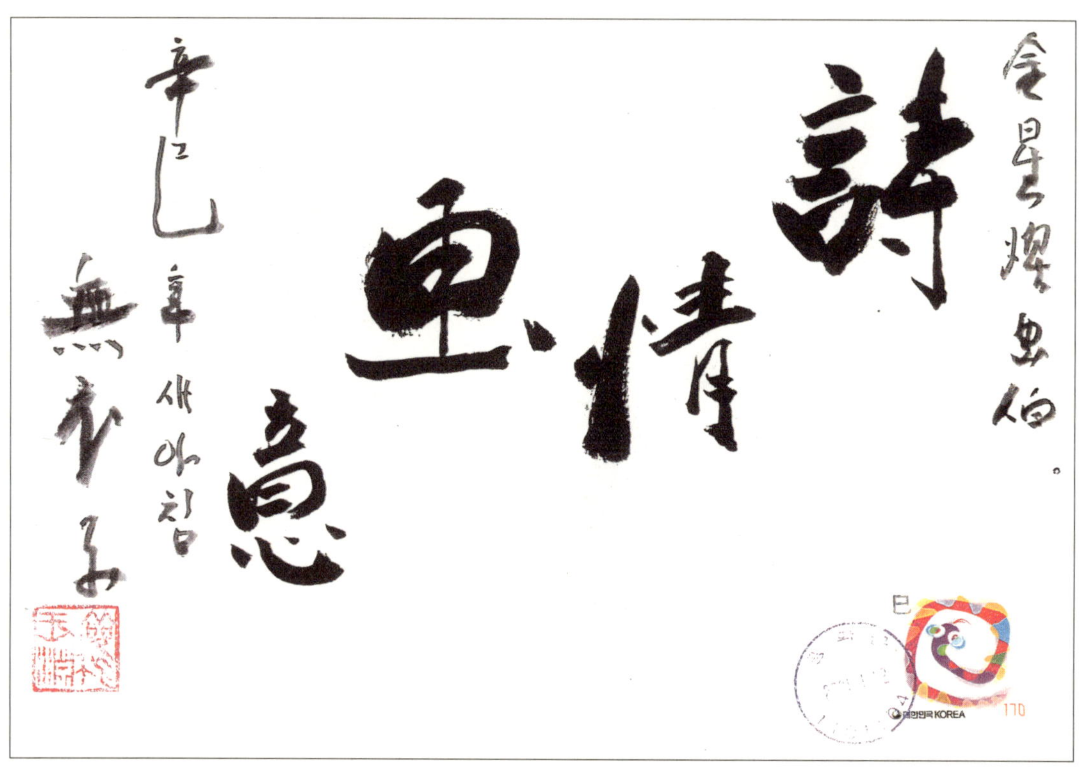

文學晉 문학진

서양화가. 서울 출생. 서울대학교 미술대학 회화과를 졸업하고 주로 국전을 통해 작품을 발표해 왔으며, 수차에 걸쳐 수상하였다. 국전 초대작가 및 심사위원과 신인 예술상전의 심사위원을 역임하였다. 1953년 국방부 장관상, 1955년 제4회 국전과 1958년 제7회 국전에서 문교부 장관상, 1971년 국전에서 제20회 초대작가상, 1989년 대한민국 예술원상, 1995년 대한민국 보관문화훈장 등을 수상하였다.

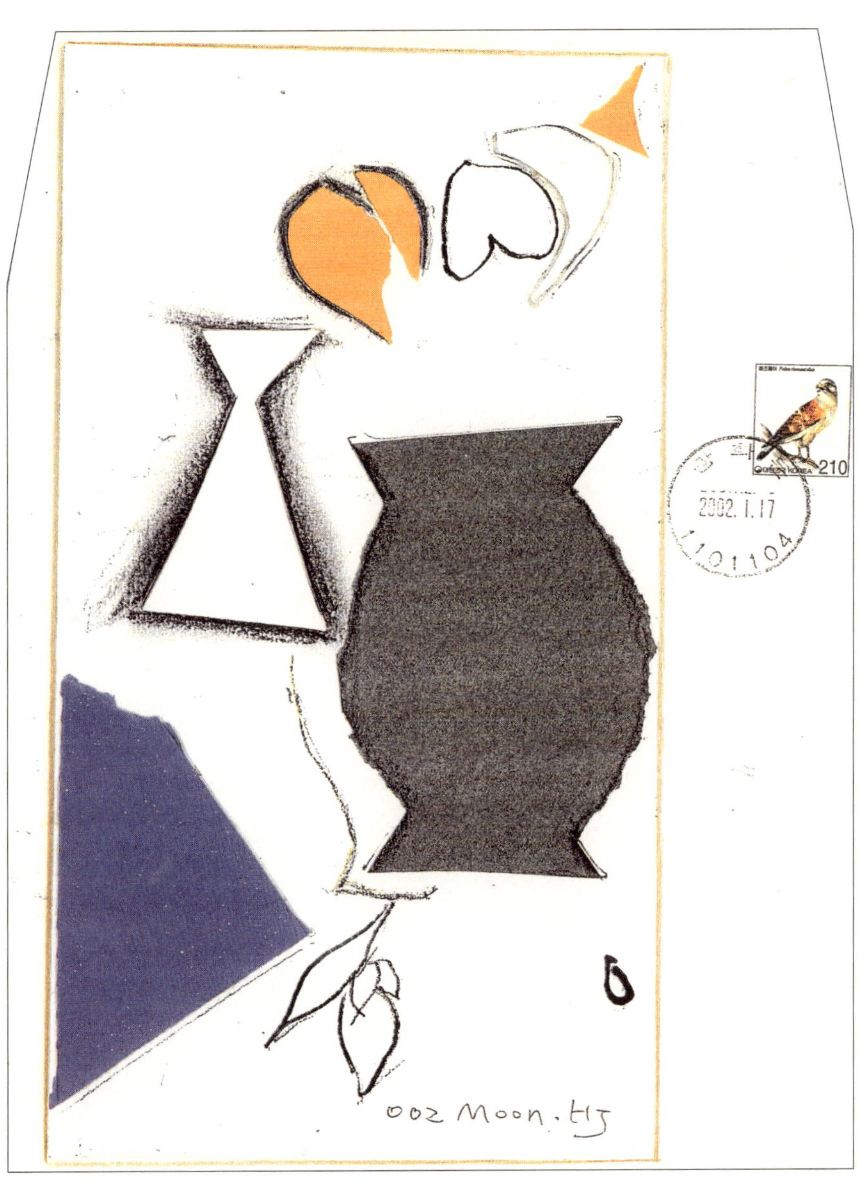

까 세 첩
110 104

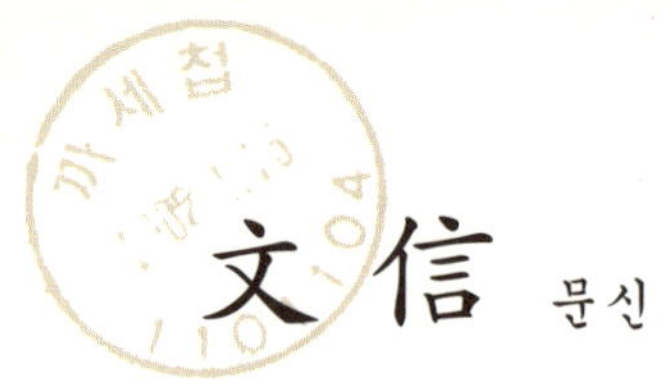

文信 문신

서양화가 및 조각가. 경남 마산 출생. 일본미술학교를 졸업하고 1961년에 프랑스로 이주했다가 1965년에 일시 귀국하여 플라스틱 아트전을 가졌다. 1967년 이후 유럽 각국의 유수한 조각전에 초대 출품되는 등 조각가로서 활발한 활동을 하였다. 프랑스 예술문화연수장 및 금관문화훈장, 대한민국 세종문화상을 수상하였다.

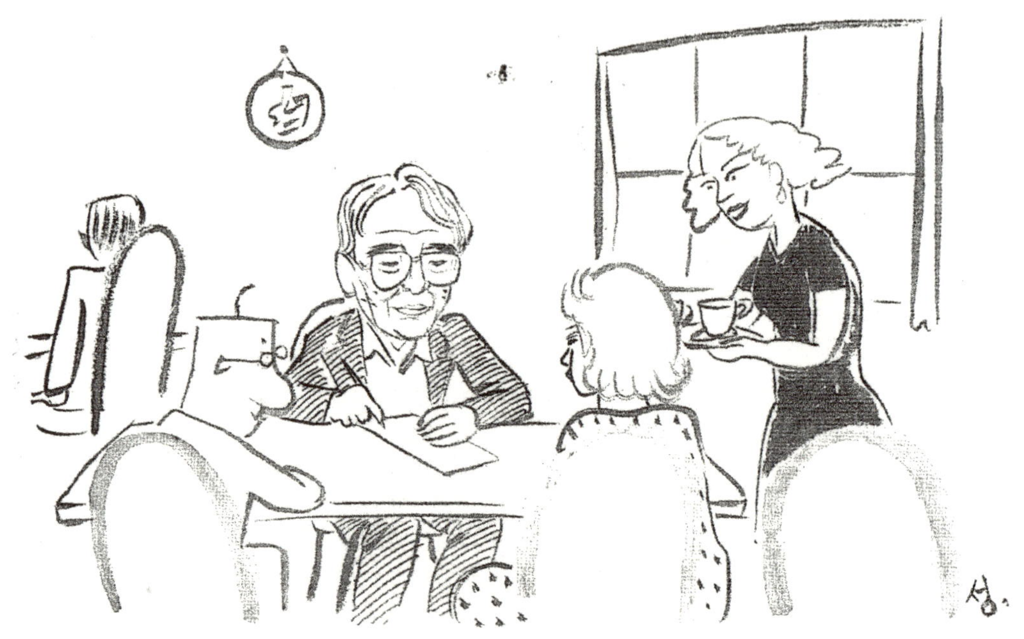

마산 태생의 원로조각가 문신 씨는 70년대 초에 도불渡佛, 서유럽과 동유럽 여러 곳을 두루 순회하면서 작품을 제작, 발표한 기하학적 추상조각으로 각광을 받았고, 91년도에는 프랑스에서 대회고전이 있었는데 이것이 바탕이 되어 프랑스 정부로부터 '예술기사 훈장'을 받기도 했다.

그의 작품은 대체로 좌우대칭형(신메트릭) 조형이다.

환충幻蟲이나 번데기, 또는 돋아나는 식물의 새싹에서 소재를 얻어 브론즈나 스테인리스, 또는 흑단으로 다듬어진 조각품은 생生의 희열이 넘쳐흐른다. 그러던 문신 씨가 지난 5월 24일 고향에 손수 지은 '문신미술관'에

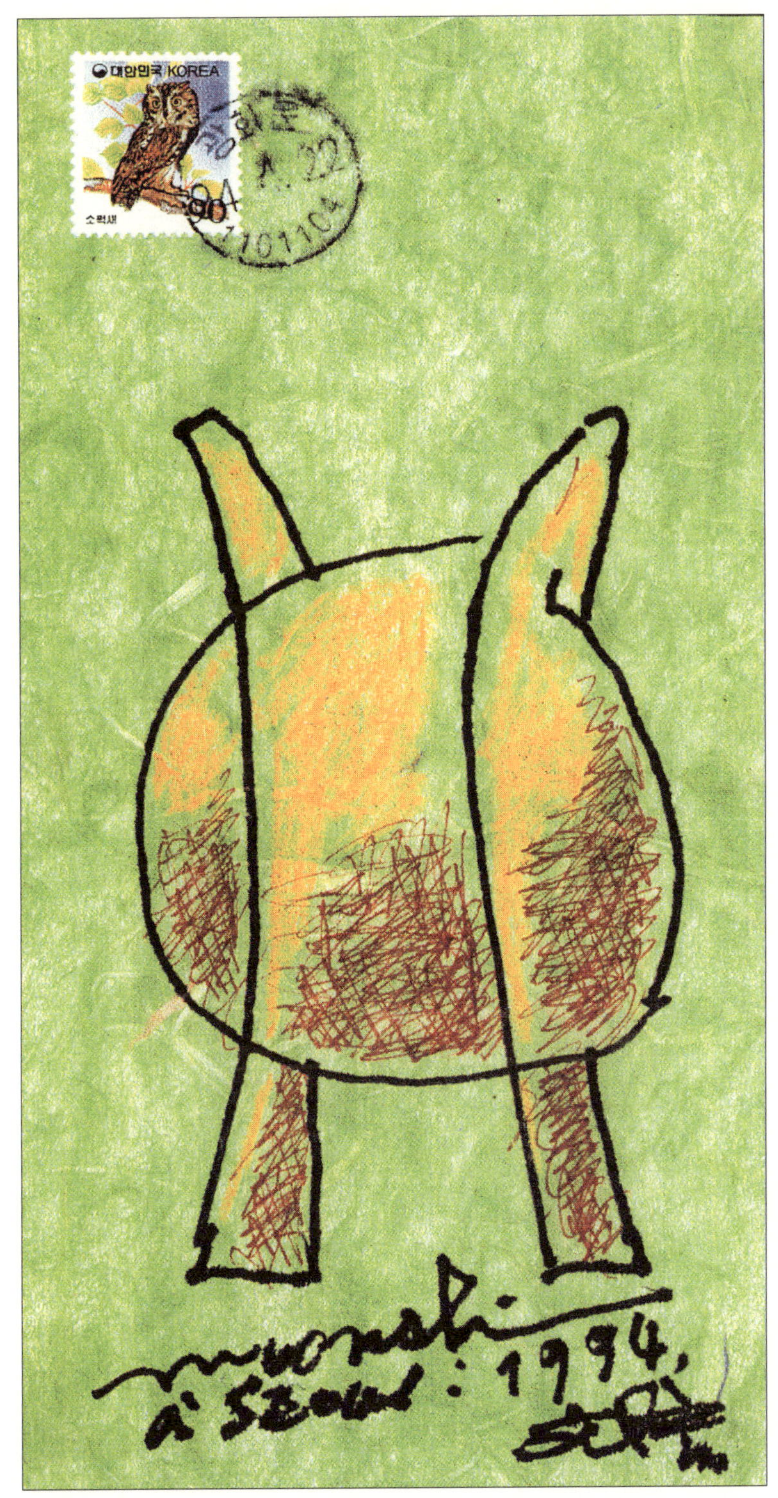

서 위암과 투병하다 유명을 달리했다.

때때로 몇 해 만에 전시회 등 행사 때에만 만나다가 지난 94년 늦가을 《조선일보》 미술관에서 있었던 '文信 회고전'에서 만나 커피를 마신 것이 문신 씨와의 결별이 될 줄이야 꿈엔들 알았겠는가? 마침 커피숍 마담이 내 사인을 요구해서 고바우를 그려 주면서 동시에 문 화백에게도 내 '초일봉피'에 까세를 그려 받았었다. 문 화백 부인이신 최 여사도 내 '고바우'를 소망하시는 터여서 교환하는 셈이 되어 무거운 마음으로 그려 받지를 않아 즐거운 한때를 보냈었다. 까세 한 점엔 문 화백의 젊었을 때의 모습이 그려져 더 한층 뜻 깊은 소품小品이 되었다. 직장 관계로 마산에서 있었던 장례식엔 참석하지 못했지만 고인故人의 명복을 빈다.

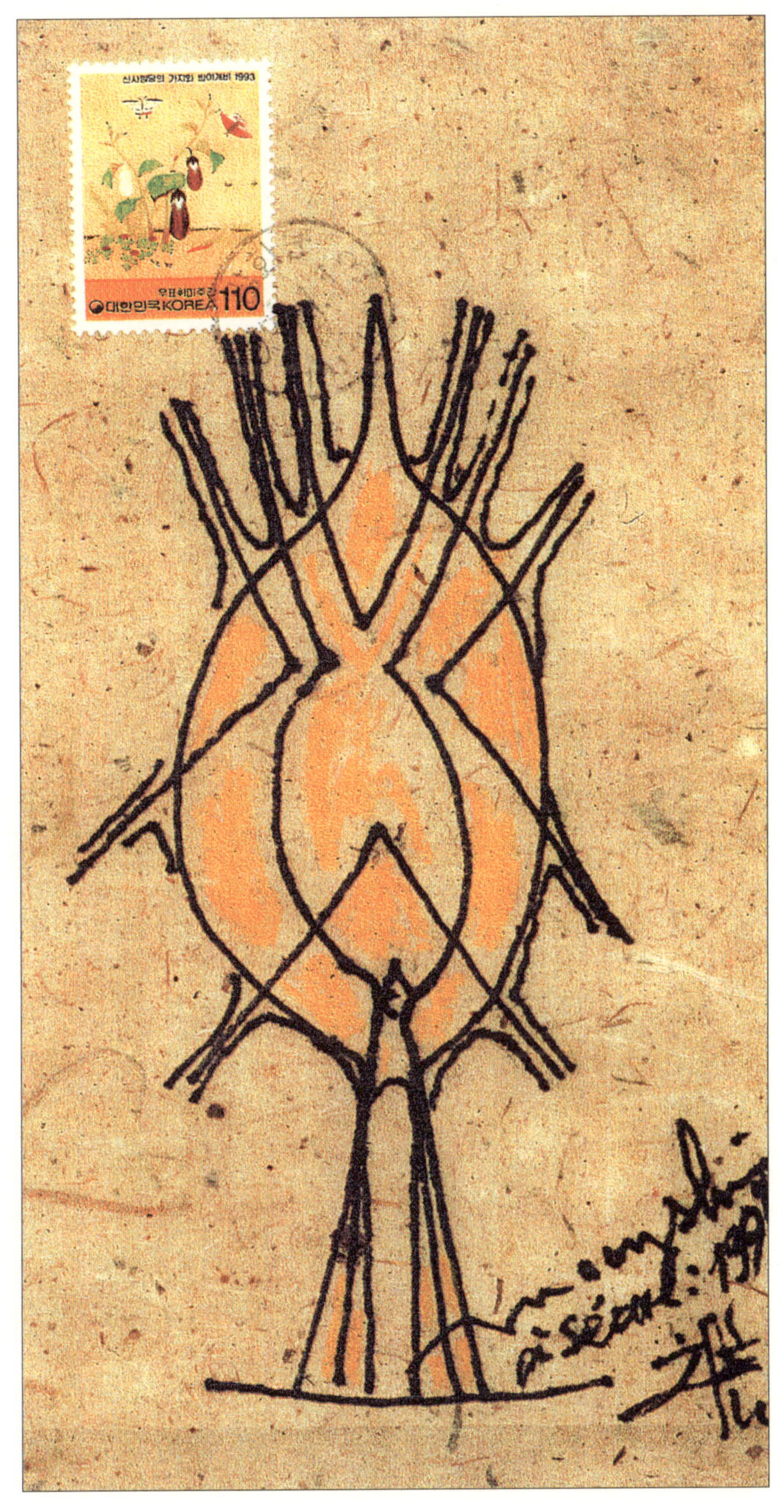

李石柱 이석주

서양화가. 서울 출생. 홍익대학교 미술
대학 서양화과 및 동 대학원을 졸업, 개
인전을 여러 차례 가졌다. 해외 활동으
로 제2회 아시아 미술제, 제6회 국제
임펙트 아트 페스티벌, Figuration
Critique, 제18회 Cannes 국제회화
제, 한일현대회화전 등에 출품하였다.
국내 활동으로는 제2회 청년작가전, 한
국 현대미술 어제와 오늘전, 서울미술
대전 초대 등이 있으며, 현재 숙명여자
대학교 미술대학 교수로 재직 중이다.

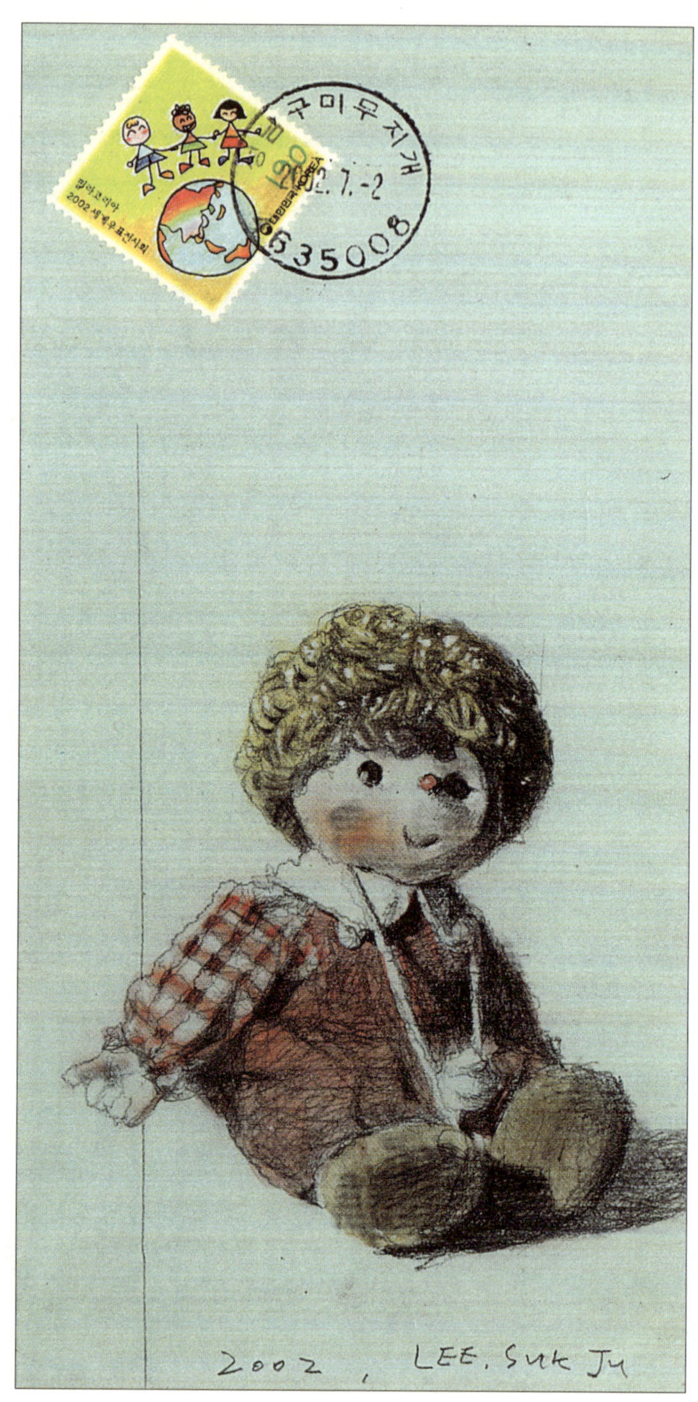

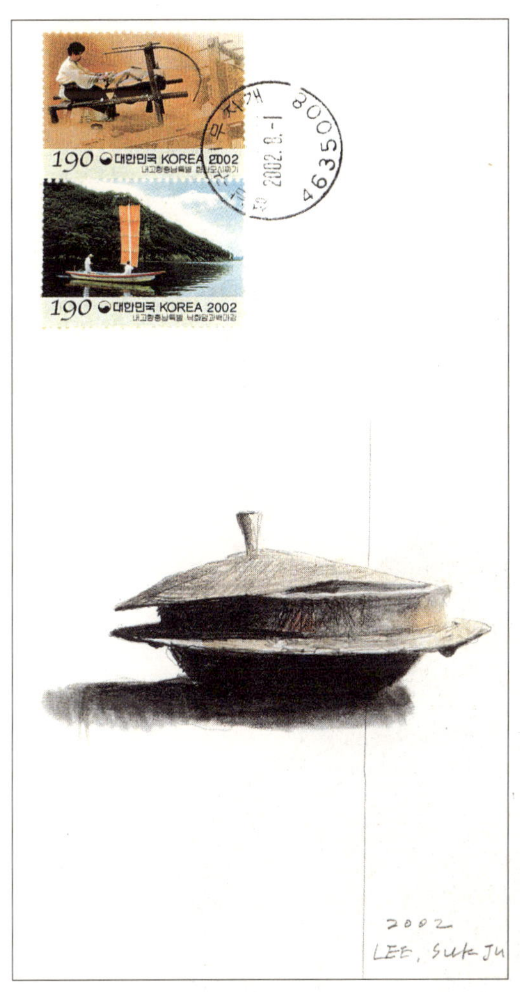

190 대한민국 KOREA 2002
190 대한민국 KOREA 2002
2002
LEE, Suk Ju

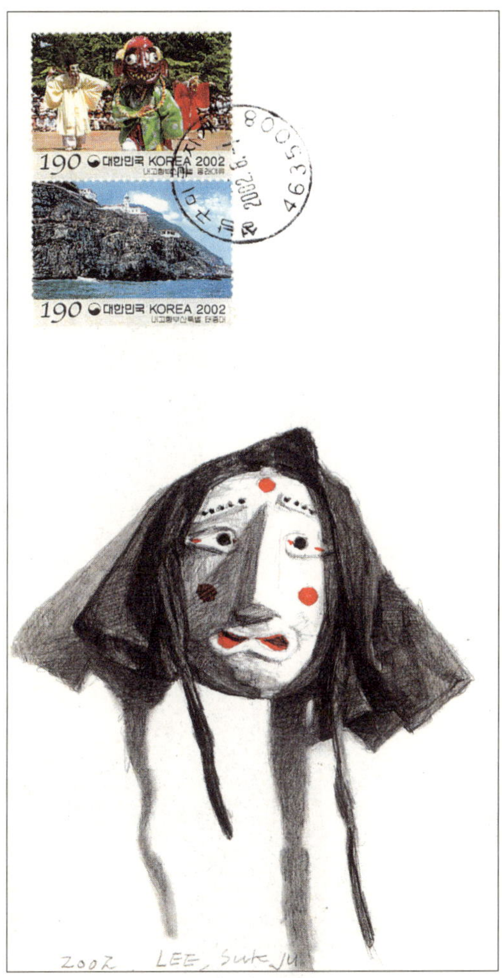

190 대한민국 KOREA 2002
190 대한민국 KOREA 2002
2002   LEE, Suk Ju

朴大成 박대성

한국화가. 경북 청도 출생. 1974년과 75년 대만 공작화랑에서 초대 개인전을 가진 이후 일본, 서독 등지에서 개인전과 초대전을 가졌다. 제1, 2회 중앙미술대전에서 각각 장려상, 대상을 수상했다.

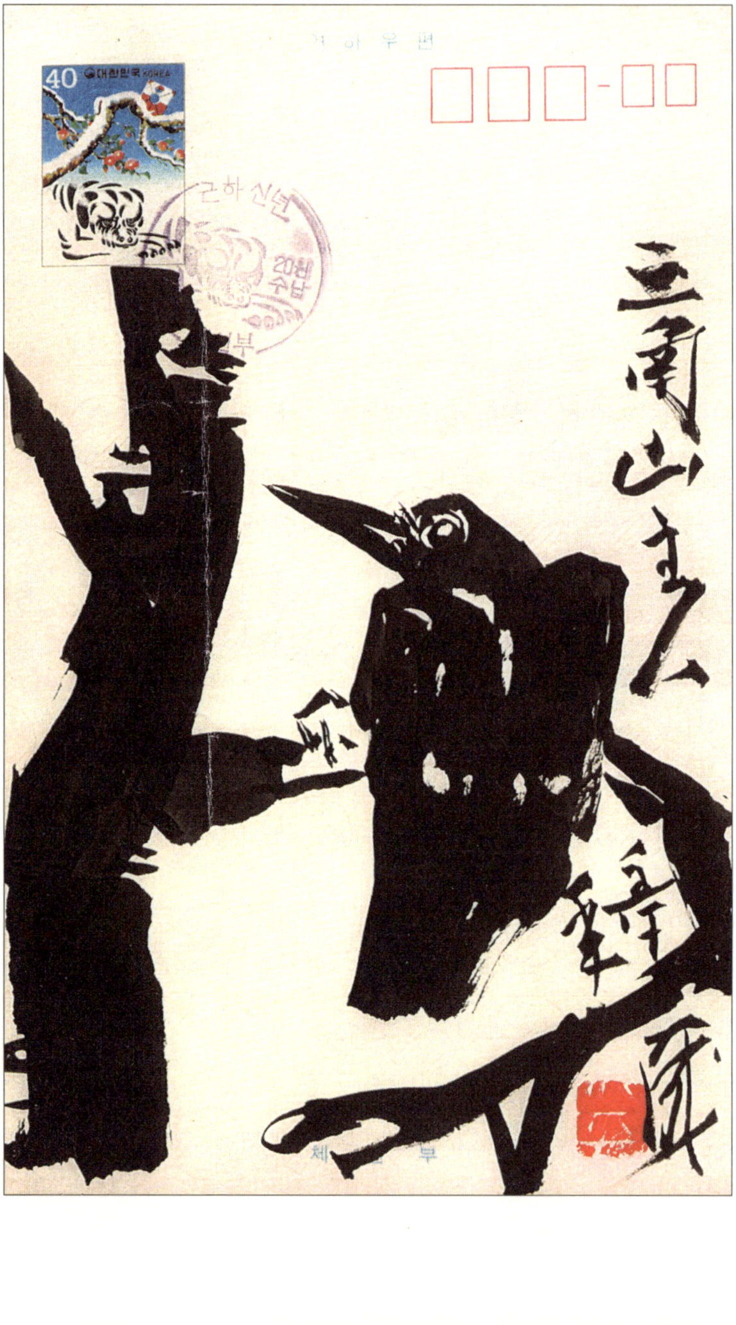

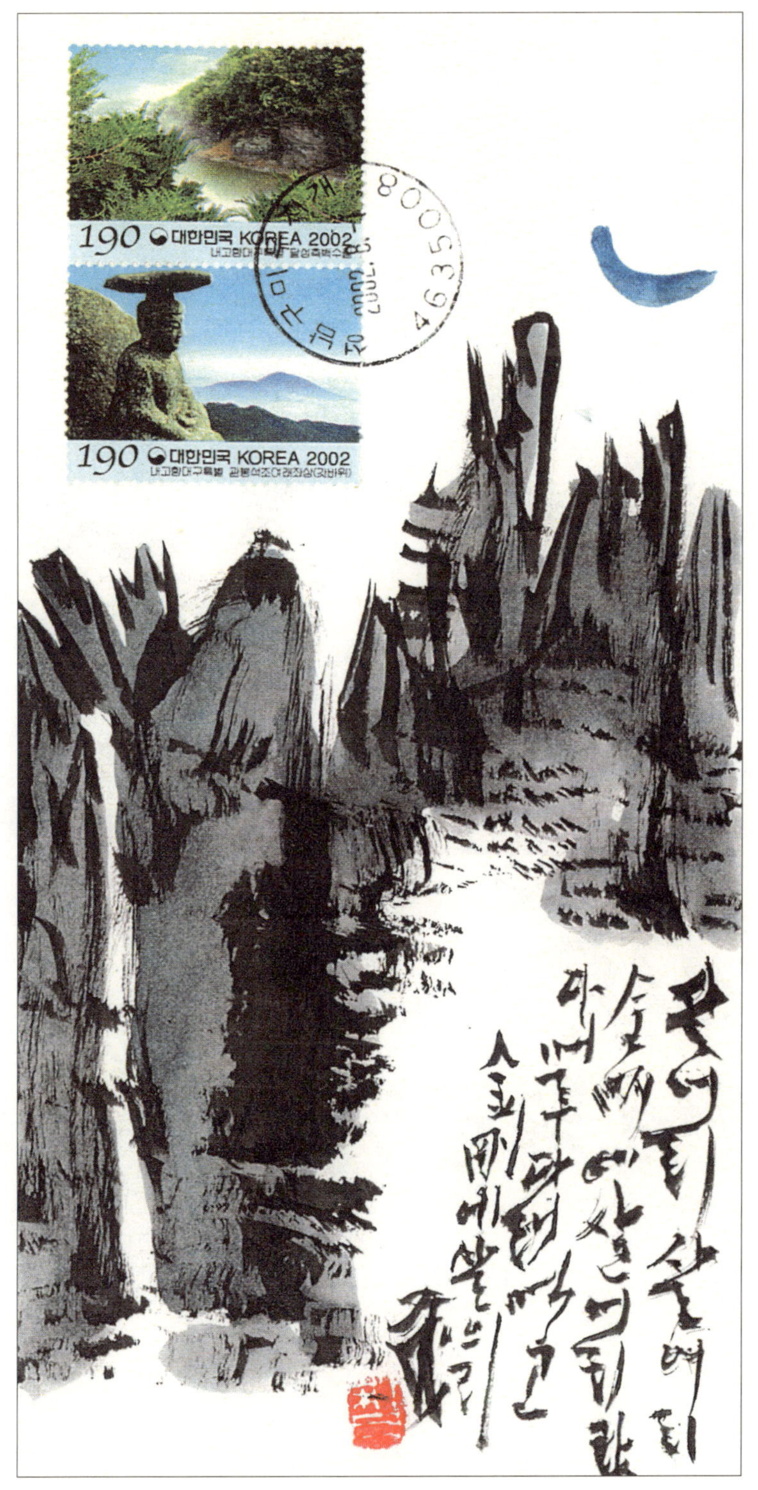

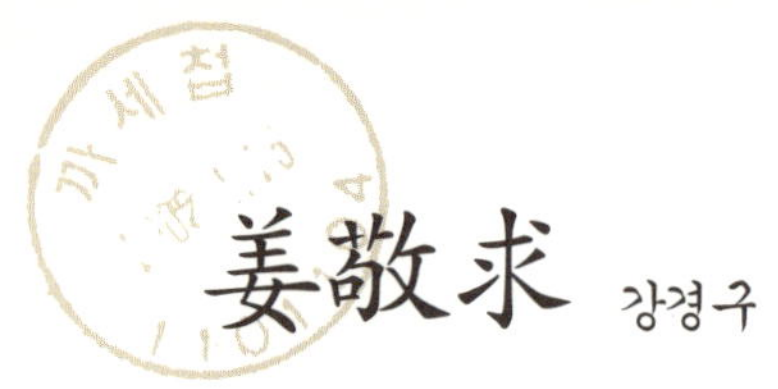
가세첩

姜敬求 강경구

한국화가. 서울대 회화과를 졸업하고 1987년 백악미술관에서 8회의 개인전을 열었다. 동학농민혁명 100주년 기념전 및 산수 풍경전 등 많은 단체전에도 출품했으며, 2000년 이중섭 미술상을 수상했다. 그의 작품은 호암미술관, 성곡미술관, 금호미술관 등에 소장되어 있다.

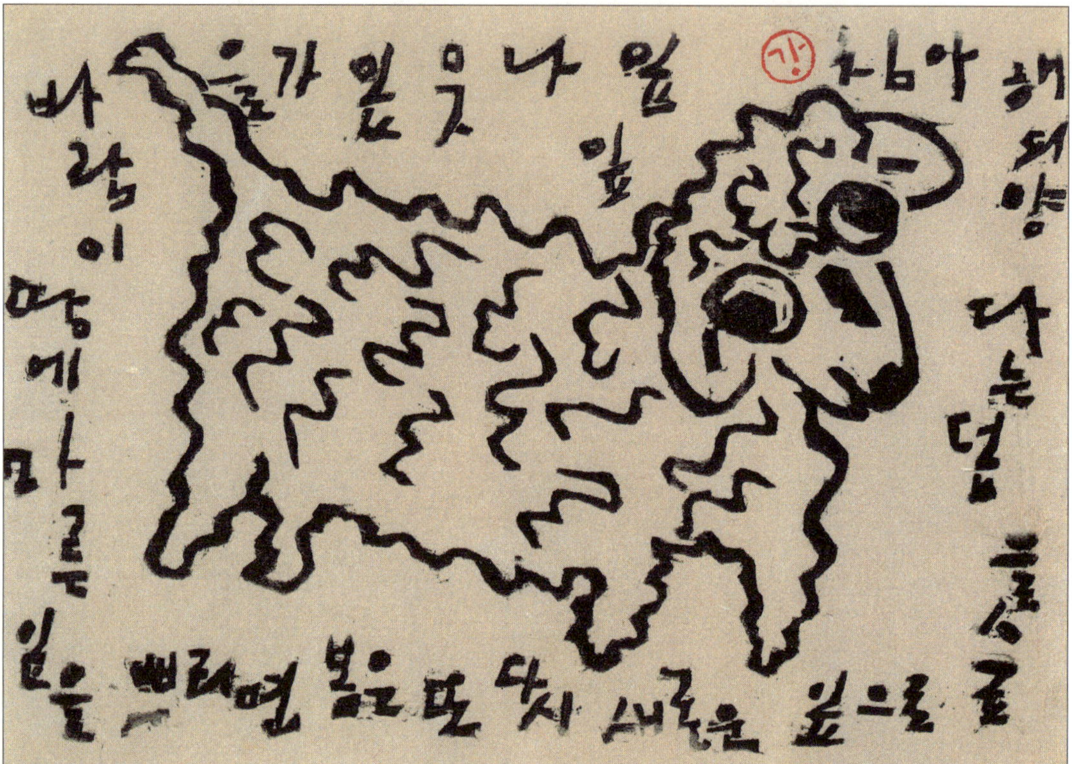

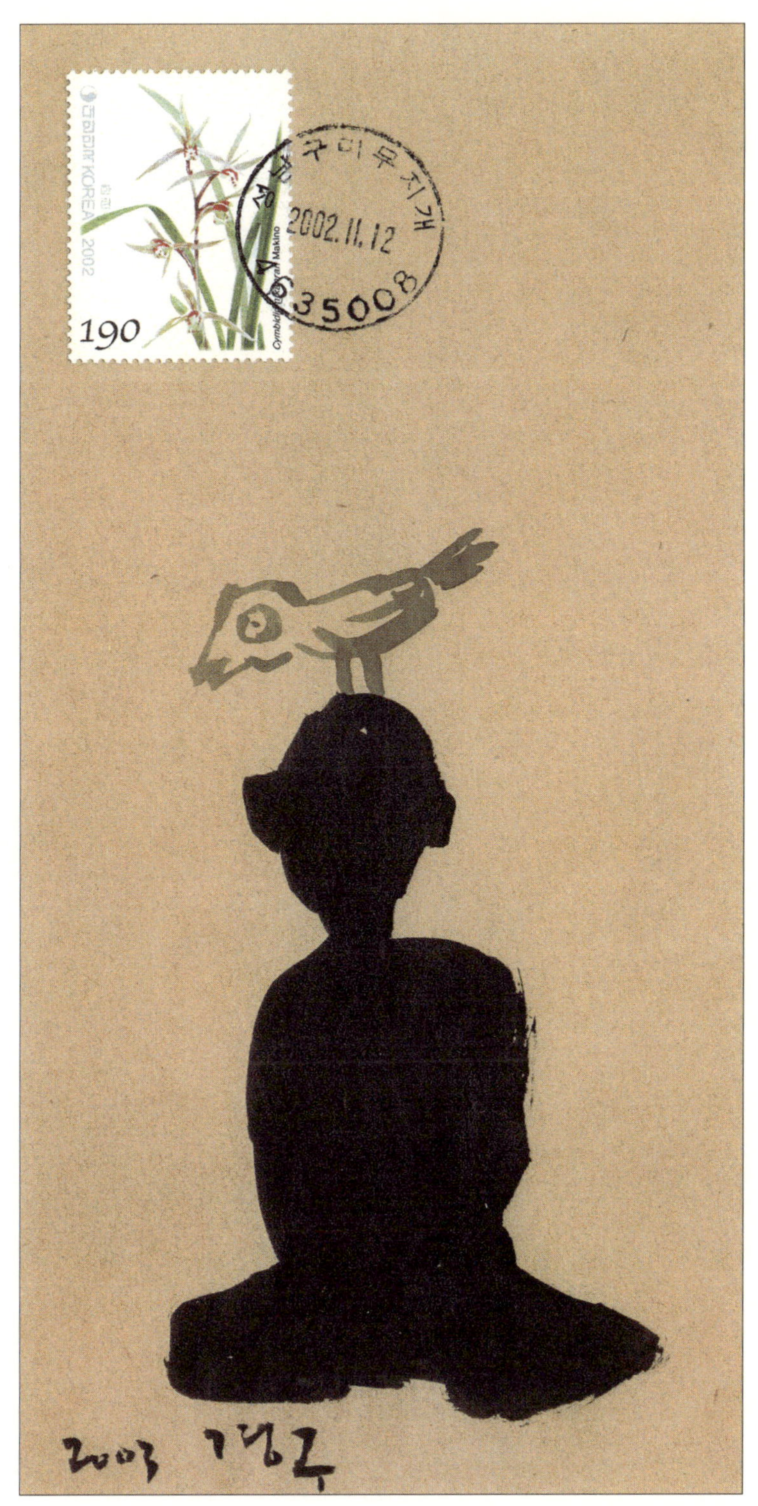

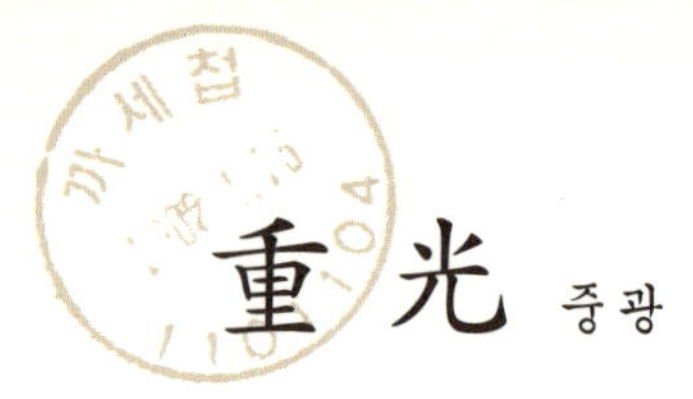

重光 중광

속명은 고창률(高昌律). 제주도 출생. '걸레스님', '미치광이 중'을 자처하며 파격으로 일관하며 살았다. 1960년 26세 때 경상남도 양산의 통도사로 출가하였으나 불교의 계율에 얽매이지 않는 기행 때문에 1979년 승적을 박탈당하였다. 그러나 선화(禪畵)의 영역에서 파격적인 필치로 독보적인 세계를 구축하여 명성을 얻었고, 한국보다 외국에서 더 높게 평가받았다.
1977년 영국 왕립 아시아학회에 참석해 〈나는 걸레〉라는 자작시를 낭송한 후 '걸레스님'으로 불렸다. 1979년 미국 버클리대학교 랭커스터 교수가 펴낸 책 『광승』의 주인공이 되기도 했으며 그로부터 '한국의 피카소'로 불리기도 하였다. 미국 뉴욕의 록펠러재단과 샌프란시스코 동양박물관, 대영박물관 등에 그림이 소장되어 있다.

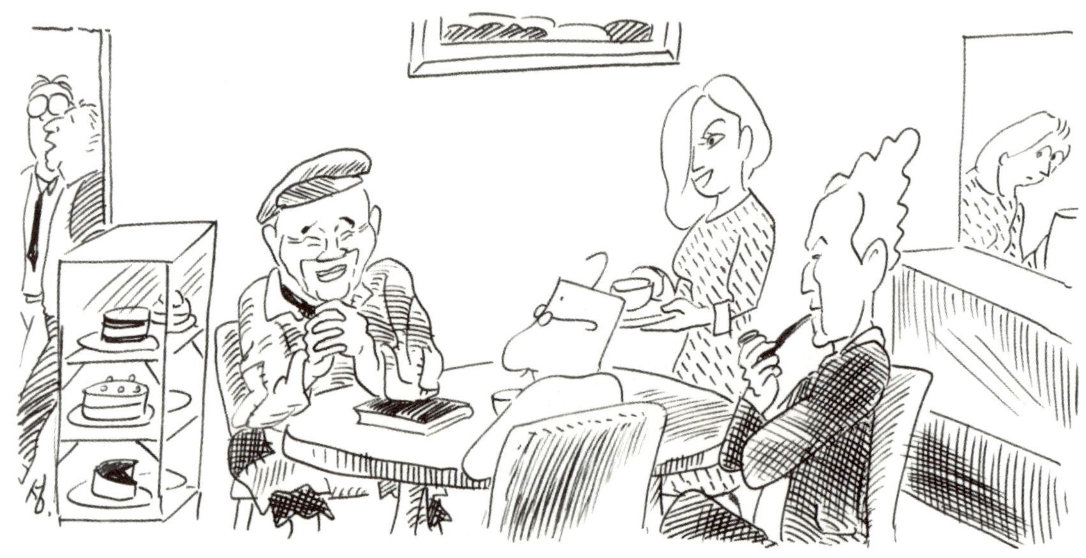

　　기인이라고 하면 화가들에게서보다는 문학인, 특히 시인에게서 많이 불리게 된다. 시인 구상具常 선생과 화가 이중섭 화백이 젊었을 때 서로 얼굴을 마주 보고 예수님의 모습을 느꼈다고 한다. 그 언동에서보다 용모에서 직감적으로 느꼈던 것 같다. 천상병, 김관식 등 시인들에겐 별의별 일화와 전설이 많다. 이상李箱의 경우도 예외일 수는 없다. 때로는 그 작품 평가에서보다 기행과 전설이 더 길게 남아 있는 경우도 있다. 화가들에겐 때로는 신경증 환자(또는 정신병)들이 있어서 그 시각과 기법이 작품에 남아 더욱 걸작품을 남기는 일도 있다. 뭉크도 그랬고 고흐도 그랬다. 이중섭 씨도 임종 전후 때엔 정신병에 시달리곤 했다. 그러나 이건 어디까지나

정신세계에의 일이지 기행奇行을 하는 일은 적었다. 그런데 중광 걸레 스님은 화가로 알려져 있으면서도 그 기행은 시인 못지않게 특이했다. 이리저리 꿰매서 누더기가 된 의상이 그렇고 거침없이 뱉어 버리는 말이 그랬다. 유명한 걸레 스님이라고 애교로 봐 넘겨야 무사(?)했지 아니면 폭행을 당하는 일이 있을 수도 있다. 제주도 태생으로 통도사에서 출가한 고인은 그 자유분방한 언동으로 79년 승적을 박탈당하기도 했다. 그러면 그후로는 머리도 기르고 신사복도 입고 다니는 세속인 또는 환속인이 되었나 하면 그렇진 않고 계속 스님 화가로서 활동을 했다. 커다란 붓을 휘갈기기도 했고(이 수법은 '마츄―' 가 이미 시도한 바 있지만) 붓을 국부에 매달고 그리기도 했다. 미국 등지에서는 자유분방하게 퍼포먼스를 펼쳐 보이고 전시회도 연 바 있어서 '랭커스터' 란 교수는 '한국의 피카소' 라 부르기도 했다. 형식에 얽매이지 않은 기법을 가리킨 것인지 완성된 작품을 가리킨 것인지 분명하지 않으나 한 시대를 풍미한 기인 화가임에는 아무도 부인하지 않을 것 같다. 구상 시인은 걸레 중광의 좋은 이해자로 자주 만나곤 했었다. 나는 신문사에 찾아온 손님과 서린 호텔(지금은 갑을甲乙 빌딩으로 바뀌었다.) 2층 커피숍에서 차를 마시고 나오다 문간 쪽에 앉아 있던 구상 선생과 눈이 마주쳐 앉으라 하기에 앉아 본 즉 걸인 같은 행색의 사람이 앉아 있어 자세히 보니 소문에 떠돌던 걸레 스님이어서 인사를 주고받게 되었다. 몇 해 전에도 명동의 어느 지하 다방에서 어느 시인 한 분이 문둥이 시인과 마주 앉아 있는 것을 보고 멀리 떨어져 앉은 적이 있지만 걸레 스님은 기인일 뿐이지 비록 남루한 옷이지만 냄새가 나는 그런 불결한 옷은 아니었기에 한참을 동석했었다. 79년 말경이어서 'MAD MONK' 란 자신의 화집을 몇 권 가지고 있다가 그중 한 권의 책에 즉석에서 그림과 글을 써 주는 것이었다. 이걸로 '우표 까세' 를 만들고자 우표를 붙여 두었지만 차일피일하다 늦어져 일부 인을 찍을 기회를 놓쳤었다. 한 점은 인물 같고 한 점은 빌딩 같은데 굳이 '화제畵題' 를 붙이는 건 무의할 것 같다. 중광은 작고하기 몇 해 전부터 지나친 담배와 음주로 건강이 악화돼 강원도 백담사와 서울 구룡사 등을 전전하며 칩거하다 경기도 광주시의 곤지암에서 '달마도' 그리기에 열중했었다. 벽을 향해 앉아 십 년이 넘게 참선을 하다 보니 팔다리가 쇠퇴해 못쓰게 된 달마를 자신과 견주어 생각했는지 모른다. "내가 죽거든 장례식을 하지 말고 가마니에 둘둘 말아 새와 들짐승의 먹이가 되게 하라."는 것이 그의 마지막 유언이었다. 새로 하여금 육신을 뜯어먹게 하는 라마교 스님과도 일맥상통하는 바가 있었는지 모른다.

아무튼 중광(속명 고창률) 화백은 2002년 3월 9일 오후 11시 20분 67세의 나이로 타계를 했다. 신문에 난 빈소의 사진을 보면 승복을 입은 스님의 사진 앞엔 조문객들이 기독교식으로 국화꽃 한 송이씩을 놓고 가는 장면이 나와 있었다. 가마니로 둘둘 말아서 내다 버리라는 그의 유언과는 맞지 않으나 저세상이 있다면 그곳에서도 기행으로 여러 혼백들의 시선을 집중시킬 것 같다.

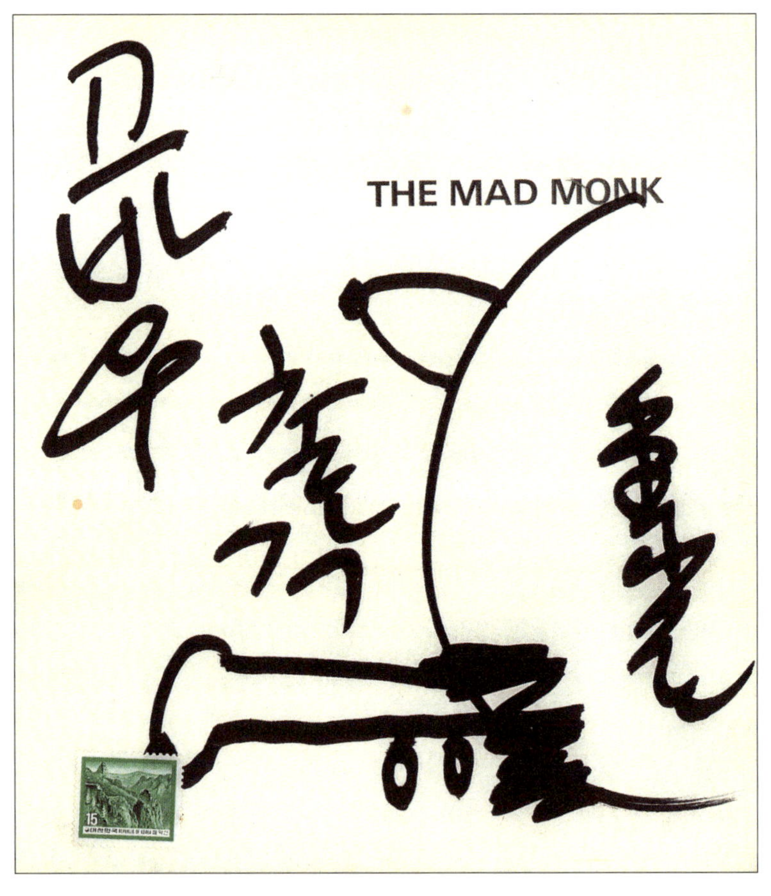

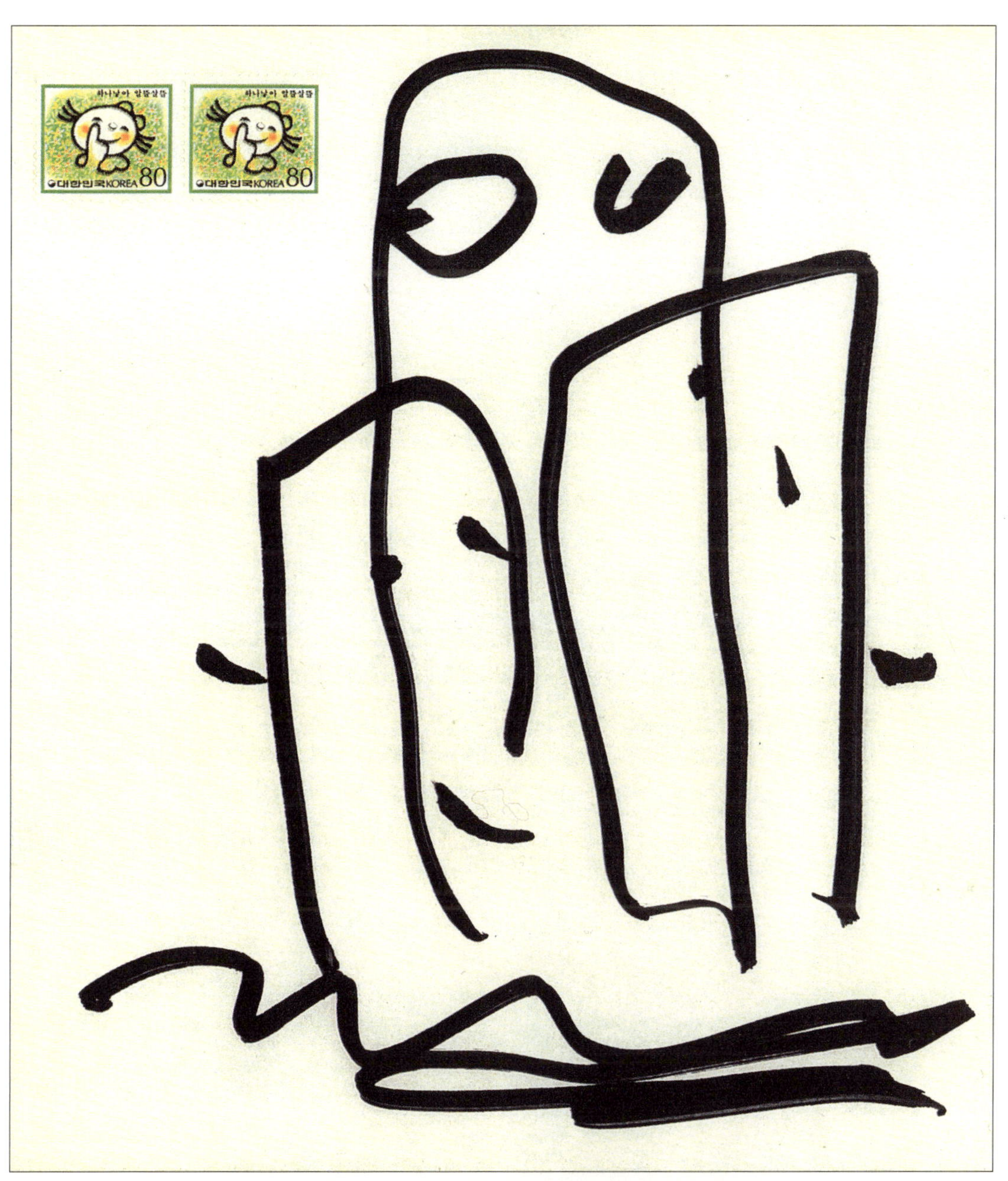

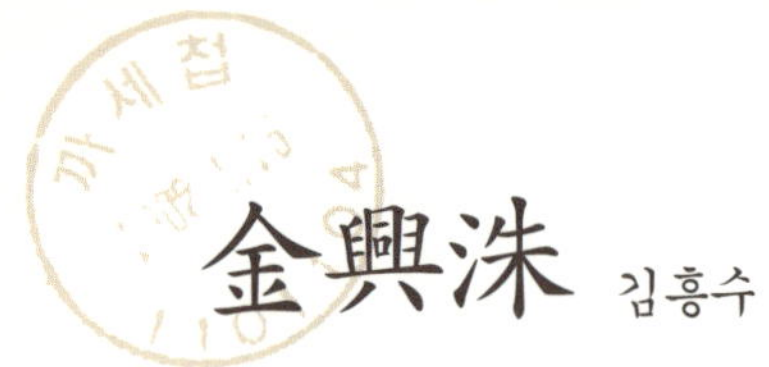

金興洙 김흥수

서양화가. 함북 함흥 출생. 1940~44년까지 일본 도쿄미술학교 유화과를 수학하고 1955년 프랑스로 건너가 활동하다가 1960
년 귀국하여 5월 문예상을, 1998년에는 제12회 예총예술문화상을, 그 이듬해에는 금관문화훈장을 수상하였다. 프랑스 파리 라라
벵사 화랑을 비롯하여 미국, 우리나라 등지에서 여러 차례 개인전을 가졌으며, 대한민국미술전람회 심사위원, 이중섭 미술상 심사
위원 등을 지냈다.

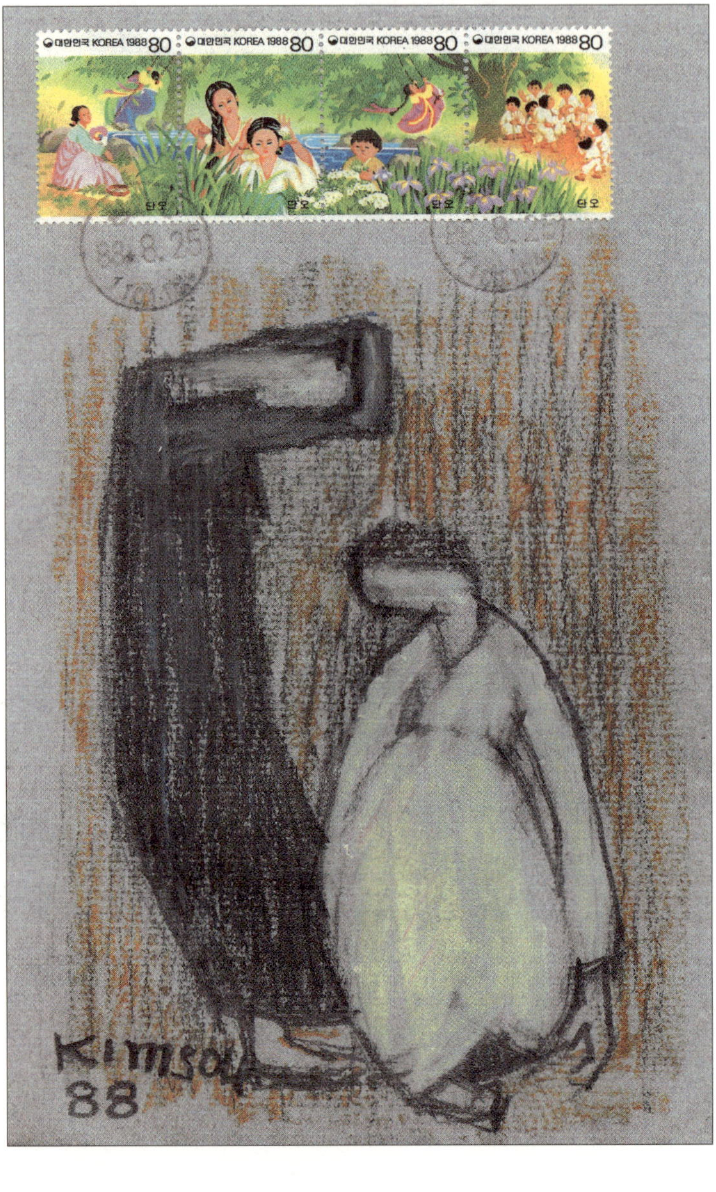

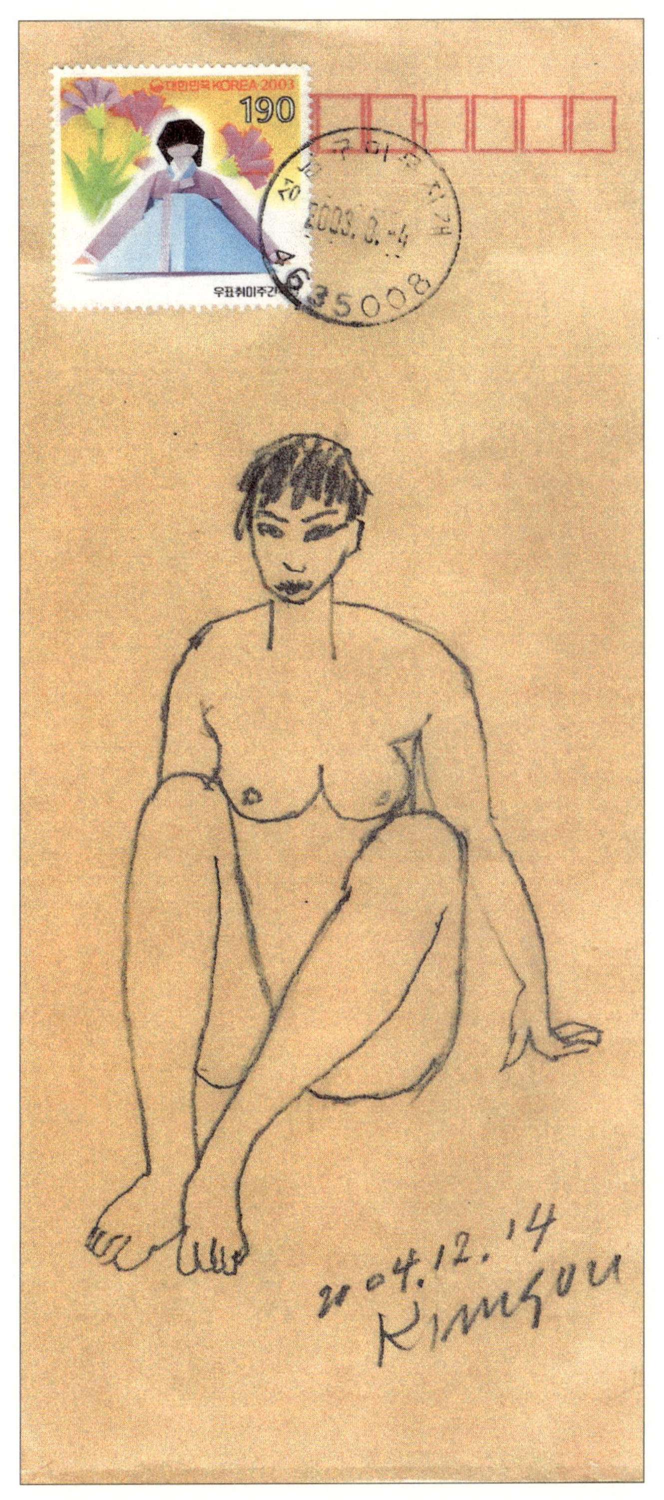

KOREA 2003
190
우표취미주간
2003. 8. -4
4635008
'04.12.'14
Kimsou

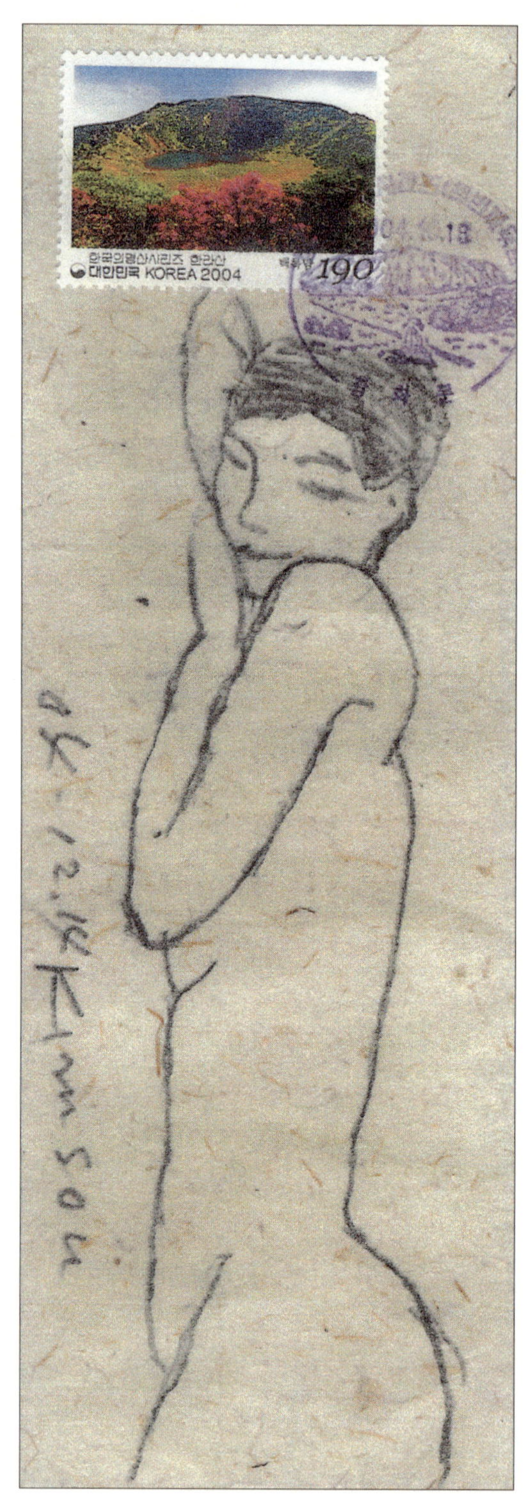

金基昶 김기창

동양화가. 어릴 때 김은호 화백에게서 사사하여 화가의 길로 들어섰다. 제1회 개인전은 1957년 뉴욕 월드하우스 화랑에서 가졌다. 그후 1963년 제7회 상파울루 비엔날레에 참가했으며, 1967~68년 프랑스 예술협회가 주관한 순회 전시회에 그의 작품이 전시되었다. 1970년 뉴욕의 헌팅턴 현대미술관에서 개인전을 가졌고 1971년 프랑스에서 있었던 한국 현대회화전, 1972년 프랑스 칸메르 회화 페스티벌 등에도 참여하였다. 홍익대학교를 거쳐 세종대학교에서 후진을 양성하다가 그후로 작품활동에만 주력했었다. 백양회 회원으로 5월 문예상, 3·1 문화상 등 많은 상과 표창을 받았고 1981년 예술원 회원이 되었다.

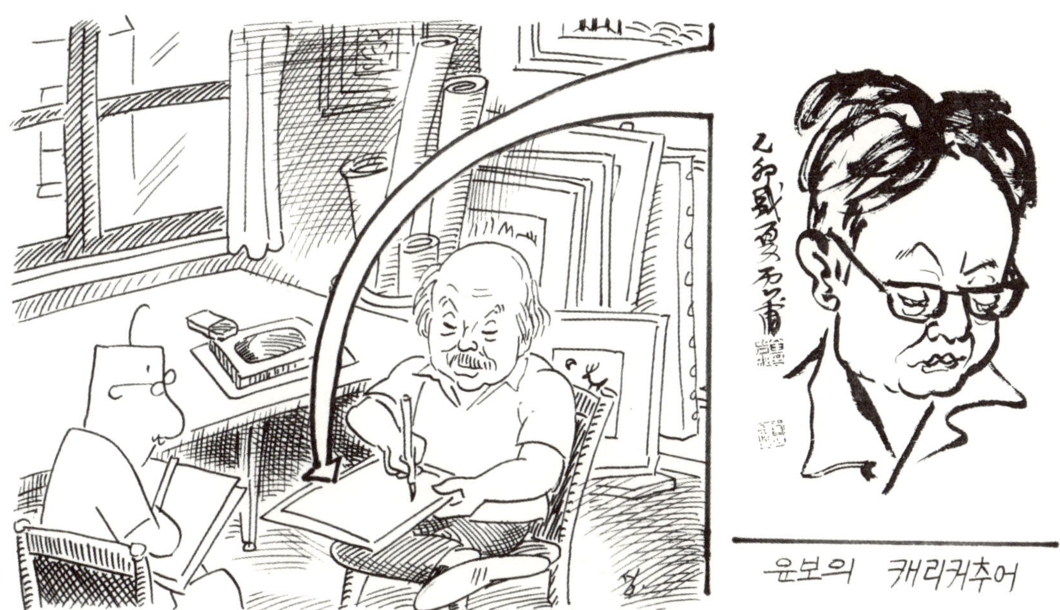

운보의 캐러커추어

운보 화백의 팔순八旬 기념 대회고전이 10월 말까지 예술의 전당 미술관에서 열렸었다. 그리고 여기엔 김기창 화백의 평생 동안의 대표작이 망라되어 있어서 관람객들의 시선을 끌었다.

또 여기에는 우표가 붙은 초일봉피에 까세를 만든 봉피 네 통이 특별히 유리장 속에 전시되어 있어서 화젯거리가 되었었다. 이 까세가 바로 내가 화백에게 의뢰해서 제작된 작품으로 상당히 정성 들여 그려진 진품珍品 속의 진품이어서 여기 소개를 한다.

그것은 지금으로부터 22년 전 이른 봄이었다. 그때에 나는 남들이 수집하기 힘든 수집품을 한 가지 착안한 게 있었으니 그것이 바로 현역 화가들의 육필 까세였다. 처음엔 새 우표가 붙은 관제 까세에다 그리도록 했던 것이 화면을 더욱 살리기 위해 관제 까세가 아닌 백봉에다 초일봉피를 만들어 까세를 만들게끔 되었었다. 우리나라의 중견 화가에서 대가에 이르기까지 당대의 화가들에게 부탁을 하는 일이니 간단한 일이 아니라 거의 불가능(?)에 가까운 수집이기도 했다.

당시는 운보 화백의 화실이 인사동의 어느 조그마한 3층 건물 속에 위치하고 있었는데 역시 다른 분들과도 그랬던 것처럼 나는 초상화를 그려 교환하고 나서 까세를 부탁했었다.

1970년 말에 나온 신윤복의 〈취생원도〉 역시 기생의 모습을 담은 것이다. 우표 속의 기생의 모습과는 달리 방향을 바꿔 그린 것인데 작은 화면이지만 김 화백의 독특한 모필화의 운치가 유감없이 잘 나타나 있다.

그리고 또 몇 해가 지나 우표취미주간 우표에 나온 〈정조대왕의 파초도〉의 초일봉피—파초와 괴석이 있고 괴석 위에 도사道士가 앉아 있는 장면의 봉피—인데, 운필의 농도가 잘 먹어들어 간 작품이다. 이듬해 77년에 다시 보통우표 3원짜리 까치우표의 까세를 만들었다. 참새 한 쌍이 나뭇가지 위에 정겹게 앉아 있는 장면이 그려져 있어 누구라도 까세의 진수(?)를 맛보게 될 듯하다.

나의 까세첩에 참여해 주신 화백의 수효도 어느덧 20년이 지나고 보니 80명이 넘는다. 나의 '미니미술관'이란 상념으로 소중히 간직하고 있다. 언젠가 전시회에도 한번쯤 출품해 볼까 때때로 생각해 보기도 한다.

운보와 캐리커처 교환

정초에 TV를 켜니 화단의 거목 운보 김기창 화백이 88세로 별세했다는 소식이 나오는 것이었다. 올 2001년 1월 23일의 뉴스에서였다. 마침 신문들이 휴간한 후의 뉴스여서 신문엔 보도되지 않았었다. 보도진은 어떤 표현을 쓸지 모르나 거목巨木, 거성巨星, 거봉巨峰 그 어느 것도 해당이 된다. 이러한 수식어는 운보의 관록이나 전시회의 기록, 표현 기법만으로 자연스레 따라붙는 건 아니다.

선후배거나 동료 화가들에게 항상 호탕하면서도 겸허하셨고 따뜻한 배

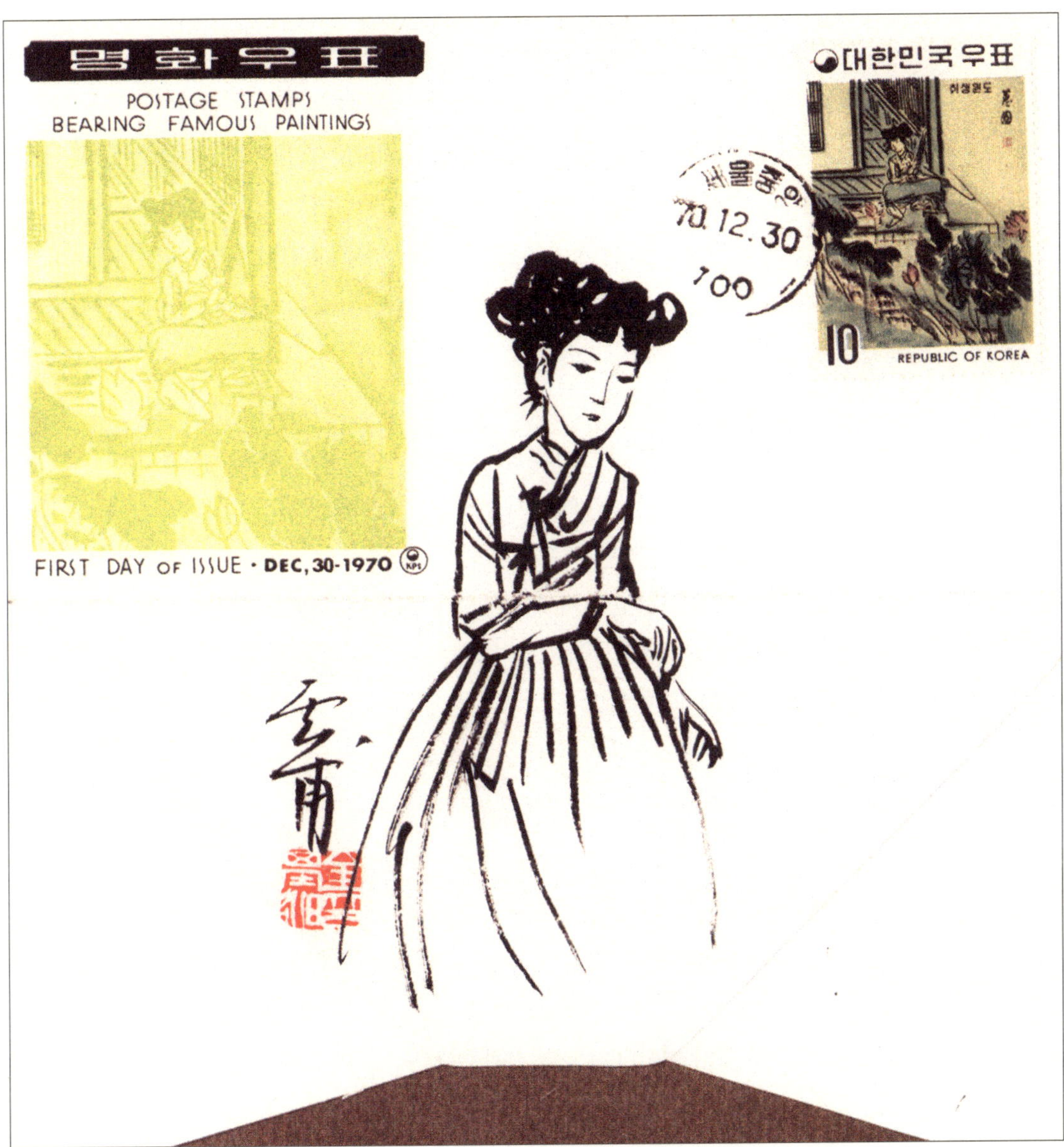
명화우표
POSTAGE STAMPS
BEARING FAMOUS PAINTINGS
FIRST DAY OF ISSUE · DEC, 30-1970
대한민국우표
70.12.30
100
10
REPUBLIC OF KOREA

려를 해 주곤 했기 때문이다. 그래서 내 경우도 염치없이(?) 세 차례나 육필 까세를 부탁 드려 그려 받기도 했고 이 소품들은 운보의 '전작전집全作全集'에도 수록돼 있다. 일본의 명치와 대정 연대에 걸쳐 수많은 작품을 남긴 부강철제富岡鐵齊의 그림을 좋아하셨는데 아닌 게 아니라 운보의 '바보산수'와 일맥상통하는 데가 있기도 하다. 양명학을 연구한 사원의 주지 부강富岡은 그 자신은 아마추어시時 화가요 대가연大家然하지 않은 인품이었는데 이 또한 운보와 일맥상통한다. 운보는 화실을 몇 군덴가로 옮기곤 했는데 내 경우는 70년대 인사동 근처 화실 시대 때에 놀러가곤 했었다.

때마침 문공부 주관으로 '민족기록화'를 제작할 시기여서 임진왜란 때의 왜군의 갑옷과 무기에 대해 의문점을 묻기도 하셨고 내 의견을 개진(?)하기도 했었다.

이런 데 대해 상당히 면밀히 듣고 참작하시곤 했다. 또 내 '한국화 전시회' 때엔 거의 빠짐없이 와 보시고 몇 점인가 사 주시기도 했었다. 작품을 교환한 화가들은 있었지만 현금으로 사 가신 분은 드물다. 특히 내 〈야생화도〉나 〈초충도〉를 사 가시면서 최순우(국립박물관장) 선생에게도 내 장점을 설명하시면서 사 가라고 권하기도 하셨다.

어느 뙤약볕이 내리쪼이는 여름철엔 화백의 화실에서 서로의 '캐리커처'를 그려 교환하기도 했었다. 그후 청주로 옮겨 가신 후로는 거래가 뜸한 지 10년 가까이나 된다. 마침 TV의 뉴스로 화백의 부음을 듣고 설날 초하룻날 나는 집사람 차로 삼성의료원 영안실로 조문을 갔었다. 설날인데다가 신문에 뉴스가 안 나와 영안실의 위치를 몰라서였겠지만 영안실 분위기는 한산한 것이었다. 유명을 달리한 화백과의 과거가 주마등같이 떠올라 쓸쓸한 감회가 감돌았지만 그와는 달리 문화계 자체의 어느 한구석이 텅 빈 것 같은 공허해진 느낌으로 가슴이 가득 차는 것이었다. 이러한 느낌은 영안실을 찾을 때마다 느꼈던 것과는 또 다른 것이었다.

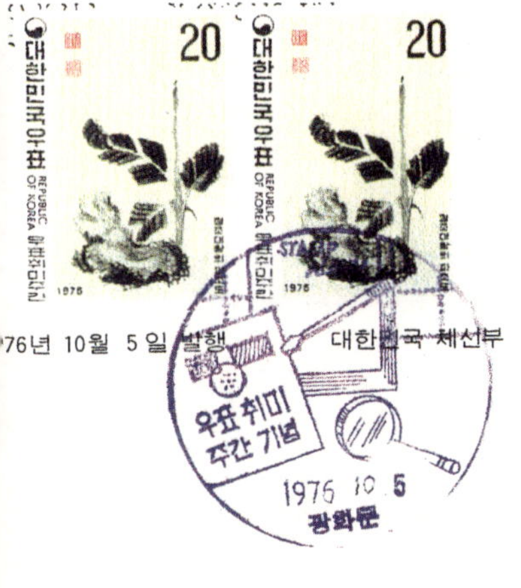

우표취미주간 특별 우표
76년 10월 5일 발행   대한민국 체신부
우표 취미 주간 기념
1976 10 5
광화문

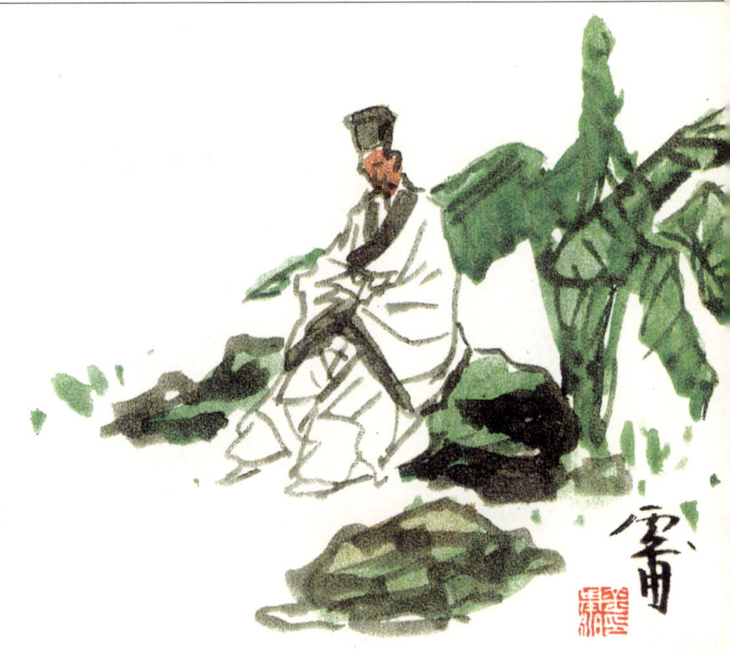

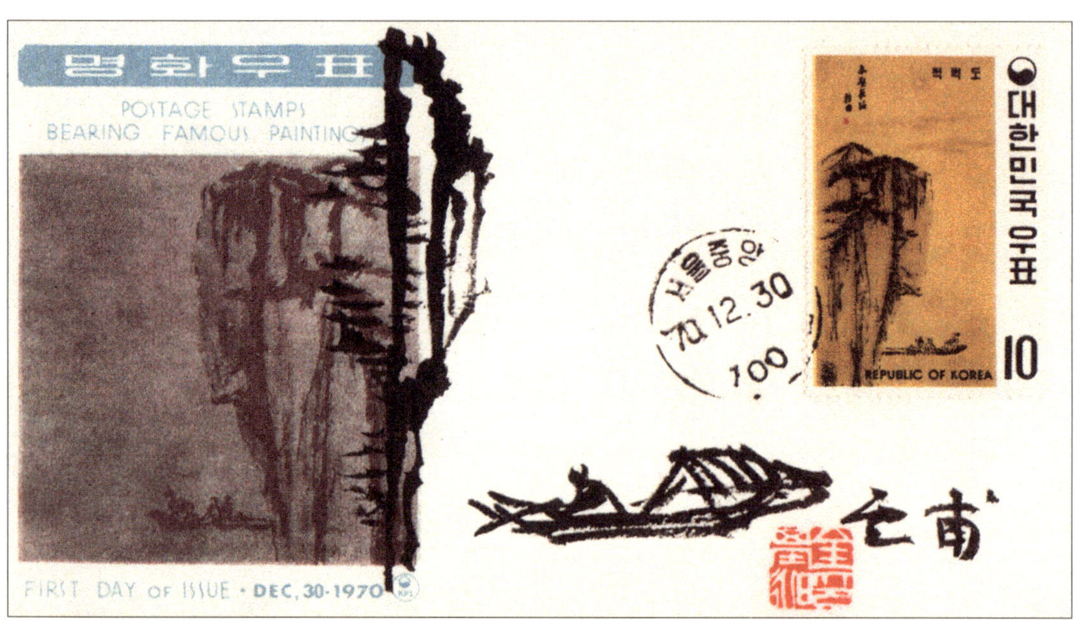
명화우표
POSTAGE STAMPS
BEARING FAMOUS PAINTING
FIRST DAY OF ISSUE · DEC, 30-1970
대한민국 우표
REPUBLIC OF KOREA
10

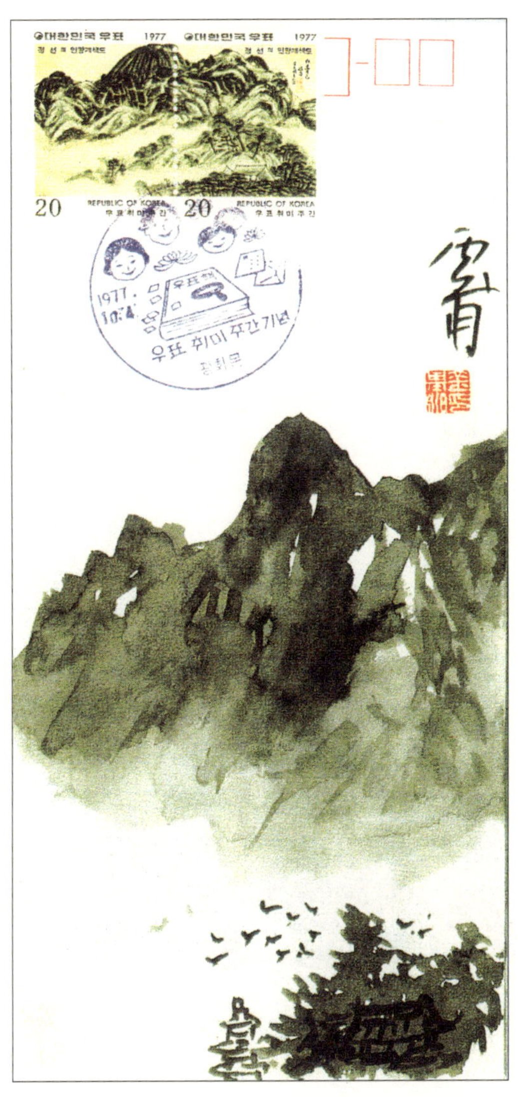

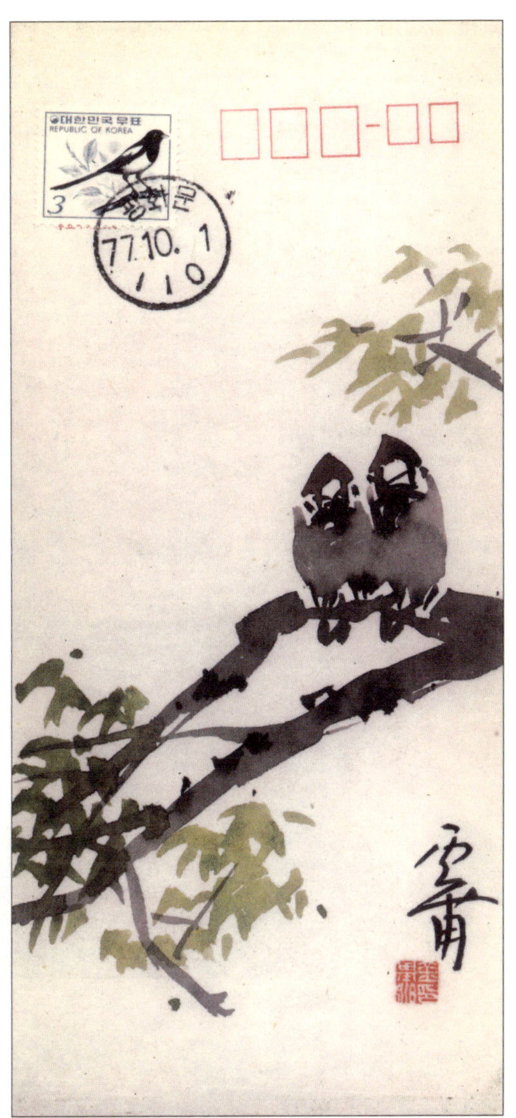

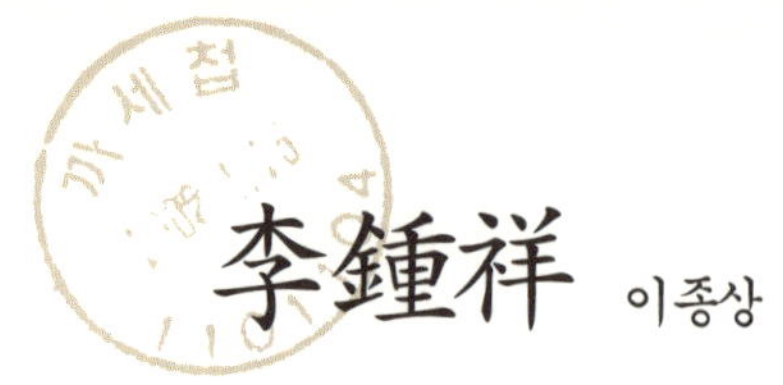

李鍾祥 이종상

동양화가. 충남 예산 출생. 서울대학교 미술대학 회화과를 졸업하고 제1회 신인예술상전에서 최고상을 수상하였으며 제10회 국전 특선, 제11회 국전 특선 내각 수반상을 수상하였다. 아시아, 유럽, 미국 등 여러 나라에서 개인전과 그룹전을 가졌으며 전람회의 심사위원과 국전 초대작가 및 서울미술대상전 준비위원 등을 역임하였다. 현재 서울대학교 미술대학 교수로 재직 중이다.

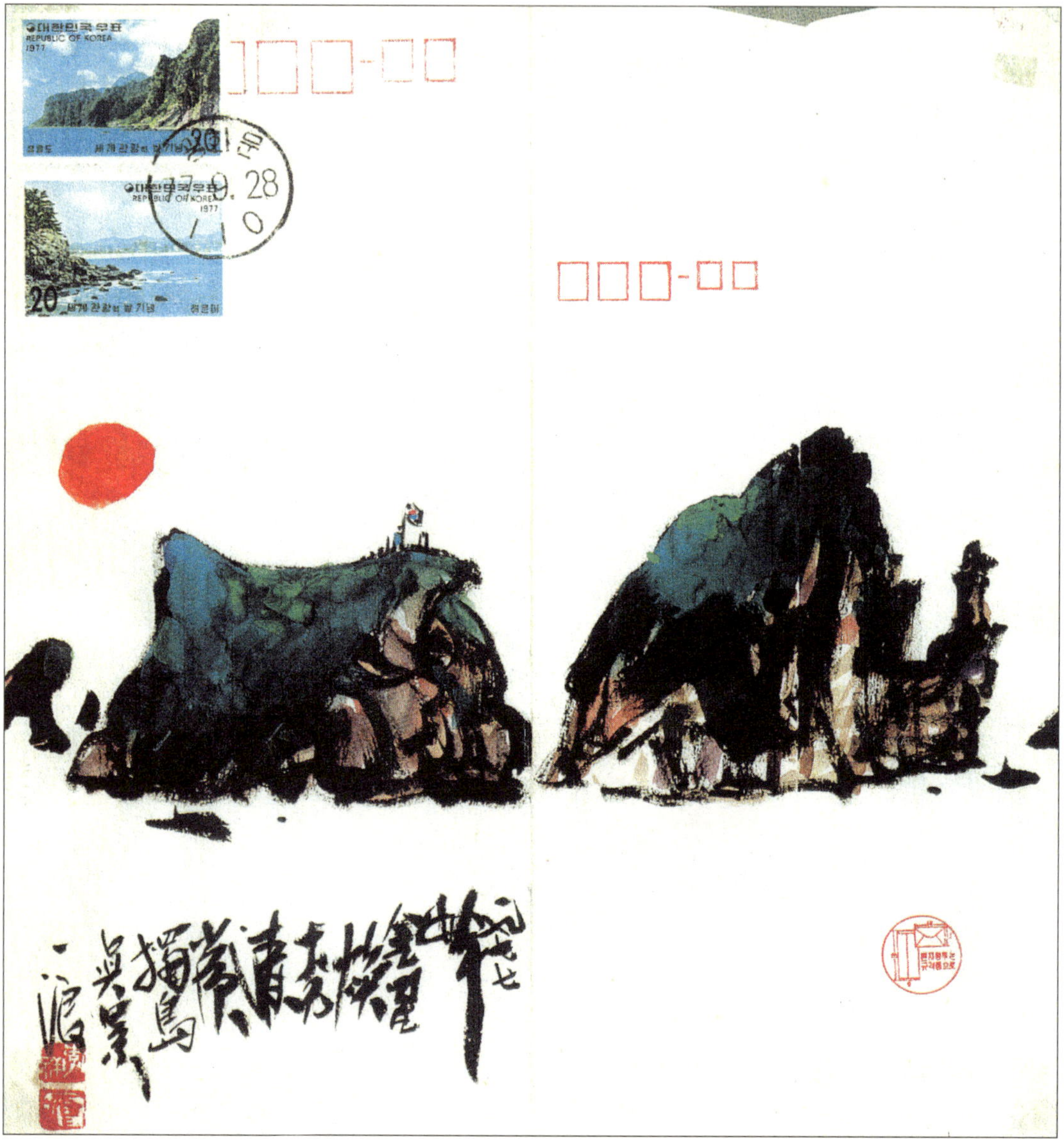

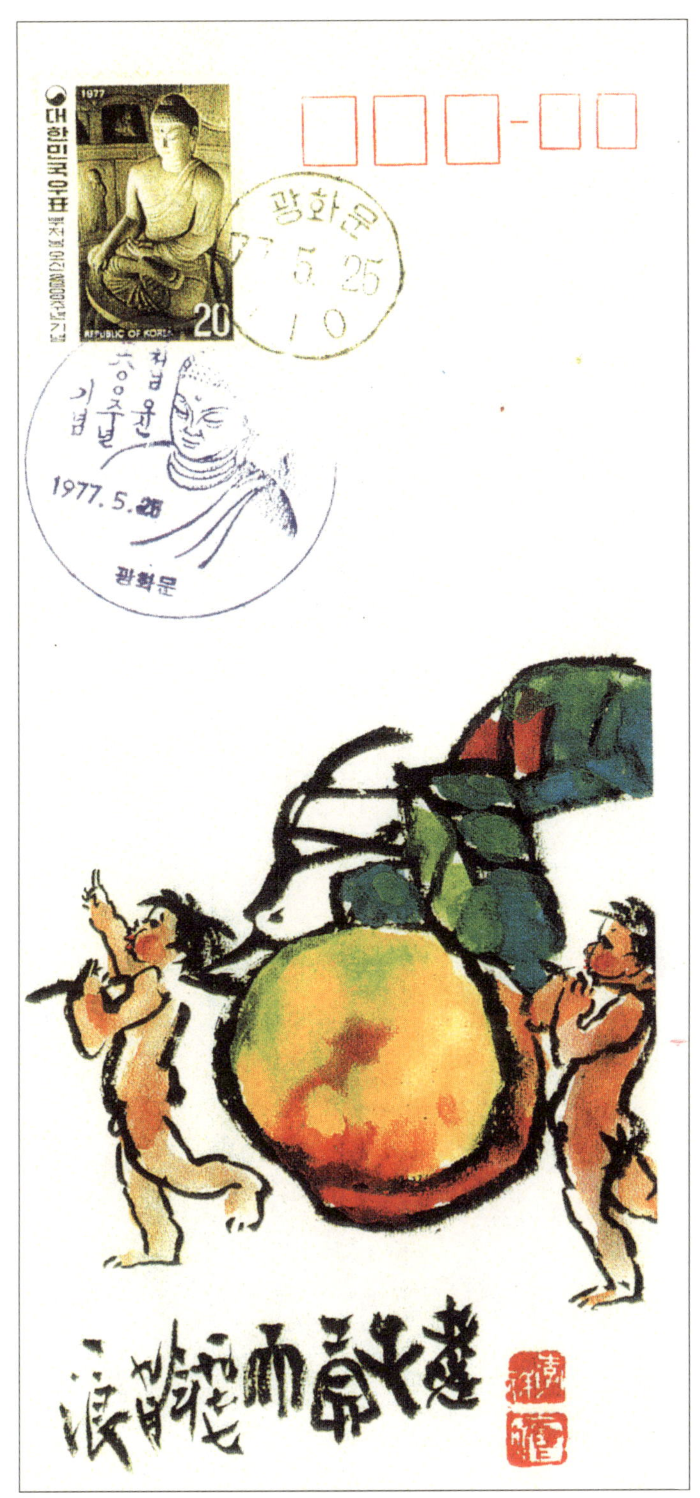

1977
대한민국우표
REPUBLIC OF KOREA
20
1977. 5. 25
광화문

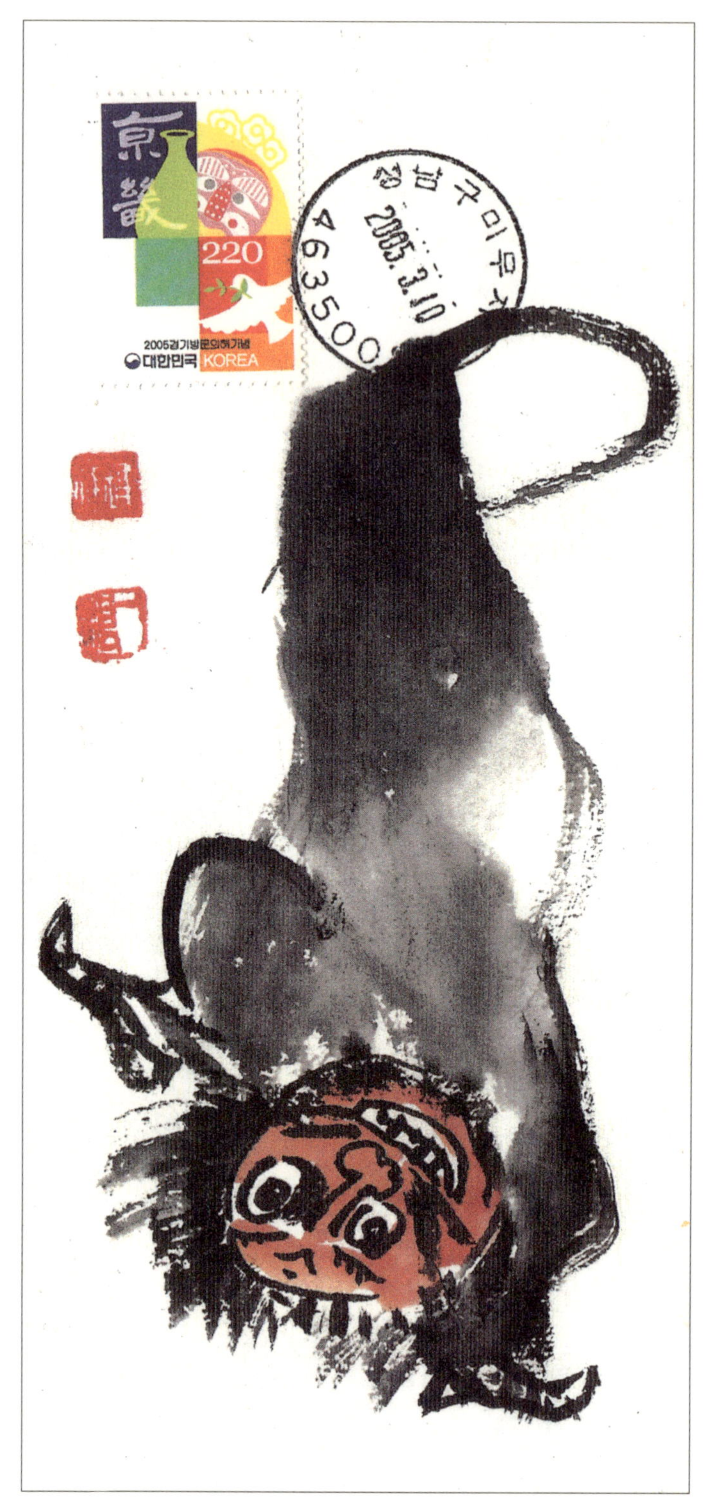

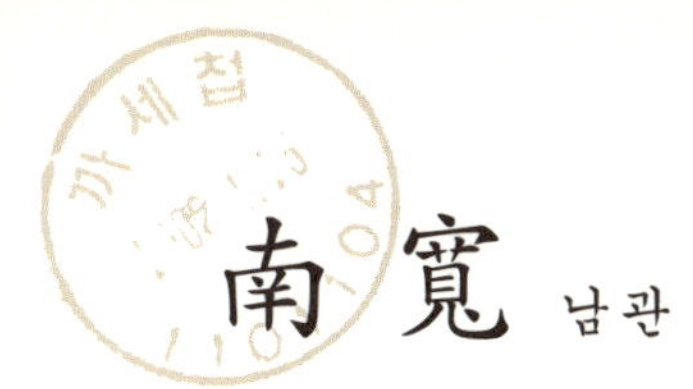

南寬 남관

서양화가. 경북 청송 출생. 일본 동경 태평양미술학교를 졸업한 후 제1차 세계대전 중 구마오카미술연구소에서 회화 연구를 하면서 동광회, 국화회, 문전 등에 출품하였다. 동광회 회원으로 추천되고 후나이 미즈이 상을 수상했다. 1955년 프랑스로 건너가 재불 외국인 화가전, 파리 시립현대미술관 주최의 국제 현대조형예술전 살롱 드 메에 초대 출품하였으며 1966년 망통 회화 비엔날레의 대상을 수상하였다. 수차례의 초대전과 10여 차례의 개인전을 가졌으며 1968년 귀국 후 홍익대학교 미술대학 교수로 1979년까지 재직하였고 국전 운영위원 및 심사위원, 한국미술대상 공모전 심사위원 등을 역임하였다. 1974년 대한민국 문화예술상을, 1981년 대한민국 문화훈장을 수훈하였다.

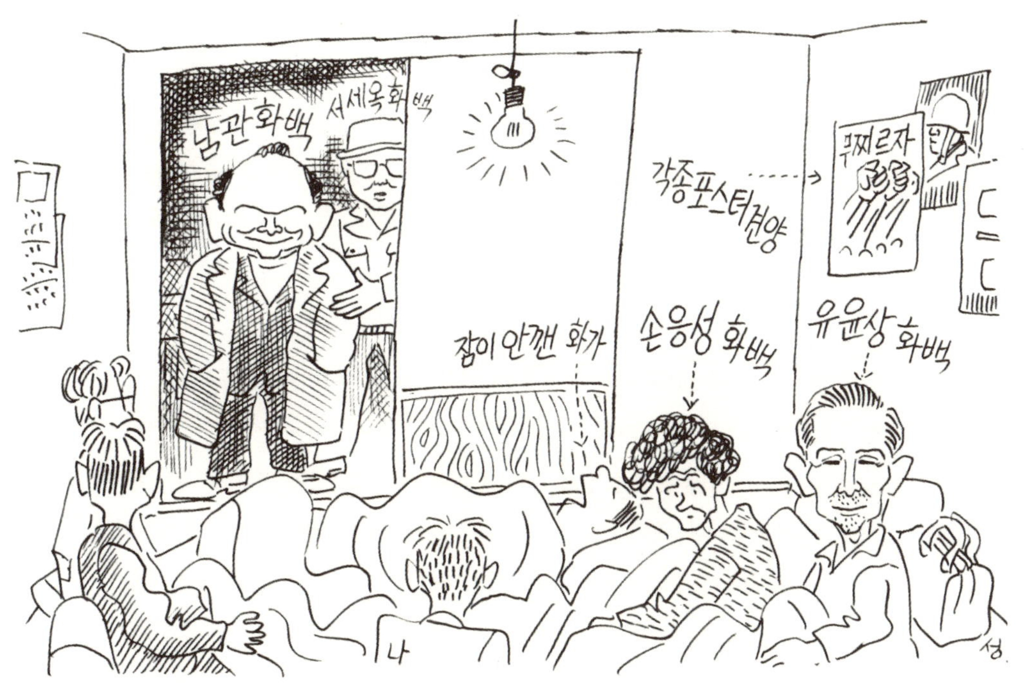

1951년 1·4후퇴로 국방부 정훈국 미술대는 피난지 대구의 큰길가 모퉁이 3층 미니빌딩에 자리 잡고 눌러앉게 되었다.

아래층 절반은 국방부 공작대가 그리고 또 절반은 육해공군합동 헌병대가 사무실을 차렸고, 2층은 헌병대가 전부 쓰고 3층은 미술대와 종군화가단이 쓰게 되었다. 3층은 마룻바닥에 책상이 열 개가량 놓여 있었고 한쪽 작은 마루방은 대장실이, 그리고 조금 큰 다다미방이 있었는데 이 방엔 화가들과 포스터 디자이너와 내가 기숙을 하게 되었다. 원로 산업미술가

이신 한홍택, 이완석, 유윤상 씨와 서양화가 손응성, 조병덕, 이정규 화백과 만화가 고상영 형과 내가 한방에서 자게 됐으니 손발을 제대로 펼 수가 없었다. 1월의 냉랭한 공기 속에 담요를 덮고 빼곡히 드러누운 모습이 마치 북어 한 쾌를 뜯어 포개 놓은 것 같았다. 신경이 좀 둔한 이는 금세 코를 골았으나 섬세한 이는 잠을 못 이뤄 이리 뒤척, 저리 뒤척이고 있었다. 이때에 삐거덕거리는 나무 층계 소리가 나더니 드르륵 일본식 미닫이문이 열리며 약간 대머리진 초로의 신사와 군복을 입은 낯익은 서세옥 씨의 모습이 보였다. '누구실까?' 어리벙벙 쳐다보고 있자 서 화백이 손으로 초로의 신사를 가리키며 "남관 화백님이신데 오늘은 여기서 주무셔야 되겠어요."라고 하는 것이었다. 그때야 비로소 그 저명한 대화백이 오셨구나 하고 알았었다. 드르렁거리며 잠든 이는 한쪽으로 밀어 놓고 남 화백의 자리를 마련하느라 이리저리 담요와 베개 대신 쓰던 손가방 등을 정리했다. 대구에서 가족들을 만난 화백들은 한 사람 두 사람씩 전세방을 얻어 나갔고 낮에만 사무실에 들려 제작을 했었다.

얼마 후 미술대 사무실이 어느 은행 2층으로 이사갔는데 거기 역시 다다미방이었다. 남 화백님은 이 사무실까지 오셔서 우리와 침식을 함께 하셨다. 은행 뒷골목은 일본식 오카베 2층 목조 주택들이 두 줄로 서 있었고 낮엔 여인들이 빨래를 하고 풍로에 냄비밥을 지어 먹는 밥 냄새가 나곤 했는데, 저녁때부터는 창녀촌으로 변했었다. 이런 주택 중에서 큰길가에 면한 목조 주택이 미술대원들의 임시 식당이었다. 손응성 화백은 우스갯소리를 자주해 여러 사람을 잘 웃겨 주었다. 남 화백께선 어쩌다가 우리와 함께 점심을 드시곤 했는데 늘 미소 짓는 표정으로 과묵하셨다. 과묵하기로는 조병덕 화백과 박득순 화백과 남 화백을 칠 수 있었고, 그래도 구수한 얘깃거리가 많은 분은 이봉상 화백과 손 화백이었다. 미술대가 부산으로 옮겨갈 즈음엔 남 화백은 거처가 안정되셨는지 우리들의 거처에서 떠났었다. 남 화백은 1911년 11월 경북 청송군 구천리에서 태어나 일본 유학 후 귀국, 홍대 교수와 국전 심사위원장을 지내시고 1966년엔 프랑스 망통에서 열린 비엔날레에서 대상을 수상하셨고, 정열적인 활동을 계속하시다 89세가 되시는 1990년 3월 30일에 별세하셨다. 동양화가로는 6대 화가는 누구누구라고 지칭하는데 서양화가로는 6대 화가란 말이 아예 없다. 만약 서양화가로 6대 화가를 지칭하라고 하면 남관 화백이 들어갈 것 같다. 처음엔 후기인상파적인 구상회화를 하시다 한문자를 풀어서 작품화한 듯한 추상회화로 옮기셨다. 화단의 거목이요, 크고 기다란 강江 같은 화가였다. 언젠가 사무실에서 조병덕 화백과 젊은 이등 중사가 팔씨름을 했는데 조 화백은 보기와 달리 어떻게나 팔 힘이 센지 중사가 지고 말았었다. 그때에 남 화백이 허허 웃으면서 "화가들도 건달패와 만나 싸움이 붙더라도 지지는 않겠구면……." 하던 농담 한 마디가 아직도 잊혀지질 않는다.

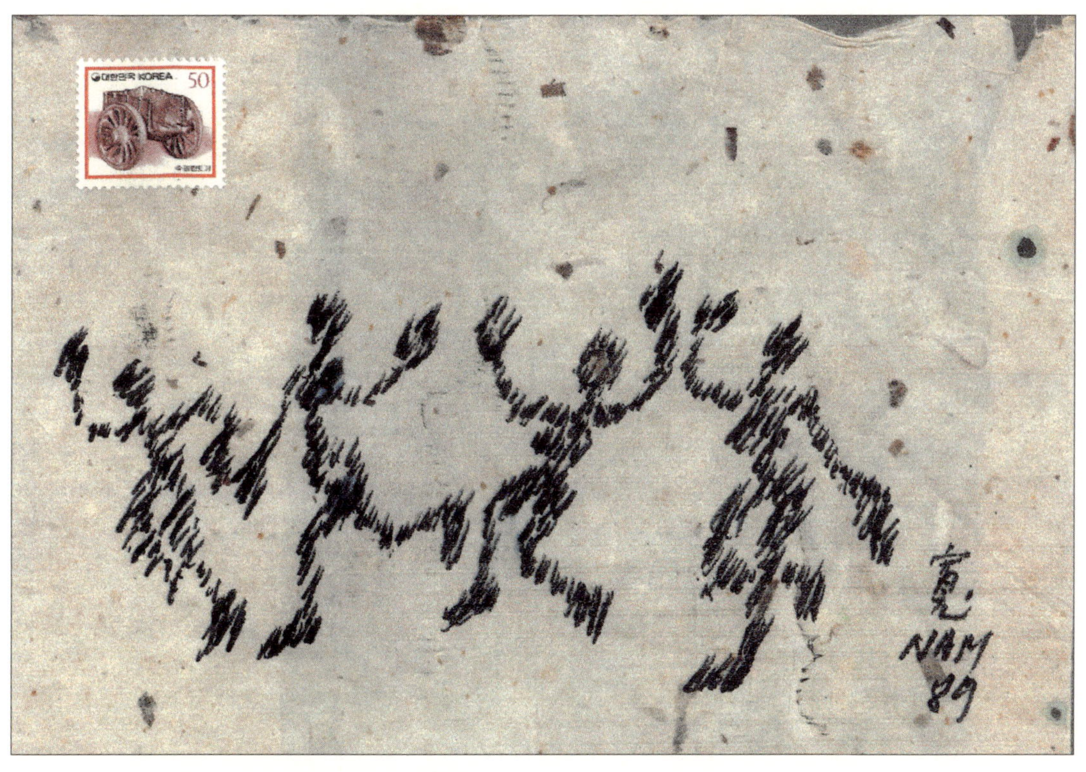

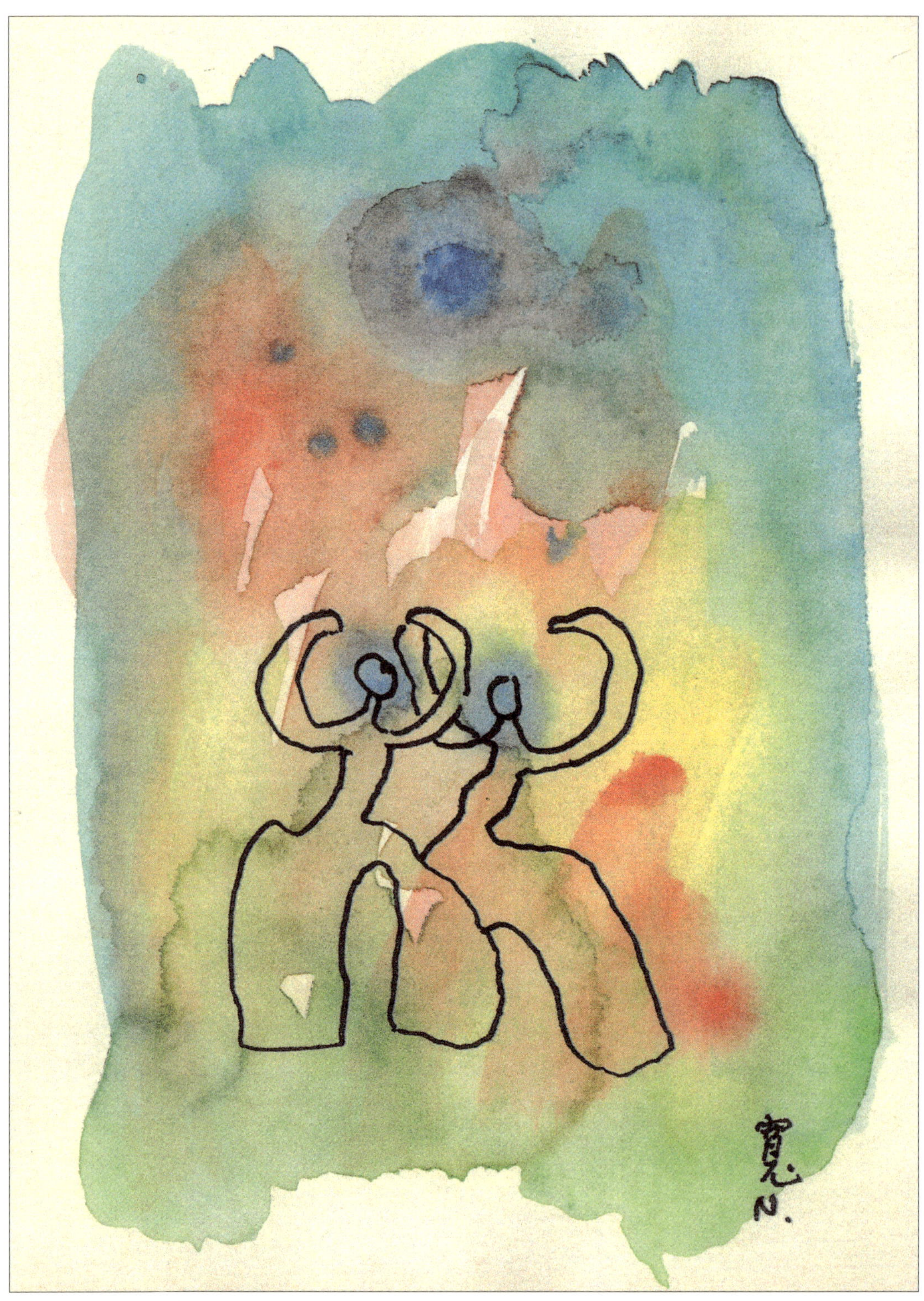

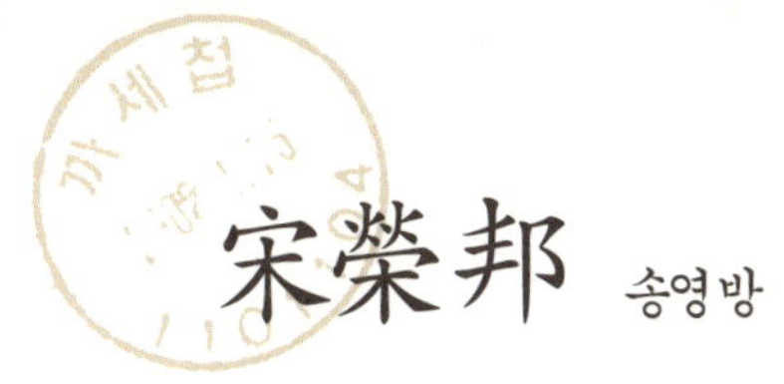

宋榮邦 송영방

한국화가. 경기 화성 출생. 1960년 서울대 회화과를 졸업했다. 국전에서 9회에 걸쳐 특선을 수상하였고, 1974년 국전 추천작가로 선정됐으며, 이후 초대작가와 심사위원을 역임했다. 49세의 나이에(1984) 첫 개인전을 가진 이후 두 번의 개인전(1988, 2000)을 가졌으며, 1972년 인도 트리엔날레 출품 이후 국내외서 수십 차례의 초대전에 참가했다. 현재 동국대 예술대 학장으로 있다.

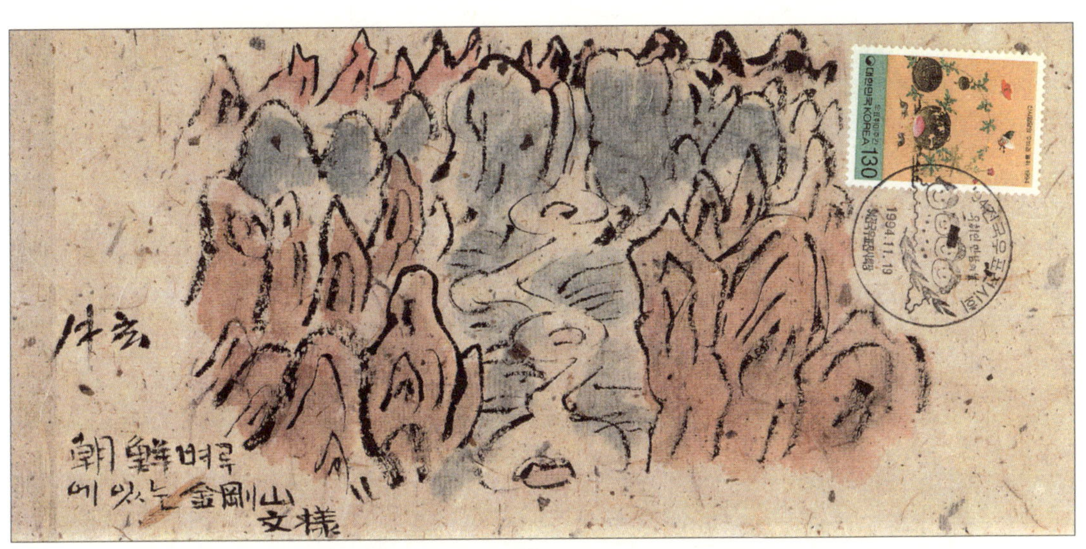

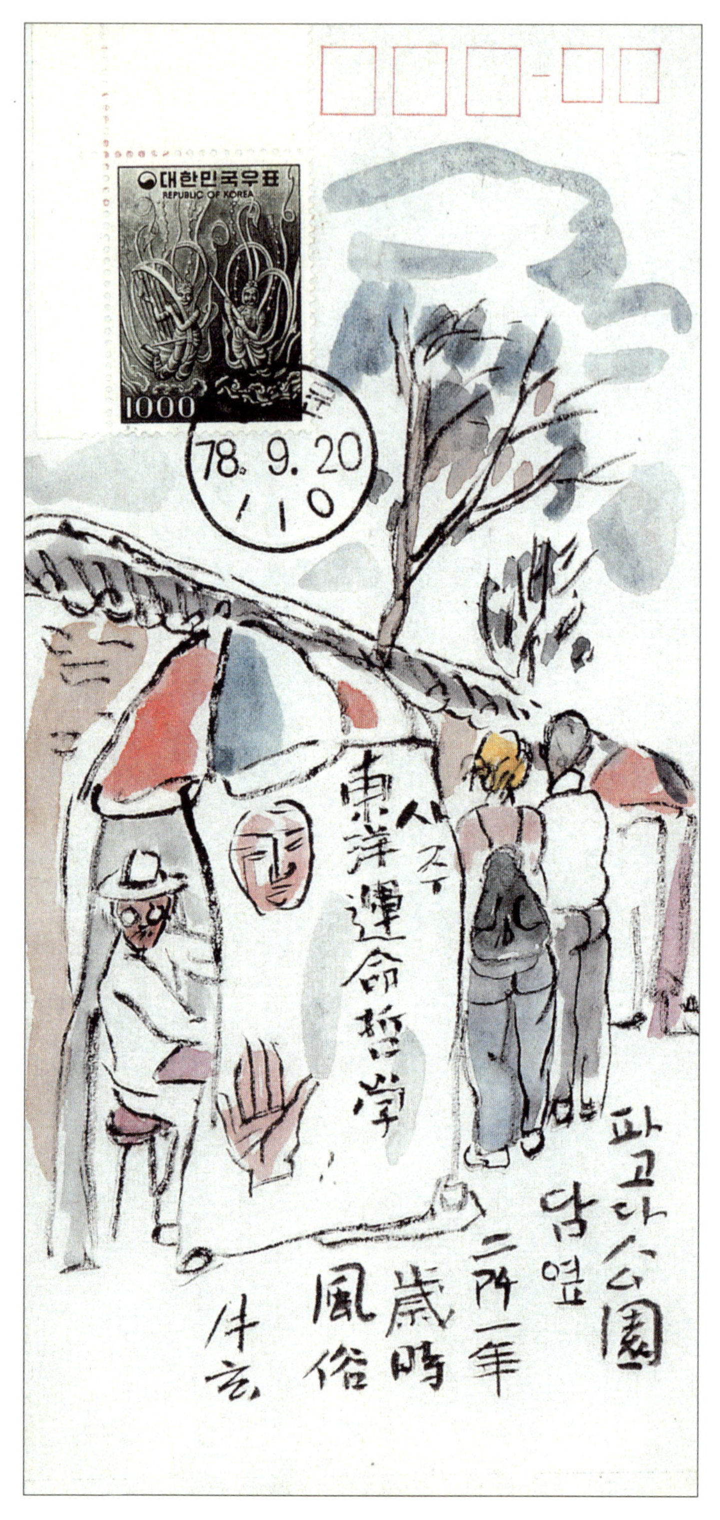
대한민국우표
REPUBLIC OF KOREA
1000
78. 9. 20
110
東洋運命哲學
사주관상
파고다公園 담엽
二四一年
歲暇
風俗
牛玄

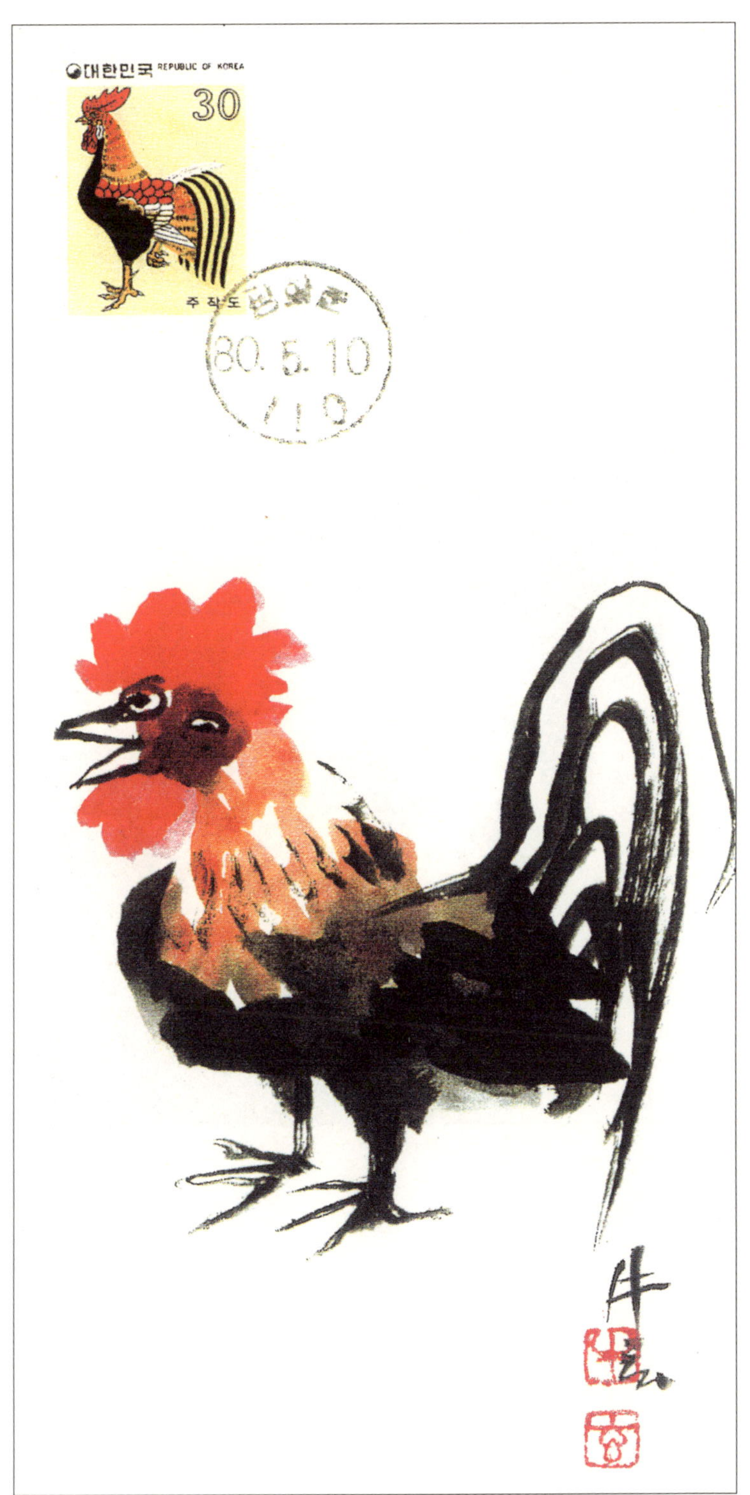

대한민국 REPUBLIC OF KOREA
30
주 작 도
80. 5. 10

尹明老 윤명로

서양화가. 전북 정읍 출생. 서울대학교 미술대학을 졸업하고 뉴욕 프래트 그래픽 센터에서 판화를 전공하였다. 제3, 6회 파리 비엔날레, 제9회 상파울루 비엔날레, 제3, 11회 칸 국제회화제, 한국 현대미술 또 하나의 양상전, 제1, 2회 중화민국 판화 비엔날레, 오늘의 미술 국제전 부다페스트 등에서 활동하였으며, 서울과 로스앤젤레스에서 개인전을 가졌다. 현재 서울대학교 미술대학에서 후진 양성에 노력하고 있다.

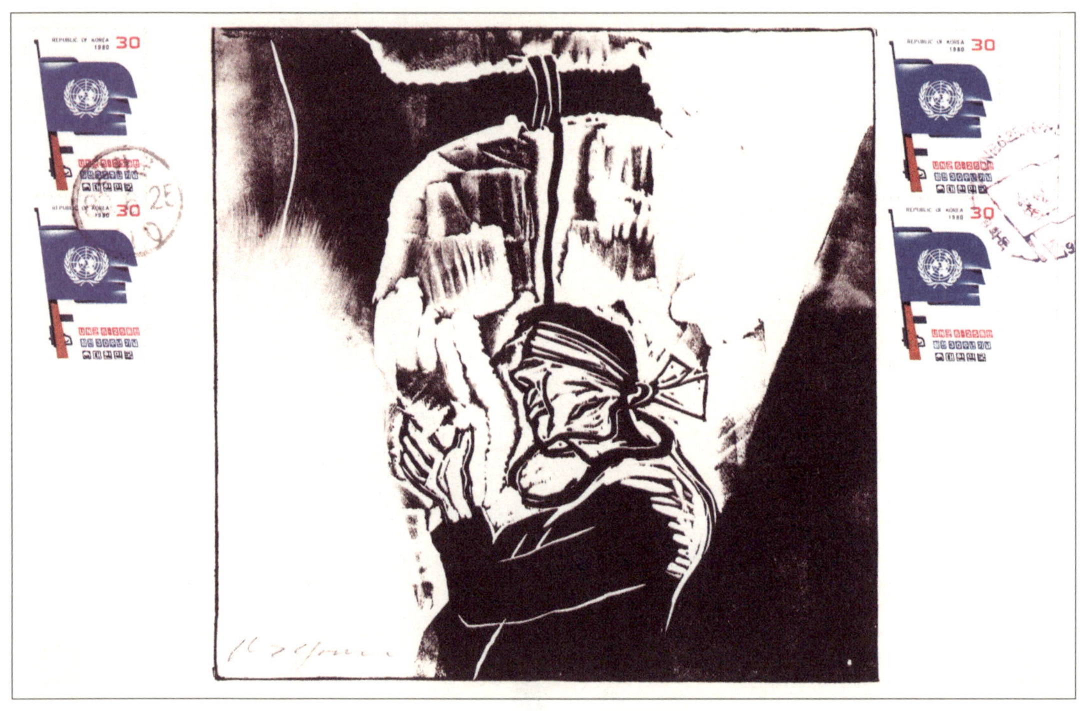

閔庚甲 민경갑

동양화가. 호 유산. 충남 논산 출생. 서울대학교 미술대학 회화과를 졸업하고 국전을 통하여 작품을 발표하였다. 한때 묵림회에도 참가하였고 주로 문인화 계통의 작품을 하였으며, 상파울루 비엔날레 한국 대표로 출품, 국전 초대작가 및 심사위원, 현대미술대전 심사위원, 영남대학교 교수 등을 역임하였다. 또한 한국 현대미술 어제 오늘전에 초대 출품하였고, 1988년 세계 현대미술제 운영위원을 지냈다.

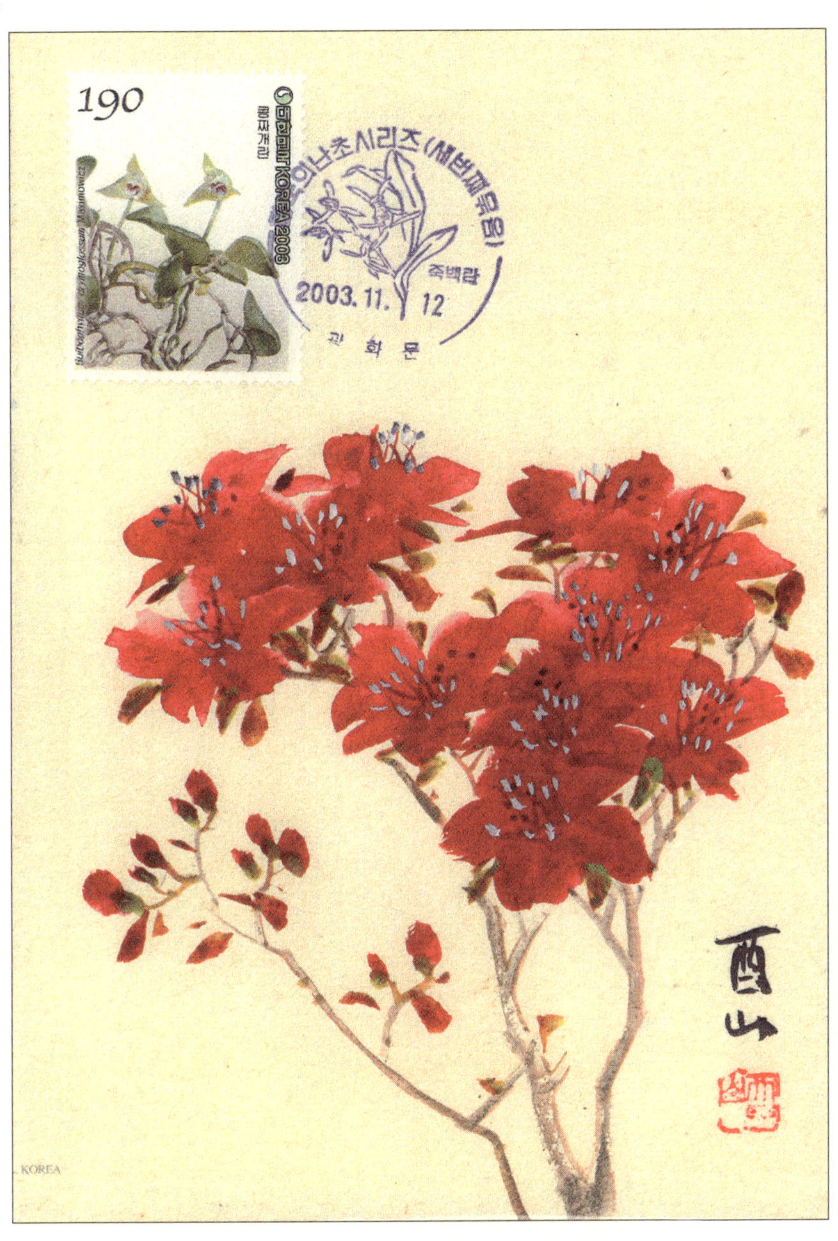

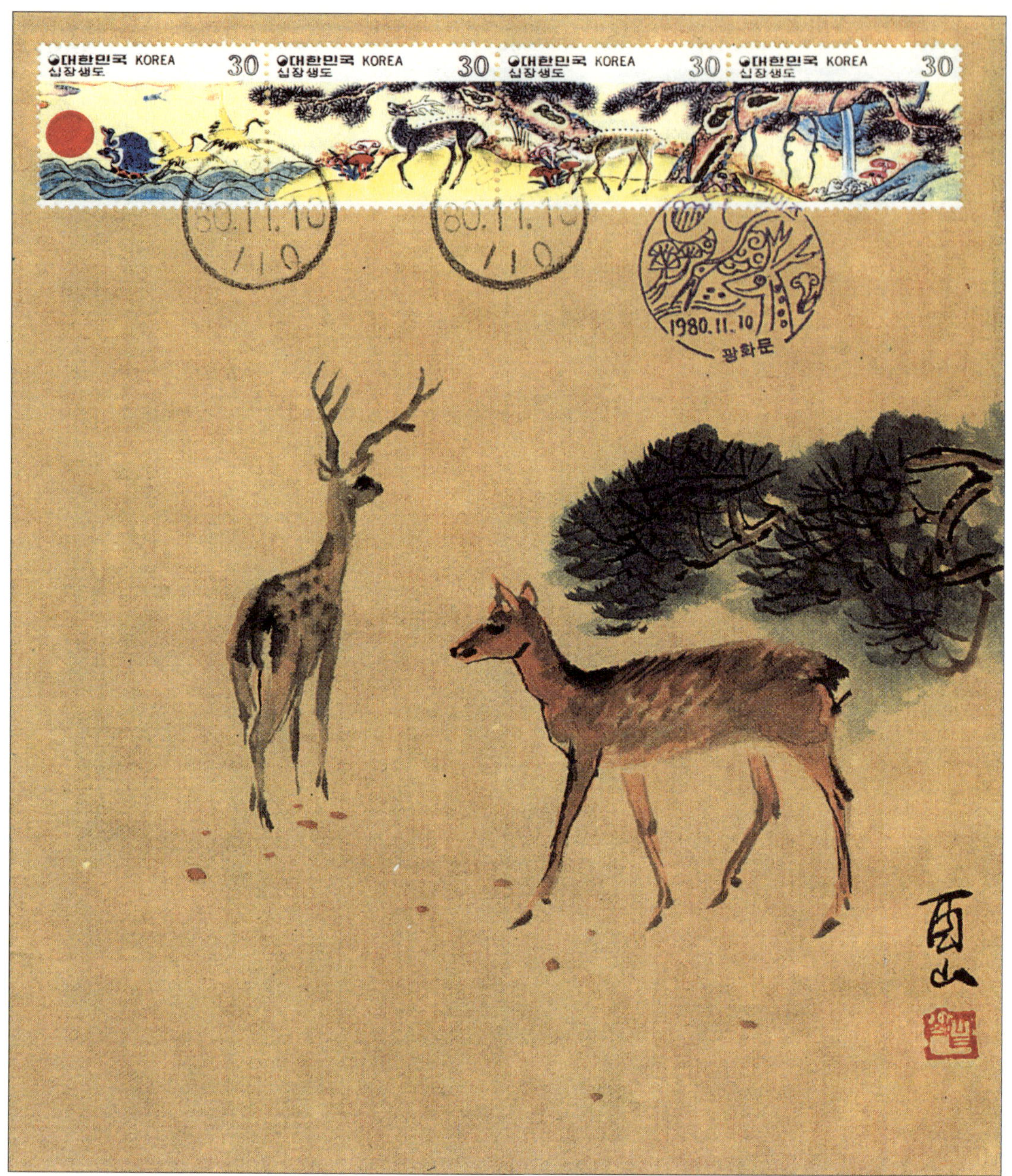

대한민국 KOREA
십장생도
30
대한민국 KOREA
십장생도
30
대한민국 KOREA
십장생도
30
대한민국 KOREA
십장생도
30
80.11.10
80.11.10
1980.11.10
광화문

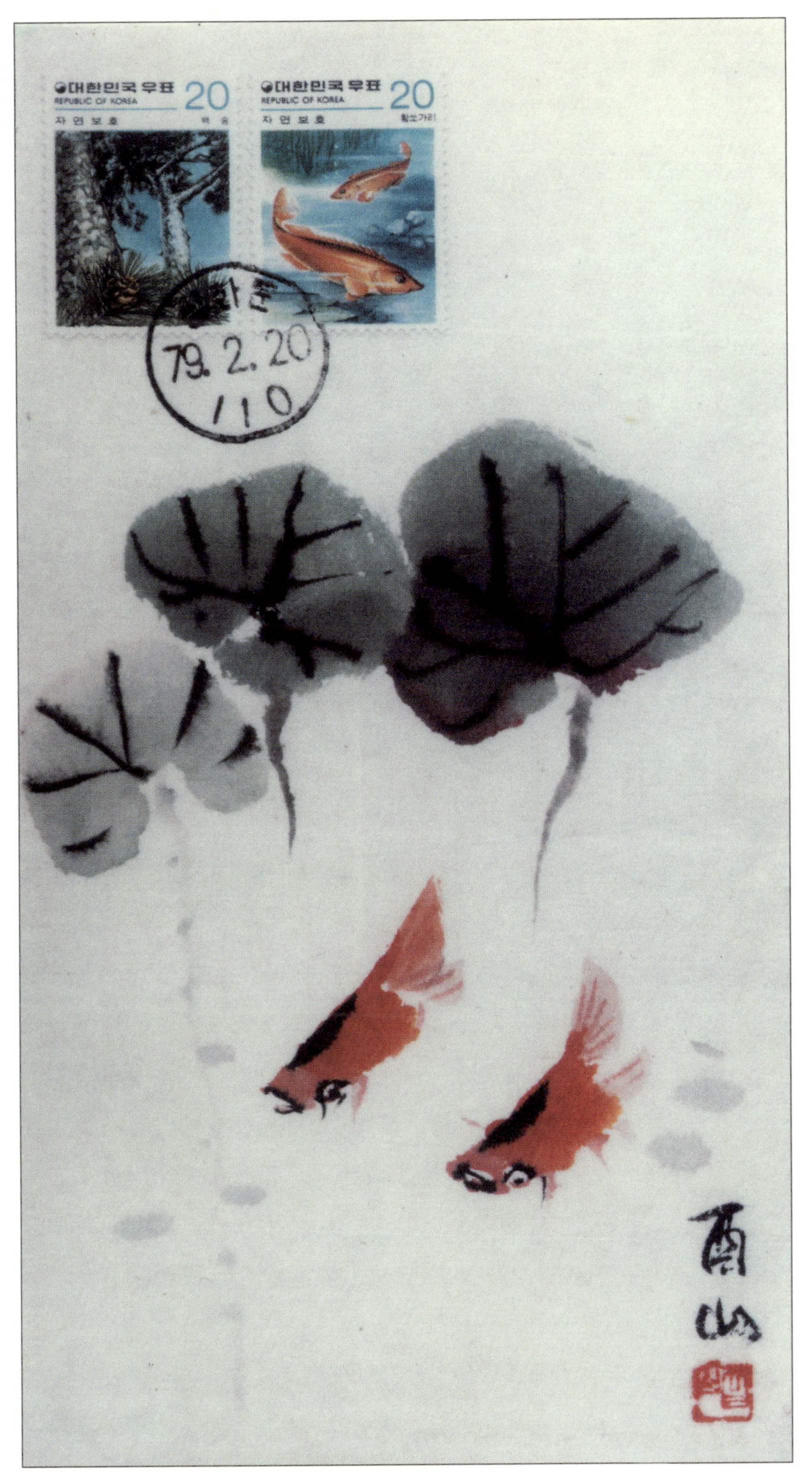

朴古石 박고석

서양화가. 평남 평양 출생. 1939년 일본대학 예술학부 미술과를 졸업했다. 1946년 동경 팔척 화랑에서 첫 개인전을 시작으로 여러 번의 개인전을 가졌다. 1940년 동경에서 격조전 창립 동인전에 3회 출품, 1952년 기호전 창립 동인전 등 몇 차례의 동인전에 참가했다. 한국미술협회 운영자문위원 및 고문을 역임했고 대한민국 문화예술상, 대한민국 은관문화훈장을 수상했다.

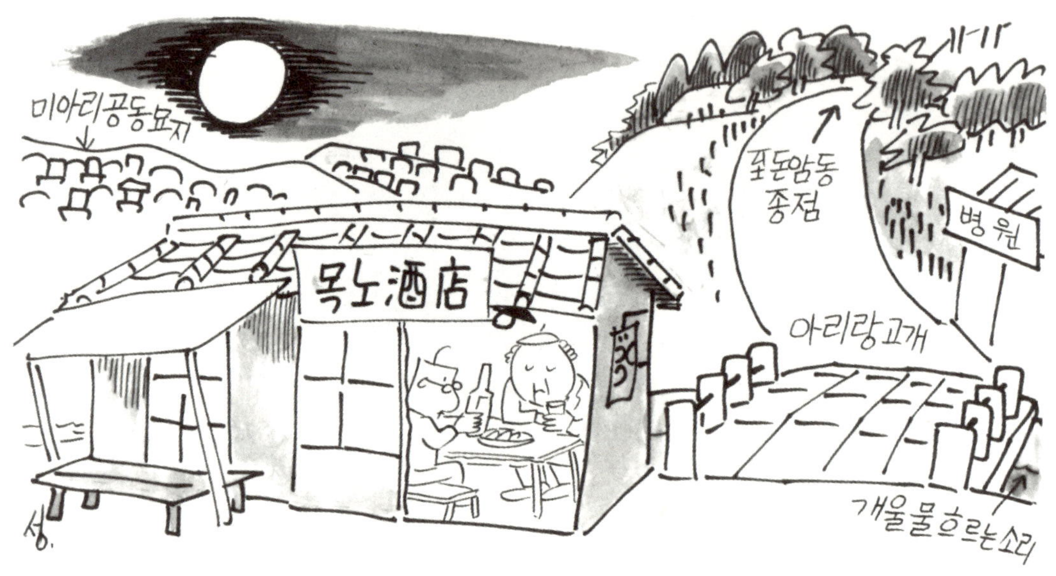

　　"땡땡땡" 덜커덩 소리가 나면 전차는 돈암동 종점에 닿아 있었다. 명동 '모나리자' 다방에서 커피를 마시고 전차로 돈암동에서 내려 달빛이 하얗게 비추는 '아리랑' 고개를 넘고 있는 두 그림자. 하나는 박 화백의 것이고 또 하나는 나 자신의 그림자였다. 정전으로 전차까지 때때로 서 버리는 그런 시기이므로 전주에 이따금 붙어 있는 가로등은 나방의 시신과 똥으로 얼룩져 있어 오렌지색 불빛은 더욱 어두운 시기, 즉 1954년의 가을철이었다. 지금이야 차들이 쉴 새 없이 달리건만 그 당시는 전차 종점에서 아리랑 고개까지 소형트럭 한두 대와 군용 지프차 서너 대가 지나갈 정도로 한적하기만 했다. 고개를 넘고 나면 실개천을 가로지른 돌다리가 있었고 그걸 넘으면 조그마한 대폿집이 하나 있었다. 술집 이름은 기억이 안 나지만 '목노주점'이란 가칭으로 추억을 되살리고 싶어진다. 박 화백과는 막걸리가 아니라 국산 '닭표'나 '도라지표', '삼천리' 위스키에 북어전이나 오징어 비틀어진 것이 안주였다. 그리고 시작되는 그림 얘기는 끝이 없었고 통금 시간이 다가오고서야 자리를 떴었다. 하긴 집이 가까우니까 10분 전에 일어서도 문제가 되지 않았다.

박 화백 댁은 약 7분 거리, 나의 집은 5분 거리였으니까.

그 당시 박 화백 댁엔 이중섭 화백이 기거하고 있었다. 난 지금도 박 화백 댁에 가 이 화백의 방 안을 못 본 걸 후회하고 있다. 그 당시만 해도 이 화백은 심한 노이로제에다 자폐증 같은 증상을 보일 때였다.

다방에서 차를 마실 때도 일체 입을 다물고 있는 이 화백을 대하고 있노라면 가슴이 답답해지곤 했었다. 그러나 박 화백은 나보다 10여 세가 위면서도 기탄없이 그림 얘기를 주고받게 돼 여간 구수한 것이 아니었다. 이 '아리랑 고개' 시대가 지나고 20여 년이 지나 박 화백의 화실이 원남동 큰 길가 2층집에 마련되어 있을 때 난 '육필 까세'를 받으러 삐거덕거리는 층계를 올라 박 화백의 화실을 찾았었다. 들고 갔던 작은 술병 하나를 내려놓자 "이런 걸 꼭 들고 와야 하나?" 웃으면서 편한 자리에 앉게 해 주셨다. 한 점은 산길 풍경, 또 하나는 말을 탄 소년으로 두 점을 그리셨는데, 낙관이 없으시냐고 묻자 "있다."고 하시면서 서랍에서 여러 개를 꺼내 놓는 것이었다. 서양화엔 잘 쓰는 것이 아님에도 마음 내키는 대로 찍으라해서 몇 개나 찍었었다. 박 화백은 그의 작품같이 굵고 박력 있는 선에다 야수파적인 강렬한 채색을 쓰듯이 호방한 분이었다. 꼼꼼히 이 생각 저 생각을 하고 계산을 해 보고 까다롭게 따지는 그런 성품과는 정반대가 되는 분이었다. 화백의 작품은 세월이 흐를수록 더욱 찬란하게 빛날 것 같다. 그러던 분의 '별세' 소식이 신문에 나 있었다. '2002년 5월 23일 오후 10시 15분 숙환으로 별세, 향년 85세' 등등 기사가 짤막하게 나 있었지만 화백의 많지 않은 작품은 이곳저곳에서 마치 재를 뒤집어쓴 화롯불의 불처럼 광채를 내고 있다.

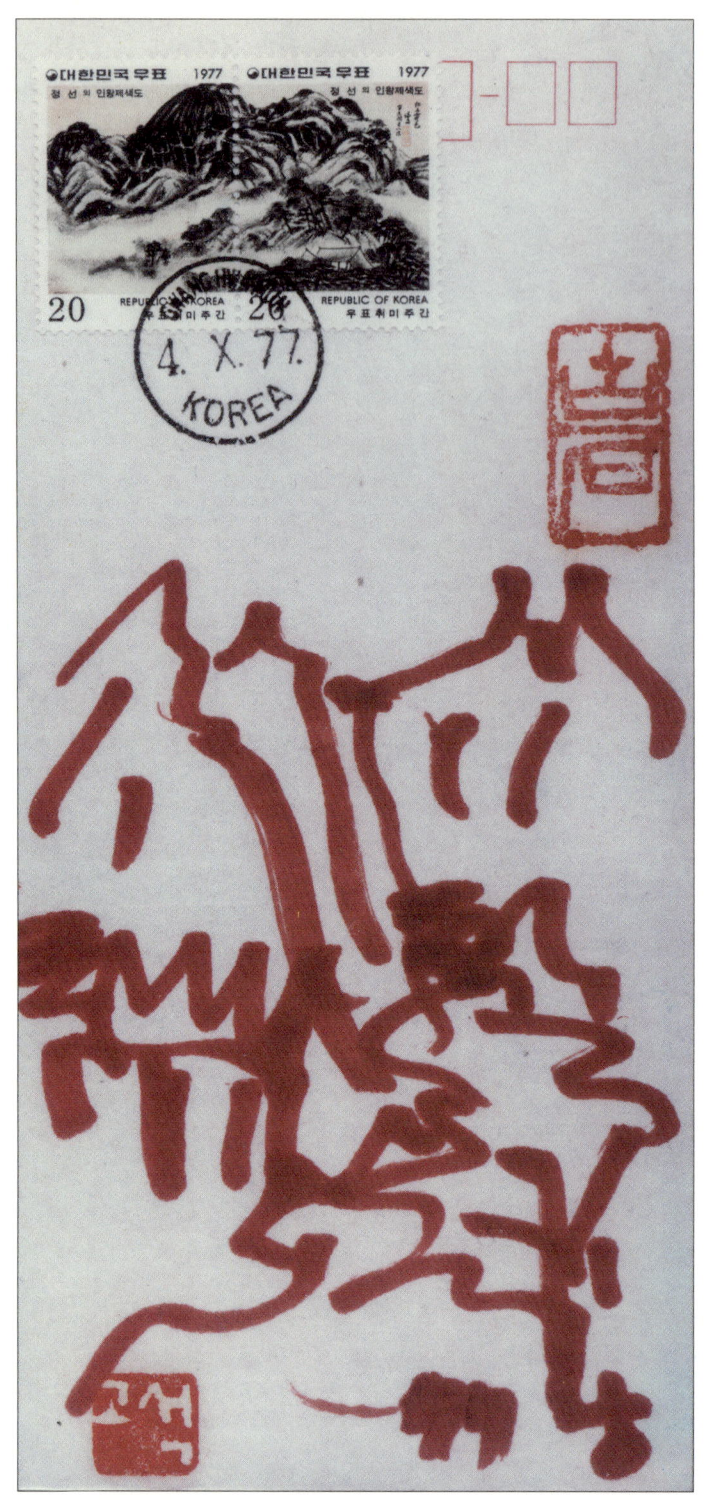

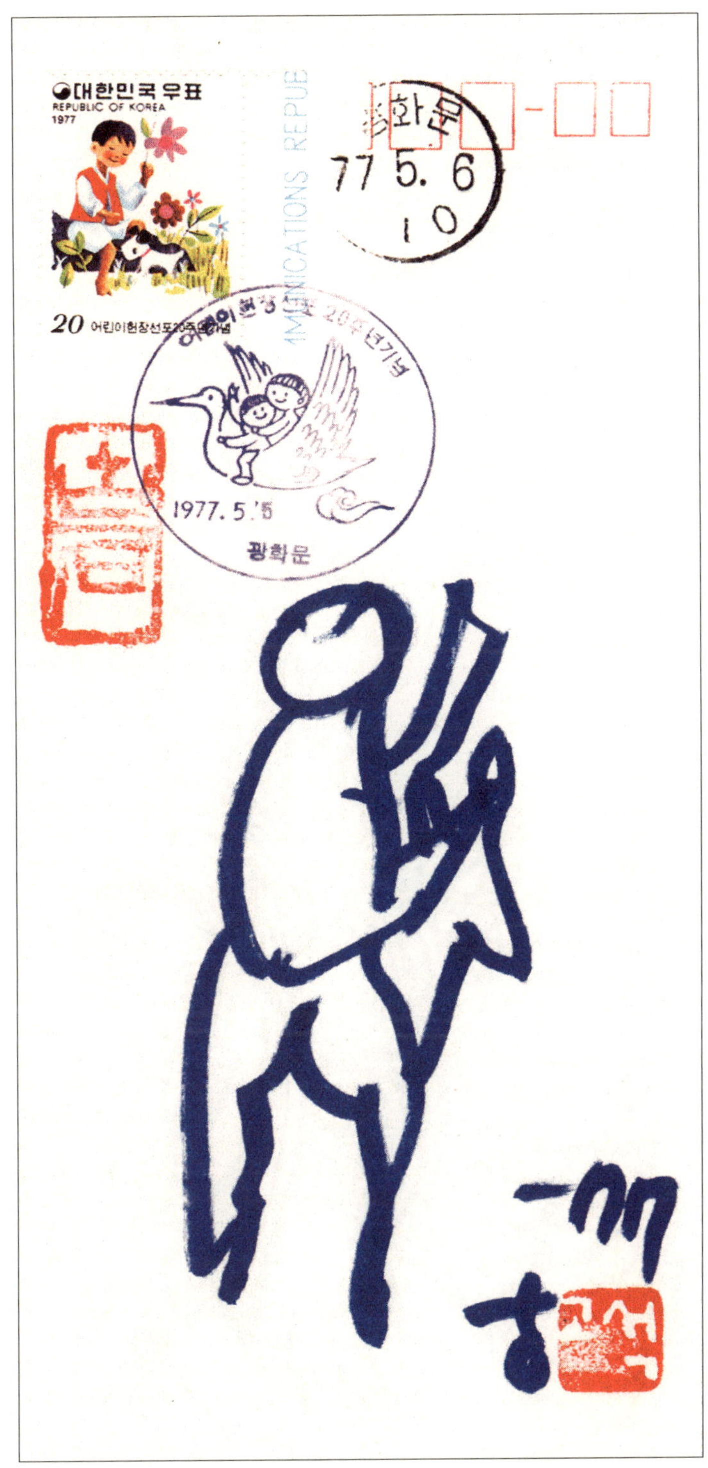

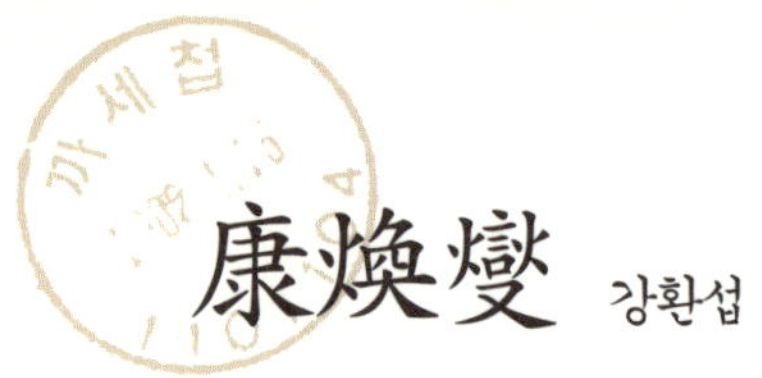

康煥燮 강환섭

판화가. 충남 연기 출생. 서울대학교 미술대학 부설 중등교원양성소를 수학한 후 미국 대사관 판화교실에서 지도한 바 있다. 주로 목판을 다루었으며, 작품은 우화적인 내용을 많이 담고 있다. 한국미술협회 회원, 한국 현대판화가협회 회원 등 서클 활동을 하면서 1962~72년 미국에서 개인전 7회 개최, 1968년 아르헨티나 국제판화 비엔날레 출품, 1974년 동경 아시아 현대미술전 출품, 1976년 한·미 현대판화 교류전 출품 등 해외 활동을 하였고, 1971년에 한국미술대상전 특별상을 수상하였다.

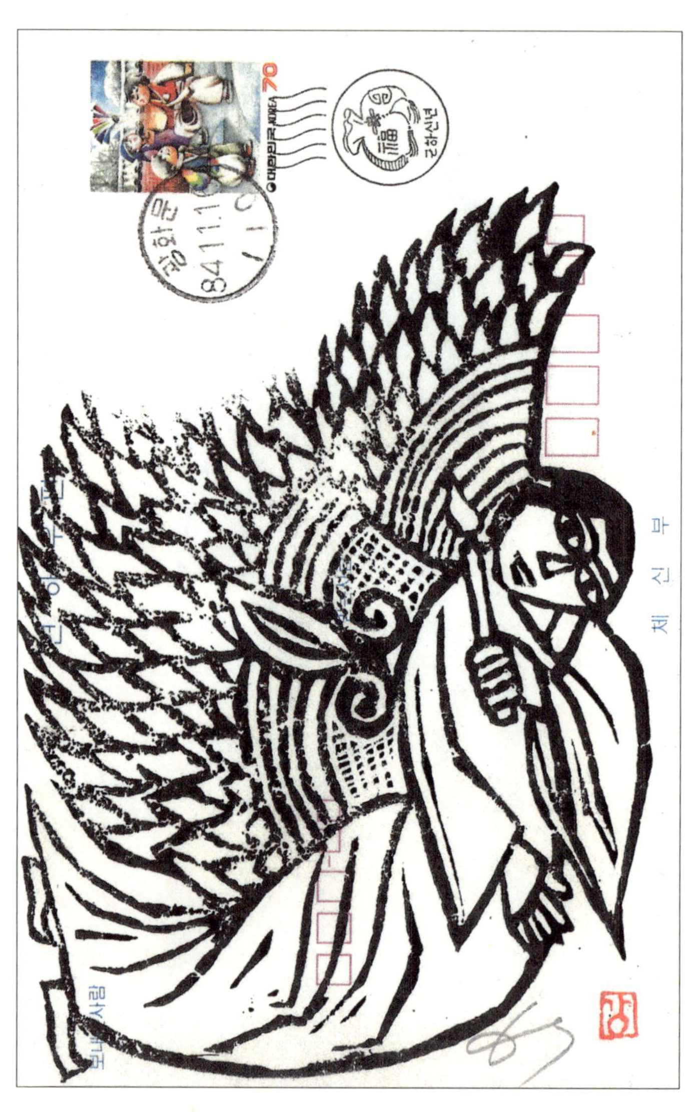

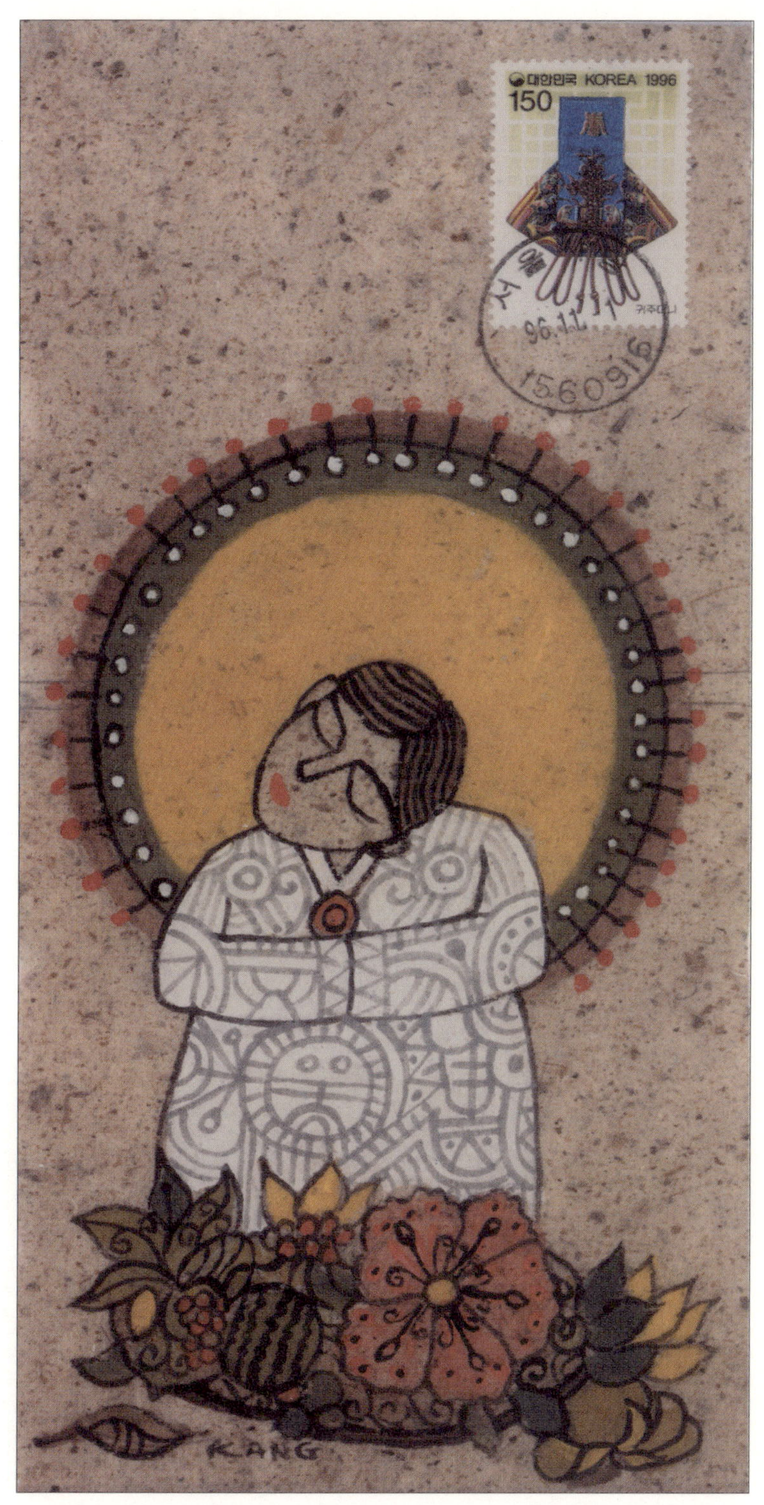

대한민국 KOREA 1996
150

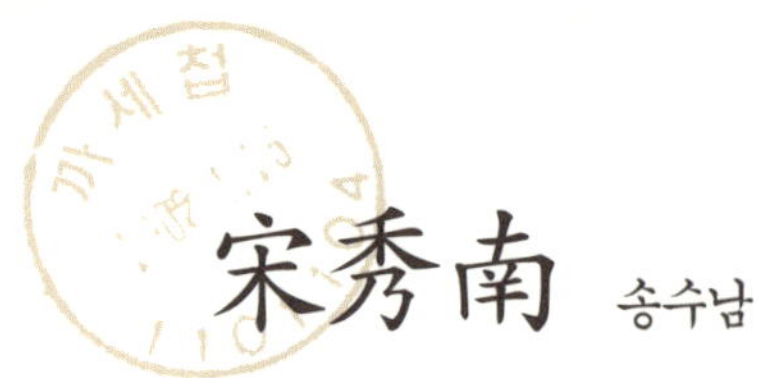

宋秀南 송수남

동양화가. 호 남천. 전북 전주 출생. 홍익대학교 미술대학 회화과를 졸업했다. 1967년부터 도쿄 국제 비엔날레, 상파울루 비엔날레, 타이페이와 서울에서의 국제 수묵화전 등 많은 국제전에 참여했으며, 1976년에 스웨덴 초청 개인전을 가졌다. 현재 홍익대학교 미술대학 교수로 재직 중이다.

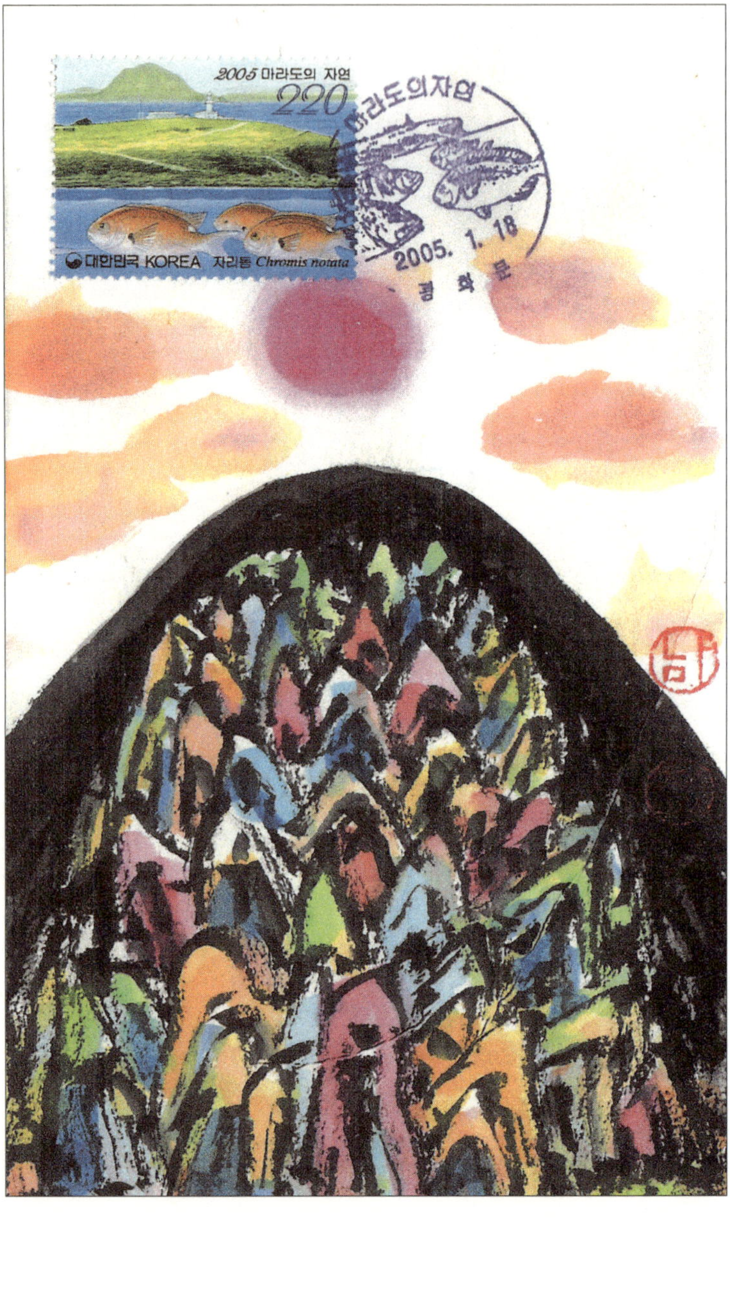

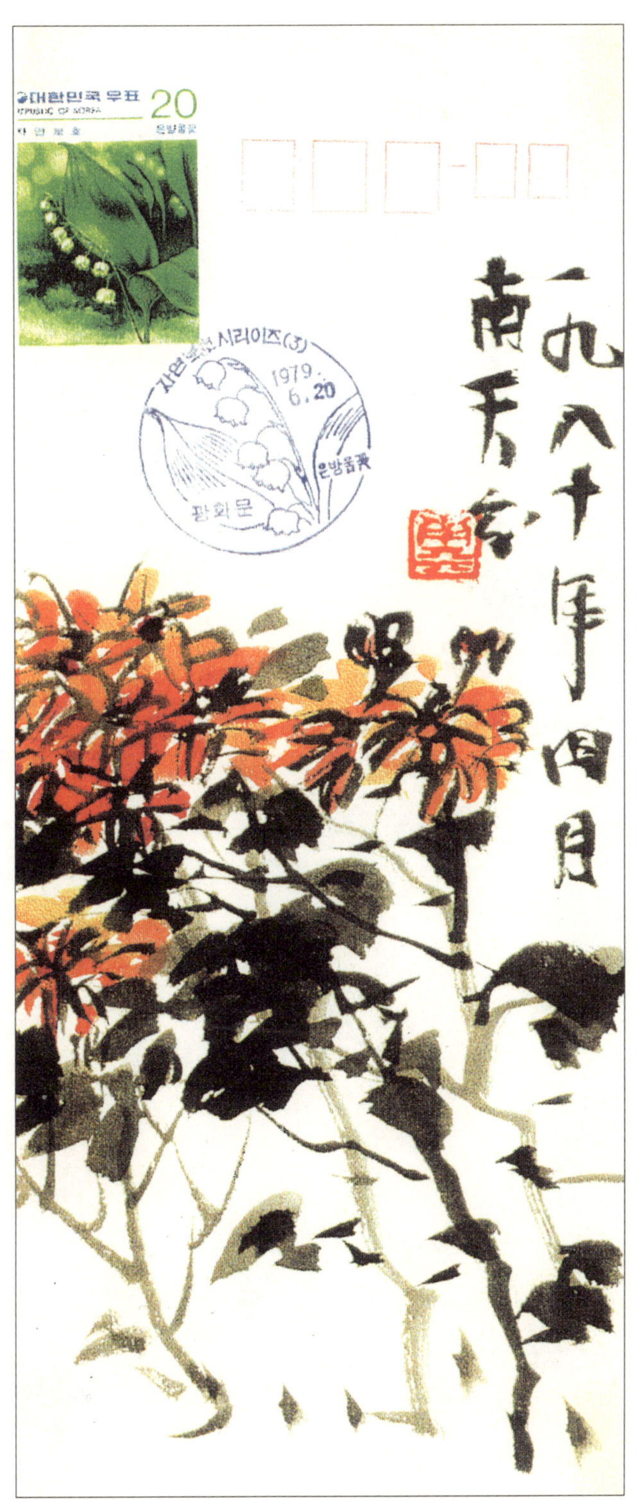
대한민국 우표 20
REPUBLIC OF KOREA
1979.
6.20
은방울꽃
광화문
一九八十年四月
南天

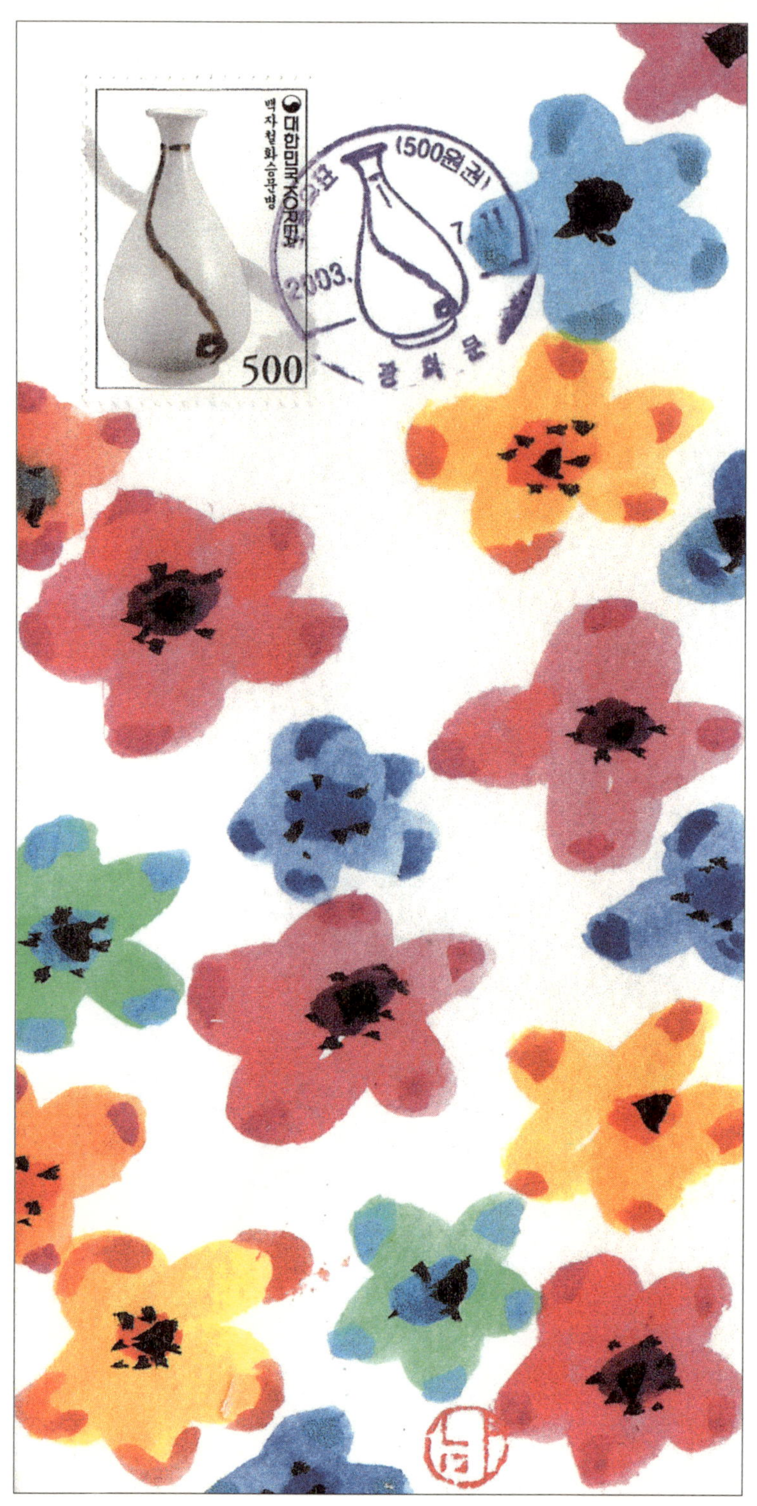
대한민국 KOREA
백자철화 승문방
500
(500원권)
2003.
글씨문

까세첩
서비

崔榮林 최영림

서양화가. 평남 평양 출생. 1938년 다이헤이요 미술학교를 졸업하고, 조선미술전람회에서 4회 입선하였다. 1957년 창작미술협회 창립회원, 구상전 창립회원으로 활동했고, 1961년 사이공 마닐라 국제전과 1965년 도쿄 비엔날레에 출품하였다. 1977년 국전 심사위원장을 역임했으며, 일본 판화협회전 3회 입선, 국전 문교부장관상, 국전 초대작가상을 수상하였다. 저서에 『한국현대미술 대표작가 100인 선집』이 있다.

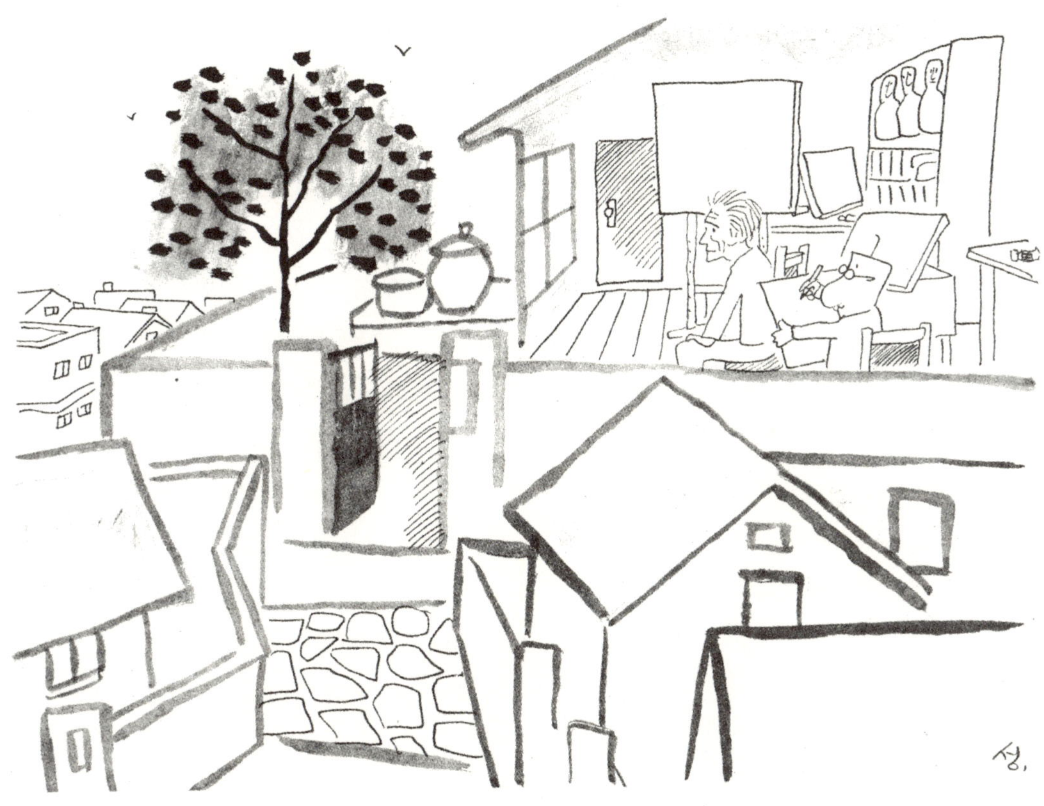

최영림, 장리석, 황유엽 화백 세 분은 이북 출신 화가로 어딜 가나 붙어

다니다시피 했었다.

78년도에 '탑시리즈' 가 나오자 이걸로 까세를 만들어 최 화백에게 그림

을 부탁드리기로 마음을 굳히고(?) 전화를 건 후 동대문 밖의 최 화백 댁

을 찾아 올라갔었다. 왜 올라갔다고 표현을 했는가 하면 당시의 최 화백 댁은 단층집들이 즐비하게 들어선 언덕길 위에 위치해 있었기 때문이다. 날씨가 더워 내가 입은 셔츠에 땀이 배여 등허리에 치근치근하게 달라붙곤 했었다.

거무스름한 피부에 바짝 마른 최 화백은 반가워하며 자신의 화실로 안내를 하는 것이었다.

50호 크기의 캔버스 위엔 모래를 접착제로 붙여서 무슨 담벼락 같은 인상이 드는 것이 이젤 위에 놓여 있었고, 술병 위에 뭉개진 신문을 풀로 덕지덕지 붙인 위에 사람의 형태를 그려 넣은 것 서너 개가 어깨를 나란히 하고 서 있는 게 인상적이었다.

또 최 화백은 일본의 세계적인 목판화가 무나가다 시코오와 교분이 있어서 그가 부쳐온 편지도 한구석에 놓여 있곤 했었다.

편지봉투에 불탑과 연관된 것으로 그려 달라고 한즉, 펜과 잉크로 부처님의 윤곽을 그리고 나선 유화 붓으로 린시드액을 듬뿍 묻혀서 가볍게 채색까지 넣어 이 그림을 원색으로 보면 여간 아름다운 게 아니다. 내가 모은 까세 중엔 유화로 된 것은 이 작품과 또 하나가 있을 뿐이다. 나는 반례로 화백의 옆모습을 캐리커처(만화 초상화)로 그려 드렸다.

그러고 나서 몇 해인가 지나서 80년대 중반기 때 최 화백의 운명 소식을 듣게 되어 세브란스 영안실에 들이닥쳐 보니 소리를 내고 우는 화백의 미망인이 나를 인도해 주는 것이었다. 간간히 울음 섞인 설명으로 인후계열 암 때문에 숨을 제대로 못 쉬는 고통을 겪으셨다는 걸 알 수 있었다. 지하 영안실에서 층계를 밟고 나와 본 즉, 화가들이 몰려 앉아 소주파티를 벌이고 있었다.

나도 끼어들어 몇 잔을 마셨다. 그러다 우연히 나무그늘을 보니 웬 사람이 아주 맥 빠진 모습으로 앉아 있는 것이 보였다. 자세히 보니 그는 서울미대학장이었던 조각가 김세중 씨였다. 평소엔 훤칠한 키에 늘 웃음 섞인 표정의 그가 그날은 이상하게 힘이 빠진 모습으로 고독하게 앉아 있었던 게 눈에 선하다. 그러다 몇 달 후에 그도 암으로 세상을 떠날 줄 누가 알았으랴?

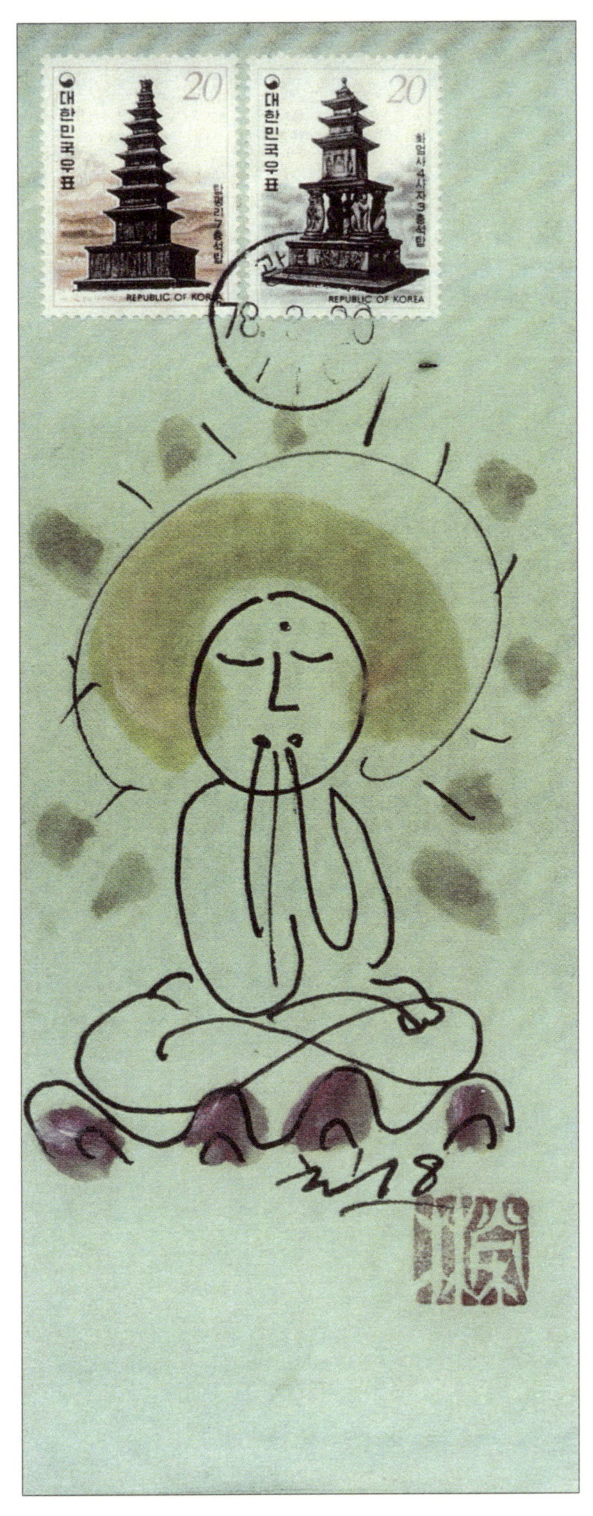

최 화백이 그린 까세 속의 부처님은 합장을 하고 있는 모습이어서 무엇인가에 대해서 기도를 하고 있는 듯하다. 그리고 아마도 본인이 직접 새긴 듯한 목각낙관을 찍음으로써 화면 전체에 악센트 역할을 하고 있어 흥미롭다.

이렇게 작고한 화가들이 남긴 소박한 육필 까세를 보고 있노라면 삶의 무상함을 새삼스레 느끼게 된다.

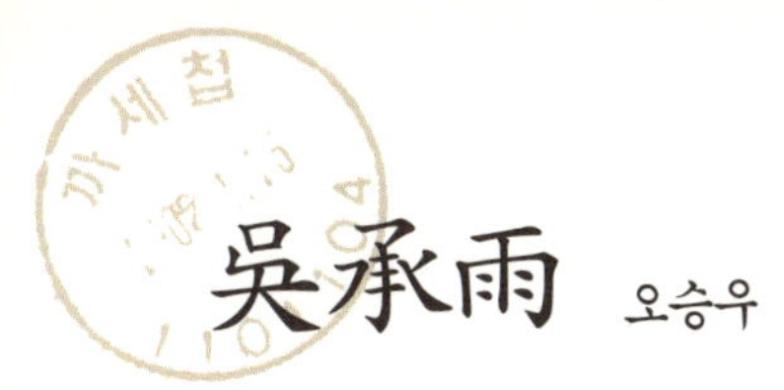

吳承雨 오승우

서양화가. 전남 동복 출생. 조선대학교 예술과를 졸업하고, 국전 제6, 7, 8, 9회서 특선을 차지했다. 국전 초대작가 및 심사위원, 사단법인 목우회장을 역임했으며, 원광대학교의 명예 철학박사를 수여했다. 1995년에 대작위로 제작한 오승우 100산전을 예술의 전당에서 개최했으며,『오승우 구라파 풍경화집』및『오승우 100산화집』을 출간하기도 했다.

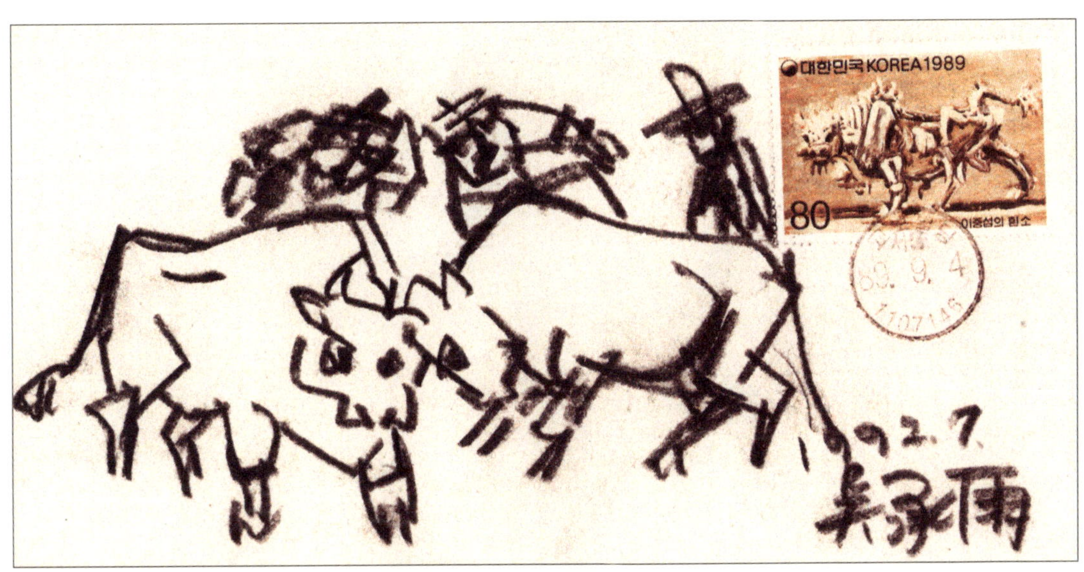

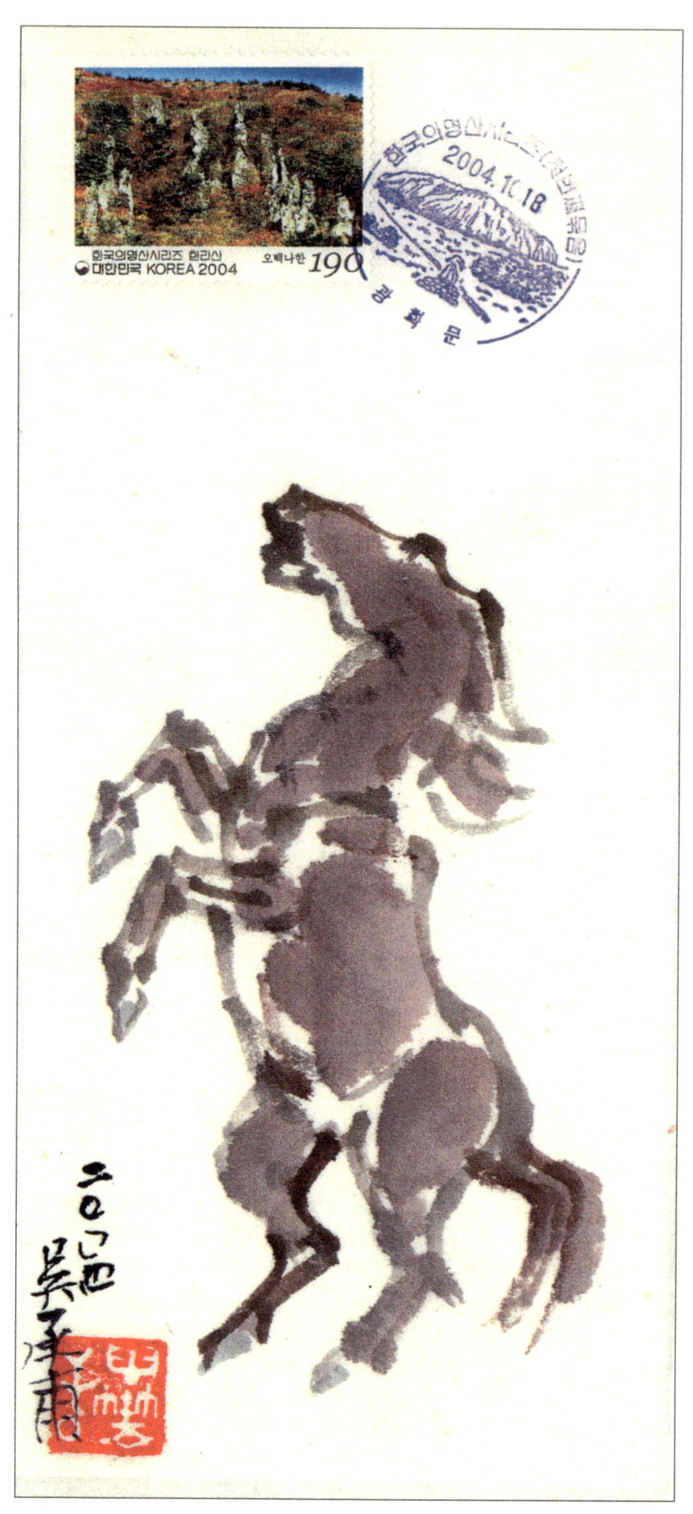

한국의명산시리즈 한라산
대한민국 KOREA 2004
오백나한 190
한국의명산시리즈(한라산)초일
2004.10.18
광화문

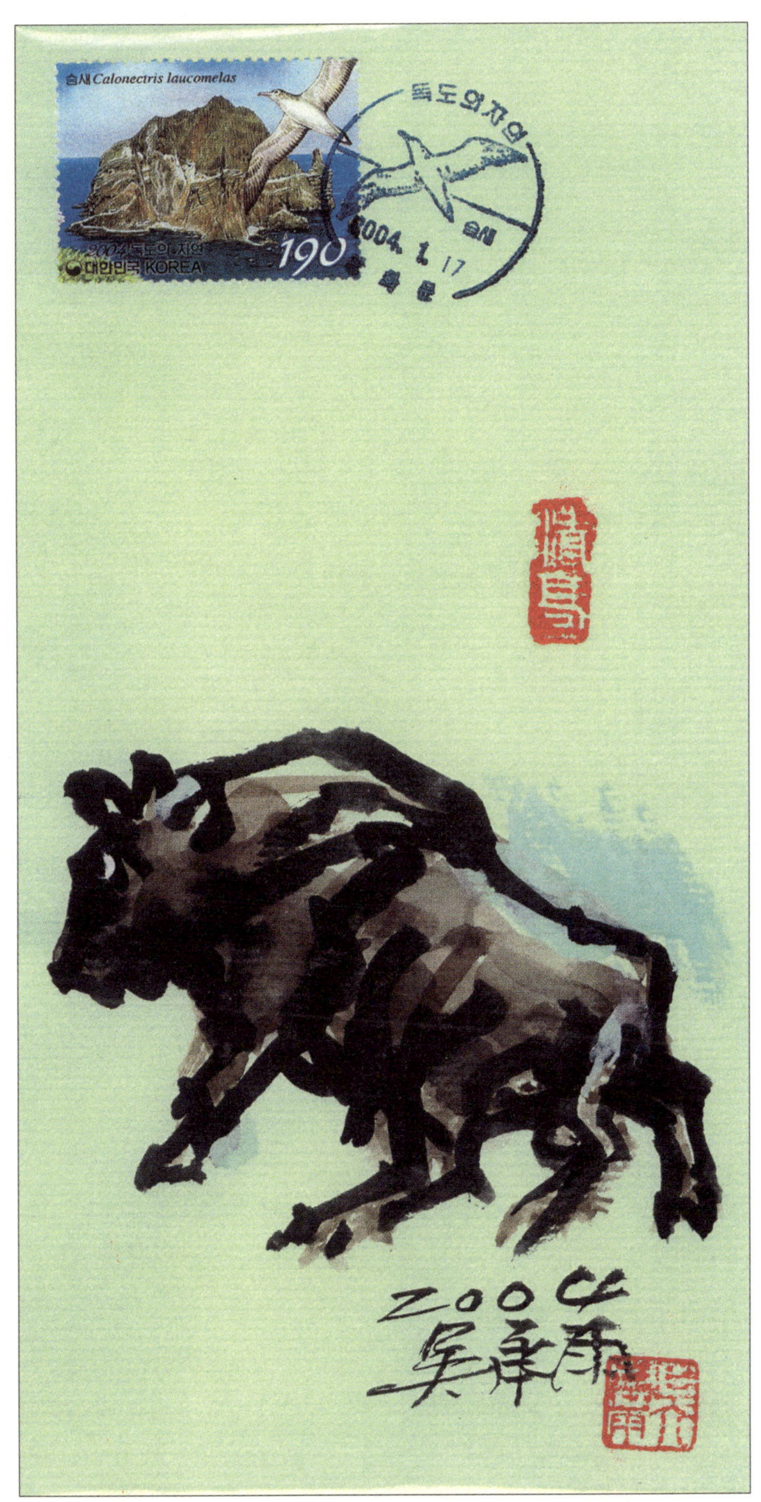

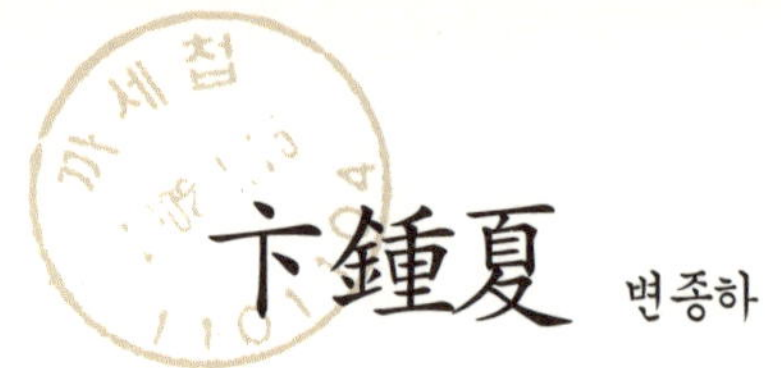

卞鍾夏 변종하

서양화가. 대구 출생. 1945년 만주 신경시립 미술아틀리에를 졸업했다. 국전을 통하여 작품을 발표하였으며, 1955년 제4회 국전에서 부통령상을 수상하였다. 홍익대학교 강사를 거쳐 수도여자사범대학교 미술과장을 역임하였다. 1960년에는 프랑스 아카데미 들라 그랑 쇼미에드에서 수학하였으며, 프랑스 파리의 뤼시엥 뒤랑, 영국 런던의 쿠퍼 화랑, 서독 만하임의 마그레트루터 등에서 작품을 전시하였다. 파리의 꽁빠레종과 1964년 서독에서 개최된 독·불 전시회 등 주요 그룹전에 참가했다. 귀국 후 국전과 한국 미술대상전 등에서 심사위원을 역임했으며, 1979년 서울시 문화상을 비롯하여 많은 상을 수상했다.

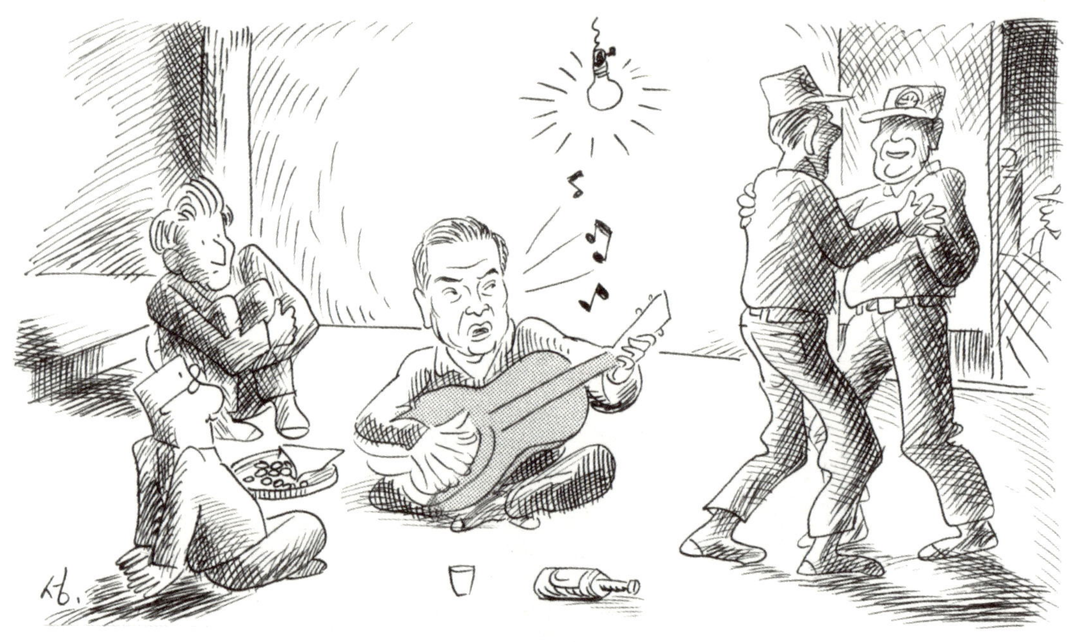

서양화단의 중진 변종하 화백이 7월 29일 서울대병원에서 별세했다. 지병인 당뇨병을 앓다가 1987년 뇌졸중으로 쓰러져 식물인간 상태로 일년을 지내다가 깨어나 89년부터 다시 화필을 잡았었다. 임종 직전에 "내가 지병으로 다른 사람들 빈소를 찾지 못했으니 부의금을 받지 마라."라고 유언을 했었다고 《중앙일보》의 '삶과 추억' 기사에 나와 있었다.

내가 변 화백을 처음 만난 것은 6·25 동란이 일어나고 9·28 수복이 되어 국방부 정훈국 미술대에 가입했을 때부터였다. 50년 말경 다시 전황

이 불리해져서 후퇴를 앞두고 며칠간 미술대원들은 을지로 입구 어느 적산가옥 2층에서 합숙을 하고 있었는데 나도 여기에 합류했다. 빈 소주병이 두어 병 나뒹굴고 안주라곤 당시에 호콩이라고 부르던 땅콩 두어 봉지가 찢겨져 콩이 여기저기 굴러다니고 있었다.

여기서 기타를 치는 건 변 화백이었고 곁들여 굵은 목소리로 "전우의 시체를 넘고 넘어…… 낙동강아 흐르거라."를 부르는데 키다리 추秋 화백과 땅딸보 이李 화백이 손을 맞잡고 좁은 방 안을 이리저리 도는 것이었다. 수도 서울의 함락을 눈앞에 두고 모두가 절망 상태의 상황에서 군가에 맞추어 사교댄스를 추는 모습은 경쾌하기보다는 아무래도 그로테스크 인영으로 비쳐지는 것이었다. 그리고 나는 대구, 부산으로 국방부를 따라 피난살이를 하다가 국방부에서의 부당한 대우를 참다 못해 탈출, 대구로 올라와 대구의 개울가에 있던 변 화백의 기와집에 이 주일가량 투숙을 하기도 했었다. 식사는 해장국 집에서 해결하기도 하다가 휼병감실에서 나오는 '웃음과 병사兵士'에 관여케 돼 최전방 스케치 출장을 가기도 했었다. 그리고 다시 20여 년이 지나서 서부 서울역과 용산역 근처에 있던 변 화백의 집에 들러 편지봉투에 까세를 부탁, 그려 받은 게 이 한 점이다. 수채화로 한 시간 남짓 꼼꼼히 그려진 것으로 원색으로 보면 퍽 미려한 소품小品이다.

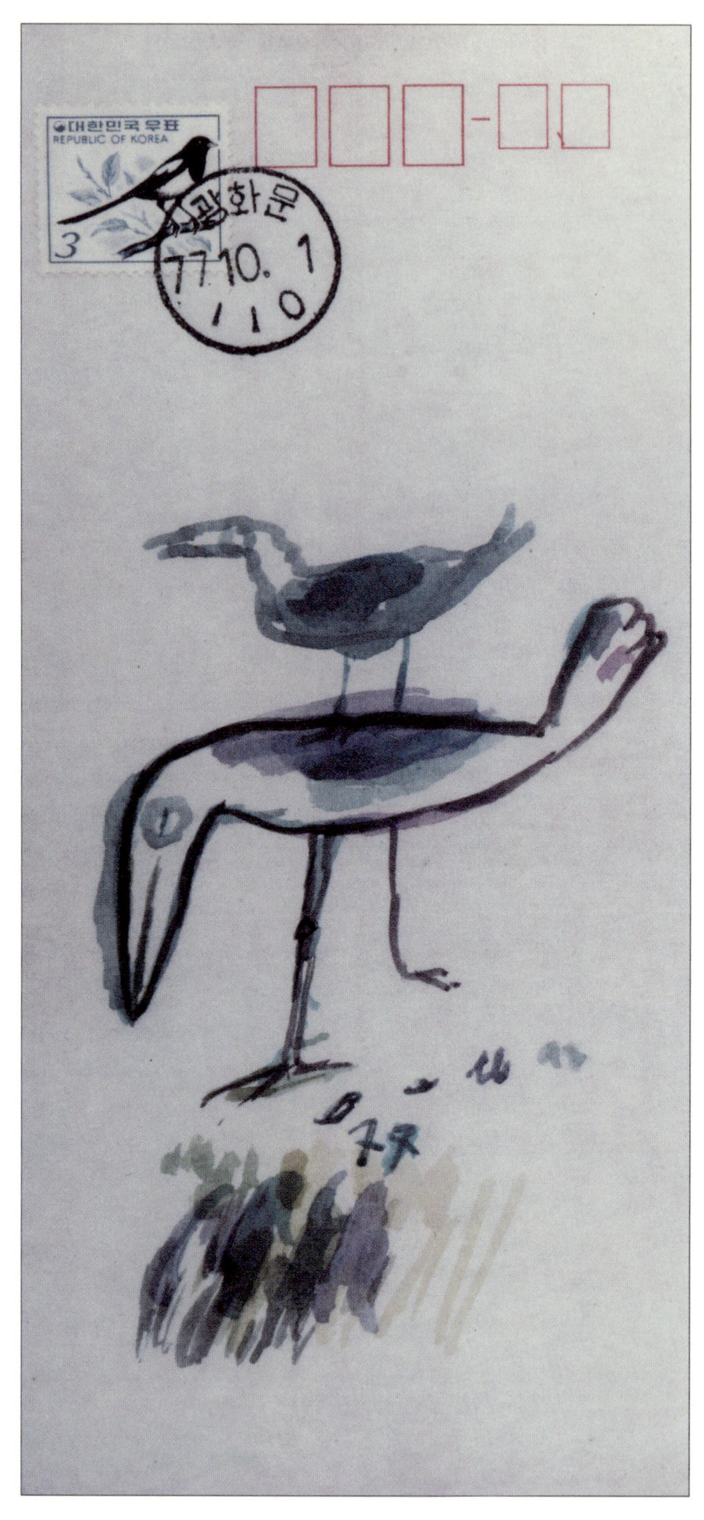

朴洸眞 박광진

서양화가. 서울 출생. 홍익대학교 미술
학부 회화과를 졸업하고 국전에 출품하
였다. 목우회 창립회원, 한국일요화가회
에 있으면서 지도하기도 하였다. 민족 기
록화, 월남전 기록화 등을 제작하였으며,
1975년 유럽과 미국 미술계 시찰 및 스
케치 여행에서 돌아와 파리 풍경화전을
열기도 하였다. 한국예총 문화대상, 보관
문화훈장, 국무총리 문화표창, 홍조 근정
훈장, 오지호 미술상 등을 수상하였으며
현재 살롱 그랑에존느 한국위원회 회장,
한국미술협회 고문, 서울교대 미술교육
과 명예교수로 활동 중이다.

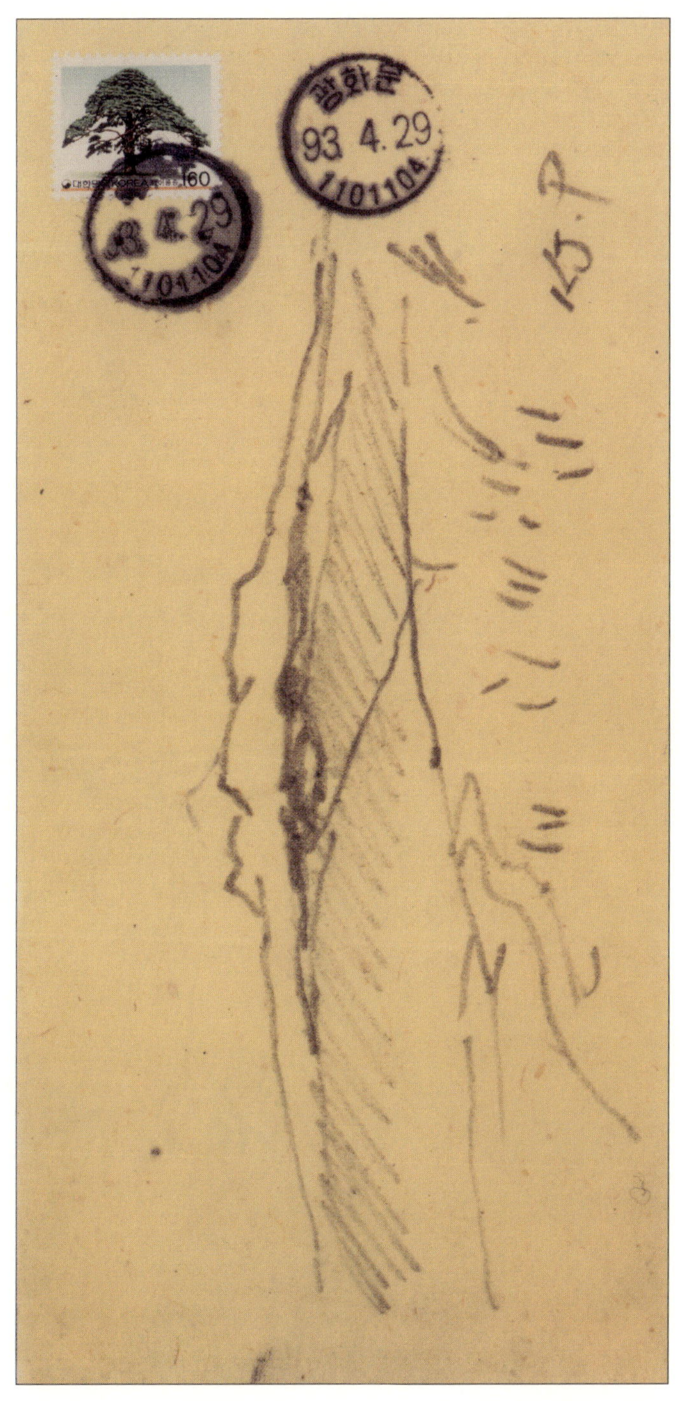

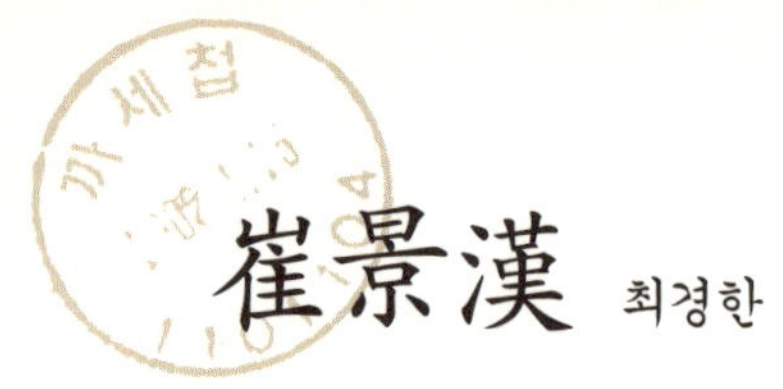

崔景漢 최경한

서양화가. 서울 출생. 서울여대 미술대학 서양학과 교수, 한국미술협회 이사, 서울특별시 예술위원, 92 MBC 미술대전 심사위원장, 제3회 광주비엔날레 전시기획위원 등을 역임하였으며, 1961년 창립 멤버로 시작한 앙가쥬망 동인 활동을 38번째 지속적으로 이끌어 왔다. 제3회 이중섭 미술상, 제2회 까뉴 국제회화제 국가상, 국민훈장 모란장 등을 수상하였다.

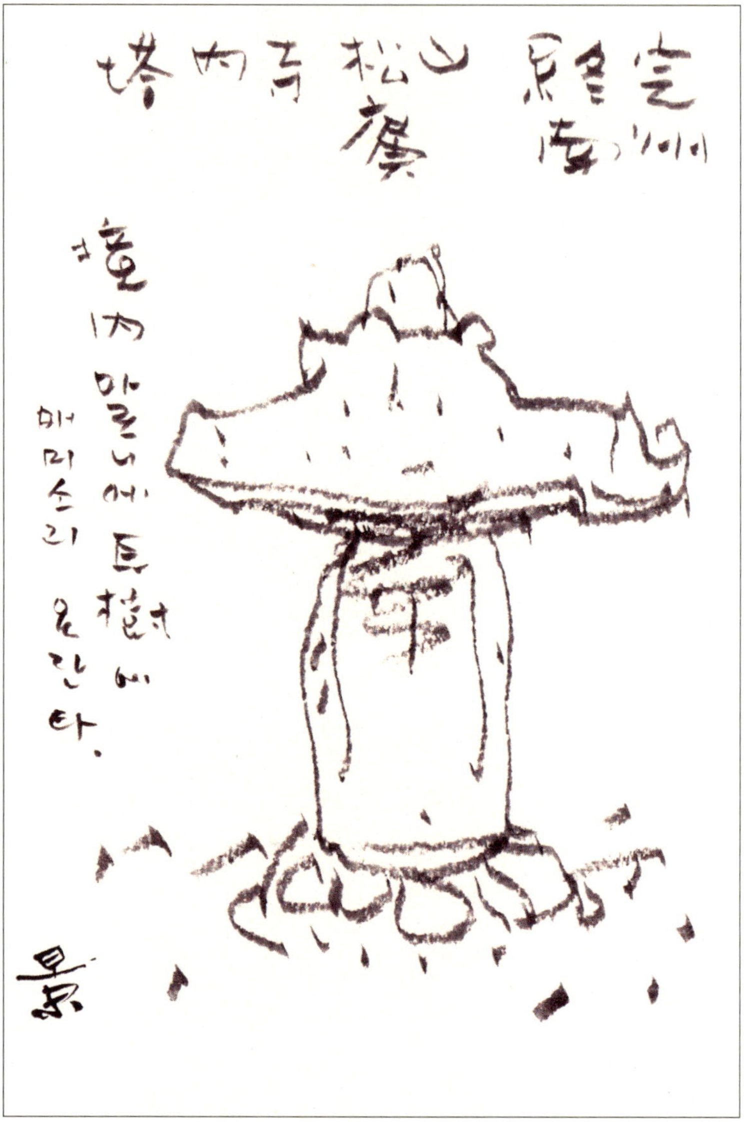

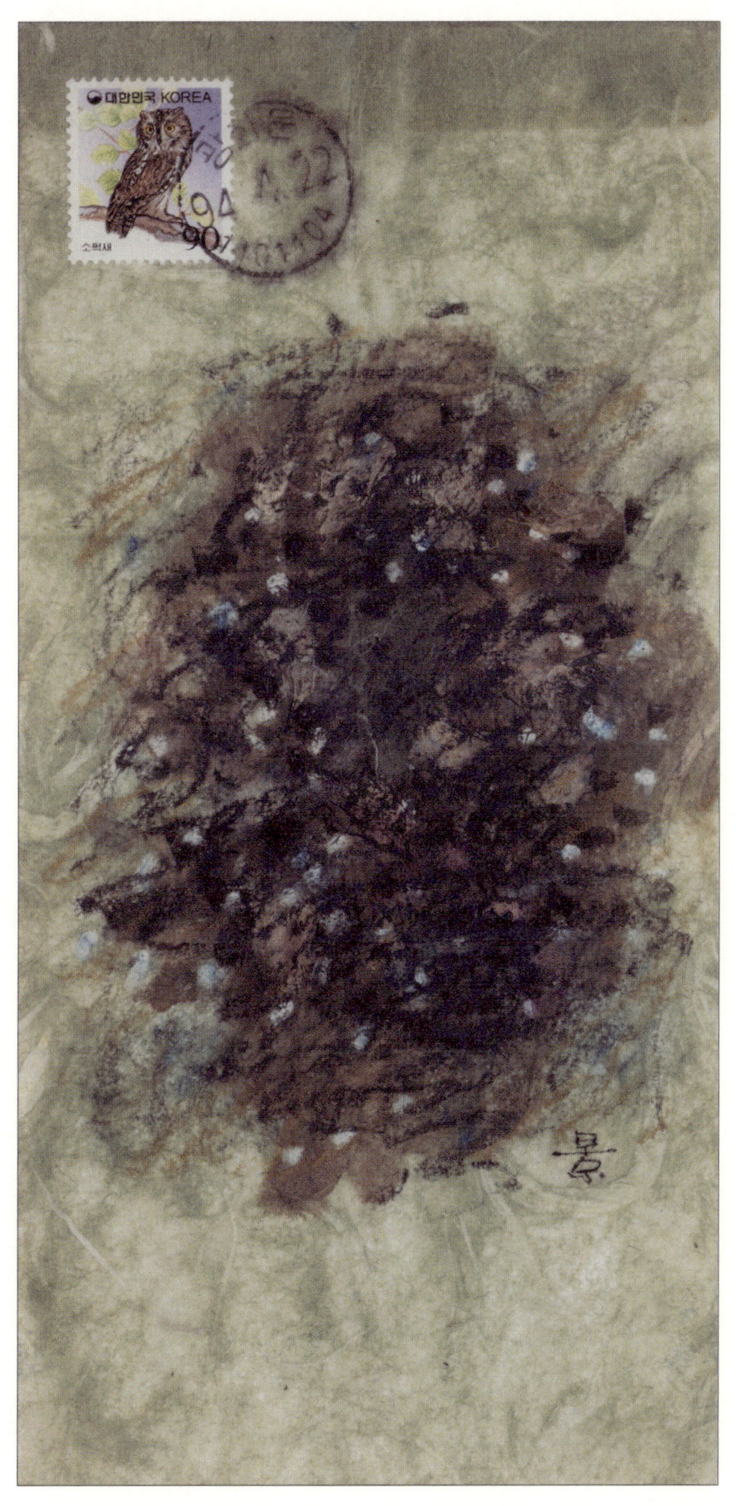

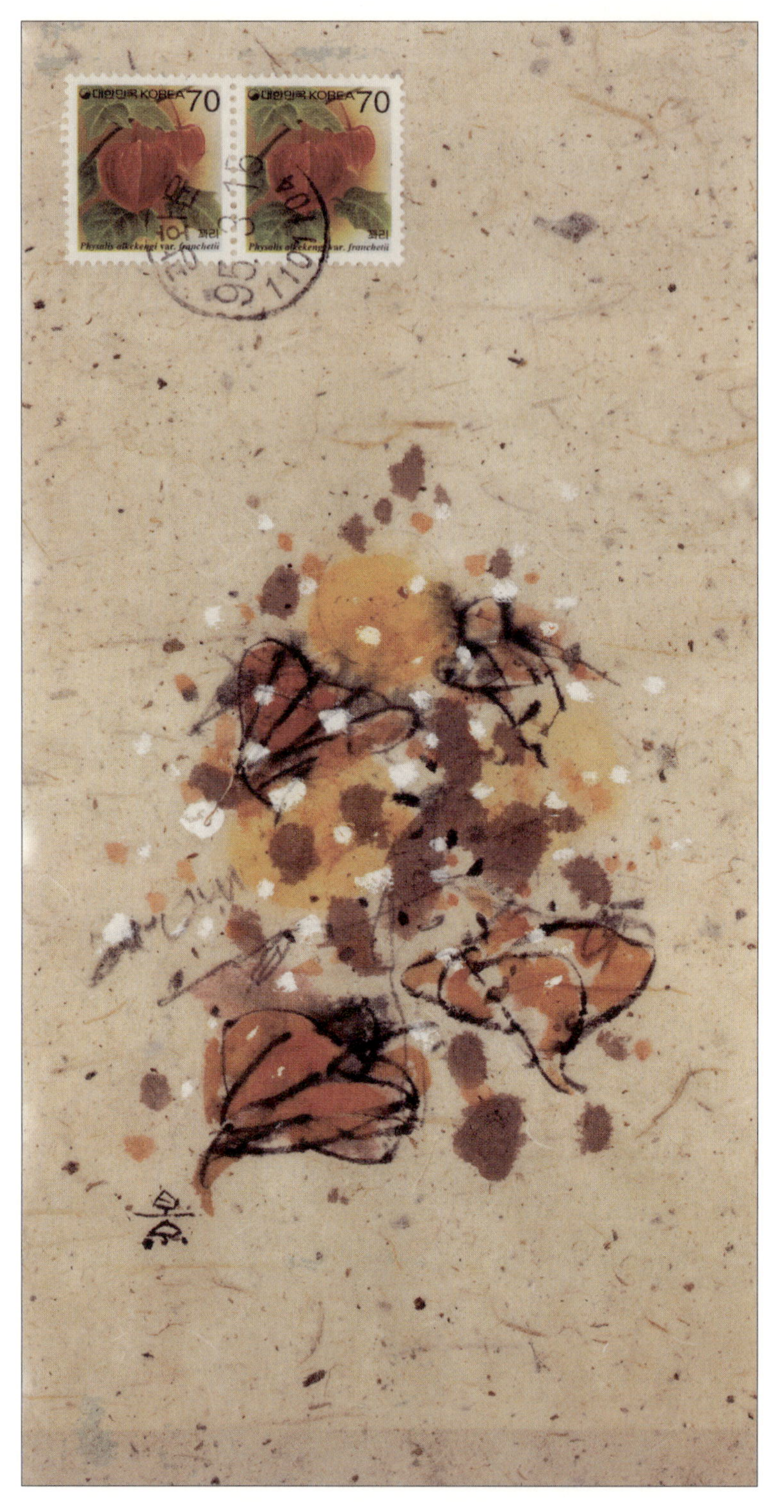

金鍾夏 김종하

서양화가. 서울 출생. 일본 동경제국
미술학교, 파리 아카데미 줄리앙을 나
와 선전에 출품하였다. 1956년 파리로
건너가 연구를 계속하다가 귀국하여
서울대학교와 이화여자대학교, 동국대
학교 등에서 후진 양성에 노력하였으
며, 국전과 한국미술대상전 등의 초대
작가를 역임했다.

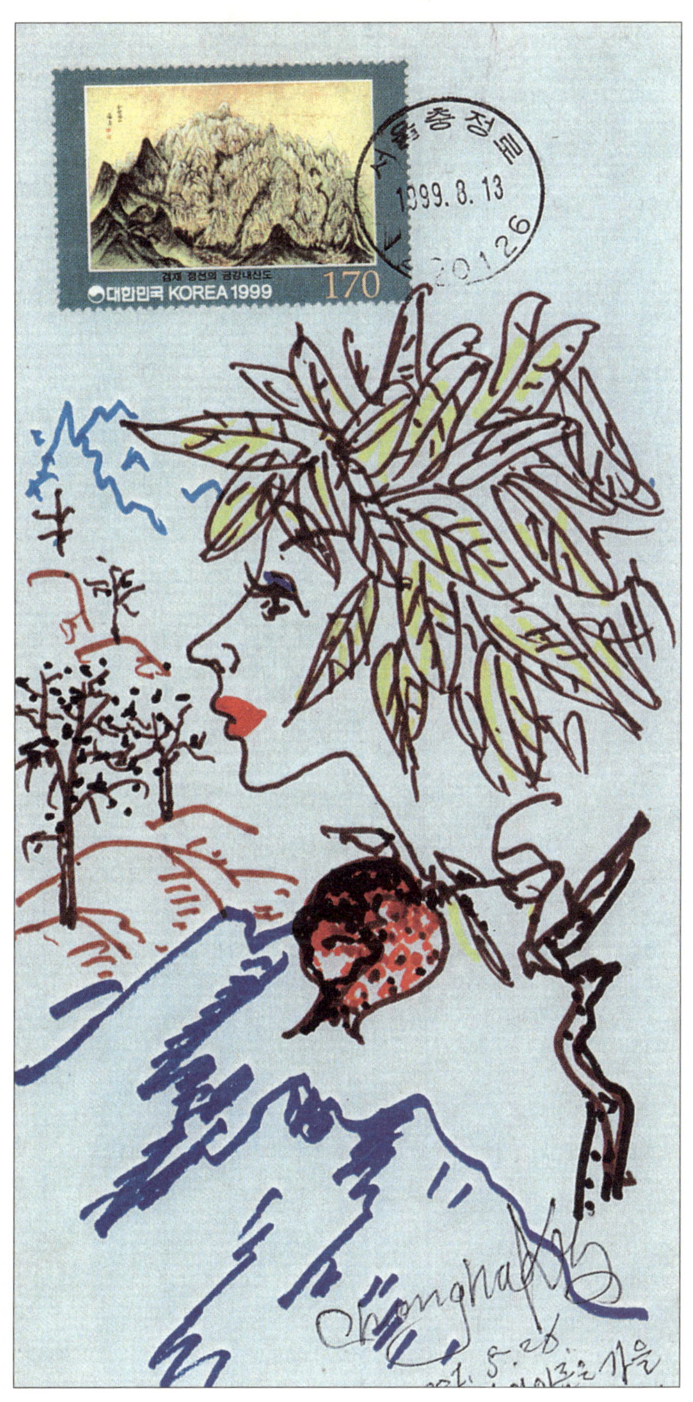

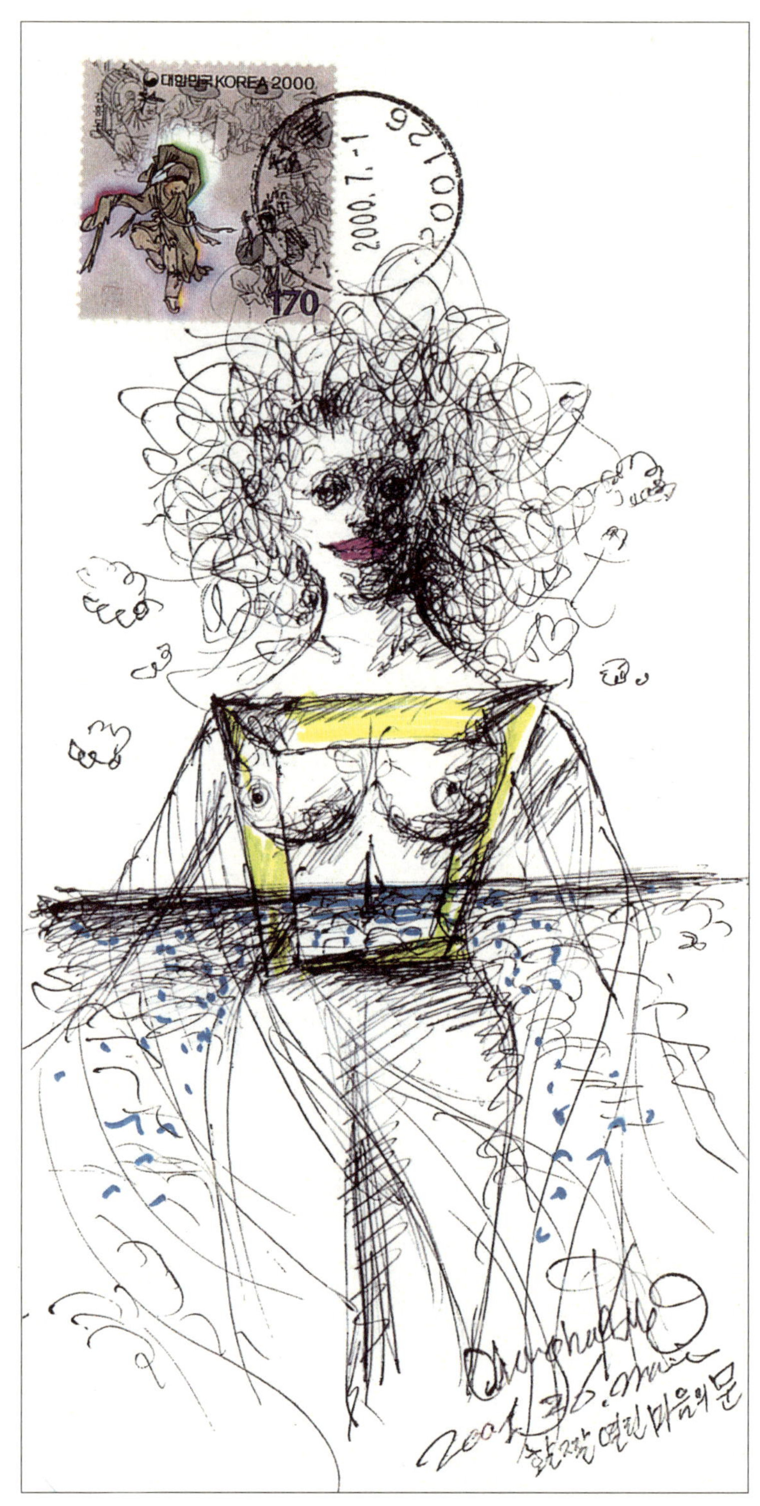
대한민국 KOREA 2000
170
2000. 7. 1
2001

張旭鎭 장욱진

서양화가. 충남 연기 출생. 도쿄제국미술학교를 졸업하였다. 김환기, 유영국 등과 신사실파 동인으로 활약하였고, 국립박물관 학예관, 서울대학교 교수를 지내다 이후 작품활동에 몰두하였다. 여러 차례 개인전을 열었으며, 1978년 분청사기에 그림을 그린 도화전을 열었고, 1983년 판화집을 냈다. 1951년 종군작가상, 1955년 백우회전 이범래상, 1986년 중앙일보 예술대상을 수상하였다. 수필집으로 『강가의 아틀리에』가 있다.

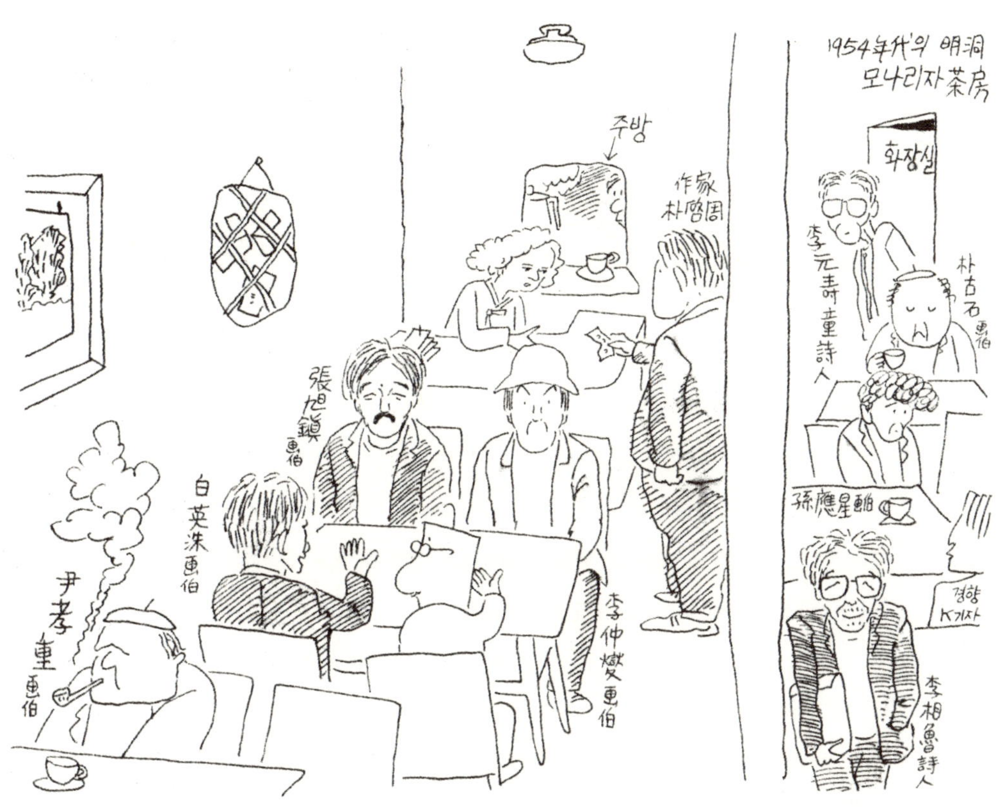

 내가 장욱진 화백을 처음 대면한 것은 1954년 초였던 것 같다. 그것도 정식 인사를 한 것이 아니라 우연히 다방에서 동석을 하게 되었는데 백영수 화백이 장난삼아 농담한 것을 듣고 그대로 믿어 버렸다가 나중에야 장화백으로 알았던 것이다.

 환도 직후의 문인, 화가, 교수들은 거의가 명동의 모나리자 다방에서 모였고 원고 청탁 관계 신문사나 잡지사 기자들은 으레 여기를 찾아와 용

"

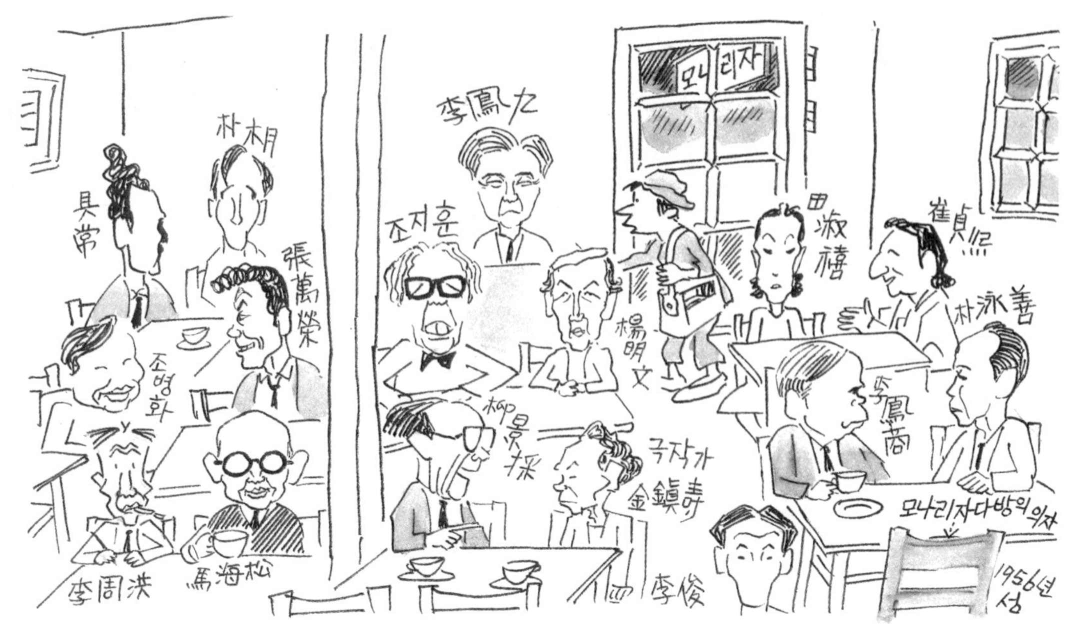

건을 마치곤 했었다.

　담배 연기가 자욱한 가운데 몇 개 안 되는 좌석은 비어 있는 곳이 없었다. 그러니 그저 안면이 있는 사람은 앉은 자리에 택시 합승을 하듯이 합석을 해서 기자가 들어오면 원고를 내주고 고료를 받고 나서는, 뜻이 맞는(?) 사람과 함께 밖으로 나가면 골목 맞은편에 '은성銀星'이라는 대폿집이 있어서 거길 들어가 막걸리 한 사발과 빈대떡 한 접시를 받아 마시고 나면 하루의 일과가 끝나는 그러한 날의 매일매일이 지나고 있었다.

　여기에 실린 삽화挿畵에서 보듯이 다방 한구석을 둘러보면 작가, 시인, 화가, 삽화가 등 저작, 집필가들로 가득 차 있었다. 화가들은 그림이 안 팔려 화구를 살 돈이 없을 때여서 다방에 죽치고 앉아 있다가 교수직으로 있으면서 박봉이라도 타 갖고 나타나는 화가가 있으면 그를 따라 막걸리 집으로 나서기도 했고 운 좋게 신문, 잡지의 컷을 맡아 그 자리에서 그려 주기도 하고 원고료가 생기면 그동안 막걸리를 사 주던 동료를 이끌고 역시 막걸리 집으로 가곤 하던 때였다. 이때 역시 원고 전달 장소로 이곳을 정하지 않을 수 없어서 줄곧 들락날락 했었다.

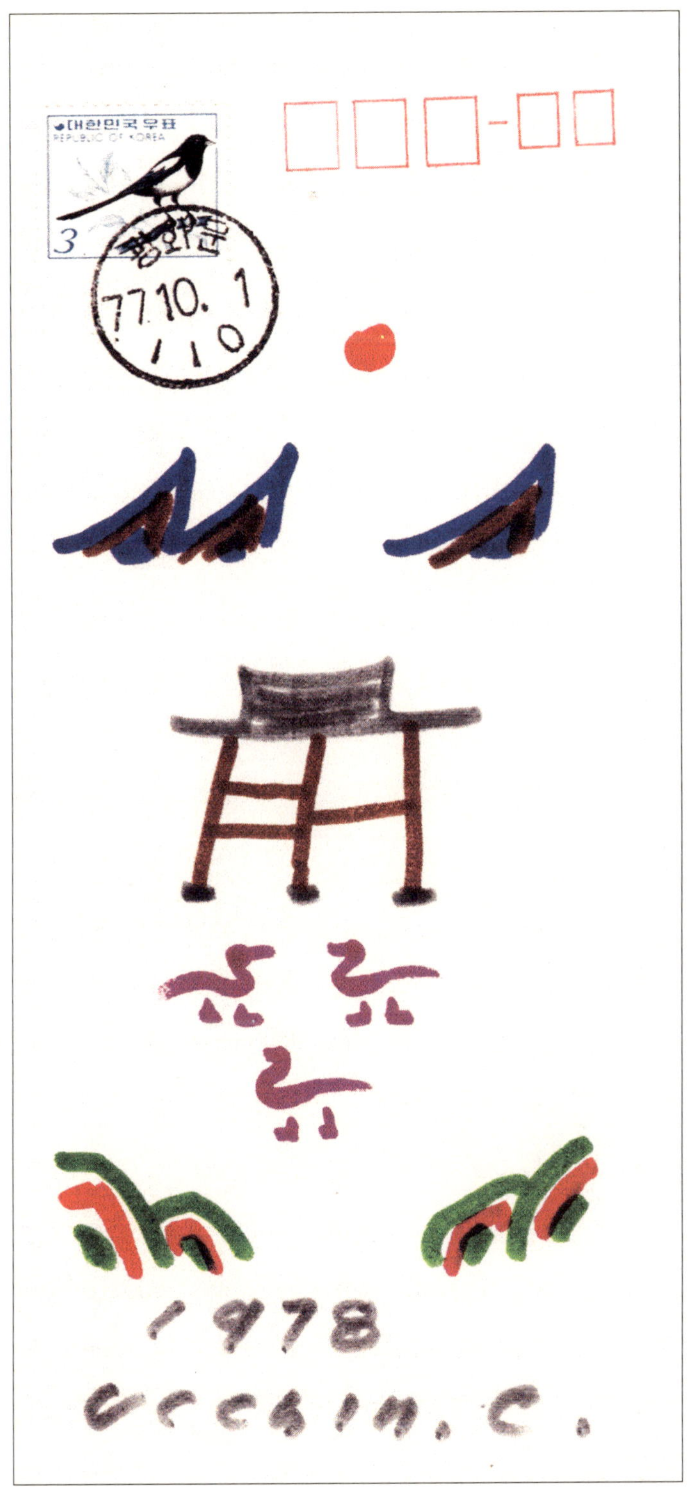

77.10. 1
1978
uechin. c.

하루는 앉을 자리를 찾던 중 삽화를 그리는 백영수 화백 옆자리가 비어 있기에 냉큼 가서 앉아 본즉 앞엔 이중섭 화백이 앉아 있기에 인사를 했다. 워낙 과묵한 화가라 긴 얘기를 주고받지는 않았으나 알고 지낸 지는 오래됐었다. 그런데 그 옆에 시커먼 수염을 기른 분이 웃는 표정으로 앉아 있기에 백 화백 옆구리를 찌르며 "누구시냐?"고 했더니 "아, 이 양반……. 중학교 교장이지. 그래 보이지 않아?" 하는 것이었다. 그래서 "중학교 교장이시군요." 하고 눈인사를 했는데 여전히 수염 난 분은 웃고 있었고 이 화백은 약간 웃는 듯하다가 마는 것이었다. 이때의 수염 난 분이 바로 장 욱진 화백이었다.

얼마 후에야 동화童畵적인 유화를 그리는 분으로 알고 친근감을 느껴서 막걸리 집에 따라 나서기도 했었다. 그 당시에 나는 학원 잡지에 '꺼구리 군 장다리군' 등을 그리고 있었는데 이듬해에야 《동아일보》에 '고바우 영감'을 연재케 된다.

장 화백하곤 때때로 대면을 하곤 했었는데 그로부터 23년이 지나서야 우연히 장 화백 댁을 방문할 기회가 생겼었다. 《동아일보》에 실을 그림 한 폭을 청탁하기 위해 L차장이 혜화동 로터리 뒤편에 있는 장 화백 댁으로 가는 길이라기에 문득 봉투의 육필 까세가 생각이 나서 불청객인 채 따라 나섰던 것이다. 그곳은 한식집이었는데 과히 넓지 않은 마당 한가운데에 네모진 연못이 있었고 그 연못 위엔 각목기둥으로 정자亭子가 하나 덩그러니 서 있었다. 연못 속에 붕어라도 있나 들여다보았으나 물만 고여 있을 뿐 올챙이 한 마리도 없었다. 나 같으면 민물고기를 잡아다 풀어 놓을 텐데……라고 마음먹었었는데 현재 사당동에 있는 내 집에도 마당이 있고 연못을 파 놓았지만 민물고기는 없고 붕어집에서 파는 금붕어나 비단잉어 가 돌아다닐 뿐이다.

봉피에 새를 한 마리 그리고 사인을 해 달라고 했더니 H화랑 여주인이 사다준 거라고 하시면서 수성水性 색연필 50개들이 통을 열어서 정성을 들여 그려 주시는 것이었다. 여기엔 원색原色이 아니어서 모르지만 이 자그마한 봉피 위에 그려진 해와 산과 집과 새와 바위 등은 물경 일곱 가지 색으로 그려진 것이다.

아는 분은 알지만 장 화백은 소품小品 위주로 그리는 분이기에 유화작품
도 1호에서 3호 정도의 크기로밖엔 안 그리는 분이었다. 이 육필 까세는 1
호 정도의 크기지만 장 화백이 즐겨 그리던 소재가 모두 담겨 있어서 어떤
화랑 주인은 이 작품을 캘린더에 쓰게 해 달라고 했으나 고인에 대한 모독
이 될 것 같아서 거절을 했었다.

　　여태껏 실린 화가들의 육필 까세는 이미 유명을 달리한 분들 것만 소개
한 것임을 밝힌다.

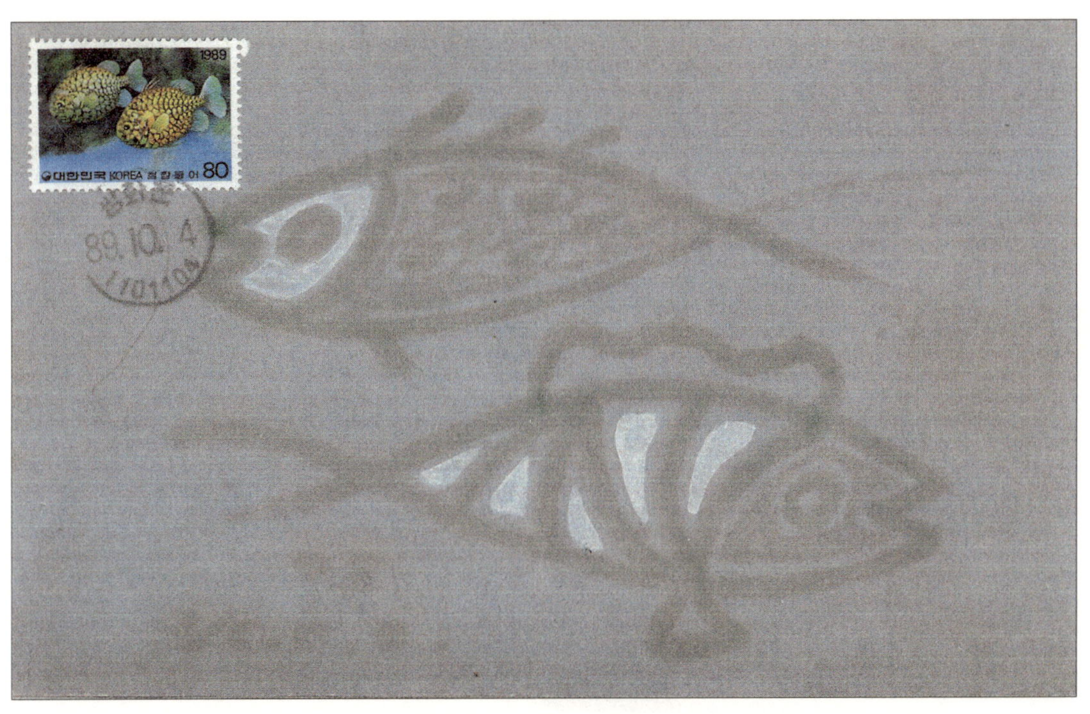

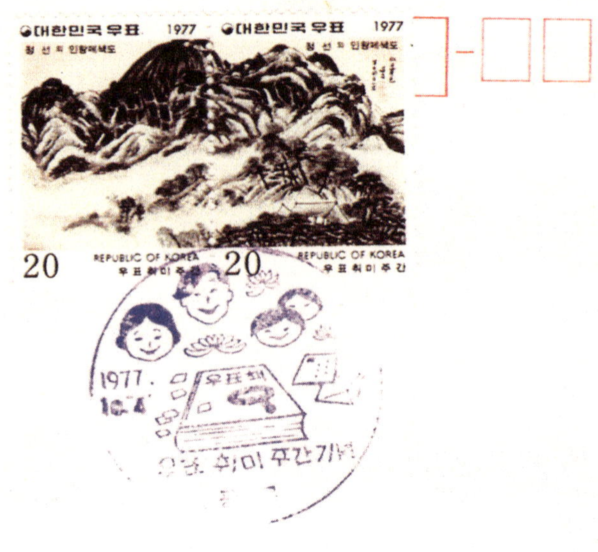

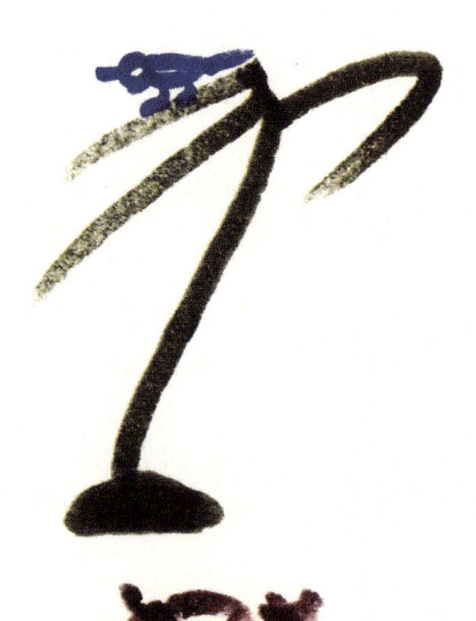

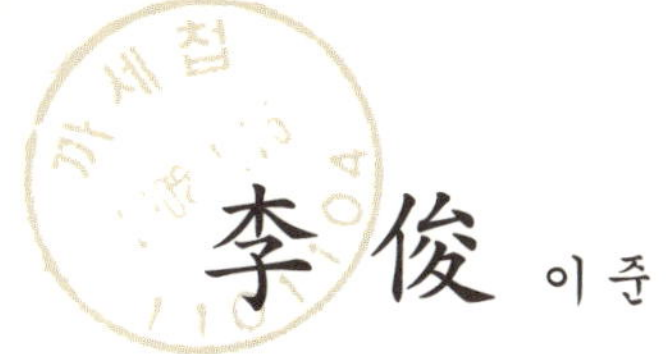

李 俊 _{이 준}

서양화가. 경남 남해 출생. 일본 태평양미술학교를 졸업. 제2회 국전에서 대통령상을 수상하였으며, 국전 초대작가 및 심사위원을 여러 차례 역임하였다. 이화여자대학교 미술대학 교수를 거쳐 미술대 학장을 지냈으며, 대한민국 국민훈장 동백장을 수훈하고, 현재 예술원 회원으로 있다.

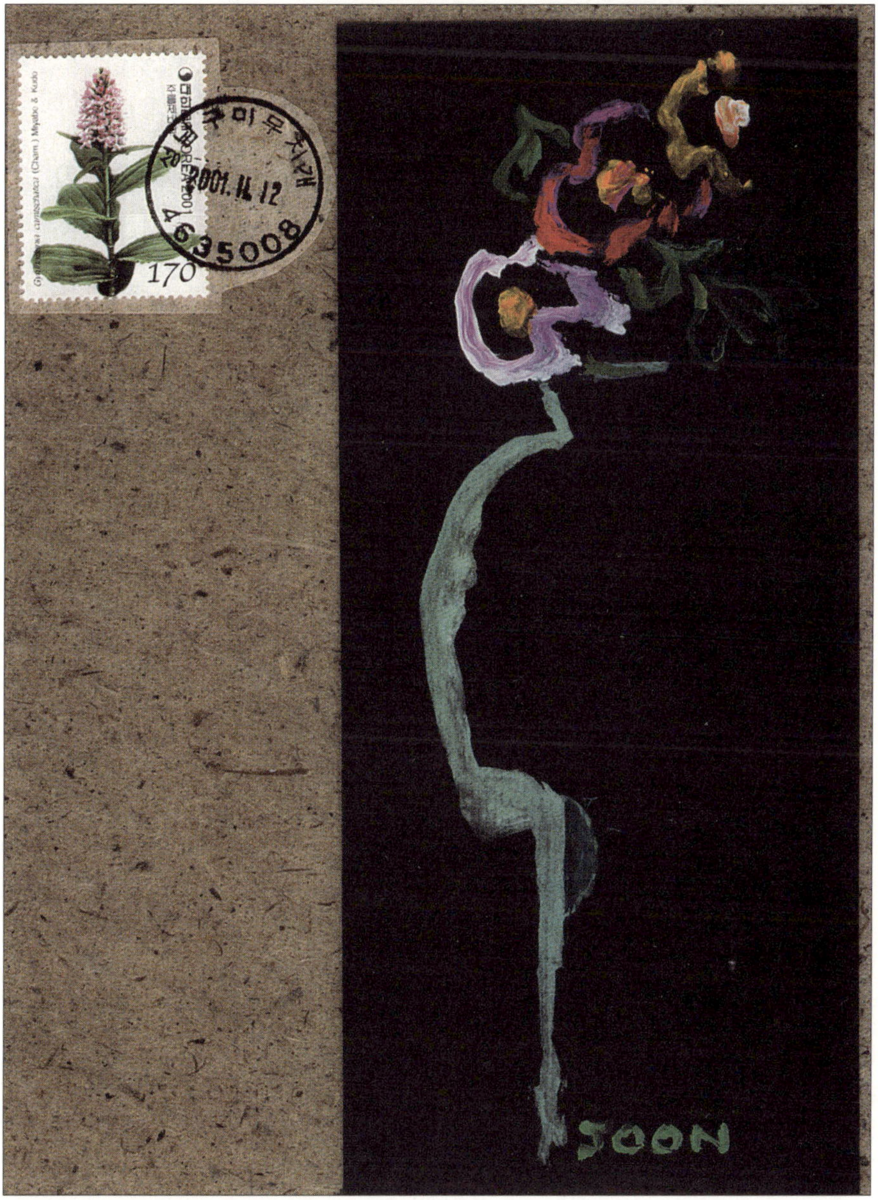

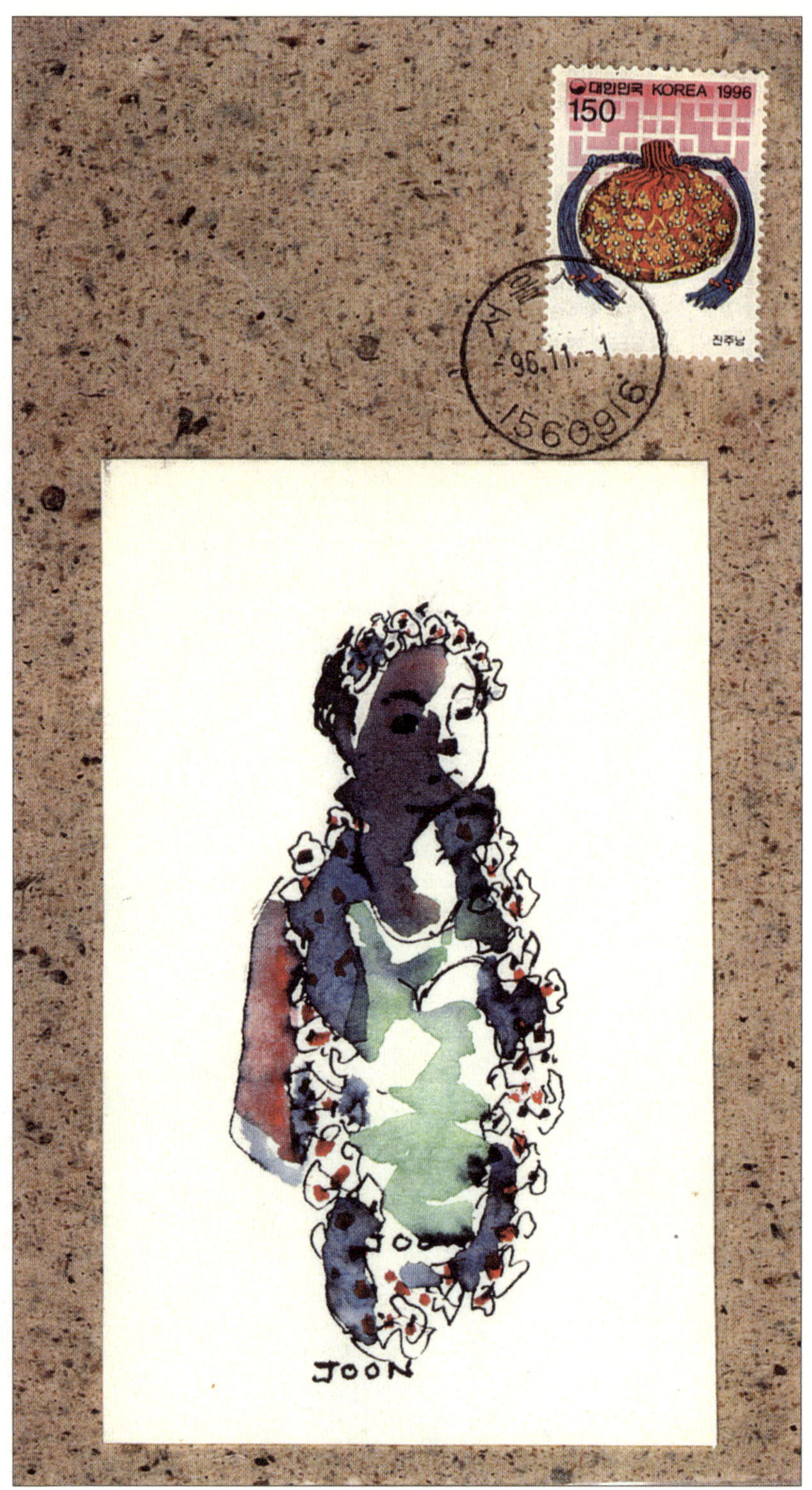

KOREA 1996
150
진주낭

金榮注 김영주

삽화가. 강원 회양 출생. 1960년대 초등학교 1학년 교과서 〈태극기가 펄럭입니다〉, 전래동화 〈흥부와 놀부〉, 〈장화홍련전〉 등의
삽화를 그렸다. 선전에 3회 입선(1942~1944)하였고, 한국방정환기금 제정 제3회 5.5문화상을 수상하였다.

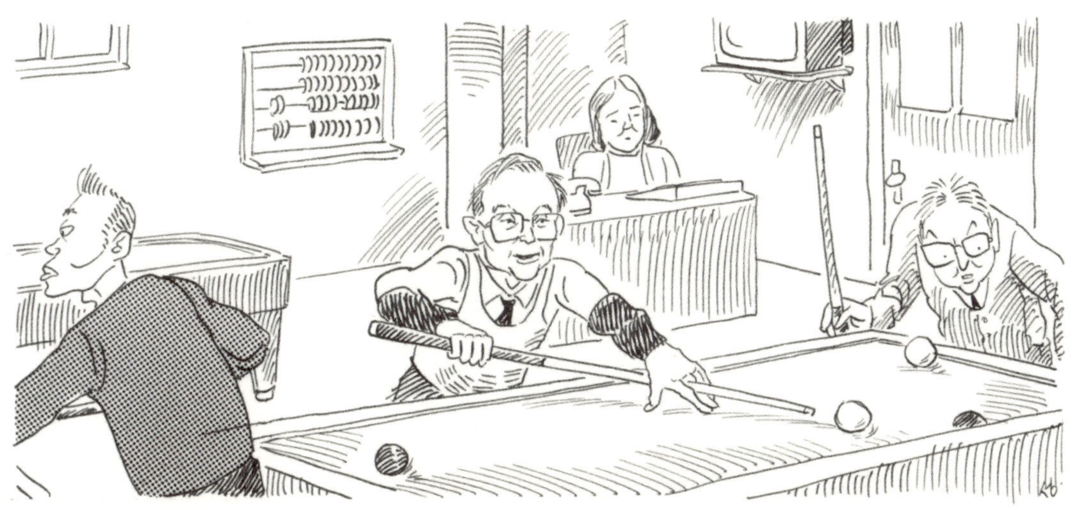

　　광복 직후부터 신문, 잡지에 소설 삽화를 그려 오시던 김영주 화백은
우리나라 삽화계의 태두요 원로가 되신다. 여태껏 추산해서 4만여 점의
삽화를 그렸다고 신문에 난 바 있는데 소설가 정비석 씨의 『자유부인自由婦
人』의 삽화는 물론이거니와 정비석 씨의 소설은 거의 단골이다시피 도맡
아 그린 분이시다. 김래성의 『애인』, 박계주의 『구원의 정화』, 이무영의
『창』 등 원로문인들의 삽화는 대개 김 화백이 그리곤 했었다. 우리나라에
선 순수미술과 삽화에 대해 상당한 차등을 두는 경향이 있는데 이건 좀 우
스운 일이다. 김기창 화백의 '대회고전'에서도 김기창 씨가 과거에 그렸
던 삽화(『임거정』) 등의 원화가 수십 점이 진열되어 화백의 소묘력을 여실
히 보여 주었는데 삽화 역시 출중한 소묘력이 없이는 그릴 수가 없지 않은
가? 미국에 《포스트》나 《에스콰이어》 잡지엔 대형 색채 삽화들이 많이 나
오는데 이러한 삽화는 한달에 한두 점씩만 그려도 윤택한 생활을 하는 것

으로 알려져 있을 뿐 아니라 미국의 '근대미술사'에도 몇몇 화가들의 삽화가 그 자리를 당당히 차지하고 있는 것을 봐도 우리나라에서의 개념과는 다르다. 여기의 소품은 김 화백이 78년도 우표취미주간에 발행된 신윤복의 〈미인도〉 우표에 가야금을 뜯는 이조시대의 여인을 까세로 그리신 것인데 컬러풀하면서도 독특한 선의 미를 느낄 수 있어 가히 걸작이라 할 수 있다. 그 김 화백이 10월 8일 밤 10시 30분에 강원도 원주시에 있는 기독병원에서 79세로 별세하였다.

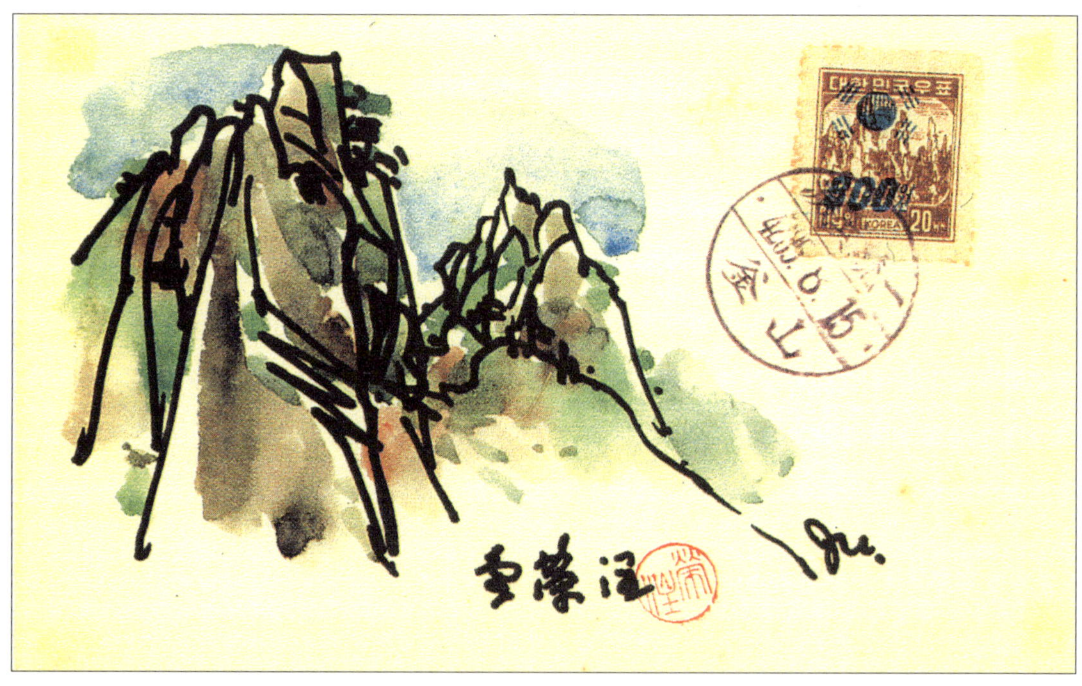

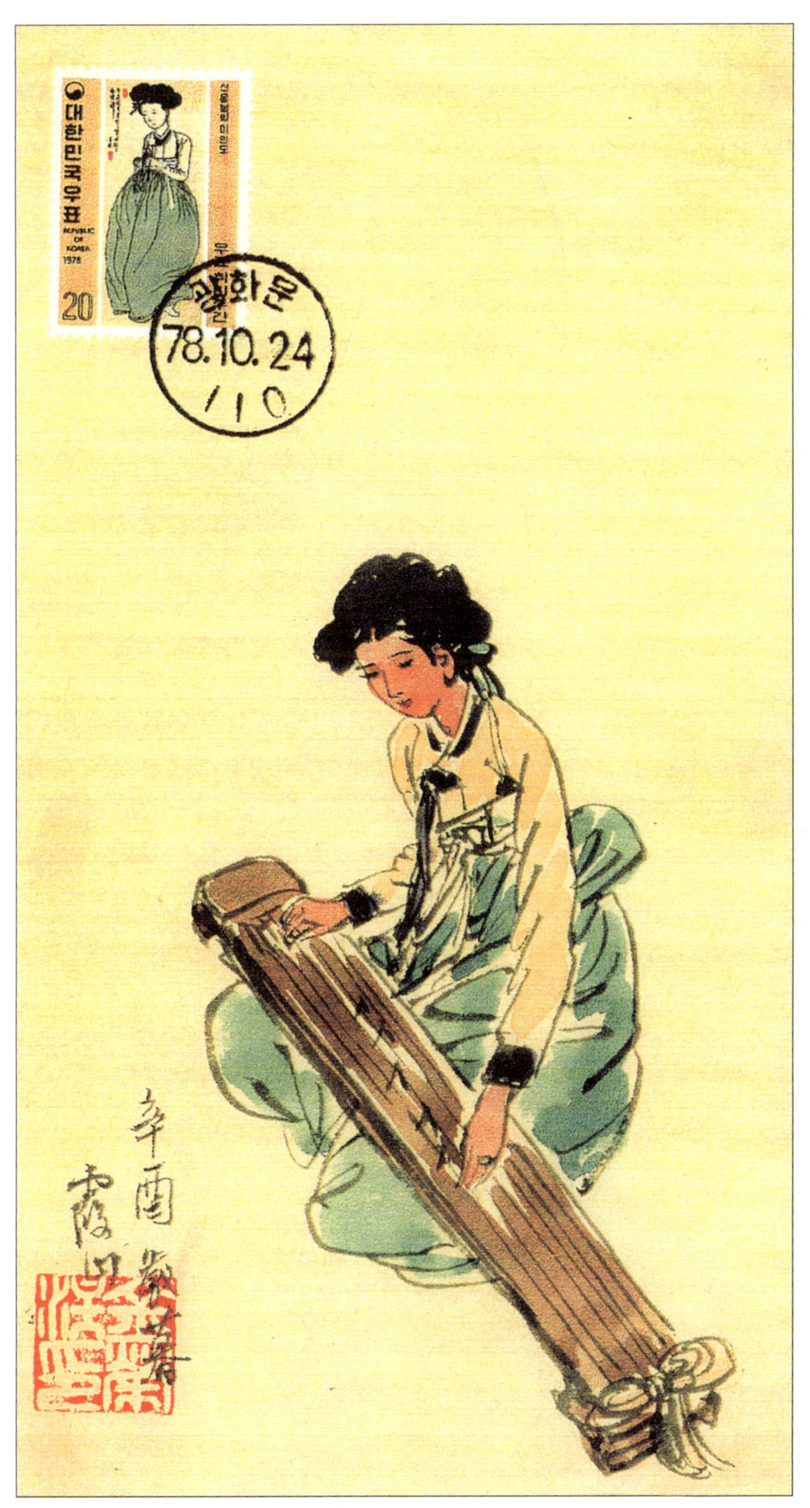

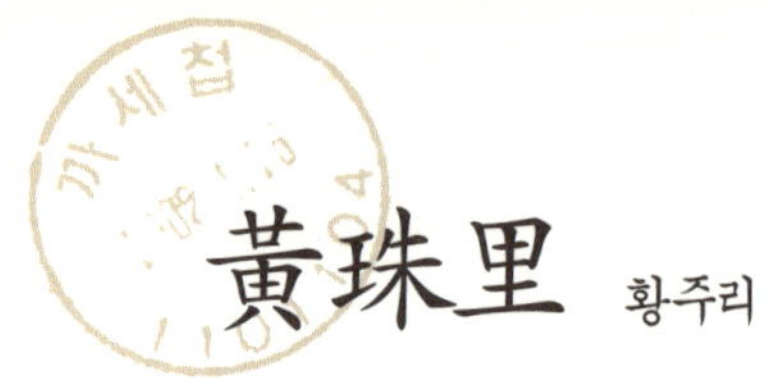

黃珠里 황주리

서양화가. 서울 출생. 이화여대 서양학과를 졸업하고 홍익대 대학원 및 뉴욕대학 대학원을 졸업했다. 서울, 일본, 뉴욕 등지에서 23회의 개인전을 가졌으며, 범태평양 미술제, 한국 현대미술 캐나다 순회전을 비롯하여 많은 국제전, 단체전에 출품하였다. 파리 앙데팡당전의 그랑팔레 및 석남 미술상 등을 수상했다.

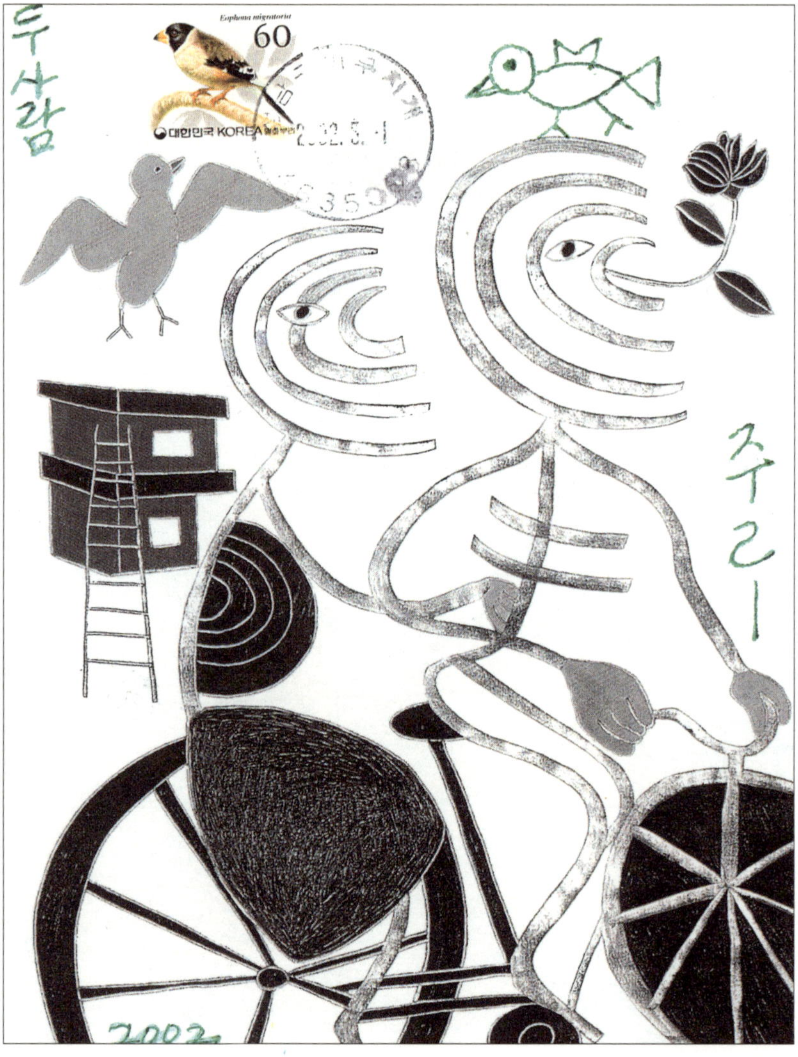

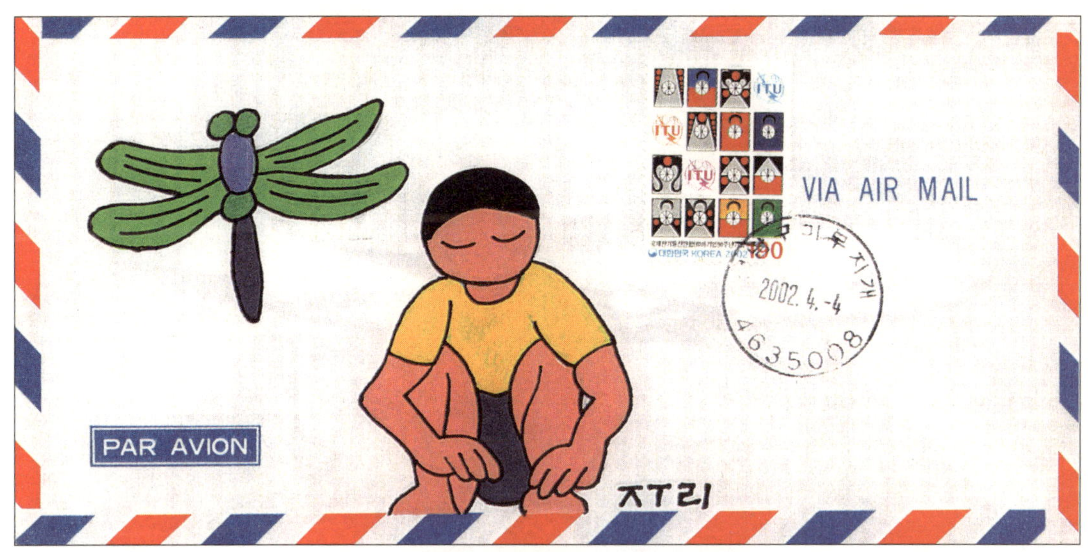
VIA AIR MAIL
PAR AVION
ㅈㅜ리

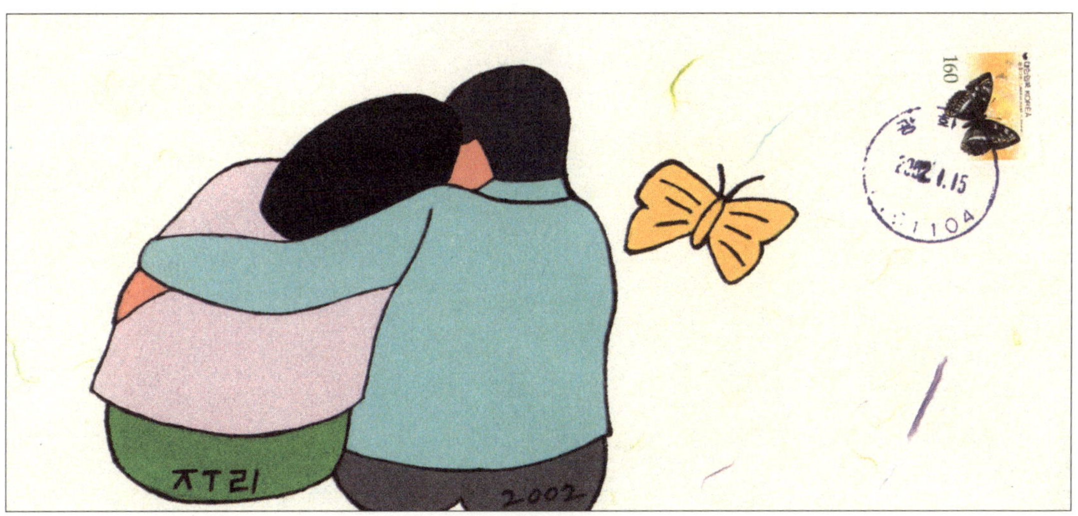
ㅈㅜ리
2002

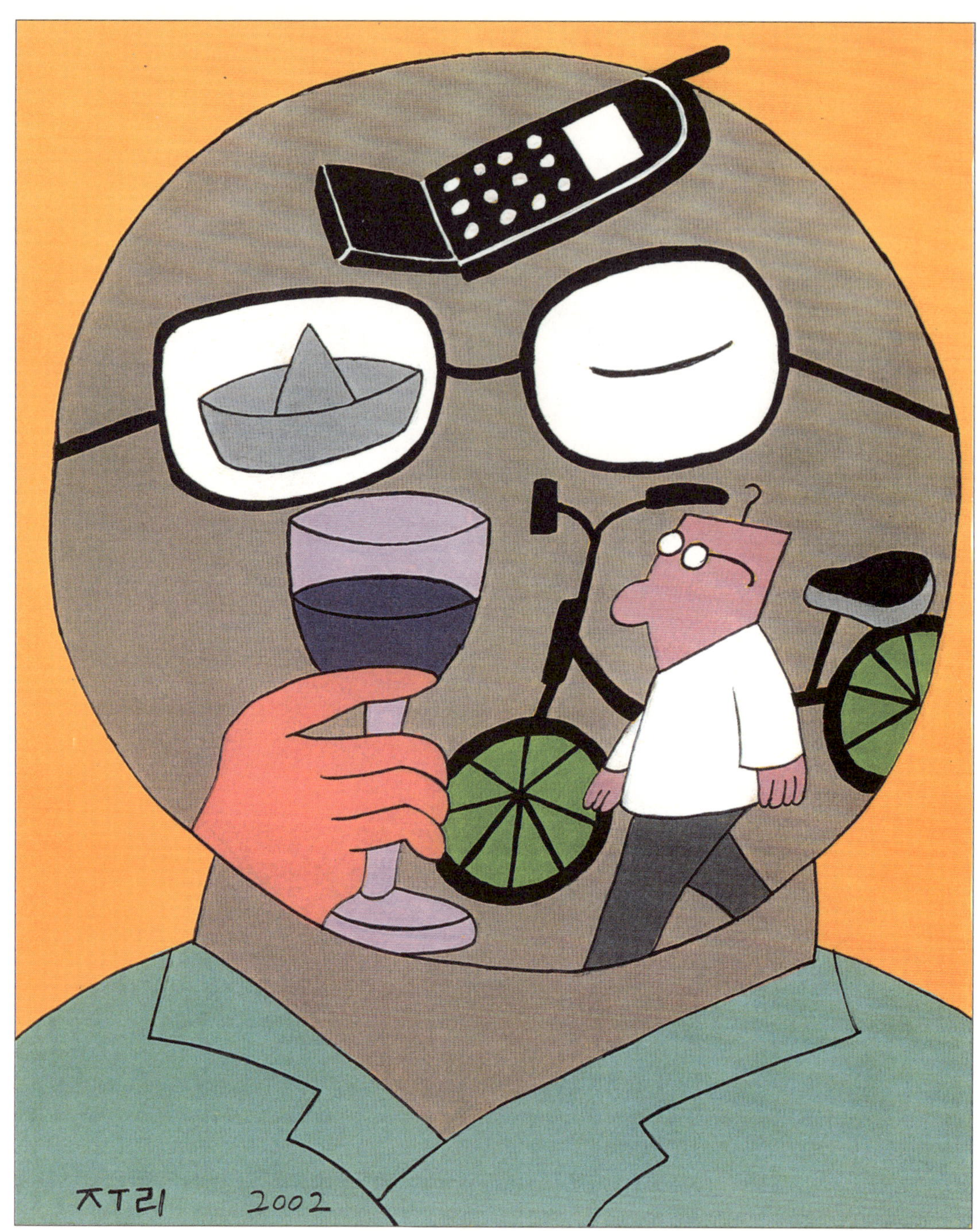

ㅈㅜ리   2002

吳龍吉 오용길

한국화가. 경기 안양 출생. 서울예고와 서울대학교 미술대학을 졸업했다. 1967년과 68년 신인예술상 장려상을 수상했고, 두 번의 국전에서 특선을 수상했으며 7회에 걸쳐 입선했다. 이외에도 한국미술대상전 특별상, 제1회 선 미술상, 제1회 월전미술상, 제1회 의재 허백련예술상 창작상, 제1회 이당 미술상 등을 수상하였다. 7회의 개인전을 비롯하여 서울미술대전, 동방수묵대전, 한·중 진경산수화 특별전 등의 단체전에 출품하였다. 현재 이화여대 조형예술대학 미술학부 한국화과 교수 및 조형예술대학 학장으로 재직 중이다.

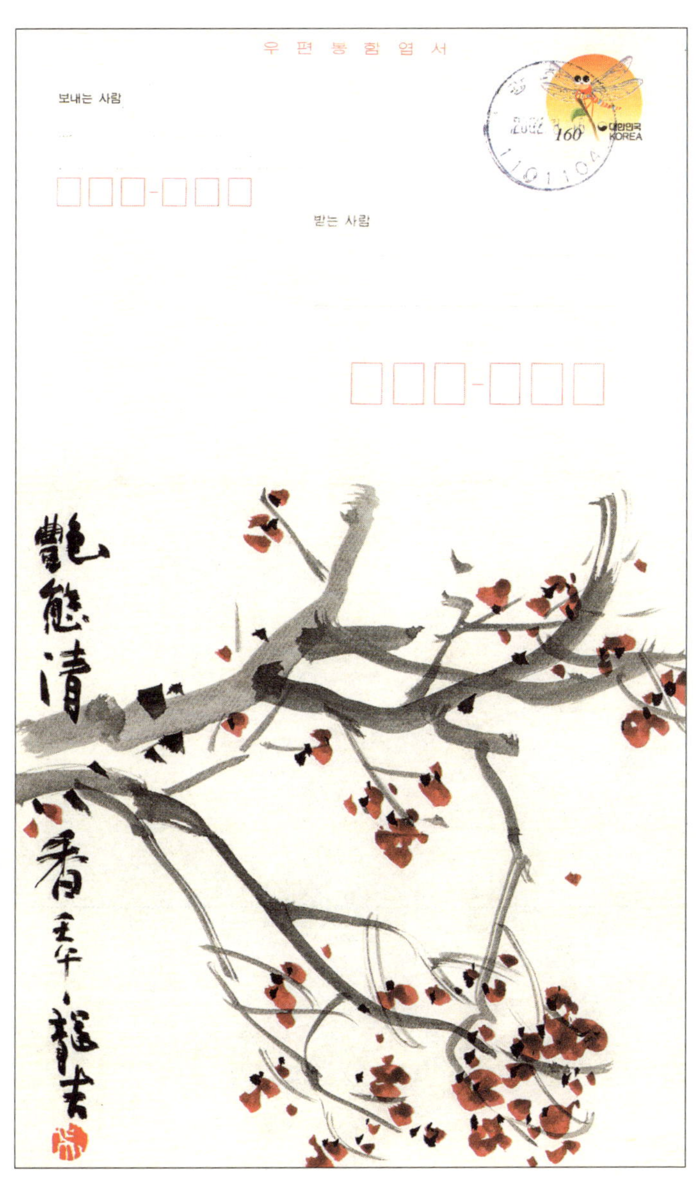

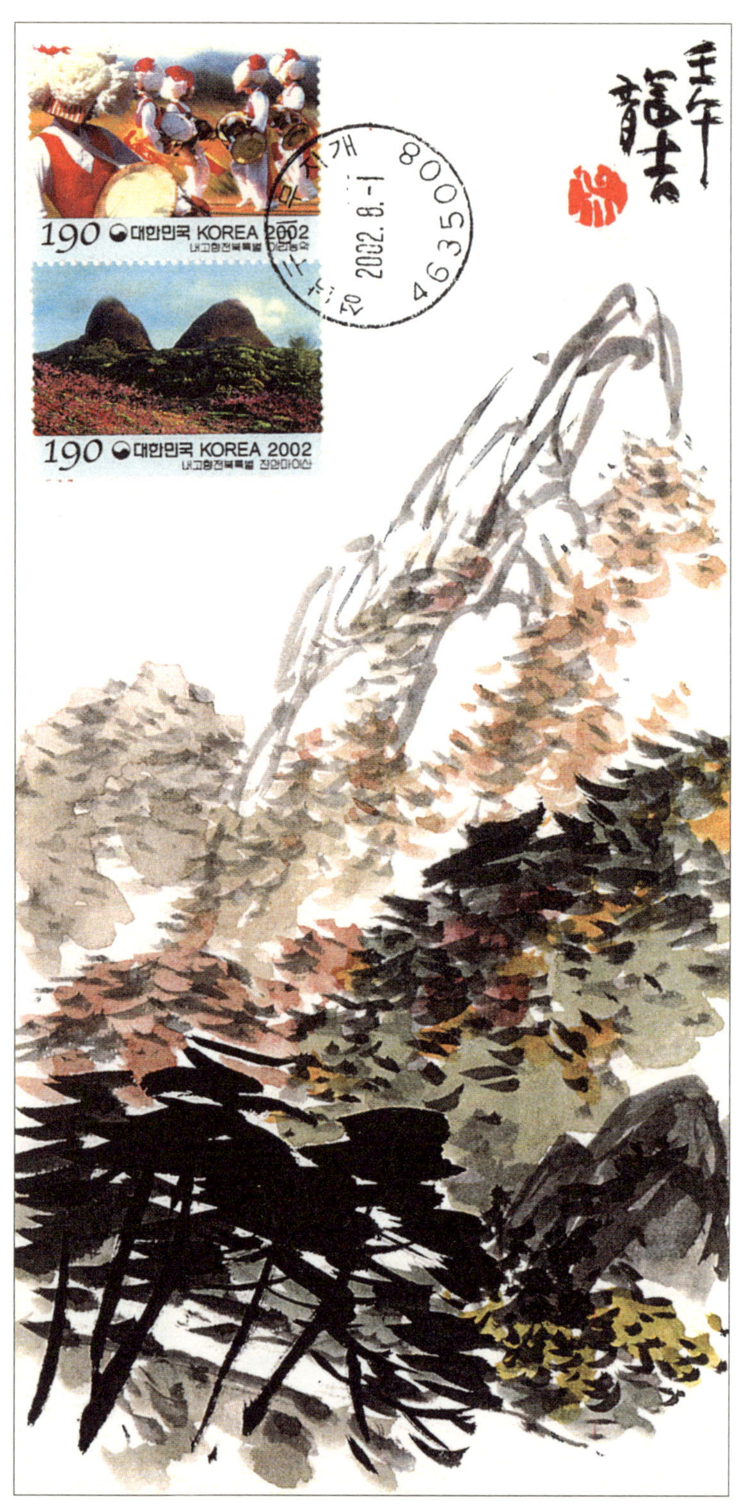

190 대한민국 KOREA 2002
내고향전북특별 아리랑소리
190 대한민국 KOREA 2002
내고향전북특별 진안마이산
2002. 8. -1
800
46350

趙重顯 조중현

동양화가. 충남 연기 출생. 독학으로 그림 공부를 하다가 1933년 김은호에게 사사하고 스승의 채색화 기법을 따른 그림으로 조선 미술전람회에 출품, 몇 차례 특선의 영예를 누렸다. 1939년 일본 제국미술학교에서 공부한 뒤, 대한민국 미술전람회에 참가하여 추천작가 · 초대작가를 거쳐 심사위원을 지냈고, 1965년부터는 이화여대 교수로 재직하였다.

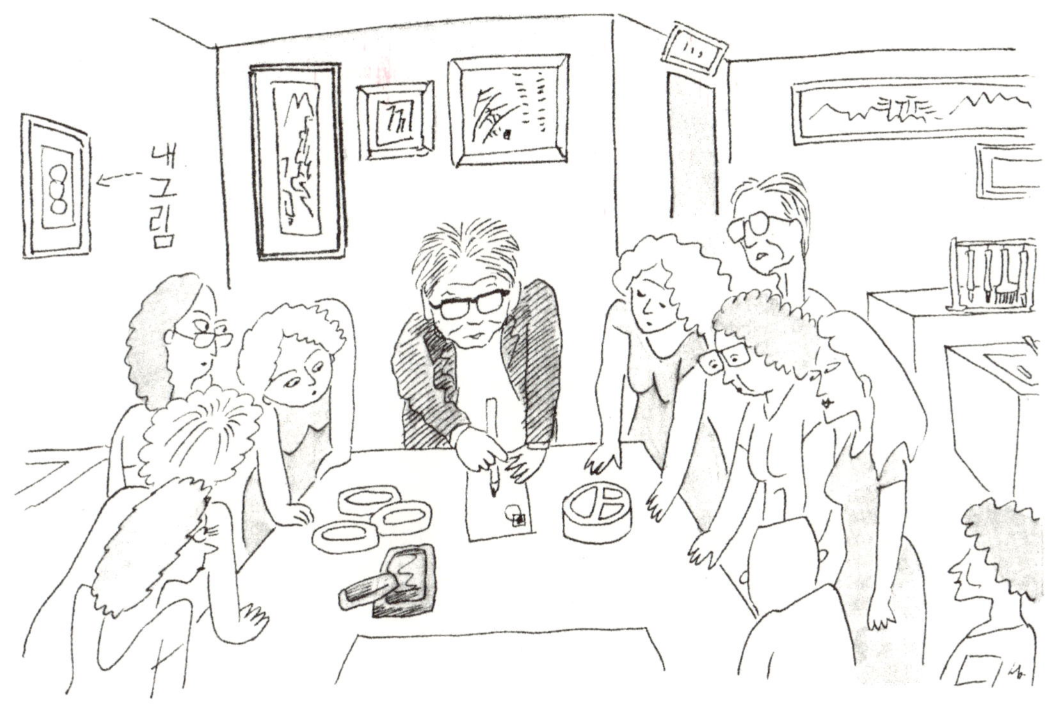

70년대 말 봄에 내 한국화 개인전이 미도파 화랑에서 열렸었다. 미술 붐의 여진(?)이 아직 남아 있을 때여서 그런지 내 작품을 희망하는 고객들이 예상 밖으로 많아 백 점가량 출품한 소품들이 거의 수집가들 손에 들어가게 되었었다.

전시회 마지막 날에 오후 3시부터 6시 사이에 계약을 했던 고객들로 하여금 제가끔 사람이 와서 잔금을 치르고 작품을 가져가게 했었다.

예술가가 금전을 의식하면 속돼진다는 속설이 있지만 일단 매매키로

약속된 것은 마지막 날 다 찾아가야지 뒤로 미루어 찾아가거나 화료를 나중에 지불키로 한 것은 계약을 안 한 것으로 간주, 모조리 취소해서 집으로 가져와 버렸었다. 그림만 내주고 그 화료를 받기 위해 때때로 전화로 독촉(?)을 하느니 아예 거래를 안 하는 게 속이 편하기 때문이다.

그래서 그랬는지 어쨌는지는 모르지만 그날 오후 3시께부터 계약을 한 손님들이 삼삼오오 오기 시작했고, 오는 대로 그림을 포장해서 갖고 가게 했더니 오후 4시 반이 넘었을 때엔 화랑의 벽에 여기저기 남은 작품이 십여 점밖에 안 되었다. 그리고도 계속 한두 점씩 고객이 들고 가는 바로 그때에 뜻밖에도 심원心園 조 화백이 들른 것이었다.

늦게 오신고로 백여 점의 소품 속에서 십여 점밖에 못 보시게 되었는데 벽면에 뜨문뜨문 걸려 있는 작품을 보시고 "저 그림은 남은 거냐?" 하시기에 저것저것 서너 점이 남았노라고 지적해 드리니, 그중 〈복숭아〉 소품을 가리키며 "저건 내가 가져가겠어요." 하시는 것이었다. 그래서 나는 "언젠가 기회가 있으실 때 선생님의 소품 한 점을 주시면 영광이겠습니다."라고 한즉, 본인께선 쾌히 화실 위치와 전화번호를 가르쳐 주시는 것이었다.

이른바 매스컴을 잘 안 타신(?) 화가여서 그렇지만 조 화백은 이당以堂 김은호 화백의 제자로서 운보 김기창, 월전 장우성, 혜촌 김학수 화백과 함께 김은호 화백에게 사사를 받은 중진 동양화가이시란 것은 모두가 아는 바다. 그 당시에는 조 화백이 주로 '석류나무에 앉은 새 두 마리'를 주제로 그려서 여기저기 출품을 할 때였다.

그로부터 약 한달이 지나서 선생의 낙원동 화실로 찾아가 뵙겠다고 전화를 하자 방문할 시간을 알려 주시는 것이었다. 한참 더위가 시작되는 철이어서 까세를 받을 봉투를 양복 속주머니에 넣어 지니고 가질 못하고 (윗도리를 벗었으므로) 별도의 봉투 속에 넣어 가지고 낙원동의 골목 식당 길을 이리저리 돌아서 2층 화실을 찾아 들어갔다. 화실엔 조 화백에게서 그림을 배우던 주부화가 학생들 십여 명이 열심히 그림을 그리고 있었다. 그중에 일본 대사관 직원의 부인들도 있다고 들었는데 한쪽 벽을 문득 보니 조 화백이 가져가셨던 내 〈복숭아〉 소품이 넓은 벽 한가운데에 떡 버티듯

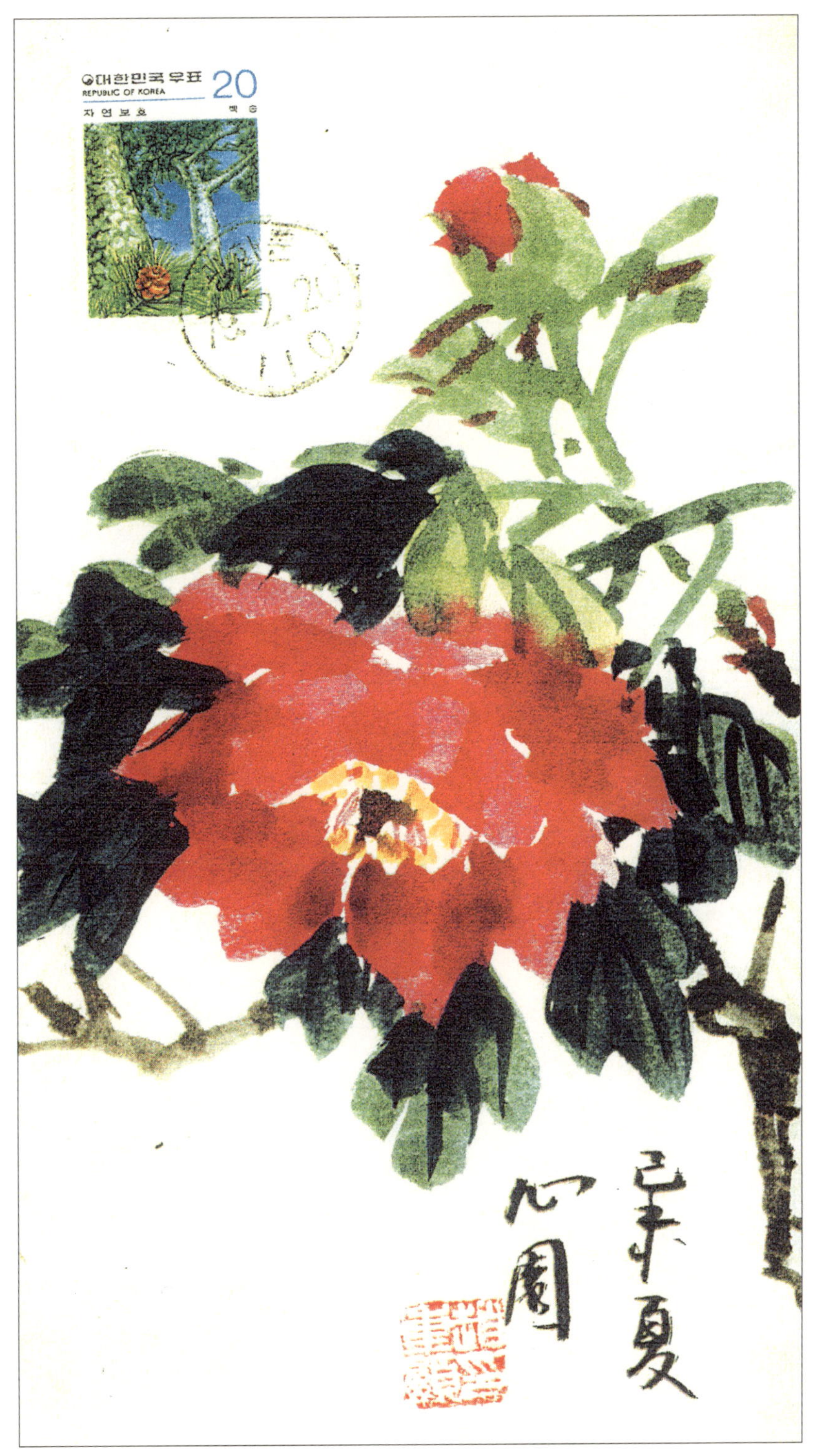
대한민국 우표
REPUBLIC OF KOREA
20
자연보호
백송

이(?) 붙어 있었다. 조 화백이 내 그림에 대해 어떤 평評을 했는지 또는 안 했는지 조금 궁금해지기도 했다.

조 화백은 웃음을 띠면서 (입은 웃질 않고 눈만 웃는 분이었다.) 약속했던 소품인데 마음에 들지 모르겠다며 그림 한 점을 내놓는 것이었다. 그것은 그 당시에 조 화백이 자주 그리던 '석류나무 위에 앉은 두 마리 새'의 축소판 같은 것이었다. 만약에 이 작품 그대로를 화선지에 펼쳐 놓고 그리고 나서 석류나무의 가지를 조금만 더 길게 뻗게 하고 잎사귀를 몇 개 더 붙인 다음 낙관을 모퉁이에다 찍었다면 20호 크기의 작품이 될 수도 있는 그런 작품이었다.

그래도 내가 드린 〈복숭아〉보다 두 배가량 더 큰 그림이 되는데…… 속으로 죄송하게 생각하면서도 육필 까세는 기어이 그려 받아야겠다는 집념으로 봉투를 꺼내 설명을 드리자 싫은 표정 하나 없이 그 자리에서 제자들에게 화구와 먹을 준비해 오게 한 후 활짝 핀 모란꽃 한 송이를 봉투 가득히 찬란하게 그려 주셨다. 빨간 모란꽃은 낙화落花하기 직전의 만개된 상태이고 그 주변에 먹으로 잎사귀가 악센트로 들어가 아주 탐스러운 동양화 한 폭이 된 것이었다.

이 봉투를 그리는 동안 전체 화실의 주부화가들은 사람의 담을 쌓고 스승의 붓놀림 한 가닥 한 가닥을 유심히 눈여겨보았는데 낙관을 찍은 후 들어 보이자 모두들 합창(?)을 하듯 탄성을 올리는 것이었다.

이런 일이 엊그제 같은데 심원 조 화백은 몇 해 후에 유명을 달리하셨고 어떻게 생각해 보면 까마득히 먼 옛일같이 아물거리기도 하고 주마등走馬燈 속의 추억같이 느껴지기도 한다.

李斗植 이두식

서양화가. 경북 영주 출생. 홍익대학교 미술대학 회화과 및 동 대학원을 졸업하였다. 유니버시아드 동경미술전 금상, 신인예술상전 장려상, 제7회 신상회 최고상, 보관문화훈장, MANIF(서울국제아트페어)에서 대상 등을 수상하였다. 개인전을 다수 가졌으며, 한국현대미술전, 칸 국제회화전 등에 출품했다. 제17대 한국미술협회 이사장을 역임했으며, 현재 외교통상부 미술 자문위원 및 홍익대학교 교수로 재직 중이다.

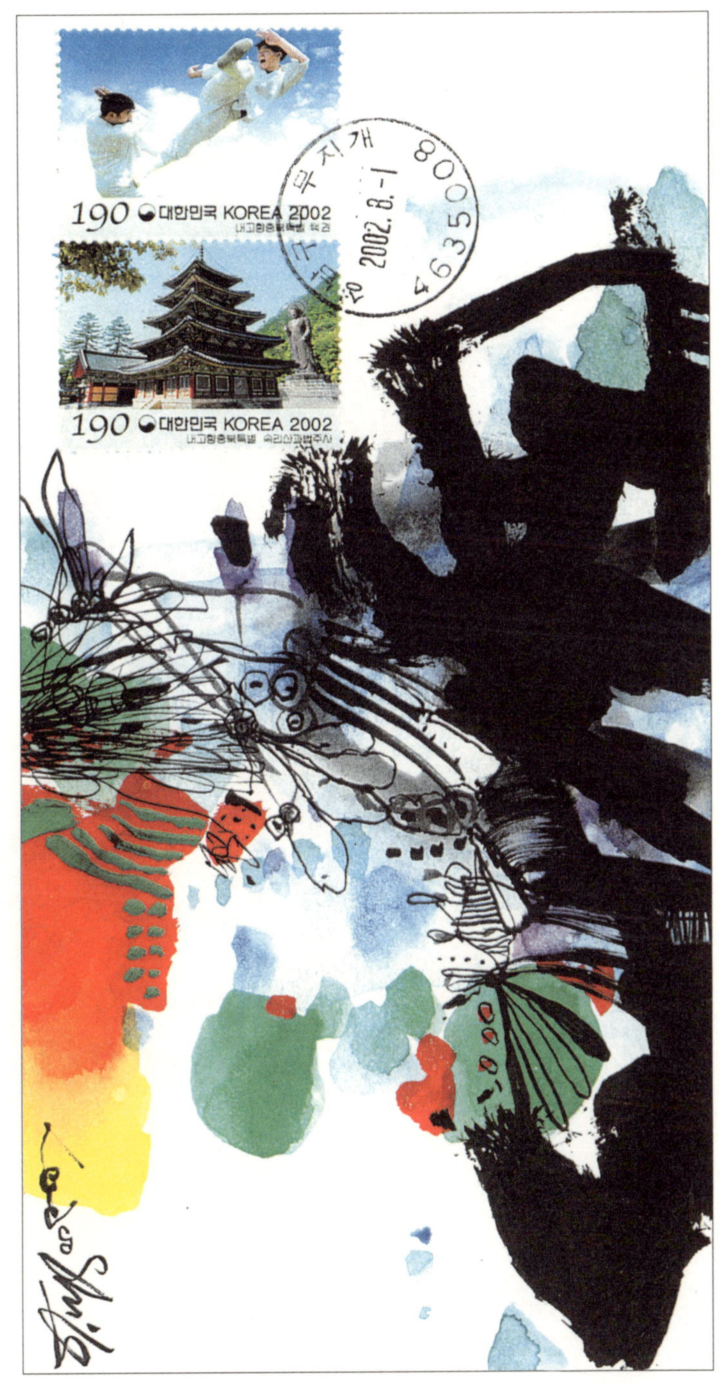

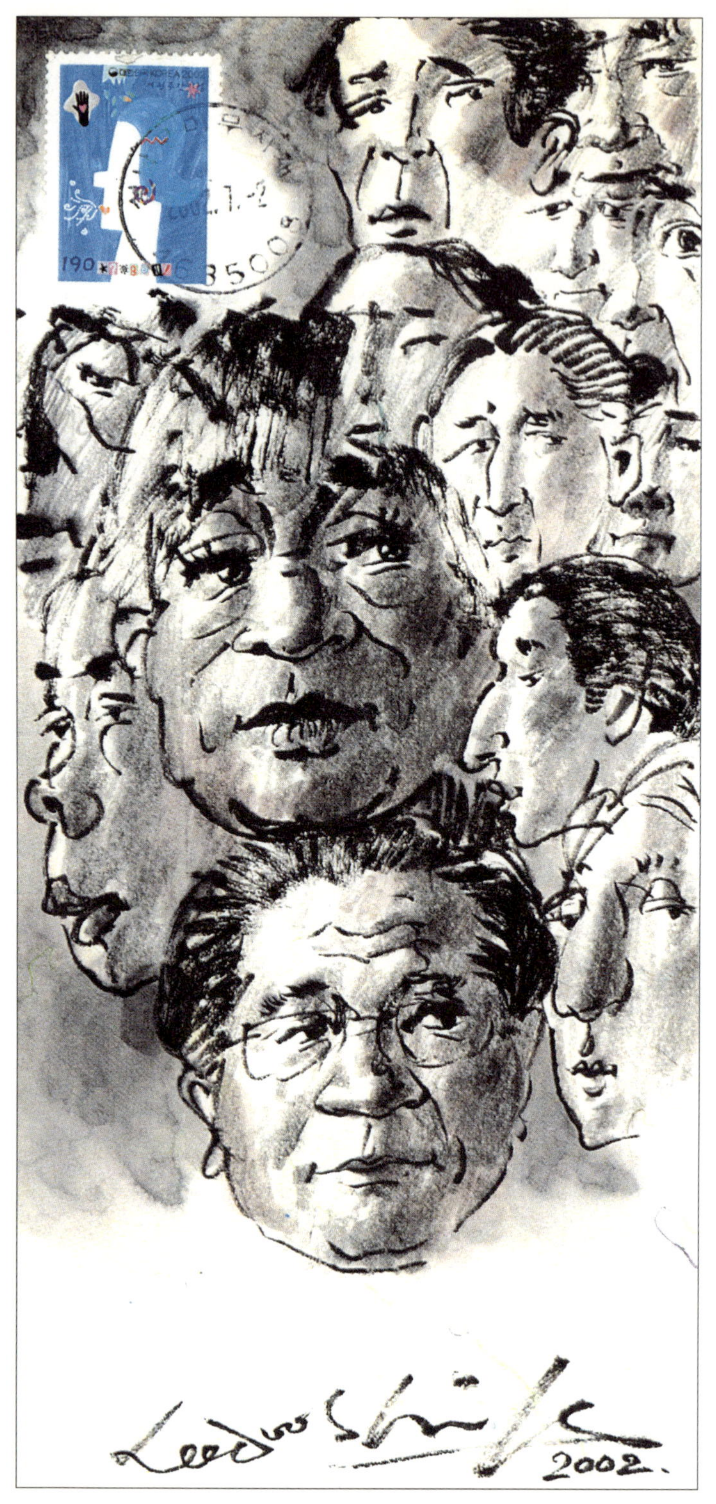

盧載昇 노재승

조각가. 강원 금화 출생. 홍익대학교 및 동 대
학원 조소과를 졸업하고, 일본과 서울 등지에
서 7회의 개인전을 가졌다. 상파울루 비엔날
레, 에꼴 드 서울전 외 200여 회에 걸쳐 초대
전과 단체전에 출품하였다. 성신여대 미술대
학 학장, 조형대학원장을 역임했으며, 현재 성
신여대 조소과 교수로 후학 양성에 주력하고
있다. 홍익조각회 회장, 광장조각회 회원이기
도 하다.

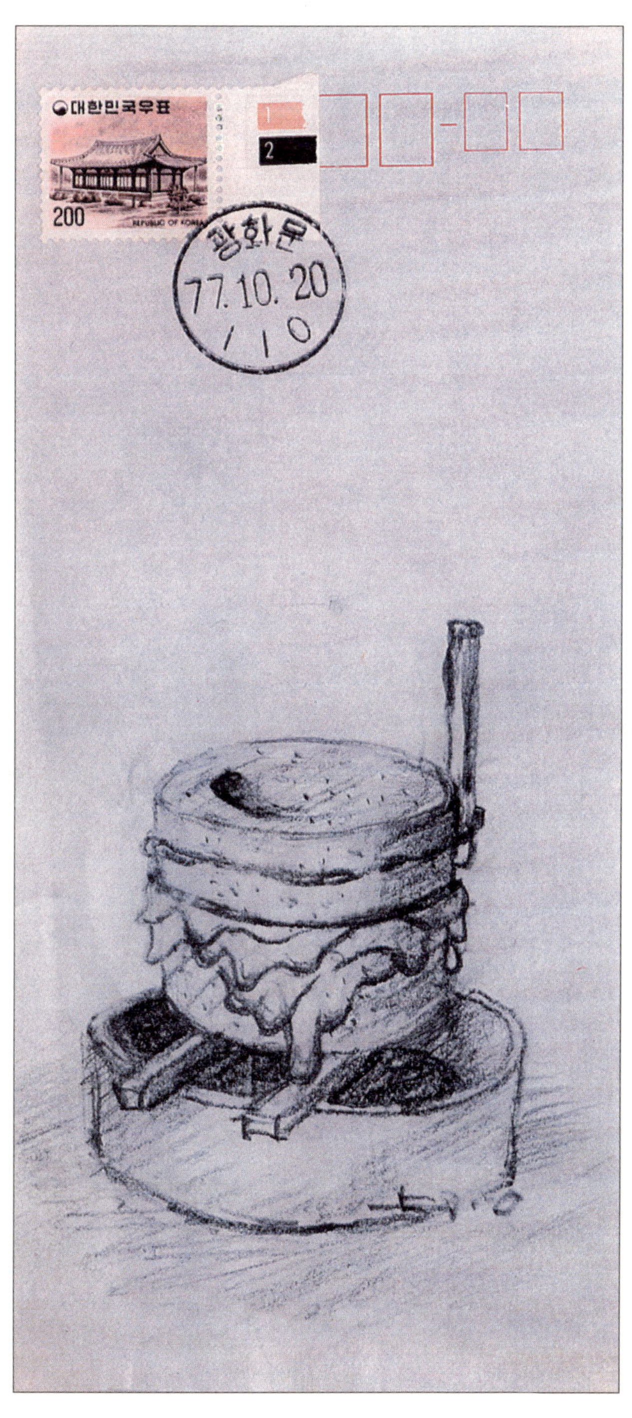

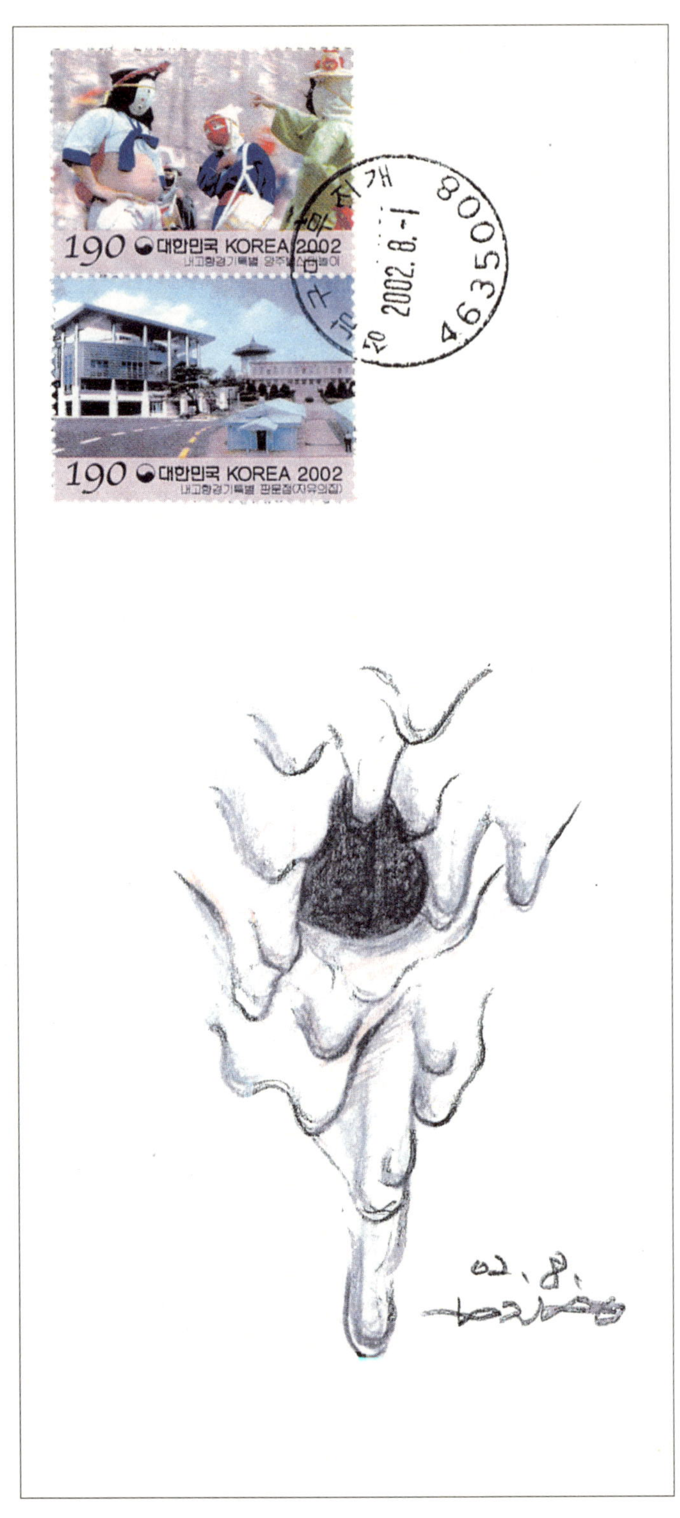

金善斗 김선두

한국화가. 전남 장흥 출생. 중앙대학교와 동 대학 예술대학원 회화과를 졸업했다. 대한민국 미술대전에서 수상하면서 촉망받는 작가로 떠오른 그는 서민들의 삶을 소재로 한 채색수묵화를 즐겨 그렸다. 중앙미술대전의 대상을 비롯하여 석남미술상 등을 수상하였다. 1992년 금호갤러리에서 첫 번째 개인전을 가진 후 박여숙화랑, 아트스페이스 등에서 여러 차례 개인전을 열었다. 서울시립미술관, 성곡미술관 등에 작품이 소장되어 있다.

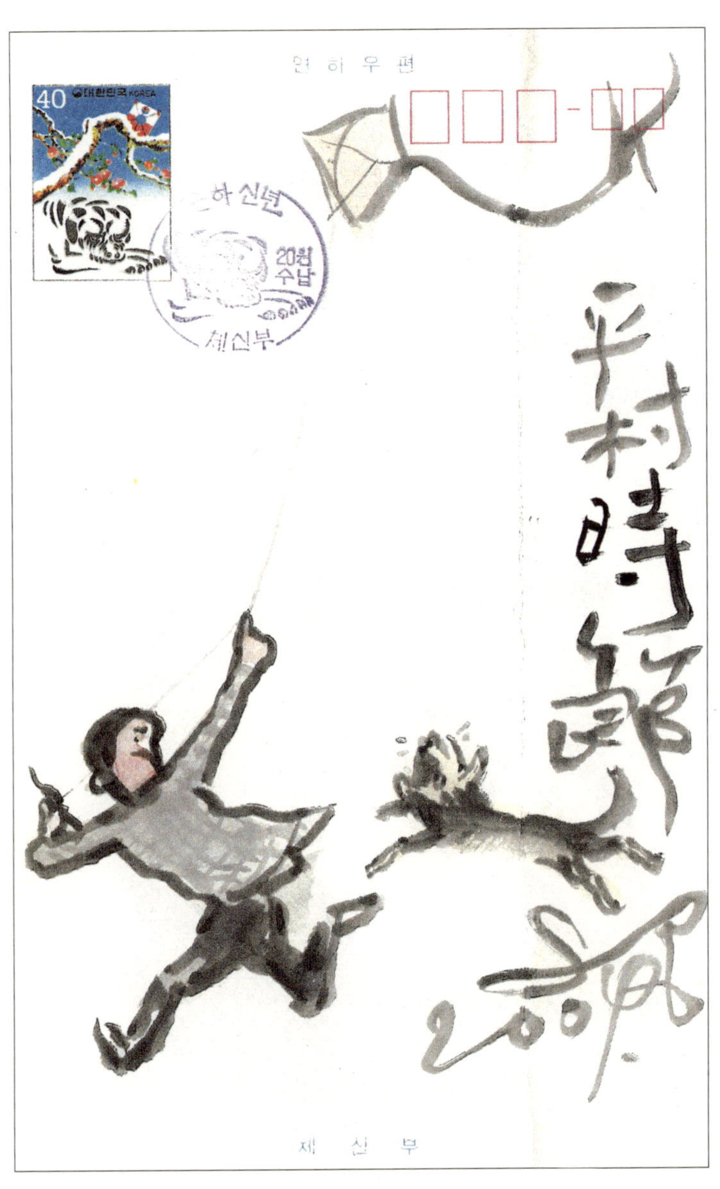

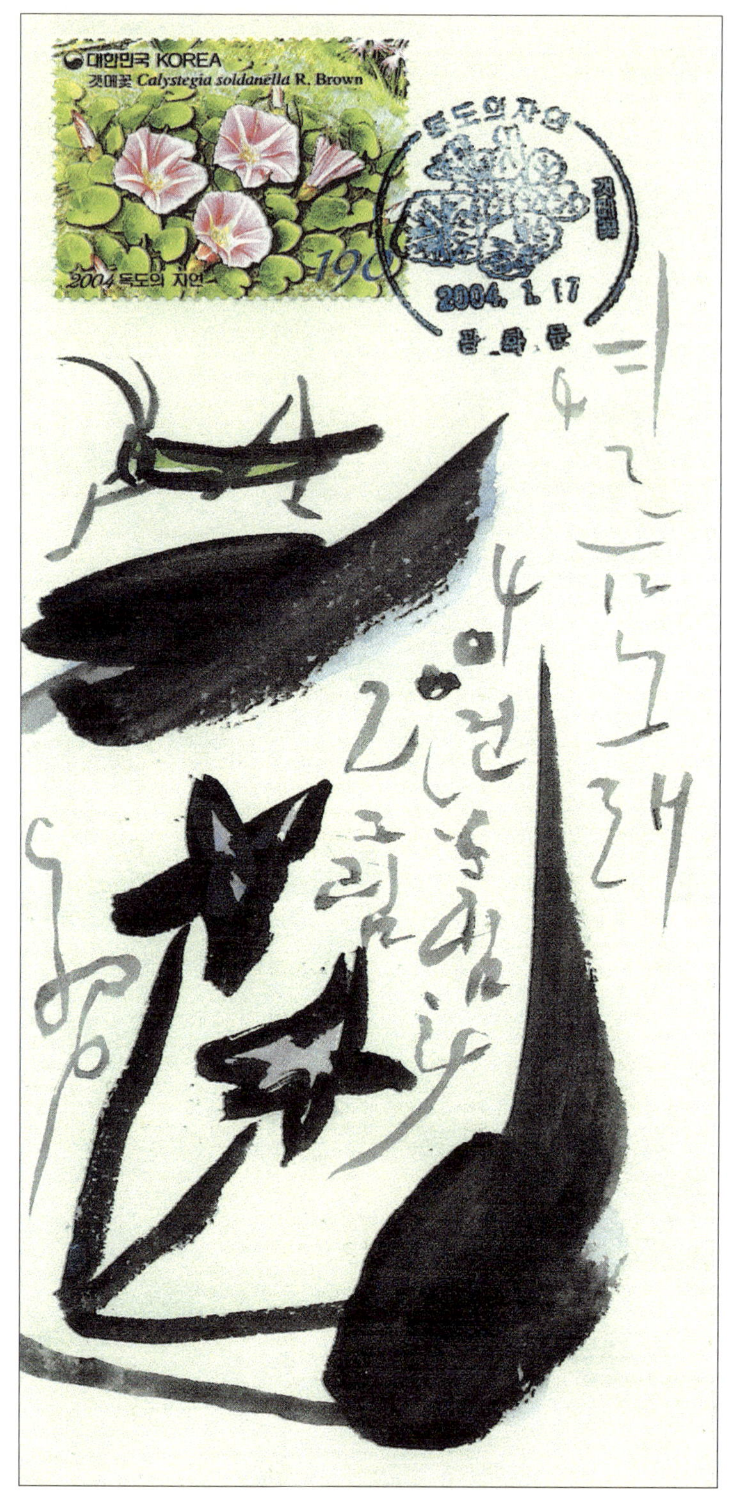

214

洪種鳴 홍종명

서양화가. 평남 평양 출생. 도쿄제국미술학교 서양화과를 졸업하였다. 여러 차례의 개인전을 가졌으며, 타이완 국립역사박물관 초대전, 프랑스 그랑팔레 초대전 등에 출품하였다. 대한민국 기독교미술상, 국민훈장 목련장, 동백장, 예술문화장 등을 수상하였고, 국전 초대작가 심사위원, 구상전 회장, 한국미술협회 고문 등을 역임했다. 저서로 『실용색채』, 『홍종명화집』 등이 있다.

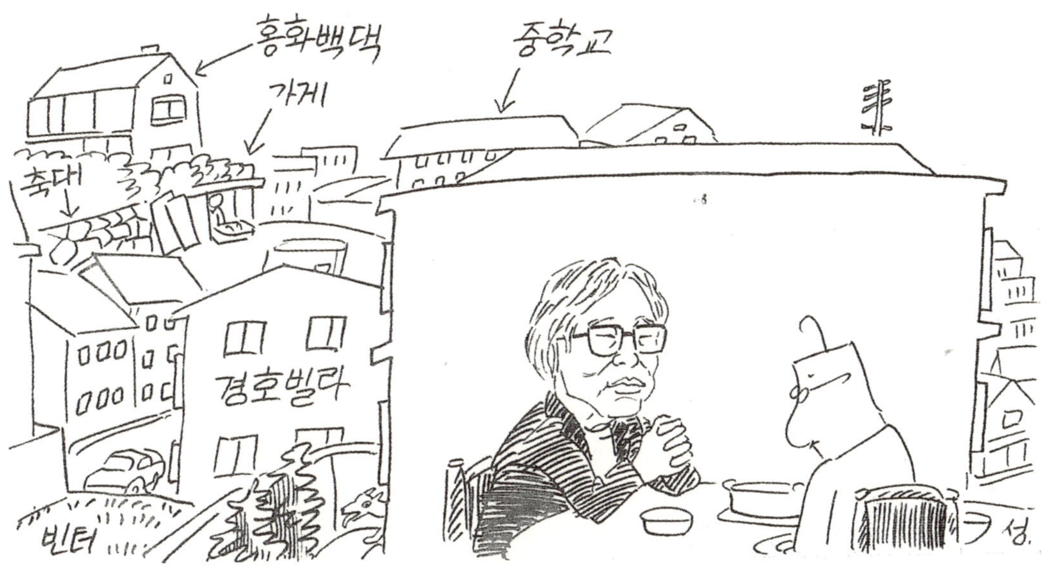

1980년에 나는 마포 집을 팔고 동작구 사당1동으로 이사를 갔다. 사당동 길 건너편은 예술인 마을이어서 이일영 화백 등이 살고 있었고 우리 집 앞쪽엔 이용환, 심죽자 화백이 또 우리 집 뒤쪽 언덕 위엔 홍종명 화백이 살고 계셨다. 그래서 놀러 가기도 하고 홍 화백이 오시기도 했다. 마침 식사시간 때면 독실한 기독교 신자이신 홍 화백은 먼저 기도부터 드리시곤 했다. 하루는 육필 까세를 부탁드리고자 봉투를 들고 가서 기다리며 홍 화백의 스케치북을 보고 있으려니까 "잠깐, 여기 재미난 게 있지. 고바우 바위라고 합니다."라며 한 장의 그림을 골라 보이시는데 아닌 게 아니라 고바우를 닮은 바위 두 개가 산마루에 붙어 있는 풍경이었다. 앞에 바위가 고바우인지 뒤쪽인지 분명치 않은데 아마도 앞쪽인 듯했다. 그래서 이걸 부탁드려서 스케치북에서 떼어내서 싱글벙글거리며 집에 돌아왔었다. 그리고 벌써 이십 년이 훌쩍 넘어가 버렸다. 그후 나는 2000년도 봄에 분당으로 이사를 왔지만 나보다 몇 해 전에 홍 화백은 집을 팔고 아파트로 가셨다. 홍 화백은 고바우 바위 그림 뒤쪽에 '고바우 바위가 보이는 봉정암에서.'라고 사인을 했는데 하루는 설악산에 자주 가는 친지에게 그 소재지를 물어보았더니 "봉정암은 잘 모르겠고 아마 봉주암을 말하는 게 아닌지 모르겠다."라고 좀 어정쩡한 대답을 하는 것이었다. 그래서 어느 쪽이 맞는 건지는 여태껏 모르고 있다. 아무튼 설악산에 고바우 바위가 있다고들 동리 주민들이 말하더라는 게 재미가 있어 지금도 고이 간직하고 있다. 식당이나 대폿집 또는 기원, 당구장, 정육점 등 작은 점포 이름에 '고바우'란 이름이 붙은 데가 적지 않은데 우연히 친지들과 그런 집에 들어가 식사를 하게 됐을 때 짓궂은 친지가 주인을 불러 나를 가리키며 "이 양반이 바로 고바우의 원작자시다."라고 밝힐 때가 있다. 그럼 주인은 반가워(?)하기는커녕 당황한 얼굴로 손짓을 해 가며 "우린 이십 년째 상호로 쓰고 있는데요?"라고 해명(?)을 하곤 했다. 왜 내 특허품 이름을 양해 없이 마구 쓰냐고 항의를 하러 간 게 아닌데 지레 겁을 먹고 변명을 하는 것 같았다. 또 어떤 집은 고바우란 간판에 그림까지 곁들여져 있어서 하도 재미있어 카메라로 찍어 두려고 셔터를 눌렀는데 주인이 튀어나와 "왜 그러냐?"고 묻는 것이었다. "내가 원작자인데 재미있어서 참고로 하나 찍었다."라고 했건만 역시 낯빛이 변해서 다짜고짜 "우린 삼십 년 전부터 쓰고 있으니 문제될 게 없는 줄 안다."라고 구구하게 변명을 하곤 했다.

왜 이렇듯이 피해의식들이 많은 것일까? 우선 원작자가 왔다면 반갑게 인사라도 하고 집의 상호로 잘 쓰고 있다고 한다든지 하다못해 김치라도 한 접시 덤으로 들고 나오면 서로가 기분이 좋지 않을까? 또 이게 상식이 아닐까? 전화번호부에 보면 한때 서울 시내에만 고바우를 상호로 쓰고 있는 곳이 40군데가 넘었다. 그중 정식으로 양해를 받으러 와 고바우 사인을 받아 가면서 그걸 확대해 벽면에도 붙이겠다면서 얼마간의 사례를 하고 간 사람은 여태껏 한 사람밖에 없다. 그래서 전통적인(?) '한국인의 피해의식'이란 논문이라도 누군가가 써야 될 것 같다.

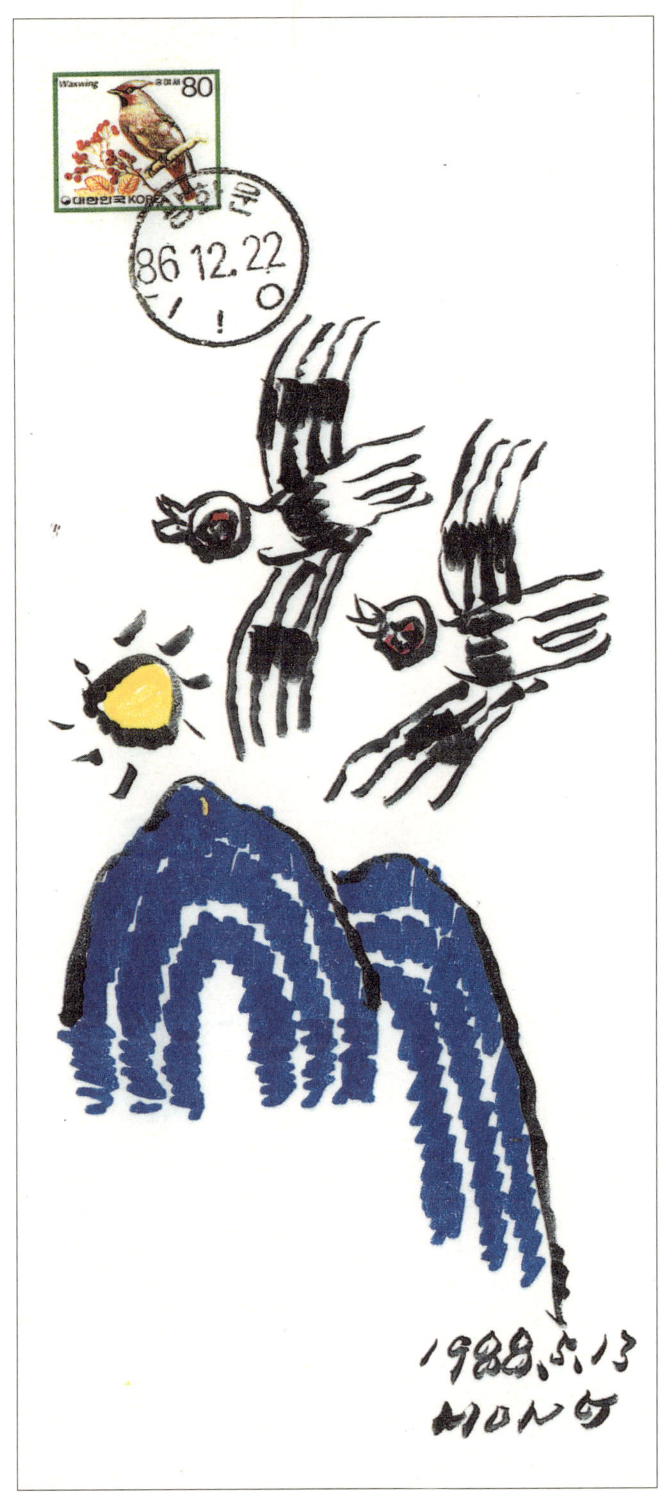
86 12.22
1988.5.13
HONG

　　평양이 고향이신 홍 화백은 1944년에 일본 도쿄제국미술학교를 졸업하
신 뒤 국전 및 각종 미술전에서 여러 차례 수상 경력이 있으시고 경희대,
숭의여전 등에서 교편을 잡았었다.

　　『흙에 묻혀 사는 이의 고운 마음』이란 저서가 있듯이 흙을 사랑했고 마
치 흙 위에 그려진 듯 자갈 위에 그려진 듯한 마티엘로 '여인상', '새' 와
'어린이' 와 '꽃' 을 제작했었다. 또한 교육 공로상과 국민훈장 등을 타신
홍 화백은 올해 9월 3일 향년 83세로 별세하셨다. 빈소에 흰 국화의 향내
가 그윽한 꽃밭 가운데에 '작은 액자' 속에서 조문객들을 조용히 내다보
고 계셨다. 마치 홍 화백의 성품처럼…….

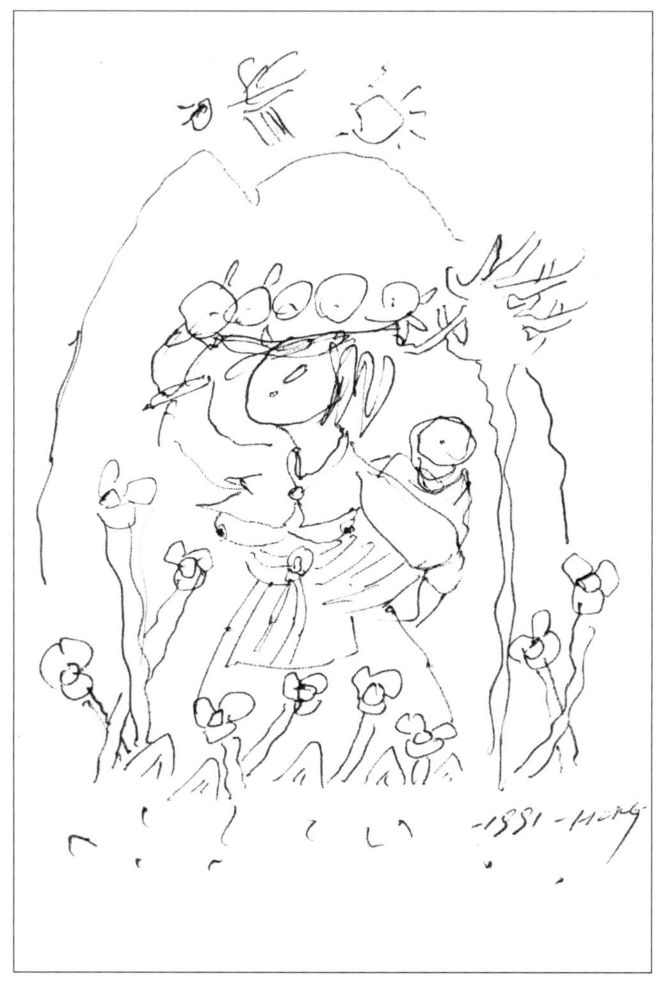

鄭永男 정영남

한국화가. 전주 출생. 동국대학교 동 대학원 및 고려대학교 정책대학원을 졸업했다. 초등학교 3학년 때 담임선생님의 감화로 화가의 길을 걷게 되었다. 강원엑스포 현대미술 초대전, 한국화 신조선, 한국 문인화 초대전 등 국내에서 수차례 전시회를 가졌다. 그외 베를린, 뉴욕, 중국 등지에서 초대전을 가졌으며, 전남도전, 무등미전의 심사위원, KBS문화센터 지도강사 등을 역임하였다. 대한민국미술대전 및 목우미술대전에서 수차례 입·특선을 차지했다. 현재 고려대학교 동양화과 교수로 재직 중이다.

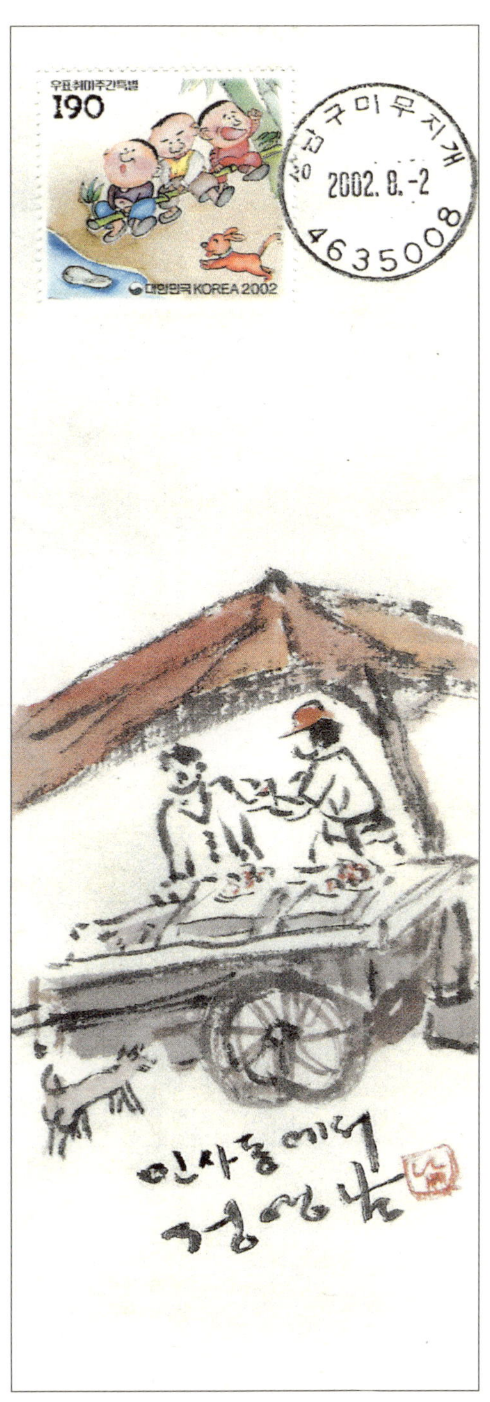

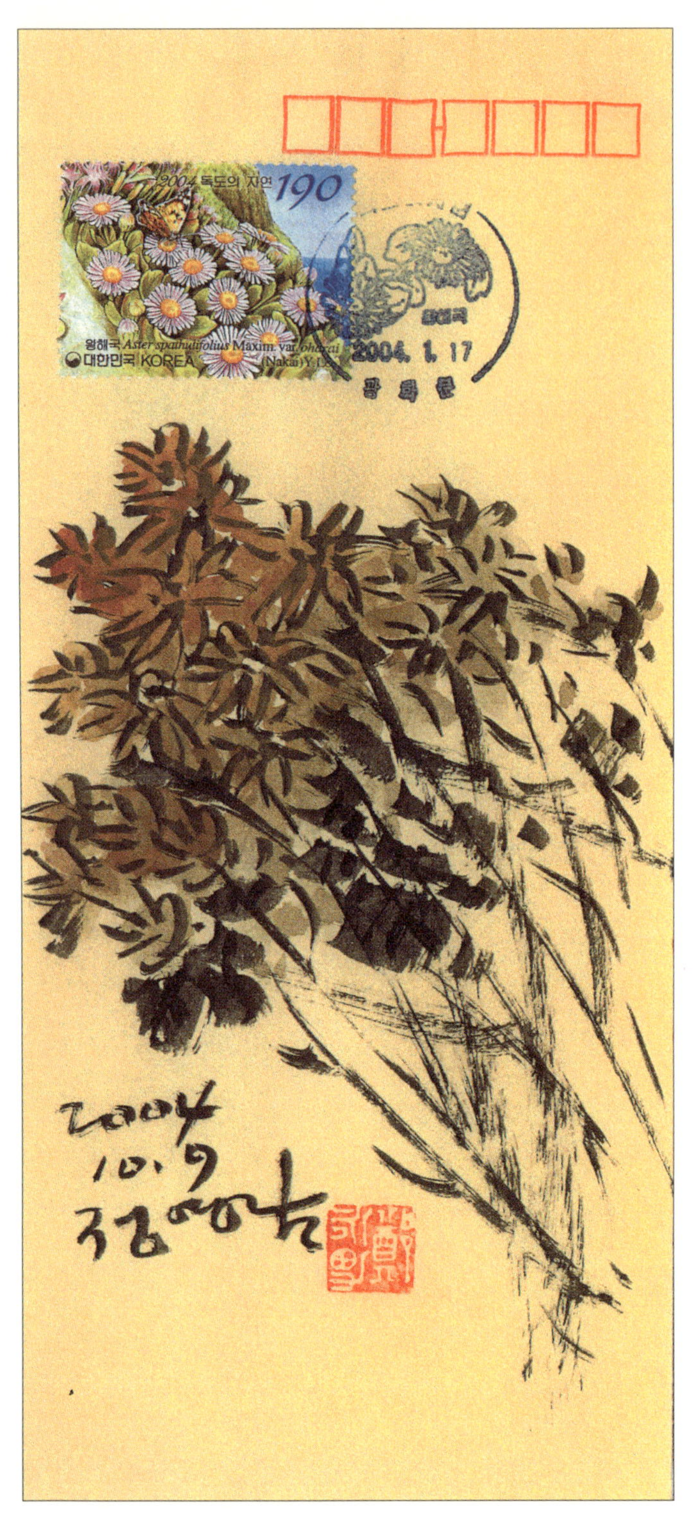

2004 독도의 자연 190
왕해국 Aster spathulifolius Maxim. var. oharai
대한민국 KOREA (Nakai)Y.Lee
2004. 1. 17
2004
10.9

具滋勝 구자승

서양화가. 서울 출생. 홍익대 서양화과를 졸업하고 온타리오 미술대학 및 홍익대 미술교육대학원을 졸업했다. 한국 신미술회전, 한 · 일 미술 교류전, 아세아 국제평화 미술대전 등을 비롯하여 국내외에서 활발하게 개인전과 초대전에 출품하였다. 세계평화 교육자상 및 미술문화상을 수상하였다. 현재 한국인물작가회 이사 및 상명대학교 교수로 활동하고 있다.

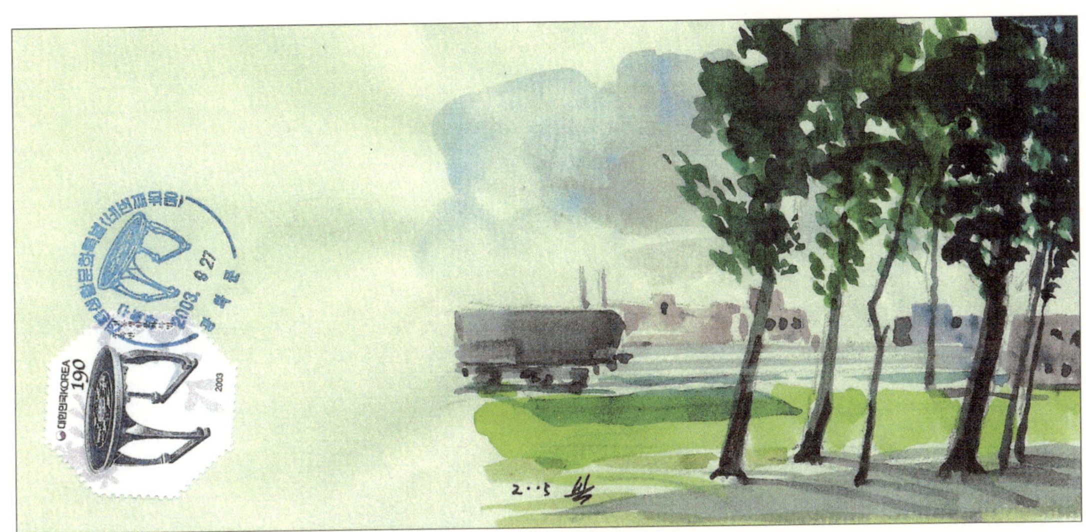

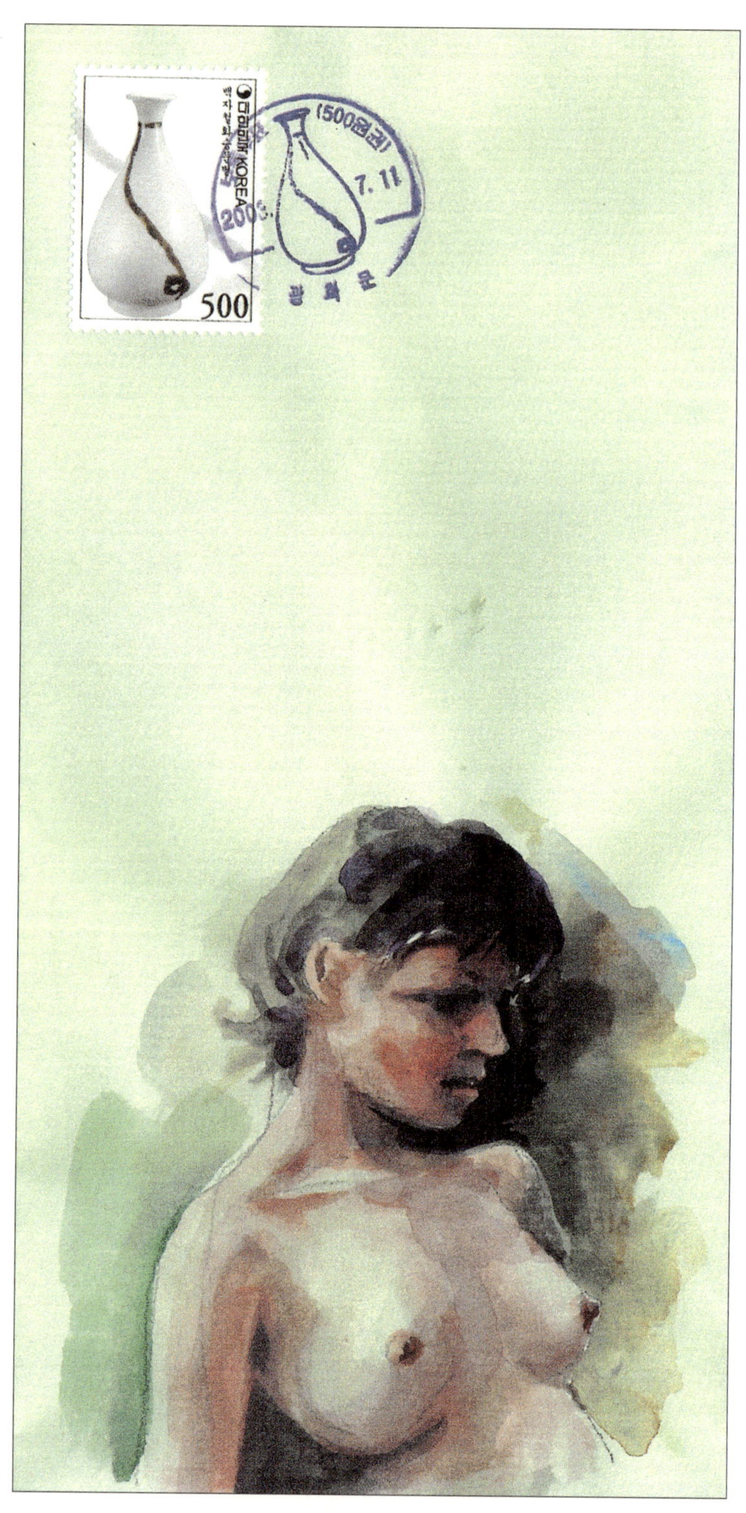

崔洛京 최낙경

서양화가. 전남 신안 출생. 동국대학교 대학원 미술교육과를 졸업했다. 1982년 유화 개인전을 시작으로 수차례의 개인전과 서울올림픽 기념 100인 초대전, 88서양화 초대전, 40대 작가 22인전, 아세아현대미술전(동경), 실크로드 — 서역으로 가는 길, 제9회 신작전(1992), 시화전(2002), 최낙경전(2003) 등 많은 전시회에 출품하였다. 삼목회·신작전회 회원, 목우회 사무국장, 한·독 미술가협회 회원 등을 역임하였다.

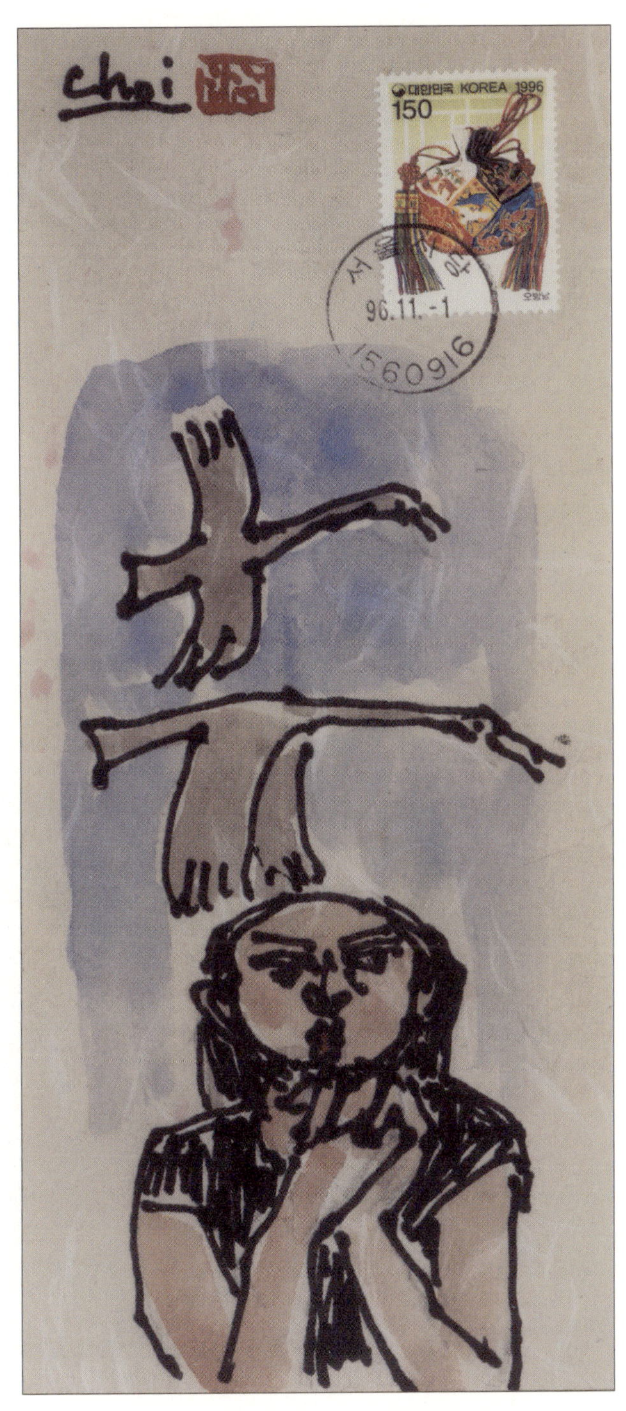

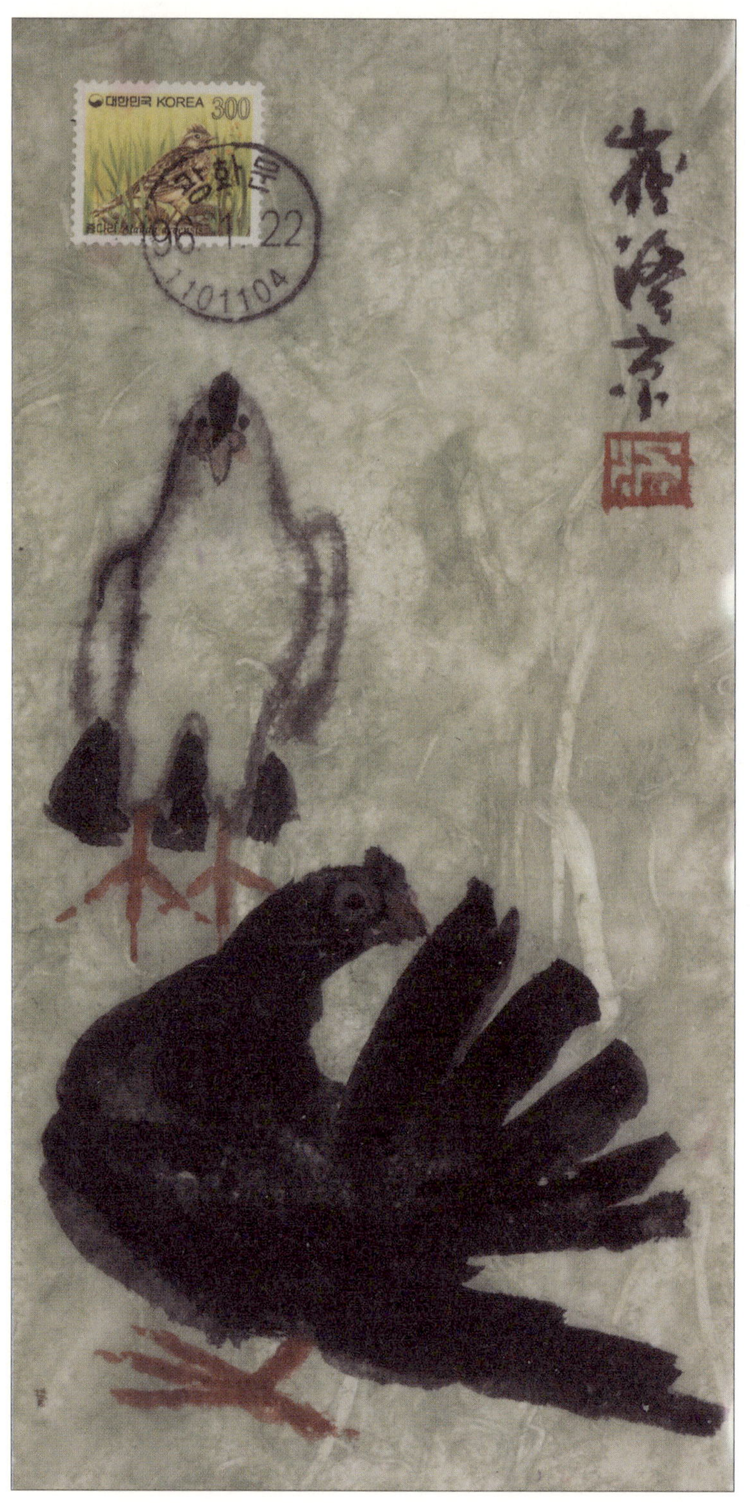

元錫淵 원석연

서양화가. 황해도 신천 출생. 일본 가와바타 미술학교를 졸업했다. 구월산(九月山) 사건에 연루되어 수감되기도 했었으며, 미국 공보원에서 근무하였다. 1945년 첫 개인전 이래, 연필서전(1985), 원석연 초대전(2001) 등을 열었고, 2004년에는 연필화가 원석연 추모 1주기전이 있었다.

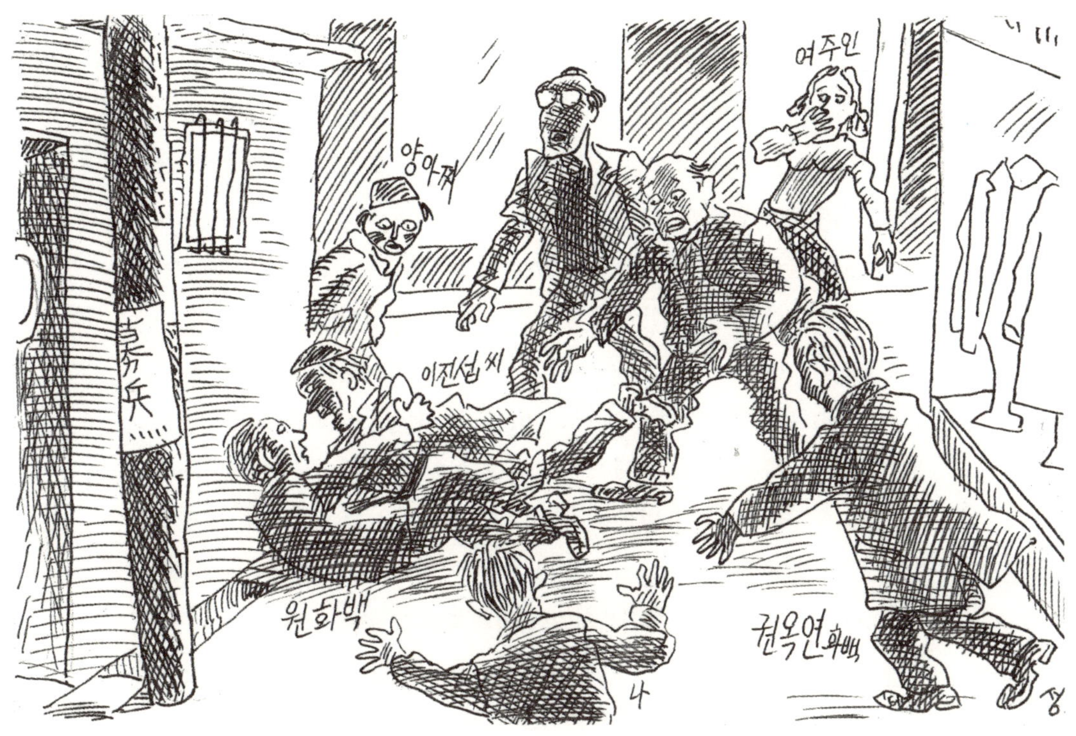

1956년 어느 늦가을 저녁 권옥연 화백과 나는 명동의 생맥주집에서 마른안주와 생맥주 몇 조끼로 거나해져서 충무로 쪽 방향으로 발길을 돌렸을 때였다. 어느 맥주집 문이 덜커덕 열리더니 우르르 사람들이 몰려나오는데 자세히 보니 두 사람이 엉겨 붙어 나오고 그들을 떼어 놓으려는 사람들이 서너 명 비틀거리며 나오는 모양새였다. 뒤엉킨 사람 두 명은 모두가 깡마른 이들이었고 그 움직임을 보니 직업적인 싸움꾼은 아니었고 어쩌다 언쟁이 싸움으로 번진 것 같았다. 그러다 한 사람의 발뒤꿈치가 길가의 하수구 모서리에 걸려 그만 나뒹굴었고 또 한 사람은 그와 멱살을 쥐고 있던 터라 함께 고꾸라지고 말았다. 고함소리를 들어 보니 두 사람 목소리가 귀에 익어서 권 화백과 나는 얼른 허리를 굽혀 두 사람을 뜯어 말렸다. 희미한 가게 불에 비친 얼굴을 보니 아래에 깔렸던 사람은 연필화가 '원석연' 씨였고, 위쪽에서 넘어졌던 이는 극작가 '이진섭' 씨였다. 주먹이 오간 것도 아니고 그저 뒤엉켜 쓰러진 것이니 누가 더 유리하고 불리하고를 따질 가치(?)조차 없는 싸움같지도 않은 싸움이었다. 그래도 아래쪽에 깔렸던 원 화백은 "내가 KO가 됐단 말이야! KO가……."라며 분을 못 삭이고 다시 이 씨에게 달려드는 걸 우리 두 사람이 떼어 놓았는데, 두 사람이 워낙 약골(?)이어서 말리는 데 힘이 들지는 않았다. 오히려 권 화백은 원 화백더러 "저렇게 얌전한 이에게 왜 이러는 거야?"라며 혀를 끌끌 차곤 했다. 어떤 내용이 싸움의 불씨가 됐는지 알 가치조차 없을 정도로 문인, 화가들의 술판에서 걸핏하면 욕설과 몸싸움이 일어나곤 했었다. 종전이 된 지 얼마 안 되고 생활의 터전을 잃은데다 이산가족도 많아 절망 상태에서 외상으로 시계, 만년필을 잡혀 가며 술을 마시다 보니 신경들이 곤두서서 걸핏하면 술판이 싸움판으로 바뀌곤 했다. '포엠'이란 미니바가 퇴계로 쪽에 있어서 '모나리자'나 '동방살롱'에서 차를 마시다가 그 고장으로 옮겨가 문인, 화가들의 술판이 벌어졌고 얼마 후엔 '모나리자' 건너편에 생긴 '은성'이란 대폿집이 문인, 화가들의 안식처가 되었다. 하도 싸움판이 잘 벌어지다 보니 나도 본의 아니게 오해를 받아 소동을 일으키게 된 적도 있었다. '포엠'에서의 일이다. 『순애보』의 작가 박계주 씨가 마담이 직접 술 따라 주는 스탠드에 그 두툼한 거구를 기대고서 술을 마시다 나를 힐끗 보고 "이봐! 요즘 만화가 뭐 그런가?"라고 험구를 털어 놓는 것이었다. 시인끼리도 걸핏하면 "자네 그것도 시라고 쓰나?" 하는 식으로 말이 오가던 터여서 별로 신경이 곤두서지도 않았는데 마침 소변이 마려웠던 차여서 벌떡 몸을 일으키자 소설가 박연희 씨가 내 팔을 붙들고 앉히고자 "참으라고." 소릴 내자 화가와 시인들이 내 허리를 붙잡고 일어나는 등 순식간에 아수라장이 되어 버렸었다. 아무리 한들 설혹 화가 났더라도 이십여 세나 나이가 많은 사람에게 달려들 리가 없지 않은가?

그 이튿날 조선일보사 현관 쪽에 '새싹회'가 있었고 여기에 원고를 주려고 들렀더니 '윤석중' 선생이 허허 웃어 대시면서 "어젠 술집에서 박계주 씨를 만났다면서요."라고 말하는 것이었다. 문화계 인사들의 활동 범위가 하도 좁다 보니 별 시시껄렁한 소동도 금세 화젯거리가 되곤 했다. 또 진짜로 유혈극(?)으로 번질 뻔한 사건도 종종 있었다. 평론가 '이봉래' 씨가 K모 화백의 전시회 때에 내놓은 자기소개 사항이 좀 과장되었던지 그의 평론에 "어디서 뭘 해 먹었던 자인지 알려지지도 못한 자가 자칭 피카소라 자화자찬하는 희극." 운운으로 좀 과격하게 썼던 일이 있었다. 이에 격분한 K씨는 "그자를 만나면 없애 버리겠다."면서 단도를 품고 날마다 문인들이 모인 자리에 수소문을 하고 다닌 일이 있었다.

나 역시 박영선 화백과 모나리자에 앉아 있는데 얼굴이 벌겋게 상기된 거구의 신사가 우리 얼굴을 유심히 훑어보고 나서 다른 자리로 발을 옮기는 모습을 볼 수 있었다. 며칠 후에 박계주 씨와 같은 자리에 앉게 되자 "드디어 K씨와 이 씨가 맞닥뜨려서 사람들이 전부 일어나 뜯어 말리고 경찰이 달려와 둘이 다 끌려가드구먼……."라고 하는 것이었다. 칼은 어떻게 되었느냐고 묻자, "사람들이 뒤엉켜져 모나리자 문 밖으로 몰려나갔는데 땅바닥에 칼이 떨어져 있더구먼." 하고 상황 설명을 하는 것이었다. 칼은 위협용이었지 진짜로 활용하려던 것은 아니었던 것 같다. 어떻게나 신경들이 날카로웠던지 이런 일도 있었다.

1954년 봄, 내 제2만화집 『캐리커처』에 문사와 화가들의 얼굴을 그려 넣어야겠다고 한 페이지 한 페이지씩 그려 나갈 때 시인들 전부는 실릴 수 없고 해서 선별해야겠다고 L시인 보고 무심히 얘기를 하자 "자신은 꼭 넣어 달라."고 당부를 하는 것이었다. 이런 얘기를 시인 K씨에게 무심히 말한 것이 큰 화근이 되었다. K씨는 평소 L씨의 작품을 인정 안 하는 터여서 L씨에 대한 험구를 하는데 내 얘기가 튀어나왔던 것이다. 이를 안 L시인은 격분해서 나를 거리에서 만나자 "당신을 매장해 버리겠다."고 악담을 하는 것이었다. 나를 어떤 식으로 어떻게 매장을 할 수 있나? 어이가 없어서 "어디 할 수 있으면 해 보라."는 태도를 지니자 다음엔 내가 선배 욕을 하고 다닌다는 구실로 고대 럭비부 출신 고급장교가 나를 보면 때려 주겠다고 벼른다는 소문이 떠돌았다. 물론 그 장교는 L씨의 친구였다. 그러니 난 들 그런 투 협박(?)에 굴복할 수는 없었다. 이런 얘기를 박모 화백에게 들었고 박 화백은 "이제라도 늦지 않았으니 그들에게 사과를 하는 게 좋다." 고 충고를 하는 것이었다. 그래서 나는 "언제 어디서건 때와 장소를 불문하고 마음 내킬 때 덤벼들라고 전하라."고 다부지게 선언(?)을 해 버렸다. 그래서 그들이 명동 어느 골목에서건 덤벼들 것으로 마음의 준비를 하고 다녔건만 아무런 기미가 보이지 않았다. 그러다 모나리자 다방 옆 다방에 (모나리자엔 만원이 돼 앉을 자리가 없어서) 앉아 있는데 그 화제의 장교가 성큼성큼 내 옆을 지나 바로 내 뒤편에 자리 잡고 앉았는데, 한눈에 깡패로 보이는 젊은 현역 대위 한 명이 한 손에 붕대를 감고 거들먹거리며 들어와 그 장교 앞에 앉는 것이었다. 그 고급장교가 직접 손을 쓰나 했었는데 그게 아니라 전문깡패에게 사무인계를 하는 듯했다. "이놈이 자기 선배 욕을 하고 다니니 가만둘 수 없다. 손을 봐 주라."는 투의 얘기 소리가 주섬주섬 들려왔다. 그래서 '하하! 이제 저 젊은 깡패가 내게 다가와 시비를 걸겠지.' 하고 있는데 의외로 그 대위는 손을 휘두르면서 "난 그런 짓 못 한다."라고 거부를 하는 것이었다. 의외로 그 깡패장교가 내 애독자였는지(?) 또는 내용을 듣고 보니 손을 쓸 이유가 없는 일(?)로 알았던지 그 자리는 무사히 모면할 수가 있었다. 이렇듯 좀 살벌한 분위기가 도는 명동의 거리이기도 했다.

원 화백은 한두 번 막걸리를 같이할 정도였지 다른 화가들같이 각별한 사이는 아니었다. 그러나 원 화백은 내게 친근감이 있었던지 만날 때마다 "어이! 동상.", "동상!" 하며 다가오곤 했다. '동생'을 '동상'으로 발음이 좀 바뀐 듯했다.

그 당시 나는 '현대만협회장'이란 직함을 지니고 내 딴에는 자존심이 강할 때였다. 그래서 거만해 보이거나 돈이 많아 보이는 이가 이런 식으로 말하면 금세 불쾌해졌을 터인데 웬일인지 원 화백이 부르는 소리는 정감이 가는 그런 분위기여서 잘 받아들이곤 했다. 내 전시회 때 방명록을 펼치고 뭔가 그려 달라고 졸라(?) 대자 개미 한 마리를 그리고 그림 제목을 '고독한 녀석'이라 붙이라고 하는 것이었다. 그래서 그 개미 한 마리 화면

에다 개미 우표를 붙이고 소인消印을 찍어 까세를 만들었었다. 생전에 한
번 만나 대포라도 마시고자 연락처를 수소문하던 중 올해 들어서 별세했
다는 부음 기사가 신문에 실린 걸 보고서야 그동안 건강이 나쁘셨다는 걸
알게 되었다.

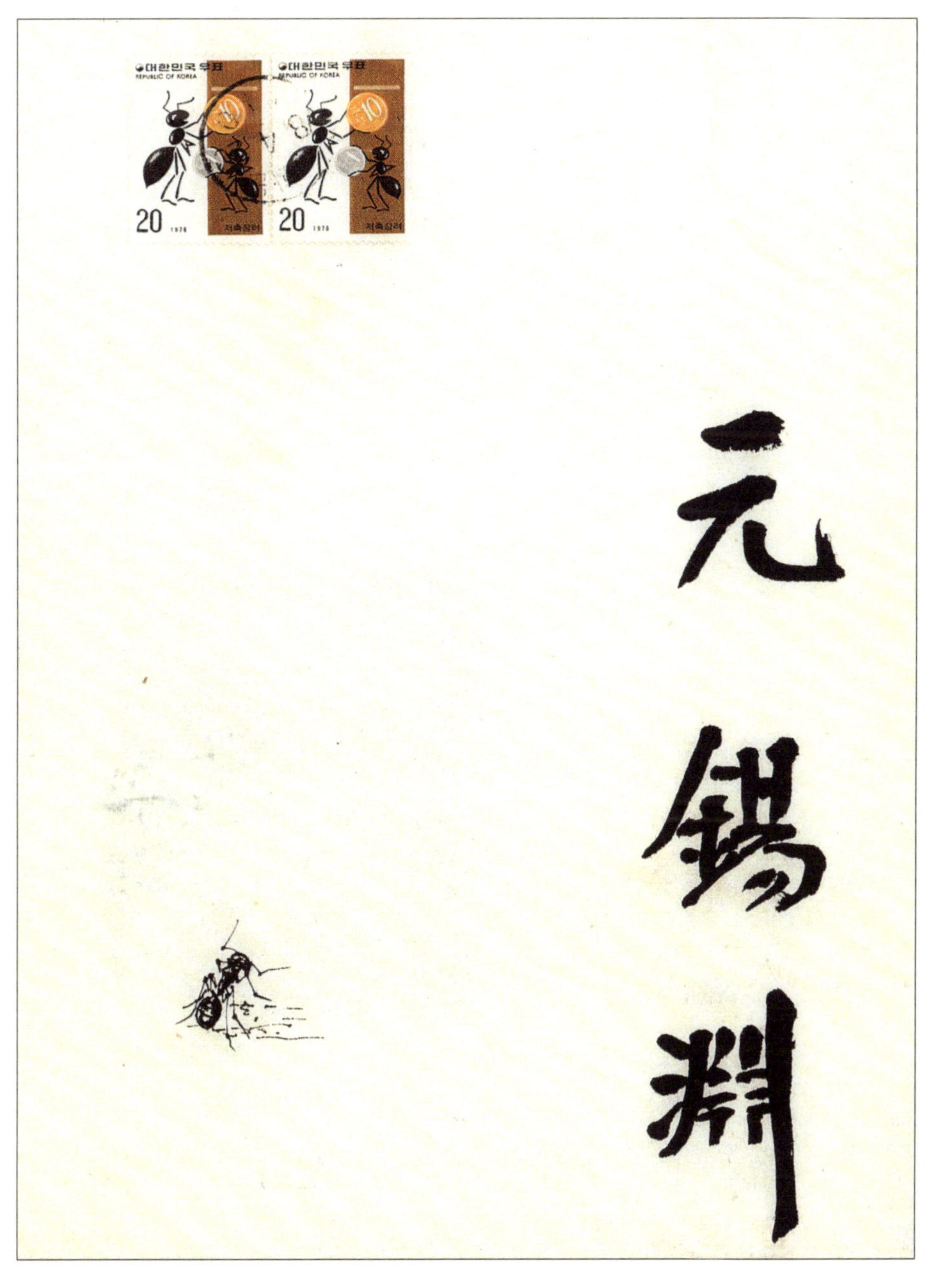

李忠根 이충근

서양화가. 황해 재령 출생. 한국 현역
작가 초대전(1975), 한중연합회전
(1978), 자화상 인물전(1980), 한국
미술문화 대상전(1983), 원로작가 회
화전(1992), PARIS전(1995), 한국
미술 99전(1999), 움직이는 미술관
(2000) 등의 단체전 및 수차례 개인전
을 가졌다. 덕성여고 교사로 재직했으
며, 1954년부터 제3~11회 국선에 입
선하였으며, 1976년에는 오원미술연
맹상을 수상하였다.

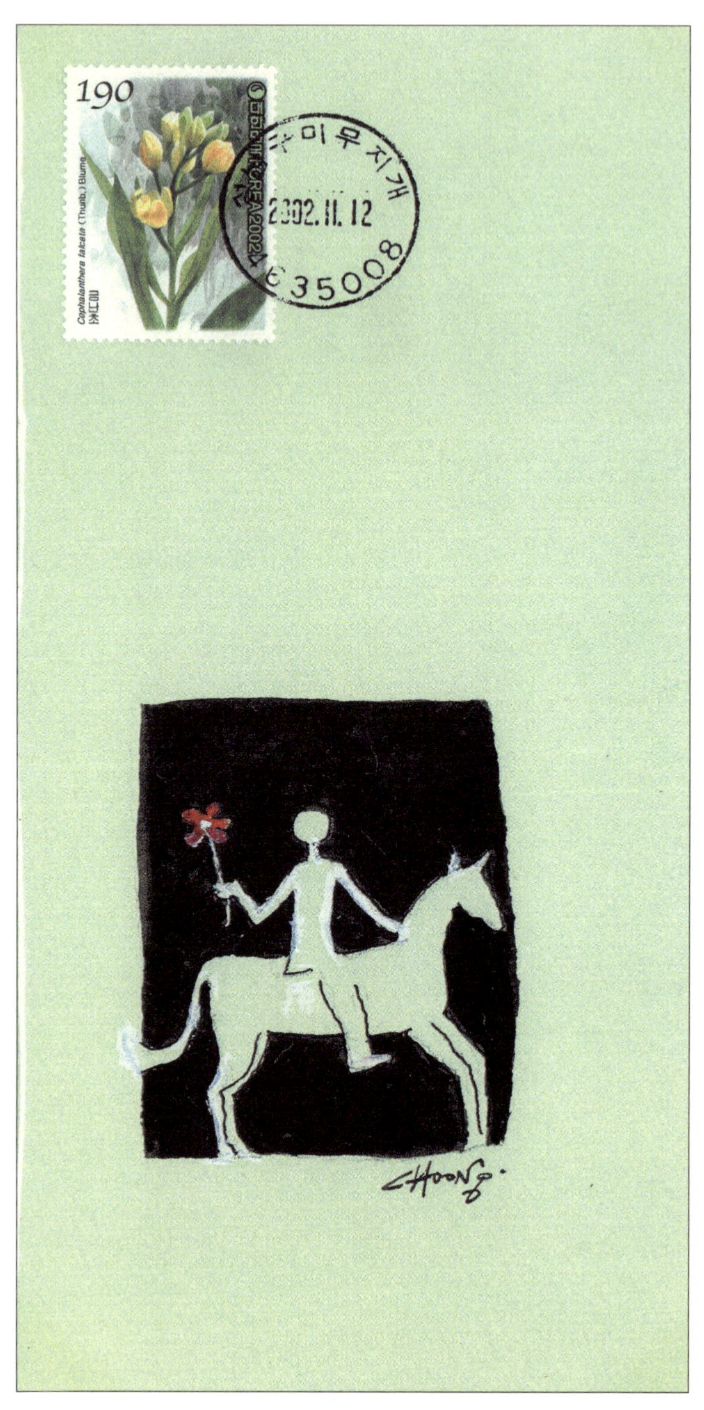

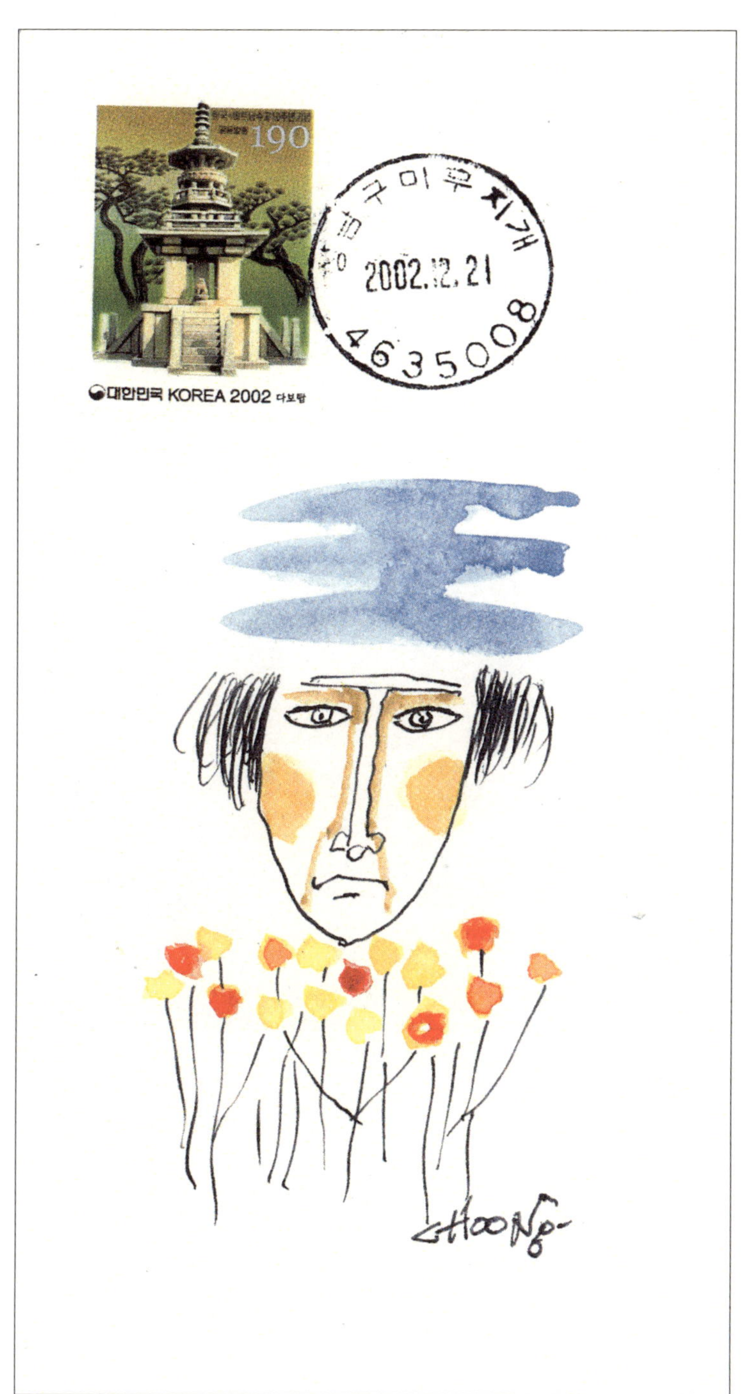
190
대한민국 KOREA 2002 다보탑
2002.12.21
4635008
CHOONG

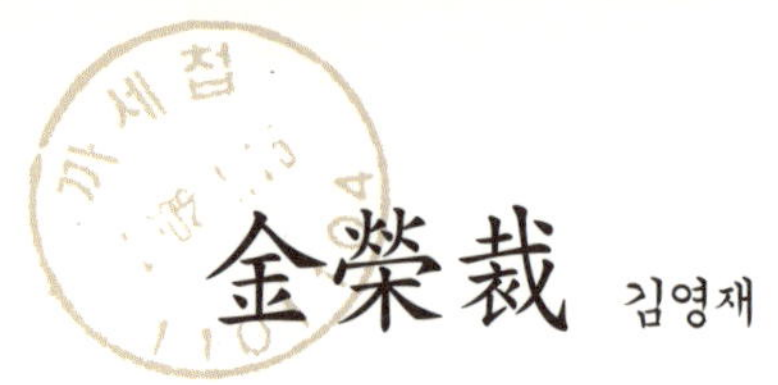

金榮裁 김영재

서양화가. 경북 봉화 출생. 홍익대학교 대학원 미술학과를 졸업하였다. 총16회의 개인전을 비롯하여, 문공부 현역작가 초대전 (1968), 한국의 자연전(1981), 제2회 도쿄ART EXPO 개인전(1991), 한국자연대전(1993), 신춘 서양화 원로 · 중진작가 10 인전(1998), Salon Dautomne 100주년 특별전(2003), TORONTO 화가전(2003) 등 수차의 전시회에 참여하였다. 1994년 에 국민훈장 목련장을, 1995년에는 제9회 대한민국기독교미술상 등을 수상하였으며, 현재 영남대학교 명예교수로 있다.

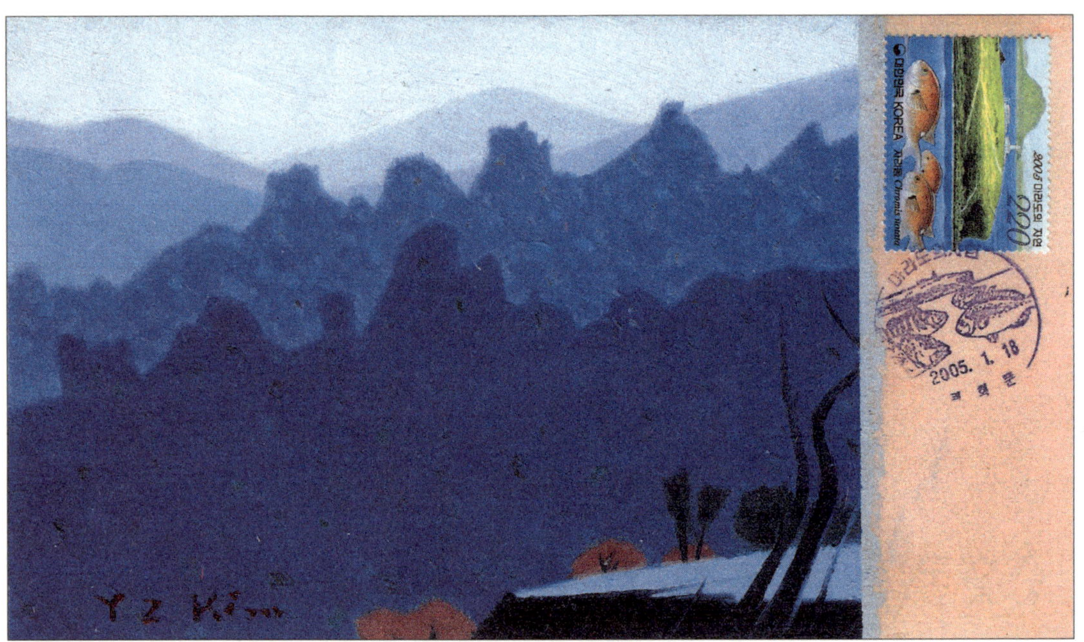

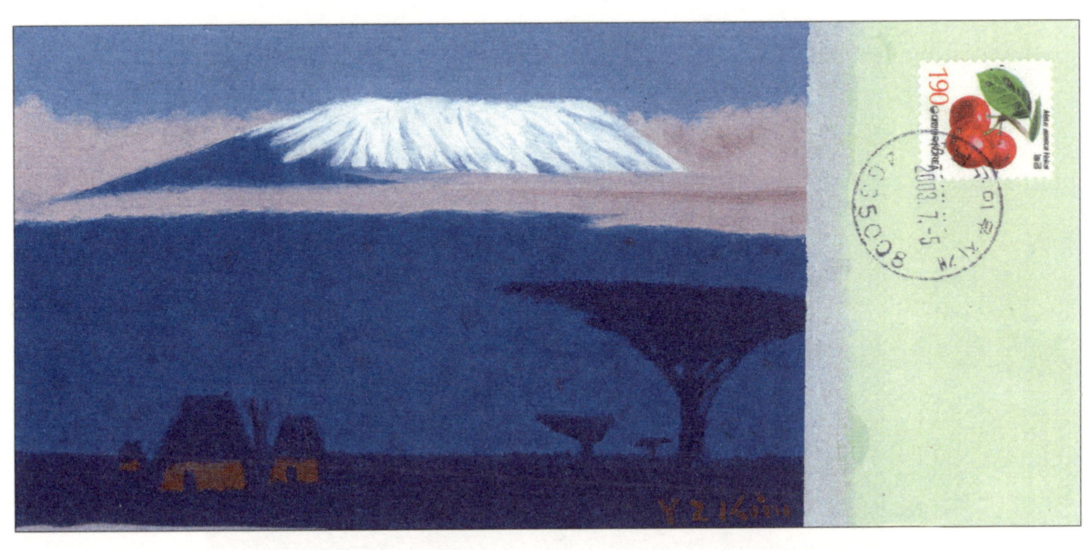

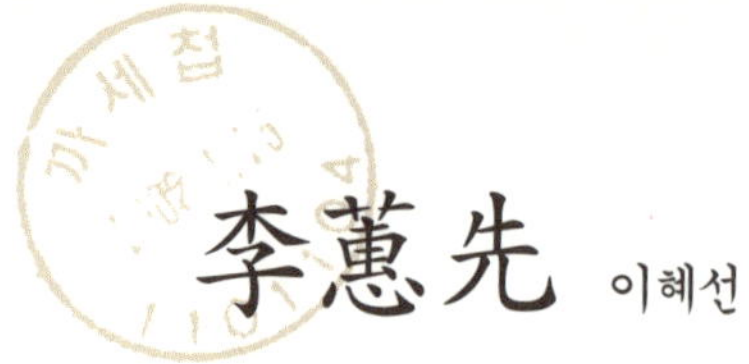

李蕙先 이혜선

공예가. 서울 출생. 홍익대학교 대학원에서 공예를 전공했다. 1978년 몽고메리대 화랑에서 작품전을 시작으로, 텍스타일박물관 초대전(1978, 워싱턴), 리걸화랑 초대전(1979, 시카고), 어섹스 커뮤니티대 초대전(1980, 볼티모어) 등에 출품하였다. 1985년에 귀국하여 귀국전을 가졌고, 1985년 청색의 습지대전, 펜과 브러시회 주최 작품전(1990)에 참여하였다. 제25회, 29회 대한민국미술대전에서 각각 대통령상, 특선을 수상하였다.

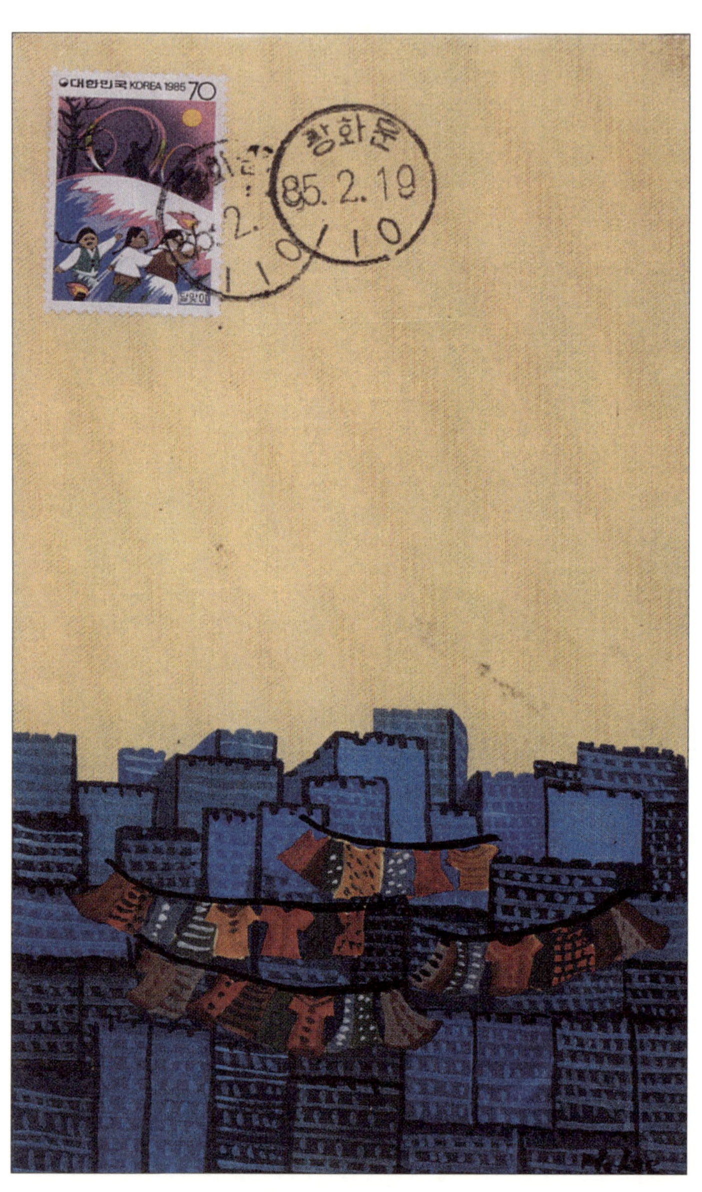

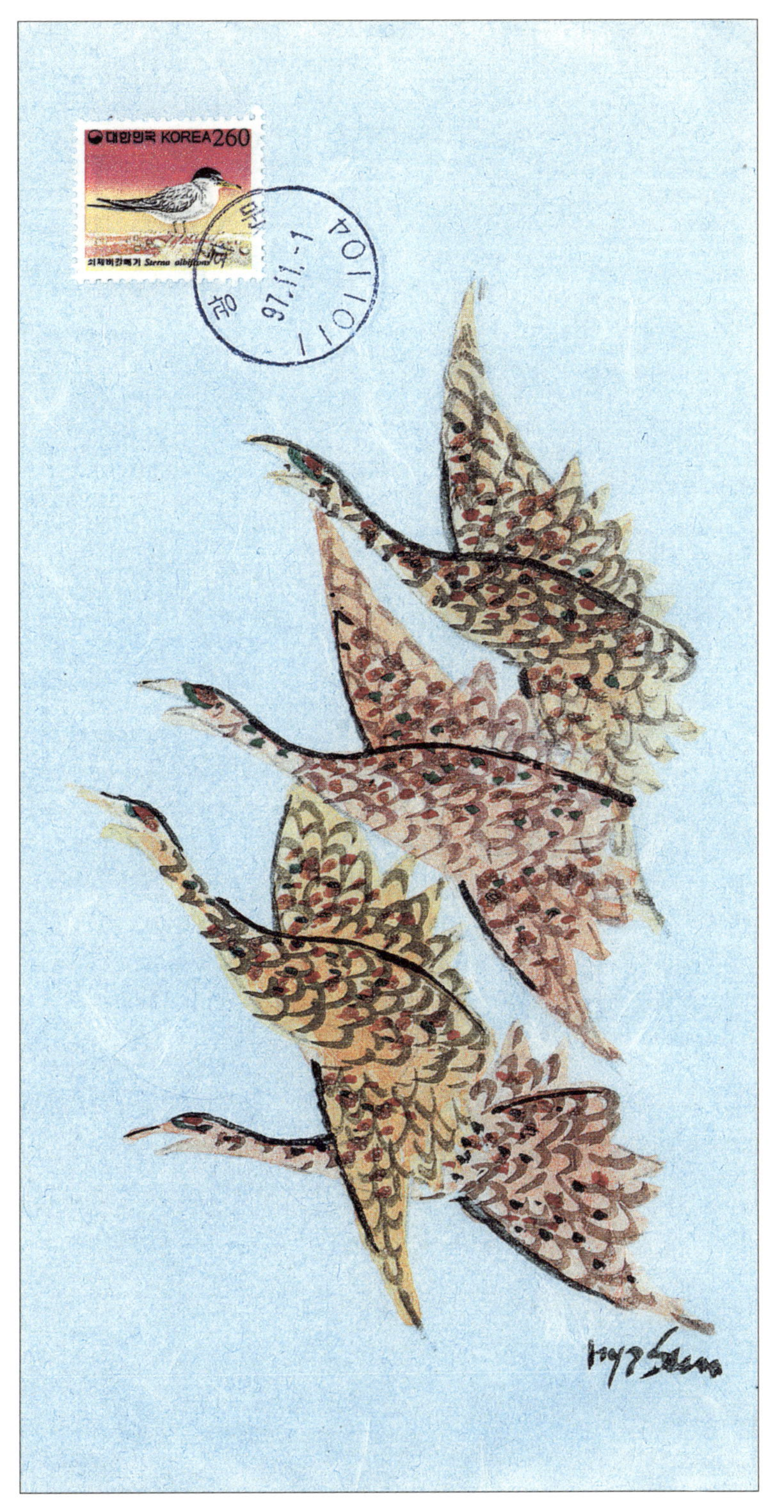

프란체스카

오스트리아 출생. 1934년 뉴욕에서 이승만 전 대통령과 결혼. 1960년 4 · 19혁명으로 이 대통령과 함께 하와이로 망명하였다가 1965년 이 대통령이 타계하자 잠시 오스트리아로 돌아갔다. 1970년 영구 귀국하여 양자 이인수 내외와 이화장에 정착, 1992년 세상을 떠났다. 평소 근검절약하는 생활태도가 유명하였다.

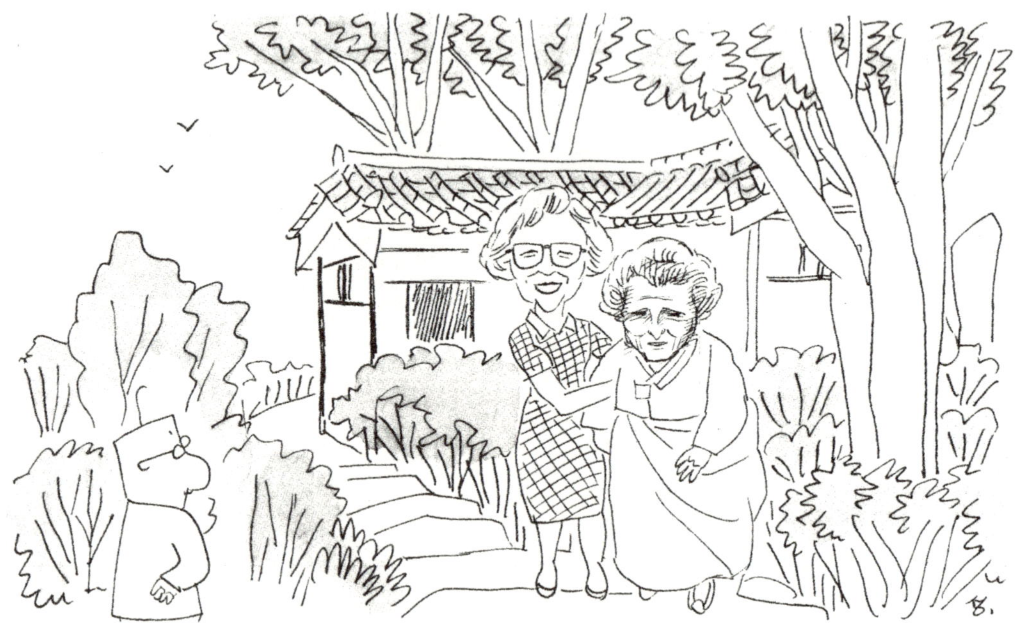

"고 이승만 전 대통령의 부인 프란체스카 여사(92세)가 3월 19일 0시 15분 자택인 이화장에서 노환으로 별세했다."는 기사가 19일자 조간에 나왔었다. 아울러 "아들 이인수李仁秀 박사와 조혜자 부부가 임종을 지켜보았다."란 것이었다. 바로 그 프란체스카 여사가 그린 육필肉筆 까세가 있다면 의아하게 생각되겠지만 실제로 내 수중에 몇 통이 남아 있어 공개케 되었다. 그 연유는 1987년으로 거슬러 올라간다.

하루는 무궁화동우회란 여성단체에서 내게 수가 놓여진 넥타이 하나와 감사장이 한 통 배달되었었다. 그 감사장 내용은 다음과 같다.

"저희 무궁화동우회원 일동은 항상 좋은 고바우 만화를 그려서 국민들을 속 시원하게 해 주시는 선생님께 감사패를 대신하여 작은 선물을 올립

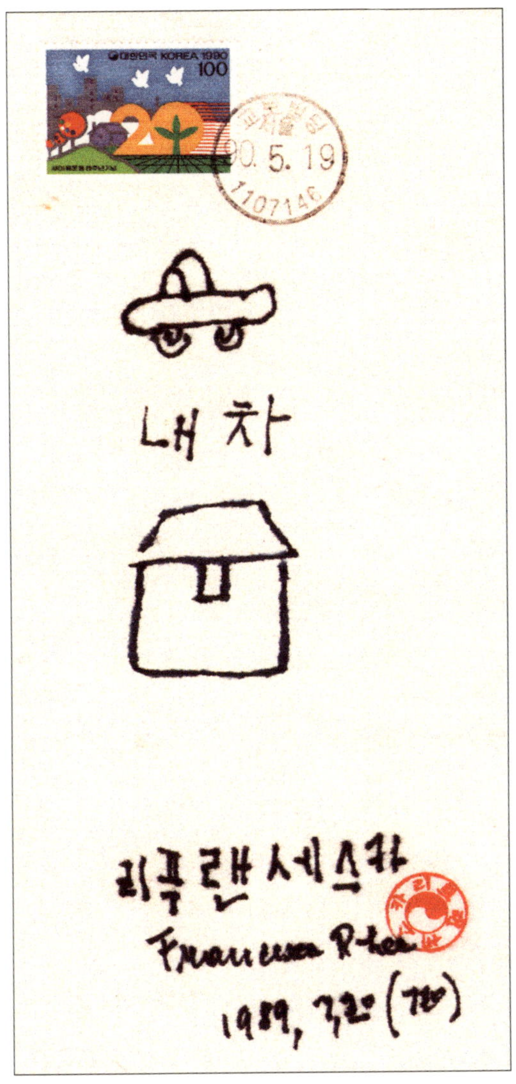

90. 5. 19
내 차
리폭랜세스차
Francesca Rhee
1989. 7.20 (木)

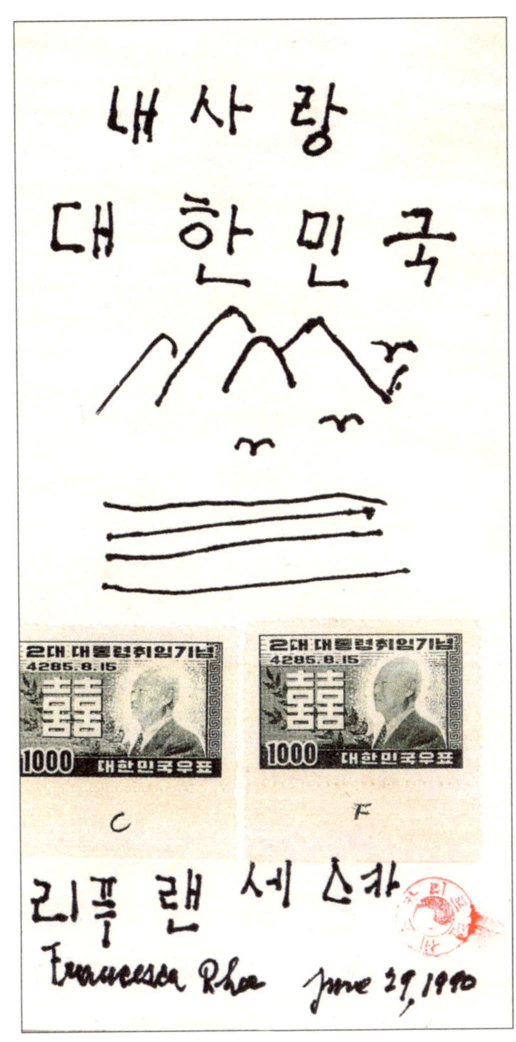

내 사 랑
대 한 민 국
2대 대통령취임기념
4285. 8. 15
1000
대한민국우표
2대 대통령취임기념
4285. 8. 15
1000
대한민국우표
리폭 랜 세 스차
Francesca Rhee
June 29, 1990

니다. 기도하는 고바우를 수놓은 넥타이입니다. 고바우님의 기도가 이루어지길 비오며……. 무궁화여성동우회원 1987년 10월 27일 일동 올림."이란 내용의 것이었는데 그 회합의 모임 장소는 이화동 1번지 이화장으로 돼 있었다.

그래서 알아본 결과 고 이승만 전 대통령의 며느님이 되시는 조 여사가 동우회 대표란 것을 알게 되었다. 그래서 감사의 뜻을 전할 겸 집사람과 함께 초가을이 무르익어 가던 이화장을 찾아갔었던 것이다. 그날은 마침 전화로 미리 연락을 안 했던 고로 조 여사는 못 만났지만 이 박사의 유품과 이화장의 검소한 생활상 등을 살펴보고 돌아왔고 그후로부터 이인수 박사 내외분과의 교분이 맺어졌던 것이다. 그래서 조 여사에게 부탁해서 프란체스카 여사에게 까세를 그려 받게 된 것이다.

비록 산과 집 그림은 초등학생 그림 모양 치졸하지만 검소하고 썰렁한 이화장의 생활상이 풍기고 있다. 사인은 한글로 쓴 것과 영문이 있고 태극기 모양의 도장도 '리 프란체스카' 로 돼 있는 것과 '또나 프란체스카' 의 두 가지가 있어서 각각 다른 봉피에 찍어 받았다.

그런데 재미있는 것은 태극기 도장 속의 태극무늬가 무슨 연유에서인지 반대로 새겨져 있다는 점이다. 도장 새기는 이의 실수로 그렇게 된 것인지, 위조를 방지키 위해 고의로 그렇게 새긴 것인지는 모르나 꽤 오랜 세월 동안에 걸쳐 쓰인 도장이어서 흥미롭다.

내 개인전 때나 다방에서나 다른 모임에서 이 박사 내외분과는 자주 만나고 있건만 이상하게 이화장엘 갔을 때마다 못 만나는 기연이라는 기연이 있기도 하다. 프란체스카 여사가 작고하고 이틀이 지나서야 우리 부부는 이화장의 빈소를 찾아갔는데 그때엔 고인의 영정 옆에 손자 둘이 서 있었고 이 박사 부부는 피곤한 나머지 방 안에서 휴식 중이라고 함에 거기까지 가서 방문을 두드리면 방해가 될까봐 그대로 발길을 옮겼던 것이다.

여기에 소개되는 봉피 외에 3대 대통령 취임 초일봉피에 '내 사랑 이승만 박사' 와 '고바우 만세' 가 쓰인 까세도 내 앨범 속에 고이 간직되고 있다.

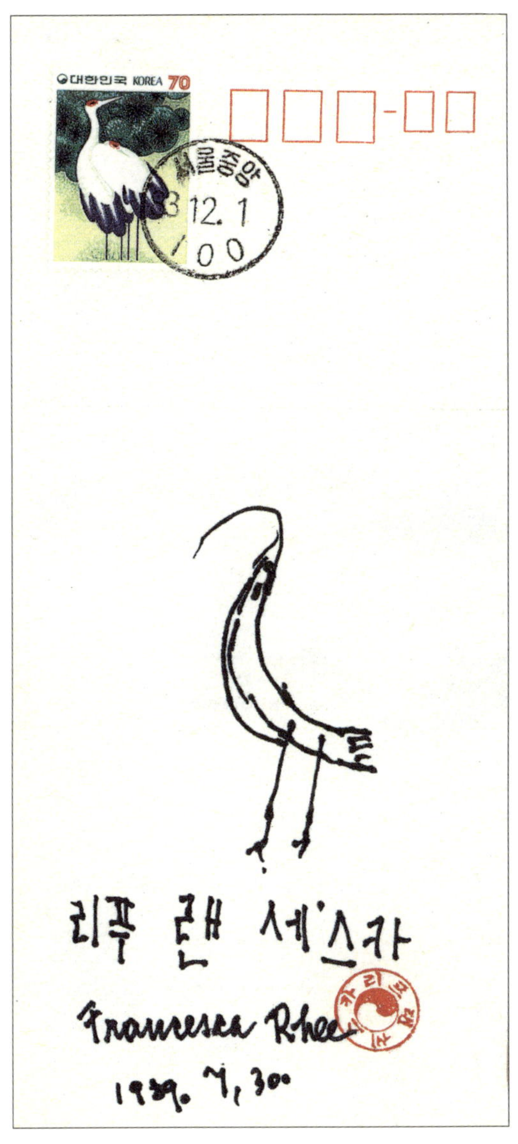
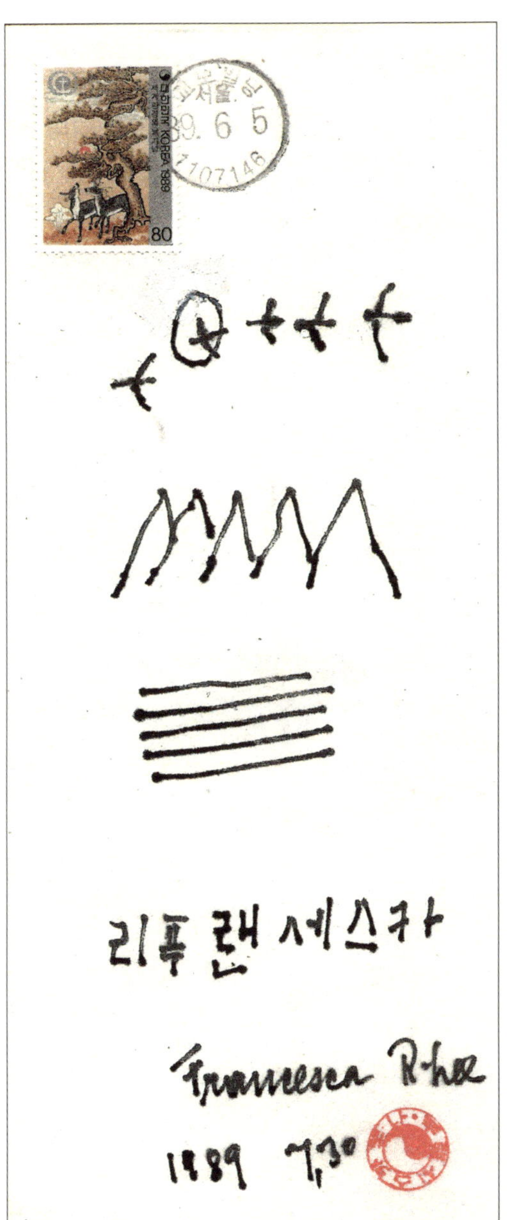

金膺顯 김응현

서예가이자 전각가. 호 여초. 서울 출생. 당대 명필로 손꼽히는 그는 중국 서예의 장점을 받아들이는 한편 역대 글씨를 공부하면서 한국적 글씨를 찾는 데 평생을 바쳐왔다. 국내에서는 물론 중국, 대만, 일본 등에서도 글씨로 이름이 높다. 국전 입선 3회 · 특선 2회, 한중서법전, 한일서예 교류전, 국제현대서예전, 김응현서법연전, 정부소장미술품 특별전 등 다수의 전시회에 참여했다. 국전 추천작가 · 초대작가 · 심사위원, 국제서법예술연합 한국본부 이사장, 동방연서회서법방중단 단장 등을 거쳐 현재 동방연서회 회장으로 있다.

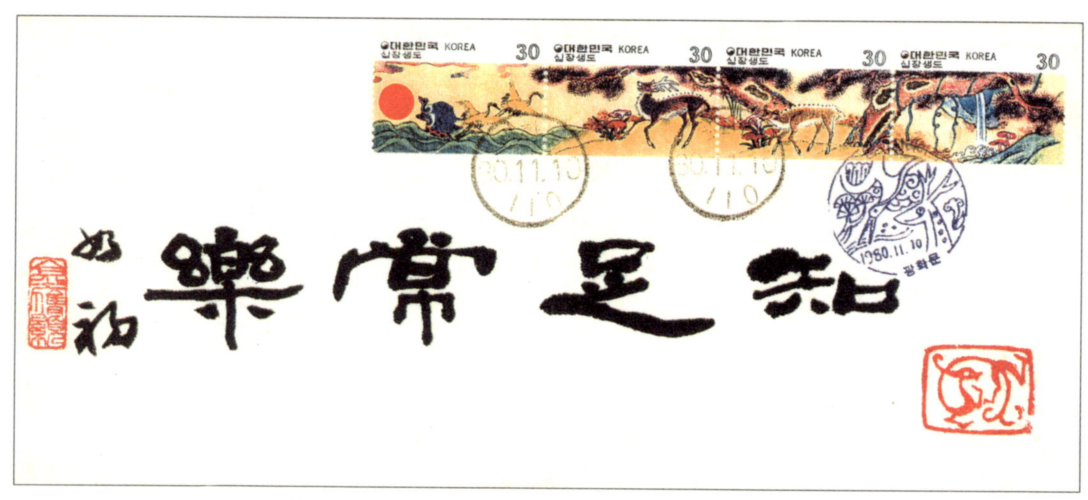

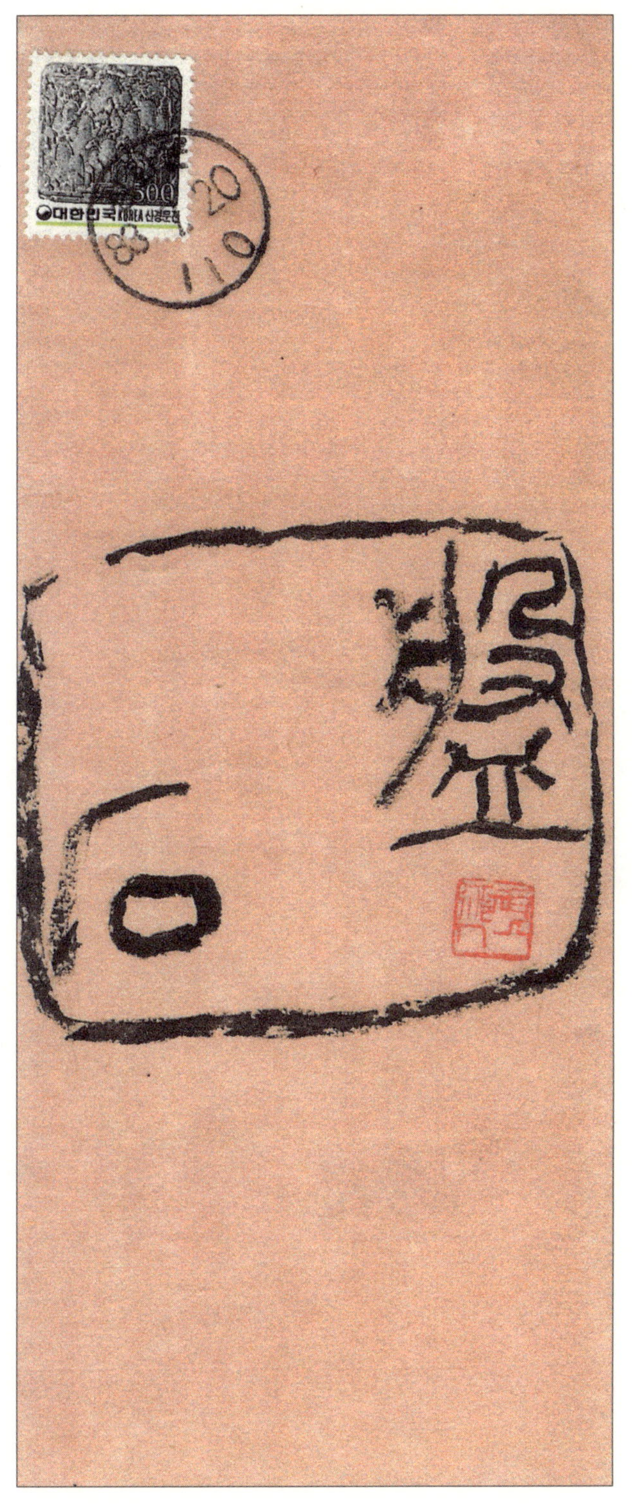

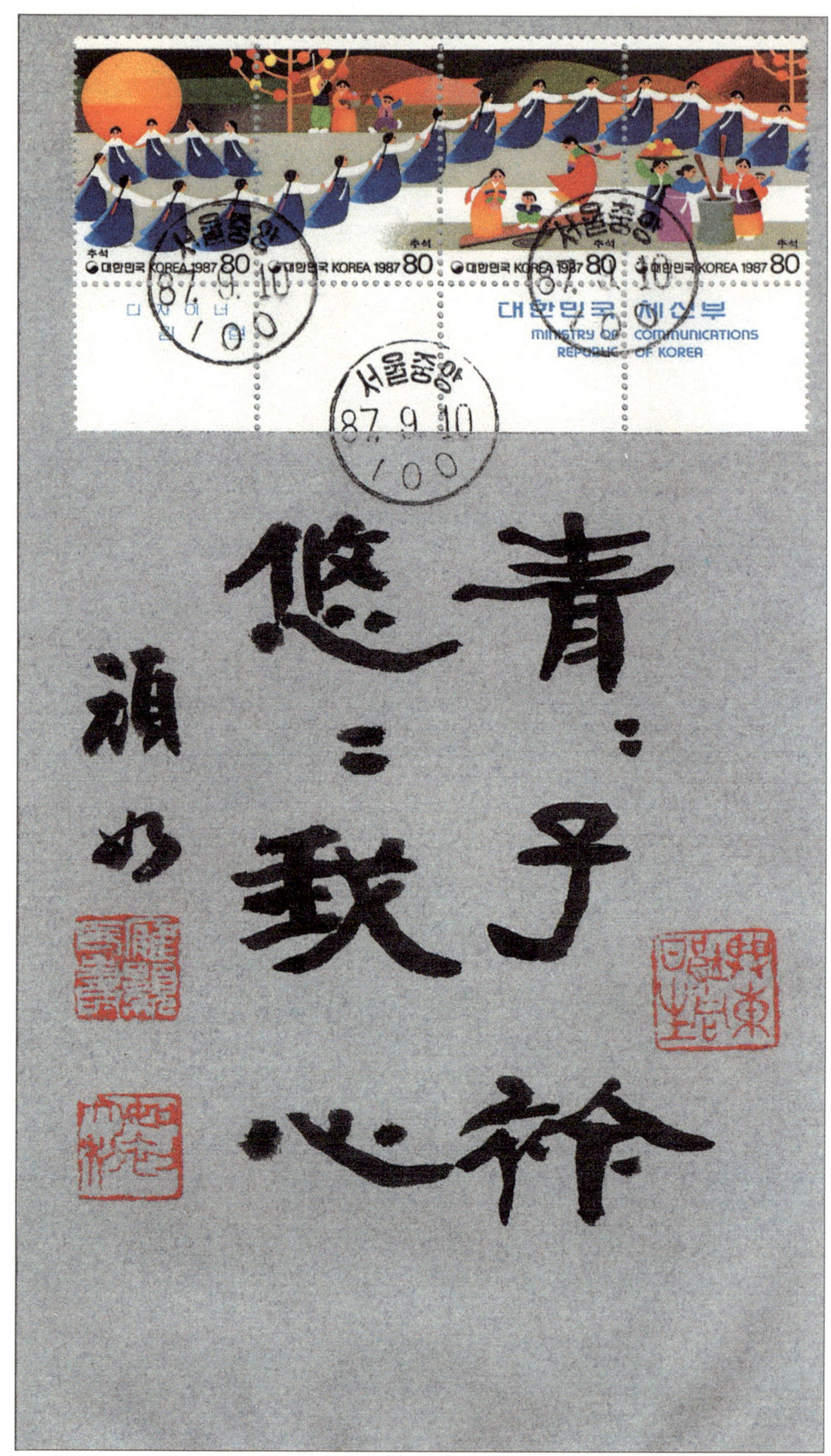
KOREA 1987 80
KOREA 1987 80
KOREA 1987 80
KOREA 1987 80
대한민국 체신부
MINISTRY OF COMMUNICATIONS
REPUBLIC OF KOREA

李泰吉 이태길

서양화가. 전남 함평 출생. 조선대학교 서양화과를 졸업하고 중앙대학교 대학원을 마쳤다. 국립현대미술관 초대작가전 (1983~1992), 독일 바르베르부룩 화랑 2인 초대전, KBS TV 미술관 2인 초대전, 한·불가리아 교류전, 한국의 풍물 100호전, 제25회 서울올림픽 개최기념 한국현대미술제전, 신작전 300호전(1998), 이태길 축제전(2001), 광주지역 유명작가 초대전 (2005) 등 많은 전시회에 출품하였다. 목우회 공모전 문공부장관상, 제26회 대한민국미술전람회 문공부장관상 등을 수상하였다. 광주시립미술관 관장을 역임하였다.

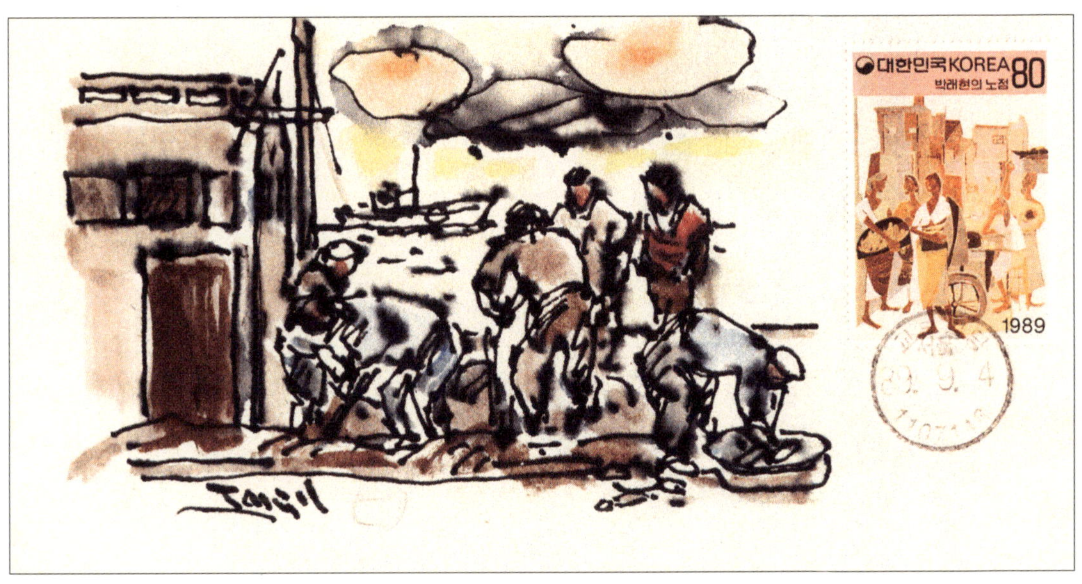

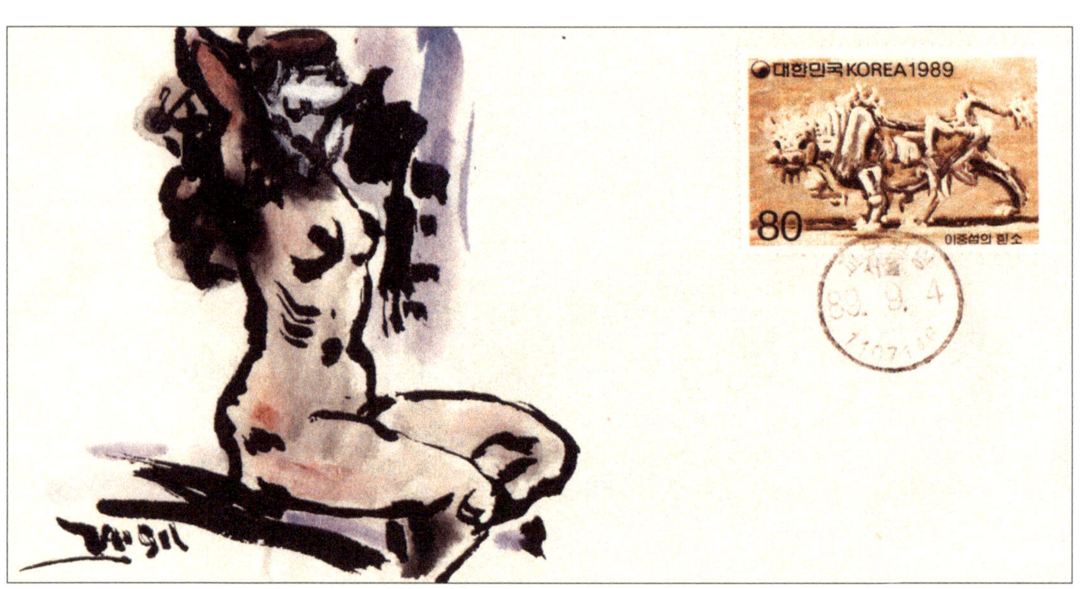
대한민국 KOREA 1989
80
이중섭의 횐소
89. 9. 4

田相秀 전상수

서양화가. 서울대학교 서양화과를 졸업하고 프랑스 아카데미 드라그랑쇼미엘에서 수학했다. 현대미술 초대전, 한독미술협회 소품전, 조선일보 현대작가전(1964), 한국문예진흥원 미술관 개관기념전(1980), 93회화전(1993), 수채화 5인 초대전, 전상수전(1998) 등과 함께 수차에 걸쳐 개인전을 가졌다. 한국수채화작가회 총무, 국립현대미술관회 강사, 대한민국미술대전 심사위원을 거쳐 현재는 국립현대미술관 아카데미에 출강하고 있다.

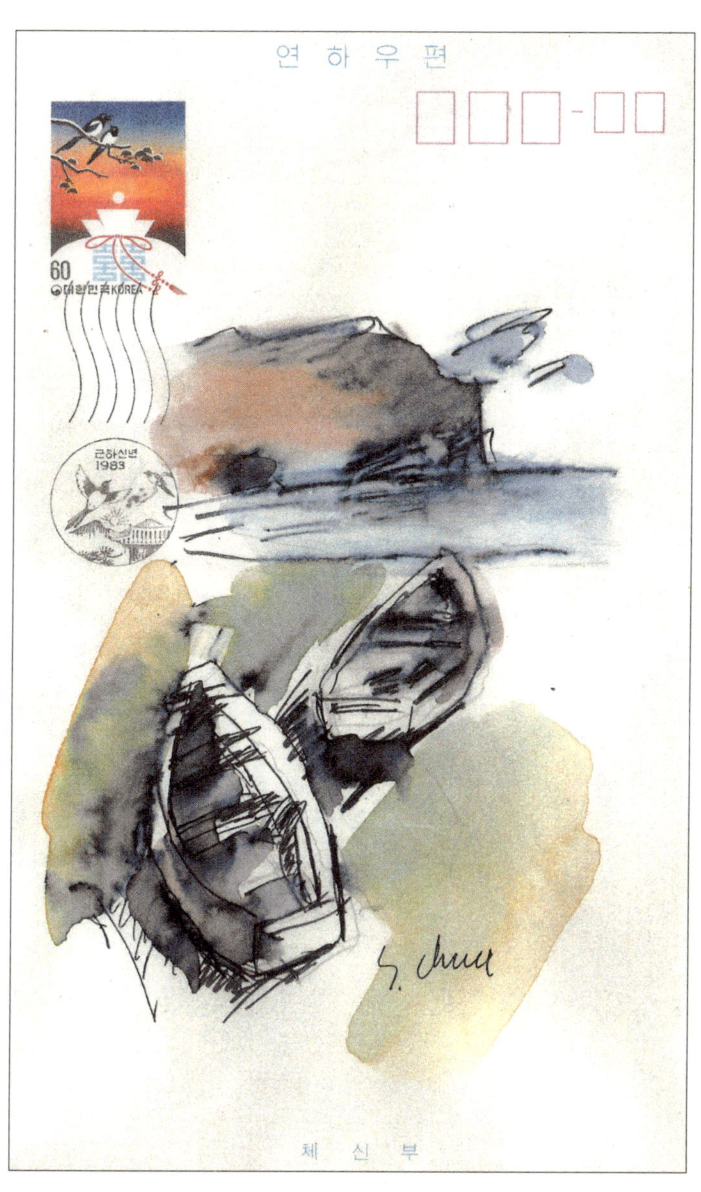

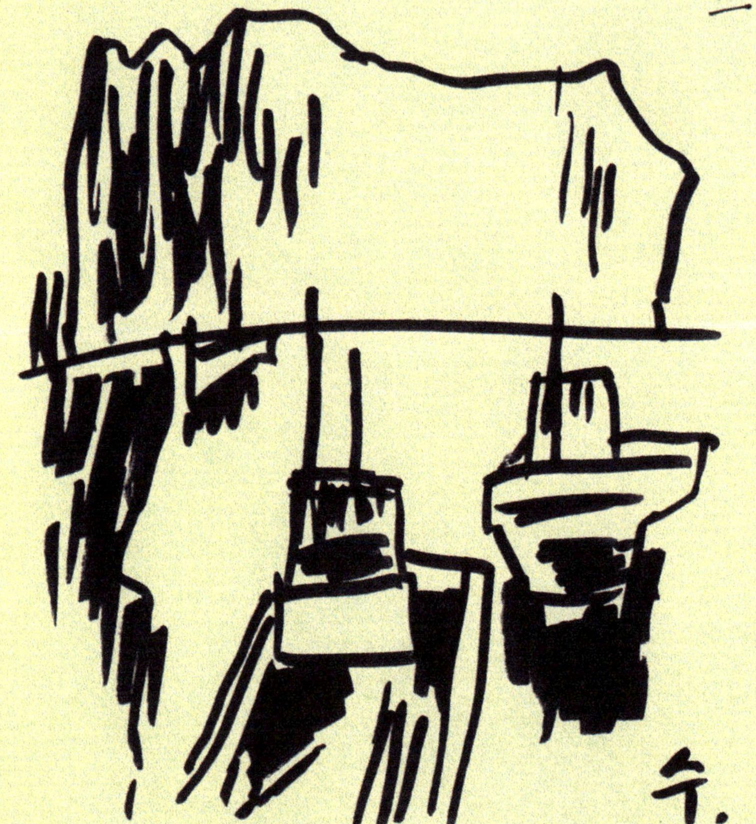

癸未元旦
城山浦풍경
田相秀拜

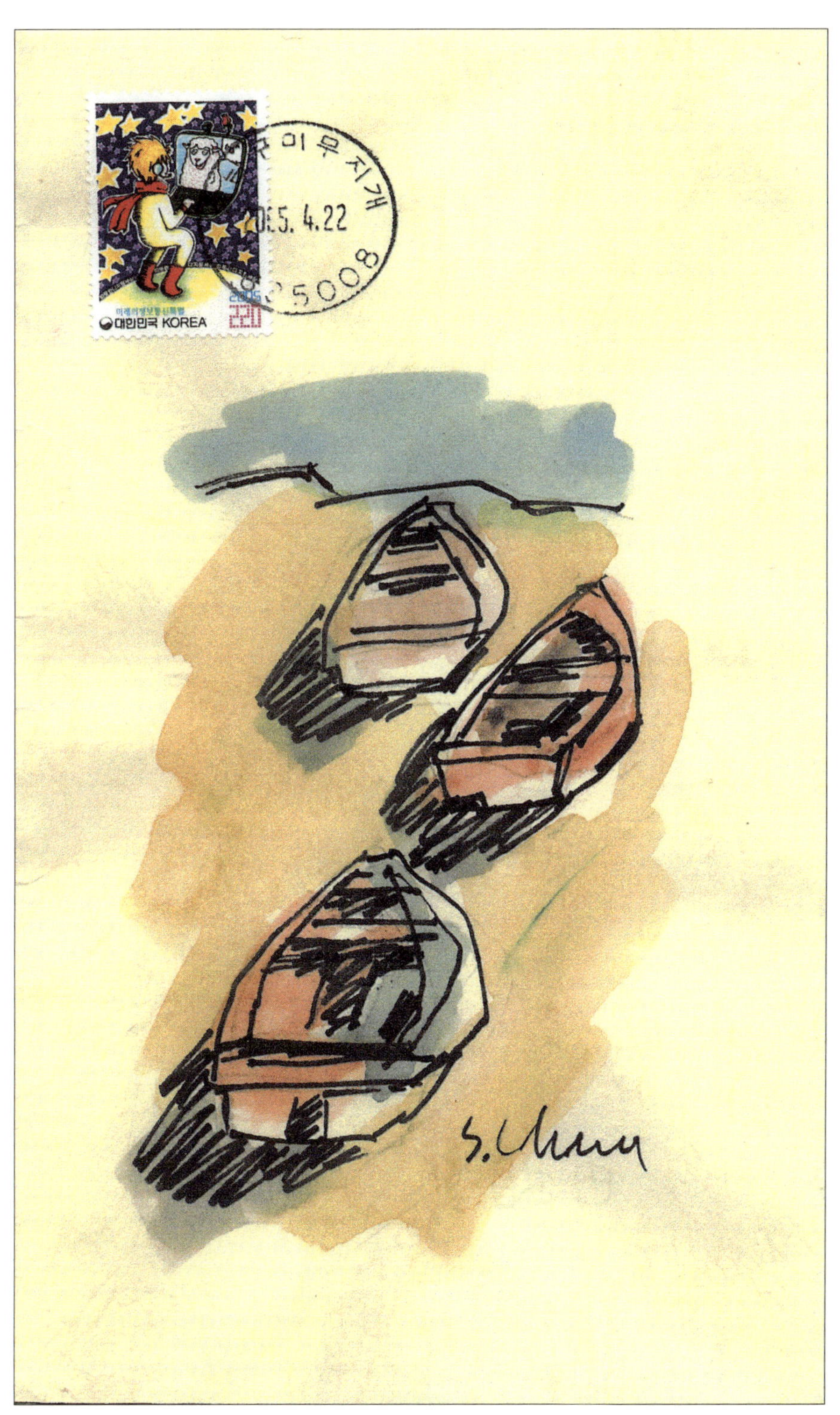

까세첩

金昌洛 김창락

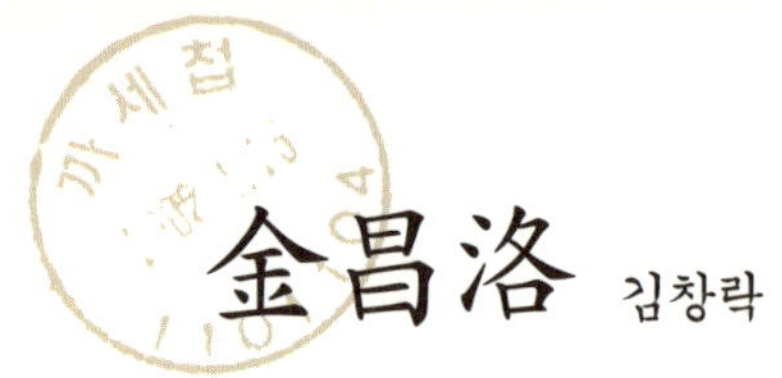

서양화가. 경북 성주 출생. 일본 무사시노 미술대학교와 프랑스 파리 아카데미 드휄에서 수학하였다. 민족기록화 — 개국도 1500호, 울주암 벽도 500호, 병자호란 300호(1962~1983), 민족근대화 기록화 7점을 제작하였다. 1961년 대한민국미술대전에서 특선, 1963, 64년 프랑스궁전 르 살롱 입선에서 각각 은상, 금상을 수상했으며, 사양 — 한전으로 대통령상을 수상하기도 했다. 국전 초대작가 및 심사위원, 미협 이사, 한국신미술협회 회장, 국전 작가회 부회장, 신라미술대상전 심사위원장, 한국미술대상전 운영부위원장 등을 역임하였다.

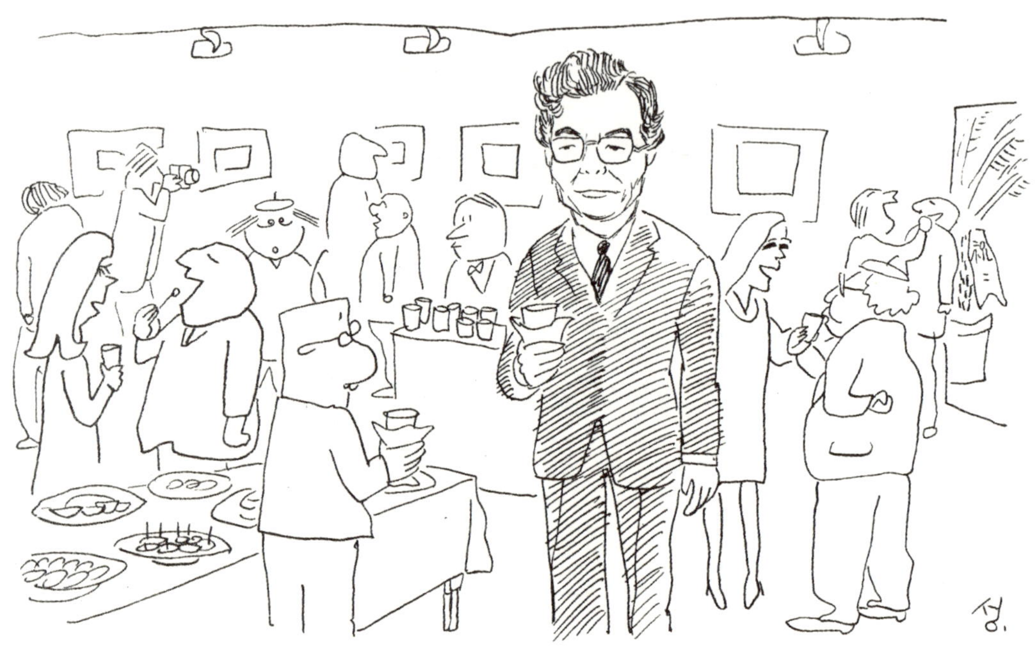

김창락 화백은 요즘 한참 뉴스의 초점이 되어 있는 세종대학에 오랫동안 교수직을 맡은 분이셨다. 내가 처음 알게 된 때가 언제인지 기억은 안 나지만 아마 20년 전쯤 되는 것 같다. 언제나 미술 전시회의 오프닝 파티에서 자주 만나곤 했는데 그때마다 깔끔하게 빗어 올린 머리하며, 단정하게 입은 양복에 넥타이의 정장 모습뿐이었지 아무리 더운 때라도 남방셔츠 차림이나 등산복 차림을 본 적이 없었다.

김 화백의 작품도 아는 분은 알겠지만 역시 깔끔한 구상 작품을 그리는 분이었다. 11회 국전 대통령상을 수상했고 프랑스 '르 살롱전展'에서 금상을 수상. 국전 초대작가와 심사위원을 역임하고 일본, 멕시코, 미국 등지에서 개인전을 가졌으며 '한국신미술회' 회장이면서 세종대학 미술대학 교수로 재직……. 인품과 학력과 작품이 모두 삼위일체로 깔끔한 화가였다. 외모로만 본다면 화가라기보다는 교수(인문계) 같아 보이는 그런 화가여서 봉피까세를 부탁하기에는 주저되기도 했다. 그래서 난처해하거나 싫어하는 기색이면 그만둘 요량(?)으로 말해 보는 것도 하나의 대인對人 경험이 될 것 같아 말을 꺼내 보았는데 의외로 선선히 응낙해 주는 것이었다.

80년도에 나온 15원 보통우표 초봉엔 앞쪽에 고목 한 그루가 있어서 전체 화면을 구성하고 멀리 푸르른 산봉우리가 있는 격조 높은 수채화 한 폭이 그려져 있다. 또 한 점은 83년에 발행된 '체신보험실시우표'로 새들이 우표 속에 있기에 화면에 새를 등장시켜 달라고 주문(?)을 했더니 황량한 고목 한 그루 가지 위에 까치 한 마리가 앉아 있고 땅바닥에도 한 마리가 있는 쓸쓸한 분위기의 그림 한 폭이 돼 있음을 볼 수 있다.

김 화백은 174센티미터의 장신이면서도 어딘지 모르게 힘이 센 사람같이 보이진 않았었다. 한번은 다른 화가들과 대포를 마시다 얘기가 나와 들어 보니 프랑스 유학시절에 폐를 앓은 것이 악화되어 귀국 후에 폐 하나를 적출해 내는 대수술을 받았다는 걸 알 수 있었다. 그래서 건강이 나쁜가 보다라고 알고 있었는데 1989년 4월 초에 김 화백과 같은 세종대학에 봉직하면서 가장 가깝게 지내던 김형구 화백으로부터 전화로 김 화백의 별세 소식을 듣고 잠시 아연했었다. 왜냐하면 입원했다거나 한 얘기는 못 듣고 있다가 돌연히 결론만 듣게 되었기 때문이다.

집사람이 운전하는 코란도 지프차를 타고 세브란스 병원 영안실에 도착해 기독교식 빈소를 들러 나오니 마당엔 김 화백과 비슷하게 장신인 김형구 화백이 서 있었다. 김창락 화백은 그림 이외의 다른 취미는 전혀 없는 분 같아 보였는데 우연히 어느 책에서 보니 낚시가 취미라고 기술되어 있어서 또 의외라는 감이 들기도 했다. 아무래도 김 화백이 강가에서 낚싯대를 드리우고 있는 모습은 상상하기에 걸맞지 않은 것 같아서였다.

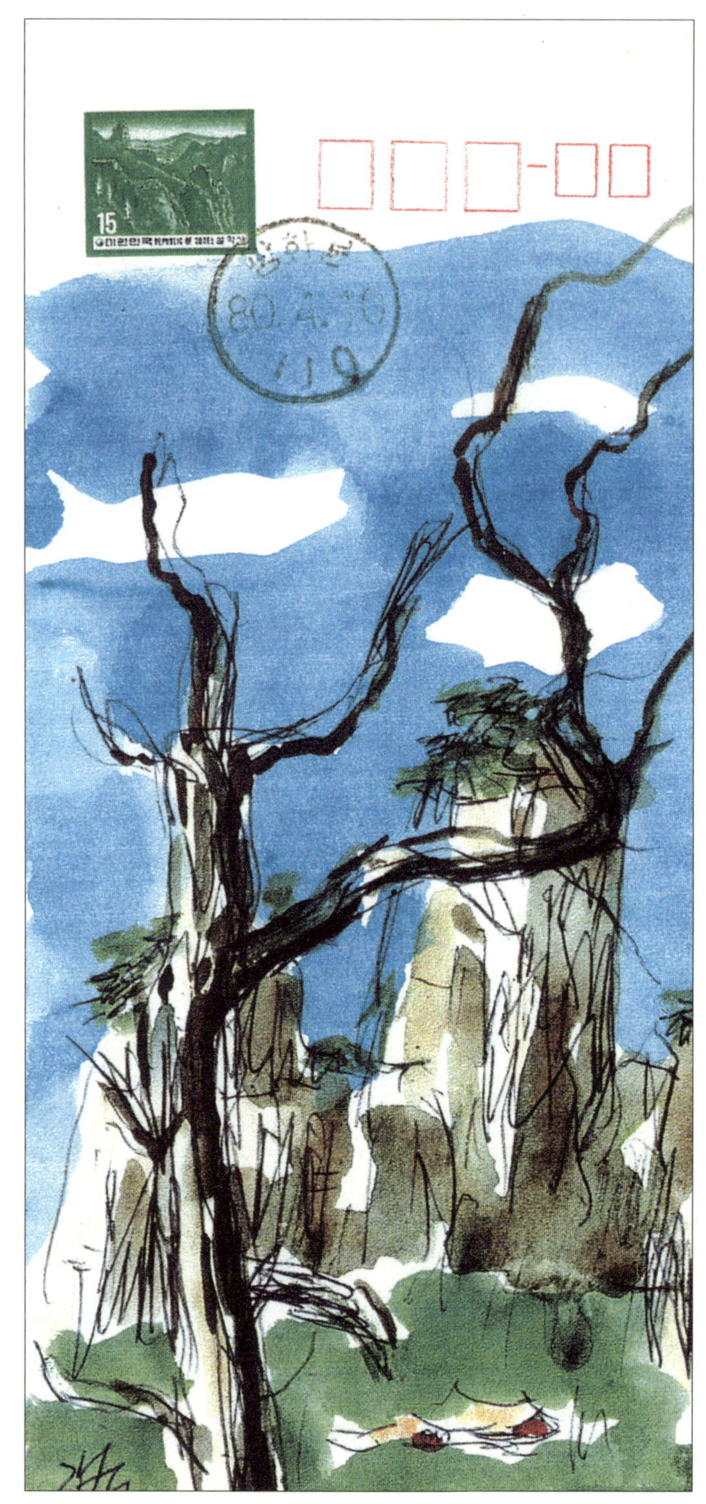

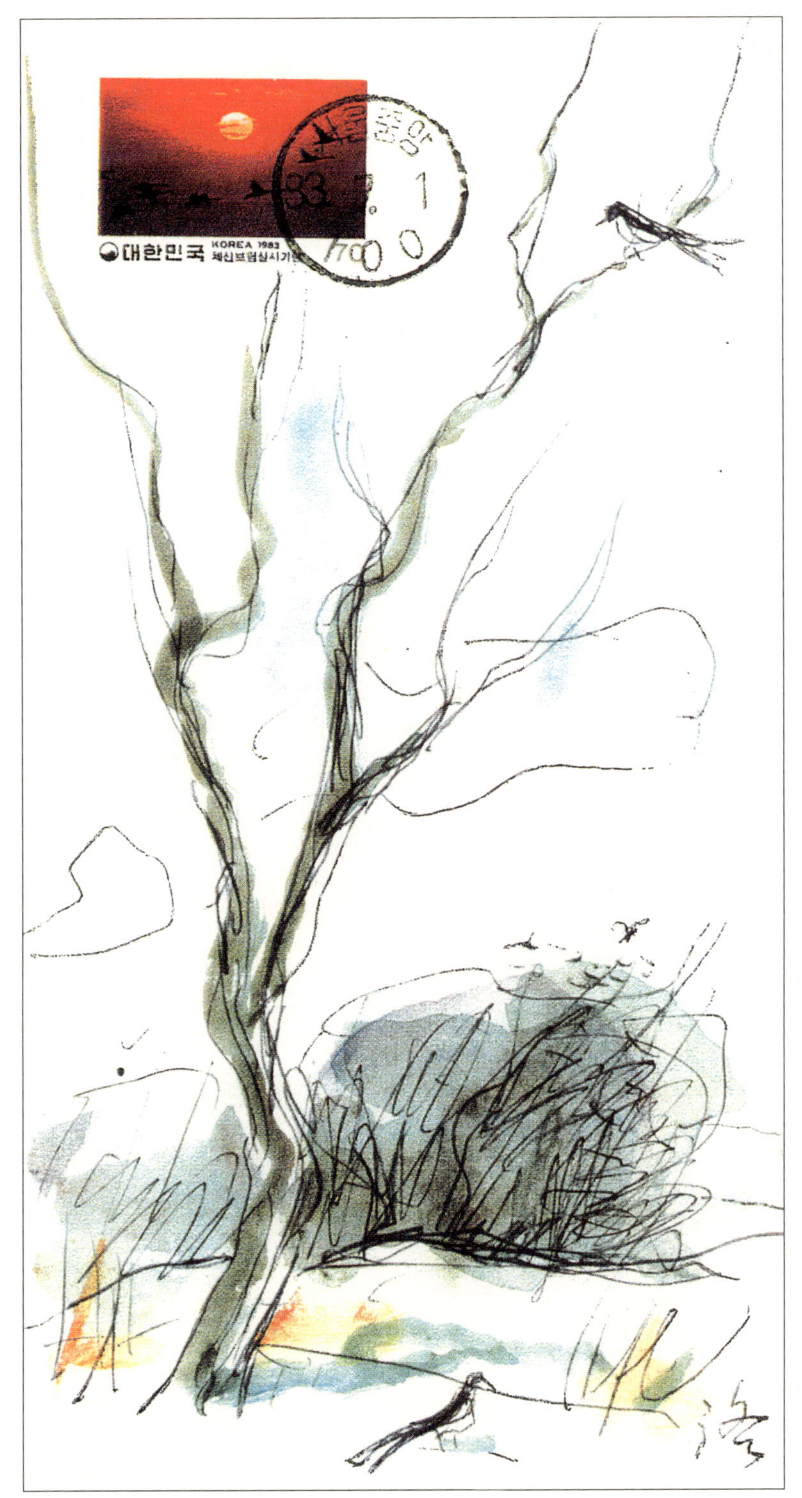

鄭健謨 정건모

서양화가. 충남 공주 출생. 홍익대학교 서양화과를 졸업하였다. 1970년 개인전을 시작으로 여러 차례 개인전을 가졌으며 상파울루 비엔날레, 구상회화 현대전(1992), 96화랑미술제(1996), 장안회전(1997), 독립전(1998) 등에 참여했다. 한국미술대상전·중앙미술대전·현대미술대전 초대작가, 한국미술협회 부이사장, 동아미술제 심사위원 등을 역임하였다. 제1회 최영림 미술상(1990)을 수상했다.

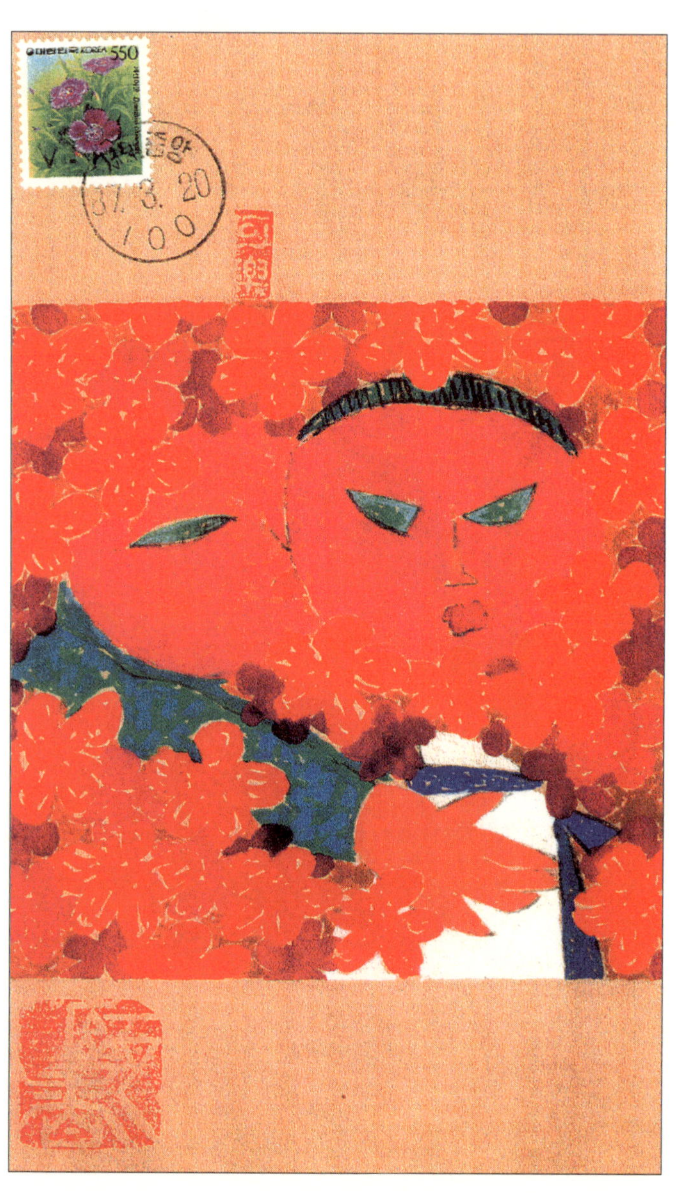

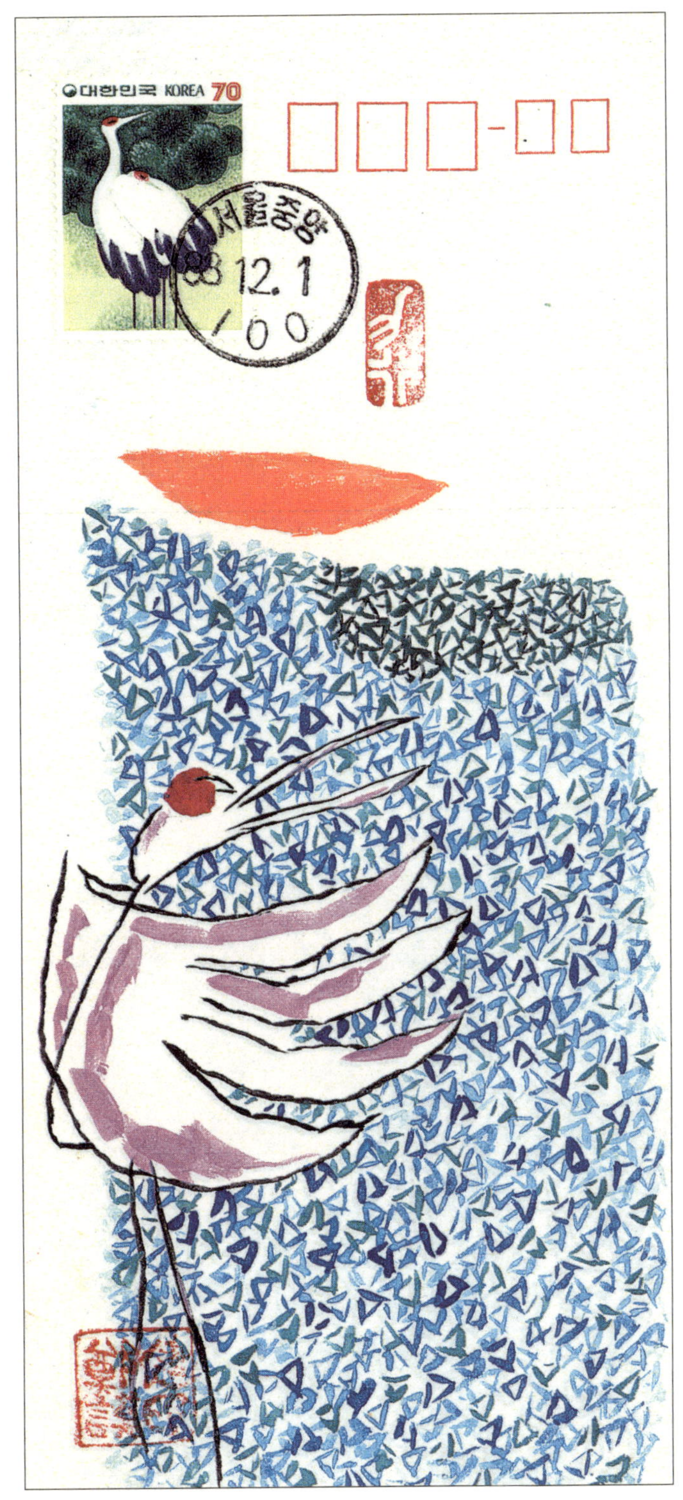

대한민국 KOREA 70

閔利植 민이식

한국화가. 전북 부안 출생. 서라벌예술대학 회화과를 졸업하였다. 한국서예술연구회전, 국제예술문화교류전, 미국 LA 및 동남아 청년작가전, 신묵회 및 목우회전, 역대 수상작가 초대전, 코리안 평화미술전, 한국문인화협회 창립전 등에 참가하였다. 대한민국 서예대전 특선 및 우수상을, 문인화작가상 등을 수상하였고, KBS TV 미술관 〈민이식 문인화 프로그램〉에 출연하기도 하였다. 현재 한국미술협회 문인화분과 위원장으로 활동 중이다.

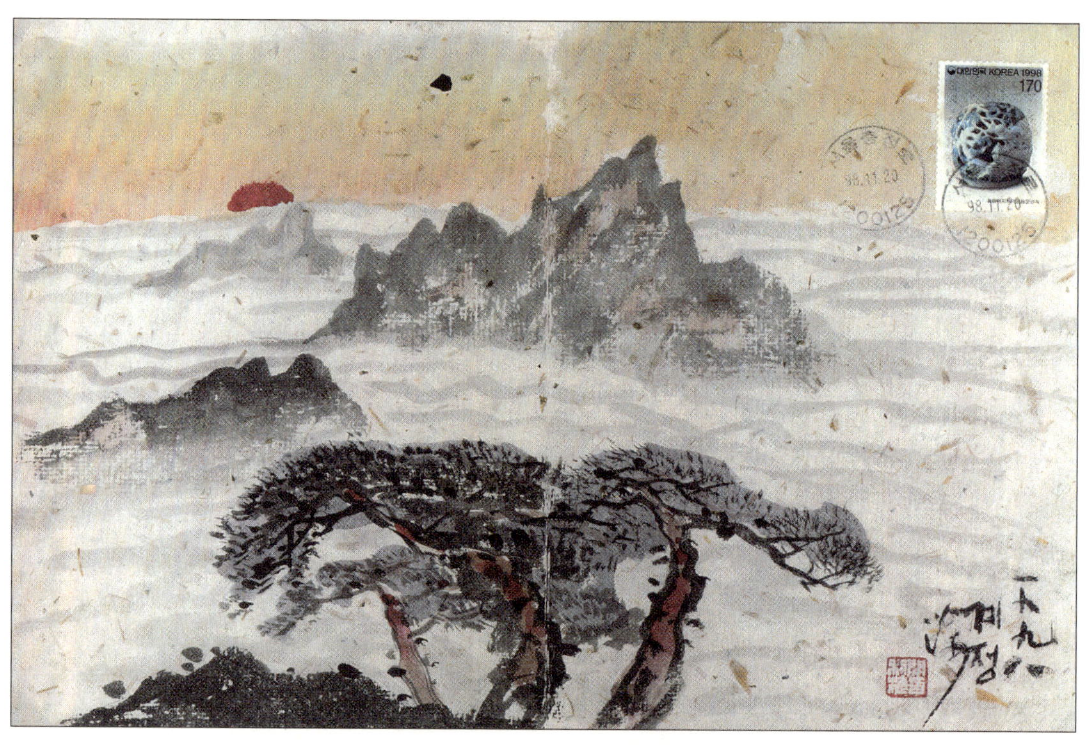

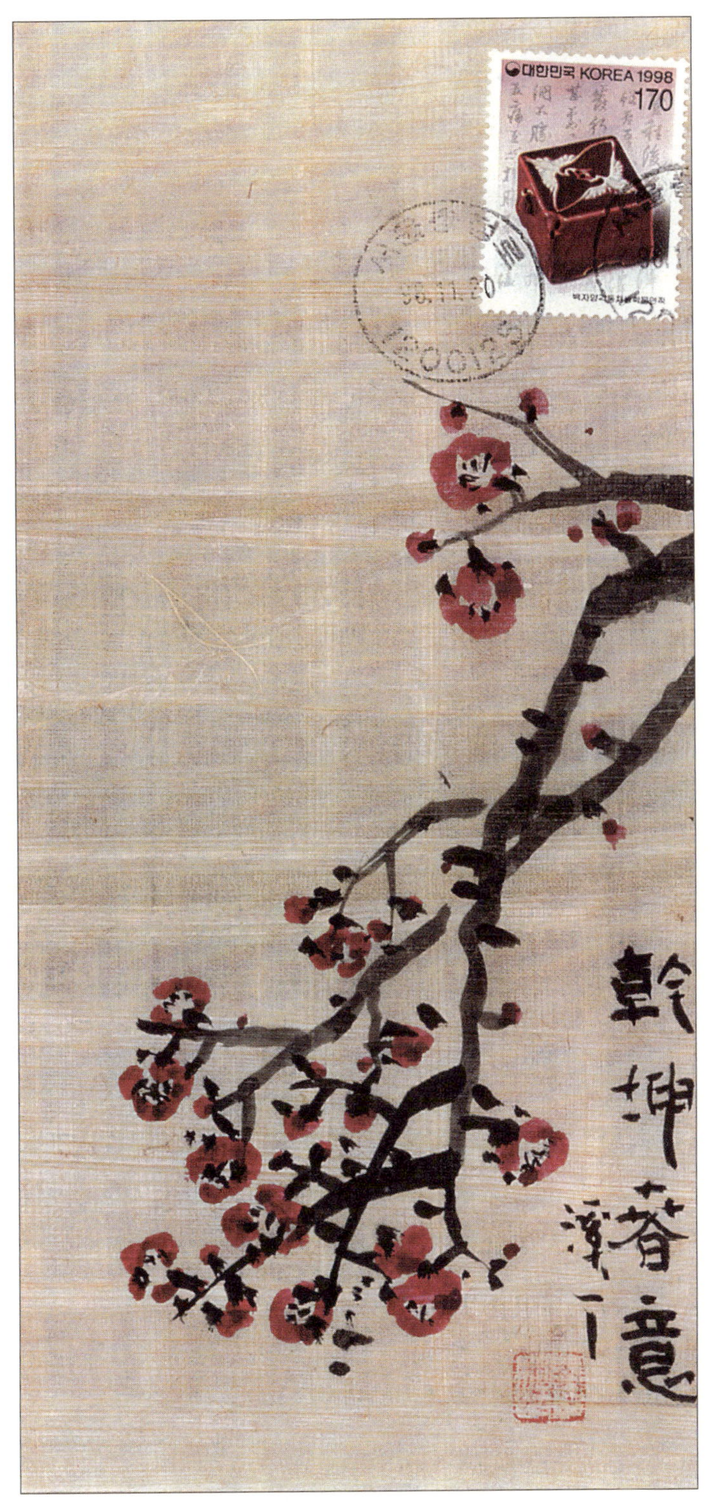
대한민국 KOREA 1998
170

金德龍 김덕용

한국화가. 서울대학교 회화과 및 동 대학원 동양화과를 졸업했다. 한국화 — 오늘과 내일의 전망 '94(1994), 한중작품 교류전 (1996), 현대미술 11인의 시각과 전망전(1998), 김덕용 — 나뭇결에 스며든 아름다움 전 등 여러 차례 개인전을 열었다. 계원예고 미술과 교사로 재직했으며, 동아일보 동아미술제 동아미술상을 수상하였다.

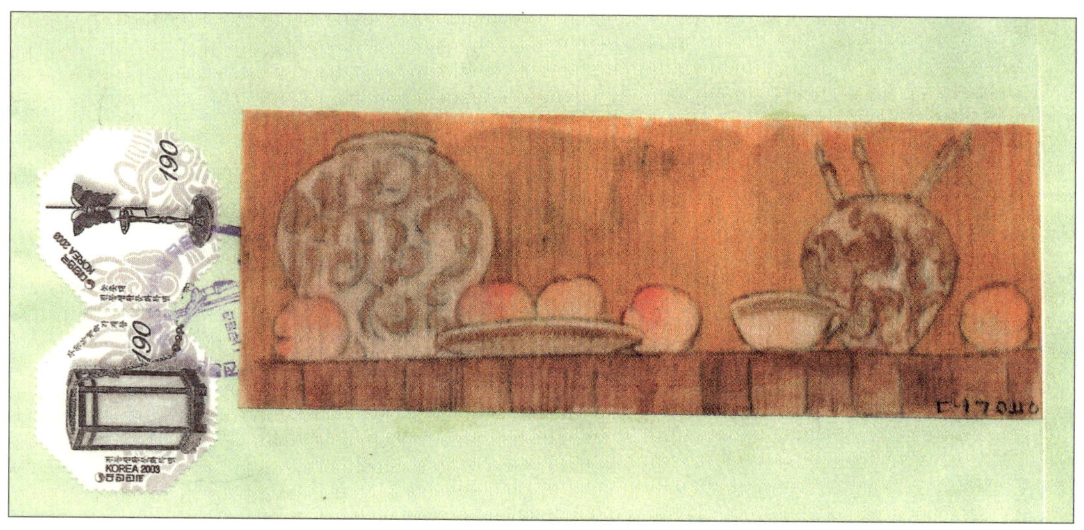

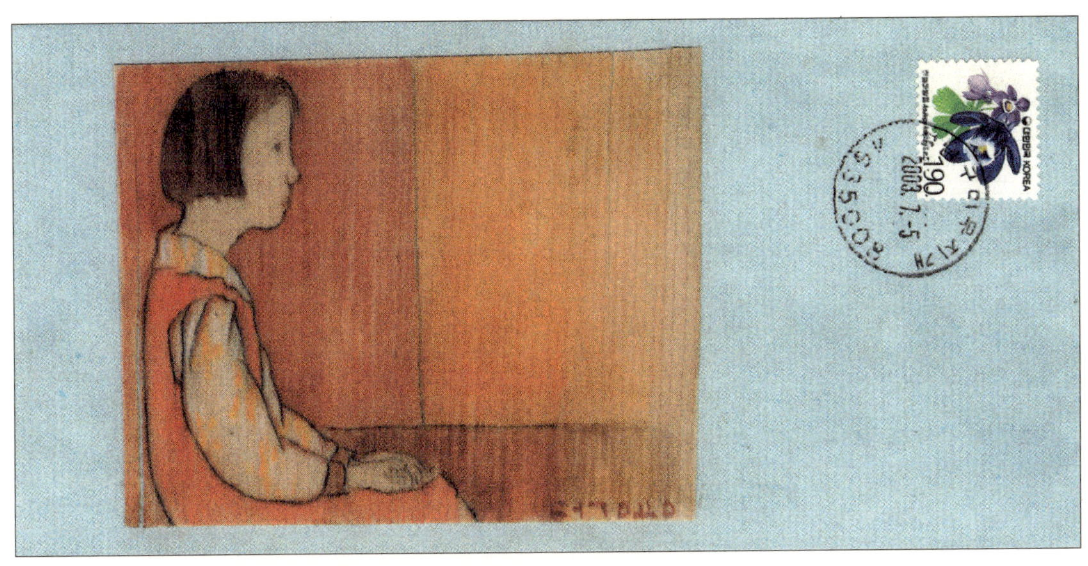

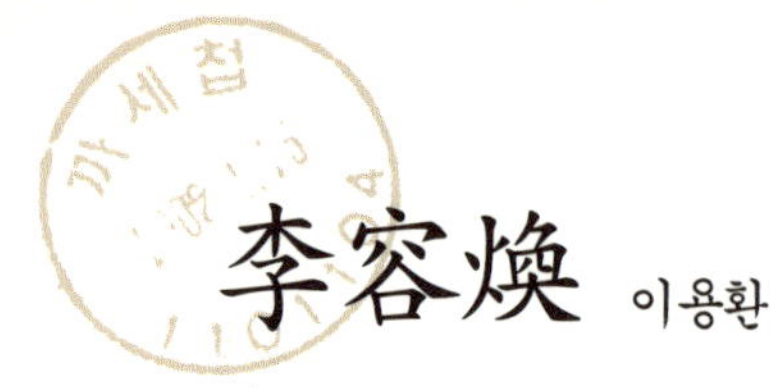

李容煥 이용환

서양화가. 서울 출생. 서울대 회화과 및 동 대학원을 졸업하였다. 조선일보사 초대전, 프랑스 귀국 작가전, 말레이시아 한국미술전, 현역작가 100인전, 서양화가가 본 한국의 자연전, 목우회전, I.A.A 서울전, 화동화우회 창립전 등 다수의 전시회에 참가하였다. 스승의 날 국민포상(1989), 목우회 본상(1993), 국민훈장 석류장(1994) 등을 수상하였고, 대한민국미술대전 심사위원을 거쳐 한국미술협회 및 목우회 고문, 건국대 명예교수, 화동화우회 회장 등을 역임하였다.

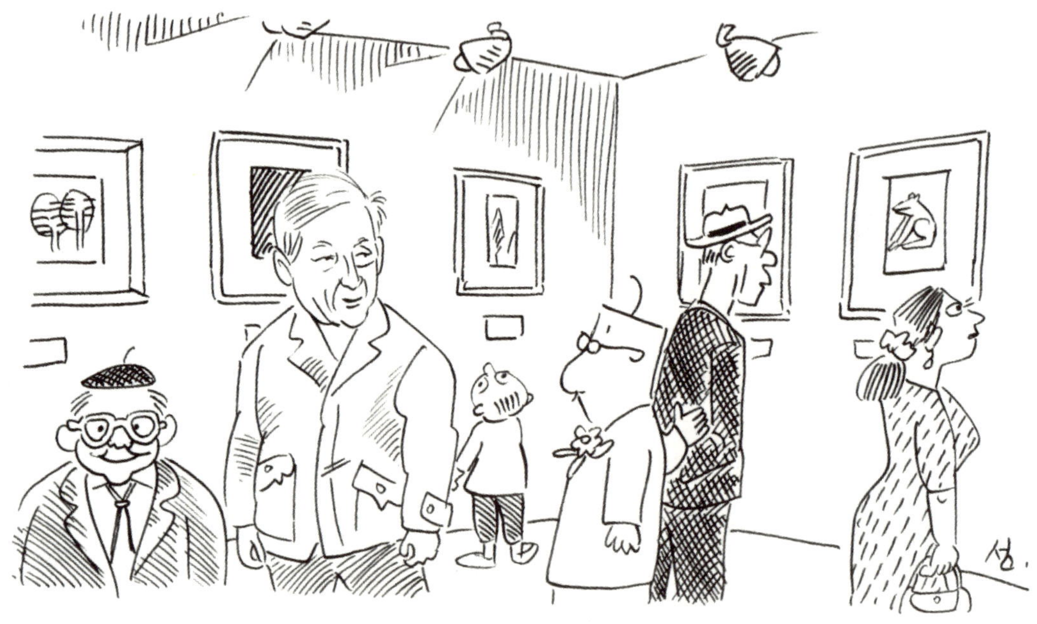

서울 동작구 사당동에 살고 있을 때 이용환, 심죽자 화백 댁과 우리 집은 골목 하나를 사이에 두고 있어서 왕래가 자주 있었다. 이용환 화백은 건국대 미술대학장을 마지막 직장 생활로 마감하고 댁에서 제작에 몰두하고 계셨다. 물방울 작가 김창열 화백, 조각가 전뢰진 화백과 가까이 지냈기에 나도 함께 자주 어울려 동리 일식집에서 소주잔을 기울이곤 했었다. 그러던 분이 지난 4월 19일 새벽녘 강남성모병원에서 폐질환으로 돌연히 유명을 달리했다. 올해 한국 나이로 75세가 되신다. 보도기관에 부고 기사 연락을 맡은 분의 실수였는지 보도기관 자체가 무식(?)해서인지 부음 소식이 지면에 크게 소개되진 못했었다. 이 화백의 화풍은 이 화백의 성품과

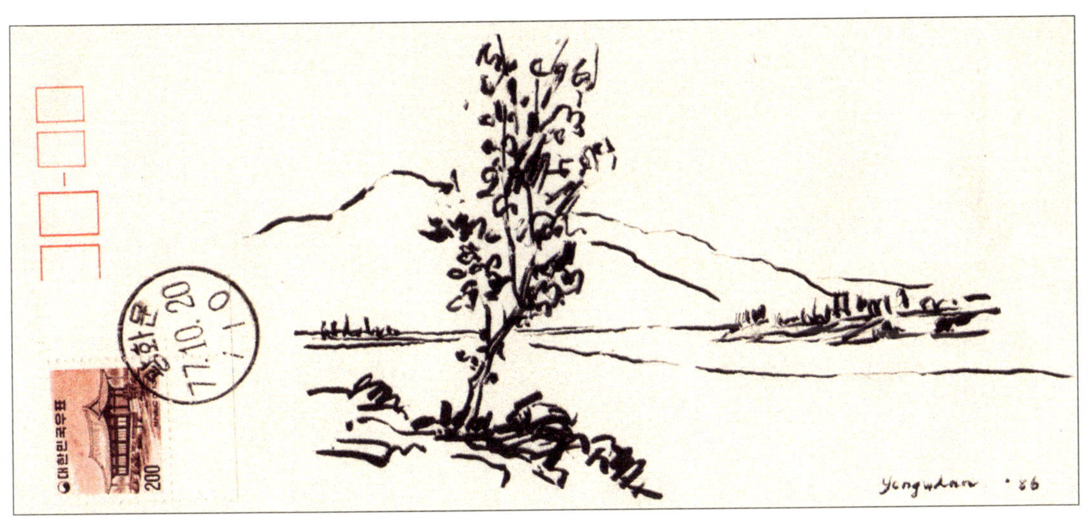

같이 아주 얌전하고 건전하다. 소품이라면 누구라도 한 점쯤 거실에다 걸어 두고 감상하고픈 그런 정감이 가는 작품을 제작하곤 했었다. 내 까세 수집 작품은 70년 후반기에 초일봉투를 만들어 두었던 것에 80년대에 들어서서 의뢰를 해서 그려 받은 것들이다. 개울가에 외롭게 서 있는 나무 한 그루와 바닷가에서 쉬고 있는 배 한 척이 역시 외롭게 떠 있는 그런 풍경이 까세에 담겨져 있다. 화백은 평소에 담배를 서너 갑씩 피우던 골초(?)여서 "제발 담배 좀 그만 끊으라."는 심죽자의 성화에 "나는 담배를 피우면 안정감이 들고 안 피우면 초조해지니 아예 속 편하게 피우다 가런다."고 말하며 담배를 좀처럼 멀리하지 않았었다고 전해진다. 결국은 담배로 인한 폐질환으로 호흡기 장애를 일으켜 작고를 하셨던 것이다. 내 소장품 육필 까세첩을 보고 있노라니 이 화백이 37번째 작고 작가가 되었다. 30여 년 동안 내 전시회 때마다 부부가 동반해서 참석해 주더니 어느덧 이승과 저승으로 갈라서게 된 것이다. 또 나 하고는 한 해 정도 연령차가 있으나 공교롭게도 이 화백은 경기고교 미술 반장이었고, 나는 경복고교 미술 반장이었기 때문에 "라이벌끼리 잘 만났다."고 다른 화가들이 놀려 주기도 하던 일이 엊그제 일 같다.

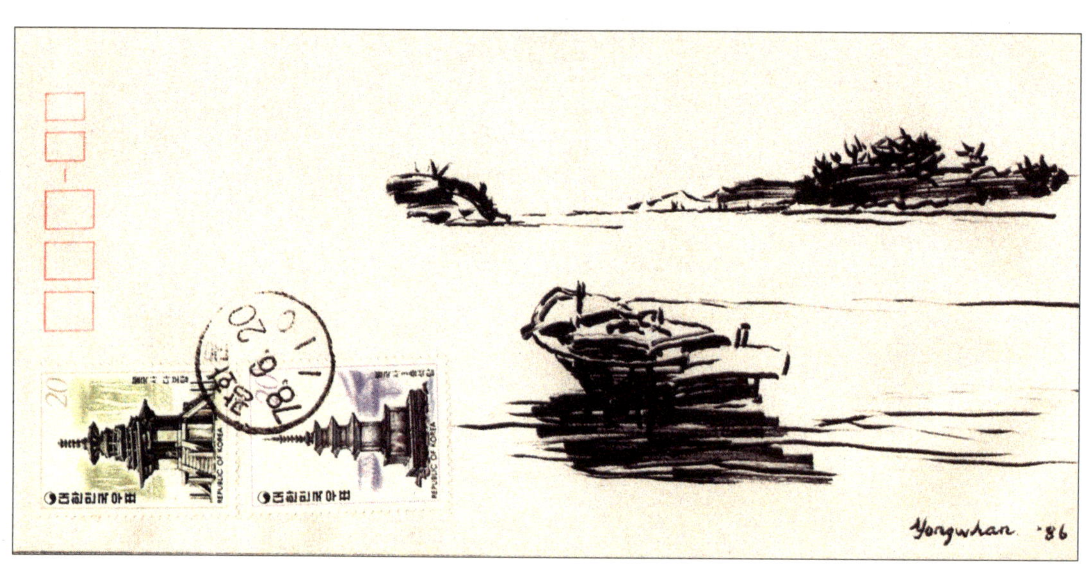

Yongwhan '86

河喆鏡 하철경

한국화가. 전남 진도 출생. 목포대학교 미술학과와 세종대학교 대학원에서 수학하였다. 전국무등미술대전, 움직이는 미술관, 한국의 자연대전, 한국 · 오스트리아 수교 100주년 기념초대전, 한중교류전, 전남 광주 · 마야자키 · 가고시마 교류전, 독일 루카스 화랑 초대전, 독일 괴테하우스 초대전 등 많은 전시회에 참여하였으며, 여러 차례 개인전도 가졌다. 제7, 8, 9, 11회 대한민국미술전람회에 특선, 제24회 전라도 미술대전 종합 대상, 대한민국미술대전 특선 4회, 입선 6회 등 화려한 경력을 가지고 있다. 현재 제20대 한국미술협회 이사장 겸 호남대 예술대 미술학과 교수로 있다.

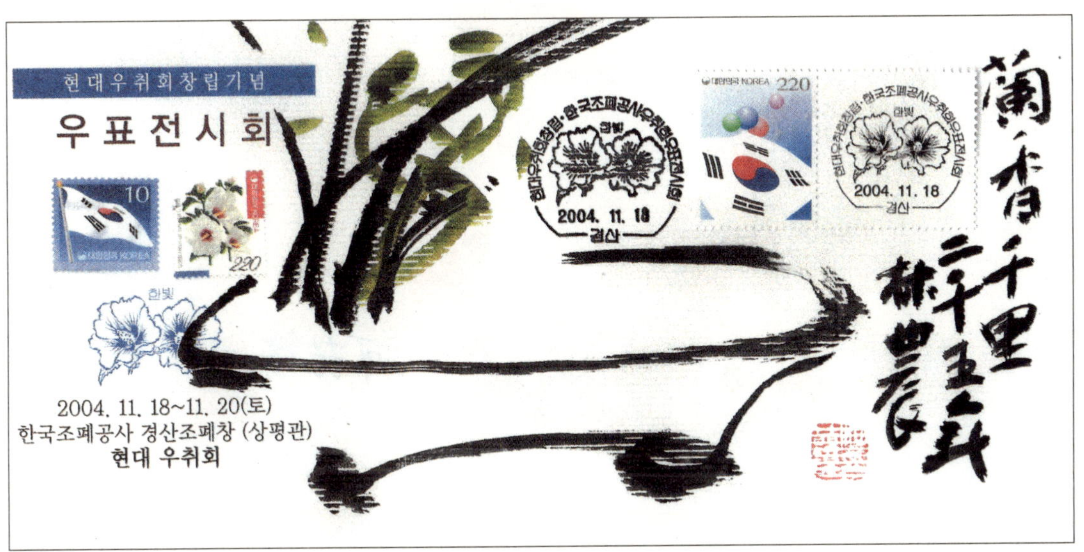

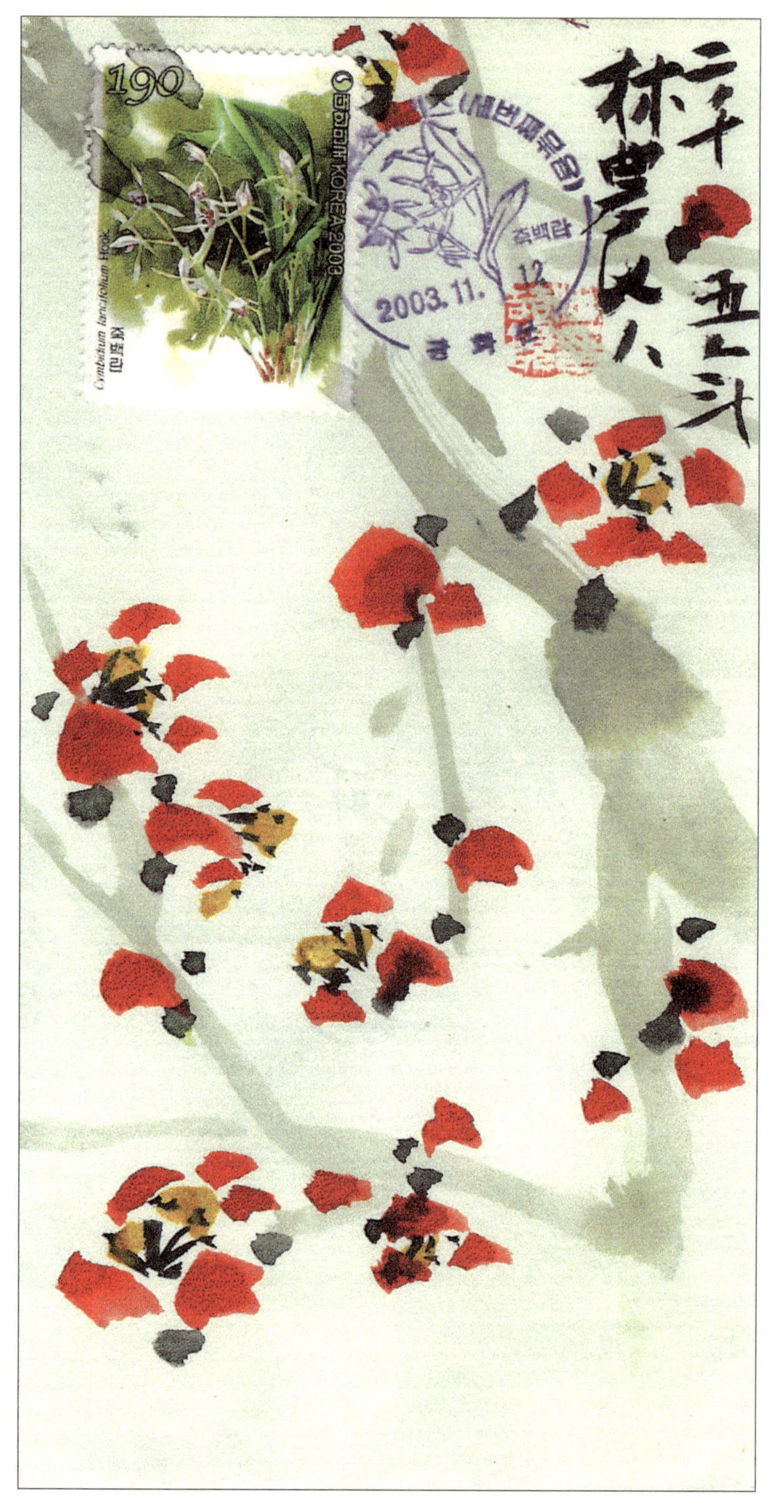

190
KOREA2003
Cymbidium lancifolium Hook.
2003. 11.
二千　五十八
林農民

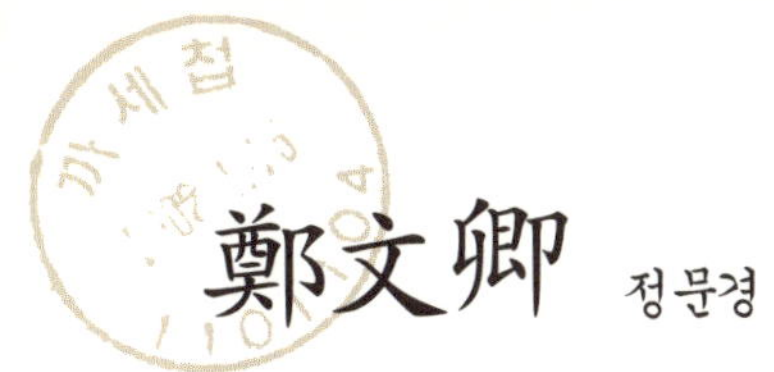

鄭文卿 정문경

서예가. 충남 청양 출생. 한국전각협회전(1974), 동아미술제, 한국전각연구회전 등을 통해 활동해 왔다. 한국전각협회 창립위원 겸 이사, 동아미술제 운영위원장 겸 심사위원, 경기도미술대전 심사위원, 대한민국서예대전 심사위원, 한중서예가협회 명예회장 등을 거쳐 현재 한국전각학연구회 회장, 대한민국전각예술원 원장, 한국서예협회 고문, 경기대 전통예술대 대학원 서예학과 외래 교수로 재직 중이다. 저서로 『인각교범』이 있다.

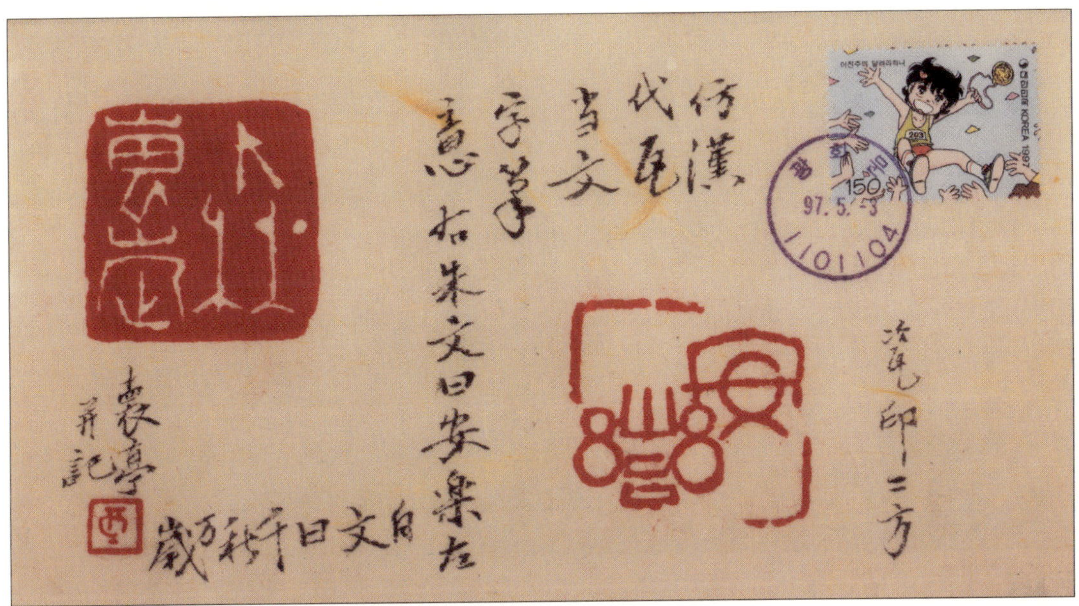

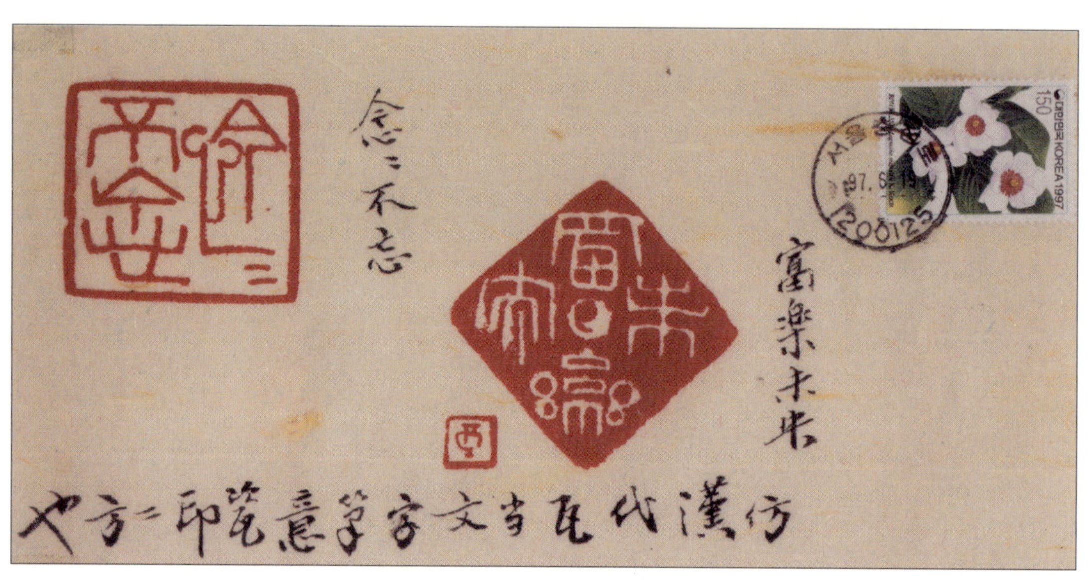
念々不忘
富樂未央
仿漢瓦文字書意筆印二方也

李億榮 이억영

한국화가. 서울 출생. 홍익대학교 한국화과를 졸업하였다. 인천미술회원전(1953)을 시작으로 세계동시화전(1979), 한국미술협회전(1980~1988), Paris A.D.A.G.P. 초대전(1983), 아시안게임 기념 58인전(1986), 한독미술가협회회전(1987~1991), 원로작가회화전(1992), 후소회 창립 60주년 기념 초대전(1996), 전업미술가 한국미술대작전(2001), 이억영 기증전(2003) 등을 비롯 다수의 개인전에 출품하였다. 인천시미술대전, 경기도미술대전 심사위원, 한국미술가협회 이사, 현대한국화협회 회장을 거쳐 현재 대한민국미술대전 한국화 심사위원으로 활동 중이다. 국민훈장 석류장(2003)을 수상하였다.

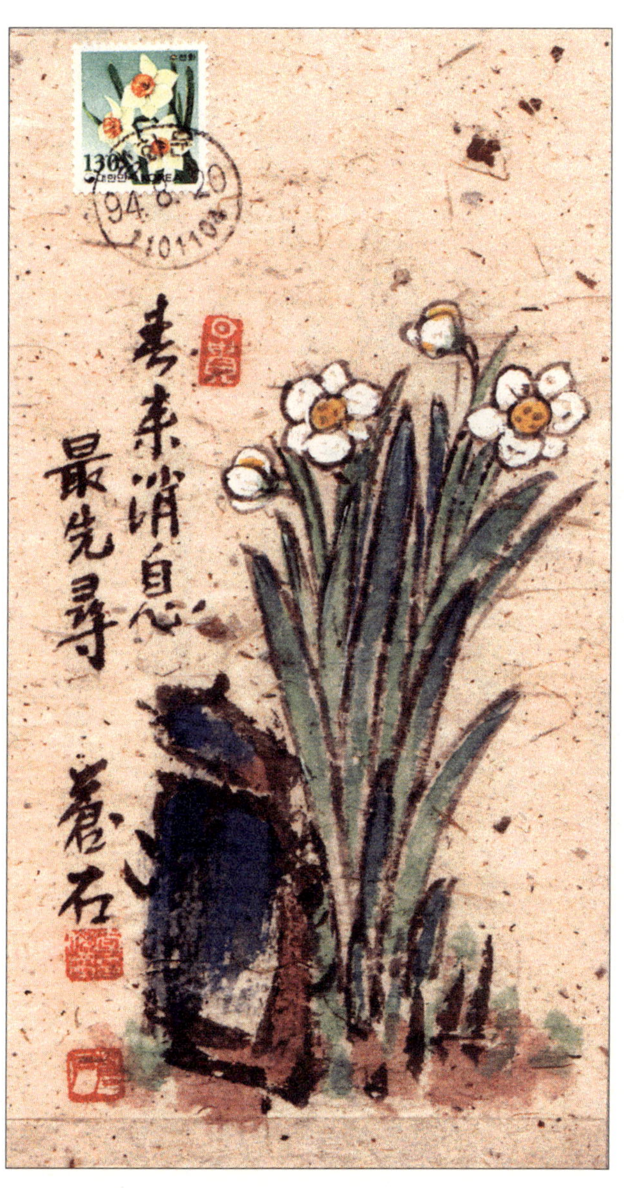

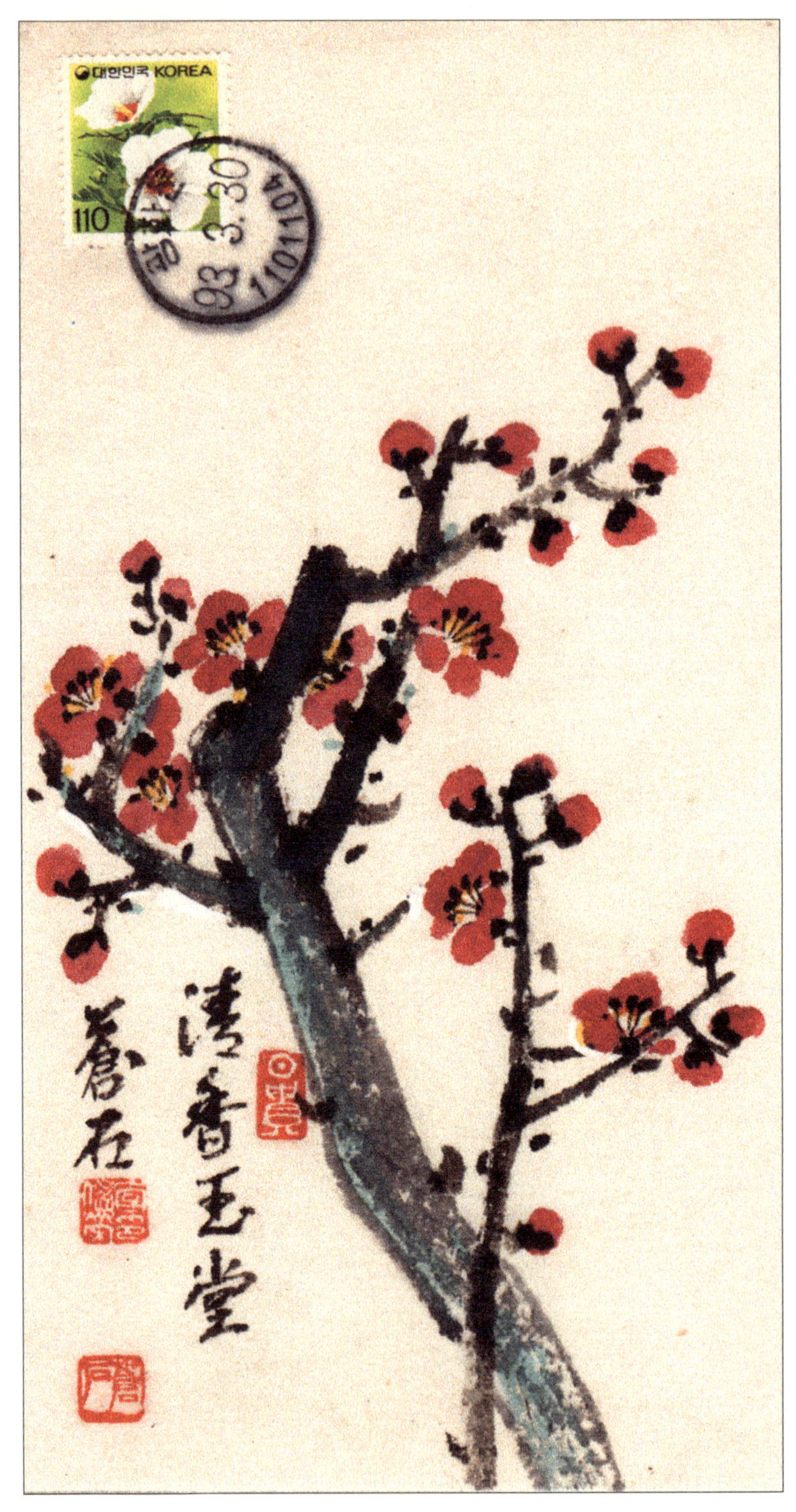
清香玉堂
蒼石

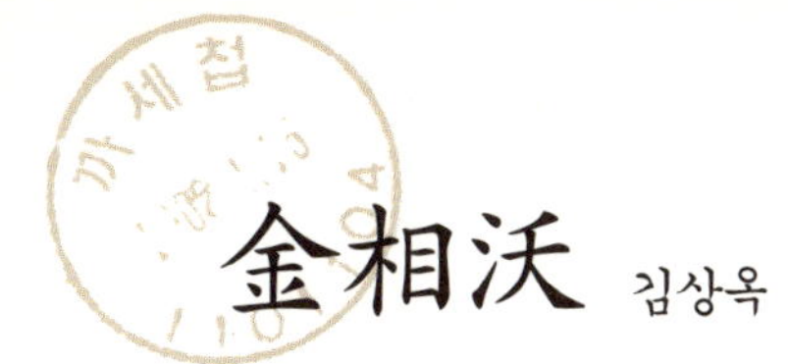
까세첩

金相沃 김상옥

시조시인. 호 초정(草汀, 艸汀, 草丁). 경남 충무 출생. 서당에서 한학을 수학한 후 독학으로 문학을 공부하며 문선공으로 소년기를 보냈다. 1938년 김용호(金容浩)·함윤수(咸允洙) 등과 함께 시 동인지인 《맥》의 동인으로 활동하면서 〈모래알〉, 〈다방〉 등을 발표하였고, 1939년 시조시인 이병기(李秉岐)에 의해 《문장》(제9호)에 시조 〈봉선화〉가 추천되어 문단에 나왔다. 시·서·화에 두루 능하여 1972년 일본 교토에서 서화전을 개최했고, 1989년 고희기념 시집 『향기 남은 가을』을 출간하였으며, 2001년 6월 팔순을 넘긴 나이로 개인 서화전을 열기도 했다. 1995년에 보관문화훈장을 수상했다.

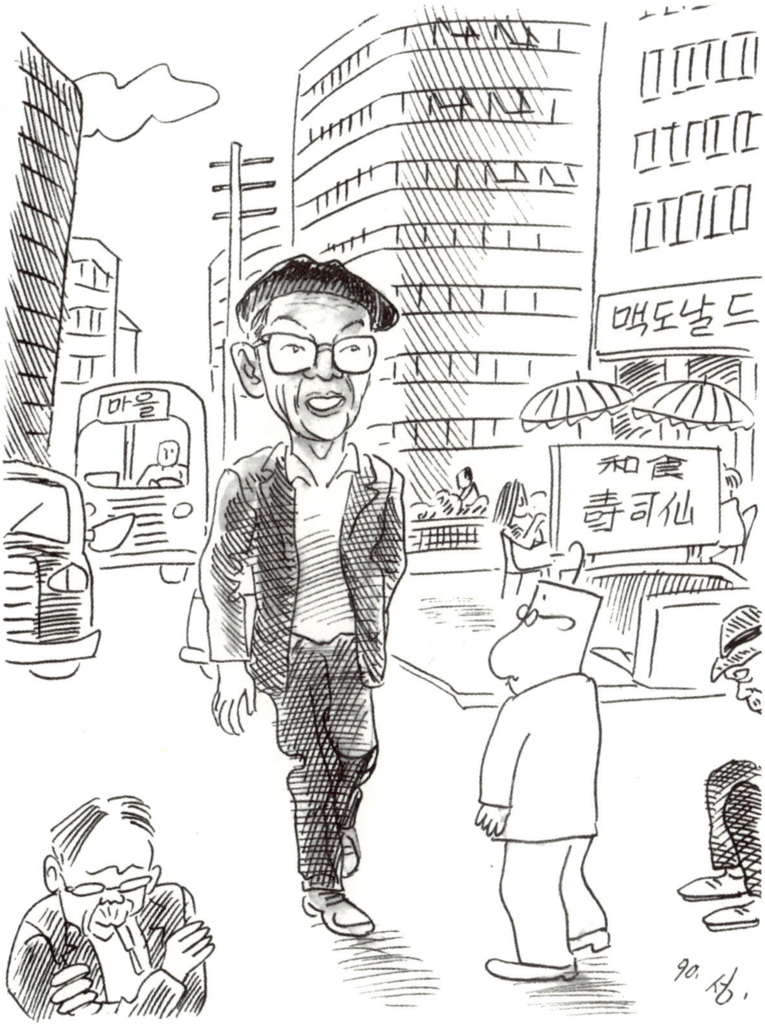

　원로 시조시인 초정 김상옥 선생이 부인이 별세하자 장례 후 산소에 다녀온 길로 방에 들어가 문고리를 잠그고 아무도 못 들어오게 한 후 곡기를 끊고 애통해하다가 닷새 만에 세상을 떠났다. 김상옥 시인은 낙상으로 휠체어에 의지해 노년을 보냈는데 15년간이나 불편한 남편을 '분골쇄신' 헌신적으로 돌봐온 아내가 병석에 드러눕게 되자 "자네는 전생에서부터 만나온 것 같네. 이제 우리의 인생도 다 끝나가나 보네."라고 독백을 했다는 노老시인의 순애보殉愛譜가 가슴을 적신다.

　고故 장기려(張起呂, 1911~1995) 박사는 북한에 남겨두고 온 아내를 그리며 40여 년간 수절했다고 한다. 또 옛 애인이 그의 남편과 사별하자 그때까지 독신으로 지내던 노총각이 그녀에게 변함없는 사랑을 고백하여 아내로 맞아준 사람이 있나 하면 바람피운 아내를 감싸며 "우리 집사람이 얼마나 매력 있으면 그랬겠느냐."라고 어록을 남긴 저명인사도 있다고 한다. 어디 인간뿐이랴. 얼마 전에는 자동차에 치여 죽은 짝을 슬퍼하며 애처롭게 몸부림치는 제비의 연속 사진이 누리꾼(네티즌)들의 심금을 울리기도 했다. 별세한 아내를 그리며 닷새 동안 식음을 전폐하고 애통해하다가 유명을 달리한 아내를 따라간 노시인의 순애보를 2005년 10월 31일 신문기사를 통해 알게 된 일반 사람들은 숙연해졌었다.

　〈백자부白磁賦〉, 〈옥적〉, 〈다보탑〉 등의 작품을 남겼고 여고에서 교직원 생활을 하다가 '통영문협'을 설립하기도 한 김 시인은 『초적』, 『고원의 곡』, 『이단의 시』 등의 시집을 내셨고 노산문학상, 중앙시조대상 등을 수상하기도 했다. 나는 20여 년 전에 김 시인을 우연히 친지의 소개로 처음 인사를 했고 어쩌다가 길에서 만나면 항상 환한 웃음으로 반기시던 분이셨다. 인사동에 작업실을 갖고 계신 전각가 정문경 선생 방에 들르면 김 시인을 거기서 만나게 되곤 했었다. 정 선생에게 편지봉투에 전각과 글을 받게 되던 차에 김 선생에게도 부탁드려서 역시 환한 웃음으로 그 자리에서 봉투에 글과 전각화를 그려 주시곤 했다. 김 시인은 문화재급 가치를 지닌 도자기도 수집하신 분으로, 시의 소재도 민족 고유의 미와 전통적 정서를 표현해 온 분으로 학계에선 높이 평가하고 있다. 내게 써 주신 봉투 위의 글월도 〈황견유부黃絹幼婦〉로 절묘하다는 뜻. 또 한 점은 〈길광편우吉

光片羽)라 쓴 아래에 어독파중월魚讀波中月이란 유인遊印을 그려서 넣으셨다. 잔잔한 파도 속의 달을 물고기가 읽는다는 뜻으로 풀이된다. "우리 집에 김 화백이 꼭 감상해야 할 달 항아리 백자가 있는데 언제 날을 잡아 정 선생과 함께 와 보시지. 그 백자를 한번 보고 나면 세상의 아름다움을 깨달을 수 있고 세상사도 잘 풀릴 거요. 믿어지지 않으면 어디 한번 와 보면 내 말이 맞는지 틀린지를 알게 될 거요."라고 얘길 하셨는데 나는 끝내 가 볼 기회가 없었고 얼마 후에 정 선생께서는 가서 보셨는데 보시기 전에 관람료를 내야 한다고 하셔서 얼마간의 돈을 내셨다는 얘길 정 선생으로부터 전해 듣기도 했었다. 아마도 가치 있는 물건은 대가를 지불하고 봐야 한다는 철칙 같은 걸 갖고 계셨는지 모르겠다. 그러던 분이 84세 말년에 이렇듯 깊은 순애보를 지닌 분이었다는 게 내게는 뜻밖의 이미지로 느껴지게 되었다. 나는 사람의 외모와 내면의 세계는 상당히 다른 경우가 있다는 걸 김 시인의 얘기를 듣고 깨닫기도 했다.

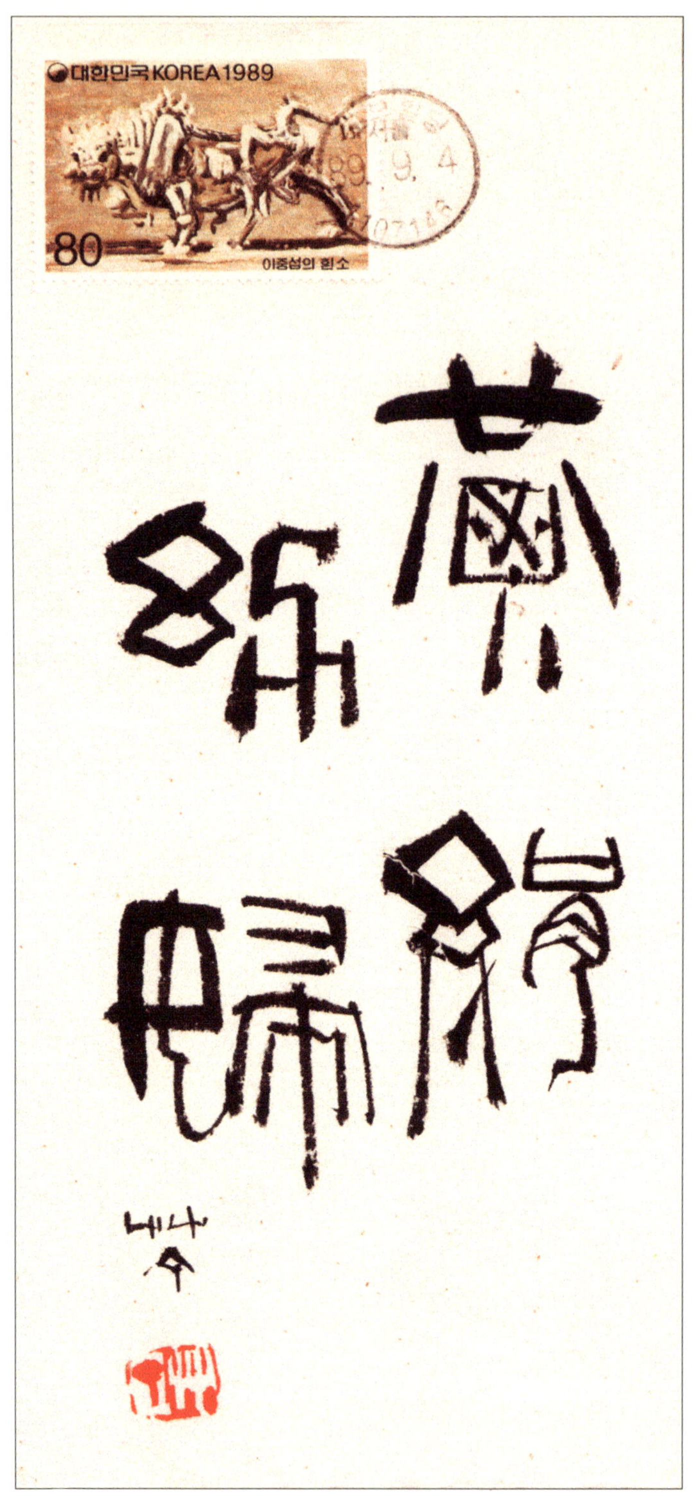

대한민국 KOREA 1989
80
이중섭의 힌소

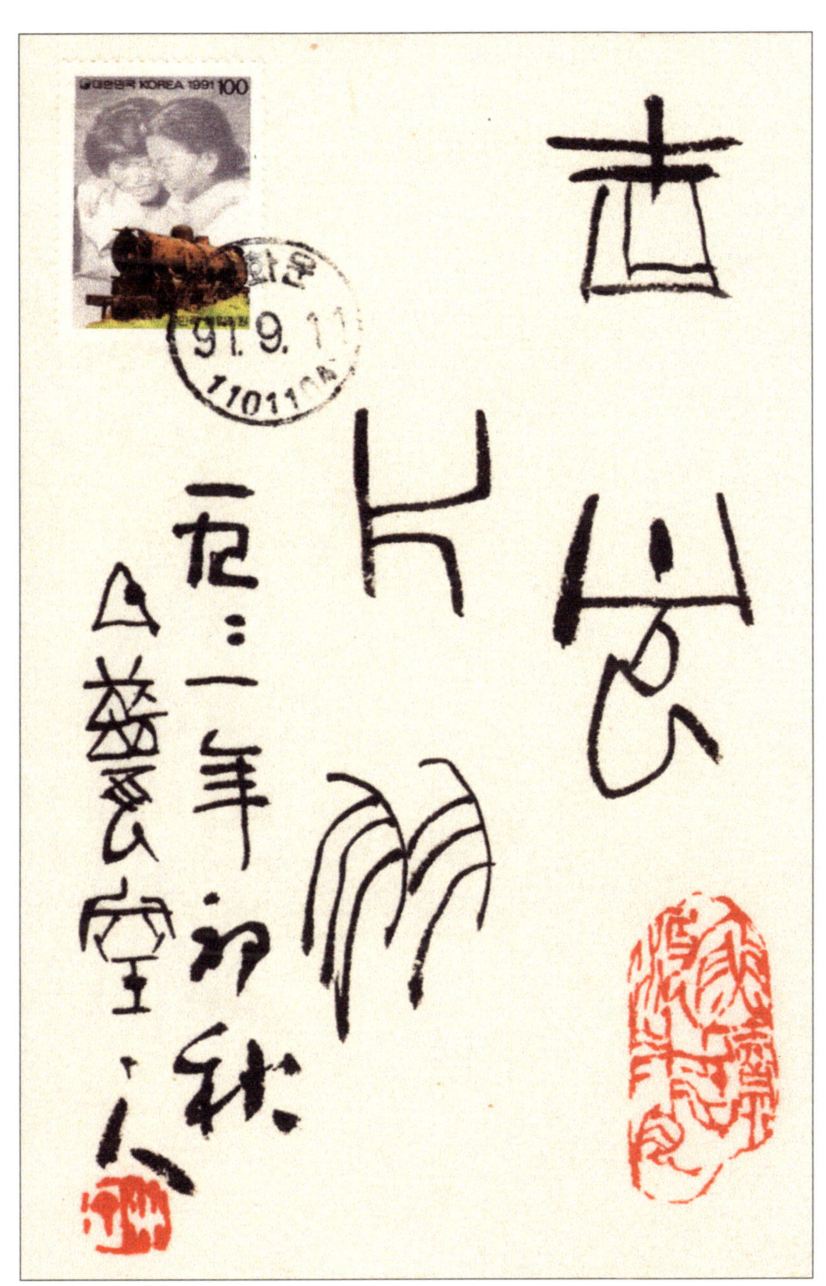

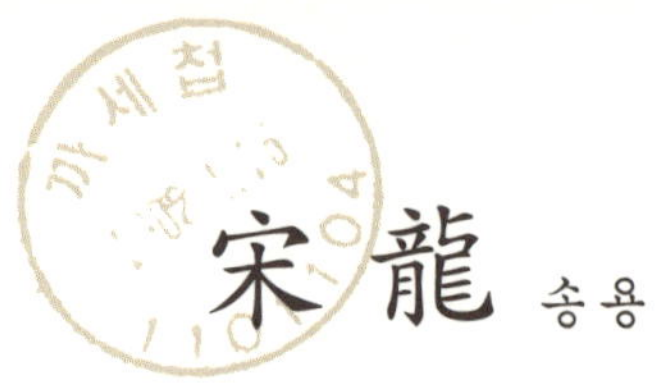

宋龍 송용

서양화가. 전남 장성 출생. 조선대학교 서양화과를 졸업하였다. 현대미술 초대전, 독일 Museum der Stadt Bad Berleburg 초대 2인전, KBS TV 미술관 초대전, 서양화 300호전, 서독 Wissen 초대 개인전, 조미회전, 한국 구상작가 1백인 선정 96회화제, 압록강 2천리전, 송용 작품전, 광주지역 유명작가 초대전 등 많은 전시회에 참가하였다. 목우회 공모전에서 문공부장관상을, 대한민국미술전람회에서 특선을, 목우회와 한독미술협회에서 공로상을 수상하였다. 현재 조미회 회원으로 활동 중이다.

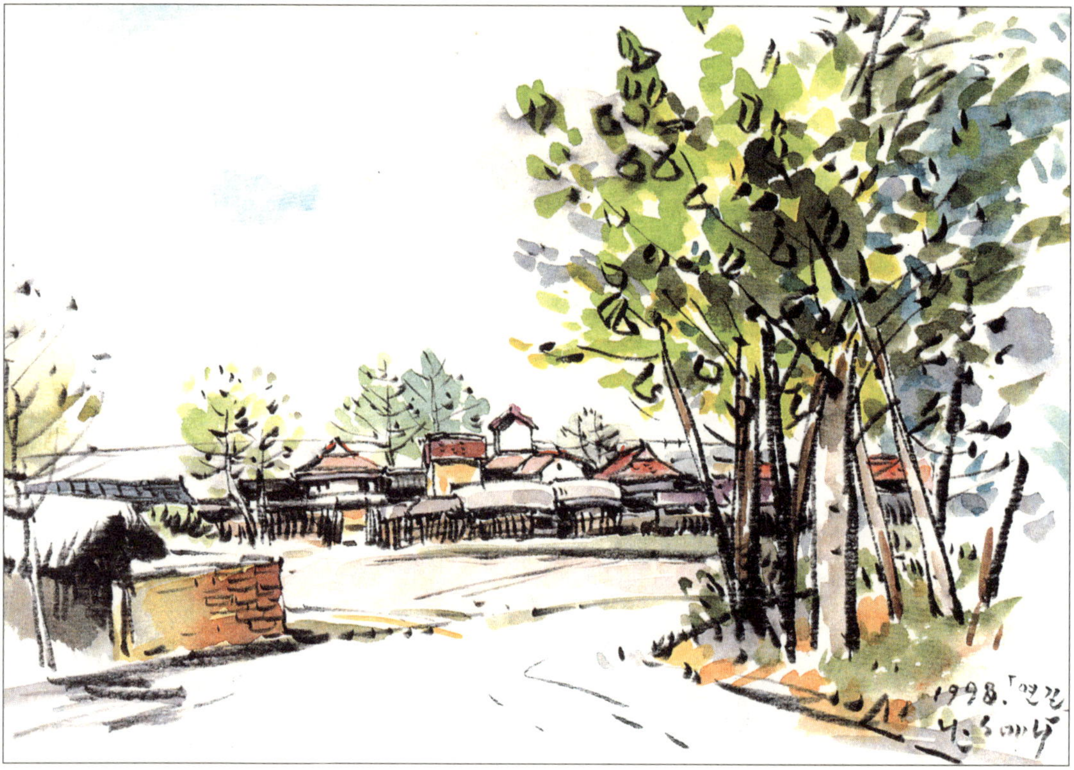

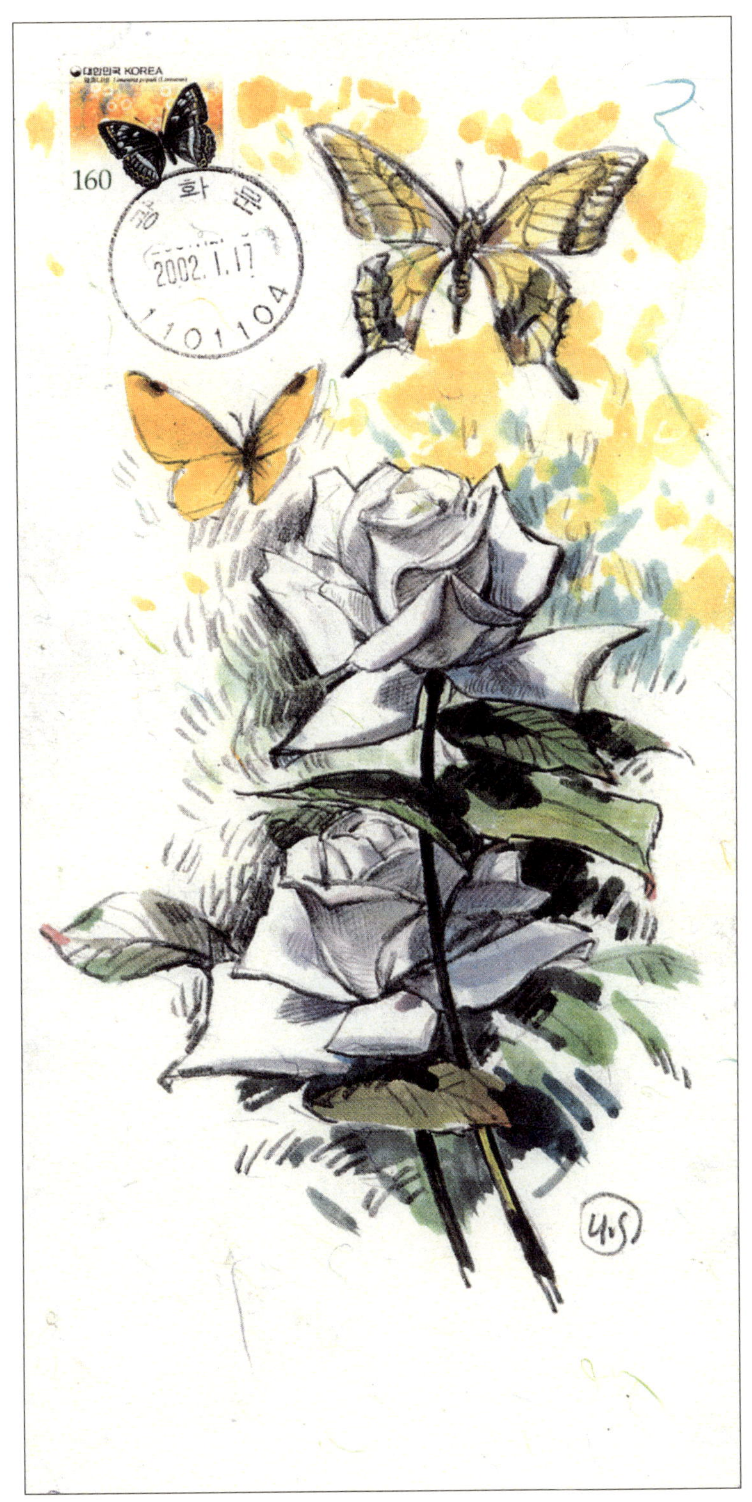

대한민국 KOREA
160
2002. 1. 17
110104

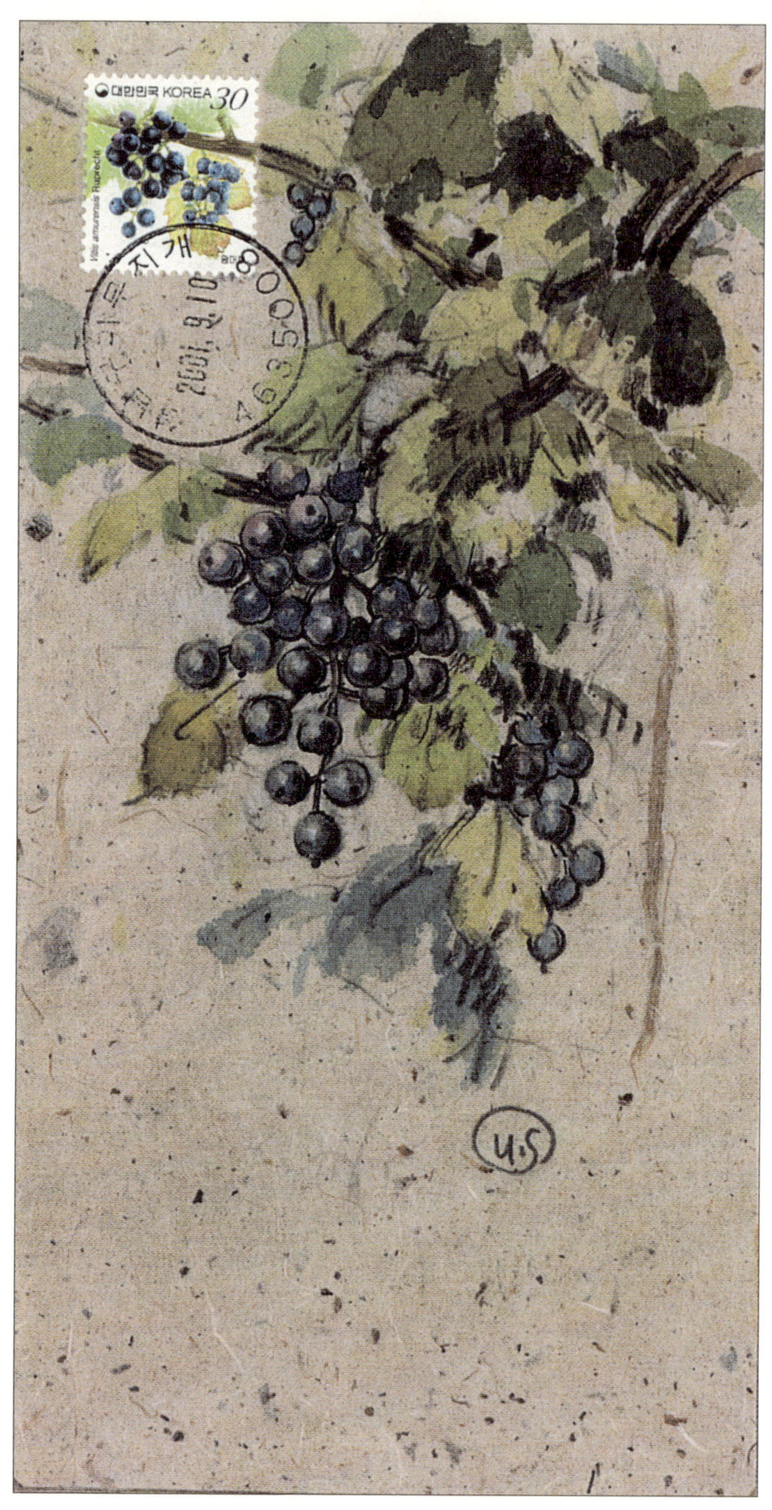

까세첩

姜亨九 강형구

서양화가. 중앙대학교 서양화과 졸업. 2001년 '극사실을 통한 허구의 세계 그리고 현실세계' 라는 개인전과 그 이듬해 '자화상전' 개인전을 열었다. 그밖에도 2003년 캐리커처로 '해석된 얼굴, 얼굴, 얼굴들', 강형구전(2004), 강형구 초대전(2005), 자연의 기록전(2005) 등을 통해 활발한 활동을 펼치고 있다. 저서로 캐리커처집 『이슈포인트』가 있다. 현재 나우갤러리 대표로 활동 중이다.

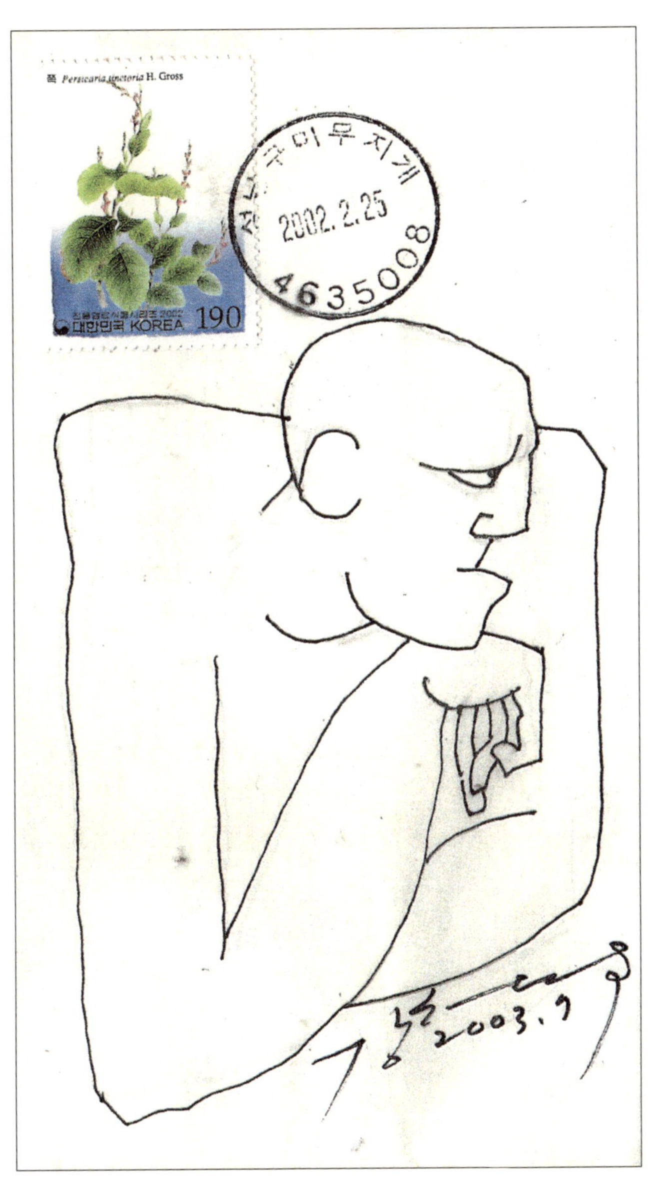

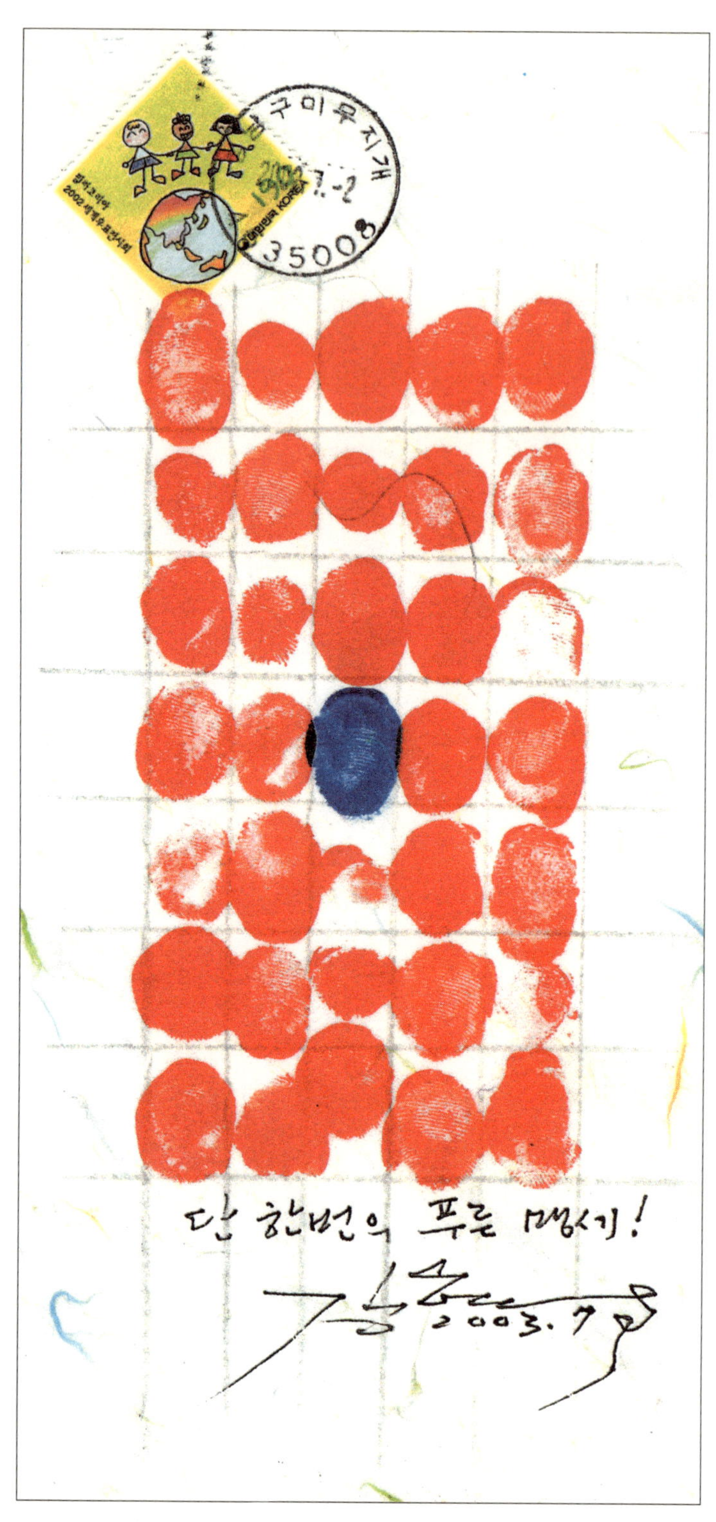

단 한번의 푸른 맹세!
2003. 7월

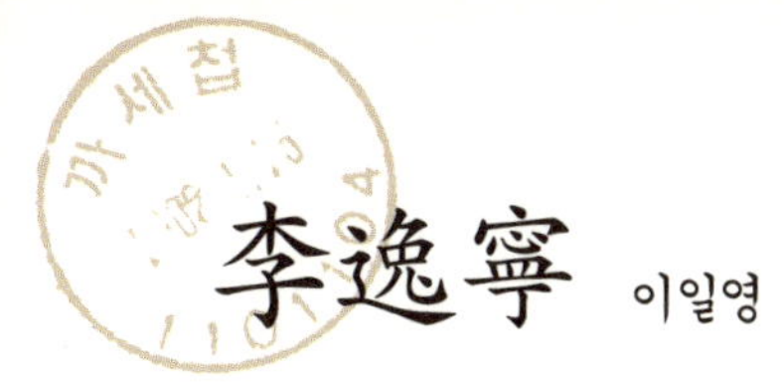

李逸寧 이일영

서양화가 · 조형미술가. 1947년 서울대 미대를 졸업하고 1950~60년대 서양화와 신문 연재소설 삽화를 그렸다. 《동아일보》에 연재했던 이호철 씨의 소설 『서울은 만원이다』 삽화가 대표작이다. 1970년대부터는 동상 기념탑 등 조형물 건립에 적극 참여해 대전 국립묘지 현충탑, 서울 국립묘지 입구 분수대, 탑골공원 3 · 1독립선언 기념비, 청와대 분수대 등의 작품을 남겼다. 1961년 부터는 남산미술원 원장을 역임하기도 했다.

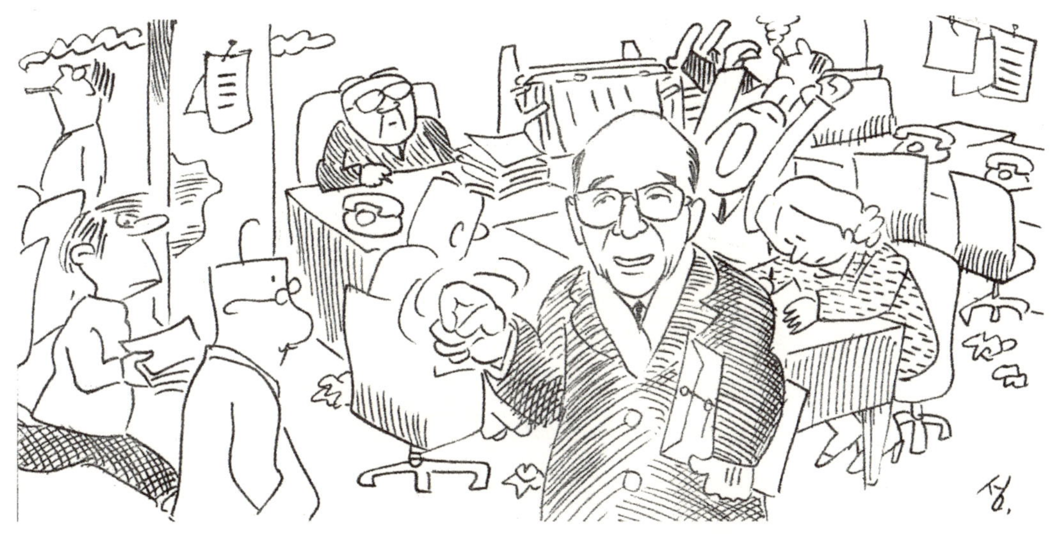

2001년 11월 23일자 한 신문지면에 "서양화가이자 조형미술가 이일영 씨가 노환으로 별세했다. 향년 76세……."란 부음 소식이 나와 있었다. 조형미술가와 조각가의 차이는 어떤 점일까라는 궁금증을 가져 본다. 얼른 대답이 나오는 건 아니었으나 대체로 남이 이해하건 말건 어떤 작품성을 추구하는 창작 조각품과 어떤 조건에 맞춰진 주문수주형 조형과는 좀 차이가 있다. 이일영 화백은 기념탑과 기념동상 건립에 많이 참여했었다. 국립묘지 현충탑, 청와대 분수, 서울중앙우체국 앞 분수대와 조각 등등 관官이나 정부 주도하에 건립되는 기념탑 중 태반이 이 화백의 손을 거쳐 간 것들이다. 그런데 이 화백은 50년대와 60년대는 이호철 작 『서울은 만원이다』 등등 주로 신문 연재소설 삽화를 도맡아 그렸었다. 그래서 나는 신문사 편집국 근처에서 이 화백과 자주 만나곤 했는데 그때마다 이 화백의 인사는 "데생하시오?"란 소리와 함께 그림을 그리는 손놀림을 하는 것이었다. 만날 때마다 같은 소리여서 어떻게 생각해 보면 내가 데생을 안 할까봐서 하는 소리 같기도 하고 또 달리 생각해 보면 "요즘도 데생을 많이 하시오?"란 소리를 줄여서 한 말같이 들리기도 했다. 그럼 그때마다 나는 "예!"라고 간단히 대답하는 게 보통이었는데 때로는 "이 선생두요?"라고 조금 길게 대답하기도 했다. 그 당시만 해도 그림이란 아예 돈으로 거래되는 게 아니라 거저 주고받는 것으로 인식되어 오던 시대여서 동양화단이건 서양화단이건 화가라고 하면 최하의 빈민층(?)으로 인식되던 때였다.

그래서 미대 교수들도 때론 필자에게 신문사에서 발행되는 잡지 표지나 컷을 한 번 그리게 해 달라고 부탁을 하는 분들이 적지 않았었다. 지금은 전지 한 장이면 억億으로 거래되는 작고한 대가 한 분의 경우도 당시에 어느 장관에게 신세를 진 일이 있어서 전지 한 장의 동양화를 액자에 넣어서 삼륜차에 싣고 그분 아드님이 장관 댁에 아침 일찍 찾아가 문을 두드리자 장관 사모님께서 파자마 바람으로 슬리퍼를 끌고 나와서 현관에 가득 차게 차지한 포장된 물건을 마치 귀찮다는 눈으로 흘깃 보기에, 그림이라고 설명을 하자 "거기 그대로 두고 가세요."라고 말하고는 휙 돌아서 들어가 버리더라고 이십 년이 지난 지금 그림 붐이 불기 시작하여 대가가 된 그분의 아드님이 새삼 분통을 터뜨리기도 했다. 그림이 마음에 들어서 사는 게 아니라 비싼 그림을 사 두면 더욱 비싸질 것으로 착각해서 유명 화가들의 그림이 불티나게 팔리던 시절도 있었으나 이미 십 년 전부터 미술 붐은 사라지고 정상 궤도로 들어가는 단계인 성싶다.

이일영 화백이 삽화를 그리던 시절은 일반 순수화가들에겐 삽화가가 상당히 부러운 시절이었다. 그 당시에도 이미 대가이시던 청전靑田 이상범, 심선心仙 노수현, 김기창, 천경자, 박고석 화백 등이 신문 삽화를 그리기도 했었다. 그 당시엔 삽화라면 일회용 칫솔인 양 동판을 뜨고 나서 편집국 문화부 휴지통에 버려지기가 일쑤였는데 지금은 대가급 화가들의 삽화 한 장도 상당한 가치로 거래되고 있어서 격세지감이 실감난다. 일본에선 소화 초기 때의 만화 '원화原畵' 1매의 가치가 상당하다고 들린다. 마치 작품에 금전적 가치가 부여됨으로써 비로소 '환쟁이' 시절에서 '화백' 시절로 바뀐 느낌이 든다. 또 어떤 '시절'이 다가올지 자못 흥미롭다.

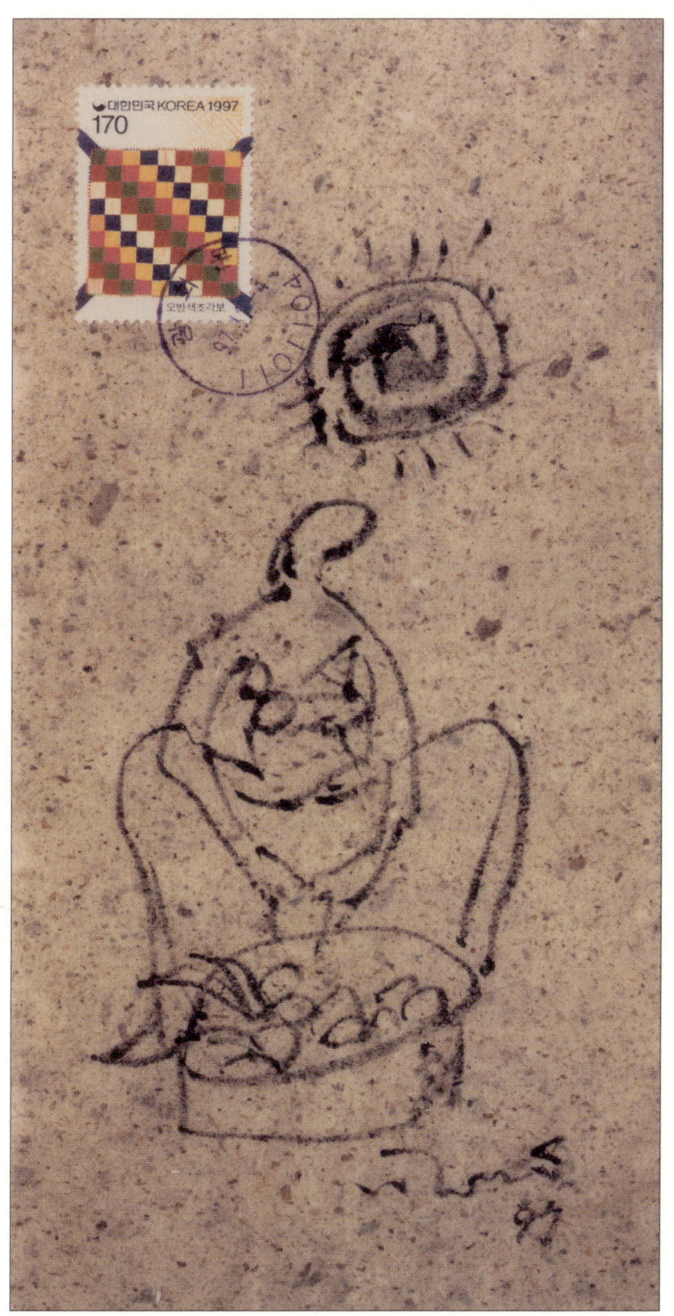

대한민국 KOREA 1997
170
오방색조각보

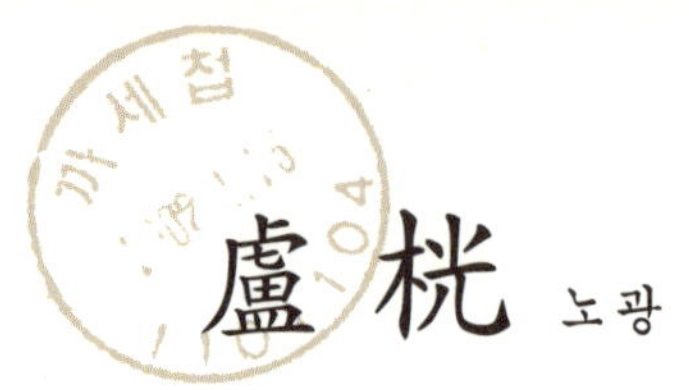

盧桄 노광

서양화가. 충남 공주 출생. 러시아 레핀 미술아카데미에서 수학하였다. 르 싸롱전(1985), 한국의 대표작가 동서양화 100인전(1986), 한국의 리얼리즘(1991), 한국현대회화 50년 조망전, 한국인물작가회 10주년 기념전, 한국의 누드미학전(2003), 제18회 한국인물작가회 정기전(2003) 등을 비롯 여러 차례 개인전을 가졌다. 목우회 공모전 특선(1985), 대한민국미술대전 특선(3회), 입선(5회), 오늘의 한국전 장려상(1992) 등을 수상하였고, 2001년, 2003년에 『노광 작품집』을 발간하였다. 현재 한국미술협회 서양화 제1분과 이사를 맡고 있으며 동아대 예술대 회화과에서 강의를 하고 있다.

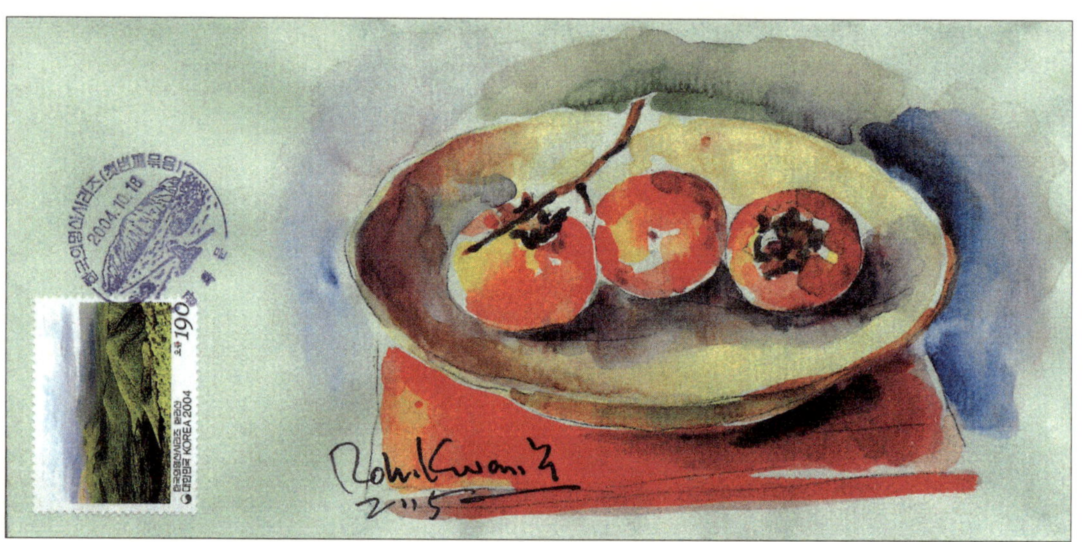

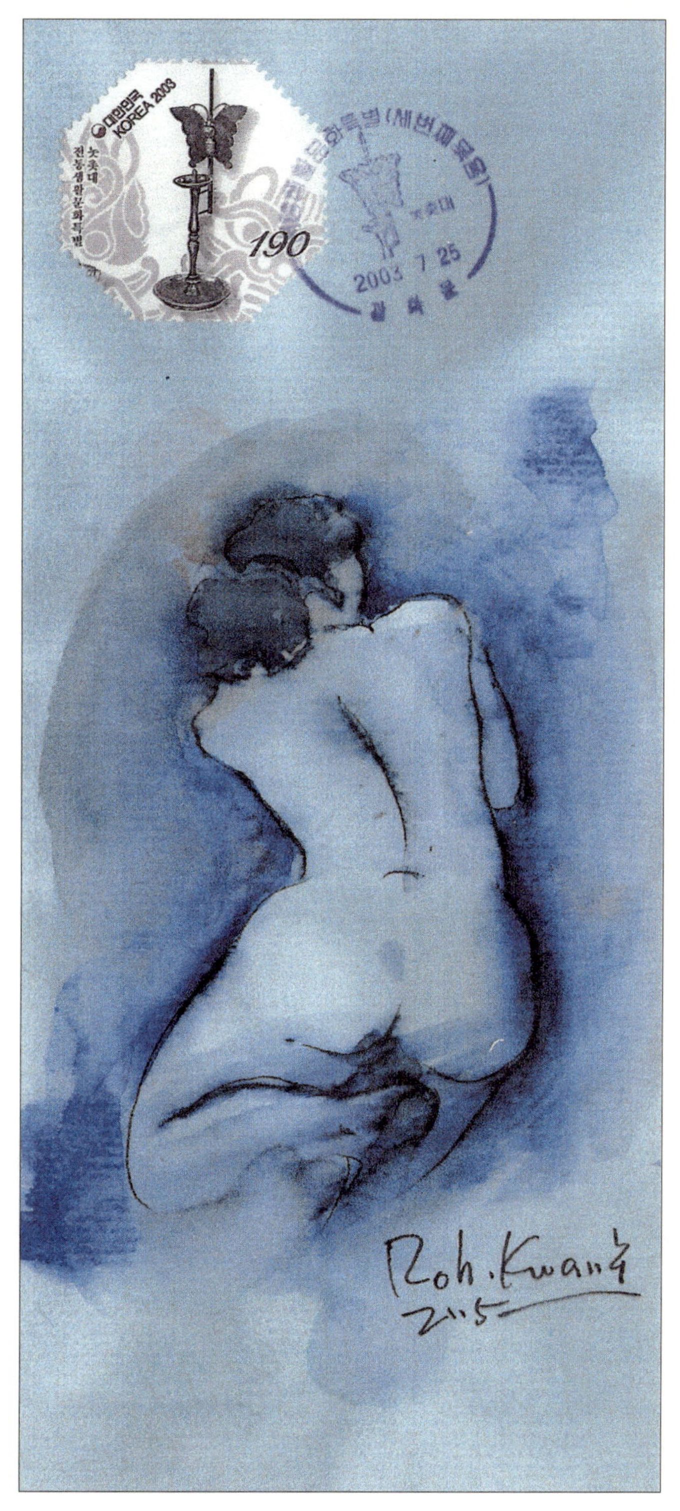

禹慶熙 우경희

1922년 경기도 개성에서 태어나 도쿄제국미술학교를 졸업한 뒤 개성에서 교사생활을 하다가 주요 일간지 연재소설 삽화가로 활동하였다. 주요 작품으로는 최인호의 『불새』와 『별들의 고향』, 선우휘의 『물결은 메콩강까지』 등이 있다. 1974년 공간화랑에서 〈강강수월래〉 등의 유화와 수채화로 첫 개인전을 가진 이래 동양적 철학이 담긴 세계를 꾸준히 추구하였다. 또한 출판미술 분야에서도 활동하여 국정교과서 등의 디자인, 삽화를 맡기도 했다. 1983년 미국 시애틀로 이주한 뒤 한인미술협회 고문을 지냈다.

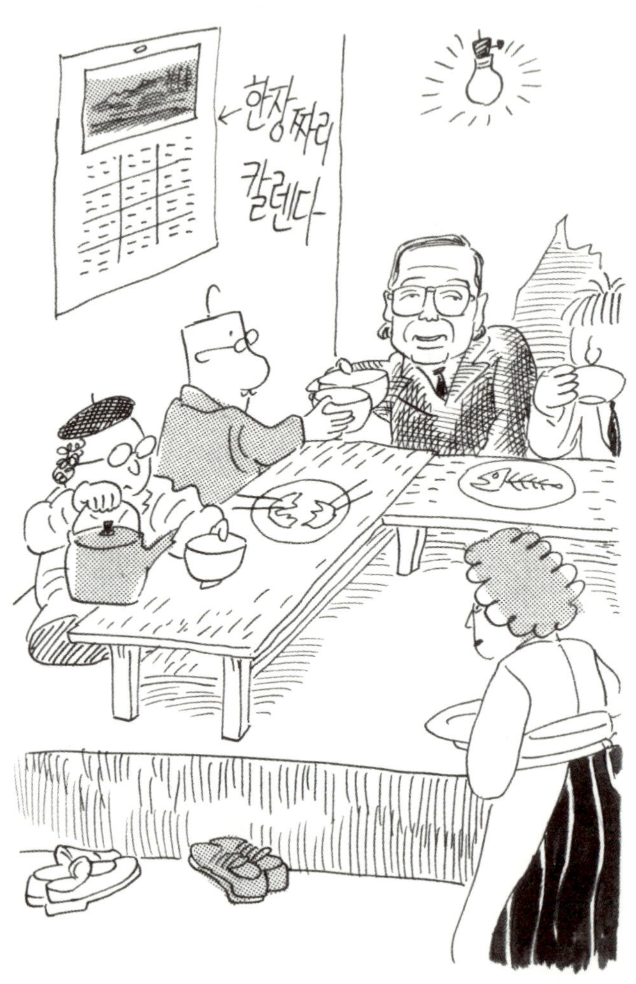

지지리도 어렵고 답답하던 50년대 후반과 60년대 사이, 환도 후의 문화

계란 서울하고도 명동의 몇 개 다방과 대폿집이 그 집합소였다. 따라서 화

가, 문사, 학자, 음악가를 만나고자 하면 불과 몇 군데의 다방에 연락을 하

면 금세 알아낼 수가 있었다. 삽화계의 원로 우경희 화백은 출판미술과 연관이 있기에 만화가들과 자주 어울리게 되었고 누군가가 원고료를 타고 "자, 갑시다!" 하면 우르르 대폿집으로 몰려가 탁백이를 기울이곤 했었다. 몇 주전자가 금세 동이 나고 추가분을 시켜야 하느냐를 주머니 사정과 의논하고 있을 때 선뜻 돈을 던지듯이 내놓으며 "기마에다(기분이다)."라고 말하는 건 대개 우 화백이었다. 열 평 남짓한 대폿집엔 난방이 형편없어 외투를 입은 채 젓가락질을 해야 했었다. 그러던 얼마 후 우 화백이 이민을 갔다는 소문이 나돌았고 광화문 근처의 일본 책 가게에 들러 미술서적을 뒤적이다 보면 그 책 뒷머리나 앞쪽에 우 화백의 도장이나 사인이 있어서 '아! 이민 갈 때 팔고 간 책이구나…….' 라고 짐작을 하곤 했었다. 그리고 다시 이십 년 가까이 소식이 없다가 어제 신문을 보니 서양화가요, 삽화가로 명성을 떨쳤던 1세대 삽화가 우경희 화백이 6월 5일 삼성서울병원에서 노환으로 별세했다는 기사가 나와 있었다. 『별들의 고향』(최인호), 『비극은 없다』(홍성유), 『밤의 찬가』(한수산) 등 일간지에 삽화를 도맡았던 화백이 76세로 별세했다는 기사 내용이었다. 약 30년 전의 대폿집 광경이 엊그제 일같이 눈앞에 아롱거린다.

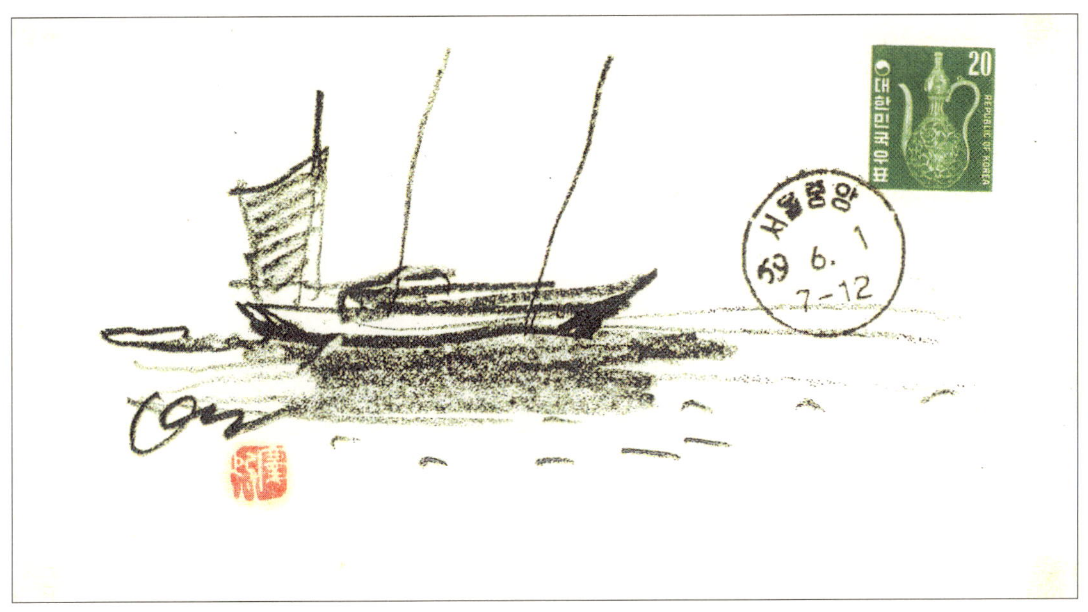

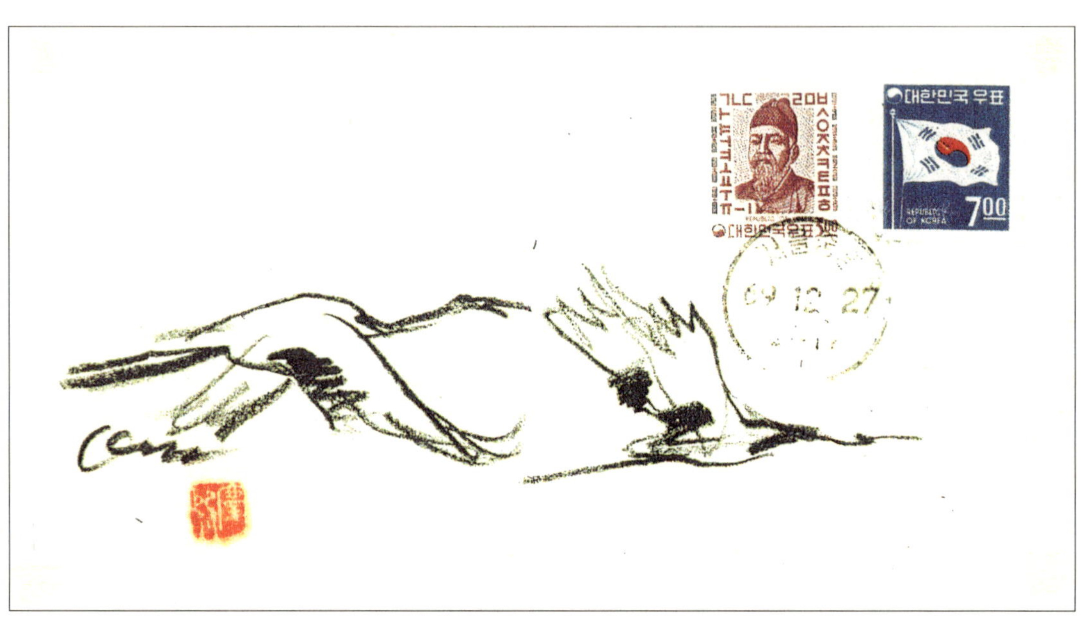

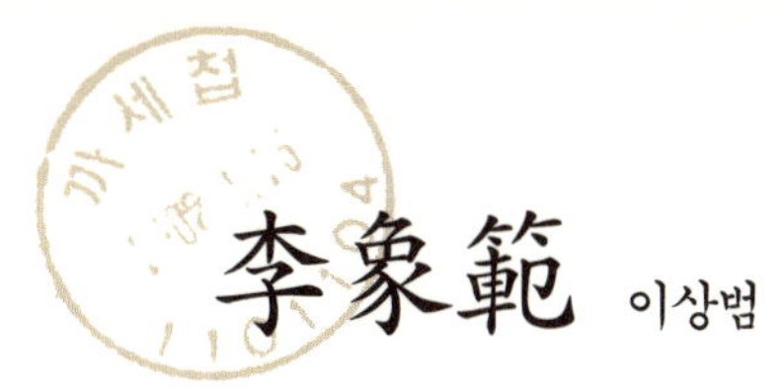

李象範 이상범

동양화가. 충남 공주 출생. 서화 미술원의 과정을 어렵게 마치고도 스승 심전 안중식의 문하에서 일시 대필의 시기를 갖는 등 역경의 수업기를 거쳤다. 그러나 선전 창설부터 출품하여 1925년 제4회에서 특선을 차지한 이후 10년간을 줄곧 특선의 영예를 누렸다. 광복 후 국전이 창설되자 국전 초대작가 및 심사위원을 역임하였다. 홍익대학교 교수로 재직하면서 후진 양성을 하였으며 대한민국 문화훈장 대통령상(1961), 3·1문화상 본상을 수상하였다.

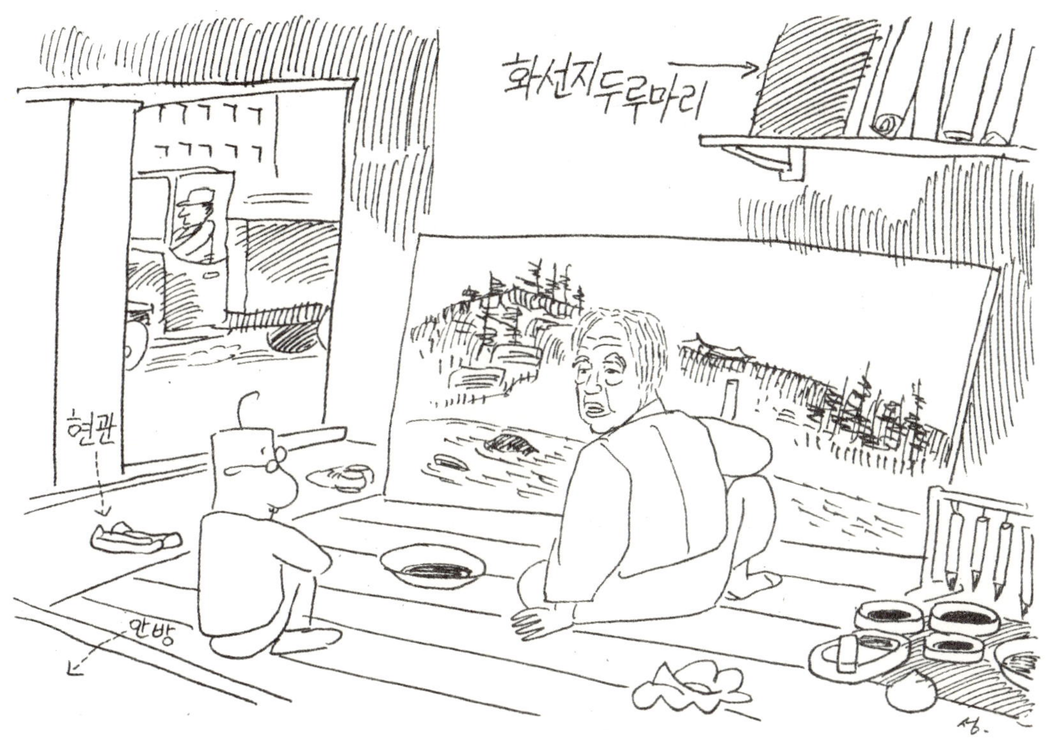

1951년도 대구의 국방부 종군화가단에 속해 군 관계 '만화신문'을 만들던 필자는, 국방부가 부산으로 이전함에 따라 부산으로 내려갔다. 당시 수정초등학교 전체가 국방부로 쓰였는데 2층 모퉁이 방에서 '만화승리'를 편집하고 있었으나 너무 대우가 나빠 대구로 올라와 버렸다.

이때부터 필자는 휼병감실과 육군정훈감실에 근무를 하면서 한편으로는 출판사에서 발행코자 한 '사육신'이라는 그림책의 삽화를 맡아 그렸다. 여기의 그림은, 펜은 일체 쓰지 않고 가느다란 붓만으로 고색풍이 드러나도록 사육신들의 행적과 처형장 끌려가는 장면, 폭풍이 몰아치는 장면을 묘사했다. 출판사 사장이 이 만화책과 그림책을 절충한 듯한 소책자를 들고 '나하나'라는 다방에 나가 늘 만나던 청전 이상범 화백에게 보여주었더란다. 그것을 본 이 화백은 붓의 필촉감이 좋다고 혀를 차고 칭찬(?)을 하시더라는 것. 그래서 그때부터 청전 선생에게 인사도 하고 화백의 화실을 종종 놀러가 보기도 했다.

당시 이 화백은 노령기여서 종군화가단과는 관계가 없으셨다. 대구의 중심가 큰길가의 단층 한식집 가게를 빌려서 가게 자리를 화실로 만들어 제작을 하시고 있었는데 문짝을 열면, 먼지가 날리는 것은 물론이고 군용 트럭이 바로 앞을 지나가곤 했었다.

이 화백은 그때에도 대작 위주의 제작을 했었는데 전지 한 장(50호 크기)에 산수화를 그리시다 만 것을 종종 볼 수 있었다. 이때부터 나는 동양화를 그려 보고자 마음먹었었는데 그것이 실현되기는 환도를 하고 나서 신문 연재를 시작한 지 몇 해가 지난 60년대 때부터 붓을 들게 되었고 3, 4년 간격으로 개인전을 연 지도 이미 몇 번째가 된다.

환도 후에 정릉에서 전농동으로 전농동에서 회기동으로 옮긴 후 70년대 봄이 되자 집을 늘려 가기로 하고 효자동, 신교동, 누상동 근처를 아내와 함께 집을 보러 헤매던 중 누상동 근처에서 마침 선생을 만났다. 선생에게 집을 보러 다니는 중이라 했더니 "이 근방이 좋으니 자넨 꼭 이 근처로 이사를 와. 그래서 종종 놀러 오게."라며 소매를 잡아끌다시피 권하시는 것이었다. 아마도 노년기에 접어들어 사람이 그리워지셨던 것 같다. 그러나 끝내 마포 상수동 근처에 자리를 잡고 말았다.

여기에 실린 까세는 그 당시에 구해 두었던 청전 선생의 소품으로 액자에 넣어 두었던 것을 청전 선생이 돌아가시고도 한참 지나서 82년도에 나온 '민족기록화 시리즈' 가운데 광개토대왕 우표를 붙였기에 나중에 만든 까세가 된다. 그런데 나중에 보니 이순신의 '한산대첩'이 나와서 오히려 '그 우표로 까세를 만들었으면 좋았을 것을……' 하는 아쉬움도 들었으나 이 까세 위에 한산대첩 우표를 또 붙이고 10월 15일자 일부인을 찍게

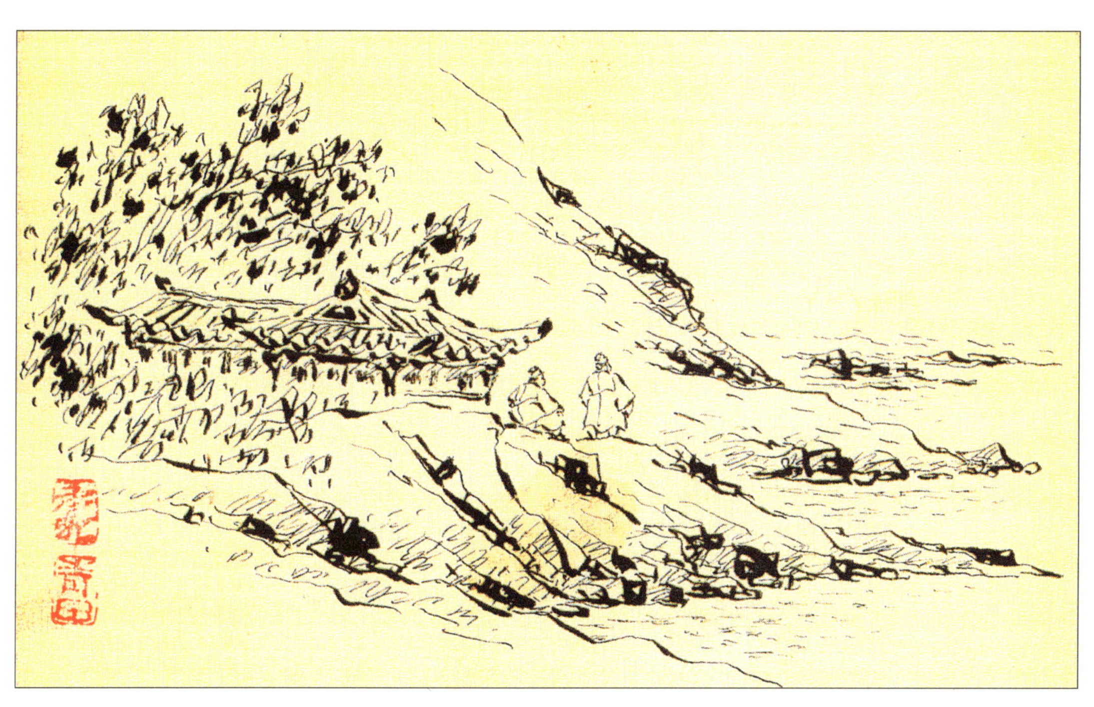

되면 지저분해질 것 같아 그대로 두었다(더욱이 우표가 대형이어서 한 장 더 붙이면 그림이 죽을 것 같았다.).

이 소품에서 볼 수 있는 펜과 붓을 혼용한 필치는 청전 작품의 특색을 여실히 잘 보여 주고 있다. 낙관도 소품에 알맞게 가장 작은 15관으로 찍어 박았다. 70년대 초부터 봉피에 까세를 모으기 시작했지만 불과 얼마 후부터 청전 선생은 몸이 쇠약하기 시작, 병석에 누우셨다고 들어서 차마 그런 부탁을 하러 갈 계제는 아니었다. 작고하신 지 20년 가까이 되어 가고 있는데 그분의 소품을 대하고 있노라면 생전의 그분 모습이 하나하나 떠오른다.

1953년 환도 직후에 필자의 첫 시사만화집 『세태만상世態漫相』이 나왔는데 그때 그분에게 책 앞에 들어갈 서문을 부탁드리러 홍익대학 교수실(그때는 화신백화점 뒤쪽 우미관 옆 창고 같은 곳에 홍대 미술학과가 있었다.)에 찾아갔다. 청전 선생은 "내가 어떻게 글을 쓰느냐! 난 그저 그림만 그리는 사람이지 글을 쓰질 않는다."고 퍽 난감해하시는 것이었다. 이때 마침 조각가 윤효중尹孝重 화백이 나오다 이 광경을 보고 "김형, 청전 선생님은 글을 안 쓰는 분이셔. 이건 수화에게 부탁해 보는 게 어떨까?" 하며 그때에 수화樹話 김환기金煥基 화백에게 만화집 원고의 일부를 보여 주면서 서문을 써 달라고 부탁하는 것이었다.

수화 화백은 내 만화집 원고뭉치 속에서 대구시장 풍경과 대구시내 풍경을 붓으로 그린 것을 보고 나선 쾌히 승낙을 하고 서문을 써 주었다. 그래서 첫 만화집 『세태만상』의 서문은 김환기 화백이 쓰게 되었고 '그때 왜 진작 봉피까세를 받아 두지 않았나.' 하는 생각이 들기도 한다. 하긴 필자가 본격적으로 우표 수집을 시작하기는 그로부터 또 10년이 지나서부터였으니 만약 그때에 이런 수집에 눈을 떴더라면 김환기, 이중섭, 박수근 화백의 육필 까세도 내 까세첩 속에서 보석같이 빛나고 있었을 것이다. 훗날에야 알았지만 청전 선생은 일체 글이나 문장을 쓰지 않는 분으로 유명(?)한 분이었다. 그런 점을 모르고 서문을 써 달라고 했으니 나 스스로 고소가 나오기도 한다.

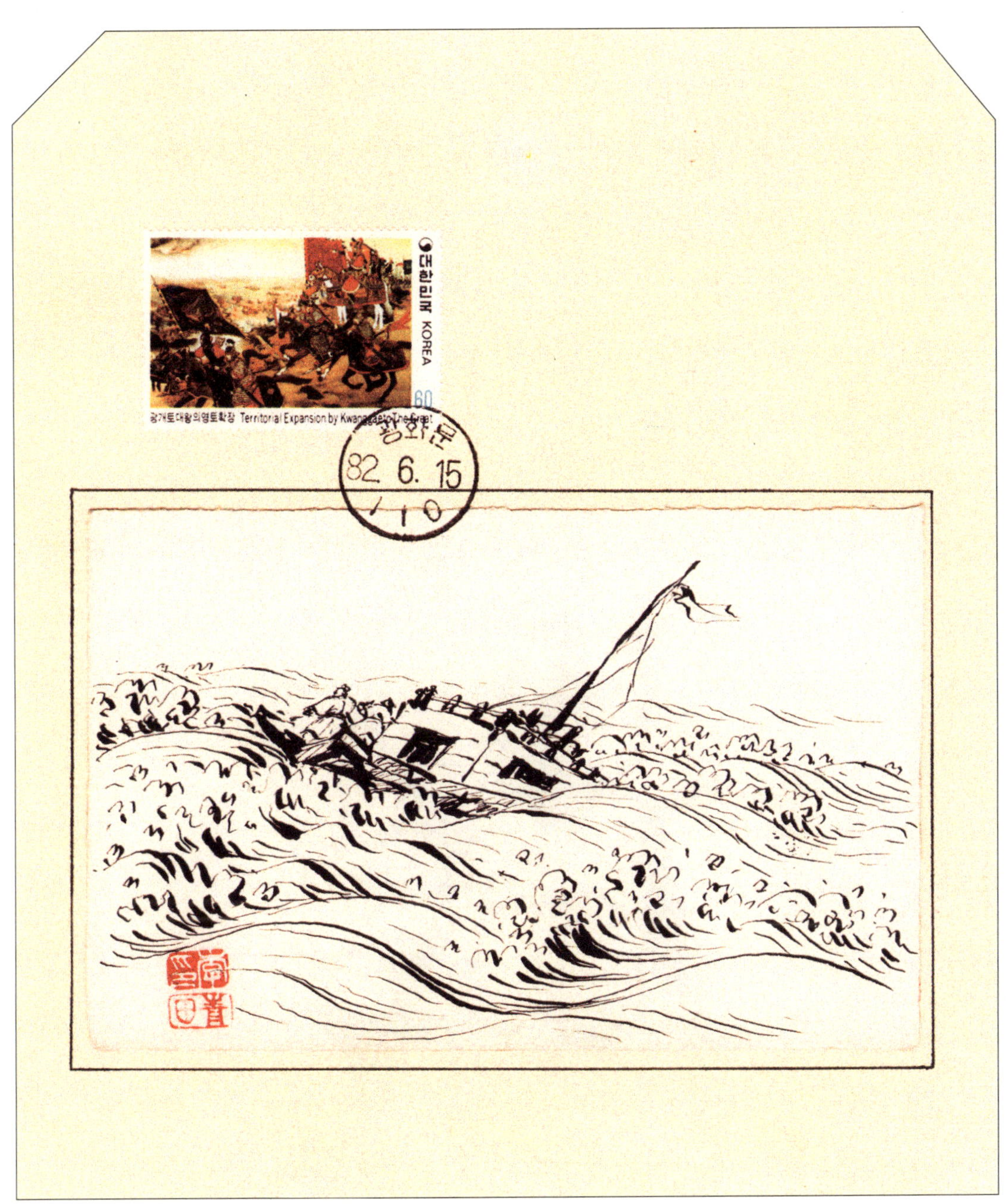

대한민국
KOREA
60
광개토대왕의영토확장 Territorial Expansion by Kwanggaeto The Great
82. 6. 15

張利錫 장리석

서양화가. 평남 평양 출생. 1954년 국전 입선, 1955~1956년 국전 특선, 1962년 마닐라 · 사이공 국제전, 목우회전, 한국현대서
양화 100인전(1966~1968), 한국근대미술 60년전(1972), 한일미술 교류전, 국전 대통령상 수상작가전(1975), 88 · 89 서울
미술대전, 현대미술 50년전(1995) 등 다수의 전시회에 참가하였다. 1958년 제17회 국전 대통령상을, 1975년 제24회 국전 초
대작가상, 국민훈장 우수상(1981), 대한민국 은관문화훈장(1992) 등을 수상하였다. 서라벌예대 교수, 국전 추천작가, 초대작가
및 심사위원을 역임하였고, 현대 한국미술협회 고문으로 있다.

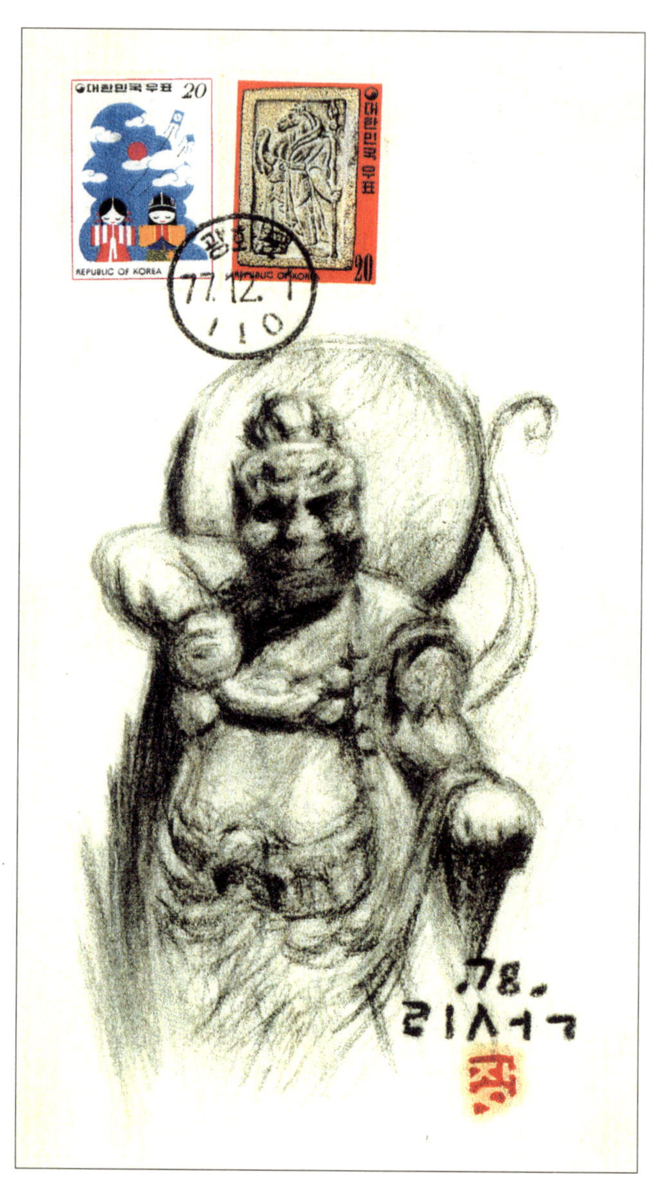

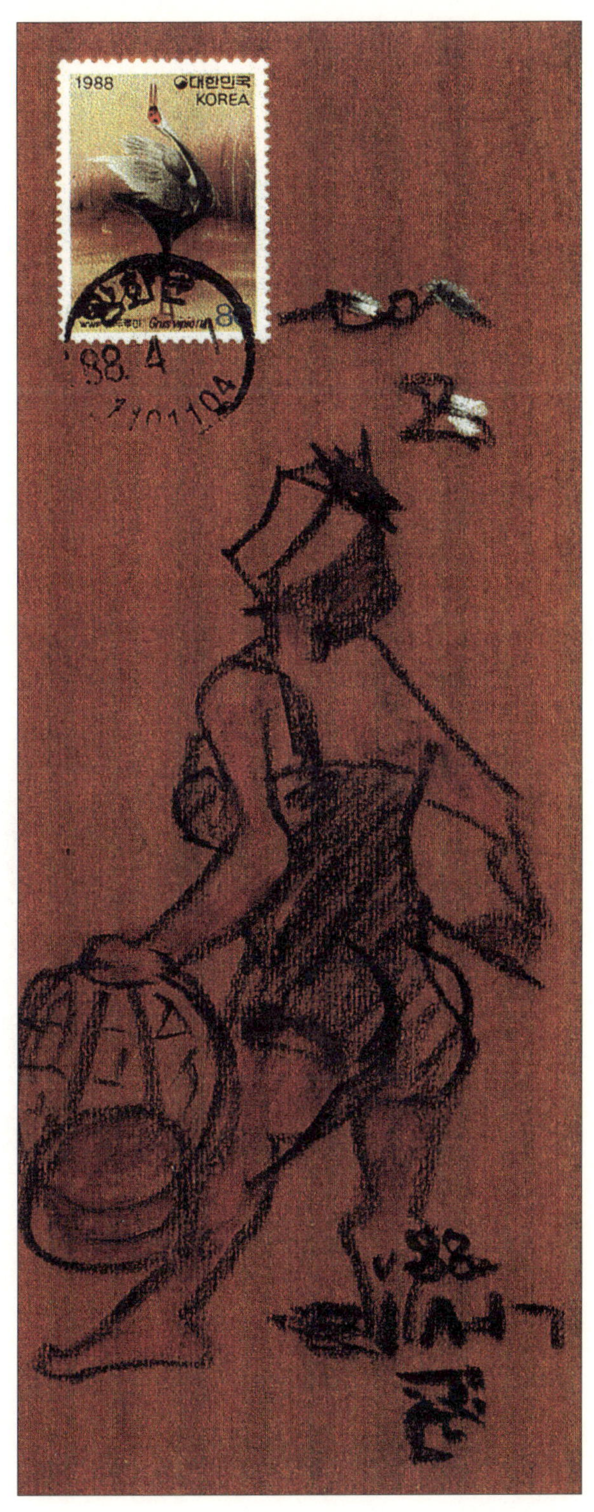

安載厚 안재후

서양화가. 황해 출생. 서울대학교 회화과를
졸업했다. 낙성대, 롯데호텔 벽화를 그렸으
며 민족기록화도 제작하였다. 앙가쥬망 동인
전, 현대미술초대전, 서양화 100인전, 한국
미술 오늘의 방법전, 조선일보 현대작가 초
대전, 제20회 한국수채화작가전(1996), 안
재후 초대전(2001) 등 다수의 전시회에 참
여했다. 한국미술협회 · 한국신미술회 · 한국
수채화작가회 회원이며 대한민국미술대전
운영위원이자 심사위원으로 활동하고 있다.

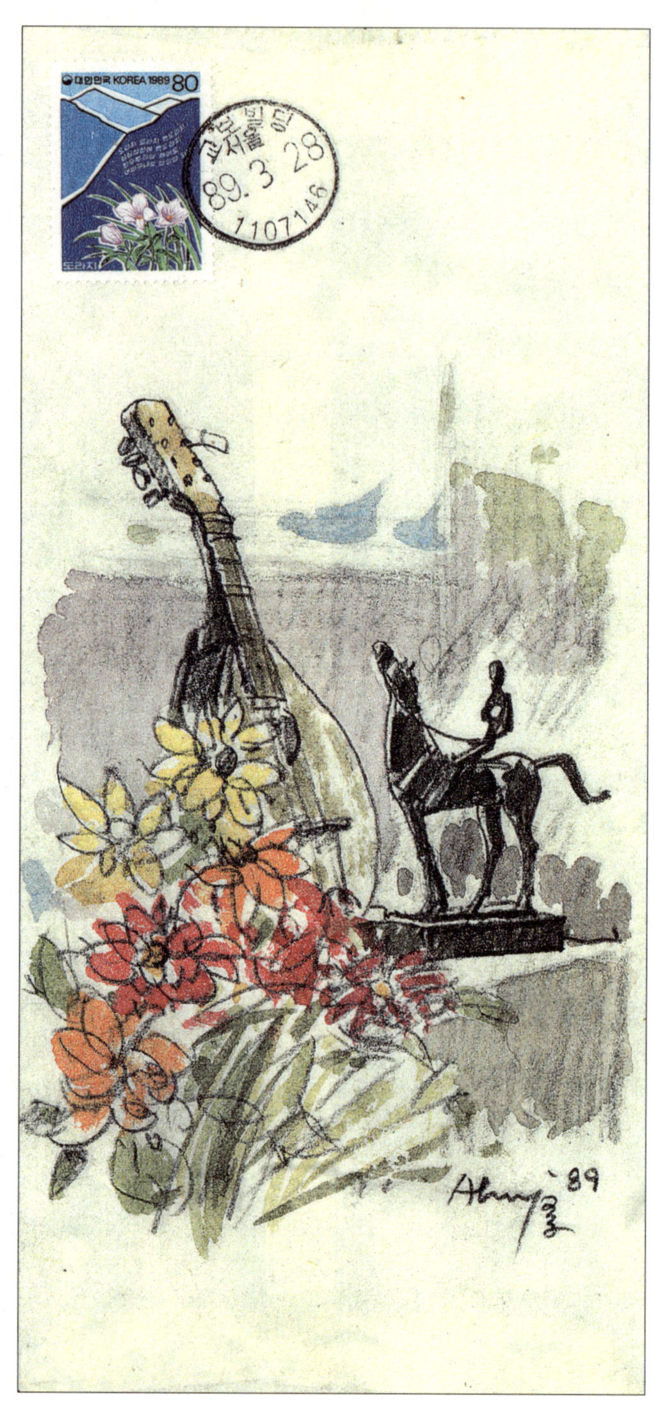

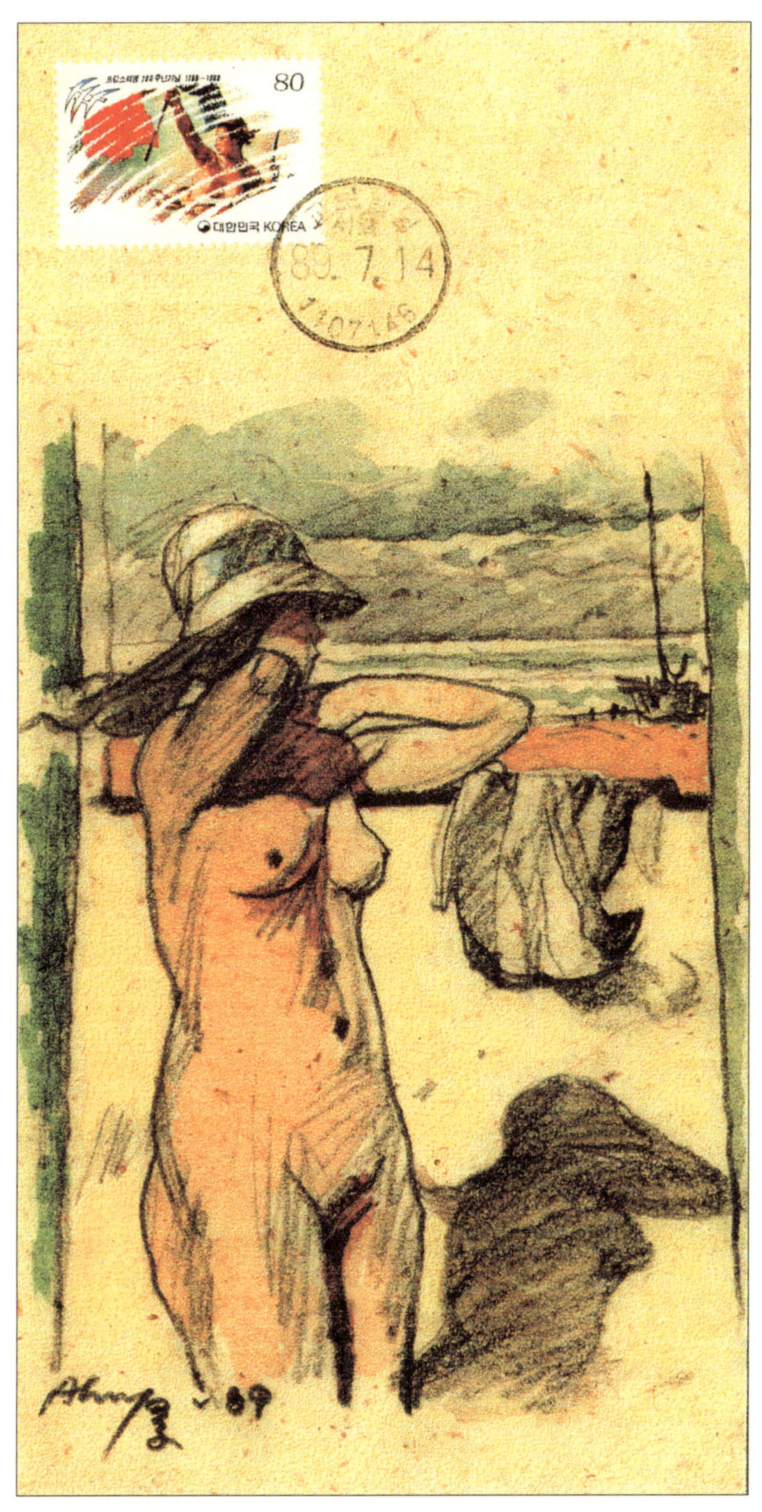

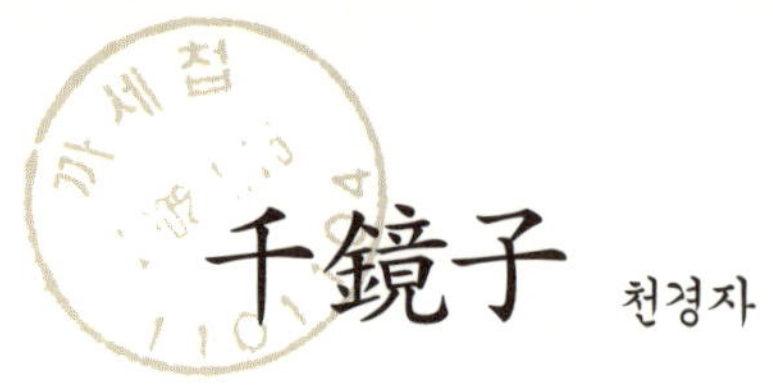

千鏡子 천경자

동양화가. 전남 고흥 출생. 일본 동경여자미술전문학교를 졸업, 선전을 통하여 데뷔하였다. 광복 후 고향인 광주에서 교편 생활을 하다가 1950년대에 서울로 진출하여 홍익대학교 교수로 재직하면서 오랫동안 후진을 양성했다. 국전 미협전 등을 통하여 작품을 발표해 왔으며 1969년 유럽과 남태평양을 비롯하여 1974년 아프리카 · 유럽 스케치 여행길에 올라 이국적인 풍물을 소재로 많은 작품을 남기기도 하였다. 상파울루 비엔날레, 남태평양 풍물시리즈 스케치전, 천경자 화랑 등 국내외 수많은 전시회에 출품하였다. 1954년 미협전 대통령상, 5월 문예상, 서울시 문화상 등을 수상하였고 국전 심사위원을 역임하였다.

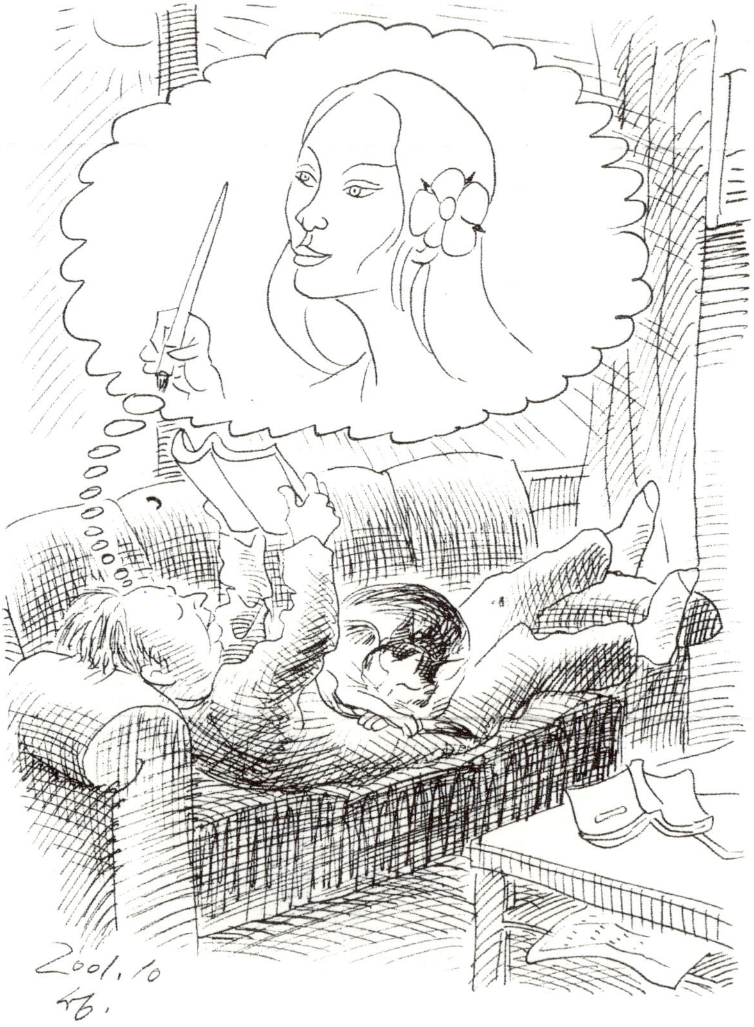

언제부턴가 나는 내가 사는 빌라 단지 경비실 옆 우편함을 한 번씩 들여다보게 되었다. 가슴이 철렁 내려앉는 세금고지서나 결혼식 청첩장은 매일 오는 건 아니지만 기업체에서 발행하는 선전용 소책자는 거의 날마다 오기 때문이다. 상품 광고만 즐비하게 천연색으로 나열된 책자는 한번 훑어보고 쓰레기통 속에 던져 버리지만, 그 속에서도 간단한 읽을거리나 단편소설이 재치 있게 편집되어 있을 때엔 대개 읽어 보게 된다.

학생 시절엔 반의무적으로 장편 명작소설을 읽곤 했는데, 남들과의 대화에서 명작의 내용을 모르고 있다가 망신을 당하지 않기 위해서는 그것이 취향에 안 맞는다 해도 읽지 않을 수가 없었던 것이다.

그러나 그런 나이도 오래전에 지났고 이젠 아주 간단한 소설이나 콩트가, 그것도 삽화가 곁들여져 실려 있으면 대개는 누워서 읽게 된다. 비교적 시간이 덜 걸리니까 내용이 시시껄렁한 것이라 할지라도 크게 손해났다는 생각은 안 들기 때문이다.

그런 책자를 들고 거실 창가의 햇볕이 드는 소파에 가 드러누우면 옆방 문가에서 목을 길게 뻗고 내 눈치를 보던 수고양이 '나비'가 사뿐사뿐 다가와 내 배 위를 올라타고 똬리를 틀고 낮잠을 잔다. 위에선 따뜻한 햇볕이 아래쪽엔 따뜻한 인체의 푸근함이 '나비'에겐 더할나위 없는 안식의 시간을 주는 듯했다.

책자 속에서 누가 쓴 것이고 제목이 무엇인지 기억이 안 날 뿐더러 특별히 명작이란 생각은 안 들지만, 오래도록 잊혀지지 않는 단편이 있었다. 아마도 내게 간접적인 연관이 있거나 주위환경이나 내 친지에 관계되는 점이 있어서 잊혀지지 않는 것인지 모른다. 대략 다음과 같은 내용이었다.

어느 초로初老의 여류화가 한 사람이 번잡한 거리가 싫어지고 믿었던 사람으로부터 배신을 당해 사람도 싫어지고 매캐한 자동차 매연의 도시도 싫어져서 며칠간 시골여행을 떠나게 된다. 그동안 정신없이 전시회 작품 제작과 발표를 가져왔고 매스컴도 타는 터여서 도시에선 알아보는 사람들이 많은데 이 모든 것도 짜증이 나는 것이었다. 그래서 어느 소도시에서 버스에서 내려 손가방 하나를 든 채 골목 속의 아담한 여관을 찾아들게 된다.

얼마 전에 TV에서 〈라스베가스를 떠나며〉란 영화를 보았는데 그것이 며칠 전 재방송이 됐던 것인데도 딴 데로 채널을 돌리기가 싫었다. 특별히 중후한 내용도 아니고 화면 속에 이끌려 가듯 풍경이나 분위기가 잘 찍힌 것도 아니면서 뭔가 끌리는 데가 있는 그런 영화였다. 주인공 '니콜라스 케이지'는 가식적인 인사말과 몇 푼 안 되는 퇴직금 봉투와 함께 해고를 당한다. 게다가 그는 알코올중독증 환자여서 거의 회생불능이란 걸 잘 알고 있다. 건강 회복과 사회 적응에 의욕을 잃고 지칠 대로 지친 그는 전 재산을 현찰로 바꾸어 버리고 자가용을 몰아 라스베이거스로 떠난다. 얼마 안 남은 재산을 환락의 도시에서 좋아하는 술과 여자로 마음껏 다 써 버리고 죽어 버리기 위해서였다. 칠흑 같은 어둠 속의 명멸하는 네온사인 아래에서 한 손에 술병을 들고 갈지자걸음으로 거리를 누비거나 어쩌다 차를 타도 엉망으로 몰지만 교통순경도 그의 절망적인 처지를 이해했음인지 잡아가질 않는다.

그러다 청년들에게 윤간을 당해 심신이 모두 찢겨진 창녀를 만난다. 돈을 받았으므로 호소할 길조차 없을 뿐더러 카지노에 들어갔다가 그녀의 몰골을 보고 지배인에게 모욕적인 언동으로 내쫓긴 창녀. 비슷한 처지의 두 남녀는 만났다간 싸우고 헤어졌다간 다시 만난다. 병세가 악화되어 급기야 니콜라스 케이지는 그녀의 싸구려 아파트 침대에서 마지막 애무를 하다 숨을 거둔다는 지극히 간단한 스토리였다.

그런데 현대인은 어느 누구라도 비슷한 충동을 느낄 때가 있지 않을까? 창작을 하는 사람들도 예외일 수 없다. 니콜라스 케이지처럼 극단적으로 치닫지는 않는다 치더라도 현실생활에 지치고 외부적인 충동으로 창작에 의욕을 잃었을 때 만사를 내동댕이쳐 버리고 싶거나, 만사를 백짓장처럼 하얗게 잊어버리고 싶은 충동이 종종 일어날 수가 있다.

그 단편소설 속의 여류화가도 그 영화 속의 니콜라스 케이지와 비슷한 심정으로 며칠이라도 만사를 잊고자 아무런 연고도 친지도 없는 조용한 작은 도시에서 버스에서 내려 여관 하나를 찾아 골라 들어가게 된 것이다. 사람들은 타향에서 호텔이든 여관이든 간에 호젓하게 혼자 묵게 될 때 잠시나마 과거와 현재의 자신을 잊게 된다. 자기 집 안방이거나 사무실 책상

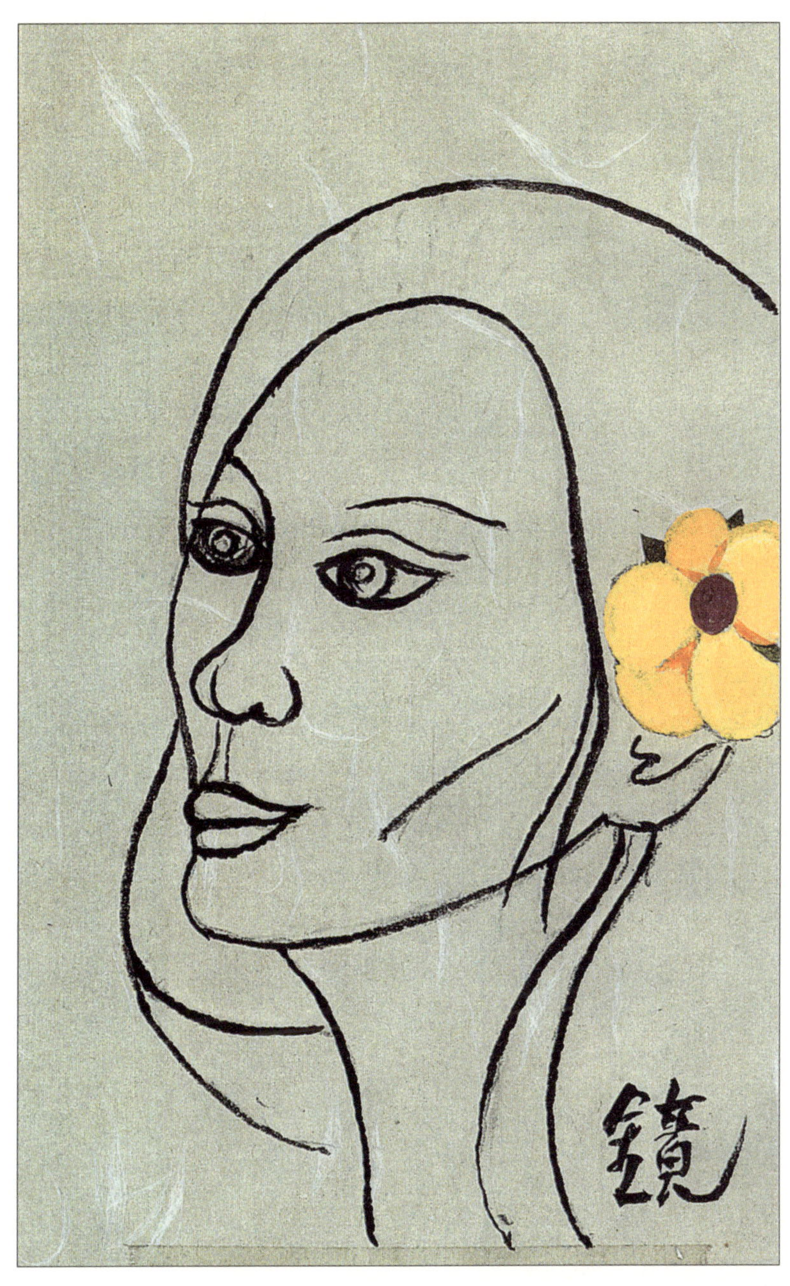

이거나 자신의 생활이 배어 있는 장소에선 자기 자신을 잊어버리기가 어렵다. 책상엔 따르릉 울리는 전화와 필통과 가위와 펜과 메모지와 원고지와 컵이 놓여 있고, 서랍 속엔 각종 약봉지가 들어 있고, 쓰레기통은 쓰레기로 금세 넘쳐날 것 같은 이런 온갖 잡동사니들이 늘 자신을 에워싸고 있게 마련이다. 집안도 그렇다. 전기밥통 소리, 전자레인지 소리, 보글보글 어항 속에서 나는 물거품 소리, 현관의 벨소리, TV소리, 핸드폰 소리, 냉장고 속에서 얼음이 얼어서 떨어지는 소리…… 등등. 저마다 살아 있다고 주인의 손길을 기다리고 있지 않은가?

그러나 시골 여관방 같은 데엔 이런 게 일절 없고 이불과 베개밖에 없다. 물론 TV나 전화기는 있으나 건드리지 않으면 된다. 이런 방에서 조용히 누워 있으면 잠시나마 해방감을 맛보게 된다. 여사도 이런 기분에 흠뻑 젖어 있다가 들여놓은 저녁 밥상을 물리치고 다시금 드러누워 팔베개를 베고 약간 얼룩져 있지만 그래도 똑같은 무늬만 깔려 있는 벽을 무심히 바라보고 있었다. 친했던 얼굴 몇몇 개…… 미운 얼굴들 몇몇 개…… 간사한 표정과 뭔가 바라는 표정들…… 가지가지의 얼굴이 누런 벽지 위에 떠올랐다간 사라지고 또 나타나고…… 이러기를 몇 십 분…… 다 부질없는 것들……이란 생각이 들다간 다시 뿌듯한 편안함을 느끼는 것이었다.

앞으론 때때로 이런 여행을 떠나야지……라고 마음먹었을 때였다. 똑 똑! 하고 방문을 가볍게 두드리는 소리가 나더니 "누구세요?"라는 말도 꺼내기 전에 방문이 스르르 열리더니 주인아주머니의 부드러운 눈빛과 미소가 보이고 쟁반 위에 맥주 두 병과 마른안주 한 접시가 놓인 것을 다소곳이 디미는 것이었다. "이건 뭐죠?"란 말을 하기도 전에 방문은 닫히는 것이었다.

'아마 숙박비에 포함된 것이겠지……' 라고 자문자답을 하고 한 병을 따서 한 모금 마시고 다시 누워 있었다. 몇 분 후 다시금 방문이 스르륵 열리기에 '빨리도 쟁반을 치우려나 보다……' 라고 생각했을 때 이번엔 벼루와 먹과 붓이 디밀어지고 화선지 두루마리가 들어오는 것이었다. 지필묵은 모두가 조잡스런 것이어서 아마도 중고교생 습자용구로 보이는데 이것이 무슨 뜻이지?라고 생각하다 불현듯 주인아주머니의 의도를 알아차

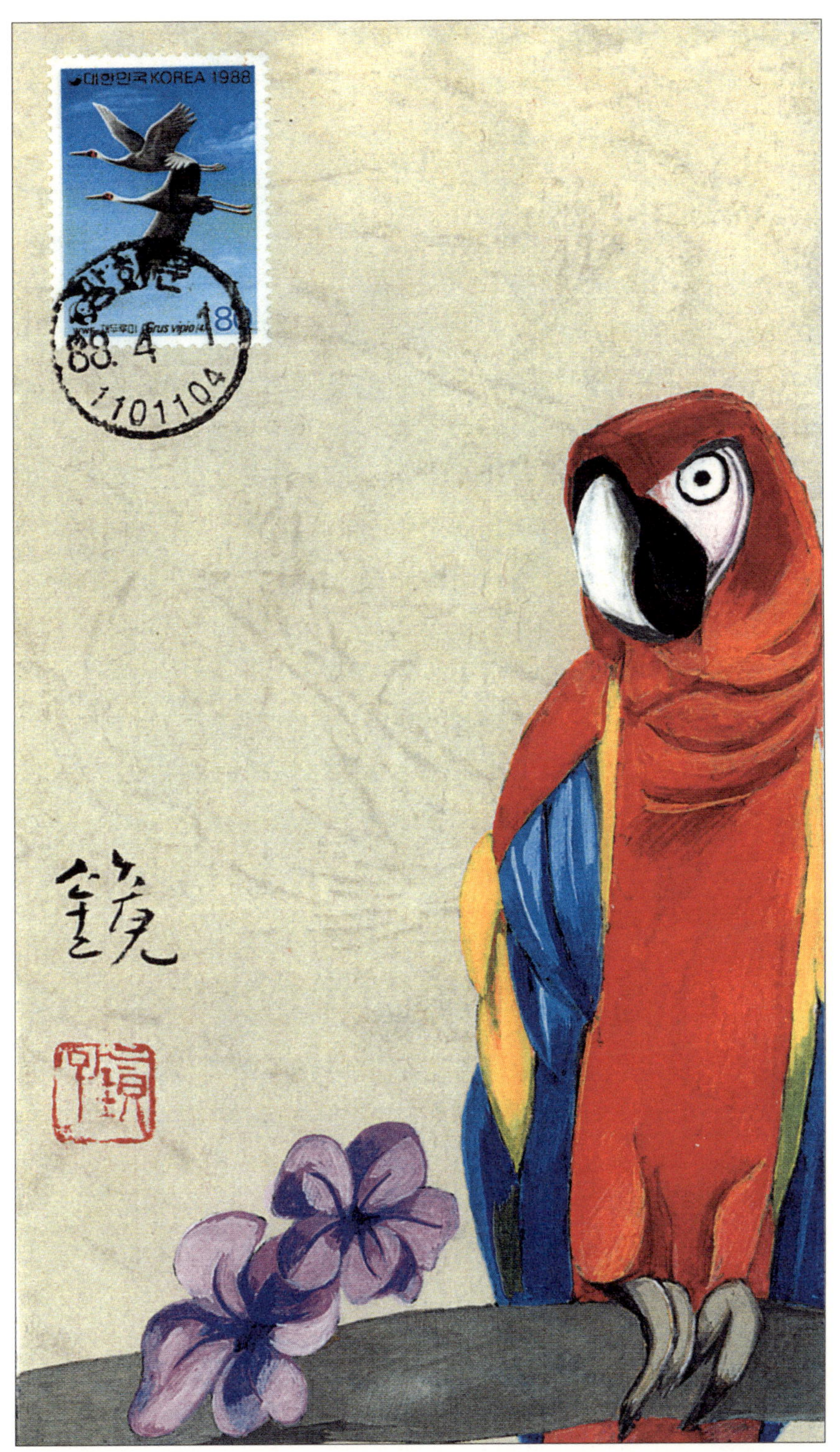

렸다. 주인은 TV나 잡지를 통해 자기 집 손님이 저명한 여류화가란 것을 알아차렸고 술 한 잔 드시고 가볍게 한두 점 그림을 그려 달라는 속셈이었던 것이다.

금세 여류화가는 맥주 한 컵을 마신 걸 후회했고 가슴속을 시원하게 적셔 주었던 맥주 한 모금이 역겨워지는 것이었다. 이런 데서도 나를 알아보다니……란 생각이 들어 다시금 현실 속의 자신을 찾게 되는 것이었다.

이튿날 새벽 여류화가는 방문 앞쪽 마루에 지필묵과 흰 화선지를 고스란히 내놓고 그 옆엔 반병쯤 남은 맥주병이 담긴 쟁반을 내놓았고 쟁반 밑엔 빳빳한 1만 원짜리 지폐 두 장을 접어서 끼워 놓은 채 여관집 대문을 나섰다는 것이 소설의 끝마무리였다.

이 정도의 일이라면 화가들 누구나가 한두 번은 겪을 수도 있는 일일 것 같았다. 그런데 이 소설의 주인공은 아무래도 천 여사가 이러지 않았을까?란 느낌이 드는 것이었다.

소설가나 시인 보고는 친한 사람이건 모르는 사람이건 간에 술 한 잔 사고 나서 소설이나 시 한 수를 지어 달라는 말을 하는 경우는 거의 드물다. 문학작품은 그 원고지 자체가 감상의 대상물이 될 수 없다. 물론 반백 년 이상 오래된 저명인사의 필적은 나름대로 보관하고 음미해 볼 가치가 있겠지만 문학작품은 인쇄매체를 통해 깨끗한 활자로 찍혀져 책자가 되었을 때 수많은 사람들의 애호를 받게 된다.

그런데 화가에게는 그 화가의 작품이 인쇄된 걸 달라는 사람은 드물다. 그저 지필묵만 있으면 쓱쓱 쉽사리 그려지는 것으로 아는 사람들이 많다. 그러나 인심 좋게 쉽사리 그려진 그림을 닥치는 대로 남에게 나눠 주다 보면 그 질이 떨어지는 것은 물론 작품으로서의 가치도 함께 떨어질 것은 너무나 자명하다. 화가라면 누구라도 자신의 작품이 정당한 평가를 받는 걸 원하지, 타작駄作 소릴 듣기 싫어할 것이다. 그래서 대체로 화가들은 자신이 책임질 수 없는 그림을 남에게 주길 꺼려한다. 그야 문사文士나 일반 저명인사가 취미 삼아 그린 그림이라면 남에게 손쉽게 주어도 누가 뭐라고 평할 여지가 없다. 아마추어의 작품은 하나의 애교로 보아 넘겨지지만 화가의 작품은 그렇게 될 수가 없다. 점 하나 선 한 줄이 잘못 그려져도 혹독

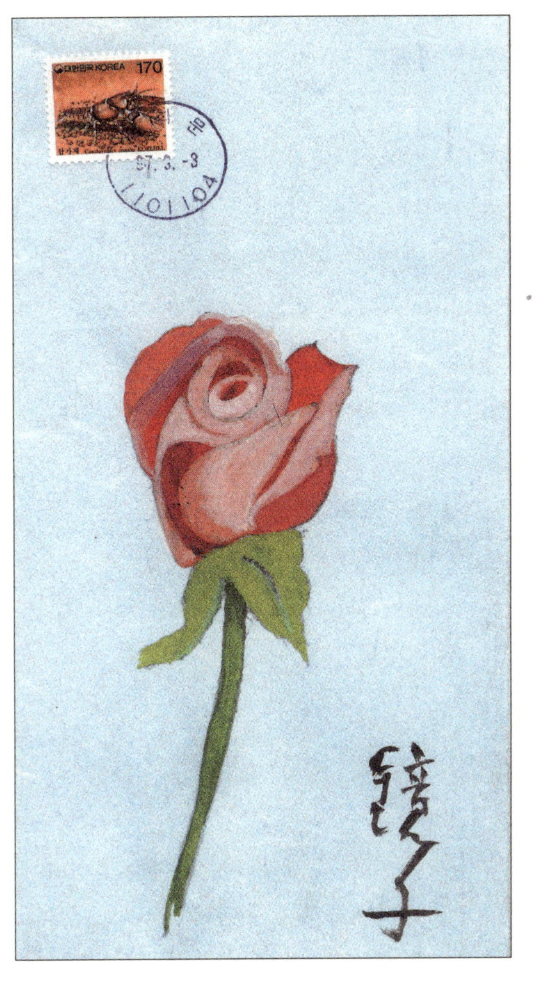

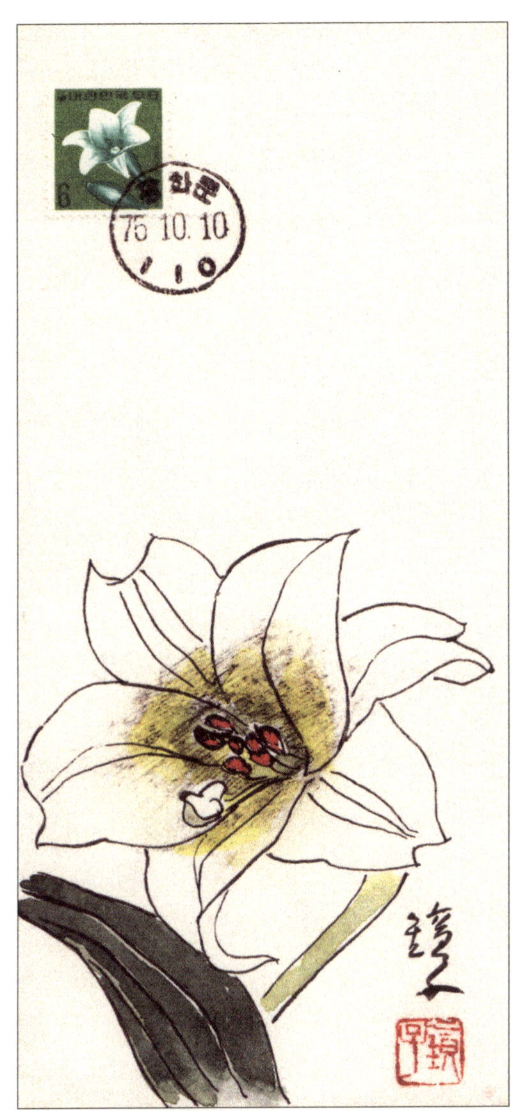

한 비평을 받을 수 있다. 결과적으로 데생이건 소품이건 대작이건 간에 그 결점은 작가 자신에게 돌아가는 것이다. 이런 점을 일반 사람들은 잘 이해를 못 한다. 그저 식사나 술 한 잔을 사면 그림을 얻을 수 있고 또 그렇게 얻은 작품일지라도 나중에 호당 얼마짜리의 가치를 지니는 것으로 알기도 하고 그것이 얼마만한 가치로 거래가 되나 수소문을 하기도 한다. 그런 점이 싫어서 남에게 그림을 안 주거나 값싸게 안 내주면 인색하다고 하기도 하고 나중엔 아예 그의 그림 자체의 가치 기준이나 인격에 대해서도 깔아뭉개는 이들도 있다. 화가들의 고민은 이런 데에도 있다.

천 여사의 작품은 선묘 위주와 공간을 널리 활용하는 수묵화가 아니고 채색화이되, 때로는 아교를 섞어 쓰는 암채岩彩일 경우가 많다. 그래서 소품 한 점을 완성시키는 데도 한두 달이 걸리는 게 보통이다. 대작의 완성은 일년 이상이 걸리기도 한다. 이러한 진지하고 치밀한 묘사정신과 제작 과정에 따라 그 생산량은 너무나 적은 편이다. 맥주병 몇 개로 그림을 얻고자 한다면 여간 난처해지는 게 아니다. 그래서 천 여사를 잘 이해 못 하거나, 화랑가의 경영주들 속에서 여사의 작품을 얻지 못한 이들 중엔 여사를 되도록 깎아내려 보고자 하는 이들이 있다. 이런 사람들의 감정에 따라 작품 가치 기준이 좌우된다면 커다란 문젯거리가 아닐 수 없다.

천 여사는 자신의 작품에 책임을 지는 화가다. 그래서 번번이 위조 작품이 나돌게 될 때면 참기 어려워진다. 위작임을 강조하다 보면 그 위작 주변에 얼키설키 이해관계로 얽혀 있는 사람들이 타격을 받게 되고, 타격을 받다 보면 엉뚱한 역습을 하기도 한다. 이런 상황이 생기면 그 당사자들은 똘똘 뭉치게 되고 그런 상황이 진실이 아님을 뻔히 아는 사람들도 그 당사자들을 적으로 삼게 될까봐 외면을 해 버린다. 또 어느 사회, 어느 세계에서도 그렇듯이 동료들의 질시를 받는 경우도 있어서 한때 고립무원孤立無援이 되기도 했다. 이때에 받은 쇼크로 천 여사는 작품에 몰두해야 할 귀중한 시간을 허송세월하기도 했고 건강을 해치기도 했다.

앞으로는 우리 문화계도 더욱 성숙해지리라 희망을 가지면서…… 난 오늘도 빌라 단지에 들어서면서 편지함을 들여다본다. 때때로 콩트나 단편소설이 실린 잡지가 오진 않았나 해서다. 비록 힌번 훑어보고 내버리는 잡지라 할지라도 자그마한 진실이 담긴 읽을거리가 있지 않나 해서다.

　뉴스와 원고 마감시간에 쫓기어 허덕허덕 직장생활을 할 때 때때로 다방에 들러 보면 빈 찻잔을 앞에 놓고 벽을 등지고 멍하니 앉아 있는 초로의 신사들을 볼 수 있다. 이런 사람을 다방 레지 아가씨들은 '벽화'라 부르기도 한다. 벽화같이 꼼짝 않고 앉아 있기 때문인데 계속 바쁠 때엔 그런 사람이 부러워질 때도 있다. 사무엘 울만이라는 미국사람은 "청춘이란 인생의 어느 시기를 가리키는 것이 아니다. 또 해를 거듭한다고 해서 늙는 것은 아니다. 다만 이상理想을 잃었을 때 비로소 사람은 늙는다."라고 말했는데 그 말이 진실이란 걸 느끼면서도 "사람은 때때로 멍하니 벽화가 될 때도 있어야 한다."라는 말을 곁들이고 싶어진다.

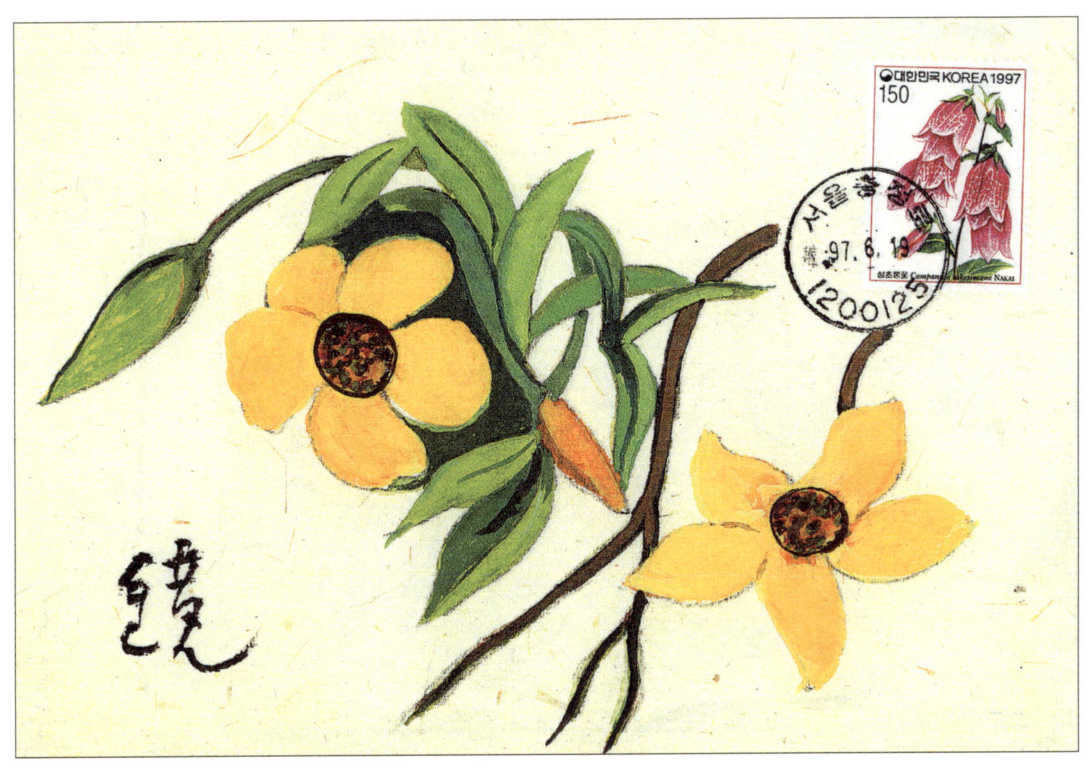

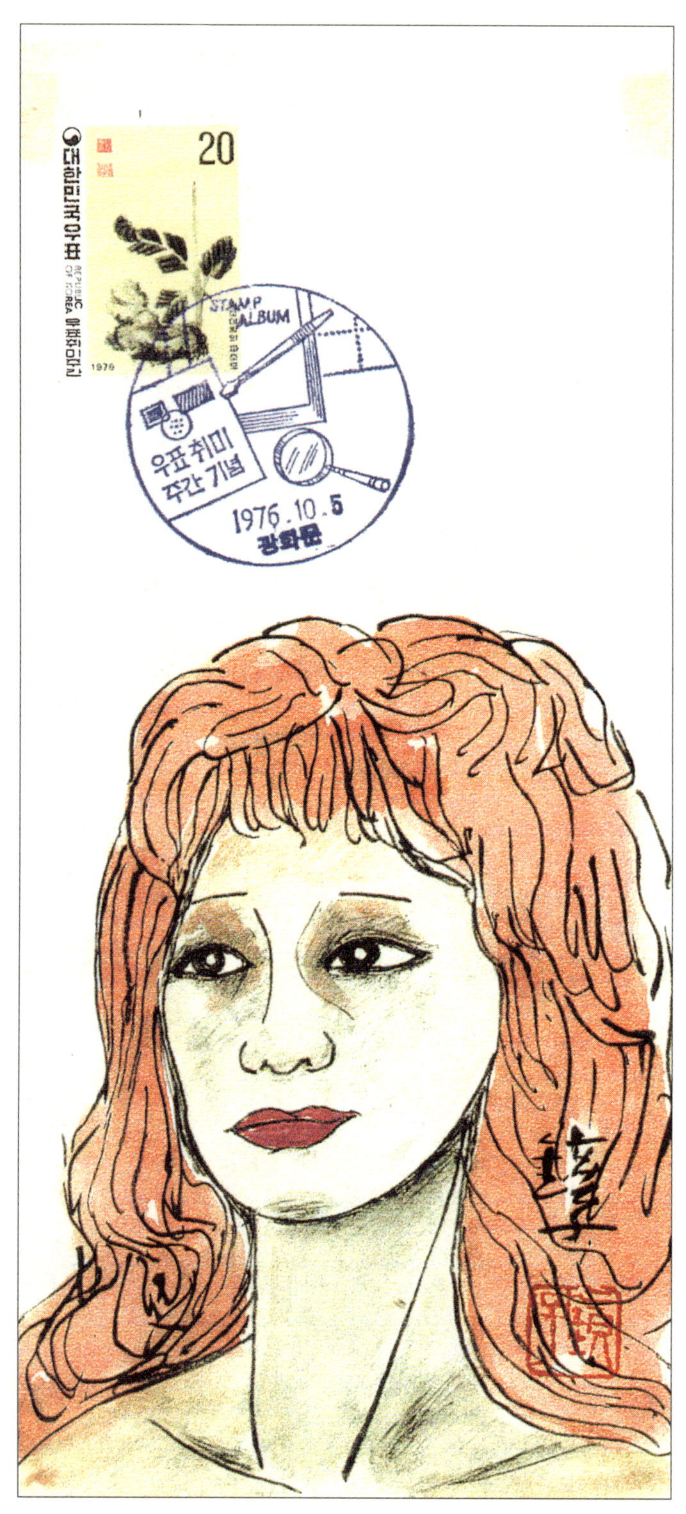

대한민국우표 REPUBLIC OF KOREA 우표취미
20
1976
STAMP ALBUM
우표 취미
주간 기념
1976 . 10 . 5
광화문

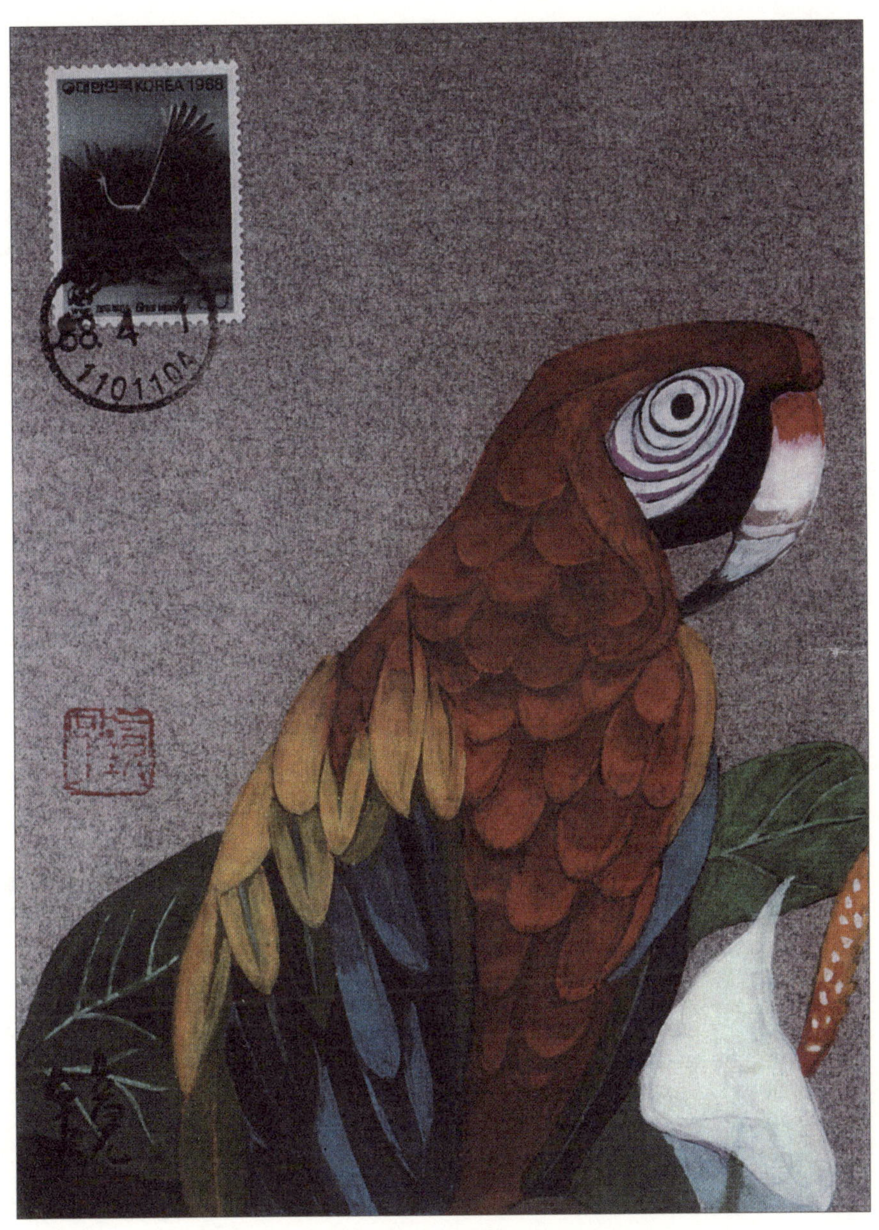

朴基台 박기태

서양화가. 울산 출생. 경주예술학교 회화
과와 프랑스 아카데미 드라그랑 쇼미엘
에서 수학하였다. 한국미술초대전(1983
~1988), 한국현대미술 어제와 오늘, 한
국서양화 대전, 오늘의 한국수채화 10인
초대전 등과 함께 여러 차례 개인전을 가
졌다. 한국수채화협회 회장, 수채신작파
고문, 한독미술가협회 · 한중예술연합회
회원으로 활동하였다. 대한민국 미술전
람회 수채화 부분에서 특선 2회, 입선
10회 등으로 수상하였다.

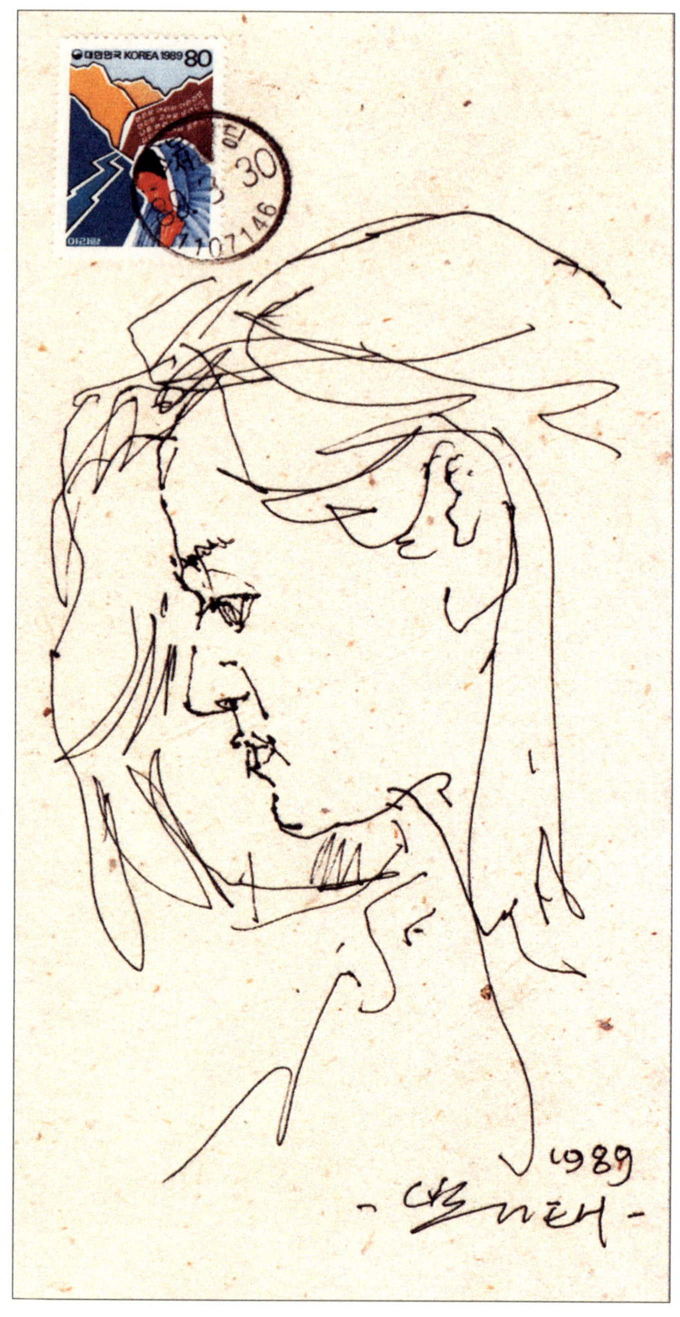

昔度倫 석도륜

부산 출생. 탁본전 및 서전(일본, 1969 · 캐나
다, 1974), 국제서도연맹전(일본, 1975), 독
일 메바쿠젠 쿤스트하레 초청전(1985), 독일
베를린 슈미트 화랑 초청전(1985) 등에 참여
하였다. 동아미술제 심사위원, W.GERMANY
KASSEL대학교 예술대 서화학 초빙교수, 한
국미술협회 회원으로 활동했었다.

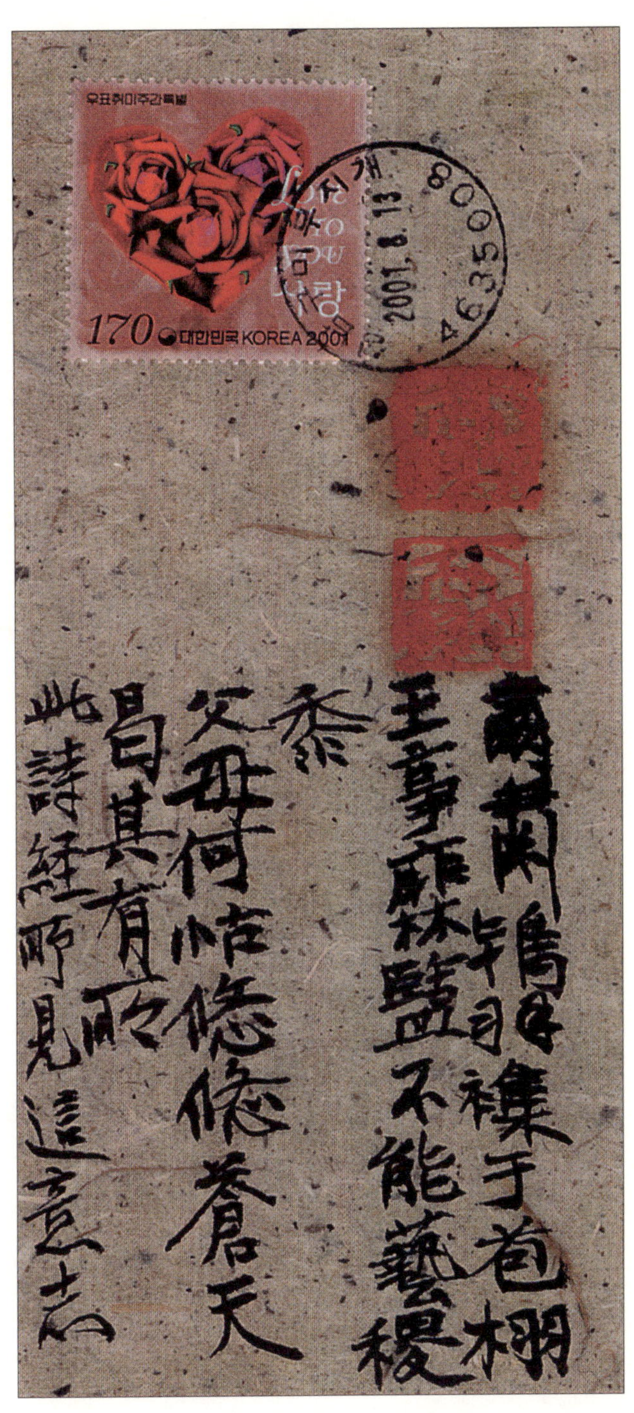

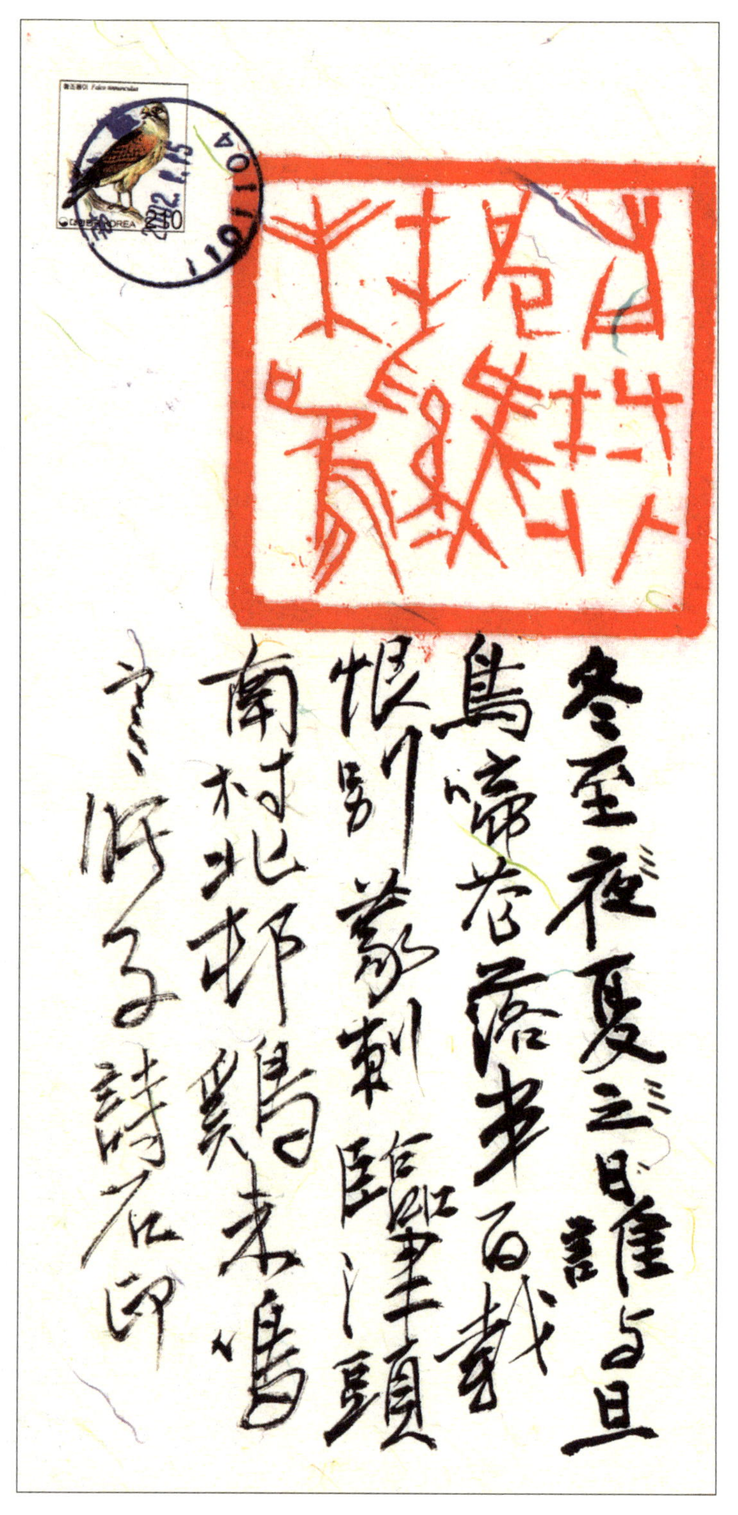

冬至夜夏三日誰旦
鳥啼蒼蒼步百載
恨別蒙割臨望頭
南村北邨鷄未鳴
客舍子詩在印

金基昇 _{김기승}

서예가. 호 원곡(原谷). 충남 부여 출생. 중국공학대학 경제과를 졸업하고 귀국하여 손재형 문하에서 본격적으로 서예 공부를 시작하였다. 국전 서예부에 수차례에 걸쳐 특선을 차지하여 문교부장관상을 수상하였다. 1955년에는 대성서예원을 설립하였고, 서울특별시 문화위원, 한국미술협회 이사, 서예분과 위원장 등을 역임하였다. 1978년 원곡서예상을 제정하였고, 1985년에는 대한민국문화훈장 은관을 수상한 바 있다.

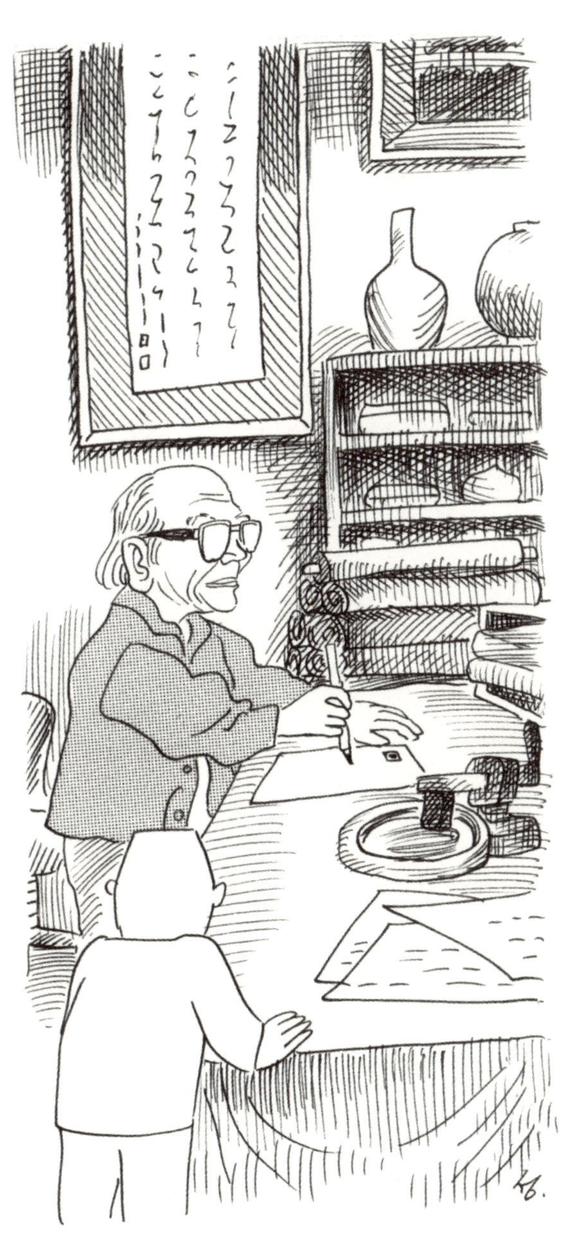

일과 시간에 쫓기다 보니 친지나 어르신네 소식을 한동안 모르고 지내다가 돌연히 신문지상을 통해 별세 소식을 접하고 나서야 깊은 감회에 빠지곤 한다. '한글서체 원곡체原谷體를 개발한 대원로 별세' 또는 '서예계의 최고봉 김응 별세' 등등 이 신문 저 신문에 제각기 다른 시야로 기사를 쓴 게 나와 있는데 고루고루 고인의 업적을 높이 평가한 데는 이의가 없었다. 8월 14일에 91세로 별세하신 김응은 해서 · 행서 · 초서 · 전서 · 예서 등에 두루 통달하셨으나 '원곡체'라는 독특한 한글서체를 개발하셨다. 이십 년 전쯤의 일이다. 어떤 분이 추사秋史의 서찰이 있는데 내 그림과 바꾸고 싶다고 해서 조금은 의심이 갔으나 교환을 했고 이것이 혹 진품일수도 있지 않나 해서 김응에게 감정을 받아 보고자 적선동 쪽에 있던 자택을 방문했었다. 내가 지닌 서찰을 잠시 보시다가 추사 서찰은 내게 좀 있으니 보라고 하시며 서랍 속에서 십여 통이나 꺼내 보여 주시는데 내 것과는 판이하게 달랐다. 나 역시 처음부터 큰 기대는 안 가졌던지라 크게 실망은 하지 않았다. 그때도 난 육필 까세 만들기에 열을 올리고 있을 때여서 봉투를 꺼내 놓고 글을 써 주십사 하고 부탁을 드렸었다. 사람에 따라 난색을 보이고 나중에 해 줄 테니 기다리라 하는 이도 있으나 김응은 선선히 응해 주시고 두 통이나 써 주셨으니 여기에 실린 까세 봉투가 바로 그것이다. 올해는 날씨가 더워서 그런지 친지 중에 유명을 달리하는 분들이 여러 분이 계셨었다. 고인의 귀필이 담긴 육필 까세를 보고 있노라면 20년 전의 일이 엊그제 일로 성큼 다가서기도 한다.

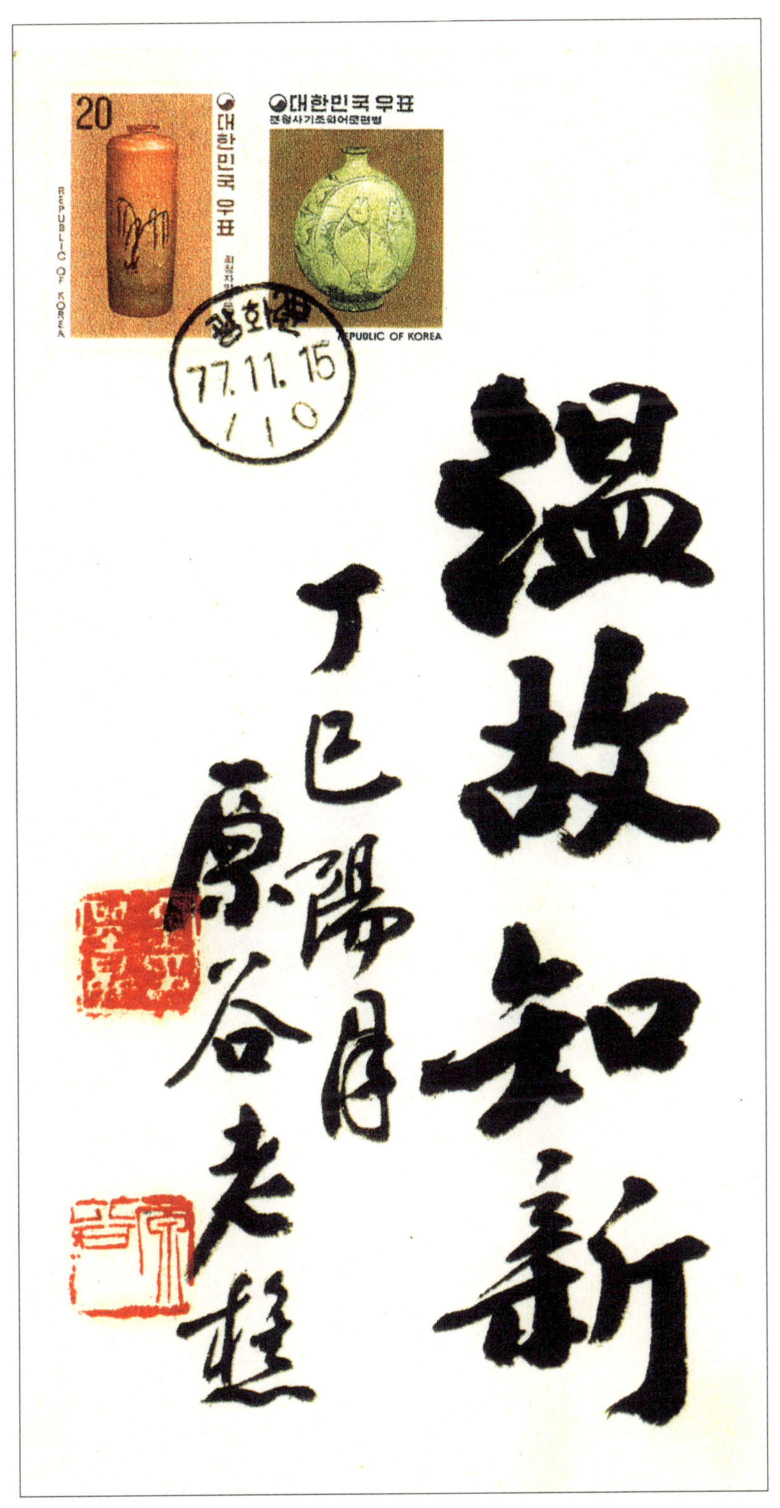

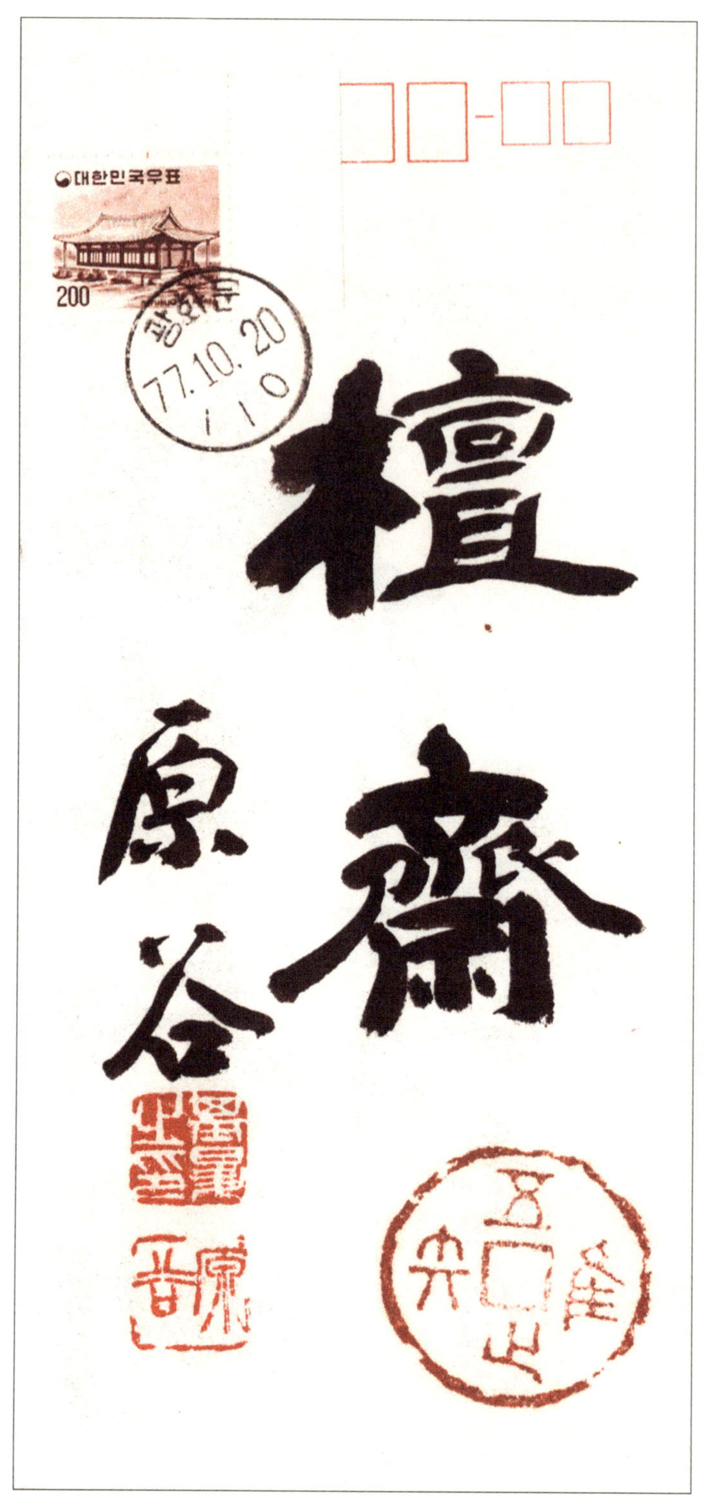

金榮泰 김영태

시인 · 무용평론가 · 화가. 서울 출생. 홍익대학교 서양화과를 졸업하였다. 1959년 사상계 잡지를 통해 시단에 데뷔. 노벨문학상 수상작가 98인 소묘전(2002년)을 비롯하여 7회에 걸쳐 개인전을 가졌다. 1972년 현대문학상(시 부문) 수상, 1982년 시인협회상(시 부문) 수상, 1989년 서울문화예술평론상(무용평론) 등을 수상하였다.

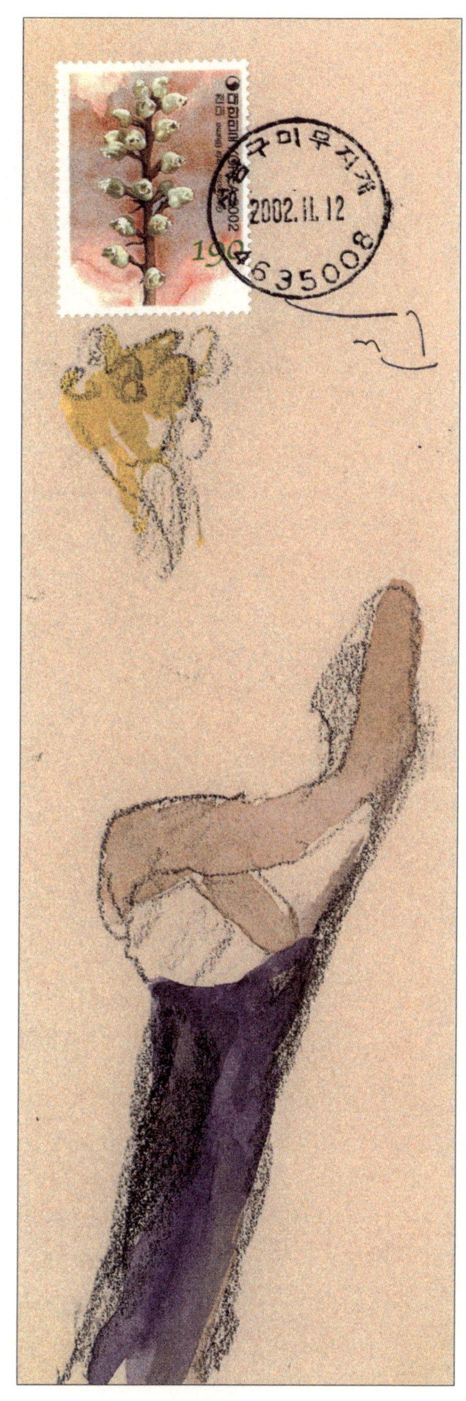

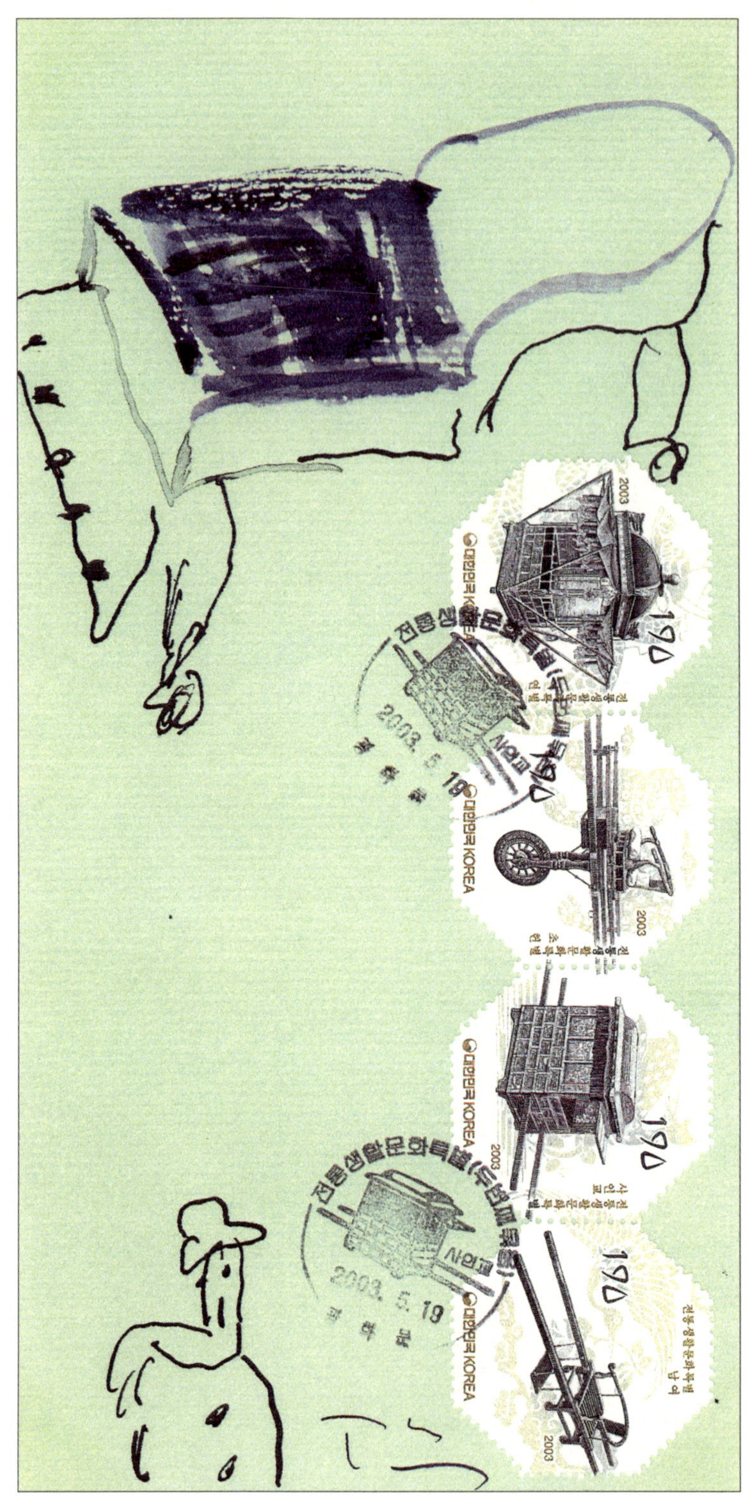

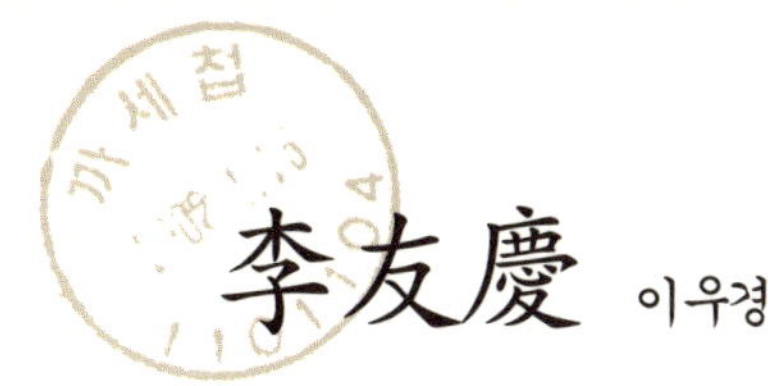

李友慶 이우경

서양화가. 서울 출생. 일제강점기 때 재학 중 일본 · 만주까지 포함한 전국학생전람회에서 최우수상을 수상하였고, 1941년부터 조선미술전람회에 3회 연속 입선하였다. 신문삽화만 100여 차례 그렸으며 대표적인 작품으로 『인간교실』, 『밤의 무지개』, 『배회』 등이 있다. 어린이책 일러스트 분야에서도 활동하여 위인전, 전래동화 등 수많은 동화책의 삽화를 그렸다.

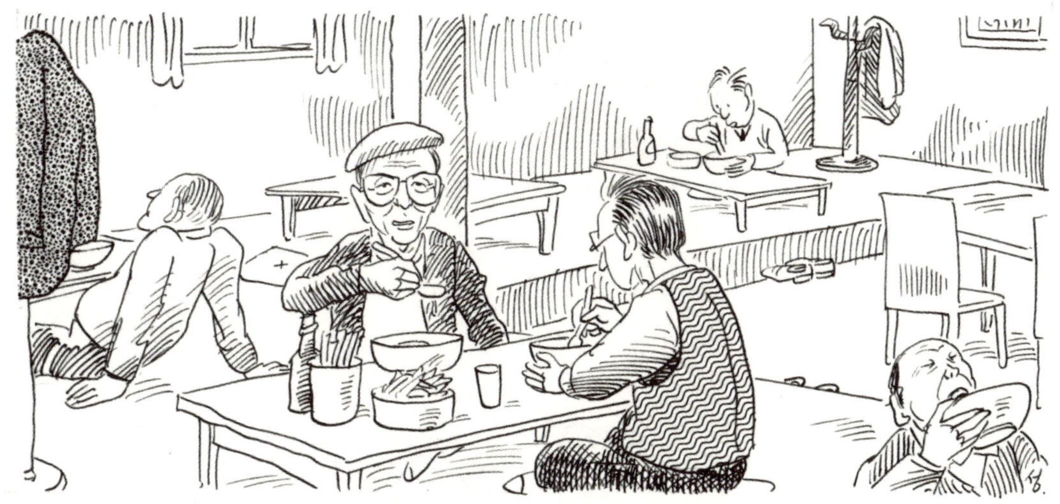

일제하 1941년부터 선전(요즘의 국전에 버금가는 전시회)에서 3년 연속으로 입선한 화가 이우경 화백은 50년대 초부터 삽화를 많이 그려 삽화가로 더 알려져 있다.

담백하고 정확한 소묘에다 유머러스한 인물 표정이 일품이었다. 80년 4월에 발행된 '한국미술 5천년 특별 우표' 6차분 2종 중 '천마도'를 가지고 초일봉피를 만들어 말에 관련된 까세를 부탁드렸고 그때 그려진 것이 이 작품이다.

모처럼 만나 뵙게 되어 화식집으로 모시고자 하면 "설렁탕이 더 좋은데……." 하셔서 근처 설렁탕 집에 들어가 소주 한 병을 곁들여 식사를 마쳤다. 설렁탕 집에 가자고 하신 건 아마도 화식집보다 싼 데를 고르셨던 것 같다.

　　이 화백은 귀가 잘 안 들려 작게 말하면 "뭐야?"라면서 귀에다 손을 갖
다 대고 상대방 입 근처로 다가가곤 했다. 나중에야 안 사실이지만 96년
12월에 전립선암 수술을 하고 계속 활동하셨던 것 같다. 그러다 지난 9월
에 들어서서 76세의 일기로 작고하셨다.

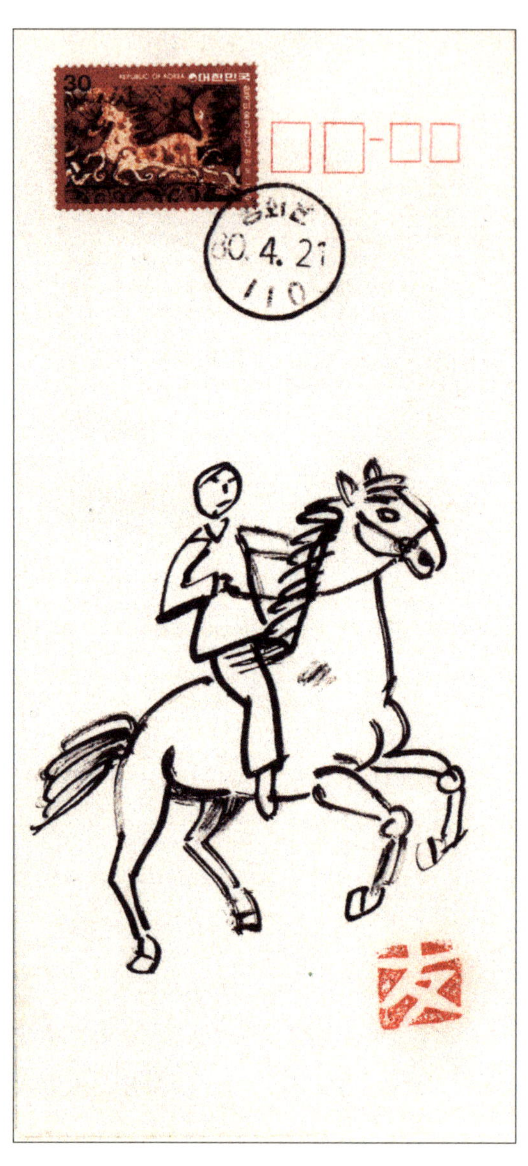

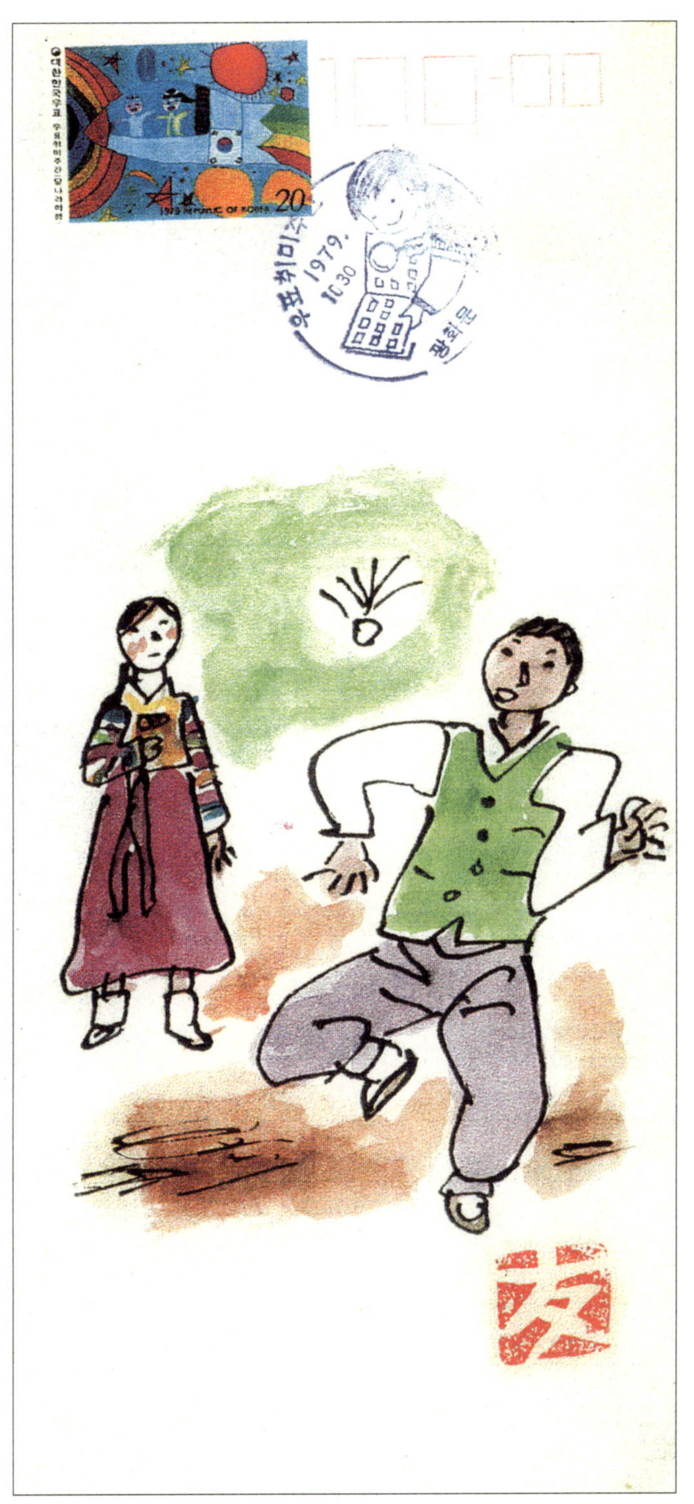

1979.
10.30

金亨球 김형구

서양화가. 함남 함흥 출생. 일본 가와바타미술학교와 일
본 데코쿠미술학교 서양화과에서 수학하였다. 총 9회의
개인전 및 서울 가톨릭미협전 세계 가톨릭미술전
(1971), 한국서양화대전(1997), 한독미술교류전
(1981~1990), 서울올림픽대회 기념 한국현대미술전
(1988), 김형구 초대전 — 고희기념전(1992), 제12회
현대사생회원전(1996) 등 많은 전시회에 참여했다. 홍
익대 미대 강사를 거쳐 국전 초대작가 및 심사위원을 지
냈고, 한국미술대상전 심사위원, 한국미술협회 이사, 한
국미술대전 서양화 분과 심사위원장, 세종대 교수 등도
역임하였다. 현재 한국미술협회 고문으로 활동 중이다.
1957년, 59년, 60년 세 차례 국선 특선에 당선됐고, 국
민훈장 동백장, 한국예총 예술문화상, 옥관문화훈장 등
을 수상하였다.

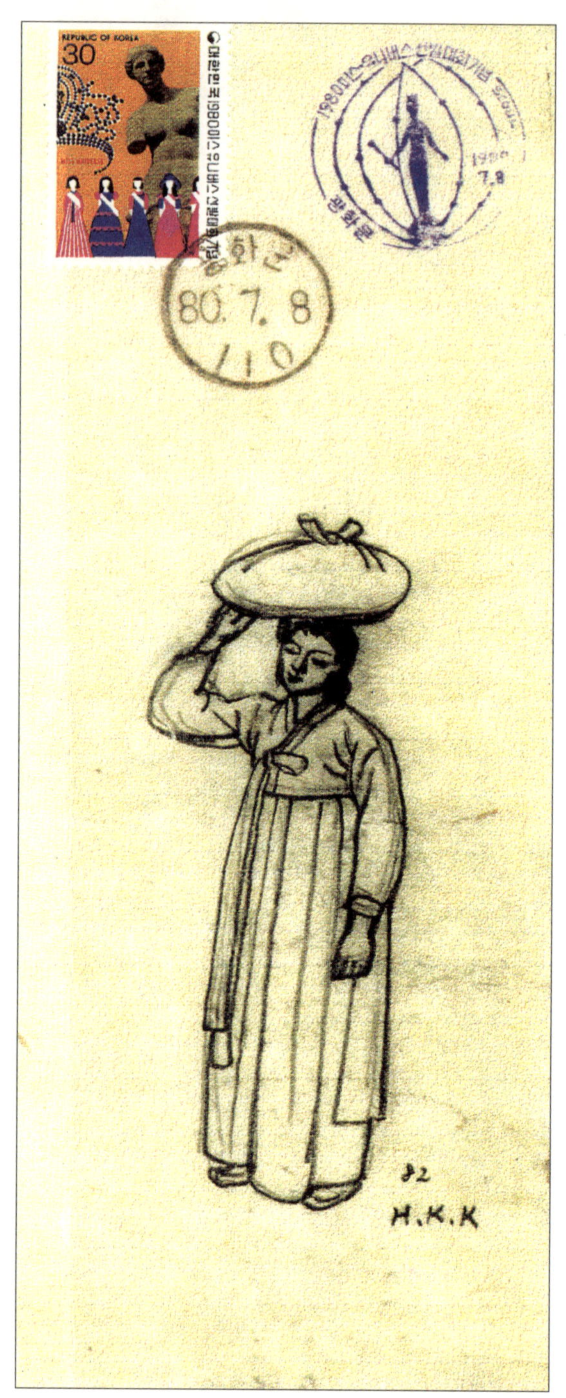

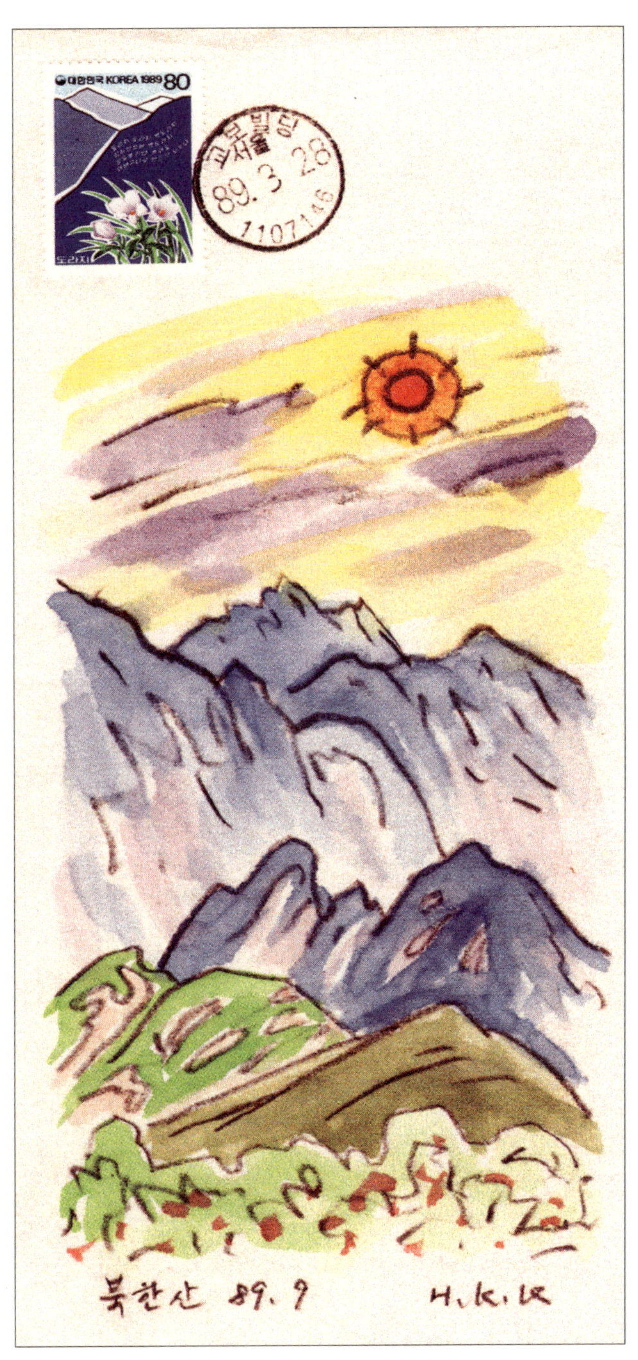

북한산 89.9
H.K.Le

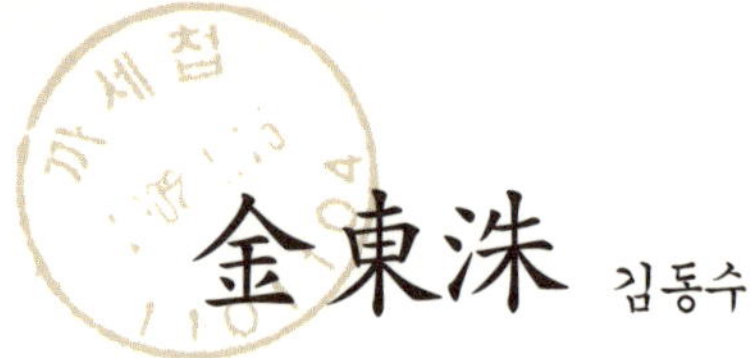

金東洙 김동수

한국화가. 충남 출생. 홍익대학교 미술학
과를 졸업하고 1963년 신수회전을 시작
으로 화가의 길을 걸었다. 동양화 7인 작
가전(1973), 제1회 중앙미술대전
(1978), 한국의 자연전(1980), 현대미
술 초대전(1983~1985), 한국화 중진
6인 초대전(1991), 한국 현대미술의 조
망과 미래전(1996), 김동수전(2005)
등 수차례 개인전 및 단체전에 출품하였
다. 한국미술대상전, 중앙미술대전, 동아
미술제 등의 심사위원을 거쳐 중앙대 회
화과에서 재직하기도 했다. 제1회, 2회
한국미술대상전에서 각각 최우수상, 특
별상을 수상하였다.

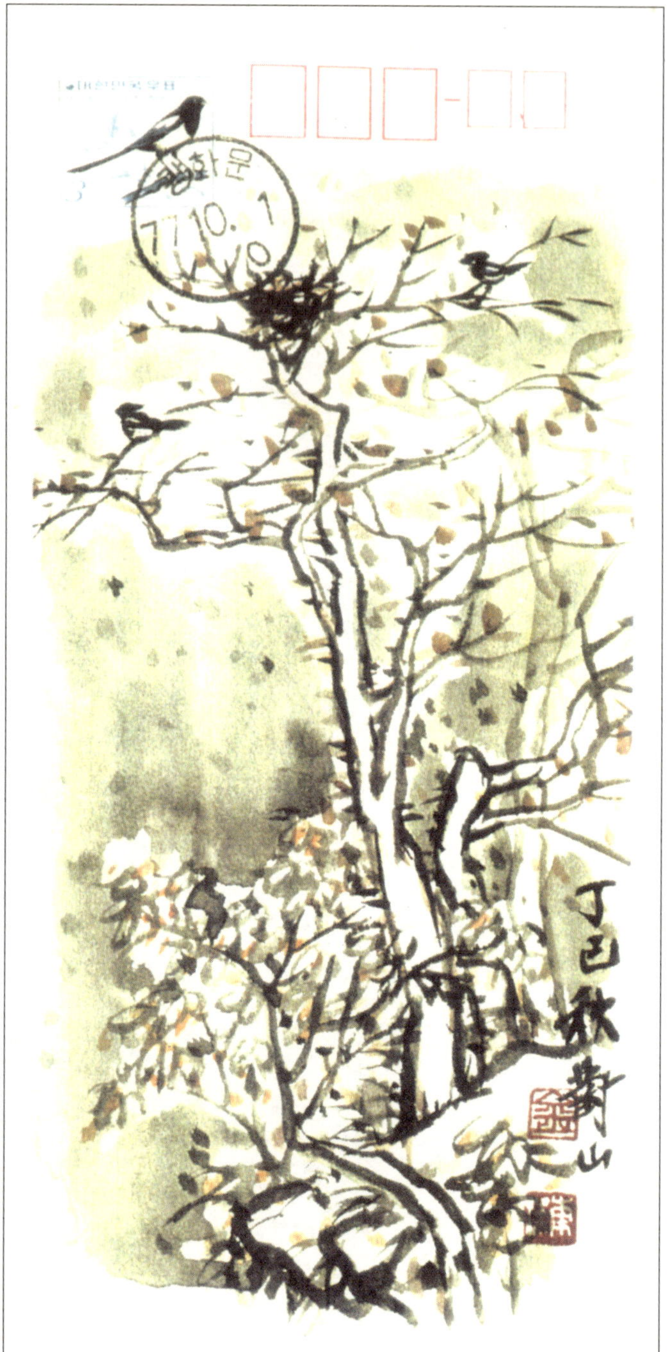

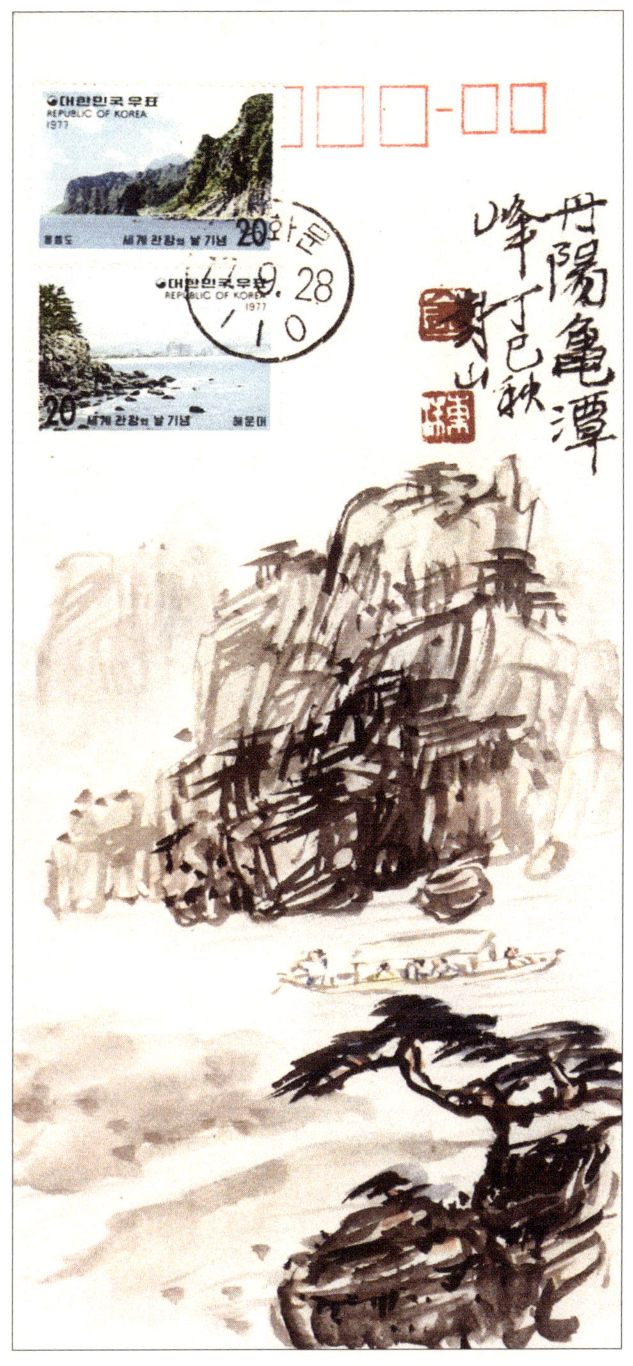

대한민국 우표
REPUBLIC OF KOREA
1977
REPUBLIC OF KOREA
1977
丹陽龜潭
峰 丁巳秋